Michael Köhlmeier
Mitten auf der Straße

Die Erzählungen

Deuticke

1 2 3 4 5   13 12 11 10 09

ISBN 978-3-552-06113-2
Alle Rechte vorbehalten
© Deuticke im Paul Zsolnay Verlag Wien 2009
Satz: Eva Kaltenbrunner-Dorfinger, Wien
Druck und Bindung: CPI – Ebner & Spiegel, Ulm
Printed in Germany

Für Monika
für Oliver
für Undine
für Lorenz
für Paula

Bevor Max kam

Rita im bleichschwarzen Pullover

Sie lachte so laut, dass jeder im Kaffeehaus die Kapazität ihrer Lungen spüren konnte – und da wusste ich: Das ist Rita, die ich vor fünfzehn Jahren verloren hatte, die Schwimmerin, breit in den Schultern. Sie trug einen bleichschwarzen Pullover, was soll ich sagen, so einen hatte sie damals schon getragen, und der hatte mir immer gut an ihr gefallen, aber nun fand ich ihn unvorteilhaft, weil ihr Hals darin so verzweifelt durchtrainiert wirkte.

So, dachte ich, die setzt sich jetzt zu mir. Auch recht, dachte ich, bin ohnehin viel zu früh dran. Wenn Max kommt, wird sie gehen, alle gehen, wenn Max kommt.

»Was war denn damals?«, fragte ich.

»Wie viel weißt du?«, fragte sie und setzte sich und bestellte ein Bier.

»Dass ihr nach London gefahren seid«, sagte ich, »du und dein Mann. Mehr weiß ich nicht. Bist du noch mit ihm zusammen?«

Sie ruckte mit dem Kopf, was wohl eine Verneinung sein sollte. Aber es fiel ihr schwer, den Blick auf mich scharfzustellen, und ich dachte, vielleicht ist sie doch noch mit ihm zusammen, und er kommt gleich zur Tür herein, der Mann, der ein eifersüchtiges Arschloch war, der sich Zigaretten auf der Hand ausdrückte, wenn er seine Frau mit jemandem reden sah.

»Auf der Fähre über den Kanal«, begann sie, »haben wir drei Leute kennengelernt, ein Ehepaar und den Liebhaber der Frau, hat sich herausgestellt. An die Frau erinnere ich mich sogar noch. Die hatte so eine amazonenhafte Kompaktheit und Kraft im Kinn und einen dunklen Schimmer auf der Oberlippe, das hat mir gefallen. Wie die drei miteinander geschmust haben, das hat mir auch gefallen. Gleichzeitig, zu dritt. Ich lehnte auf Ellbogenberührung neben der Frau an der Reling.

Schau, sagte ich zu meinem Mann, die machen es doch gut.

Mhm, sagte er.

Vielleicht treiben sie es auch zu dritt im Bett, sagte ich. Und sagte: Du weißt, dass ich diesbezüglich keine Ambitionen habe, mein Lieber, aber doch nur deswegen, weil ich bisher dachte, das kann nur Streit und Wahnsinn geben.

So habe ich zu meinem Mann geredet. Weißt du, er war ja nur das Arschloch, wenn wir beide allein waren. Wenn irgendwelche Leute in der Nähe waren, die zuhörten, dann war er der Liberale, der Tolerante. Ich habe absichtlich so laut gesprochen, dass die drei zuhören konnten. Und prompt haben sie uns ihre Dreiereinheit bis ins Kleinste auseinandergesetzt.

Und mein Mann sagte: Gut, Rita! Ha, Rita! Großartig, Rita, ha?

Und ich sagte: Ja, wirklich, wirklich großartig.

Und er, der Oberliberale: He, ihr drei, können wir zwei da nicht mitmachen?

Nur dem Gelächter zuliebe und dem Image zuliebe. Und zu mir sagte er: Sei nicht so tantig, Rita! Warum haben wir uns denn stundenlang auf Vietnamdemonstrationen die Füße plattgetreten, wenn dann nicht einmal ein fahrtwinddurchbrauster Fünfer rausschaut!

So hat er sich ausgedrückt. Das hat bei dem Trio eingeschlagen. Wir beide haben eingeschlagen, wir haben ja auch wirklich schön ausgesehen, wir beide, mit unseren fahrtwinddurchbrausten Haaren. Mein Mann ließ sich die Adresse von ihrem Hotel in London geben und küsste den Fetzen Papier und den Kugelschreiber.

Und dann waren wir also in London und saßen in unserem Sparhotel. Er und ich. Allein. Er so ein Gesicht.

Sage ich zu ihm: Lassen wir das doch!

Aber er: Nein, du hast es eingefädelt, jetzt wird es ausgelöffelt.

Ich: Wie kann der Mensch auslöffeln, was er eingefädelt hat?

Um acht war die Verabredung. Wir nehmen den Bus.

Ich sage noch: Siehst du, es ist dir nicht ernst, zu so einer Sache fährt man mit dem Taxi!

Weißt du, ich glaube, dass es in jeder Beziehung vielleicht wirklich nur ein einziges Mal großes Glück oder großes Pech gibt. Bei uns war es Pech, und unser großes Pech war, dass wir die einzigen Fahrgäste in dem Bus waren. Soll einer noch sagen, dass das ein Zufall ist! Ein leerer Bus mitten in London um acht Uhr abends! Mein Mann zündete sich mit großer Flamme eine Zigarette an.

Du weißt, was jetzt kommt, sagte er.

Und ich beneidete ihn. Ja, das tat ich. Ich wusste ja, dass er sich kein Loch in die Hand brennen wird. Aber ich wusste auch, dass er in diesem Augenblick daran glaubte. Sieh ihn an, dachte ich: Welche Leidenschaft, welche Überzeugung, welche Hingabe, welche blöde Raserei! Mein Leben kam mir dagegen vor wie eine Wärmflasche morgens um halb fünf, unten bei den Füßen.

Und da hielt der Bus und Leute stiegen ein, und ich dachte, das war eigentlich ein schönes Theater von meinem Mann, jetzt mache ich das auch. Ich bin ausgestiegen und davongerannt.

Noch im Rennen dachte ich, gleich bleibe ich stehen, ein paar Meter laufe ich noch, dann bleibe ich stehen. Aber ich hatte so eine wunderbare Kondition damals, ich belegte gerade einen Karatekurs, weißt du. Ich rannte über Gleise und an Menschen vorbei, die mir zuriefen und zuwinkten, und ich rief zurück und winkte zurück, ich rannte, bis mir einfiel, dass ich ja gar nicht Englisch konnte. Was habe ich denen denn zurückgerufen, dachte ich und blieb stehen. Und es war so, dass ich nicht wusste, wie unser Hotel hieß, weil ich das alles meinem Mann überlassen hatte, und nicht wusste, wo ich war, und eigentlich überhaupt nichts wusste, und außerdem hatte ich weder meinen Pass noch einen einzigen Schein Geld bei mir, und meine Jacke hatte ich im Bus ausgezogen. Und meinen Mann hatte ich abgehängt.

Und weißt du was? Ich habe Englisch gelernt, mir einen Pass ausstellen lassen und Geld verdient. Wir haben uns via Fernbedienung scheiden lassen. Ich habe wieder geheiratet, habe eine Tochter, die heißt Janis, und ich bin schon wieder geschieden.«

Das war Rita.

»So, wie du dasitzt«, sagte sie, »sitzt du öfter da, schätze ich.«

»Mittwochs immer«, sagte ich.

»Komme ich wieder einmal vorbei«, sagte sie, bat mich, ihr Bier zu bezahlen, und ging.

Bevor Max kam, aß ich noch eine Kleinigkeit.

Caligula, der voll Tränen ist

Der Mann war alles andere als ein Stiefelchen. Er wog hundertsechzig Kilo. Sein Gewicht war bekannter als sein Spitzname und noch viel bekannter als sein Name. Er arbeitete in der Werbung, aber wofür er warb, weiß ich bis heute nicht.

»Warum sagt man Caligula zu dir?«, fragte ich ihn.

»Weil ich früher eher dünn war«, sagte er. »Lass mich eine Stunde bei dir an deinem Tisch sitzen«, sagte er, »und hör mir zu. Ich muss mein Maul bewegen, und der Arzt sagt, Reden ist besser als Fressen. Ich bin ein klassischer Fall. Ich merke, dass ich stinke, und muss denken: Schon wieder beleidigt mich die Natur. Und weil ich grundsätzlich nichts hergeben will, weil ich der Meinung bin, dass mir immer alles weggenommen wird, darum weine ich nicht, obwohl mir zum Weinen ist, sondern ich fresse.

Ich bin ein klassischer Fall. Anderes Beispiel: Meine Frau betrügt mich. Das heißt, wenn ich davon ausgehe, dass betrügen immer noch heißt, einer tut etwas und sagt dem anderen, er tue etwas anderes, dann betrügt sie mich gar nicht. Gestern Morgen hat sie mir alles gesagt. Sie hat zwei Liebhaber, einen alten und einen jungen. Hat sie gesagt. Der alte macht gut, was ihr Vater bei ihr angerichtet hat, weil er sie die Matura nicht hat machen lassen, der junge schläft einfach nur mit ihr.

Schau mich an, wie ich hier sitze! Schau her, mein Bauch ist so groß, dass, wenn ich aufrecht sitze, von meinem Oberschenkel nur noch drei Zentimeter zu sehen sind. Wenn ich mich auch nur ein wenig vorbeuge, um mein Mineralwässerchen zu schlürfen, dann habe ich gar keinen Oberschenkel mehr. Während ich hier ohne nennenswerte Oberschenkel sitze, ist meine Frau beschäftigt. Ich bin ein klassischer Fall von Wahnwitz. Ich weiß, womit sie beschäftigt ist. Aber ich bin nicht eifersüchtig. Ich bin nur eifersüchtig auf die Vergangenheit. Dass sie mich jetzt betrügt, kann ich verstehen. Ich bin ja kein Unmensch, obwohl ich ein Unmensch bin.

Als ich noch Caligula war, das Stiefelchen, zweiundsiebzig Kilo schwer, jung verheiratet, an den Schläfen eine königlich blaue Ader, die inzwischen verschwunden ist, ich weiß nicht, wohin. Damals hat mich meine Frau zum ersten Mal betrogen. Schau mich an! Was ich bin, das bin ich nicht. In mir steckt Caligula, der zweiundsiebzig Kilo wiegt. Der bin ich. Ich bin ein klassischer Fall, ein Objekt der Willkür der Natur. Meine Frau neigt zu schwarzen Lederhosen und schwarzen Lederjacken, und sie besitzt auch eine schwarze Lederkappe. Ich, an sich, bin ein Naturbursche. Ich liebe die Natur. Warum hasst sie mich so! Warum lässt mich die Natur stinken? Warum macht sie mich so fett? Darunter leide ich. Und am meisten leide ich an einer längst verjährten Erinnerung …

Vor fünfzehn Jahren war das. Ich öffnete das Nachtkästchen auf der Bettseite meiner Frau, und da lag ein Gedichtband von Leonhard Cohen. Ich schlug das Buch auf, und da war eine Zeile unterstrichen, die lautete: *Ich bin der Mann, der tötet*. Und gestern Morgen fällt mir das Buch in die Hand, und ich sage zu meiner Frau: Ah, ja, das wollte ich dich schon vor fünfzehn Jahren fragen.

Was denn, Caligula, sagt sie, was wolltest du mich schon vor fünfzehn Jahren fragen?

Was das bedeutet, dass dieser Satz rot unterstrichen ist. Zeig her, sagt sie. Ah, das, sagt sie, das hat der Dings gemacht, wie heißt er gleich.

Was hat der gemacht, frage ich.

Ach, das ist doch vorbei, Caligula, sagt sie. Er – wie heißt er denn nur – hat sich überlegt, dich zu töten.

Um Gottes willen, sage ich, wer wollte mich töten?

Und warum?

Weil er eifersüchtig auf dich war. Du hattest damals zweiundsiebzig Kilo, Caligula. Alle sagten Caligula zu dir. Ich weiß schon, dass du diesen Namen für dich selber erfunden hast, aber alle fanden ihn zutreffend. Und er – wenn mir nur einfiele, wie er heißt –, er war so grässlich dick, und das hat ihn fertiggemacht.

Hast du etwas mit ihm gehabt?, fragte ich. – So blöd war ich gestern Morgen noch!

Aber ja, sagte sie.

Mit ihm, der so grässlich dick war? Gegen mich, der ich noch nicht so grässlich dick war? Das verstehe ich nicht! Warum hast du mich damals betrogen und betrügst mich heute nicht?

Aber, sagte sie und schob mit ihrem spitzen Zeigefinger die Lederschildkappe lässig über der Stirn zurecht, aber ich betrüge dich doch, Caligula!

Sie betrügt mich. Sie meint, sie betrügt mich. Aber das kann sie gar nicht. Wer bin ich denn? Sie kann mich ja nicht einmal mehr sehen. Ich bin einer, der zweiundsiebzig Kilo wiegt, und der in einen Fetttümpel gefallen ist. Mich sieht niemand. Ich bin eigentlich tot. Nein, ich bin nicht eifersüchtig. Ich kann ja meine Frau nicht zu einer keuschen Witwenschaft zwingen. Aber damals – damals war ich der, der ich war. Und damals hat sie mich mit einem betrogen, der die moralische Verderbtheit besaß, einen Satz zu unterstreichen, der da lautet: Ich bin der Mann, der tötet. – Verstehst du meinen Kummer?«

»Ja«, sagte ich. »Willst du jetzt etwas essen?«

»Will ich«, sagte Caligula, »will ich, will ich. Aber besser ist, ich rede.«

»Dann rede!«

Und dann erzählte mir Caligula die Geschichte noch einmal. Und dann sagte er: »Jetzt bin ich dermaßen voll von Tränen, dass ich dem Rat meines Arztes nicht mehr Folge leisten kann. Gewiss komme ich den ästhetischen Kriterien, die dein Leben bestimmen, entgegen, wenn ich mich an einen anderen Tisch setze, um dort zwei große Gulasche in mich hineinzustürzen. Ade!«

»Bis zu irgendeinem Mittwoch!«, sagte ich.

Bevor Max kam, notierte ich mir noch den Einkaufszettel für morgen, denn ich war dran, und ich hatte ein paar ausgefallene Wünsche.

Amsel Müller Heidelberg

Ich rief den Ober, weil ich ein Paar Frankfurter wollte, da ertönte wie ein Aufschrei von hinten aus dem Café mein Name. Es war Jochen aus Braunschweig, mit beiden Armen fuchtelte er, ich hatte ihn sehr lange nicht mehr gesehen. Und er hatte mich überhaupt noch nie gesehen. Er war nämlich blind, und zwar von Geburt an, eine schwarze Brille hatte er auch früher nie getragen.

Ich hatte ihn über seine damalige Freundin kennengelernt. Das war vor über zwanzig Jahren. Ich hatte in einer Kneipe mit Kommilitonen getrunken und war übermütig gewesen und zum Lügen aufgelegt.

»Ich werde«, hatte ich gewettet, »in der nächsten halben Stunde eine Lügengeschichte erzählen.«

Da hörte ich hinter mir eine Stimme, und obwohl es eine Frauenstimme war, erinnerte sie mich an meine eigene Stimme, und ich sagte: »Darf ich euch meine Schwester vorstellen?«

Später erst erfuhr ich ihren Namen: Amsel Müller Heidelberg. Ich legte meine Hand auf ihre Schulter und deutete auf meine Freunde: »Kannst du denen bestätigen …« – »… dass ich deine Schwester bin?«, fragte sie. Sie hatte nämlich zugehört.

Sie setzte sich an unseren Tisch, neben mich, sie roch nach Haschisch. Sie war klein, hatte schwarze Haare und trug eine schmale, tropfenförmige Brille. Sie hatte einen weichen, weit vorgewölbten, sehr roten Mund, den sie manchmal zu einer Knospe zusammenzog.

»So«, sagten die Freunde, »jetzt ist die halbe Stunde vorbei. Wo ist deine Lügengeschichte?«

»Sie ist nicht meine Schwester«, sagte ich.

»Was redest du da«, sagte sie, »natürlich bin ich deine Schwester.«

Ich musste zahlen. Für alle hatte ich die Wette verloren. Und dann saßen wir bis früh um vier in der Kneipe, und Amsel und ich erzählten von unserer Kindheit. Sie wusste so viele Geschichten, und sie wusste sie so bunt und lebendig zu schildern, und dann erzählte sie, wie sie mich, als wir sechs und sieben Jahre alt gewesen waren, in der Nacht geweckt habe, wie sie mit mir an der Hand zum Elternschlafzimmer geschlichen sei.

»Die Tür war offen«, sagte sie, »nur einen Spalt weit, aber wir konnten hineinsehen. Und da haben wir den Papa in Anzug und Mantel und Handschuhen am Bett der schlafenden Mama sitzen sehen, am Fußende, und den Kopf hatte er in die Hände gestützt, und das war das Traurigste, was ich je gesehen habe ...«

Und dabei schaute uns Amsel durch ihre Brille an, einen nach dem anderen, und ihre Augen waren wie Murmeln. »Und wenn ich ihn«, geschickt vermied sie es, mich beim Namen zu nennen, sie wusste ja nicht, wie ich hieß, »wenn ich den Kleinen nicht bei mir gehabt hätte«, sagte sie, »dann wäre ich in dieser Nacht von zu Hause weggelaufen.«

Dann ging sie mit mir.

Sie war mit Brille schön, und ohne Brille war sie auch schön. Eine Brust zeigte sie mir. Aber sie wollte nicht mit mir schlafen.

»Weil wir Brüderchen und Schwesterchen sind?«, fragte ich.

Sie sagte: »Weil ich noch einen Freund habe.«

»Was heißt noch?«

»Ich muss schauen, ob ich ihn noch mag«, sagte sie.

»Komm morgen zu uns. Wenn ich euch nebeneinander sehe, dann kenne ich mich wieder aus.«

Ihr Freund war ebendieser Jochen, der mich nach über zwanzig Jahren an den beiden Worten Herr und Ober wiedererkannt hatte. Als ich ihn damals in der Küche sitzen sah, die Augäpfel nach oben gedreht, den Kopf in Achterbewegungen hin und her schwenkend, dachte ich: Die Sache ist für mich so gut wie gewonnen.

Amsel war in der Küche, und er fragte mich: »Wie heißt du?«

Sie blieb bei ihm. Nach den Spaghetti tat sie uns ihren Entschluss kund.

Das war die Geschichte, ich habe die beiden seither nicht wiedergesehen.

Ich setzte mich zu Jochen und fragte: »Bist du noch mit Amsel zusammen?«

»Nein«, sagte er, »sie lebt nicht mehr. Wir sind nach dem Studium nach Wien gezogen, ich bin Lehrer geworden, heute übersetze ich Bücher in Blindenschrift. Aus Amsel ist nichts geworden. Und da hat sie sich unter die U-Bahn geworfen.«

»Was heißt, aus ihr ist nichts geworden?«, fragte ich. Sein Mund war brutal offen und breit, und die Lippen walkten sich im Rhythmus seines Kopfes, an den Zähnen konnte man die Jahre sehen.

»Es ist einfach nichts aus ihr geworden«, sagte er. »Weißt du, die Geschichte damals hatte großen Eindruck auf sie gemacht.«

»Welche Geschichte?«, fragte ich, tat arglos.

»Oh, das wäre schrecklich, wenn du die Sache vergessen hättest«, sagte er. »Du hast sie als deine Schwester ausgegeben und wolltest sie mir wegnehmen, und sie ist bei mir geblieben. Aber dann hat es ihr leid getan.«

»Das glaube ich doch nicht«, sagte ich, »sie hat mich ja höchstens zehn Stunden in ihrem Leben gesehen!«

»Sie hat mich gebeten, ich soll ihr deinen Namen sagen. Habe ich nicht getan. Habe ich nicht getan, nein, nicht ums Verrecken!«

»Also«, sagte ich, »also, Jochen, es ist schon sonderbar genug, dass wir uns duzen, und dass wir beide unsere Namen noch wissen, ist noch sonderbarer, aber wenn du mir jetzt erzählen willst, die Amsel sei wegen mir vor die U-Bahn gesprungen ...«

»Sie war von jenem Tag an traurig. Was soll ich da anderes denken? Was habt ihr eigentlich gemacht? Sie war in der Nacht in deinem Zimmer, das hat sie erzählt ...«

»Mein Gott, Jochen«, rief ich, »das ist über zwanzig Jahre her!«

»Spielt das eine Rolle«, brauste er auf. In seinen Augen war nur Weißes. »Sie hat seit damals nicht mehr mit mir geschlafen! Ich habe gesagt: Du tust es nicht, weil ich blind bin. Sie hat gesagt, ich sei ein

Idiot, wenn ich das glaube. Ich wusste nicht, dass du hier in diesem Café bist. Wie sollte ich das wissen! Sei so gut und hau ab! Lass mich in Frieden!«

Das tat ich. Ich ging zu meinem Tisch zurück. Die Frankfurter waren kalt.

Medi Winter

»Ich war drei Wochen in den USA«, sagte Medi Winter. »Ich muss dir etwas Merkwürdiges erzählen.«
»Lass dich auf einen Schnaps einladen, Medi«, sagte ich.
»War Max schon hier?«
»In einer halben Stunde wird er kommen.«
»Ich will euch nicht stören«, sagte sie und setzte sich auf eine Pobacke.

Sie trug eine schwarze Stretchhose, die ihr knapp bis zur Mitte der Waden reichte. Ich schätzte sie um die sechzig. Sie wirkte jünger. Feine Bündel von Fältchen schoben sich an ihren Wangen zusammen, wenn sie lachte. Ihr Haar war grau und von weißen Strähnen durchzogen und drahtig. Vielleicht wirkte sie deshalb jünger, weil sie ein Leben lang Medi gerufen worden war.

Bis fünfzig hatte sie als Assistentin bei einem Zahnarzt gearbeitet, von dem ich nur weiß, dass er Walter hieß. Als er starb, hat er ihr etwas hinterlassen, davon konnte sie bescheiden leben und reisen. Und das tat sie. Sie war seine Geliebte gewesen. Das hat Medi nie abgestritten, und die Witwe des Arztes hatte Medis Erbanspruch nie in Frage gestellt.

»Ich war mit dem Bus von Los Angeles nach New York unterwegs«, erzählte Medi, »und in einem Motel irgendwo in Ohio lernte ich Staken kennen, und wir haben etwas getan, was eigentlich nur junge Menschen tun, was ich aber als junger Mensch nicht getan habe.

Unsere Zimmer lagen nebeneinander, und es war so, dass wir beide zufällig im selben Augenblick unsere Schlüssel ins Schloss steckten, und das war so komisch und gleichzeitig so eindeutig, dass jedes Abwenden blanke, kindische Idiotie gewesen wäre und wir, weil wir nun einmal sehr erwachsen waren, nichts anderes tun konnten, als miteinander in eines der Zimmer zu gehen.

Du weißt, dass ich viel gelernt habe, seit Walter tot ist, und dass ich vorher von Walter auch viel gelernt habe, aber es fällt mir immer noch schwer, über manche Dinge zu sprechen, sogar vor dir.

Wir umarmten uns und schlossen in der Umarmung die Tür ab, das heißt, ich tat es, ich tat es hinter dem Rücken und war selber überrascht, wie geschickt ich dabei war.

Also, wir legten uns aufs Bett. Ja. Ich wusste nicht einmal, was für einer Nationalität er angehörte, natürlich wusste ich seinen Namen nicht, dass er Staken hieß, sagte er mir erst spät in der Nacht.

Ich wollte ihn haben, aber nichts von ihm wissen, und er auch nicht von mir. Es war nichts Verrücktes, was du jetzt vielleicht denkst, keine l'Amour fou mit Verrenkungen und viel Schweiß. In unserem Alter schwitzt man nur wenig. Weil man auch nur noch wenig trinkt. Ganz leise und sanft haben wir miteinander geschlafen.

Er war schlohweiß, Walter hatte bis zum Schluss seine vollen schwarzen Haare gehabt, und auch sonst gab es nicht die geringsten Ähnlichkeiten zwischen den beiden.

Es war früher Abend, und die Sonne schien flach durch das Fenster und traf die Wand über dem Bett und war ein verschobenes, gelbes Viereck. Wir lagen darunter im Schatten.

Er neigte sein Gesicht über mich und küsste mich auf die Augenbraue, dorthin, wo der Knochen bei mir so vorsteht. Und aus der Nähe, aus dieser extremen Nähe, haben seine Mundwinkel ausgesehen, wie Walters Mundwinkel ausgesehen haben, da waren die zwei feinen Kerben rechts und links, die so schwer zu rasieren waren, und auch die Nase hat ausgesehen wie Walters Nase, sogar noch schmaler.

Und ich sagte: Walter, das ist schön. Zur Probe sagte ich das und ganz gefasst.

Er wollte sich aufstützen, aber ich hielt ihn fest. Es war noch zu hell, und ich wünschte nicht, von ihm betrachtet zu werden, wenn ich das Licht auf meinem Körper hatte und er den Schatten im Gesicht. Außerdem, das wusste ich, würde alle Illusion dahin sein, wenn er aus der extremen Nahaufnahme herausträte – ja, ich muss es so ausdrücken.

Und nun redete er auch. Ich weiß nicht, was für eine Sprache es war, aber es hat geklungen wie Walters Kauderwelsch, wenn er mit einem Patienten beschäftigt war und mir Anweisungen gab, da hat er keine Worte gesagt, sondern einfach nur so Laute ausgestoßen. Er sei dann so konzentriert, dass er sich nicht auch noch um die Sprache kümmern könne, sagte er. Und es war ja auch nicht nötig, wir beide waren gut aufeinander eingespielt gewesen.

Ich sagte: Walter, bitte, bitte, sei so gut, und erschreck mich nicht, ich habe wahnsinnige Angst, wenn du ein Geist bist, der mir bis Ohio gefolgt ist.

Ein bisschen gespielt war das noch, aber nicht ganz, nur ein bisschen noch. Und er antwortete wieder in seinem Kauderwelsch.

Da bildete ich mir ein, ich hätte etwas verstanden, nämlich einen Namen, nämlich Maria.

Ich hielt ihn am Nacken fest und sagte: Was, Walter, was hast du mit einer Maria?

Und er redete weiter, seine Augen, von denen ich auch nur die Winkel sah, wurden feucht, und ich sagte: Was weinst du, Walter? Weinst du, weil du drüben bist und ich hier bin – so drückte ich mich aus.

Weißt du, ich wollte, dass es sentimental klingt, weil ich dann, so dachte ich, nicht ganz den Verstand verliere.

Und er nickte. Nickte so heftig, dass er mir beinahe entglitten wäre.

Aber, sagte ich, ich bin doch bei dir.

Ich roch seinen Atem. Man würde wohl allgemein sagen, dass der nicht so gut gerochen hat. Als Zahnarzthelferin weiß ich, wenn der Mensch Brücken im Mund hat, dann kann er die Zähne pflegen, wie er will, ein wenig wird er immer riechen. Aber ich mochte diesen Geruch. Und ich sagte es zu ihm.

Jetzt kann ich dir das Wichtigste endlich sagen, sagte ich. Und ich sagte es ihm ...

Ach, ich will dich nicht weiter stören. Max wird wohl auch gleich kommen ...«

»Nein, Medi«, sagte ich, »du störst mich doch nicht! Erzähl doch, was war das Wichtigste?«

»Nein, das möchte ich nicht. Vielleicht später, wenn es nicht mehr so frisch in mir ist.«

Sie warf sich die Jacke über und lächelte und winkte mit den Fingern wie ein junges Ding.

Bevor Max kam, fühlte ich ein philosophisches Ziehen in der Herzgegend und war glücklich darüber.

Das Öl des Südens

Das war ein einzigartiger Abend! Unvergleichlich! Erst ertönte eine Glocke. Sie wurde geschlagen vom Herrn Ober, eine zarte, vierköpfige Bronzeschelle, wie wir sie von unseren Ministrantenjahren her kennen.

»Meine Damen und Herren«, rief er ins Kaffeehaus hinein, »es könnte sein, dass es in den nächsten Minuten anfängt, nach Öl zu riechen. Bitte, seien Sie nicht beunruhigt, es wird lediglich unsere Heizung repariert. Morgen wird alles sein, wie es immer war. Wenn Sie gehen wollen, verstehen wir Sie. Wer dennoch bleibt, dessen Konsumtion wird nur zu fünfzig Prozent berechnet.«

Ich war der Einzige, der blieb. Es stank sehr nach Öl. Es stank nach Öl, als wäre das Café ein frisch entleertes Ölfass. Der Herr Ober träufelte Kölnisch Wasser in sein Taschentuch und hielt es sich an die Nase.

»Wollen Sie auch ein paar Tropfen?«, fragte er mich.

»Ist nicht nötig«, sagte ich.

Ich blieb. Nicht, weil ich nur fünfzig Prozent von meinem großen Schwarzen, meinem Mineralwasser und meinen Frankfurtern mit Kren bezahlen wollte, blieb ich. Ich blieb, weil mir der Ölgeruch eine Geschichte in Erinnerung brachte, die mich für eine kleine Stunde aus der Zeit hob und mir ans Herz griff, und ich fürchtete, die Atmosphäre der Geschichte würde verduften wie der Ölgeruch, wenn ich das Café verließ.

Ich war fünfzehn oder sechzehn gewesen, hatte auf dem Land gelebt. Es war in den Sommerferien, ich arbeitete bei der Post als Briefträger. Mir war ein schlechter Bezirk zugeteilt worden, das heißt ein armer Bezirk, mit viel Trinkgeld konnte nicht gerechnet werden, Arbeitersiedlungen, die aus Zweifamilienhäuschen bestanden und von dichtgestopften Gemüsegärten umgeben waren. Später bauten die

Söhne ihre Häuser in die Gärten. Verantwortung lastete auf mir. Ich hatte nicht nur die Renten auszutragen, sondern auch RSA-Gerichtsbriefe.

Da war ein finsteres Haus mit einem finsteren Hof, auf dem fette Kohle gelagert wurde. In unserer Gemeinde gab es zwei Kohlen- und Ölhändler, einen erfolgreichen und einen weniger erfolgreichen. Letzterer war meiner.

Und in seinem Haus sah ich die schlimmste Armut, die ich bis dahin mit eigenen Augen gesehen hatte. Im Keller des Hauses lebte eine junge Frau mit zwei kleinen Kindern in einem Raum, dessen Boden aus gestampftem Lehm war. Ein Fensterchen gab es, das war kleiner als meine Postlertasche.

Ich erinnere mich nur noch an wenig. Die Frau war dunkel, hatte dunkle, große Augen, dunkle Haare und lachte nicht. Sie war höchstens zwanzig. Sie verstand unsere Sprache nicht.

Wenn ich ihr die Post gab, durchströmte mich ein Gefühl, das ich bis dahin nicht in mir gefunden hatte, eine Gefühlssymphonie. Mitleid war natürlich dabei, aber zuvorderst waren Ekel und Neugier auf Verderbtheit und warme, körperwarme Verlockung.

Ich war zum ersten Mal in einer Weise verliebt, die weder hehr noch beflügelnd, weder glückvoll noch sehnsüchtig, sondern nur süchtig und leiderfüllt war.

Ihr Mann sitze im Gefängnis, wurde in der Post gesagt.

Daher die RSA-Briefe, die Anwaltbriefe, alles unangenehme Post und täglich.

Ich legte die Briefe nicht einfach auf ihre Schwelle, ich klopfte, und sie öffnete.

Die hellen, sonnigen Schwimmbadnachmittage, wenn meine Arbeit getan war, kamen mir sinnlos und auf ewig verloren vor. Ich saß im Schatten der Bäume und wartete auf den nächsten Tag. Ihre Wohnung roch nach Öl, das ganze Haus roch nach Öl, nach Öl und muffiger Wäsche, nach Bohnerwachs und Kinderpisse. Für immer wird mich dieser Geruch an die erste Sucht meines Lebens erinnern.

Und Frauen, um deren Oberlippe ein feiner Flaum liegt, die gefallen mir.

Und dann war Monatsende, und uns Postlern wurden Stahlruten und Rentengelder ausgehändigt. Erstere, damit wir Letztere verteidigen. Wir zerschnitten uns die Finger, kerbten uns die feine Haut neben den Fingernägeln blutig, die Geldscheine waren nämlich neu und scharf – und es konnte vorkommen, dass zwei aneinanderhingen.

Bei mir kam es vor. Mir wurde ein Tausender zu viel ausgegeben. Das war ungefähr ein Drittel dessen, was ich in einem Monat verdiente. Ich bemerkte das Versehen sofort, und sofort kam mir der Gedanke, ihn zu behalten und ihn mit meiner Geliebten, die gar nicht wusste, dass sie meine Geliebte war, zu teilen.

An diesem Tag war keine Post für sie dabei. Ich klopfte trotzdem, und als sie öffnete, hielt ich ihr einen Fünfhunderter vors Gesicht. Sie blickte mich an, ich konnte in ihrem Gesicht nicht lesen, ich hatte es in den Wochen zuvor nicht gekonnt und konnte es nun auch nicht.

Lange blickte sie mir in die Augen. Ich hielt stand. Sie nahm den Schein. Dann griff sie nach meiner Hand. Ich dachte, lieber Gott, wenn sie jetzt meine Hand auf ihren Busen legt, dann werde ich bis an mein Lebensende nicht eine Sekunde deine Existenz bezweifeln.

Ebenso lange, wie sie mich angesehen hatte, hielt sie meine Hand. Ich weiß, sie überlegte, ob sie mir diesen Gottesbeweis liefern sollte, ich weiß es. Aber es gehörte wohl nicht zu ihrem Geschäft auf Erden, Gott zu beweisen.

Was für ein herrlicher Abend! Was für ein wunderbarer Geruch! Damit Durchzug im Kaffeehaus entstehe, öffnete der Herr Ober die Fenster und die Türen in den Toiletten, und aus der Küche roch es nach feuchten, muffigen Tischtüchern, und vom Stiegenhaus mischte sich noch Bohnerwachs dazu.

Ich liebe mein Kaffeehaus! Der Herr Ober setzte sich zu mir und sagte: »Sie müssen unser Kaffeehaus wirklich sehr lieben.«

Und dann erlaubte er mir, ihn Alfred zu nennen.

Bevor Max kam, bezahlte ich die fünfzig Prozent von einem großen

Schwarzen, einem Paar Frankfurtern mit Kren und einem Mineralwasser. Es war sehr unwahrscheinlich, dass Max aus dem herrschenden Geruchsgemisch ähnliche Erinnerungen ziehen konnte wie ich. Würden wir unseren Mittwochabend eben in einem anderen Café hinter uns bringen …

Die traurigste Geschichte

»Ich habe heute Inventur in meinem unnützen Kopf gemacht, und da ist mir die traurigste Geschichte meines Lebens eingefallen«, sagte Herr Pietzsch, der noch nie etwas zu mir gesagt hatte. »Wollen Sie sie hören?«

Natürlich wollte ich sie hören – allein deshalb schon, weil mich Herr Pietzsch interessierte.

Immer wenn ich im Kaffeehaus war, war er auch hier. Er habe ungefähr dieselben Zeiten wie ich, steckte mir der Herr Ober, den ich inzwischen Herr Alfred nennen durfte.

»Was ist er denn von Beruf?«, fragte ich.

»Pensionist. Früher war er Chemiker bei einer Behörde, die die Milch kontrolliert. Er ist Witwer und ein überzeugter Freund von Nachschlagewerken.«

Das war ja schon sehr viel – außerdem trug Herr Pietzsch graue Anzüge, die in ihrer Unauffälligkeit unbeschreiblich waren. Er hatte einen Blick, als durchschaue er einen und biete sich als Komplize an, und hatte die kältesten, blauen Augen, in die ich je geschaut habe.

»Gern möchte ich Ihre Geschichte hören«, sagte ich und bot ihm Platz an meinem Tisch an.

»Im Jahr 1957«, begann er, »entdeckte man auf einer der vielen indonesischen Inseln ein Dschungelvolk, das noch in der Steinzeit lebte – ich setze der Einfachheit halber voraus, dass solche menschheitsgeschichtliche Zeiteinteilung sinnvoll ist. Aber offensichtlich hat man sich weiter nicht sehr viel um dieses Volk gekümmert, das heißt, man hat mit einem Tonband ein paar Sprachaufnahmen gemacht, und man hat die Mitglieder dieses Volkes gezählt.

Es waren vierundachtzig.

Die Forscher – ich weiß nichts über sie, es müssen jedenfalls prächtige Nullen gewesen sein – meinten, diese vierundachtzig Menschen seien lediglich eine Großfamilie, das Volk als Ganzes zähle viel mehr Menschen. Sie haben in ihrem Bericht aus der Luft gegriffene Hochrechnungen angestellt.

In Wahrheit zählte das Volk als Ganzes nicht mehr Menschen. Auch die Tonbandaufnahmen der Sprachproben haben sich diese sauberen Wissenschaftler nicht richtig angehört, sie hielten die Sprache für irgendeinen Inseldialekt.

Jedenfalls – zwanzig Jahre später wurde ein französisches Forscherehepaar auf das mangelhafte Dossier aufmerksam und ging der Sache nach. Als Erstes stellten die beiden fest, dass dieses Volk nicht irgendeinen Inseldialekt sprach – was sollte das bitte auch sein? –, sondern eine eigene, mit keiner Stimme der Welt vergleichbare Sprache.

Zweitens fanden sie eine Katastrophe vor: Von dem Volk waren nämlich 1975 nur noch acht Menschen übrig, ganze acht Menschen, vier Männer und vier Frauen. Drei der Frauen waren über das Alter hinaus, in dem sie Kinder kriegen konnten. Die vierte Frau schätzten sie auf etwa achtzehn Jahre. Das Schicksal ihres Volkes lag in ihrem Schoß.

Es gibt eine Fotografie dieser jungen Frau. Sie steht vor einem weit auswurzelnden Baum, sie ist nackt, dunkelhäutig, und sie lacht, sie lacht, wie ein Mädchen in einem amerikanischen Spielfilm aus dieser Zeit hätte lachen können. Keine Spur von Fremdheit kann ich in ihrem Gesicht finden.

Wissen Sie, was ich meine? Ich meine, so ein Mensch, so ein letzter Mensch, der muss sich doch fremd auf der Welt vorkommen. Wie kann so ein Mensch noch lachen? Sie blickt in die Kamera, als wüsste sie, was ein Fotoapparat ist.

Es tut mir weh, sie anzusehen. Es muss einem wehtun!

Sie hält einen Gegenstand in der Hand, man kann nicht genau erkennen, was es ist. Es könnte ein Buch sein. Es ist eckig und ungefähr von der Größe eines Buches. Aber was sollte sie damit anfangen?

Darüber habe ich mir den Kopf zerbrochen! Vielleicht, dachte ich, vielleicht hat der französische Forscher oder seine Frau das Mädchen gebeten, das Buch zu halten, während sie oder er die Kamera bediente. Warum sollte dieser Gegenstand rätselhaft sein, nur weil er uns Überlebenden rätselhaft erscheint?

Nun, ich weiß nicht, was das französische Forscherehepaar anstellte, um die junge Frau schwanger werden zu lassen, ich weiß auch nicht, ob die beiden überhaupt etwas anstellten, es interessiert mich nicht, und auch dass sie sich bald darauf scheiden ließen und ob ihre Scheidung mit ihrer Entdeckung etwas zu tun hatte oder nicht – mein Gott, es ist viel geredet worden, der Mann habe sich in die junge Eingeborene verliebt, hieß es in einer Gazette, eine Liebe über Zehntausende Kilometer und Zehntausende Jahre hinweg, die Liebe des Menschen schlechthin, die reine Liebe, gereinigt von Raum und Zeit sozusagen – und was sonst noch alles geredet und geschrieben wurde. Das alles interessiert mich nicht. Ich weiß nur, weitere zehn Jahre später war von diesem Volk niemand mehr übrig.

Und wissen Sie, was das Traurigste ist? Ich werde es Ihnen sagen: Das Volk war ausgestorben, aber seine Sprache lebte in einigen Worten und Sätzen noch eine Zeitlang im Urwald weiter.

Wie das, werden Sie fragen. Ja. Wie das!

Die Papageien. Die Papageien, diese bunten Archive der Natur, jeder von ihnen ein warmes, gefiedertes Lexikon, sie hatten sich die Worte gemerkt und sprachen sie in den Wald hinein, sinnlos, ohne sie zu verstehen. Es war niemand da, der sie verstehen konnte. Es war nicht einmal jemand da, der darunter litt, dass er nichts verstand!

Ich könnte weinen über so viel Gottverlassenheit – und nun lasse ich Sie in Ruhe. Ich trinke um diese Zeit gern ein Glas Whisky, ich hoffe, Sie auch. Ich lass den Herrn Alfred ein Glas auf meine Rechnung an Ihren Tisch bringen.«

Dann ging Herr Pietzsch in seiner gebeugten Haltung, die rechte Hand flach auf den rechten Oberschenkel gelegt, zu seinem Tisch zurück.

Die allertraurigste Geschichte

»Ich habe gesehen, dass Herr Pietzsch letzten Mittwoch mit Ihnen gesprochen hat«, sagte Herr Alfred. »Ich bin natürlich neugierig. Es hat keinen Sinn, das zu leugnen, außerdem gibt es keinen Grund dazu, im Gegenteil: Neugierde ist meines Erachtens das einzig sichere Indiz für Intelligenz.«

»Sie wollen wissen, was er mir erzählt hat?«

»Ich würde es sehr gerne wissen.«

Herr Alfred sah aus, wie unser Lateinlehrer ausgesehen hatte, und der hatte ausgesehen, wie ich mir damals einen englischen Landadeligen vorstellte: eine ums Kinn ins Olive schimmernde, wundervoll sauber rasierte Haut, ondulierte Haare, die Schläfenansätze grau, im Mittelteil brünett, an den Spitzen blond. Und Hände hatte Herr Alfred ganz besonders bemerkenswerte, flinke, sehnige und, wie es schien, durch nichts zu beschmutzende.

»Eine traurige Geschichte hat mir Herr Pietzsch erzählt«, sagte ich. »Sie handelte vom Untergang eines Volkes.«

»Oh«, machte Herr Alfred, blickte sich rasch im Kaffeehaus um, »diese Geschichte also, na ja …«

Dann eilte er zur Theke, schenkte Kognak in zwei Schwenker und kam zurück an meinen Tisch.

»Dann will ich Ihnen seine allertraurigste Geschichte erzählen. Trinken wir! Auf das Wohl unseres grauen Herrn Pietzsch!«

Wir tranken.

»Herr Pietzsch hatte eine Frau, und nichts an ihr war grau. Ich habe sie noch gekannt, sie war klein, trug immer adrette Kostüme, meist anthrazit, saß aufrecht auf der Kante des Sessels und wirkte streng. Aber wenn sie lachte, war sie lieblich und weich, und es war, als neigte sich das ganze Kaffeehaus ihr zu, und mancher musste sich beeilen, das Bild zu korrigieren, das er sich von ihr im Kopf gemacht hatte.

Manchmal kam sie allein hierher, manchmal gemeinsam mit ihrem Mann. Sie hielt seine Hand, gern tat sie das.

Sie waren beide schon an die fünfzig. Ich dachte damals, er schäme sich für diese Teenagergeste. Heute weiß ich, er war stolz darauf. Er wollte, dass man sah, wie sie ihm die Hand hielt. Er war stolz, sehr stolz sogar und dachte bei sich, das darf ich nicht sein, ich stoße die anderen Menschen vor den Kopf, wenn ich zeige, wie stolz ich auf meine Frau bin, das muss als erniedrigend empfunden werden von jedem, der es nicht ähnlich gut getroffen hat. Und deshalb hat er so getan, als ob er sich schämte.

So einer war Herr Pietzsch, so einer ist Herr Pietzsch. Wenn ich ihn ansehe, staune ich, weil er so kalte, so – verzeihen Sie –, so böse Augen hat.

Und dann sagte eines Tages seine Frau zu ihm: Ich habe etwas im Hals.

Was hast du denn im Hals?, fragte er sie.

Ich weiß nicht, sagte sie, vielleicht habe ich ein Haar im Hals stecken.

Wie spürst du es denn?, fragte er.

Wenn ich lache, spüre ich es, sagte sie.

Trink ein Glas Wasser, sagte er.

Das habe ich schon getan, sagte sie.

Sie hüstelte. Eine Woche, zwei Wochen, vielleicht sogar drei Wochen lang hüstelte sie und räusperte sich in einem fort und hatte das Gefühl, ein Haar stecke ihr im Hals.

Dann kam noch etwas dazu, zu ihrem Lachen kam etwas dazu, meine ich. Wenn man lacht, stößt man mehr Luft aus als sonst, und man stößt die Luft mit Ton aus. Das nennt man Lachen. Das brauche ich Ihnen nicht darzulegen, das wissen Sie, das weiß jeder. Normalerweise atmet der Mensch beim Lachen mit Ton aus, aber nicht mit Ton ein. Frau Pietzsch konnte auf einmal nicht mehr anders einatmen als mit Ton. Verstehen Sie?

Es war eine traurige Wahrheit, und sie lautete: Der Tod kündigte sich bei ihr an, und er hatte ihr liebes Lachen gewählt, um sich anzukündigen. Eine seltsame Nervenkrankheit zwang sie nieder. Nach einem guten halben Jahr bereits saß sie im Rollstuhl.

Herr Pietzsch kam zu mir und sagte: Herr Alfred, ich werde immer kräftiger, und sie schwindet dahin. Es muss ihr wehtun, mich zu sehen.

Und ich, ich sagte: Dann, Herr Pietzsch, tun Sie doch vor ihr so, als seien Sie selbst auch nicht ganz gesund.

Und wissen Sie, was er sich einfallen ließ? Er spielte den Alkoholiker, der sich die Leber zu Schwamm säuft. Und ob Sie es glauben oder nicht, es tat ihr gut. Sie lachte wieder, sie lachte viel, beide lachten viel, und am meisten lachten sie, wenn er ihr von seiner kaputten Leber erzählte, die in Wahrheit gar nicht kaputt war.

Bitte, sagte sie, bitte, und sie konnte kaum noch richtig reden, niemand außer ihrem Mann konnte sie verstehen, bitte, geh zum Arzt, sagte sie, lass deine Leber untersuchen.

Jawohl, rief er, tat wie ein Betrunkener, ich geh zum Herrn Doktor, zum Herrn über Leber und Tod.

Und sie lachte über diesen Scherz, lachte toneinwärts und tonauswärts und konnte bald nichts weiter mehr bewegen als die Finger und die Lippen. Die Finger brauchte sie, um seine Hand zu halten, was ihn so stolz machte und wofür er sich auch schämte, und die Lippen brauchte sie, um zu lachen.

Zu mir sagte er im glücklichsten Ton und nagelte mich dabei mit seinen blauen, harten, bösen Augen in die Luft: Herr Alfred, Herr Alfred, sie fürchtet sogar, ich sterbe vor ihr! Ich soll es mir genau einteilen mit dem Leben, und damit meint sie, ich soll zusehen, dass ich nicht früher als sie sterbe. Herr Alfred, Herr Alfred, ich betrüge sie!

Und ich sagte: Aber, mein lieber Herr Pietzsch, sie wird es nie erfahren, dass Sie sie betrügen!

Dann starb sie. So. Aus. Fertig. Das ist die allertraurigste Geschichte, die ich kenne. Meinetwegen können ganze Völker aus-

sterben, aber die kleine Frau Pietzsch mit ihrem Lachen, die würde ich gern herausholen aus dem Loch im Boden, in dem sie steckt.«
»Ja«, sagte ich.
Bevor Max kam, ging ich noch hinüber zu den Billardtischen. Wernhofer spielte gegen sich selber, und ich fragte ihn, wie dieser obszöne Song von den Rolling Stones heiße, den es nur als Raubpressung gibt. Über die Rolling Stones weiß Wernhofer nämlich alles.

Muchti, der Retter

Und dann las ich auf Seite acht in meiner Zeitung, die in meinem Café aufliegt, dass ein gewisser Bruno Feldkircher unter Einsatz seines Lebens einem verschütteten Touristenehepaar aus Essen in den Bergen zu Hilfe gekommen sei.

Mir war, als falle eine schmale Lichtspur auf mich. Denn: Diesen Bruno Feldkircher kannte ich! Er konnte das F nicht aussprechen und stellte sich als Cheldkircher vor und konnte auch seinen Spitznamen nicht richtig aussprechen und wurde deshalb Muchti genannt.

Muchti war gelernter Elektroinstallateur. Mit seinen bärenhaft behaarten, immer etwas einwärts gekrümmten, groben Händen reparierte er die Märklinlokomotivchen aller Buben. Das waren warme und trockene Hände, und es tat wohl, wenn sie sich einem auf die Schultern legten oder wenn sie einen am Oberarm fassten.

Muchti hatte ein Vollmondgesicht und einen zerfetzten Bart, der alle möglichen Farben aufwies von Schwarz zu Rotblond und Grau.

Er war mit einer herzensungebildeten Person verheiratet. Sie lieh ihren Mann her. Zu allen möglichen Verwendungen lieh sie ihn her, zum Beispiel, um Flöhe zu vertreiben.

Jawohl, Muchti konnte Flöhe vertreiben! Auf diesem Gebiet war er priesterlich. Ich habe es selbst gesehen. Es war vor zehn Jahren, wir hatten drei Katzen, und alle drei hatten Flöhe wie die Arche Noah, und wir waren so ungeschickt, ihnen in der Wohnung Flohbänder überzuziehen, was zur Folge hatte, dass die Flöhe die Katzen verließen und zu uns überwechselten.

Eines Nachmittags sagte ich zu meiner Frau: »Schau her, einer hat im Wohnzimmer Tusche auf den Boden gespritzt, da sind lauter schwarze Punkte.«

Es waren aber keine schwarzen Tuschepunkte, sondern Flöhe.

Da sagte meine Frau: »In diesem Fall kann nur Muchti helfen.«
Sie telefonierte mit Muchtis Frau, Muchti wurde verliehen, und Muchti kam.
»Geht schon«, sagte er.
Auf ewig unvergessen bleibt mir die folgende halbe Stunde! Muchti machte Liegestütze und Kniebeugen, bis er schweißnass war, dann zog er sich nackt aus und ging breiten, langsamen, eben priesterlichen Schrittes durch unsere Wohnung.
»Die kleinen Chiecher sind cherrückt nach meinem Schweiß«, sagte er mit einer Stimme, die aus tief unten zwischen den Schlüsselbeinen zu kommen schien.
Die schwarzen Tuschepunkte flogen vom Boden ab auf Muchtis Waden.
»Lasst Wasser in die Wanne lauchen«, sagte er.
Muchtis nackter Körper war eine Sensation. Er hatte einen Hodensack von schafsbockartigen Ausmaßen, mit krummen, harten Haaren beworfen. Als gewaltige Doppelschelle schwang er zwischen seinen Beinen, war so schwergewichtig, dass er das Glied fast ganz in sich hineinzog.
Andächtig blickten meine Frau, meine Kinder und ich auf den herrlichen Muchti. Mit schwarzgepunkteten Beinen stieg er in die Badewanne und brachte die Sintflut über die kleinen Tiere.
Muchti hatte drei eheliche und drei außereheliche Kinder. Für alle wollte er sorgen, und er schaffte es nicht. Er schaffte es einfach nicht. Sogar an Weihnachten schaffte er es nicht. Mit Tieren konnte Muchti umgehen, mit den kleinen wie mit den großen – mit Geld nicht, weder mit dem kleinen und schon gar nicht mit dem großen.
Und immer wieder verliebte er sich. Und immer verliebte er sich in Frauen, die in Not waren. Er leckte Wunden, die von fremden Ehemännern geschlagen worden waren, und er reparierte Betten, in denen andere geliebt wurden.
Und eines Tages verliebte er sich in Sylvia. Sie war kaum zwanzig, ein verstörtes Mädchen aus einem Touristendorf. Sie war von zu

Hause abgehauen, und nach drei Monaten Großstadt war sie heroinsüchtig.

Muchti liebte sie und wollte sie retten. Er verließ Frau und Kinder und folgte ihr nach. Sie lebten zuerst in einer Wohngemeinschaft, dann über einem Lagerhaus, zuletzt in einem Neubau ohne Fenster. Muchti besorgte für Sylvia das Gift. »Geht schon«, sagte er.

Sie küsste seinen Hodensack und sagte: »Danke, Muchti.«

Er sagte: »Geht schon.«

Aber dann ging es eines Tages nicht mehr, das heißt, Muchti konnte nicht mehr zusehen, wie sich Sylvia kaputtmachte.

Er sagte: »Sylvia, entweder du hörst auch mit dem Gicht, oder ich chang damit an.«

Sie sagte: »Ich kann nicht damit aufhören, Muchti.«

»Gut«, sagte er, »dann mach ich dir chon jetzt an alles nach.«

Er hatte an diesem Tag von einem heruntergekommenen Kleindealer ein paar Gramm Heroin gekauft. Er sagte: »So, Sylvia, zeig mir, wie chiel du nimmst.«

»Wenn du beim ersten Mal so viel nimmst wie ich«, sagte sie, »dann stirbst du.«

»Chon mir aus«, sagte er. »Das ist mir scheißegal.«

Und ihr war es wohl auch scheißegal.

Sie machte sich eine Spritze, und er machte sich auch eine. Sie fiel ins Koma, und er spürte gar nichts. Er brachte Sylvia ins Krankenhaus und legte dem Arzt beide Spritzen hin.

»Ich bin gegen das Gicht immun«, sagte er.

Die Wahrheit lautete: Der heruntergekommene Kleindealer hatte den Stoff mit Milchzucker gestreckt, aber vergessen, ihn richtig durchzumischen. Muchti hatte den Milchzucker abbekommen, Sylvia das hochprozentige Heroin. Sie überlebte.

Dann verschwand Muchti. Manche sagten, er sei nach Afrika ausgewandert. Afrika sei von allen Kontinenten am meisten gefährdet. Dort sei für Muchti der richtige Platz, dort werde Muchti gebraucht.

Immer wieder, wenn ich mit Freunden zusammensaß, kam einer

auf Muchti zu sprechen. Viele Geschichten gab es von ihm! Wir erzählten uns diese Geschichten, als wäre er selbst nicht mehr am Leben. Und dann las ich auf Seite acht in meiner Zeitung, die in meinem Café aufliegt, ein gewisser Bruno Feldkircher habe einem Touristenehepaar aus Essen in den Bergen das Leben gerettet …

Aufgeschlagen auf Seite acht legte ich die Zeitung zurück auf den Zeitungstisch.

Muchti, der Atheist

»Erzähl uns noch eine Geschichte von Muchti«, sagte Rita, die wieder ihren bleichschwarzen Pullover trug.

Und Wernhofer, der Spezialist in allen Fragen der Rolling Stones, kam vom Billardtisch herüber und sagte: »Ich möchte auch mithören, was gibt's?«

»Er erzählt von Muchti«, sagte Rita.

»Du bist mir auch noch eine Geschichte schuldig«, sagte ich zu Rita.

»Ja, ja«, sagte sie, »aber erst du.«

»Also gut«, sagte ich.

Es war nicht viel los im Kaffeehaus. Darum setzte sich nun auch noch Herr Alfred zu uns an den Tisch. Er brachte eine Flasche Grappa und vier Gläser mit.

»Aber nur bis Max kommt, dürfen wir ihn stören«, sagte er und schenkte exakt ein.

»Also gut«, sagte ich. »Muchtis herzensungebildete Frau las irgendwann, dass die Kirche neun Millionen Hexen umbringen hatte lassen, da trat sie einem Atheistenverband bei, und weil Muchti sie liebte, trat auch er bei.

Der mächtige Muchti mit seinen Prankenhänden legte sich mächtig ins Zeug, denn er wollte seiner Frau imponieren, und er wollte, dass sie stolz auf ihn ist und sich nicht für ihn schämen musste vor den anderen Atheisten.

Er ergriff sogar aktiv die Initiative und erkundigte sich bei seinen vielen Freunden, die ihm alle etwas schuldig waren, nach einschlägigen Flüchen. Er dachte, Flüche wie Gott soll deine Mutter in den Arsch ficken! oder Die drei besten Engel sollen verrecken! heben sein Ansehen im Verein. Ihm selbst war dabei gar nichts an Ansehen gelegen, weder im Atheistenverband noch sonst irgendwo. Er lebte wie ein gesegneter Stein Gottes in den sonnigen Tag hinein. Er wollte lediglich seiner Frau dienlich sein.

Ach, ich konnte sie nicht leiden, ich geb's zu. Sie hatte eine wunderbare Figur, das schon, Brüste, die einem entgegensprangen, das ja, und eine blühende Taille hatte sie auch, und dass ihr oben links ein Zahn fehlte, war ein interessant verruchter Aspekt. Aber sie aß zu viel Gemüse, sie stank, ja, sie furzte ganz offen und ungeniert und wann immer ihr danach war.

Mit ihren Augen konnte sie den mächtigen Muchti aufspießen. Wenn sie ihn ins Visier nahm, sanken ihm die tätowierten Arme herab und mit ihnen die Mundwinkel, und er sagte: Geht schon.

Manchmal sagte Muchti einen halben Tag lang nichts anderes als: Geht schon. Mich hat das nicht gestört.

Jedenfalls machten die Oberatheisten den beiden gleich zu Anfang ihrer Mitgliedschaft mit scharfen Worten klar, dass der Atheistenverband eine durch und durch moralische Angelegenheit und dass Fluchen nicht nur nicht gut, sondern nachgerade schlecht sei.

Muchti entschuldigte sich, erklärte, nur er fluche, seine Frau habe noch nie geflucht, und er meldete sich freiwillig, die monatliche Broschüre des Verbandes auf der Straße zu verteilen.

Und so stand Muchti, der aufrechte Löwe, der Elektroinstallateur, der Karl Marx und Sartre in weiten Ansätzen gelesen hatte, vor der größten Kirche der Stadt und verteilte die Gazette des Atheistenverbandes und rief dabei: Gott ist tot! Nieder mit Chinsternis und Chron! Der Mensch ist chrei!

Das machte Muchti zwei oder drei Tage. Dann sprach ihn ein Geistlicher an.

Er sagte: Sie glauben mehr nicht an Gott, als ich an ihn glaube. Wie lebt es sich mit so viel Überzeugung im Herzen?

Geht schon, sagte Muchti.

Der Geistliche lud Muchti zum Essen ein.

Ich bin voll Zweifel, sagte er mitten im Schnitzel, ich zweifle, ob ich in Gott eine Person sehen darf, die gütig und gerecht ist.

Was spricht dagegen?, fragte Muchti.

Er hatte sich nur Gemüsebeilagen bestellt und mampfte großflächig.

Manchmal denke ich, Gott ist überall, sagte der Geistliche, in den Sternen, in den Tannenzapfen, in Messer und Gabel und im Schnitzel.

Im Schnitzel kann ich Gott nicht chinden, sagte Muchti und hob das panierte Stück, das vor dem Geistlichen auf dem Teller lag.

Natürlich können Sie das nicht, sagte der Geistliche, Sie glauben ja, dass es ihn gar nicht gibt.

Irgendetwas Höheres gibt es sicher, sagte Muchti.

Aha, sagte der Geistliche. Aha! Und was soll das sein, und wie soll es sein?

Ich nehme an, dass es gütig und gerecht ist, sagte Muchti, und süß, irgendwie süß. Süßigkeiten, philosophierte Muchti weiter, Süßigkeiten sind irgendwie allumchassend. Chiel mehr jedenchalls als Kartocheln.

Er hatte sich ein großes Himbeereis bestellt. Heiße Liebe.

Ja, ja, die süßen Wunden Christi, zitierte der Geistliche wehmütig und wischte sich über sein farbloses, formloses Haar. Wissen Sie, wenn Gott alles umfasst, die Berge, die Tannenzapfen, das Besteck und das Schnitzel, dann ist er genauso viel wie gar nichts.

Nichts ist er, glaub ich, nicht, sagte Muchti, chür mich ist er doch eher alles.

Ich dachte, Sie sind Atheist, sagte der Geistliche.

Nicht unbedingt in allem, sagte Muchti.

In was denn zum Beispiel nicht?

Also, sagte Muchti, wenn mich einer direkt chragt, ob ich an Gott glaube ...

Was sagen Sie dann?

Dann sage ich ...

Was sagen Sie dann?

Dann sage ich ... also, dann sage ich: Wenn mein Schluckauch jetzt in einer Minute auchhört, dann glaube ich an ihn.

Der Geistliche und Muchti warteten eine Minute schweigend. Der Schluckauf meldete sich nicht mehr, und geläutert gingen sie beide ihrer Wege – natürlich nachdem der Geistliche zu seinem Schnitzel auch noch Muchtis Gemüsebeilagen, seine drei großen Biere und sein Himbeereis bezahlt hatte.«

Rita im bleichschwarzen Pullover zahlte meinen großen Schwarzen, Wernhofer meinen Topfenstrudel, Herr Alfred ließ den Schnaps auf Rechnung des Hauses gehen. Und dann war ich wieder allein an meinem Tisch.

Bevor Max kam, dachte ich noch ein wenig über das Weltall nach und dass man schon ziemlich abgebrüht sein musste, um in sternenklarer Nacht nicht auf die Knie zu fallen.

Das Haus am Fluss

Oft passiert es mir, dass ich von Wernhofer rede, und einer fragt, wer ist das, und ich sage, aber ich habe doch schon von Wernhofer erzählt, und ich bekomme zu hören, nein, von dem hast du noch nie erzählt.

Man vergisst ihn leicht, man übergeht ihn leicht, man merkt sich ihn nicht. An seinem Äußeren kann es nicht liegen. Er ist ein schönes Stück größer als die meisten. Schlank und wohlgebaut ist er, hat eine gerade Haltung, breite Schultern und einen interessanten, sehnigen Hals, der überaus männlich wirkt. Die Haare sind ihm schon früh ausgegangen, bis zur Hälfte des Kopfes ist er kahl.

Seine Lippen kräuseln sich bei jedem Wort, so dass man meinen muss, Wernhofer sei ein ironischer Mensch – was er eigentlich nicht ist. Er ist ein Zuhörer, ein aufmerksamer, nahezu nervend aufmerksamer Zuhörer. Er formt mit seinen Lippen die Worte des Sprechers nach. Das ist, als blicke man in einen sich kräuselnden Spiegel. Das nervt mitunter, zugegeben.

Wernhofer hat ein Hobby, er sammelt alles, was mit den Rolling Stones zu tun hat. Nicht nur alte Schallplatten und illegale Konzertmitschnitte sammelt er, sondern auch Zeitungsartikel, T-Shirts, benützte Gitarrenseiten, Mikrofonkabel. Von allen Mitgliedern der Gruppe besitzt er mindestens ein Autogramm, vom verstorbenen Brian Jones ebenso wie von den aus der Band ausgetretenen Mick Taylor und Bill Wyman.

Als Bub hat er zu sammeln begonnen. Inzwischen leidet er unter seiner Sammlung. Er will längst schon nicht mehr weitersammeln. Er ist Ende vierzig. Er kann nicht aufhören zu sammeln, das Gewissen würde ihn fertigmachen. Mir hat er einmal gestanden, er wünsche sich nichts sehnlicher, als dass die Gruppe The Rolling Stones offiziell aufgelöst würde.

»Meinetwegen«, sagte er, »meinetwegen soll sich Keith Richards die Gicht in die Griffhand ziehen, oder Mick Jagger soll von einer Stimmbandlähmung heimgesucht werden.«

Wernhofer drückt sich gern relativ ungewöhnlich aus. Er wählt mit verzweifelter Absicht Worte, die man von einem Rolling-Stones-Fan nie und nimmer erwarten würde.

Wernhofer spielt in meinem Café Billard, fast jeden Abend spielt er hier, ich weiß nicht, ob er Anhang hat, davon erzählt er nicht. Niemand fragt ihn irgendetwas. Er spielt immer nur gegen sich selbst oder mit sich selbst, ich weiß nicht, wie er es sieht. Manchmal setzt er sich zu mir an den Tisch, und wir plaudern.

Einmal, bevor Max kam, erzählte er mir eine kleine, zarte Geschichte aus seiner Kindheit.

»Ich war ein sehr ruhiges Kind«, sagte er, und ich zweifelte nicht daran, »ich konnte mich stundenlang selbst beschäftigen. Nicht einmal Spielzeug brauchte ich dazu. Alles, was ich brauchte, waren ein weißes Blatt Papier und ein Bleistift und ein Spitzer. Ich zeichnete.

Und eines Tags zeichnete ich einen Fluss, der an hügeligen Feldern vorbeizog. Vorne links grenzte ein Wald an sein Ufer, da ließ ich eine gelbe Stelle, das sollte ein Stück Strand sein. Ich zeichnete das Gras, das bis an den Waldrand reichte, und ich zeichnete es schräg, denn ich wollte, dass der Wind in das Gras fuhr. Und das wollte ich nur, um zu zeigen, dass der Wind vom Wald abgehalten wurde, und dass es auf meinem gelben Strand windstill war.

Ich mochte nämlich Wind nicht und mag ihn bis heute nicht, denn ich bekomme Ohrenschmerzen davon.

Nach jedem Zentimeter, den ich zeichnete, musste ich den Bleistift nachspitzen, was ich zeichnete, war winzig. Ich zeichnete eine Taschenlampe, denn ich ahnte, dass es auch auf einem Bild Nacht werden könnte, und da wollte ich gewappnet sein. Ich zeichnete eine winzig kleine Zündholzschachtel und eine winzig kleine Kerze, für den Fall, dass die Batterien in der Taschenlampe leer würden.

Einen Schirm zeichnete ich – es hätte ja regnen können. Schokolade zeichnete ich und ein Wurstbrot und eine winzige Flasche Coca Cola.

Schließlich war von meinem gelben Strand – den ich mir, wenn ich genau sein will, ja nur gelb vorstellte – nichts mehr zu sehen, so voll war er mit winzigen Gegenständen, die ich zum Leben unbedingt brauchte.

Da beschloss ich, ein Haus zu bauen.

Ich zeichnete das Haus über die Taschenlampe, über die Zündhölzer und die Kerze, über Wurstbrot, Schokolade und Coca Cola. Ich wollte ja all diese Dinge im Haus haben. Es wurde ein dunkles Haus – klar: Die Dinge mussten übermalt werden.

Von Anfang an hatte ich Sorgen. Es schien mir verwegen, ein Haus zu bauen. Ich dachte, dazu bist du wirklich noch zu klein. Ich dachte: Du hast dich übernommen. Mein Haus am Fluss war eine Herausforderung an das Schicksal.

Und aus irgendeinem Antrieb heraus – frag mich nicht – zeichnete ich Wolken an den Himmel. Ich spitzte den Bleistift nicht nach, es war ein weicher Bleistift. Die Wolken wurden fett, bauchig, geladen, sie glänzten gefährlich.

Ein Gewitter zog auf in meinem Bild.

Gut, dachte ich, ich werde mein Haus schützen, und ich zeichnete einen Blitzableiter auf das Dach. Ich wusste nicht, wie so ein Blitzableiter funktioniert. Ich setzte ihn mitten auf das Dach.

Was aber, dachte ich nun, wenn der Blitz nicht genau mitten auf das Dach schlägt? Während ich die Wolken immer dichter schraffierte, zeichnet ich flugs rechts und links auf den Giebel je einen weiteren Blitzableiter.

Aber wieso sollte ein Blitz nur auf den Giebel eines Hauses schlagen dürfen? Wo steht denn das geschrieben? Auf den Dachflächen ist ja noch Platz genug.

Ich zeichnete, zeichnete Blitzableiter, das ganze Dach übersäte ich damit.

Und die Wände? Kann es nicht einen Blitz geben, der von der Seite kommt? Ich dachte, ja. Also schnell: Blitzableiter an die Wände.

Am Ende sah mein Haus am Fluss aus wie ein Igel. Und noch immer hatte ich Sorgen. Dicht an dicht standen die Blitzableiter, aber noch immer hatte ich Sorgen ...«

Tief seufzte Wernhofer.

Jetti Lenobels Oma

Bevor Max kam, kam Jetti.

Jetti Lenobel ist um zwei Tage älter als ich, ihr Haar ist so widerspenstig wie eh und je, und niemand soll ihr glauben, dass es früher glatt und seidig war.

»Setz dich zu mir, Jetti«, sagte ich.

»Nein«, sagte sie, »ich will dich nur etwas fragen.«

Sie ging neben meinem Tisch in die Hocke, spreizte dabei ihre Beine zu einem breiten V. Mit Jetti hätte ich immer gern etwas gehabt, sie hat eine wahnsinnig anmachende Oberlippe mit Sommersprossen darauf.

»Ich habe dir doch die Geschichte von meiner Oma erzählt«, sagte sie, ohne mich anzusehen, meine Verlegenheit war ihr seit jeher peinlich. »Welche Version habe ich dir da erzählt?«

»Was meinst du damit?«, fragte ich.

»Ich habe Briefe von meiner Oma gefunden und möchte ein Feature daraus machen«, sagte sie.

Jetti arbeitete als freie Mitarbeiterin beim Rundfunk. Ihr Spezialgebiet war die poetische Reportage, aus einem Haufen gemähtem Gras konnte sie Gold machen, und ein Bericht über eine normale Nacht bei der Funkstreife wurde unter ihrer Regie zur Apokalypse.

Sie hat schon viele Preise bekommen. Jedes Mal hat sie das Geld vorbildlich gespendet.

Jettis Leben war Schönheit, Reichtum, Erfolg und moralische Größe. Wie parteiisch das Schicksal doch ist, dachte ich: Charmant war sie nämlich obendrein.

»Du meinst, deine deutsche Oma, die mit dem Koffer, die ...«

»Danke«, schnitt sie mir das Wort ab, sprang auf und war weg.

Ihre Oma – diese Geschichte hatte mir Jetti erzählt – sei eine große, lotrechte, nie lachende Frau gewesen, gütig und dennoch herzlos, mit allem beschäftigt, an nichts interessiert. Sie stammte aus Nürnberg, hatte als reife Frau einen Stein nach Adolf Hitler geworfen, als der im offenen Wagen durch die Stadt fuhr. Sie war nicht erwischt worden. Aber sie hatte laufen müssen, und bis zum Ende des Krieges hatte sie die Stadt nicht mehr betreten, und dann war die Stadt nicht mehr wiederzuerkennen gewesen und nicht mehr die ihre.

Sie zog mit ihrer Tochter und deren Mann nach Wien und besorgte dem Paar den Haushalt. Der Schwiegersohn wurde ein bekannter Journalist, man konnte sich bald eine große Wohnung in der Innenstadt leisten, in der Jettis Oma selbstverständlich ein eigenes Zimmer, selbstverständlich ein eigenes Bett, selbstverständlich einen eigenen Kleiderkasten besaß.

Aber Jettis Oma war merkwürdig. Vielleicht war sie erst merkwürdig geworden, vielleicht war sie ja schon immer merkwürdig gewesen, und es war nur niemandem aufgefallen unter den merkwürdigen Umständen des verrückten Krieges – sie lebte aus dem Koffer. Sie weigerte sich, ihre Wäsche in den Kasten zu geben. Ihre Kleider, Mäntel, Jacken hängte sie außen an den Schrank. Alles andere, Blusen, Unterzeug, Strümpfe, aber auch die wenigen Habseligkeiten, die sie besaß – eine Kunstlederbibel, ein Schmuckkästchen mit einer Brosche, ein Paar Ohrringe, Ehering, Soldbuch und Militärmarke ihres im Ersten Weltkrieg gefallenen Mannes, aber auch das Glasfläschchen mit dem Aluminiumdrehverschluss, in das sie alle Monate Kognak nachfüllte –, bewahrte sie in ihrem scheckig braunen Lederkoffer auf.

Und: Sie schlief nicht in ihrem Bett, sondern auf dem Sofa in der Küche. Jeden Abend tat sie so, als sei es nur vorübergehend, nur ausnahmsweise. Auf dem Bett in ihrem Zimmer stapelten sich Pappkartons, in denen sie die Ausgabenbelege ihres Schwiegersohnes aufbewahrte. Jettis Oma erledigte nämlich seine Steuerangelegenheiten.

Jetti Lenobels Oma lehnte jede Form der Seßhaftigkeit ab. In der riesengroßen Wohnung gab es nicht einen Platz, der der ihre gewesen wäre, nicht ein Bild hing an der Wand, das ihr etwas bedeutete. Nicht eine einzige Begebenheit aus ihrem Leben erzählte sie in all den Jahren, nicht ein einziges persönliches Wort kam je über ihre Lippen.

Bevor sie starb, bat sie Jetti, alles, was an sie erinnerte, zu verbrennen. Und Jetti tat, worum sie ihre Großmutter gebeten hatte. Es habe kein großes Feuer gegeben, erzählte Jetti.

»Dauerte nicht länger als drei Zigaretten.«

Nur ein Bündel mit Briefen, das Jetti zuunterst im Koffer gefunden hatte, getarnt, eingewickelt in graue Seidenstrümpfe, das verbrannte sie nicht. Es waren Liebesbriefe.

Liebesbriefe an wen? An ihren im Krieg gefallenen Mann? Nein, mehrere Briefe waren nach dessen Tod geschrieben worden. Warum war Jettis Oma überhaupt im Besitz dieser Briefe? Hatte der Adressat, wer immer er auch war, sie an sie zurückgeschickt? Warum? Oder waren die Briefe gar nie abgeschickt worden?

Einige Zeit, nachdem Jetti im Café neben meinem Tisch in die Hocke gegangen war, wurde ihr Feature gesendet. Es trug den Titel: Jetti Lenobels Oma.

Man wisse nicht, an wen die Briefe gerichtet seien, sagte die Erzählstimme im Radio – die mir übrigens als Synchronstimme eines amerikanischen Schauspielers gut im Ohr war. Überhaupt: Dass es sich um Liebesbriefe, also um Briefe an einen Geliebten, handelte, davon kündeten lediglich die Anreden – »Mein verrückter, bitterer Geliebter« oder »Mein wahnsinniger« oder »Mein gefährlicher, mein rasender« oder »Mein unglaublicher, königlicher« oder »Mein mich zerreißender Geliebter« – und der letzte Satz, der bei jedem Brief gleich lautete und immer doppelt unterstrichen war: »Ich liebe dich.«

Die Briefe selbst handelten von nüchternen Alltäglichkeiten, Winzigkeiten, die allerdings, zwischen Anrede und letztem Satz gespannt, eine heimatlose Verruchtheit bekamen und den Eindruck eines irrlichternden Lebens hinterließen.

»Warum«, stellte ich Jetti später zur Rede, »warum hast du mich gefragt, welche Version dieser Geschichte du mir erzählt hast? Gibt es etwa noch eine andere Version?«

»Es gibt immer noch eine andere Version«, sagte Jetti, »von jeder Geschichte.«

»Stimmt«, sagte ich.

A. P. aus Polen

Im Sommer 1973 war ich zusammen mit meinem Vater und einem Freund in Polen. Dieser Freund war mein bester, mein Herzensfreund, mein Bruder, wir standen beide am Beginn unseres Studiums, er in Innsbruck, ich in Deutschland draußen. In den Ferien sahen wir uns, da alberten wir herum, spielten Gitarre und versicherten uns gegenseitig, dass es eigentlich nur an zwei Dingen liegen könne, wenn wir beide nicht ein so erfolgreiches Duo werden würden wie Paul McCartney und John Lennon oder Mick Jagger und Keith Richards, nämlich dass wir erstens in der Provinz lebten und zweitens nicht Englisch sprachen. Daraus wuchs Trotz. Und Depression. Und eine gewisse Herablassung uns selbst gegenüber.

Warum haben Engländer, Amerikaner oder Kanadier nach dem Krieg nicht die deutsche Sprache verboten und ihre eigene befohlen, wie man es von Siegern wohl erwarten dürfte? Niemand hätte ihnen einen Vorwurf daraus machen können, wir beide aber würden sie dafür geliebt und gelobt und uns an ihrer Sprache gelabt haben.

Die Reise nach Polen, zu dritt, in meines Vaters metallblauem Toyota Cressida mit Automatik war süßer, süffiger Trost in unserer ethnischen Verzagtheit. Polen war ohne Zweifel noch mehr Provinz als wir, und Polnisch von Englisch so weit entfernt wie der Nordpol vom Südpol. Wir wussten, für die Polen würden wir fremd sein, interessant fremd, ungefähr so interessant fremd wie für uns ein Mensch aus Liverpool oder aus San Francisco oder gar aus Albuquerque, woher zu stammen allein aus phonetischen Gründen eine Wonne sein musste.

Wir fuhren also durch den Kommunismus, der uns im Großen und Ganzen gar nicht so schlecht vorkam. Karg und auf eine hinterlistige Art ehrlich kam er uns irgendwie vor, proletariermützenhaft und wie aus einem Treatment von Bertolt Brecht, wie der Hintergrund zu einer verkratzten Schallplatte von Ernst Busch. Und als wir während der Fahrt erfuhren, dass im fernen Chile Salvador Allende erschossen worden war, da fühlten wir uns für einige Tage wie zwei solidarische Tropfen in einer riesigen Woge des Guten.

Mein Vater interessierte sich für andere Dinge. Er schaute den Frauen auf der Straße hinterher, grübelte über Neonkreuze auf katholischen Kathedralen nach, kaufte in finsteren Straßennischen von Männern in Drillichjacken und Kohlenhosen einen geräucherten Aal, der in Zeitungspapier gewickelt war und den er nachts im Zelt unter lautem Knurren aß, was zur Folge hatte, dass das Zelt drei Tage lang so sehr nach Fisch stank, dass es nicht zu betreten war, was wiederum die Voraussetzung dafür schuf, dass ich A. P. nicht nur einfach kennenlernte, sondern dass ich eine Nacht mit ihr zusammen war.

A. P. war eine junge Kommunistin, die zusammen mit ihrer Gruppe ein Wochenende auf einem Campingplatz in der Nähe von Białystok verbrachte. Dort sollte und wollte sie in dialektischem und historischem Materialismus geschult werden.

Sie konnte ganz wenig Englisch, noch viel weniger als ich. Aber sie kannte alle Beatles-Songs von der Platte *Revolver*, und – so unwahrscheinlich es klingen mag – wir beide, A. P. und ich, wir verständigten uns mithilfe dieser Songs, mithilfe dieser Songs und unserer Lust.

Weil unser Zelt unbetretbar war und verwaist in der Wiese lüftete und wir drei, mein Vater, mein Freund und ich, deshalb in diesen kleinen Holzhäuschen schliefen, die damals auf polnischen Campingplätzen standen, und weil diese Häuschen so unsäglich billig waren und jeder von uns dreien es bitter nötig hatte, wenigstens zwei Nächte allein zu sein – darum hatten wir gleich drei Häuschen gemietet.

Meines lag abseits in einem Wäldchen. Dorthin führte ich A. P. Dort saßen wir nebeneinander auf der Holzpritsche und summten *I'm Only Sleeping*, wenn es uns zu still war. Dort küssten wir uns, dort griffen wir uns scheu zwischen die Beine.

Mehr geschah nicht. Denn A. P. war auf eine karge, hinterlistig ehrliche Art katholisch. Ihre Zähne blitzten in der Nacht, und ihr Mund roch nach Aprikose.

Dann verlosch die volkseigene Kerze, und wir konnten uns nur noch hören und spüren.

Sie sagte: »Please, don't wake me.«
Ich sagte: »No, don't shake me.«
Und sie: »Leave me where I am.«
Und ich: »I'm only sleeping.«
Und dann probierte ich bei ihr etwas aus. Ich neigte mich zu ihr, hielt ihren Kopf zwischen meinen Händen und öffnete mit meiner Zunge ihr Augenlid. Erst blinzelte sie, ich spürte ihre Wimpern, die wie kleine Rechen waren. Ich wollte sagen, »when I'm in the middle of a dream«, aber dazu hätte ich meine Zunge zurückziehen müssen, und das wagte ich nicht, denn vielleicht hätte sie einen zweiten Vorstoß abgewehrt. Also summte ich nur die Melodie, und sie summte mit. Vorsichtig fuhr ich mit meiner Zunge über ihren Augapfel. Er fühlte sich kühler an, als ich erwartet hatte. Sie ließ es geschehen. Ihr Nacken wurde weich. Meine Spucke mischte sich mit ihren Tränen. Sie mochte es.

Sie sagte: »Keeping an eye on the world.«

Ich dachte: Wie werde ich das morgen meinem Freund erzählen? Und: Was wird er wohl im Augenblick machen, und was wird wohl mein Vater im Augenblick machen, und wettete mit mir selbst, dass ich es von uns dreien am besten getroffen hatte.

Dann ließ ich A. P. aus meinen Armen und sagte: »Going by my window.«

Das fiel mir ein, bevor Max kam. Warum eigentlich? Ich saß in meinem Kaffeehaus, und da kriegte ich etwas ins Auge. Das war der Grund. Glaube ich.

Herr Alfred, leicht betrunken

»Was hier allein in meinen zwanzig Jahren geredet und gestikuliert worden ist«, sagte Herr Alfred, »das ergäbe eine Enzyklopädie von Charakteren, wie sie keine Bibliothek der Welt je gesehen hat.

Wissen Sie, woran ich denke? An die Frau des Malers denke ich, die so viele Liebhaber hatte und dann noch eine Reihe ehemaliger Liebhaber, die ihr als Ratgeber dienten. Daran denke ich.

Sie hieß Lisa. Diese Frau, die klein war und ein Clownsgesicht hatte und zu einem kühnen Busch toupierte Haare, und die, wie sie mir – nur mir, bitte! – einmal gestand, in ihrer Jugend von Pickeln geplagt worden war, die wie blühende Sternbilder auf ihrem Rücken sprossen, sie war begehrt, sage ich Ihnen.

Und mir verriet sie ihr Geheimnis: Für jeden ihrer Liebhaber war sie eine andere. Zu jedem ihrer Liebhaber sprach sie anders. Vor jeder Verabredung war sie aufgeregt, weil sie nicht wusste, was diese andere heute wohl reden würde, wie sie sich aufführen würde. Sie war verliebt in ihre Rollen, und das übertrug sich. Sie wurde geliebt.

Da gab es zum Beispiel einen Schriftsteller, ein Genie, fürchte ich, der liebte die Dame bis zum Wahnsinn. Aber sie schien ihn nicht zu bemerken. Ich besorgte mir einen Roman von ihm. Er hat mir gar nicht gefallen. Er war so nüchtern geschrieben, und außer einer Menge von Worten, die selten sind, fand ich nichts Interessantes darin.

Er saß jeden Tag hier im Café, dort vorne neben der Eingangstür, und blickte hinüber zu dem Tisch, an dem Lisa saß und auf ihre Liebhaber oder ihre Ratgeber wartete.

Er tat mir leid, und darum beschloss ich, ihm zu helfen.

Ich unternahm etwas Tadelhaftes. Ich drücke mich absichtlich so aus, wie sich der Schriftsteller in seinem Roman ausdrückte. Ich habe einen von Lisas ehemaligen Liebhabern bestochen, einen ihrer Ratgeber.

Ich sagte zu ihm: Hören Sie, mein Herr, ich weiß, Sie zählen das Kleingeld, wenn Sie eine Gulaschsuppe bestellen. Ich biete Ihnen ein Gratis-Abonnement auf Gulaschsuppe für zwei Monate, wenn Sie mir alles sagen, was Sie über Lisa wissen.

Er war sofort einverstanden, der billige Verräter, Schauspieler, Alkoholiker, Kettenraucher, gulaschsüchtig ...«

»Herr Alfred«, unterbrach ich sanft, »Herr Alfred, Ihre Geschichte ... sie klingt so russisch. Wollen Sie mir etwas versprechen?«

»Was soll ich Ihnen versprechen?«

»Dass Sie mir, bevor Max kommt, sagen, ob Sie mir einen Bären aufgebunden haben.«

»Gut«, sagte Herr Alfred. »Ich verspreche es Ihnen. Aber nun unterbrechen Sie mich bitte nicht mehr.

Ich hätte mir das Gulaschabonnement sparen können. Dieser Herr erzählte mir nichts, was ich nicht schon geahnt hatte.

Sie ist eine anstrengende Frau, sagte er, eine anspruchsvolle Frau. Es gibt nichts, was sie nicht schon bald langweilt. Sie ist verrückt nach Abwechslung. – So der Judas.

Ich beriet mich mit dem Schriftsteller.

Es ist, wie es immer ist, sagte ich, sie will einen haben, der ihr ähnlich ist. Also halten Sie sich daran.

Was soll ich tun?, fragte er.

Sie haben doch einen großen Wortschatz, sagte ich, ich fürchte sogar, Sie sind ein Genie. Nehmen sie sich ein Beispiel an Ihrem Kollegen Balzac! Der hat dreitausend Charaktere erfunden, und alle hat er sie anders sprechen lassen. – Das hatte ich aus einer Illustrierten.

Ach, Balzac, stöhnte der Schriftsteller, ich habe nie ein Buch von ihm gelesen.

Was haben Sie denn für Bücher gelesen?, fragte ich. Keine, sagte er. Ich gehe ins Kino, das muss genügen.

Gut, sagte ich. In einer halben Stunde wird Lisa das Café betreten. Spielen Sie ihr den Mann mit dem gebrochenen Herzen vor, der aus Marokko zu Besuch nach Wien gekommen ist. Denken Sie an Humphrey Bogart und Ingrid Bergman!

Ich sage Ihnen, es funktionierte! Der Schriftsteller trat an Lisas Tisch, verbeugte sich, ich konnte nicht verstehen, was die beiden miteinander sprachen, aber schon nach einer kleinen Viertelstunde verließen sie das Café, und ich wusste, wohin sie gehen würden – in ein kleines Hotel am Tiefen Graben. Auch dieses Detail hatte mir der gulaschsüchtige Judas verraten.

Aber ich sage Ihnen, der Poet hatte keine Fantasie. Er war vielleicht ein Genie, aber Fantasie hatte er keine.

Am nächsten Tag kam er und fragte: Herr Alfred, wen soll ich heute spielen?

Und ich sagte: Worauf hätten Sie denn Lust?

Er sagte: Bogart war sehr anstrengend.

Ich verstehe, was Sie meinen, sagte ich, dann spielen Sie heute Woody Allen.

Wie?, fragte er.

Lassen Sie Ihre Krawatte in Lisas Weinglas hängen, wenn Sie ihr einen Handkuss geben, sagte ich.

Er tat es, und wieder verging keine Viertelstunde, bis die beiden das Café verließen.

Am dritten Tag sagte ich: Mein Herr, heute sind Sie Dean Martin.

Ich stellte ihm einen Whisky auf den Tisch, zeigte ihm im Spiegel, wie er den Mund verziehen sollte, damit der unverwechselbare Grinser herauskam – und wieder bekam das Hotel am Tiefen Graben Kundschaft.

Am vierten Tag spielte er einen verantwortungsvollen Charlton Heston, am fünften Tag eine Nervensäge im Stil von Jerry Lewis.

Das ging eine Weile so, dann eines Tages kam er und sagte: Es ist aus.

Warum?, fragte ich. Haben Sie ihre Rollen nicht gut genug gespielt? Haben Sie mit Ihrem Wortschatz gegeizt?

Keines von beiden, jammerte er. Lisa sagt, es sei langweilig, mit jemandem zusammen zu sein, der immer ein anderer ist.

Aber sie ist doch auch immer eine andere, sagte ich.

Lisa meint, sagte er, wenn zwei zusammen sind, die immer anders sind, dann sei das gleich, wie wenn zwei zusammen sind, die immer gleich sind, und sie ertrage es nicht, wenn immer alles gleich sei. Tja ...

Sie meinen, meine Geschichte klinge russisch?«

»Ja, irgendwie klingt sie russisch«, sagte ich und blickte in das lächelnde Gesicht von Herrn Alfred.

»Ich habe einen Schwips«, sagte er. »Denn heute ist mein Geburtstag.«

Wolken bis auf Schulterhöhe

»Rita«, sagte ich, »du bist mir noch eine Geschichte schuldig. Setz dich an meinen Tisch!«

»Ich warte auf jemanden«, sagte sie.

»Ich warte auch auf jemanden«, sagte ich. Wernhofer kam von den Billardtischen herüber. »Was gibt's?«, fragte er in heiterstem Ton. Er behielt den Mund offen, als würde das die Antwort fördern. Seine hohlen Wangen zogen sein Gesicht geisterbahnhaft in die Länge.

»Rita hat mir vor kurzem erzählt, wie sie mit ihrem ersten Mann nach London gefahren ist«, sagte ich.

»Wie sie ihm davongelaufen ist?«, fragte Wernhofer, und weil man bei seinem Lächeln sehen konnte, dass ihm vorne oben nur noch die Schneidezähne geblieben waren, erschrak man, auch wenn man bereits fast alles über ihn wusste.

»Eben«, sagte ich. »Aber was ich nicht weiß, ist, wie es Rita geschafft hat, dass sie fast eine Millionärin geworden wäre.«

»Echt, Rita?«, fragte Wernhofer, »Pfundmillionärin?«

»Ach, ihr«, schäkerte sie und gab uns jedem einen Faustschlag an die Brust, die durchtrainierte Rita. »Also, schwer in London waren eigentlich nur die ersten zwei Wochen. Da wäre ich fast verreckt vor Dreck, so eine Scheiße, sag ich euch, und vor Hunger, das Letzte, was ich im Bauch hatte, habe ich ausgekotzt. Ich habe im Hyde Park geschlafen, und da hast du Haschisch in dich hineingezogen, als ob es frische Semmeln wären, den ganzen Tag bin ich herumgelaufen, als hätte ich Wolken auf den Schultern ...«

»Versteh ich nicht«, sagte Wernhofer, und seine Augenlider flatterten.

»Ich eigentlich auch nicht«, sagte ich.

»Also, ich kann mir das nur so erklären«, sagte Wernhofer und war auf einmal außer Atem, schluckte und verschluckte sich. »Einen

Augenblick, ich hab's gleich«, sagte er. »Entschuldige, Rita, darf ich das schnell erzählen? Ihr werdet es mir nicht glauben, aber einmal im Herbst in der Nähe des Neusiedlersees stand ich am Abend mitten in einem Feld, und da reichten mir die Wolken bis an die Schultern. Ich will jetzt nicht deine Geschichte wegschieben, Rita, aber das muss ich erzählen. Darf ich?«

Rita und ich nickten nur, es war ungewöhnlich genug, dass Wernhofer von sich aus etwas erzählen wollte.

»Ja«, sagte er, »die Wolken, die langen, schwarzen, kamen vom Himmel herunter wie auf einer Rutschbahn, genau auf mich zu, und ich dachte, so, nun ist das Jüngste Gericht unterwegs, obwohl mir das doch übertrieben vorkam, so ein Aufwand für mich allein, man stelle sich das vor, wie viel Zeit da aufgewendet werden muss und Regenwasser und schräge Sonneneinstrahlung, wenn für jeden, der lebt und dann auch noch für alle, die schon gestorben sind, ein eigenes Wetter produziert wird beim Jüngsten Gericht. Aber, dachte ich gleichzeitig, wenn es weniger wäre, dann wär's ja auch nicht das Jüngste Gericht, dann wär's eine Nachttischkästchenbeleuchtung und nicht religiösen Ursprungs, und ich machte mich bereit.

Ich wollte mich fürs Jüngste Gericht bereitmachen, aber ich wusste nicht, wie. Wie bereitet sich der Mensch auf das Jüngste Gericht vor? Das weiß niemand. Das muss ehrlich jeder zugeben, da ist jeder blank.

Ach, könnte man es nur in den Handlinien lesen! Aber man kann nicht.

Und da ließ ich einfach alles los. Ich war froh, dass ich knapp vorher an einem Baum mein Wasser abgeschlagen hatte, ich würde sonst keinen guten Eindruck gemacht haben, bei wem auch immer, bei wem auch immer.

Ich breitete die Arme aus und dachte: Es wird in Form einer himmelbeherrschenden Erscheinung geschehen, was du dir in diesem Augenblick wünschst.

Und da schoss mir ein Wunsch durch den Kopf, den ich noch

nie gewünscht hatte. Ich wünschte, dass beim Jüngsten Gericht Elvis Presley der Vorsitzende sei. Ich wünschte mir, dass er in seinem weißen, glitzernden Anzug in der langen, schwarzen Wolke steht, in dem Anzug mit diesem hohen weiß-silbernen Kragen, in dem die Backenbärte verschwinden wie zwei längliche Pelztierchen in einem Eisbecher.

Und eine Hundertstelsekunde später dachte ich, nein, nein, nein, doch nicht Elvis, der hat mir nie gefallen, was soll ich mit Elvis anfangen, der wird mich verurteilen, der hat keine Ahnung von meinem Leben, und ich habe keine von seinem.

Aber es war zu spät. Ich bildete mir ein, einen silberweißen Schimmer zu sehen, der sich über mir erhob, der die lange, schwarze Wolke wie ein Schacht vom Himmel durchstrahlte. Und ich meinte, eine Stimme zu hören, die klang wie aus einem Bagger und einer zerkratzten Schallplatte gemischt, und die Stimme sagte etwas, was ich nur schwer verstand, denn es war Englisch mit einem amerikanischen Südstaatenakzent. Nur so viel konnte ich mir zusammenreimen, dass jemand durch die eisigen Himmel gefahren, auf Milchstraßen geritten und in die tiefsten, pelzigen Schlünde gestürzt sei, aber keinen Gott gefunden habe, keinen Gott, nein, keinen Gott.

Was habe ich angerichtet, dachte ich. Aber, dachte ich, wie soll das meine Fantasie in die Welt hineingegeistert haben, ich habe doch gar keine Fantasie. Ich bin ein Sammler von allem, was mit den Rolling Stones zu tun hat. Jeder weiß, dass Sammler matte, fantasielose Geschöpfe sind, die nichts Eigenes hervorbringen.

Und nun bekam ich Angst. Wenn Elvis der Richter ist, dann habe ich ausgeschissen, dachte ich. Der ist ungebildet und ungerecht und hasst mich, weil ich nicht ihn sammle ...

Ich sage euch, es waren schreckliche Minuten, schreckliche Minuten ...«

»Wernhofer«, sagte ich ziemlich leise, »Wernhofer, du, um Gottes willen, du ...«

Und Rita sagte noch leiser: »Ja, um Gottes willen, Wernhofer!«

Wernhofer hob die Schultern, seufzte, drehte den Kopf etwas und ging zu seinem Billardspiel zurück.

»Bitte«, sagte Rita zu mir, »bitte, sag Max nichts davon, ja.«

»Natürlich nicht«, sagte ich.

Bevor Max kam, rief ich zu Hause an, konnte nicht anders, erzählte meiner Frau, was soeben im Kaffeehaus vorgefallen war.

»Seid ganz ungezwungen zu ihm«, sagte sie.

Am Abend eines heißen Tages

Es war am Abend eines heißen Tages. Ich liebe es, wenn die Berberitzen ihren Abendduft ausströmen und der sich mit dem Staub der Stadt mischt.

Um die Ecke bei meinem Café wachsen Berberitzen über einen gusseisernen Zaun. Das Haus dahinter war hell erleuchtet, als ich daran vorüberging. Da sah ich Caligula aus der Tür treten. Er verabschiedete sich von einer jungen Frau, sie legte ihre Arme an seinen Körper, und es sah aus, wie wenn ein Kind so tut, als wollte es die Weltkugel umarmen.

Als Caligula auf die Straße trat, bemerkte er mich. »Gehen wir ein Bier trinken?«, fragte ich ihn und war verlegen.

»Gern«, sagte er. »Wirklich gern.«

Wir waren ein riesiger Schatten und ein kleiner. Caligula wankte wie eine zu seinem Spott aufgetürmte Gelatinemasse. Er war noch dicker geworden. Nun wird er gar zweihundert Kilo haben, dachte ich.

Im Café musste er auf einem der Sofas Platz nehmen. »Du willst wissen, was ich in diesem Haus zu suchen hatte«, sagte er.

»Natürlich will ich das wissen«, sagte ich. »Erzähl es mir!«

»Ich habe meinen Schutzengel besucht«, sagte er und lachte, eingepresst zwischen den Dampfhämmern seiner Backen. »Vor fünf Monaten, im Februar, in der vollen Kälte, bin ich zum Donaukanal gefahren und habe meinen Skoda unter dem Pfeiler der Augartenbrücke abgestellt und habe nicht mehr über mein Leben nachgedacht, das nicht, nein. Die habe ich aus mir hinausgeworfen, diese Gedanken, wie Randalierer aus einem Gasthaus habe ich sie mit dem Bauch hinausgedrängt. Früher, als ich so um die hundertzehn hatte, war ich in den Semesterferien einmal Rausschmeißer im Schweizerhaus gewesen, ich kenn mich aus, du.

Ich bin eine Katastrophe, sagte ich mir. Es waren erst wenige Tage vergangen, da hatte ich klipp und unbarmherzig klar aus dem Mund meiner blonden Lederfrau erfahren, dass sie mich in massenhafter Weise betrügt, so dass auf ihrer Haut nicht ein Quadratmillimeterchen mehr vernünftig für mich bewohnbar ist.

Du weißt nicht, wie es sich als ein überflüssiges Ärgernis mit Bewusstsein lebt. Tagsüber im Atelier werbe ich für vernünftige Dinge wie Schokoriegel, und die Schönen, die Schlanken sind meine Lockmittel, sind meine Köder. Aber, mein Lieber, was bin ich – ich?

Das hatte ich unter dem Pfeiler der Augartenbrücke gedacht, mit meinem Leben hatte das nichts zu tun. Mein Lebensplan war ein äußerst kurzfristiger, ein zehn Minuten langer vielleicht noch. Und zwei Lebensmittel benötigte ich nur noch – einen Schlauch und eine Rolle mit breitem Klebeband –, mehr brauchte ich nicht mehr.

Lebensmittel nannte ich diese Todbringer, entschuldige, wenn ich rede, als wär's eine Predigt, aber es ist ja eine Predigt, nie vorher und nie nachher war ich dem Tod so nahe, und das rechtfertigt diesen Ton. In der Werbebranche bin ich als ein Pfiffiger bekannt, dann lass mich am Abend im Café wenigstens echt katholisch beichten.

Mir geht es gut, schau nicht so, ich habe gerade meinen Engel besucht, meinen Schutzengel.

Also, hör zu, es ist schwer für einen wie mich mit so einer Fleisch- und Fettladung über dem Geschlecht, sich niederzubeugen zum Auspuff eines Skoda. Aber das tat ich, und ich habe den Schlauch in den Auspuff gesteckt und mit Klebeband abgedichtet, und dann habe ich den Schlauch durch einen schmalen Spalt im Seitenfenster ins Autoinnere geführt und habe auch das Fenster abgedichtet. Und dann habe ich mich ins Auto gesetzt und den Motor eingeschaltet.

Ich riech es nicht gern, nein. Wer riecht das schon gern, das Abkratzen, ha? Und ich schaue aus dem Fenster meines Skoda und denke, ich hätte die Scheibe vorher waschen sollen, das hätte sich gehört, da sehe ich das Mädchen von der Brücke in den februarkalten Fluss springen, sehe sie aufplatschen, und dann sah ich sie nicht mehr, und dann wieder, dann nicht mehr, taucht und schwimmt in meine Richtung, immer auf und ab, nur der Kopf. Und da dehnt sich dann mein Lebensplan, ich bin ins Wasser gesprungen.

Danke, lieber Gott, für das viele Fett, das mich vor dem Erfrieren schützt, was für ein eleganter Seelöwe wäre ich doch geworden!

Glaubst du, ich weiß, wie ich das Fräulein aus dem Wasser gerettet habe? Ich weiß es nicht, aber ich habe, und augenblicklich war meine Seele gesund.

Schau mich nicht so blöd an, du, man muss über solche Sachen anders sprechen als über das Sortieren und Einheften von Kontoauszügen. Ich habe sie zu mir ins Auto gepackt und aus ihr herausgebrüllt, wo sie wohnt, und habe sie nach Hause gebracht. Und dann haben wir diskutiert.

Dass es himmelfix eine Arschlocherei ist, sich das Leben zu nehmen, sagte ich, und ob sie es noch einmal tun will.

Und sie sagt: Ja, sofort.

Und ich sage: So, du blöder Balg, dann bleib ich hier hocken und pass auf dich auf.

Und sie: Der Mensch muss schlafen, und wenn du schläfst, dann tu ich's.

Und ich: Warum denn? Warum?

Und sie – zu mir: Du hast doch keine Ahnung, dir geht es gut, das sieht man dir doch an, vollgefressen wie ein amerikanischer Paradekühlschrank, aber ich, ich habe ein Moped geklaut und habe eine Anzeige am Hals.

Meine Güte, sage ich, das ist doch das Paradies! Für jeden Fünferkilopack weniger stehle ich dir ein Moped und nehme dafür entsprechend viele Anzeigen entgegen. Du hast keine Ahnung, sage ich.

Und so schreien wir uns an, die ganze Nacht. Nein, die halbe Nacht nur. Denn so gegen drei Uhr ist sie dahintergekommen, was ich unter der Augartenbrücke machen wollte, und da hat sich dann die Sache umgedreht.

Sie sagte: Du bist doch ein Depp, wenn man zu dick ist, dann nützt nur eines, nämlich nicht mehr so viel fressen, umbringen nützt da einen Scheißdreck.

Und am Morgen sind wir hierher gegangen und haben gefrühstückt und haben gestunken, ich jedenfalls ...

Manchmal also besuche ich meinen Engel. Und weil er dort drüben wohnt, darum sitze ich hinterher eben manchmal hier. So ...«

Die entfernte Verwandte des Terroristen

Um Caligula zu trösten, sagte Rita: »Gegen die Liebe kann man nichts machen.« Das war thematisch aus der Luft gegriffen, denn wir tranken kleine Braune, und das war alles. Caligula und ich behielten die Jacken an, weil uns kalt war, und das mitten im Juli. Rita, die Muskelbepackte, zeigte, was sie an den nackten Oberarmen hatte.

»Wie meinst du das?«, fragte Caligula.

»Dass die Liebe wie ein Implantat ist«, sagte Rita prompt, »von einem Geist eingesetzt und wieder herausgenommen, ganz wie der Geist es will.«

»Mein Gott«, seufzte Caligula, und sein Sessel knarrte verzagt unter seinem Gewicht, »mein Gott, Rita, wenn es doch nur Geister gäbe!«

»Im übertragenen Sinn«, sagte Rita, »kein Mensch auf der Welt kann sich abgewöhnen, verliebt zu sein.«

»Will das denn einer?«, fragte Caligula.

»Ich wollte es einmal«, sagte ich.

»Und?«

»Ich habe es hingekriegt.«

Und dann wollten sie wissen, wie, und ich erzählte es ihnen.

»Sie hieß Cornelia Baader«, begann ich, »sie kam aus Karlsruhe und sah aus wie eine Mexikanerin, sie sah aufregend aus, ein bisschen dick, polierte Augen. Ich war dreiundzwanzig, sie auch, sie studierte Psychologie, ich Politikwissenschaft. Sie sagte, sie sei eine entfernte Verwandte von Andreas Baader, dem Terroristen, der zu dieser Zeit noch nicht gefasst war. Ich habe es ihr nicht geglaubt, aber als wir dann zusammen waren, hat mir das eine kleine Berühmtheit eingebracht, die mir gutgetan hat.

In den ersten drei Tagen sind wir gar nicht aus dem Bett gekommen. Es war ein schmales Bett in ihrem schmalen Zimmer, immer war Haut an Haut. Wir haben die ganze Zeit nichts gegessen, nur einmal mitten in der Nacht, da war ihr eingefallen, dass sie auf dem Fensterbrett eine Schachtel Camembert deponiert hatte, die aßen wir in einem Satz auf.

Am dritten Tag bin ich morgens um sechs zum Bäcker gegangen, und ich konnte kaum gehen vor Erschöpfung, und meine Wangen waren eingefallen, das konnte ich im Schaufenster der Bäckerei sehen, und darauf war ich stolz. Wie ein vom Tod Gezeichneter betrat ich den Laden und kaufte zwei Naturjoghurt und einen halben Wecken Schwarzbrot.

Ich glaube, mir ist die Welt bis dahin noch nie so sinnvoll erschienen, so ausgeglichen, mit allem war ich einverstanden, und alles, was mich umgab, schien mir zuzunicken und schien seinerseits mit mir einverstanden zu sein.

Sommer war, und die Sonnenstrahlen fielen an die Hauswände, wie ich es noch nie in dieser Stadt gesehen hatte. Kein Wunder auch, ich war ja noch nie vorher so früh auf den Beinen gewesen.

Ich beobachtete einen grauscheckigen, schlanken, spitznasigen Hund, der auf seinem Hinterteil über den Asphalt rutschte, weil er wahrscheinlich Würmer hatte, die ihn juckten, und er sah unter schräggestellten Brauen zu mir herüber, und mir war, als sähe ich einen Gedanken in seinen Augen, und dieser Gedanke hieß: Du, wundere dich nicht, ich wundere mich ja auch nicht, es ist völlig in Ordnung, die Würmer leben in meinen Gedärmen, und ich lebe in eurer Stadt, das ist alles völlig in Ordnung. Und ich schickte ihm einen Blick zu, der sollte sagen: Ja, es ist alles in Ordnung, ich sehe es genauso.

Wisst ihr, wenn ich es recht bedenke, war das der glücklichste Morgen, den ich je erlebt habe, weil mir der Tod so nahe war. Es gab keinen Anlass, so etwas zu denken, aber ich spürte es: Der Tod kam und wollte mich anheuern. Und er hätte nicht allzu viel Überredungskunst benötigt. Ich war nämlich auch mit ihm einverstanden. Das hat Cornelia Baader gemacht, die entfernte Verwandte des Terroristen.

Dann waren wir noch drei Tage in mehr oder weniger normalem Zustand zusammen, und dann fuhren wir nach Amsterdam und haben dort zwei Dutzend Natojacken billig eingekauft, die wir in Deutschland ein wenig teurer weiterverkauften, und dann sagte sie zu mir wie aus den Wolken: Ich habe zurzeit einen anderen, aber ich nehme an, es wird nicht länger als höchstens drei Wochen dauern.

Und ich begann zu leiden. Ich wohnte mit drei Freunden in einer Wohngemeinschaft, und die Freunde haben gewusst, dass sie mich in Ruhe lassen mussten.

In der ersten Woche habe ich mich weder gewaschen noch rasiert, noch habe ich die Wäsche gewechselt. Ich bin den ganzen Tag in Unterhemd und Unterhose in der Wohnung herumgegeistert und habe die Hände gerungen, dass mir am Abend der ganze Oberkörper wehgetan hat, und habe Kaugummi gekaut. Gegessen habe ich nur Joghurt und Schwarzbrot.

Dann in der zweiten Woche sagte ich mir, nein, so geht das nicht. Und ich habe meine besten Sachen angezogen, das war ein schwarzer Samtanzug, der mir wie eine zweite Haut saß, und am Tag habe ich geschlafen, nachts aber bin ich in eine Bar gegangen, in die sich unter Garantie niemals ein Student verirrte. Ich habe satt Geld ausgegeben. Am Tag habe ich mich eingeladen, zu verschiedenen Dingen habe ich mich eingeladen, zu Büchern, die ich mir nicht leisten konnte, zu Schallplatten, die nicht unbedingt notwendig gewesen wären, zu Schnitzel mit Kartoffelsalat mitten am Dienstag, und dazu sagte ich meinen Spruch: Das ist für dich, mein Freund, mein bester, das brauchst du mit niemandem zu teilen, am allerwenigsten mit Cornelia Baader, die wahrscheinlich gar nicht eine entfernte Verwandte von Andres Baader ist.

Am Ende der zweiten Woche stand sie in unserer Küche.

Sie sagte: Es war ein Fehler von mir, ich will zu dir.

Und ich dachte: Himmel, es war ein Fehler, dass ich sie mir abge-

wöhnt habe, es wär gar nicht nötig gewesen, und ich sagte: Es geht nicht mehr, Cornelia.
Warum nicht?, fragte sie.
Ich habe es mir abgewöhnt, sagte ich.
Was hast du dir abgewöhnt?, fragte sie.
Dich, sagte ich.
Dann gewöhn mich dir halt wieder an, sagte sie.
Keine Chance. Leider ...«
Bevor Max kam, fragte mich Rita: »Wie geht es Wernhofer?«
»In spätestens drei Wochen kommt er aus der Anstalt«, sagte ich.

Arme Charlotte

Herr Pietzsch mit den bösen Augen – wir fürchteten ihn ein wenig –, mit dem würdigen Leid in seiner Vergangenheit – wir verehrten ihn ein wenig –, er winkte mich an seinen Tisch, der der kleinste im Kaffeehaus ist.

»Ich möchte Ihnen eine Geschichte erzählen«, sagte er.

»Wieder eine traurige?«, fragte ich.

»Nein, eine komische Geschichte, deren tragischer Ausgang Sie nicht weiter zu beunruhigen braucht, zumal die Begebenheit gute hundertfünfzig Jahre her ist. Wer hat gesagt, Komik sei Tragödie plus Zeit? Wollen Sie meine Geschichte hören?«

»Gern«, sagte ich.

Herr Pietzsch öffnete die Kiefer bei geschlossenem Mund und zuckte mit den Lippen. In Komplizenschaft mit seinen Augen sah das aus, als hole er zu einer Bosheit mit Folgen aus.

»Man kennt ihn heute nicht mehr, den Dichter Heinrich Stieglitz. Oder kennen Sie ihn? Ich habe gestern Nacht in einer alten Literaturgeschichte geblättert und seine Geschichte gelesen. Er war ein unbegabter Dichter, seine Gedichtbände hatten so unbeschreiblich blöde Titel wie *Lieder zum Besten der Griechen*. Erfolg hatte er keinen, nicht einmal Ansehen hatte er. Und über Gestaltungskraft verfügte er schon gar nicht. Wenn er sich an seinen Schreibtisch setzte, musste er zuerst kotzen, und dann saß er fünf Stunden auf seinem zähen Hintern, und heraus kamen drei Zeilen, und die waren schlecht.

Dann traf er Charlotte Willhöft, die so viel intelligenter war als er und luftig wie ein freier Gedanke, eine Frau mit einem unbändigen Haarschopf. Mein Gott, muss diese Frau Haare gehabt haben! Da gab es so einen Dichterkreis – wie nannten sie sich? Leipziger Gruppe? –, jedenfalls die schönsten Gedichte, die geschrieben wurden, waren Lobpreisungen an Charlottes Haare.

Ich nehme an, die Dichter wollten alle die schöne Charlotte haben. Aber sie, sie wollte unbedingt den Heinrich Stieglitz haben, ihn und nur ihn, den unbegabtesten, aber ambitioniertesten von allen. Und er nahm sie. Viel Stolz hat das nicht in sein Herz gepflanzt. Man müsste das meinen, aber es war nicht so.

Heinrich Stieglitz kannte nur einen Gedanken, den er mit einer gewissen Beharrlichkeit zu denken in der Lage war: Ich will ein großer Dichter werden. Gequält war er, gefoltert, der arme Trottel, von verzehrender Sehnsucht nach einer fortreißenden Leistung. Da wurden ihm die Haare weiß, und er schmierte sich schwarze Salbe darauf. Er wollte modern sein, das Wort war gerade erst erfunden worden. Der Zeitgeist zucke, dröhne, wirble in ihm, und der Zeitgeist, behauptete er in seiner Trostlosigkeit, sei einer, der einem wirklichen Dichter befehle zu kotzen, wenn er sich an den Schreibtisch setze, der einem wirklichen Dichter nicht mehr gönne als drei Zeilen in fünf Stunden, und die seien meistens schlecht. – Das war eine seiner poetischen Theorien.

Eine andere war verhängnisvoller. Er sagte, ein wirklicher Dichter könne nur einer sein, der an einem großen Unglück zu tragen habe, denn ein Dichter müsse mit Feder und Papier Seelensteinbrucharbeit leisten. Und er, der zur Dicklichkeit und Bierseligkeit neigende Mann, er jammerte seiner schönen Frau vor, wie arm sein Leben sei, denn es beinhalte keine Tragödie.

Freilich durchschaute ihn Charlotte, und sie war verzweifelt, weil sie so wenig von ihrem Mann halten konnte und ihn doch eigentlich verachtete und ungeduldig wurde, wenn er zu erzählen begann, weil seine Geschichten so umständlich waren, und wenn er vor ihr seine Theorien ausbreitete, dann wäre sie am liebsten in die Luft gefahren, weil sie so geistlos und hohl und uninspiriert waren. Aber sie liebte ihn.

Ich bin nicht der Rechte, diese Seelenlage zu beurteilen. Ich kann's nicht verstehen, aber es war wohl so: Sie liebte diesen schwachen, weinerlichen, untalentierten Mann, und sie litt mit ihm an seinem Untalent.

Es gibt wenig Schlimmeres und zugleich auch wenig Lächerlicheres als höchste Ambition in einem kraftlosen Charakter. Nun, Charlotte mit dem inspirierenden Haarbusch, sie wollte ihrem Mann eine Tragödie liefern, an der er seine Seelensteinbrucharbeit leisten könnte. Sie nahm sich das Leben. Sie erdolchte sich. Sie wollte sich zuerst mit Gift töten. Sie tat es dann aber mit dem Dolch, weil am Abend vor ihrem Selbstmord in dem Dichterkreis eine Diskussion über die Ästhetik des Selbstmordes stattfand und ihr Mann, der natürlich das dicke Wort führte, verkündete, er finde nichts langweiliger als Giftleichen, weil ihnen das undramatische Hinüberschlafen ins Gesicht geschrieben sei. Wenn er einen Selbstmord in einem Werk beschreiben würde, dann nur mit Dolch, mit orientalischem Dolch, mindestens eine Seite Beschreibung.

Also machte es Charlotte mit einem orientalischen Dolch.

Ich könnte mir ein Loch in den Bauch lachen. Es hat nämlich einen Dreck genützt. Als sie tot war, die Schöne, da hat sie der Dichter zum ersten Mal richtig angesehen. Ein Gedicht hat er geschrieben an ihrem Sarg, ein Gedicht über ihre Haare, klar. Dann zog er nach Italien, dachte wohl, Tragödie plus Italien muss doch irgendwie fruchten.

Er schrieb nichts mehr, pflegte nur noch die Story vom Tod seiner Frau. Das Mädchen, mit dem er zusammenlebte, heiratete er nicht, weil er um sein Image fürchtete. Er war es bald zufrieden, in der literarischen Welt der Mann der Charlotte Stieglitz zu sein. Einen schöneren Ruf, das sah er ein, würden ihm seine poetischen Kreationen nicht einbringen. Bald gab es auch eine wirksamere Methode, die Haare zu färben, als schwarze Salbe, und das machte ihn dann doch noch glücklich, den Stieglitz. 1849 starb er in Venedig an der Cholera ... Ist das nicht eine komische Geschichte?«

»Ist komisch«, sagte ich.

»Dann laden Sie mich auf einen Whisky ein«, sagte Herr Pietzsch, und ich tat es. Wir tranken, und dann ließ ich ihn allein.

Der Mai war mir gewogen

Bevor Max kam, gab es noch ein paar heilige Minuten, denn das Radio lief, was in meinem Kaffeehaus selten der Fall ist, und sie spielten *Gute Nacht* aus der *Winterreise* von Schubert, und Herr Alfred, wie er mir hinterher sagte, liebte Julius Patzak, der da sang, und deshalb drehte er den Apparat lauter als üblich. Ich liebte Julius Patzak auch.

Ich liebte eine Erinnerung, die er in seiner Stimme mitbrachte. Vor zwanzig Jahren habe ich nämlich seine Stimme mit Eigenem beladen, und daran dachte ich während der fünf Minuten und fünfzehn Sekunden, so lange dauert nämlich diese Aufnahme aus dem Jahr 1964.

Zehn Jahre später, 1974, studierte ich in Frankfurt, wohnte vorübergehend in einer Wohngemeinschaft mit drei Soziologiestudenten zusammen, die ich nur beim Namen kannte. Ich hatte einen von ihnen in der Mensa angesprochen, hatte ihn gefragt, ob ich ein paar Nächte bei ihnen bleiben könnte. Es wurden zwei Wochen daraus.

Den Tag über waren sie im Institut, ich hockte zu Hause herum und hörte ihre Schallplatten. Ich hörte Manitas de Plata, The Doors, Jimi Hendrix. Und eben die *Winterreise* von Schubert, gesungen von Julius Patzak, die fand ich bei einem der Studenten.

Der war mir der Sympathischste, weil er das gemütlichste Zimmer hatte. Es hingen nicht die üblichen Poster von Che Guevara und Frank Zappa an der Wand. Ich mochte die Musik nicht, aber sie passte zu dem Zimmer, und das Zimmer mochte ich, und so gewöhnte ich mich an die Musik.

Es ist dies hier eine fremde Wohnung, sagte ich mir, da musst du fremde Musik hören. Schubert war mir fremd, Patzak sowieso, und der sang, er sei fremd eingezogen und fremd ziehe er wieder aus.

Und dann hatte ich mich so sehr an die Musik gewöhnt, dass ich, als ich auszog, die Platte mitgehen ließ.

Der Streit mit meinem Vater war noch nicht beigelegt, ich hatte kein Geld und kein Zimmer. Ich saß in der Mensa herum. Da war eine komplizierte Pädagogikstudentin, die hieß Mechthild Hüntemann, die nahm mich mit. Sie hatte Haare wie eine Sonne, ein goldener Bogen von Schulter zu Schulter.

Ich wurde krank, eine schwere Grippe. Es war gerade an dem Tag, als sie meinte, wir hätten uns nun doch ein wenig ineinander verliebt und könnten schadlos miteinander schlafen. Mechthild wollte nämlich nur mit Männern schlafen, in die sie verliebt war.

Sie kam am Abend aus dem Institut und sagte: »Ich glaube, jetzt geht es.«

Da hatte ich bereits über neununddreißig Grad Fieber. Sie pflegte mich und tat, was ich mir wünschte. Ich wünschte kühle Tomaten zu essen und die *Winterreise* von Schubert zu hören, gesungen von Julius Patzak.

Zwei Wochen lag ich. Dann glaubten wir nicht mehr, dass wir ein wenig ineinander verliebt seien. Ich schenkte ihr die Schallplatte und zog aus.

Eine Woche später wusste ich, dass dies ein Fehler gewesen war. Ich lernte eine Medizinerin kennen, die hieß Inge Geyer, sie hatte einen zornigen Mund und Augen mit rasend schnellen Wimpern. Sie war Schweizerin, wir trafen uns im Vorraum der Ausländerbehörde. Wir wollten beide unsere Aufenthaltsgenehmigung verlängern. Am selben Tag noch sagte sie, sie sei mir emotional zugetan, und sie sagte es in einem Ton, der voll Vorwurf war.

Ich zog bei ihr ein. Bevor wir miteinander schliefen, legte sie eine Platte auf. Die Musik war mein Geschmack, aber ich wollte sie nicht hören. Ich war abgelenkt, und das machte mich fertig.

Ich sagte zu Inge: »Warte auf mich, denke dir nichts, ich gehe und komme in zwei Stunden wieder.«

Ich lief zu Mechthild Hüntemann, sie war nicht zu Hause, ich setzte mich auf die Treppe vor ihrer Tür. In der Nacht kam sie mit ihrem neuen Freund.

»Ich dachte, er ist nett«, sagte der. Er meinte, ich mache eine Szene.

»Ich möchte den Schubert wiederhaben«, sagte ich zu Mechthild.

Wir standen im Stiegenhaus eng beieinander.

»Gib ihm den Schubert«, sagte der Freund.

Aber Mechthild sagte: »Nein, das kann ich nicht, es waren zwei schöne Wochen, als du bei mir krank warst.«

»Ach«, sagte ich, »darf ich reinkommen, ein paar Minuten?«

»Wenn es sein muss«, sagte sie.

»Darf ich wenigstens ein Stück von der Platte hören?«, fragte ich.

»Wenn es sein muss«, sagte sie.

Ich legte *Gute Nacht* auf.

Ihrem Freund ging die Musik arg auf die Nerven.

»Wieso singt der so rohrartig«, sagte er, »hat er einen Stock im Hals?«

»Soll ich lieber Bob Dylan auflegen?«, fragte ich.

»Bitte«, sagte er. »Bitte, bitte!«

Ich holte *Highway 61 Revisited* aus dem Regal und legte *Desolation Row* auf.

»Das ist wunderbar«, sagte ich zu Mechthild. »Viel besser als der rohrartige Schubert.«

»Gelt«, sagte ihr Freund.

»Die musst du mir borgen«, sagte ich.

»Wenn es sein muss«, sagte sie.

Ich hatte mich natürlich verspätet, aber Inge Geyer machte mir keinen Vorwurf daraus, und bald sah ich ein, dass sie gar kein vorwurfsvoller Mensch war, auch kein zorniger Mensch, dass lediglich die Natur in einer ihrer unauslotbaren Launen ihren Mund zornig und ihre Stimme vorwurfsvoll gestaltet hatte. Wir hörten den ganzen Tag Schuberts *Winterreise*. Das war unsere Liebe.

Ein Jahr später traf ich Mechthild Hüntemann in der Mensa. »Servus«, sagte ich, »ich habe noch den Bob Dylan von dir.«

»Ah ja«, sagte sie, »bring ihn einfach irgendwann einmal vorbei.«

»Mach ich«, sagte ich.

Sie hatte gar nicht gemerkt, dass ich die Platten vertauscht hatte. So verliebt war sie in ihren neuen Freund gewesen. Und für Bob Dylan hat sie sich nie wirklich interessiert. Bis heute steht in meinem Plattenregal Schuberts *Winterreise*, gesungen von Julius Patzak, in der Hülle von Bob Dylans *Highway 61 Revisited*.

»Trägt der Patzak nicht eine ganze Welt auf seiner Stimme?«, sagte Herr Alfred zu mir.

»Was für eine Welt denn?«, fragte ich ihn.

»Wissen Sie«, sagte er, »ich habe so meine Erinnerungen, wenn ich ihn singen höre. Darf ich Sie zu irgendetwas einladen?«

»Wenn es sein muss«, sagte ich.

Wernhofers Traum

Ich war später dran als sonst, der Himmel war dunkel verhangen, und im Kaffeehaus brannten schon die Lichter. Ich sah von außen durch die Fenster in den Billardsaal, und wie freute ich mich, als ich Wernhofer erkannte, der sich gerade zu einem Stoß niederbeugte, den Queue dicht an seiner Flanke. Ich sah seinen langen, mageren Rücken, der an allem so schwer trug, sah, wie ihm die wenigen, fadig langen Haare über die Augen fielen, und ich sah, wie er innehielt, die Haare hinter die Ohren klemmte und dann noch einmal ansetzte.

Wernhofer – wir haben uns alle große Sorgen um ihn gemacht, um diesen großen Mann. Er hatte sich eines Abends freiwillig und zu Fuß in die Nervenklinik begeben. Erst hatte es geheißen, er werde nach drei Wochen bereits seinen Frieden gefunden haben mit Gott und der Welt. Dann hatte es doch fast doppelt so lange gedauert.

Ich freute mich auf Wernhofer.

»O nein«, sagte er, als wir dann an einem der winzigen Tischchen im Billardsaal saßen, »bitte nein, lade mich zu nichts ein! Ich war schon fünfmal auf dem Klo, zu so viel Flüssigkeit bin ich in der letzten Stunde hier eingeladen worden. Lass uns einfach dasitzen und reden. Man müsste öfter ins Irrenhaus gehen, dann wären alle freundlich zu einem.«

»Sag nicht Irrenhaus«, wollte ich beschwichtigen, aber es war nicht nötig.

»Warum«, sagte er, »es ist ein Irrenhaus. Und ich bin ein Irrer. Jetzt weiß ich es. Endlich weiß ich es. Und seit ich es weiß, ist alles gut. Ich wusste es schon vor drei Wochen, und sie hätten mich vor drei Wochen schon herausgelassen. Wenn man es weiß, kann man gehen. Aber dann hatte ich diesen Traum, und da dachte ich, es ist besser, wenn ich noch ein wenig bleibe. Denn der Arzt sagte, es kann bei solchen Träumen vorkommen, dass man sie ein zweites Mal oder sogar ein drittes Mal träumt. Und dafür wollte ich gerüstet sein, verstehst du. Soll ich dir meinen Traum erzählen?«

»Gern«, sagte ich, »wenn du mich für würdig hältst.«

Er blickte mich an, ein wenig überrascht, als wäre ihm im Augenblick ein Gedanke gekommen, eigentlich, als sähe er mich zum ersten Mal.

»Weißt du«, sagte er, »ich bin hier, weil ich mich mit Caligula verabredet habe. Ihm muss ich den Traum unbedingt erzählen. Es war nicht leicht für mich, seine Telefonnummer herauszukriegen. Ich habe ihn in seinem Atelier erreicht. Er arbeitet gerade an einer Werbelinie für Butter. Wusstest du, dass er in Wirklichkeit Richard Korn heißt? In meinem Traum habe ich ihn ermordet. Seine Ermordung ist der Inhalt meines Traums.

Ich habe es nicht allein getan, aber ich habe es getan. Ich kann inzwischen sehr genau unterscheiden zwischen verrückt und nicht verrückt, und ich weiß, es ist verrückt, wenn ich sage, ich muss mit Caligula sprechen, weil ich mich bei ihm für meinen Traum entschuldigen möchte.

Es war ein schrecklicher Traum. Da war ein zweiter Mann, den sah ich nur von hinten. Der hatte ein Messer bei sich, ein sehr scharfes Messer mit einer breiten, abgerundeten Klinge, wie ein Tafelmesser sah es aus. Er schärfte es an einem Schleifstein, während wir auf Caligula warteten. Meine Aufgabe war es, Caligula festzuhalten. Du kannst dir vorstellen, dass das keine leichte Sache ist. Halte einen Berg fest.

Er wuchs aus dem Boden, auf einmal stand Caligula vor uns. Er trug eine alte Arbeiterhose, die an Hosenträgern hing, und er weinte, denn er wusste, er würde gleich sterben, und er wollte nicht sterben. Sein Oberkörper war nackt. Er war noch dicker als in Wirklichkeit, noch viel dicker. Und er wuchs von Sekunde zu Sekunde. Und glitschig war er.

Wie soll ich dieses Monstrum festhalten, rief ich meinem Mordkollegen zu.

Ich musste rufen, denn Caligulas Körper war inzwischen schon so breit, dass man von der rechten zur linken Seite rufen musste, wenn man sich mitteilen wollte.

Noch immer konnte ich das Gesicht des anderen nicht sehen. Aber es scheint, als hätte ich ihn im Traum gekannt. Nur jetzt im wachen Zustand weiß ich nicht, wer er war.

Er nahm auf einmal einen mächtigen Anlauf und sprang an dem fetten Caligula hinauf und rammte ihm das Messer in den Hals, und Caligula schrie.

Warum, schrie er, warum tut ihr das, habe ich denn nicht schon ein Leben wie die erbärmlichste Kreatur, muss ich denn nun so sterben!

Und da hat er mir leid getan, entsetzlich leid hat er mir getan. Ich wachte auf, weinte und betete und wusste doch, dass ich nur geträumt hatte. Aber ich fühlte mich elend den ganzen folgenden Tag.«

»Und dieser andere Mann im Traum?«, fragte ich, und mir war plötzlich unbehaglich zumute.

»Ja, der«, sagte Wernhofer.

»Kennst du ihn? Sag!«

»Nein, nein«, sagte er.

Da hellte sich sein Gesicht auf. Er winkte zur Tür hin. Caligula war soeben gekommen, wuchtig, lebendig, groß.

»Entschuldige«, sagte Wernhofer und setzte sich mit Caligula in eine der Nischen in der Nähe des Klaviers.

Ich sah, wie er auf ihn einredete, und ich erriet an seinen Gesten, was er sagte. Es waren die gleichen Gesten, mit deren Unterstützung er mir seinen Traum erzählt hatte.

Und dann sah ich die beiden still dasitzen und vor sich auf die Tischplatte niederblicken. Und dann sah ich, wie Caligula seine gewaltigen Arme nach Wernhofer ausstreckte und ihn umarmte. Ich sah Wernhofer ganz in der Umarmung des dicksten Menschen, den ich kenne, verschwinden. Und Caligulas Augen wuchsen zu meerüberschwemmten Sternen auf.

Wer war dieser andere, der eigentliche Mörder? Ich habe Wernhofer angesehen, dass er es wusste. Er hat mich angelogen.

Bevor Max kam, rief ich zu Hause an und erzählte meiner Frau die ganze Geschichte.

»Wie heißt Wernhofer eigentlich mit Vornamen?«, fragte sie.

»Keine Ahnung«, sagte ich.

»Und was ist er von Beruf?«

»Weiß ich nicht.«

»Siehst du«, sagte sie, ihre Stimme klang sehr wütend. »Siehst du!« Und sie legte auf.

Ostern '63

Rita, die mir immer noch die Geschichte schuldete, wie es ihr vor fünfzehn Jahren gelungen war, in London ohne Pass, Geld und Englischkenntnisse in einem neuen Leben mit neuem Pass und neuer Ehe und neuer Tochter und mehreren Millionen zu landen, und wie sie auch das alles wieder verloren hatte – Rita nahm meine Hand zwischen ihre langen, metallisch kühlen Finger und sagte: »Jetzt sehe ich das erste Mal, dass dir ein Stück Finger fehlt.«

Und Herr Alfred, ein wenig ungesund an der Oberlippe schwitzend, kam mit Zeigefingerhand zu unserem Tisch scharwenzelt und sagte: »Gut, Rita, ich wollte auch schon immer wissen, wie das passiert ist.« Und setzte sich auf ein Viertel Sessel.

»Also«, sagte ich, »der Mittelfinger der linken Hand, da fehlt ein Glied, das ist die Griffhand des Gitarristen. Ich habe damals gerade angefangen, Gitarre zu spielen, ich war vierzehn, und es wäre an und für sich eine Katastrophe gewesen.

Hört zu«, sagte ich, »es ist eine romantische Geschichte, ich bitte euch, erzählt sie ja nicht dem Herrn Pietzsch, er wird sich lustig machen über mich.

Es war am Ostersonntag des Jahres 1963, John F. Kennedy hatte noch ein gutes halbes Jahr zu leben. Meine Familie verbrachte die Osterwoche in Deutschland bei meiner Tante, der Schwester meiner Mutter, in Coburg nämlich. Das waren arme Leute in einer winzigen, hochpolierten Wohnung. Über Ostern waren das Wohnzimmer, sogar der Flur, sogar die Küche mit notdürftigen Pritschen für die Verwandtschaft belegt.

Ich, der Liebling, schlief unter dem Dach in einem schrankgroßen Zimmerchen. Ich war dort allein für mich, und ich musste nicht durch die Wohnung, um unters Dach zu kommen.

Das Nachbarhaus, dort spielt die Geschichte, war eine moderne

Villa, die Wände aus südlichem Marmor, umgrünt von importierten Gewächsen. Dort wohnten ein Notar und eine Ärztin. Die hatten vier Kinder. Die älteste Tochter hieß Ulla und war wie ich vierzehn Jahre alt. In sie war ich verliebt. Sie war blond, klein war sie und hatte ein vornehmes Profil.

Ich habe vor ihr keiner anderen einen Zungenkuss gegeben. Sie hat es mir gezeigt. Erst dachte ich, sie schiebt mir eine Süßigkeit herüber. Meine Mutter hat das manchmal gemacht, dass sie ein Bonbon geschleckt hat und es dann nicht mehr wollte und mir von Mund zu Mund herübergegeben hat.

In der Nacht stieg ich über den Zaun und schlich mich zur Kellertür des Nachbarhauses. Dort wartete Ulla auf mich.

Da war ein weiter Kellerraum, in dem ein Tischtennistisch stand. Auf den Tisch setzten wir uns, ließen die Beine baumeln und küssten uns. Dann flüsterten wir ein wenig, dann küssten wir uns wieder. Dann sagten wir lange nichts und dachten nur.

Was sie dachte, wusste ich nicht. Ich dachte: Wie kann ich es anstellen, meine Hand in ihren Ausschnitt zu legen, so dass ich, angenommen, sie will das nicht, das Ganze so hindrehen kann, als sei es unabsichtlich und ein Zufall gewesen?

Die Antwort war: So etwas kann man nicht anstellen.

Dann küssten wir uns wieder und flüsterten und schwiegen.

So ging es die ganze Karwoche. Ich war unausgeschlafen, Ulla war unausgeschlafen. Am Tag spielten wir mit ihren Geschwistern und anderen Kindern aus der Straße, wir spielten, was man eben so spielt, im Garten und so.

Jedenfalls in der Nacht von Ostersamstag auf Ostersonntag, Jesus hatte das Grab verlassen und war den Jüngern von Emmaus erschienen, da traute ich mich. Es war ganz leicht. Ulla wollte es. Es war nur eine Handbewegung. Was hatte ich denn anderes erwartet? Ich legte meine Hand auf ihre Brust.

Am nächsten Tag regnete es. Man konnte nicht im Garten spielen und auch nicht auf der Straße. Da hatte Ullas Bruder die Idee, im Keller ein Tischtennisturnier zu veranstalten. Nun muss ich sagen, dass ich, der arme Hund aus Österreich, den Notar-Arzt-Kindern auf allen Gebieten unterlegen war, schulisch sowieso, in Weltgewandtheit und wie, sogar im alpinen Skisport, wie ich aus ihren Erzählungen schloss, auch im Schwimmen, wie im Coburger Hallenbad bewiesen – aber im Tischtennis war ich ihnen überlegen. Das Turnier wurde zu meinem Triumph. Dass mein Sieg ausgerechnet auf diesem Tischtennistisch ausgezählt wurde, machte viel an ländlichem Minderwertigkeitsgefühl gegenüber diesen vier Städtern wieder gut.

Mein letzter Schmetterball, unhaltbar für Ullas Bruder, landete unter einem ausgedienten, gusseisernen Ofen, der in der Ecke des Kellers stand. Über der Ofenplatte lag ein Eisendeckel, der hinten an zwei Scharnieren befestigt war. Dort fasste ich das Ding und kippte es, damit Ulla den Ball darunter hervorholen konnte. Da neigte sich der Ofen ins Übergewicht, ich konnte ihn nicht mehr halten, hatte seine Masse unterschätzt, griff mit der Rechten nach dem Eisendeckel, der Ofen fiel, der Eisendeckel schlug zurück, und im Scharnier zwickte ich meinen Finger ab.

Es hat nicht wehgetan. Es hat auch kaum geblutet. Ich sah, dass Zeige-, Mittel- und Ringfinger beinahe gleich groß waren, und wo beim Mittelfinger der Nagel war, stand ein zugekrampftes, blassrotes Aderröhrchen empor.

Als ich am Nachmittag aus dem Krankenhaus kam, brachten mir Ullas Geschwister den Rest meines Fingers. Sie waren in meine Dachkammer hinaufgestiegen, unterwürfig waren sie. Und wisst ihr was – ich habe das Stück, an dem unverletzt der Fingernagel war, genommen, habe es grinsend betrachtet und dann in die Dachrinne geworfen.

Für die Vögel, sagte ich.

In der Nacht hat die Wunde wehgetan, da ließ die Betäubung

nach. Ich bin trotzdem nach unten geschlichen, über den Zaun geklettert und in den Keller zu Ulla gegangen. Es wäre vielleicht besser ohne die Schmerzen gewesen, aber es war auch so gut.«

»Ist die Geschichte wahr?«, fragte Rita.

»Nein«, sagte ich. »In Wirklichkeit habe ich mir den Finger abgebissen, als mich Ulla später verlassen hat.«

Jacobs letztes Wort

»Ich bin Chemiker geworden, da interessierte ich mich für Chemie, und dann«, sagte Herr Pietzsch, »war ich Chemiker ein Berufsleben lang, und nie mehr wieder haben mich Erkenntnisse oder Entdeckungen oder auch nur ein schmales Gelingen auf diesem Gebiet in Aufregung versetzt. Mit trockenen Händen und weißem Gesicht und langweiligstem Herzschlag habe ich meine Arbeit getan. Ich bin ein Mensch, der nur ein ganz klein wenig Talent hat, aber nicht den geringsten Erfolg. Also konnte ich mich auch an dem wenigen Talent nicht halten.«

Inzwischen kannte ich ihn ja, den Herrn Pietzsch mit den Marmoraugen, gesprenkelt und kalt. Wenn er in diesem Ton des Lebensabschieds sprach, dann folgte eine Geschichte, die eine gleichnishafte Bebilderung einer Lebensweisheit sein sollte, einer Weisheit allerdings, die sich außerhalb des Gleichnisses sofort verflüchtigte.

»Der Märchenerzähler«, sagte Herr Pietzsch, schnalzte Herrn Alfred zu, hob zwei Finger, was zwei Whisky heißen sollte, »der Märchenerzähler und die Fruchtfliege, was hat der eine mit der anderen zu tun? Ich werde es Ihnen sagen:

Der Wilhelm hatte wenig Talent, aber einen großen, einen gigantischen Erfolg. Sein Bruder Jacob hatte viele Talente, von allen einen großen Haufen, aber wenig Erfolg. Wenn man heute von den Brüdern Grimm spricht, dann meint jeder die Märchen. Die Märchen aber – das war der Wilhelm. Man meint nicht das *Deutsche Wörterbuch* oder die *Deutsche Grammatik* oder die *Deutsche Mythologie* oder die *Deutschen Rechtsaltertümer* – das wäre der Jacob gewesen.

Der große Jacob – ledig, einsam, fleißig, genial. Wilhelm dagegen – verbummelt, kränklich, verliebt, familienvernarrt. Ein Familienmensch aus Hessen, dieser Wilhelm.

In ihrer Jugend waren die Brüder täglich zusammen gewesen,

von morgens bis abends, hatten sich als Studenten ein Zimmer geteilt, und auch in der ersten Zeit, als Wilhelm verheiratet war, wohnte Jacob bei ihm. Dann kamen Kinder, eins, zwei, drei, viele. Jacob zog aus, reiste – Paris, Spanien, in den Osten. Und arbeitete. Ein gewaltiges Werk entstand. Aber nur ihr gemeinsames Jugendwerk, die Märchensammlung, war über einen universitären Rahmen hinaus bekannt. Aber dafür interessierte sich Jacob nicht mehr.

Wilhelm erweiterte die Sammlung, korrigierte sie, formte sie um, gab sie in immer neuen Auflagen heraus. Ein riesiger, ein gigantischer Erfolg.

War Jacob neidisch? Und Wilhelm: Neidete er seinem Bruder die schöpferische Kraft? Der Erfolg vermag eine Zeitlang über den Mangel an Kreativität hinwegzutäuschen. Aber wie lange? Nein, es gibt keinen Hinweis, dass die gegenseitige Liebe der Brüder durch irgendetwas getrübt worden wäre. Jacob studierte und schrieb, Wilhelm besorgte Hausarbeit. Ein glücklicher Hausmann war dieser Wilhelm.

Eine Begegnung der Brüder, bei der es fast zu einem Streit gekommen wäre, ist überliefert. Jacob besuchte Wilhelm zusammen mit seinem Assistenten, Otto Preuß.

Jacob wollte den Jüngeren dazu überreden, ihm bei der Arbeit am *Deutschen Wörterbuch* zu helfen.

Wilhelm, er trug bei dieser Begegnung eine Schürze, war gerade dabei, Weichseln einzukochen. Er zeigte wenig Interesse.

Kompott, sagte er, ist etwas Wirkliches, Wörter sind wie Träume.

Träume doch wieder, habe Jacob gerufen, so berichtet Otto Preuß. Der ganze Wortschatz unserer geliebten Sprache in einem Buch, Wilhelm! Wenn der Gedanke einmal geboren ist, lässt er sich nicht wieder vertreiben!

Wie die Fruchtfliege, habe Wilhelm lachend darauf geantwortet.

Da sei Jacob außer sich geraten. Willst du, habe er mit seiner weichen, zierlichen Stimme gerufen, willst du, Wilhelm, deine Obstbrüherei hier mit meiner Arbeit vergleichen?

Ja, warum denn nicht, habe Wilhelm gesagt, immer noch lachend.

Dann ist mein Leben umsonst gewesen, sagte Jacob und wollte auf dem Absatz kehrtmachen und gehen.

Da erst begriff Wilhelm, wie ernst es dem älteren Bruder war.

Ach was, sagte er, nicht du, Jacob, ich, ich habe ein unnützes Leben geführt, habe immer die gleichen Geschichten durcheinandergeschüttelt, einmal dort etwas weggelassen und dort etwas hinzugefügt. Die Kinder, weißt du, Jacob, sie wachsen aus den Märchen heraus, aber Weichselkompott, das liebt der Mensch sein Leben lang.

Da sei, schreibt Preuß in seinem Bericht, Jacob bleich geworden.

Um Gottes willen, Wilhelm, habe er gesagt, mehr gehaucht als gesagt, um Gottes willen, auf wie viele Genüsse habe ich verzichtet, um mir Bücher kaufen zu können.

Probier mein Kompott, sagte Wilhelm und gab seinem Bruder einen Löffel.

Und Jacob aß, aß zwei, drei, viele Teller von dem guten Weichselmus, das sein Bruder bereitet hatte.

Iss ruhig, sagte Wilhelm, was du übrig lässt, holen sich die Fruchtfliegen.

Jacob überlebte seinen Bruder um vier Jahre. Sein letztes großes Werk, das *Deutsche Wörterbuch*, wurde erst mehr als hundert Jahre nach seinem Tod fertiggestellt, es umfasst dreiunddreißig schwere Bände.

Als Jacob starb, war gerade der vierte Band zur Hälfte ediert. Noch heute kann man, wenn man das Wort Fruchtfliege – ausgerechnet Fruchtfliege – sucht, in einer Fußnote lesen: Mit diesem worte sollte jacob grimm seine feder von dem werke leider für immer niederlegen …«

Herr Pietzsch sah mich an, seine Lippen zuckten ein wenig, als warte er auf eine Antwort von mir, die er schon im Voraus mit abschätziger Ironie bedacht haben wollte.

»Was halten Sie von der Geschichte?«, fragte er.

»Sie lehrt uns vielleicht, dass es nicht nur auf Fleiß und Redlichkeit ankommt«, sagte ich.

»Sie lehrt uns gar nichts«, sagte Herr Pietzsch.

»Das habe ich mir eigentlich eh gedacht«, sagte ich.

Muchti und die Geister

»Ich weiß, was du willst«, sagte ich zu Rita. »Du willst, dass ich eine Geschichte von Muchti erzähle, stimmt's?«
»Ja, das will ich«, sagte sie. »Ich brauche dringend etwas, was mich aufbaut.«

In sich zusammengesunken, die Schultern nach vorne gedreht, saß sie auf der Polsterbank, die zu niedrig für sie war, ihre schmalen, stretchbehosten Oberschenkel ragten fast bis an die Kante des Marmortischchens empor.

»Was ist denn?«, fragte ich.

»Ich habe mich heute Morgen auf etwas gefreut«, sagte sie, »und dann habe ich vergessen, was es war, und seither denke ich darüber nach. Vielleicht ist es gut, dass es mir nicht mehr einfällt. Hat schon ähnliche Freuden gegeben, die sich als pures Nichts herausstellten.«

Also erzählte ich Rita, bevor Max kam, die Geschichte, als Muchti noch das F sagen konnte und dann nicht mehr.

Damals war er zehn Jahre alt. Noch war nichts an ihm, was seine spätere Großartigkeit erahnen ließ. Er hatte die bereitwilligsten Augen der Welt, die sagten jedem, bitte, verflixtnocheinmal, hoffentlich kriege ich rechtzeitig heraus, was ich für dich tun kann.

Muchti selbst sagt über sich: Ich war nicht unterwürfig, nein, ich war gar nicht. Es kann ja nur einer unterwürfig sein, der ist. Ich war nicht.

Aber das F konnte er damals noch sagen.

Sein Vater war als Vertreter für eine Versicherung tätig, sein Kapital war seine Überredungskunst. Zu Hause sei er in Unterhemd und Unterhose herumgegangen, die Wohnung sei immer überheizt gewesen. Auch im Sommer, wenn es nur ein wenig kühl wurde, gab er unverzüglich Auftrag, die Heizung einzuschalten. Außerhalb des Hauses allerdings sah man ihn nie ohne Krawatte, roch man immer und überall und noch lange, wenn er vorübergegangen war, sein Rasierwasser Marke Pitralon.

Diesem Vater war Muchti verfallen. Nicht, dass er ihn fürchtete. Muchti sagt: Wie sollte ich ihn denn auch fürchten? Ich – es gab kein Ich.

Wenn ihn sein Vater fragte, was eins und eins sei, dann wusste Muchti keine Antwort. Dann scharrte er mit dem rechten Fuß, als ob das Ergebnis auf diese Weise aus dem Boden zu gewinnen wäre.

Ich dachte, erzählt Muchti, ich dachte, eins und eins ist zwei. Aber ich dachte auch, mein Vater würde mich nie etwas fragen, was ich beantworten kann. Also ist etwas Neues entdeckt worden, so dass eins und eins nicht mehr zwei ist.

Sein Vater hieß Fritz. Bis Muchti zehn war, hatte er das nicht gewusst.

Eines Abends war eine Nachbarin zu Besuch, Muchtis Mutter versteckte sich in der Küche, sie hatte in Anwesenheit von Fremden Angst, ihren Mann zu blamieren. Muchti hatte es nicht mehr geschafft, das Wohnzimmer zu verlassen. So saß er im Eck des Sofas, still, aufrecht, in jeder Beziehung tadellos.

Die Nachbarsfrau hatte Sorgen. Sie lebte allein mit ihrem Sohn, der etwa in Muchtis Alter war und ihm bisher durch nichts anders als Unauffälligkeit aufgefallen war.

Die Frau sagte zu Muchtis Vater: Fritz, ich komme mit der Bestie nicht mehr zurecht.

Mit ihren Armen schuf sie Freiraum um sich, vertrieb die Dämonen, ruderte weit aus, als wolle sie Seile nach ihnen auswerfen.

Fritz, was soll ich nur tun?

Mit Neugierde und Staunen habe Muchti zum ersten Mal den Vornamen seines Vaters gehört. Gerührt habe er sich nicht. Zugehört habe er.

Als hörte ich meiner Anklageschrift beim Jüngsten Gericht zu, sagt Muchti.

Der Vater, dieser Fachmann in überhaupt allem, vom Atomkern

über Blitzschlagvorbeugung bis zu den fernsten Gestirnen, er ließ sich einige Beispiele der Bestienhaftigkeit des Nachbarsohnes schildern und sagte dann: Du musst ihn züchtigen.

Aber wie mache ich das?, fragte die Frau.

Du musst ein Signal setzen, sagte er, das er wenigstens einige Wochen lang im Gedächtnis behält.

Was heißt das, fragte die Frau, und warum soll so ein Signal nur einige Wochen lang in seinem Gedächtnis bleiben? Ich will doch, dass er es sich sein Leben lang merkt.

Oh, sagte Muchtis Vater, das könnte aber schwere Folgen haben.

Was heißt das, rief sie und raffte mit den Armen ins Unerklärliche hinein, heißt das, ich soll ihn schlagen?

Ja, natürlich, sagte Muchtis Vater.

Aber wie soll ich ihn schlagen?

Einfach zuhauen, sagte er.

Das sagst du so einfach, Fritz. Das musst du mir erklären. Damit ich nichts falsch mache.

Was kann man denn da falsch machen, schnaubte er, und da trafen sich die Blicke des Sohnes und des Vaters, und der Vater rollte die Augen in kumpelhaftem Einverständnis mit dem Filius, und das sollte heißen: So eine dumme Person, weiß nicht einmal, wie man den eigenen Sohn verprügelt.

Und Muchti? Er sei glücklich gewesen. Was für ein reicher Tag! Erstens habe er erfahren, wie sein Vater heiße, zweitens habe er endlich, endlich eine Möglichkeit gefunden, ihm seine bedingungslose Loyalität zu beweisen.

Muchti sei aus seinem Eck im Sofa gekrochen und habe gesagt, habe mit fachmännisch gelassener Stimme gesagt: Zeig's ihr, Papa.

Was soll ich ihr zeigen?, habe sein Vater gefragt.

Wie man seinen Sohn züchtigt, Papa.

Er habe sich brav vor den Vater hingestellt, habe die Augen geschlossen, das Gesicht vorgereckt und ein wenig schief gehalten, damit es für den Vater bequem sei, ihm eine runterzuhauen.

Und der Vater, der Fritz, habe es getan. Erst eine Watsche. Habe es auch nicht versäumt zu kategorisieren. Diese Züchtigung, sagte er, hält höchstens ein paar Tage. Eine zweite Watsche sei bereits so stark gewesen, dass Muchti mit dem Bein ausscheren musste, um nicht zu wanken. Die hält an die sechs Wochen. Dann Fäuste auf Rücken, Kopf und Schultern. Muchti ging in die Knie. Das hält dann so an die fünf Monate. Bei allem Weiteren müsste ich mir deinen Buben erst anschauen, sagte der Fritz, und das klang wie: Alles Weitere nur unter ärztlicher Aufsicht.

Von diesem Tag an – so behauptet jedenfalls Muchti – habe er das F nicht mehr sagen können.

Mein Chater heißt Chritz.

Drehbuch vom ewigen Leben

Dass Jetti Lenobel und Medi Winter so ein Glück hatten, das erzählte mir Herr Alfred.

»Kaum dass ich wusste, dass sich die beiden überhaupt kennen«, begeisterte er sich, »aber dass sie sich so gut kennen, dass sie sogar eine Arbeit zusammen machen, nie hätte ich das geahnt!«

Jetti Lenobel und Medi Winter haben nämlich zusammen ein Drehbuch geschrieben, das heißt, ein Drehbuch sei es noch nicht, erst ein Treatment. Aber es habe sich bereits eine Filmfirma ernsthaft dafür interessiert.

»Haben Sie Interesse, den Inhalt ihres Films aus meinem Mund zu hören?«, fragte mich Herr Alfred.

»Selbstverständlich«, sagte ich.

»Die Geschichte beginnt zur Zeit der Kreuzigung von Jesus Christus. Als der Herr sein Kreuz durch die Straßen von Jerusalem schleppte, da war ein heißer Tag, und er hatte Durst. Er kam am Haus des Herrn Bedeus vorbei, dort wurde ihm das Kreuz zu schwer, und er stürzte. Und wie seine Wangen das heiße Straßenpflaster berühren, da sieht er den Herrn Bedeus aus einem Krug trinken. Gib mir von deinem Wasser, sagt Jesus.

Aber der Herr Bedeus gibt ihm nicht.

Da flucht ihm Jesus das ewige Leben an.

Von einem Land zum anderen musst du ziehen, sagt er, nirgendwo kannst du länger als dreißig Jahre bleiben, denn das würde auffallen.

Einige Stunden später: Jesus wird ans Kreuz genagelt.

Die Soldaten stellen fest, dass einer der Spezialnägel fehlt. Ein Landstreicher namens Kirr hat ihn mitgehen lassen, durchaus aus Barmherzigkeit. Er wollte, dass Jesus wenigstens eine Wunde erspart bliebe.

Zum Dank dafür, sagt Jesus, verspreche ich dir einen baldigen, schönen Tod.

Was!, ruft da der Herr Kirr. Der Herr Bedeus hat dir das Wasser verweigert, und er bekommt dafür das ewige Leben? Ich will auch das ewige Leben!

Gut, sagt Jesus, wenn du willst. Aber merke: Du darfst nirgends länger als dreißig Jahre sein, denn sonst würde das auffallen.

Dann wird Jesus gekreuzigt und stirbt.

Gute tausendneunhundertfünfzig Jahre später: Die Herren Bedeus und Kirr waren jeder schon an die hundertmal verheiratet, beide haben sie an die dreihundert Kinder gehabt, die bis auf zwei, drei alle längst gestorben sind; kaum einen Beruf gibt es, den sie nicht schon ausgeübt haben, kaum eine Sprache gibt es, die sie nicht sprechen. Noch nie in all den Jahren sind sie allerdings einander begegnet. Der Zufall oder wer auch immer wollte es so. Und da, eines Tages, treffen sie aufeinander. Das heißt, ein Dritter führt sie zusammen. Zuerst sieht das nach einem Zufall aus. In was für Berufen die beiden in der Jetztzeit tätig sind, das müssen Medi Winter und Jetti Lenobel noch entwickeln«, sagte Herr Alfred.

»Jedenfalls, dieser Dritte«, fuhr er fort, »der sei ein Eigenartiger, der wolle ein Geschäft mit den beiden machen.

Ah ja,« sagte Herr Alfred, »das habe ich vergessen: Den beiden Herrn, dem Bedeus und dem Herrn Kirr, geht ihre Unsterblichkeit inzwischen arg auf die Nerven. Nichts anderes wünschen sie sich, als endlich sterben zu können. Und da kommt dieser merkwürdige Mann.

Also, wissen Sie was«, sagte Herr Alfred, »ich verrate es Ihnen: Es ist der Teufel. Der Dritte ist der Teufel.

Der Teufel sagt zu dem Herrn Bedeus und dem Herrn Kirr: He, ich weiß, wie ihr endlich sterben könnt.

Wie?, fragen sie.

Indem ihr euch gegenseitig umbringt.

Wie soll denn das gehen?, sagen sie.

Tja, sagt der Teufel, das müsst ihr eben irgendwie inszenieren.«

»Und weiter?«, fragte ich Herrn Alfred. »Wie geht die Geschichte aus?«

»Keine Ahnung«, sagte er und verließ rasch meinen Tisch. Gäste in hellgelben Regenjacken waren gekommen.

Immer wieder versuchte ich, Herrn Alfred an meinen Tisch zu winken.

Und dann kam Medi Winter.

»Gott sei Dank, Medi«, sagte ich, »ich dachte schon, ich muss verhungern. Wie geht euer Film aus?«

Irgendjemand müsste Medi sagen, dass sie nicht immer so glitzernde Sachen anziehen soll, so helle, dachte ich. Hatte sie früher nicht meistens dunkle Sachen angehabt? Sie hatte ihr schönes graues Haar zu einer Struwwelpeterfrisur toupiert.

»Mein Film?«, fragte sie. »Ich habe keinen Film.«

»Ich meine dein Drehbuch, Medi«, sagte ich.

»Was weißt du davon?«

»Alles, von der Kreuzigung Christi bis dorthin, wo Herr Bedeus und Herr Kirr vom Teufel erfahren, dass sie nur dann sterben, wenn sie sich gegenseitig umbringen.«

»Interessant.«

»Wie geht es weiter, Medi?«

»Der Teufel kommt gar nicht vor in der Geschichte«, sagte sie. Ich merkte, dass sie keine Lust hatte, mit mir zu reden. Sie winkte Herrn Alfred, der brachte ihr auf einem Tablett Kaffee und Wasser, und noch ehe ich ihn ansprechen konnte, war er schon wieder davon.

»Überhaupt«, sagte Medi, an ihrer Tasse war ein breiter, schwerroter Lippenstiftrand, »die ganze Geschichte beginnt gar nicht mit der Kreuzigung Christi. Jesus spielt überhaupt keine Rolle in der Geschichte.«

»Aber«, sagte ich, »aber wer macht dann, dass Bedeus und Kirr ewig leben?«

»Wer sagt denn, dass sie ewig leben?«, tat Medi überrascht. »Sie heißen erstens nicht Bedeus und Kirr, das haben wir geändert, und zweitens ...«

Da kam Jetti Lenobel zur Tür hereingeschwirrt. Sie hatte wie immer ihre quadratische Riesenledertasche geschultert, sie warf uns einen Blick zu und setzte sich ohne Gruß an einen anderen Tisch.

»Einen Augenblick«, sagte ich zu Medi.

»Tu nur, tu nur«, sagte sie.

Ich ging zu Jetti hinüber. »Jetti, ich muss es wissen.«

»Was denn?«, sagte sie.

»Euer Drehbuch, wie geht es aus?«, fragte ich.

»Was für ein Drehbuch?«, lachte sie, und ihre Augen flatterten.

»Dieses Drehbuch vom ewigen Leben«, sagte ich.

»Sapperlott«, sagte sie und zog ein Buch aus ihrer Tasche, »das würde ich mir gern auch einmal reinziehen, dieses Drehbuch. Am ewigen Leben bin ich interessiert. Aber jetzt muss ich diesen Roman von einer Inderin lesen, ich muss nämlich bis morgen eine Buchbesprechung abliefern.«

Ich nahm den einsamen Tisch hinten am Fenster, den einsamsten. Bevor Max kam, versuchte ich immer wieder, Herrn Alfred zu mir zu winken. Er kam nicht. Er ignorierte mich.

Birgittas Geburtstag

Als sie mir die Hand geben wollte, klappte ihre Mappe auf, und die Zeichnungen fielen zu Boden. »Ich habe heute Geburtstag«, sagte Birgitta, »entschuldige.«

Ins Café kam sie selten. Wir trafen uns manchmal in der Stadt, zufällig, dann ließen wir die Ampel zwei-, dreimal rot und grün werden.

Birgitta stammte aus Frankfurt, sie sprach das reinste Hochdeutsch, seit zehn Jahren lebte sie hier in unserer Stadt. Sie zeichnete, machte hauptsächlich Buchumschläge und war unglücklich, wenn ihre Auftraggeber etwas »Menschenloses« wünschten, »Landschaften, Kräne oder Blumen«, und geriet in Verzagtheit, wenn es gar etwas Abstraktes sein sollte.

»An Gesichtern kann ich mich nicht sattsehen«, hatte sie einmal gesagt.

Jedenfalls hätte sie es sagen können. Ihre Frauenköpfe sahen alle ihr ähnlich. Die Augen – schattig und voll Melancholie. Bei den Mündern improvisierte sie.

»Man muss nicht Mund und Augen bearbeiten, wenn man verschiedene Gesichtsausdrücke herstellen will«, sagte sie zu mir. »Du kannst verschiedene Münder zeichnen und ausschneiden und nacheinander unter dieselben Augen legen. Da hast du ohne viel Aufwand verschiedene Launen in den Bildern.«

Ich denke mir, sie hat früher Hunderte verschiedener Augen gezeichnet oder gemalt, hat mit Ausdauer und Leidenschaft an diesen Augen gearbeitet und sich endlich zu einem einzigen Augenpaar durchgerungen, nämlich zu ihrem eigenen.

An ihrem Geburtstag also kam Birgitta wieder einmal ins Café. »Ich muss dir etwas erzählen«, sagte sie.

Auf gut Glück fragte ich: »Doch nicht etwa die Geschichte von

Rita, die in London fast Millionärin geworden wäre? Kennst du diese Geschichte?«

»Ja, ja«, sagte sie, »die kenne ich.«

»Wirklich?«, rief ich. »Bitte, Birgitta, erzähl sie mir!«

»Gleich«, sagte sie, »aber zuerst muss ich etwas anderes loswerden. Ich bin noch total durch den Wind ...«

»Hast du etwas Abstraktes für ein Buchcover malen müssen?«, fragte ich.

»Nein«, sagte sie, »ich hatte eine Begegnung. Ich stand bei Billa in der Linken Wienzeile an der Kasse und war gut gelaunt und übermütig. Vor mir war eine Frau, die hatte Selleriestangen und langes Weißbrot gekauft und hatte unter dem Arm ein Buch klemmen, und dann sah ich, dass es eines der Bücher war, für die ich den Umschlag gezeichnet hatte. Ich habe das Buch nicht gelesen, das mache ich nie. Ich male einen Frauenkopf, so aufs Geratewohl, weil ich mir denke, irgendeine Frau kommt sicher in dem Buch vor, und wenn mir der Kopf gut gelingt, dann passt er auch.

In meiner übermütigen Laune zupfte ich die Frau am Ärmel und sagte: Ach, nett, Sie lesen das Buch, für das ich den Umschlag gemacht habe.

Da hält sie mich fest und lässt mich nicht mehr los, bis ich mein Shampoo bezahlt habe. Sie war sehr streng im Gesicht, die Frau, vielleicht fünfzig war sie, ernste Falten hatte sie über der Nase, ein teures Kostüm trug sie.

Woher kennen Sie mich?, fragte sie, als wir auf der Straße waren.

Bitte, sagte ich, gehen wir ein Stück, stellen wir uns in den Schatten, ich kann Sie ja kaum sehen, so sehr blendet mich die Sonne.

Ich schlug vor, dass wir etwas trinken gehen, aber sie hielt mich fest, am Arm hielt sie mich fest.

Sehen Sie mich an, sagte sie mit ihrer Stimme, wie ein Mann eine Stimme. Woher kennen Sie mich?

Ich kenne Sie nicht, sagte ich.

Hier, sagte sie und hielt das Buch neben ihr Gesicht, Sie haben mich abgezeichnet für diesen Umschlag. Ich habe das Buch nicht gelesen, es interessiert mich nicht, ich habe es im Schaufenster einer Buchhandlung gesehen. Das bin ich.

Ja. Es war ihr Gesicht.

Ich sagte: Es sieht Ihnen ähnlich, das Bild, das gebe ich zu.

Es sieht mir nicht nur ähnlich, sagte sie, das bin ich.

Bitte, lassen Sie meinen Arm los, sagte ich, die Leute müssen denken, ich habe Ihnen etwas gestohlen.

Sie drückte noch einmal fest zu, dann ließ sie los, strich meinen Ärmel glatt und räusperte eine Entschuldigung.

Ich muss Ihnen erklären, wie ich arbeite, sagte ich. Wollen Sie das wissen?

Sie nickte schnell.

Ich setze die Gesichter, die ich zeichne, aus verschiedenen Mündern und Augen und Ohren und Stirnen und Kinnen zusammen, sagte ich. Das mache ich zurzeit so, das ist eine künstlerische Phase, und dieses Bild auf diesem Buch habe ich genauso gemacht. Es ist ein Zufall, dass es Ihnen ähnlich sieht.

Ich musste zugeben, das Bild war ein überaus genaues Porträt dieser Frau. Ich glaube sogar, wenn sie mir Modell gesessen hätte, ich hätte es so genau nicht hingekriegt.

Ich verstehe, sagte ich, Sie können mir nicht glauben.

Ich glaube Ihnen, sagte sie. Und das ist sehr bitter. Sehr.

Was ist bitter?, fragte ich.

Dass mein Eigenes ganz aus zufällig Zusammengesetztem besteht.

Das hat nichts mit Ihnen zu tun, sagte ich. Die ganze Schöpfung besteht aus zufällig Zusammengesetztem ...

Ich wollte weitflächig theologisch argumentieren. Sie unterbrach mich: Reden Sie nicht von der Schöpfung hier auf der Straße im Schatten vor einem Billa-Laden, sagte sie. Ja, ich war mir sicher, dass Sie mich nicht abgezeichnet haben. Das kann nicht sein, sagte ich mir. Aber ich hoffte doch, dass es so sei.

Sie drückte mir das Buch an die Brust, ließ es los, es fiel zu Boden.

Nehmen Sie es zurück, sagte sie. Was haben Sie da nur angerichtet! Dann drehte sie sich um und lief davon, die Arme angewinkelt ... Ich schäme mich so.«

In Birgittas Augen, den schattigen, melancholischen, waren Verzagtheit und Verzweiflung. Ihr Mund aber zuckte ironisch, spielte mit Kindlichkeit, mit Albernheit, verzog sich zu einem Zitat aus Verruchtheit.

»Was soll ich tun?«, fragte sie.

»Ich verstehe nicht«, sagte ich.

»Früher hätte ich gern magische Kräfte besessen. Seit einer halben Stunde glaube ich, dass ich welche besitze. Bin ich ein eigenartiger Mensch?«

Ich dachte darüber nach.

Der letzte Tag im August

»Jetzt ist er vorbei, der Sommer«, sagte Herr Alfred, als er mir meine Frankfurter und den großen Schwarzen brachte. Er zog sich mit dem Fuß einen Stuhl vom Nebentisch heran. »Was war denn Ihr eindrücklichstes Erlebnis in diesem Sommer?«, fragte er und stöhnte dabei wie ein Beichtvater, der eine Last auf sich zu nehmen bereit ist.

»Ich war zu Hause am Land«, sagte ich, »es war ein klarer Sonntag, ein Tag für die Berge, keine Wolke am Himmel. Weit in die Schweizer Berge hinein hat man an diesem Tag schauen können und weit ins Schwabenland hinaus. Ich wollte in die Berge gehen, aber dann zog sich der Morgenkaffee hin, und dann war Mittag, und ich hörte die Meldungen vom Tod der Prinzessin. Für eine Bergwanderung war es zu spät.

Ich fuhr mit dem Fahrrad zum Alten Rhein. Zum Schwimmen würde es zu kalt sein, dachte ich, aber zum Dasitzen und Angenehmtraurig-Sein war der Tag gut genug. Das Jauchzen soll heute ganz denen in den Bergen gehören. So dachte ich.

Ich saß auf dem Fahrrad und machte mich schwer, fuhr mit dem niedrigsten Gang, ließ alles bodenwärts ziehen, sogar den Mund ließ ich offen. So langsam fuhr ich, dass es wie Gehen war. Meine Gedanken tauchten ab, schwebten wenig unterhalb der Radachsen, grad dass ich sie über der Straße halten konnte.

Das war schön, aber noch lange nicht das Schönste an diesem Tag. Der Tag dehnte sich. Es war nichts zu erwarten. Darum geschah auch nichts. Es war ein Sonntag, habe ich das schon gesagt? Der letzte Tag im August. Bald dachte ich gar nichts mehr.

Ich kenne eine Stelle beim Alten Rhein, dorthin findet selten jemand. Wenn an heißen Sommertagen das Schwimmbad so voll ist, dass man nach halb zehn Uhr kein Handtuch mehr auf den Rasen legen kann, dann ist es schon vorgekommen, dass ich an meinem

Platz den ganzen Tag allein war. Das Wasser sieht schmutzig aus. Blütenstaub schwimmt an der Oberfläche. Davor ekeln sich die Leute. Außerdem ist die Stelle rundherum sumpfig, nur an einem schmalen, hinter Gebüsch versteckten Kiesbruch kann man ins Wasser steigen. Dorthin fuhr ich mit dem Fahrrad am letzten Tag im August. Mitten durch den Alten Rhein ist ein Kiesdamm aufgeschüttet, der markiert die Staatsgrenze zwischen Österreich und der Schweiz. Ich rief mich zur äußersten Disziplin und stieg in das kalte Wasser und schwamm hinüber. Der Damm lag in der Sonne, und ich hatte eine schöne halbe Stunde dort. Aber auch das war noch nicht das Schönste an diesem Tag.

Ich war wohl eingeschlafen. Männerstimmen weckten mich. Ich lag auf dem Bauch, die runden Steine unter mir drückten angenehm gegen die Rippen. Ich sah zwei ältere Herren, die bis zu den Waden im Wasser standen. Sie flüsterten miteinander. Nur wenige Meter waren sie von mir entfernt. Hatten sie mich nicht gesehen? Einer hatte eine Glatze und einen grauen Haarkranz darunter, der hielt einen belaubten Ast in der Hand. Der andere, der mit den vollen weißen Haaren, dessen Gesicht ich von der Seite sah, er hatte einen weißen Schnauz, der beugte sich über das Wasser, breitete dabei die Arme aus.

Ich hörte Entenquaken. Dann sah ich einen kleinen, schwarzen Taucher, der mit den Flügeln schlug und in eigenartiger Schräglage durch das Wasser ruderte.

Der Mann mit dem Ast versuchte, den Vogel zu seinem Freund hinzutreiben. Der wollte nach ihm greifen, erwischte ihn aber nicht.

Ich räusperte mich und fragte, ob ich helfen könne. Die beiden warfen einen schnellen Blick nach mir und sagten, sie seien der Meinung, zwei seien schon zu viel, das arme Tier werde ja völlig konfus.

Was denn passiert sei, fragte ich.

Der mit dem Ast sagte, das Taucherle habe einen Fischerhaken verschluckt und würge daran, und mit den Beinen habe es sich im Silch verheddert.

Der Taucher war ihnen entkommen, er schwamm in einer kurvigen Linie zum sumpfigen Ufer hinüber. Der Mann mit dem weißen Schnauz schwamm ihm langsam nach. Sein weißer Kopf lag ruhig auf dem Wasser. Ich konnte keine Schwimmbewegungen ausmachen. Es war, als würde sein Kopf von einer leichten Brise vorangetrieben. Ich verlor den Taucher aus den Augen, das Schilf im Sumpfgebiet verbarg ihn. Auch den Weißhaarigen verlor ich bald aus den Augen.

Hast du ihn?, rief der Mann mit dem Ast, der neben mir stand.

Er bekam keine Antwort.

Er traut sich nicht antworten, sagte ich, weil er den Vogel nicht erschrecken will.

Wir warteten. Es war still. Der Tag zog sich hin. An diesem Tag konnte ich die Zeit nicht schätzen. Nach einer Weile – waren es zwei Minuten oder war es eine Viertelstunde? – rief der mit dem Ast wieder: Hast du ihn?

Wir bekamen wieder keine Antwort.

Soll ich hinüberschwimmen?, fragte ich.

Er gibt keine Antwort, weil er den Vogel nicht erschrecken will, sagte der Mann.

Wir warteten. Wir setzten uns nebeneinander und warteten. Kein Tag in diesem Sommer war so klar und so still gewesen. Die Füße des Mannes neben mir waren weiß wie die runden Kieselsteine. Man hätte seine Zehen für Kieselsteine halten können.

Dann hörten wir aus dem Schilf: Ich habe ihn!

Der Mann neben mir warf seinen Ast von sich und sprang in das kalte Wasser und schwamm prustend mit schweren Armschlägen hinüber zu seinem Freund.

Ich weiß nicht, wie es ihnen gelungen war. Aber es war ihnen gelungen. Sie hatten den Taucher vom Haken und vom Silch befreit. Ich sah sie lachend im Sumpf stehen, das Wasser reichte ihnen bis unter die Achseln. Sie winkten zu mir herüber und zeigten auf den Taucher, der nun ruhig aufs offene Wasser hinausschwamm.

Am Abend bin ich nach Hause gefahren. Die Sonne warf harte,

ins Violette spielende Schatten. Ich fuhr knapp neben dem Gehsteig. Der Schatten, den der Gehsteig warf, sah aus wie die Silhouette der Schweizer Berge am Horizont.«

»Danke«, sagte Herr Alfred.

Die Libelle

Ob ich derjenige sei, der hier sitze und sich Geschichten erzählen lasse, fragte der Mann, und ich antwortete: »Ja, mittwochs.«

Er war schlank, hatte einen grauen Bart und breite, sehr rote Lippen. Er arbeite zweihundert Meter vom Kaffeehaus entfernt im Wirtschaftsministerium und heiße Hermann Verda, er sage das lediglich aus Höflichkeit, ich dürfe den Namen sofort wieder vergessen.

»Ich habe ihn mir aber bereits gemerkt«, sagte ich.

»Ich bin Jogger«, sagte er. »Ich tu das beinahe jeden Tag. Ich renne seit vielen Jahren dieselbe Strecke. Donaukanal, Praterallee, Prater, retour. Eineinhalb Stunden. Schwitzen wie angeschüttet. Ich laufe gerne auf Asphalt. Spielt keine Rolle bei gutem Schuhwerk. Nie war ich krank seit elf Jahren. Vorher immer. Egal.

Im Sommer war ich drei Wochen am Land. Spielt keine Rolle, wo. Mit meiner Familie. Frau und Tochter. Die Tochter ist fünfzehn. Und da lief ich und kannte die Strecke noch nicht sehr gut. Es ist ein Vergnügen, eine Strecke zu laufen, die man sehr gut kennt, und es ist ein Vergnügen, eine Strecke zu laufen, die man nicht sehr gut kennt. Würde jetzt zu weit führen.

Ich laufe also auf einer schmalen Asphaltstraße, auf der keine Autos fahren dürfen, und auf einmal ist das Asphaltierte zu Ende. Der Weg führt auf einem Damm weiter und ist nur notdürftig gekiest. Rechts und links Maisfelder. Die Kolben waren schon reif.

Ich laufe also auf dem Kiesweg, und da merke ich, dass vor mir, so zwei Meter vor mir, eine Libelle fliegt. Nahe am Boden fliegt sie. Und sie behält den gleichen Abstand zu mir. Eine schöne Libelle. Wie ein Hubschrauber. Ein blauer Körper. Ich laufe, und sie fliegt.

Dann laufe ich langsamer, will doch sehen, wie sie davonfliegt. Tut sie nicht. Sie hält immer den gleichen Abstand. Dann laufe ich schneller, und sie fliegt schneller.

Der Damm zieht sich in einem langgestreckten Bogen dahin, vielleicht einen Kilometer weit. Eher weniger. Egal.

Und dann fange ich an, Kieselsteine zu spritzen. Ich haue mit dem Fuß in den Boden beim Rennen, dass der Dreck heraushpritzt. Weil ich die Libelle vertreiben will. Ich will sie vertreiben, weil sie mich von meinen Gedanken ablenkt. Das mag ich nicht. Darum jogge ich ja. Wegen der Gedanken, die ich dabei habe. Die habe ich nämlich sonst nicht, jedenfalls nicht in dieser bunten und klaren Art und Weise. Egal.

Aber die Libelle fliegt weiter. Sie weicht, so scheint es, dem Dreck und den Steinchen aus. Wie kann sie das, bitte? Hat sie hinten Augen? Hat sie einen Instinkt, der sie merken lässt, was von hinten auf sie zufliegt?

Ich versuche, sie zu überraschen. Ich laufe langsam, mache plötzlich einen Satz. Es muss doch ganz leicht sein, einfach über sie drüberzuspringen, denke ich. Geht nicht. Geht nicht. Ich mache den Satz, da hebt sie sich hoch, fliegt einen Bogen, wie ich einen Bogen springe, und dann hält sie wieder den gleichen Abstand.

Weil ich mit meinen Gedanken ohnehin schon aus dem Ruder bin, tu ich etwas, was ich sonst nie tue. Ich bleibe stehen. Sofort bleibt die Libelle auch stehen. Sie sind wirklich wie Hubschrauber, die Libellen. Kann das sein, dass Hubschrauber nach Libellen gebaut wurden, anfänglich? Egal.

Libellen bleiben nicht richtig stehen in der Luft, das wär falsch ausgedrückt. Sie stehen, dann zacken sie ab, fliegen in Höchstgeschwindigkeit einen Viertelkreis und stehen dann wieder, und zwar an derselben Stelle, und dann zacken sie wieder ab. So hat es auch meine Libelle gemacht.

Ich warte.

Die Libelle wartet auch. Wonach orientiert sie sich denn? Sie kann mich nicht sehen. Jedenfalls nicht so gut, dass sie so prompt reagieren könnte, wie sie es tut. Richtet sie sich nach dem Geruch? Keine Ahnung. Egal.

Ich laufe weiter. Die Libelle fliegt weiter. Und schließlich denke ich, es ist genug, und drehe um. Ohne Rast. Drehe einfach um und laufe zurück.

So, denke ich, zwei Möglichkeiten: Entweder sie überholt mich und fliegt wieder vor mir her, oder sie fliegt hinter mir her.

Und die Libelle: Sie überholt mich. Nicht sofort. Nach etwa zehn Metern. Und so geht unser Spiel weiter. Bis zu der Stelle, wo das Asphaltierte beginnt.

Aber das ist noch nicht meine Geschichte. Das heißt, das wäre meine Geschichte. Hätte ich sie nie jemandem erzählt, dann wäre meine Geschichte an der Stelle, wo das Asphaltierte beginnt, zu Ende.

Aber zu Hause erzähle ich die Geschichte meiner Frau. Sie ist von uns beiden die Sachlichere.

Sie sagt: Das hat etwas zu bedeuten. Das sagt die Sachlichere!

Ich erzähle die Geschichte meiner Tochter. Sie war früher ebenfalls sachlich, ist aber seit der Pubertät verschwärmt bis an den Rand des Erträglichen.

Und sie sagt: Das hat etwas zu bedeuten.

Was soll das zu bedeuten haben?, sage ich. Die Libelle ist eine Seele, sagt meine Tochter. Oder etwas Ähnliches, sagt meine Frau. Ich wäre nie auf die Idee gekommen.

Ich habe weder meine Frau noch meine Tochter ernst genommen. Dann ist der Urlaub vorbei, und im Büro erzählen wir uns gegenseitig, was wir alles erlebt haben im Sommer, und ich erzähle die Geschichte mit der Libelle.

Und meine Sekretärin sagt: Das hat etwas zu bedeuten.

Meine Kollegin sagt dasselbe.

Und die Sekretärin von meiner Kollegin sagt es auch.

So.

Und alle meinen, meine Libelle sei eine Seele. Warum redet ihr von meiner Libelle? Die gehört mir doch gar nicht!

Ach, alle fangen an, sich meinen Kopf zu zerbrechen. Sie schauen in Symbollexika nach.

Muss Libelle denn unbedingt Seele bedeuten?, frage ich.
Ja, heißt es.
Sieht eine Libelle denn nicht eher wie ein Hubschrauber aus? Findet niemand. Ob ich je einen hellblauen Hubschrauber gesehen hätte.
Ich halte dagegen: Ob sie je eine hellblaue Seele gesehen hätten.
Inzwischen bin ich ein Fall. Hätte ich die Geschichte von der Libelle nie erzählt, wäre ich kein Fall. Das wollte ich Ihnen mehr oder weniger mitteilen.«
Er stand auf, grüßte mit zwei Fingern und verließ das Café.

Caligulas Blitzableiter

Seit kurzem sah man Caligula nur noch zusammen mit einem lockigen jungen Mann ins Kaffeehaus kommen.

Rita sagte: »Das Gleichgeschlechtliche bietet für einen Menschen wie Caligula mit seinen hundertachtzig Kilo wahrscheinlich mehr Trost als jede Heterosexualität.«

»Meine Güte, Rita«, sagte ich, »wie redest du?«

»Man redet so inzwischen«, sagte sie.

»Alles Unsinn«, sagte Herr Alfred, der uns gerade Gulaschsuppen auf den Tisch stellte. »Herr Korn hat endlich einen Blitzableiter gefunden, das ist alles. Seither ist seine Seele gesund.«

Und dann erzählte Herr Alfred, was es zu erzählen gab.

»Wernhofer«, sagte er, »der arme Wernhofer, der hatte Herrn Korn auf den Gedanken gebracht ...«

»Tun Sie mir einen Gefallen«, unterbrach ihn Rita, die sogar während des Essens mit einer Feder ihre Handmuskulatur trainierte, »nennen Sie ihn nicht Herr Korn, sagen Sie Caligula zu ihm. Ich weiß, er will es.«

Herr Alfred ignorierte sie und fuhr fort. »Als Herr Wernhofer aus der Anstalt entlassen worden war ...«

Wieder unterbrach ihn Rita: »Wernhofer möchte übrigens, dass man Irrenhaus sagt. Er möchte es ausdrücklich!«

Herr Alfred fuhr ohne Reaktion fort. »Als Herr Wernhofer aus der Anstalt entlassen worden war, Sie werden sich erinnern, da erzählte er Herrn Korn von seinem Traum, in dem er ihn ermordet hatte. Und da haben sich die beiden bis spät in die Nacht hinein unterhalten, was dieser Traum wohl zu bedeuten habe. Längst war Sperrstunde, aber ich habe keine Anstalten gemacht, die beiden Herren zum Gehen aufzufordern. Ich konnte ja sehen und auch hören, dass ihr Gespräch ihr Leben meinte, ihr ganzes Leben. Was ist dagegen eine Sperrstunde!

Herr Korn kam zu der Ansicht, dass der geträumte Mord in Wahrheit eine Art Blitzableitung sei, dass Herr Wernhofer alle Übel seines Lebens auf ihn, Herrn Korn, ablade oder wenigstens abladen wolle. Und mit dieser Traumdeutung war Herr Wernhofer einverstanden, und Herr Korn war begeistert davon.

Ich habe nichts dagegen, dass du dein Übel auf mich ablädst, sagte Herr Korn.

Noch nie zuvor habe ich sein breites Gesicht so glücklich gesehen, ein regelrecht aufgejubeltes Gesicht hatte er, wenn ich mich so ausdrücken darf.

Wirf alles Übel auf mich, rief er, dass es in dem leeren Kaffeehaus widerhallte.

Und dann sagte Herr Wernhofer: Und du? Auf wen wirfst du dein Übel? Wer ist dein Blitzableiter?

Man darf Herrn Wernhofer keinen Vorwurf machen, dass er diese Fragen stellte. Aber die Fragen machten, dass Herr Korn ganz traurig wurde.

Ja, sagte er, ich glaube, wir dürfen Herrn Alfred nicht weiter in unbezahlte Überstunden treiben.

Dann stand er auf. Nie werde ich dieses Aufstehen vergessen. Als ob Herr Korn seine hundertachtzig Kilo aus dem Kaffeehausboden herausstemmte. Wer will schon der Blitzableiter dieses Mannes sein, dachte ich. Wer kann das? Das wird niemand können. Aber es geschah ein Wunder, ja, ein Wunder. Herr Korn hat mir davon berichtet. Er wollte, dass ich davon erfahre.

Sie waren Zeuge, als ich der Blitzableiter des Herrn Wernhofer wurde, so ähnlich sagte er, nageln Sie mich bitte nicht auf den genauen Wortlaut fest, Ihnen möchte ich die gute Nachricht als Erstem erzählen.

Er hatte einen neuen Mitarbeiter in seinem Grafikbüro angestellt, einen jungen Mann, hübsch, lockig, und dieser Mann habe ihm bei seinem Einstellungsgespräch folgende Geschichte erzählt.

Vor zwei Sommern sei er mit dem Motorrad durch die Stadt gefahren, da sei ein Kombi aus einer Ausfahrt gestoßen, habe ihn erwischt und fünf Meter durch die Luft geschleudert. Gelandet sei er auf einem städtischen Grünstreifen, wie durch ein Wunder unverletzt. Ein Arzt habe ihm geraten, er solle, um einen eventuellen Schock abzumildern, ein paar Tage Urlaub machen. Er sei mit dem Zug nach Vorarlberg gefahren, just mit jenem Zug, der hinter dem Arlberg entgleist sei. Zufällig, zufällig sei er während des Unglücks nicht an seinem Platz, sondern im Speisewagen gewesen. Das hatte ihm vielleicht das Leben gerettet. Zwei Tage später habe er Bauchschmerzen gehabt, der Arzt habe gesagt, das sei eine Folge von mehreren Schocks, es könne nicht anders sein, einen Menschen, der ohne Schock so viel Übles auf sich laden könne, den gebe es nicht. Aber es war kein Schock, es war ein Blinddarmdurchbruch.

Diese Geschichte erzählte der junge, lockige Mann unserem Herrn Korn. Und Herr Korn erzählte sie mir.

Können Sie sich vorstellen, wie glücklich ich war?, sagte er zu mir. Diesen Mann hat mir doch der Himmel geschickt oder wer auch immer.

Ich gebe zu, das Wort Himmel stammt von mir. Herr Korn würde den Himmel nie in den Mund nehmen. Aber er meinte dasselbe. Jedenfalls hat der junge Mann den Job in Herrn Korns Grafikbüro bekommen. Und seither sind sie unzertrennlich. Das ist die Geschichte.«

»Weiß der hübsche junge Mann, dass ihn Caligula als Blitzableiter gebraucht?«, fragte Rita.

»Dasselbe wollte ich auch gerade fragen«, sagte ich.

»Er weiß es«, sagte Herr Alfred und hob die Brauen und spitzte die Lippen, was er tut, wenn er sagen will: Endlich seid ihr beim Punkt. »Ja, der junge Mann weiß es. Und stellen Sie sich vor, er ist ebenso begeistert davon, Herrn Korns Blitzableiter zu sein, wie Herr Korn begeistert war, Herrn Wernhofers Blitzableiter zu sein.«

»Und ...«, sagte ich vorsichtig, sagte ich hinterlistig. »Und? Hat Herr Korn auch schon die einschlägigen Fragen gestellt?«

»Welche Fragen?«, sagte Rita.
Herr Alfred aber nickte. »Nein, hat er noch nicht.«
»Welche Fragen?«, rief Rita immer wieder, bevor Max kam.

Harte Schalen

Ich hatte einen Fehler begangen, einen empfindlichen. Ich hatte Herrn Pietzsch nach seiner verstorbenen Frau gefragt. Niemand tat das. Alle im Kaffeehaus, die ihn kannten, redeten hinter seinem Rücken über seine Frau und über das Elend, das ihn seit ihrem Tod nicht verlassen hatte, das ihn bitter gemacht hatte, das ihn in der Weltgeschichte nach Anekdoten suchen ließ, die beweisen sollten, dass alles, was ist, entweder Zufall oder Willkür sei. Hinter seinem Rücken redeten sie über ihn. Ich aber hatte ihm meine Frage ins Gesicht gesagt.

»Was wollen Sie wissen?«, fuhr er mich an und zuckte mit seinem Arm aus, als hätte er einen Stromstoß abbekommen. Sein Mund, der breit war und farblos, kam mir vor, als wäre er, seit ich den Mann kannte, immer tiefer gerutscht. Das Kinn darunter war unerheblich.

»Alles will ich über Ihre Frau wissen«, sagte ich.

Ich hielt mich für ein wenig weise in diesem Augenblick. Du wirst es sein, der des Herrn Pietzsch harte Schale knackt, dachte ich.

»Herr Alfred hat schon von Ihrer Frau erzählt«, sprach ich mit weicher Stimme weiter, kümmerte mich nicht darum, dass ich unseren loyalen Kellner anschwärzte. »Aber ich würde gern mehr von ihr wissen. Sie muss eine großartige Frau gewesen sein.«

Herr Pietzsch richtete seine hellblauen Augen auf mich. Nichts in diesem Blick konnte ich deuten. Ich trotzte ihm. Anstrengend war es.

Nach einer Weile sagte er: »Wissen Sie, wie Lenin starb?«

»Nein, das weiß ich nicht«, sagte ich.

»Am Ende dieses Jahrhunderts sollte man das wissen. Seinen ersten Schlaganfall hatte er im Mai 1922. Von da an war er nur noch in beschränktem Maße arbeitsfähig. Den zweiten Schlag empfing er ein Jahr später. Von da an war er nicht mehr an das wirkliche Leben angeschlossen. Er lebte in seinem Haus und meinte, er dirigiere mit dem kleinen Finger. Meinte, die Musik sei so eingespielt, dass mehr nicht nötig sei.

Und die Welt besserte sich. Sie wurde lebenswert. Das stand in der Zeitung. Und schließlich hieß die Zeitung ja die *Wahrheit*. Stalin ließ für den Alten eine eigene Ausgabe der *Prawda* drucken. Davon gab es nur ein Stück. Stellen Sie sich vor, was so ein Exemplar heute wert wäre! Ein wohltemperiertes Blatt war es. Keine Jubelgazette. So etwas hätte Lenin nicht geglaubt. Und keine Lobeshymnen auf den greisen, kranken Führer. So etwas hätte Lenin nicht gutgeheißen.

Die Welt in der Zeitung wurde besser, der Gesundheitszustand Lenins schlechter. Der Revolutionär wusste, er würde bald sterben. Aber er hatte keine Angst davor. Ich habe die Welt in neue Gleise gehoben, wird er sich wohl gedacht haben, in bessere Gleise. So lag er in seinem Bett, das Zimmer war kühl, die Fenster abgedunkelt.

So lag er und dachte über sich und die Welt nach und schaute durch das Halbdunkel auf die Möbel. So stelle ich mir das vor. Und dann – das ist verbürgt, Lenins Leibarzt hat es berichtet, und Jahre später wurde sein Bericht öffentlich –, dann begann der Lehnstuhl mit dem Mann zu reden.

Er sagte: Du bist ein Mörder.

Und Lenin sagte: Du bist immer hier gestanden, hast nie unter Nässe und Kälte gelitten, bist nie getreten worden, deine Haut ist aus feinem roten Samt, deine Lehne aus glattem, sauberem Holz. Nie hat jemand anderer auf dir gesessen als ich, du weißt nicht, was alles notwendig ist in dieser Zeit.

Aber der Lehnstuhl sagte wieder: Du bist ein Mörder.

Der alte Revolutionär stützte sich im Bett auf seine Ellbogen und fragte ins Zimmer hinein: Teilt hier jemand die Meinung des Lehnstuhls?

Ich teile die Meinung des Lehnstuhls, hörte er. Auch ich sage: Du bist ein Mörder.

Es war die schmale, sehr kunstvoll gedrechselte Leiter vor dem hohen Bücherregal.

Sonst noch jemand?, fragte Lenin.
Jetzt war es still.
Lenin schüttelte die Handglocke, die auf seinem Nachttisch stand.
Ein Genosse betrat den Raum. Der war in Lenins Haus beordert worden, um dem greisen Führer Wünsche zu erfüllen, allerdings nur solche Wünsche, die nicht in die Staatsgeschäfte hineinreichten.
Nimm den Lehnstuhl und die Leiter, befahl Lenin, und wirf die beiden in den Fluss. Aber vorher brich sie!
Und weil das ein Wunsch war, der nicht in die Staatsgeschäfte hineinreichte, zerbrach der Genosse den Lehnstuhl und die Bücherleiter und warf die Teile in den Fluss.
Lenin schlief. Am Morgen wachte er auf, da war die Sonne noch hinter dem Horizont.
Ich bin aufgewacht, sagte er ins Zimmer hinein, weil ich euer bockiges Schweigen nicht ertrage.
Ich gebe zu, ich schmücke ein wenig aus, aber ähnlich wird er geredet haben, wenn man glaubt, was sein Arzt erzählte.
Was habt ihr gegen mich vorzubringen?, fragte der Staatsmann die Möbel.
Aber die Möbel schwiegen. Und da hat Lenin ein schlechtes Gewissen bekommen.
Ich gebe zu, sagte er, vielleicht war ich zu hart. Aber die Zeit, die Zeit, die Umstände, die Umstände!
Die Möbel schwiegen.
Da hat Lenin das Bett verlassen. Er konnte sich kaum auf den Beinen halten. Er stützte sich an seinem Schreibtisch ab. Aber dann entschuldigte er sich bei seinem Schreibtisch und stützte sich am Sessel ab. Und dann ließ er auch den Sessel los und entschuldigte sich bei ihm.
Am Morgen fand ihn der Arzt. Lenin lag auf dem Boden, weinend, die Hände ringend bat er die Möbel um Verzeihung.
Wie werten Sie die Geschichte?«

»Der Mann war am Ende seines Lebens geistig umnachtet«, antwortete ich, wie ich es in Geschichtsbüchern gelesen hatte.

»Sie antworten, wie Sie es in Geschichtsbüchern gelesen haben«, sagte Herr Pietzsch.

»Das gebe ich zu«, sagte ich.

»Sonst noch Fragen?«

»Nein.«

Bevor Max kam, blieb ich nur noch an meinem Tisch sitzen. Ein paar Minuten vergingen, dann kam Herr Alfred.

»Ich habe gehört, Sie haben Herrn Pietzsch nach seiner Frau gefragt«, sagte er. »Das war ein empfindlicher Fehler.«

»Das gebe ich zu«, sagte ich.

Muchtis Bekehrung

Wernhofer war wieder da. Er spielte nicht Billard. Das wunderte mich.

»Ist etwas mit ihm?«, fragte ich Rita.

»Er hat etwas herausgefunden, anscheinend«, sagte sie.

»Dass alles doppelt ist in der Welt«, sagte Herr Alfred, der mir, ohne dass ich etwas gesagt hätte, ein Paar Frankfurter und einen großen Schwarzen brachte.

»Und jetzt macht er eine Liste«, sagte Rita.

»Was für eine Liste denn?«, fragte ich.

»Was die besten zwei Sachen in der Welt sind.«

»Und was meint er?«

»Sex und Religion«, sagte Rita.

»Oh«, sagte ich, »dasselbe hat Muchti auch gemeint.«

»Bitte«, rief Rita und schob die Ärmel ihres Pullovers über ihre Arme, und ich muss sagen, sie kamen mir nicht mehr so muskulös vor wie noch letzten Mittwoch, »bitte, ich bin so deprimiert, erzähl mir eine Geschichte von Muchti!«

Herr Alfred hielt sich in der Nähe, und ich begann: »Nachdem nun Muchti lange Zeit Atheist gewesen war, ist er plötzlich fromm geworden. Ach, der arme Muchti, der hatte es schwer mit seiner Familie, die er liebte und für die er einfach nicht sorgen konnte. Er konnte es einfach nicht, er bemühte sich, aber dann kam immer etwas dazwischen. Er lernte andere Frauen kennen oder ließ sich an Freundschaftsschwüre erinnern, oder er wurde in Wetten verstrickt, die jeder verloren hätte, sogar Albert Einstein oder Sylvester Stallone.

Und einmal war es so, dass er einem Freund einen Gefallen tat, der bestand darin, dass er dessen Frau mit dem Auto irgendwohin bringen sollte. Unterwegs hatten die Frau und Muchti Lust aufeinander, und es war schon Herbst, und Muchti sagte: Wir können uns in meine

Wohnung schleichen und es in der Küche auch dem Boden machen, wenn wir leise sind, merkt es meine Chrau nicht.

Aber seine Frau hat es gemerkt, und sie hat Muchti rausgeschmissen.

Mitgenommen hat er einen Rucksack voll vom Letzten. Er ist weggefahren mit dem Zug, und der Zug war schuld, so sagte er später, dass er auf die Idee gekommen sei, sich umzubringen. Züge sind Teuchel, sagte er. Nie im Leben sei er bis dahin auf so eine Idee gekommen. Es muss am Zug gelegen haben, sagte er.

Er dachte sich Folgendes: Ich will in der Nacht irgendwo bei einem kleinen Bahnhof aussteigen und an der Bahnlinie entlanggehen, und wenn ein Zug kommt, am besten ein Schnellzug, dann will ich mich unter den werfen.

Und da war es Nacht, und da war auch ein kleiner Bahnhof, und Muchti stieg aus. Der Wind blies in sein unglückliches Gesicht, das verhaart war, wie ein verwaister Garten verunkrautet. Er war der Einzige, der ausgestiegen war, und es wartete auch niemand auf dem Bahnsteig. Kein Mensch war zu sehen, auch kein Fahrdienstleiter. An diesem Bahnhof stand nur Muchti. Und es war kühl. Da ging Muchti in die Schalterhalle, die nicht größer war als zwei kleine Wohnzimmer. Und da war auch niemand.

Auf der Ablage vor dem Schalter stand ein Paket. Das hatte wohl jemand abgestellt, damit es mit dem nächsten Zug weitergeleitet würde, oder es war hier aus einem der Züge abgeladen worden. Ein großes Paket. Ein durchaus vielversprechendes Paket, so kam es Muchti vor. Er legte seine Hand darauf. Dann versuchte er, es zu heben. Ein schweres Paket. Er schüttelte das Paket. Es klapperte. Aha, Metall, dachte Muchti. Vor Metall hatte Muchti immer Respekt gehabt. Also, Muchti hob das Paket auf und trug es hinaus.

Ich wusste nicht, was ich damit eigentlich wollte, sagte er später. Es war eine Inspiration.

Und draußen lehnte ein Fahrrad. Muchti klemmte das Paket auf den Gepäckträger und fuhr mit Paket und Rad davon.

Ohne Ziel, sagte er.

Er fuhr auf dem Feldweg, der an der Bahnlinie entlangführte. Er wollte ja seinem Vorsatz, sich umzubringen, nicht untreu werden. Und dann kam er an eine Stelle, wo eine Laterne war. Da stieg er ab und öffnete das Paket.

Was glaubt ihr! Das Paket war angefüllt mit Hunderten handtellergroßen Christusfiguren aus Gussmetall. Die Kreuze fehlten, es waren nur die Körper, Arme ausgestreckt, graues Metall. Sollten wohl noch weiterverarbeitet werden, ehe sie nach Maria Zell oder sonst wohin geschickt würden.

Und da bekam Muchti einen Zorn, der fast ein heiliger Zorn war. Er wollte Christus, an den er in dieser Minute nicht glaubte, bestrafen.

Weil, sagte er später, wenn es ihn doch gäbe, müsste er bestracht werden, denn er hat es zugelassen, dass uns meine Chrau in der Küche erwischt hat.

Und wie hat Muchti Christus bestraft? Er hat eine ganze Reihe dieser Figuren auf die Gleise gelegt, zwischen jeder Figur ein bis zwei Meter Abstand, mindestens fünfzig Meter der Gleise seien mit Christusfiguren bepflastert gewesen.

Und dann kam der Schnellzug aus Wien. Und gerade in dem Augenblick, als der Zug mit einem gefährlichen Krach über die erste Figur fuhr, genau in diesem Augenblick, fand Muchtis Bekehrung statt. Er fiel neben dem Bahndamm auf die Knie und betete ein Gegrüßet-seist-du-Maria mit Der-für-uns-gekeuzigt-worden-ist, und dann war der Zug auch schon über die Christusfiguren hinweggefahren. Muchti aber kniete und wartete auf den Blitz von oben. Aber der kam nicht.

Da nahm er seinen Rucksack, warf alles heraus, was er von zu Hause mitgenommen hatte, und sammelte die zerquetschten, zerschundenen Heilande ein. Und, Freunde, diese Heilande, die verwüsteten, sie brachten Muchti Glück und Geld, und er durfte schließlich zu Hause wieder einziehen.«

»Und wie?«, fragte Rita.

»Er kehrte in die Stadt zurück und verkaufte die Figuren auf der Straße. Er stellte ein Schild davor, auf dem stand: Der Erlös dient meiner Wiedereingliederung. Brachte gut Geld. Die Leute meinten, die Figuren habe ein Verzweifelter im Gefängnis gebastelt. Die Figuren sahen wie das erbarmungswürdige Abbild einer verzweifelten Seele aus.«

Ein freier Nachmittag

Der Oktober ist mein Monat. Im Oktober bin ich geboren, in der Mitte des blauen Oktober.

Ich fuhr mit dem 71er aus der Stadt hinaus, beim Zentralfriedhof stieg ich aus und ging. Es war so warm, dass ich die Jacke von den Schultern nahm. Die Sonne kümmerte sich um meinen Rücken.

Als ich neunzehn war, war einer in meiner Nachbarschaft, der war etwa so alt wie ich, und der hatte eine schwärmerische Liebe zu Gott. Jeder andere wäre dafür ausgelacht worden. Er nicht. Denn er war ein wunderbarer Gitarrist, jeder, der von ihm sprach, sagte: ein einmaliges Talent. Aber ich dachte, wie geht das zusammen, wie geht das nur zusammen, ich merke doch, dass seine Musik in mir keine Gottesgefühle weckt, ganz im Gegenteil. Er spielte auf einer Fender Telecaster, das ist eine Gitarre, die einem, wie er immer sagte, nichts schenkt.

Warum fiel mir der Gitarrist an diesem blauen Oktobertag ein? Ich habe keine Ahnung.

Seinen Vornamen habe ich vergessen, nur seinen Familiennamen weiß ich noch, Studeny hieß er. Er lebte allein mit seiner Mutter. Die arbeitete als Krankenschwester in unserem Spital. Ich weiß nicht, was der Studeny heute macht. Ach, ich hätte es verdammt gern, wenn er immer noch auf seiner Telecaster spielte! Amerika wird ihn mit offenen Armen empfangen haben! Etwas anderes kann ich mir nicht vorstellen. Er besaß einen kleinen, gelben Verstärker, den stellte er in sein offenes Fenster, und dann spielte er. Und draußen standen wir, die Unbegabten, die weniger Begabten, und wenn er nur einen einzigen Ton spielte, und wenn er diesen Ton federn ließ, wie ich es von amerikanischen Bluesgitarristen kannte, dann riss mein Herz auf, und ich sah Ziel, Zweck und Sinn meines Lebens vor mir. Aber mein Herz erhob sich nicht zu Gott. Er, der Studeny, sagte, das Gitarrespiel erhebe ihn zu Gott. Ich verstand ihn nicht ...

Ich spazierte an diesem blauen Oktobernachmittag durch den jüdischen Teil des Zentralfriedhofs. Ich sah niemanden. Hier war niemand. Ich setzte mich neben ein Grab und betrachtete einen Salamander, der starr, wie aus schwarzem Metall gegossen und poliert, vor meinen Füßen darauf wartete, dass ich mich bewegte. Ich wartete, dass er sich bewegte.

Dann suchte ich mir ein bequemeres Grab aus. Ich fand eines, da war eine breite, bemooste Steinplatte davor, auf die legte ich mich und blickte ins Blaue. Um diese Stelle herum waren einige Bäume gefällt worden, und so hatte ich eine weite Fläche des Himmels über mir. Was konnte ich da alles sehen! Und ich wusste, ich würde mich noch lange an diesen Nachmittag erinnern. Das war Glück, und es war nur durch den Gedanken, dass es Glück war, ein wenig gestört ...

Der Studeny spielte in einer Band, in der ich auch gern gespielt hätte. Ich hätte die Rhythmusgitarre spielen können, das hätte ich fertiggebracht. Warum haben sie mich nicht mitmachen lassen? Ich weiß es nicht mehr. Der Studeny war ein Großer, ein Dünner, er sah aus, wie es für einen Rockmusiker günstig war auszusehen. Er hatte schwarze, glatte, immer etwas fettige Haare, und Backenbärte hatte er, die sein Gesicht gefährlich aussehen ließen. So stellte man sich einen Rockmusiker vor. An der linken Hand trug er einen mächtigen Ring. Bevor er die Gitarre zur Hand nahm, küsste er den Ring. Das hatte mit Religion zu tun. Während seiner Soli konnte man sehen, dass er vor sich hin murmelte. Er betete. Er betete um ein gutes Solo. Und er bekam ein gutes Solo.

Während seiner Auftritte rauchte der Studeny nicht und trank nicht, nur Wasser trank er, und aß nichts, und bei den Proben hielt er es genauso.

»Wenn ich esse oder trinke oder rauche«, sagte er, »dann fühle ich mich wohl, und wenn ich mich wohlfühle, dann spiele ich gut. Aber dann spiele ich gut, weil ich gegessen, geraucht oder getrunken habe. Ich aber will gut spielen, weil mir Gott das gute Spiel schenkt, und sonst aus keinem anderen Grund.«

Wir anderen haben uns das angehört und dazu geschwiegen. Seine Soli waren so umwerfend, dass niemand an seinen Worten zweifeln konnte. Ich zweifelte an mir. An mir und an den meisten anderen Menschen. Gab es uns überhaupt?

An den Studeny dachte ich, als ich an meinem blauen Oktobernachmittag in den Himmel über dem Zentralfriedhof schaute. Eine Kugel aus Vögeln rollte über den Himmel. Dann zerdehnte sich die Kugel. Alle Vögel in dem Schwarm bewegten sich gleich. Manchmal zeigten sie mir die Schnittlinie ihrer Flügel, dann waren sie nur feine Striche. Dann wieder präsentierten sie sich von ihrer breiten Seite, alle zugleich, da füllten sie einen Fleck Himmel ganz aus. Für eine Minute schlief ich ein.

Ich schlief und träumte nicht.

Wir anderen, die Unbegabten, die weniger Begabten, wir legten uns jeder auch einen dicken Ring zu. Ich zog meinen aus einem Kaugummiautomaten. Andere bekamen ihren Ring von einem Onkel geschenkt. Ich küsste heimlich meinen Ring, der lange nach Himbeerpulver roch. – Lieber unnahbarer Studeny, hoffentlich hast du das Gitarrespielen nicht aufgegeben! Warum habe ich nie mehr etwas von dir gehört? Bist du nicht berühmt geworden?

Dann stand ich von meinem Grab auf, die Knochen taten mir weh. Ein Liebespaar sah ich zwischen den alten Grabsteinen gehen. Sie ließen einander nicht los. Was habe ich doch für einen schönen Beruf, dachte ich, dass ich mich an so einem Nachmittag ins Blaue legen kann.

Ich betrat gerade noch rechtzeitig das Kaffeehaus, bevor Max kam.

Liebe, die erste

Wernhofer ging es gut. Man hatte eine Lösung gefunden. »Ich will es so«, sagte er zu mir. »Zwar nicht ich habe den Vorschlag gemacht, aber ich hätte ihn genauso gut machen können.« Er hatte am Tag Ausgang und kehrte am Abend in die Anstalt zurück.

»Bitte«, sagte er, »sprich nicht von der Anstalt. Ich bin Insasse eines Irrenhauses.«

»Ach, Wernhofer«, sagte ich, »sei mir nicht böse, ich kriege das nicht fertig. Ich möchte lieber Anstalt sagen.«

Wir spielten Billard, und ich verlor. Gegen Wernhofer hatte ich nie eine Chance gehabt – gegen den Mann mit den langen Armen, die wie Schienen sind, auf denen die Billardkugel rollt, klack, das erste Ziel, klack, das zweite ...

»Zugenommen hast du«, sagte ich.

»Hattest du je eine erste Liebe?«, fragte er.

»Wie nicht?«, sagte ich. »Ich hatte eine zweite Liebe, also muss ich auch eine erste gehabt haben.«

»Ich hatte auch eine zweite Liebe und eine dritte, sogar eine vierte Liebe«, sagte Wernhofer. »Aber ich erinnere mich an die erste nicht mehr. Der Arzt im Irrenhaus hat mich nämlich heute danach gefragt. Die Idee war, sich an die erste Liebe zu erinnern und dann herauszukriegen, was die letzte Erinnerung an sie ist. Das ist Therapie. Sehr durchsichtig. Aber wo steht geschrieben, dass Therapie geheimnisvoll sein muss. Ich habe gehört, du hast vor langer Zeit ein Stück Finger für deine Liebe hingeopfert ...«

»Wernhofer«, sagte ich. »Stimmt.«

Ich mochte nicht mehr Billard spielen. Wer will immer nur verlieren. In Liebesgeschichten wollte ich Wernhofer besiegen. Er wollte eine Geschichte nach Hause mitnehmen, ins Irrenhaus. Ich habe mich dann doch getraut, Irrenhaus zu sagen.

»Ulla hieß meine erste Liebe«, sagte ich, »sie hat mich verlassen, einmal, dann ein zweites Mal, dann ein drittes Mal und dann ein viertes Mal. Dann hat sie geheiratet und zwei Kinder gekriegt. Ich habe sie drei Jahre nicht gesehen. Ich habe zufällig in einem Skiort ihre Schwester getroffen, und die hat mir erzählt, Ulla gehe es nicht gut, sie wolle sich scheiden lassen. Ihr Mann sei zuerst den ganzen Tag eingeraucht gewesen, nun sei er nicht mehr eingeraucht, nun sei er bei einer Sekte.

Ich habe Ulla besucht, habe ihr offen gesagt, dass es in den letzten drei Jahren nur ein Gebet für mich gegeben habe, nämlich: Bitte, lieber Gott, mach, dass Ullas Ehe restlos kaputtgeht.

Das hat ihr imponiert. Sie sagte: Ich würde gern mit dir schlafen, aber ich weiß nicht, wie ich es dir sagen soll.

Wir haben ihre beiden Kinder geholt, sie sind zu dritt in unsere Wohngemeinschaft gezogen, die Kinder haben alle unsere Schuhe zum Fenster hinausgeworfen, die ganze Wohngemeinschaft hat vor dem Scheidungsrichter lügnerisch ausgesagt, Ulla hat die Kinder gekriegt und ein bisschen Geld, ich bin aus der Wohngemeinschaft ausgezogen und mit Ulla und den Kindern zusammengezogen, meine Güte, was bin ich in dieser Zeit herumgezogen!«

»Ich will nie wieder herumziehen«, sagte Wernhofer.

»Was ist aus deiner Rolling-Stones-Sammlung geworden?«, fragte ich.

»Ich will nie wieder umziehen«, sagte er noch einmal.

»Und dann eines Tages geschah Folgendes«, sagte ich. »Ich war ein gemütlicher Hausmann und Ziehvater geworden, kein Tag unter drei Stunden Fernsehen, da kam um zweiundzwanzig Uhr der Film *Der eiskalte Engel*, kennst du doch, Wernhofer, mit Alain Delon. Ulla wollte zu einem Konzert gehen, da spielte ein Folksänger, ich wollte fernsehen. Und ich schaute fern. Und um zwölf schaute ich nicht mehr fern, sondern nur noch zum Fenster hinaus. Und um zwei auch noch, aber da hatte ich schon hohen Puls. Und um fünf am Morgen kam Ulla nach Hause.

Ich bin zu müde zum Reden, sagte sie.

Ich sagte: Lass deinen Rücken anschauen!

Warum meinen Rücken?, sagte sie.

Ich habe eine Inspiration, sagte ich.

Zieh deine Schlüsse daraus, sagte sie und zog ihr T-Shirt über den Kopf.

Ihr Rücken war zerkratzt. Da waren links oben über dem Schulterblatt drei parallele wollfadenbreite, rote Kratzer, zwei etwa so lang wie eine halbe Zigarette, der dritte kürzer. Und über der Wirbelsäule, ungefähr in der Höhe des Nabels, vielleicht eine Kleinigkeit höher, war ein breiter Kratzer, stumpf und dunkelrot, halb so breit wie ein Isolierband.«

»Meine Güte«, sagte Wernhofer, »meine Güte«, und nickte und blickte mich dabei so verständnisvoll, so voll Erbarmen an, dass mir schauderte. Es war ein Blick wie eine Werbung. Wofür, Wernhofer, willst du da werben, dachte ich. Für den Frieden? Für dein Irrenhaus?

»Fühlst du dich wohl, wo du bist?«, fragte ich ihn.

»Erzähl weiter«, sagte er.

»Das ist lange her«, sagte ich. »Ich habe sie gefragt: Wie lange denkst du, dass das mit dem, der das gemacht hat, gehen wird?

Ich glaube, ziemlich lange, sagte sie. Es ist ziemlich gut.

Und was soll ich tun?, fragte ich.

Sie sagte: Hör zu, ich könnte dir jetzt leicht alles Mögliche vorspielen, könnte sagen, bitte, warte, ich muss erst damit fertigwerden, könnte sagen, es ist nicht wichtig, und so weiter. Aber ich sage, es ist mir im Augenblick ziemlich wurscht, was du machst. Das ist nämlich die Wahrheit.

Wernhofer, schau mich nicht so an!«, rief ich.

»Und die letzte Erinnerung an sie?«, fragte er ruhig und schwer.

»Wernhofer, ich brauche deine durchsichtige Therapie nicht«, sagte ich.

Er lachte, verzog den Mund zu einer Schrumpfhöhle, wie er es beim Lachen immer tat, damit die Lippen die Zähne verdeckten.

»Lass dir doch endlich die Zähne richten«, sagte ich. »Gibt's keinen Zahnarzt in eurer Anstalt?«

»Die letzte Erinnerung«, sagte er.

»Ich weiß es nicht«, sagte ich. »Lass mich in Frieden!«

Trost von Beckett

Rita hatte ich schon lange nicht mehr gesehen. Sie war nicht mehr im Kaffeehaus, jedenfalls nicht mehr an den Mittwochabenden, bevor Max kam. Ich traf sie eines Nachmittags vor dem Kunsthistorischen Museum. Sie saß auf den Stufen, die Ellbogen auf die Oberschenkel gestützt.

»Heulst du?«, fragte ich.

»Fast«, sagte sie.

»Warum denn?«, fragte ich.

Sie sagte: »Wenn ich eine Romanfigur wäre, und ich wäre die Schriftstellerin, dann würde ich mich sterben lassen.«

»Das denkt sich jeder«, sagte ich, das war abgeschmackt. »Fast jeder«, schränkte ich ein, »manchmal einer hie und da«, verringerte ich noch mehr.

»Ich bin sechsundvierzig«, sagte sie, »meine Figur stellt sich um, ich trainiere jeden Tag, ich liege am Boden und mache schmerzhafte Bauchmuskelübungen, und Klimmzüge mache ich und Liegestütze, und mit dem Expander arbeite ich und mit Hanteln, und dann jogge ich, und: Schau mich an.«

»Muskulös bist du«, sagte ich, »das wird dir jeder bestätigen.«

Was sagte sie? Ihre Figur stelle sich um? Noch nie hatte ich so etwas gehört.

»He«, rief ich und zog sie auf die Beine, »was ist mit dir los? Was heißt, deine Figur stellt sich um?«

»Ich habe nichts, worauf ich mich freuen kann«, antwortete sie.

»Wohin gehen wir?«, fragte ich.

»Was willst du von mir?«, sagte sie.

»Ich erzähle dir etwas Erhebendes«, sagte ich.

»Mir wäre aber lieber, du würdest etwas von mir wollen«, sagte sie.

Sie schritt hinter mir her. Sie trug einen langen, altmodischen, fleckigen Ledermantel, die Schöße bauschten sich um ihre Beine, November war bald, ein Mantel, wie ihn die Bösen in *Spiel mir das Lied vom Tod* tragen.

»Schöner Mantel«, sagte ich.

Wir gingen in Richtung Secession, und ich dachte, wenn es wirklich lebensdringend ist, dass ich Rita etwas Erhebendes erzähle, dann soll alles in Ordnung sein, dann habe ich lediglich meine Pflicht getan; wenn sich aber herausstellt, dass es gar nicht so lebensdringend war, dass nämlich Rita auf den Stufen zum Kunsthistorischen Museum gar nicht geheult hat, dass sie sich gar nicht würde sterben lassen, wenn sie eine Romanfigur und gleichzeitig die Schriftstellerin wäre, dann – na gut, dann bin ich eben ein Held, ein stiller, kleiner Held des Alltags, der bereit ist, ein paar Löffel eigenen Blutes zu geben, um damit einen Mitmenschen aus seinem Tief zu locken.

Wir spazierten über den Naschmarkt, und ich erzählte ihr die erhebendste Geschichte, die ich auf Lager hatte. Sie nagte an einer Selleriestange.

»Niemanden habe ich je mehr verehrt als Samuel Beckett«, so begann ich. »Ich war damals einundzwanzig, und fast alles, was Beckett geschrieben hat, war bereits ins Deutsche übersetzt. Ich studierte in Deutschland und hatte mich in einem Anfall von Größenwahn mit meinem Vater zerstritten, sicher auch mit dem Hintergedanken, dass, wenn ich eine Beckettfigur wäre, ich mich mit meinem Vater zerstreiten würde. Jedenfalls setzten von da an die monatlichen Zahlungen aus. Ich aß, wenn mich jemand einlud, ich rauchte, wenn mir jemand Zigaretten schenkte ...«

»Es tröstet mich nicht, wenn du mir erzählst, dass es dir schon schlechter gegangen ist«, sagte Rita.

»Der einzige Trost in meinem Leben«, fuhr ich fort, »war Samuel Beckett, ich hatte alle seine Romane, alle seine Theaterstücke gelesen. *Molloy* hatte ich sogar viermal gelesen, *Das letzte Band* konnte ich auswendig hersagen, und wenn mir einer fünf Mark gab, dann rezitierte ich Luckys Monolog aus *Warten auf Godot*.

Ich wusste, es gab einen Roman, Becketts erster, der war noch nicht ins Deutsche übersetzt. Dieser Roman hieß *Watt*. Natürlich hatte ich über ihn gelesen. Es musste ein fantastisches Buch sein, sein erster Wurf, in dem sich in genialisch undisziplinierter Form bereits die ganze bunte Kargheit von Becketts Erzählkunst ausbreitete ...«

»Du gibst ordentlich Gas«, sagte Rita, »möchtest du auch eine Handvoll Sauerkraut?«

»Auf diesen Roman *Watt*«, erzählte ich weiter, »lauerte ich. Ja, ich lauerte. Ich fragte bei den Buchhändlern nach. Die kannten den Roman gar nicht. Ich rief beim Verlag an, ließ mich mit dem Verleger verbinden. Der sagte, es sei schön, wenn sich ein junger Mensch so für ein Buch interessiere. Mehr sagte er nicht.

Bald redete ich mit meinen Freunden über nichts anderes mehr als über *Watt* von Samuel Beckett.

Irgendwann fragte mich ein Student aus Oldenburg, den ich wegen seiner breiten Unterlippe nicht ansehen konnte, woher ich denn überhaupt wisse, dass Beckett diesen Roman geschrieben habe.

Ich sagte, es gebe da ein Buch über Beckett, da stehe das drin.

Das wolle er sehen, sagte er.

Zu Hause fand ich die Stelle nicht mehr. Ich lüge nicht.

Ich blätterte eine Stunde lang in dem Buch, aber ich fand den Hinweis auf *Watt* nicht mehr ...«

»Lügst du?«, fragte Rita.

»Ich begann mir Sorgen zu machen«, redete ich weiter, »Sorgen um mich. Konnte es sein, dass ich mir *Watt* einbildete? Stell dir vor, Rita, das wär doch auch eine ungeheure Chance gewesen! Verstehst du! Ich wusste ja ungefähr, was in *Watt* stand, ich hatte den Inhalt ja schon x-mal erzählt, soweit er eben in diesem Buch beschrieben war. Man war begeistert. Stell dir vor, ich hätte mir das alles nur eingebildet. Dann hätte ich Becketts genialsten Roman geschrieben, ich und nicht er.

Und dann: Eines Nachts ging ich an einer Buchhandlung vorbei. Da standen die Neuerscheinungen im Schaufenster, und mitten darunter: *Watt*. Mit Preisschild: 48 Deutsche Mark.

Hatte ich nicht. Würde ich auch in einem Monat nicht haben.
Am nächsten Tag stellte ich mich in der Klinik zum Blutspenden an. Aber sie nahmen mich nicht. Weil ich unterernährt war. – Ich habe *Watt* nie gekauft und nie gelesen.

Geht's dir besser, Rita?«

»Ja.«

Die Beichte

»Bitte, setzen Sie sich«, geheimniste Herr Pietzsch. Er flüsterte. Ich kannte ihn zu gut. Ich ließ mich nicht täuschen. Herr Pietzsch hatte keine Geheimnisse zu verteilen, und seine Augen sahen kalt aus wie Stein, aber Herr Pietzsch war kein kalter Mann, und er war kein geheimnisvoller Mann. Er hatte in seinem nun über siebzigjährigen Leben gelernt, damit umzugehen, dass er für kalt und geheimnisvoll gehalten wurde; und er hatte gelernt, sich ein wenig kalt und geheimnisvoll zu geben, um seine Mitmenschen nicht zu enttäuschen.

Rita mochte ihn nicht. Sie meinte, Herr Pietzsch spiele nur den, der wisse, dass er für kalt und geheimnisvoll gehalten werde, es aber nicht sei, ja, er spiele das nur, meinte sie, in Wirklichkeit aber sei er eben doch kalt und geheimnisvoll.

»Ich will beichten«, sagte Herr Pietzsch.

Ich merkte, wie mir das Blut in den Kopf schoss, und ich merkte, wie sich meine Lippen spitzten und wie ich zu pfeifen anfing, was ich ganz bestimmt nicht wollte, das alles führte mein Körper auf, weil mein Kopf mit einer solchen Attacke an Verlegenheit nicht fertigwurde.

»Ich verstehe Sie nicht«, sagte ich, setzte mich aber zu ihm.

»Mir fiel gerade etwas Schreckliches ein«, sagte Herr Pietzsch, »etwas, das vor fast siebzig Jahren geschehen ist, und immer habe ich mir vorgenommen, mit jemandem darüber zu reden, und immer habe ich es vergessen. Mit meiner Frau, freilich, mit ihr hätte ich darüber sprechen sollen, sie hätte gelacht. Aber meine Frau ist tot. Und gerade fiel mir die Geschichte wieder ein, und ich nahm mir vor, dem Erstbesten, der vorbeikommt, dem werde ich sie erzählen. Denn ich fürchte, ich werde sie sonst nie mehr los. Sie sind der Erstbeste. Trinken Sie Whisky am Nachmittag?«

Schon.

»Als ich ein Bub war, in den späten Zwanzigerjahren, da wohnte ich mit meiner Mutter an der Alser Straße. Mein Vater war bereits gestorben, er hatte den Ersten Krieg überlebt, war in Fetzen zu Fuß von Leipzig nach Wien gegangen und war dann gestorben, an der Grippe. Wir beide, meine Mutter und ich, haben es nicht leicht gehabt, aber auch nicht allzu schwer. Sie hat eine Rente bekommen, glaube ich, oder etwas Ähnliches, etwas Monatliches von ihren Schwiegereltern, sie hat als Sekretärin in einem kleinen Betrieb gearbeitet, der Steckdosen und anderes Zeug aus Bakelit hergestellt hat. Auch Sachen aus Zelluloid haben die produziert, meine Mutter hat manchmal Zelluloidstreifen mit nach Hause gebracht, weil ich so gern darauf herumgekaut habe.

Der Besitzer dieses Betriebes, ich habe seinen Namen bis heute nicht vergessen, ein gewisser Harry Lewenbach, der war verliebt in meine Mutter. Er war Witwer, und er kam oft zu uns und sagte, in Zeiten wie diesen müsse man über alles hinwegsehen und sich zusammentun. Was er damit meinte, reimte ich mir zusammen – Witwer tut sich mit Witwe zusammen, Unternehmer tut sich mit Arbeiterin zusammen, Mann tut sich mit Frau zusammen.

Ich war damals acht oder neun Jahre alt. Ich hasste diesen Mann, der uns nicht in Ruhe ließ. Ich sagte mir, die Mama hasst ihn auch. Weil er sie nicht in Ruhe lässt. Aber sie hasste ihn nicht. Ob sie ihn liebte, weiß ich nicht. Sie zog eine weiße Schürze an, wenn er kam. Eine pfeilgerade Person war meine Mutter, ein bisschen streitsüchtig vielleicht, erklärungssüchtig, alles musste sie haarklein erklären, hat manchmal kein Ende gefunden und hat sich hinterher ewig lang dafür entschuldigt.

Er, der Herr Lewenbach, er schenkte mir ein Fahrrad, unerhört war das. Es war ein gebrauchtes Fahrrad, trotzdem. Er war so hell, der Herr Lewenbach. Ich muss es so ausdrücken. Ich habe ihn als hell in Erinnerung – helle Augen, helle Anzüge, helle Hände. Im Gesicht, am Kinn hatte er etwas Mehliges. Was konnte das sein? Ich weiß es nicht. In meiner Erinnerung sieht er wie ein Märchenbäcker aus.

Eines Abends vor dem Schlafengehen fragte mich meine Mutter: Willst du, dass Herr Lewenbach dein neuer Papa wird? Und ich sagte ja. Ich wollte nein sagen, aber ich sagte ja. Ich dachte nämlich, wenn ich nein sage, dann fallen der Mama die Haare aus dem Knoten, und sie fängt an zu reden und wird lauter und lauter, und sie hört nicht auf, bis ich vor Müdigkeit Schmerzen habe. Ich war süchtig nach dem Geruch von Zelluloid, wenn es zerbrochen oder zerbissen wurde. Mit dem Zelluloidgeruch tröstete ich mich in die Nacht hinein. Wenigstens dieser Geruch wird dir sicher sein, sagte ich mir, denn deine Mutter heiratet einen Zelluloidfabrikanten.

Gut, sagte meine Mutter am nächsten Tag, es war ein Sonntag, dann sollst du deinem zukünftigen Vater unsere Entscheidung überbringen. Sie übergab mir einen weißen Briefumschlag. Fahr mit dem Rad, sagte sie, er wird sich freuen, wenn er sieht, dass du mit seinem Rad fährst.

Ich klemmte den Brief zwischen Sattel und Schutzblech, und ich sagte zu mir: So, wenn der Brief nicht herunterfällt, bis ich bei der Fabrik des Harry Lewenbach angekommen bin, dann überreiche ich dem Harry Lewenbach den Brief. Wenn er aber herunterfällt, dann überreiche ich ihn nicht, denn dann kann ich ihn ja nicht überreichen.

Und dann fuhr ich wie der Teufel über das Kopfsteinpflaster, fuhr in die tiefsten Fahrrinnen hinein, mitten durch Pferdeäpfelhaufen hindurch, und immer wieder drehte ich mich um und schaute, ob der Brief noch da sei. Aber der fiel nicht herunter. Eine Feder vom Sattel hatte sich in ihn gebohrt. Da radelte ich zum Donaukanal hinunter, zerrte den Brief unter dem Fahrradsattel hervor, riss ihn in Fetzen und warf ihn ins Wasser.«

»Hat Sie denn nicht interessiert, was Ihre Mutter geschrieben hat?«, fragte ich. »Und noch etwas«, hängte ich schnell an. »Dass Sie Chemiker geworden sind, hatte das mit dem Geruch von Zelluloid zu tun?«

»Sie sehen das Problem nicht richtig«, sagte Herr Pietzsch. »Ich habe meiner Mutter ein Stück Leben genommen.«

Die Augen und die Sonne

Ich sah ihn in der Eingangstür zum Kaffeehaus stehen. Er hatte das Licht des Nachmittags in seinem Rücken. An seiner Haltung erkannte ich ihn. Er hielt den Kopf etwas schief, die Hände hatte er ein wenig vom Körper abgespreizt, so als schickte er sich an, auf ein Balancierseil zu steigen. Es ist die Haltung eines Blinden, dachte ich, und da wusste ich, es ist der Mann, der mich für sein Leben nicht leiden konnte.

Ich räusperte mich. Ich saß wie immer in der Nische links neben dem Eingang, heute im Pullover, das war meine Ausnahme.

Der Mann hob die Fingerspitzen, bewegte den Kopf langsam in meine Richtung. »Ach, Jochen«, sagte ich, »mach doch nicht so ein Theater! Setz dich zu mir oder setz dich nicht zu mir, geh wieder oder bleib. Nur steh nicht da wie der Mann im langen schwarzen Mantel.«

»Du also wieder«, sagte er und tastete sich an meinen Tisch.

»Soll ich dir helfen?«, fragte ich den Blinden und räusperte mich noch einmal, denn meine Stimme hatte gezittert, und meine Hand zitterte auch, und mir war heiß.

»Blöder Hund«, sagte er, stieß an einen Stuhl, schob ihn grob beiseite, der Stuhl fiel mit einem Krach um. Herr Alfred war schon da, hob den Stuhl auf. »Darf ich Ihnen helfen?«, fragte er den Blinden.

»Danke, Herr Alfred«, beeilte ich mich, »ich bin schon der blöde Hund.«

»Sag dem Lakai, ich will ein Bier«, befahl mir Jochen. Und dann weiter: »Ich bin gekommen, um mich bei dir zu entschuldigen.«

»Wofür?«, fragte ich.

»Weil ich dir vor einem halben Jahr hier in diesem Kaffeehaus eine Szene gemacht habe. Halt's Maul! Du wolltest sagen, das sei nicht nötig, stimmt's? Still, ich rede! Ich kann nichts sehen, aber reden kann ich noch. Das wäre euch am liebsten, was, wenn die Blinden gleichzeitig die Stummen wären und dazu auch noch die Tauben und die Lah-

men, und wenn sie obendrein die Neger und die Juden, die Schwulen, die Nazis, die Stalinisten und die Scientologen in einem wären, das wär am allerbesten, dann fehlte eigentlich nur noch, dass sie quaderförmig wären, so dass man sie fein stapeln könnte.«
»Stimmt«, sagte ich.
»Hast du dir nie überlegt«, fuhr er fort, »wie ein Blinder Röstkastanien isst? Wie kann er wissen, ob eine Kastanie verwurmt ist? Ich sage es dir: Er schmeckt es. Stell dir vor, mein Lieber, heute habe ich zum ersten Mal erfahren, dass ausgerechnet jene Kastanien, die mir in meinem bisherigen Leben am besten schmeckten, die verwurmten sind.

Hör zu! Ich habe dein Gesicht noch nie gesehen. Hör zu! Ich habe etwas zu berichten. Habe ich dir von meiner Arbeit erzählt? Ich arbeite für einen Blindenschriftverlag. Ich sitze an einer Maschine, habe Kopfhörer über den Ohren und tippe Texte und merke nicht, ob Licht ist im Zimmer oder nicht. Und heute geschah etwas, das einem Blinden per definitionem nicht zustoßen kann. Sag mir, war heute ein außergewöhnliches Licht vom Himmel her? Es muss eines gewesen sein.

Ich stand mittags vor McDonald's am Schwarzenbergplatz und habe Kastanien gegessen, die mir nicht schmeckten. Ich drehte mein Gesicht zur Sonne. Ich kann dir nicht einmal sagen, was Schwarz ist. Einmal war ich zu einer Talkshow eingeladen, da hat man mich gefragt, wie das Schwarz des Blinden sei. Ob sich das Schwarz des Blinden vom Schwarz des Sehenden unterschiede. Ich stand also vor McDonald's und hielt mein Gesicht in die Sonne. Natürlich habe ich nichts gesehen, ich bin blind von Geburt an. Aber die Augen taten mir weh. Verstehst du, die Augen haben mir wehgetan!

Einer wie ich kann normalerweise stundenlang in die Sonne schauen, da zwinkert er nicht einmal. Ich habe keine Augen, und dass ich doch welche habe, das hat man mir in Talkshows so lange eingeredet, bis ich es glaubte. Was ist nur aus mir geworden, dachte ich. Ein schlechtgelaunter Mensch bist du geworden. Auch das haben sie dir eingeredet. Ein Blinder muss schlecht gelaunt sein, weil er es darf. Ich remple Stühle an und werfe sie um, als ob ich unschuldig wäre. Und warum? Weil ich es darf. Ich bezeichne freundliche Kellner als Lakaien. Warum? Weil ich es darf.

Tut es weh, wenn du in die Sonne schaust?

Da kam mir eine Theorie. Wem die Sonne nicht wehtut, der darf alles. Aber ich will nicht alles dürfen. Ich will, dass der Kellner zu mir sagt, hau ab, du blinde Sau! Man sieht es mir an, dachte ich vor McDonald's, man sieht es mir an, dass mir die Sonne nicht wehtun kann.

Und dann tat sie mir weh. Es war ein Schmerz in meinen Augen! Ich musste die Hand davor halten. Und darum bin ich ins Kaffeehaus gekommen, um mich bei dir zu entschuldigen.«

»Du bist verrückt, Jochen«, sagte ich. »Vor Jahren war ich bei einer Frau zum Abendessen eingeladen, und ich kam pünktlich. Sie sagte: Entschuldige, setz dich doch, das Essen ist gleich fertig, ich muss nur noch einen Bericht im Fernsehen anschauen. Sie ging ins Wohnzimmer und machte hinter sich die Tür zu. Ich dachte, gut, sie ist wohl verwirrt, hat aus Versehen die Tür vor meiner Nase zugemacht, wird sie gleich wieder aufmachen. Aber nein, nichts, sie machte die Tür nicht auf. Ich stand im Gang, und weil die Küchentür offen war, habe ich mich in die Küche gesetzt. Hockte da im Mantel. Wartete. Nach einer Stunde klopfte ich an die Wohnzimmertür. Trat ein. Die Frau saß vor dem Fernseher, war eingeschlafen. Ich schaltete den Fernseher ab, knipste das Licht aus. Ich stellte mich im Dunkeln vor den Sessel, beugte mich über die Frau. Dann ging ich.

Ein halbes Jahr später traf ich sie. Sie fragte: Was war damals? Nichts, sagte ich.«

»Was gehen mich deine Geschichten an«, sagte Jochen, stand auf und verließ das Kaffeehaus.

Ich, ein Detektiv

Ein gewisser Hans Oswald bat mich, in seiner Ehe zu vermitteln ... Nein, das habe ich jetzt nicht fair ausgedrückt. Es handelt sich nicht um einen gewissen Hans Oswald, der Mann war ein Schulfreund, und damals vor fünfunddreißig Jahren habe ich alles darangesetzt, dass er mich überhaupt beachtete.

Er war der Sohn unseres Gemeindearztes, der einzige Bub in der Klasse mit einer Stehfrisur. Ich kannte keinen, dem es nicht in den Fingern juckte, der ihm nicht über den Kopf hätte streicheln wollen. Einen schlanken, langen Hals hat er gehabt, aus dem sich in der Pubertät ein spitzer, behender Adamsapfel drückte.

Wir waren zusammen auf dem Gymnasium, dann studierte er in Innsbruck Medizin, und ich reiste ab ins Ausland. Und letzten Mittwoch kam er mir auf der Treppe zur U-Bahn entgegen.

»Mich hast du nicht erkannt«, sagte er, und er hatte recht. »Ich bin am Ende«, sagte er, und mir schien, er hatte wieder recht.

»Was ist denn?«, fragte ich. »Meine Frau«, sagte er.

Warum habe ich ihn eigentlich nicht erkannt? Sein Haar war schwarz wie früher, und wie früher war es im amerikanischen Militärschnitt der Fünfzigerjahre gehalten.

Hans Oswald führte mich zu sich nach Hause. Eine erbärmliche Behausung war das. Er ist Arzt, und in seinem Schlafzimmer liegen die Schaumgummimatratzen auf dem Boden.

»Verdienst du schlecht?«, fragte ich ihn.

»Ich verdiene gut«, sagte er. »Mir ist nur niemals Friede geboten worden.«

Seine Frau war mir sympathisch. Sie ist Ärztin im Krankenhaus, Anästhesistin. Sie lächelte beim Sprechen, und beim Lächeln zwickte sie die Augen zusammen, und in den Augenwinkeln stauten sich zarte Fältchen. Ich fühlte mich herzlich aufgenommen in ihre Gedanken.

»Woran liegt's bei euch?«, fragte ich.

»Frag sie«, sagte Hans Oswald.

»Mach einen Spaziergang mit mir«, sagte sie.

»Mach einen Spaziergang mit ihr«, sagte er.

Also machte ich einen Spaziergang mit Marion. Wir fuhren mit der U-Bahn zum Praterstern und gingen die Praterallee vor und wieder zurück.

»Ich will dir sagen, woran es bei euch liegt«, begann ich zu dozieren. »Du kommst nachts nicht mehr nach Hause … Unterbrich mich bitte erst, wenn ich etwas Falsches sage. Also, du kommst seit einiger Zeit in der Nacht nicht mehr nach Hause. Warum? Weil Hans ein Verhältnis mit einer langhaarigen Blondine hat. Ich vermute, du hast dir irgendwo in der Stadt ein Zimmer gemietet. Hast nichts weiter mitgenommen als das Ehebett. Ein leeres Zimmer, in dem nichts weiter steht als euer Bett, das jetzt nur noch dein Bett ist. Bin ich zu melodramatisch? Hans hat sich diese billigen Schaumstoffmatratzen gekauft und sie auf den Boden gelegt. Im Schaumstoff verklemmen sich lange Haare. Wusstest du das? Nun, ich habe den Blick eines Detektivs. Ich habe lange, blonde Haare auf der Matratze gesehen. Du bist dunkel und hast kurzes Haar.«

»Sprich weiter«, sagte sie.

»Wenn das alles wäre«, fuhr ich fort, »dann könnte Hans bis auf das bisschen schlechten Gewissens zufrieden sein. Ich kenne ihn zwar nicht gut, das heißt, ich habe ihn seit über zwanzig Jahren nicht gesehen. Aber eines weiß ich: Das schlechte Gewissen entwickelt sich in einem Menschen nicht, es ist entweder da oder nicht. Bei Hans war es nie sonderlich ausgeprägt. Warum also sagt er, er sei am Ende, wenn er doch derjenige ist, der fremdgeht? Weil du seit kurzem ebenfalls fremdgehst …«

»Willst du Tee trinken?«, fragte sie.

»Bitte«, sagte ich.

Wir waren inzwischen wieder beim Praterstern angelangt. Sie winkte ein Taxi herbei, und wir fuhren zu ihr nach Hause.

»Erzähl weiter«, sagte sie, da saßen wir bereits in ihrem Zimmer.

Es war ein hoher Raum. Der Boden bestand aus schachbrettartig gelegten schwarzen und weißen Kacheln. Kein Bild hing an der Wand. Von der Decke strahlte eine nackte Glühbirne. An einer Steckdose hingen zwei Kochplatten. Nur ein Möbelstück stand hier: ein Ehebett.

»Das kann nicht sein«, sagte ich. »Ich wollte doch nur einen Beruhigungsspaß machen. Ich habe mir das rein zusammenfantasiert. Ich kann nicht hellsehen!«

»Was ist?«, sagte sie, lächelte, zwickte die Augen zusammen. »Was weißt du noch über Hans und mich?«

»Nichts weiß ich«, stammelte ich. »Gar nichts.«

»Ach«, sagte sie und lächelte nicht mehr, und ihre Augen sahen aus wie Tupfer. »Wer bist du überhaupt? Hat er dich engagiert? Schleichst du hinter mir her? Hast du eine Kamera bei dir? Ja? Ich hindere dich nicht. Kannst ruhig fotografieren!«

Mir wurden die Seiten nass und der Nacken schwer. »Warum duzen wir uns überhaupt?«, sagte ich und musste husten. »Das hätte ich schon von Anfang an nicht zulassen dürfen. Wie komme ich dazu. Was geht mich eure Ehe an!«

»Du hast ihm versprochen zu vermitteln«, sagte sie. »Was zahlt er dir.«

Es war ein Alptraum. Sie ließ mich nicht aus den Augen. Der Blick einer Anästhesistin kann doch nichts bewirken, ich meine, etwas im medizinischen Sinn, Verwirrung mit Selbstbezichtigung in der Folge, wie unter der Folter. Oder hatte sie mir etwas in den Tee getan? Hau ihr eine ordinäre Frechheit hin, dachte ich, damit kann sie nicht umgehen, dann gewinnst du Zeit.

Ich stand auf – wir hatten nicht auf dem Bett gesessen, nein, nein, im Schneidersitz hatten wir auf dem Fußboden gesessen –, ich stand auf, wollte es sagen, konnte es nicht, jedenfalls so mitten in ihr Gesicht hinein konnte ich es nicht sagen, drehte mich um und sagte es zu der Wand hin, die makellos weiß gestrichen und bilderlos war. Dann eilte ich zur Tür hinaus.

Als ich das Kaffeehaus betrat, fühlte ich mich fiebrig. »Sie brauchen ein Aspirin«, sagte Herr Alfred.

So saß ich da und fühlte die Welt um mich herum weich werden.

Chemische Träume

»Als Chemiker hat man sein Lebtag einen Minderwertigkeitskomplex«, sagte Herr Pietzsch, und bevor ich dagegenhalten konnte, als Schriftsteller habe man das auch, fuhr er fort: »Nur spürt man davon bis zur Pensionierung nichts. Verstehen Sie, was ich meine?«
Es ist schwierig, mit Herrn Pietzsch zu reden. Erstens hat man das Gefühl, er will gar nicht mit einem reden – auch nicht, wenn er von sich aus zu einem an den Tisch kommt, das Whiskyglas in der Hand, und von sich aus das Gespräch beginnt. Er macht den Eindruck, als fühle er sich genötigt, einer Verpflichtung nachzukommen. Zweitens, das wusste ich aus Erfahrung, verengten sich die Unterhaltungen mit Herrn Pietzsch zum Schluss hin zu Fallen, in die man plumpste, ohne hinterher genau zu wissen, wie es geschehen und was eigentlich die Falle gewesen war.
»Nein«, sagte ich, »ich verstehe nicht, was Sie meinen.«
Sein Gesicht, das glatt war wie eine milchige Plastiktüte, verzog sich. »Erst seit ich in Pension bin, lese ich Bücher, in denen nicht nur über Chemie gefaselt wird. Dichtung, verstehen Sie! Und da wird mir bewusst, was ich vorher alles nicht wusste, und ich merke auch, dass ich schon ein Leben lang unter diesem Unwissen leide, unbewusst leide. Wenn Sie wissen, was ich damit meine.«
»Ich weiß wieder nicht, was Sie meinen«, sagte ich.
»Na dann«, sagte er.
Ich dachte, damit wird sein Ausflug quer durch das Kaffeehaus zu meinem Tisch beendet sein.
Er zögerte, dann setzte er sich an meinen Tisch und sagte: »Plötzlich wurde mir klar, ich habe ein Leben lang einer Profession gedient, die nichts, aber auch gar nichts Schönes hervorgebracht hat. Oder wissen Sie irgendetwas Schönes, das wir der Chemie verdanken? Sehen Sie. Und dann lese ich Gedichte. Wie schön sind doch Gedichte! Da muss

ein ganzes Arbeitsleben vergehen, in dem man sich mit schlechtem Gewissen plagt, wenn man verkrustete Glasröhrchen wegschmeißt, anstatt sie zu reinigen, und Tausende Feierabende mit feuchtgeleckten Daumen müssen draufgehen mit Büffeln über naturwissenschaftlichen Zeitschriften, ehe so ein Sack wie ich die Schönheit von Gedichten entdeckt! Ein Jammer! Ein Lebensjammer!

Kennen Sie Samuel Taylor Coleridge, den englischen Romantiker?«

»Ja, ja«, sagte ich.

»Ihr Doppel-Ja verrät mir, dass Sie ihn nicht besonders gut kennen. Nun, wie auch immer. Vor kurzem bekam ich ein Gedicht von ihm in die Hände. Es ist wohl sein berühmtestes Gedicht. *Kubla Khan* heißt es, und es beginnt:

In Xanadu did Kubla Khan a stately pleasure-dome decree ...

Es war sehr spät in der Nacht, schon nach drei Uhr, als ich das Gedicht las. Seit ich allein lebe, finde ich einfach nicht den Weg ins Bett. Nicht, dass ich Wichtiges zu tun hätte, nein. Wenn man älter wird, wird man zum Kind, heißt es. Und ich sage Ihnen, dieser Prozess fängt in der Nacht an. Auch Kinder wollen nicht schlafen gehen. Sie denken wohl, sie wachen nicht mehr auf. Ich denke es.

Jedenfalls nahm ich in der Nacht eines der Bücher meiner verstorbenen Frau aus dem Regal, es war eine konventionelle Sammlung europäischer Gedichte. Und zufällig schlug ich *Kubla Khan* auf. Und vielleicht weil ich so müde war, dass sich Wachen und Träumen kaum noch unterschieden, das Gedicht hat mich sehr bewegt.

Und dann ging ich doch zu Bett, und ich träumte von dem Gedicht, ich wachte auf, las es wieder. Obwohl ich eigentlich gar nicht verstand, was der Dichter da erzählte – von einem Schloss und einem Fluss und von einem Mädchen mit einer Harfe –, dennoch war mir die Welt des Gedichts wohlig vertraut. Verstehen Sie, was ich meine?«

»Ich kann es mir vorstellen«, sagte ich.

»Wenn mir etwas gefällt, dann will ich alles darüber wissen. Und wenn mir ein Gedicht gefällt, dann will ich alles über den Dichter wissen. Ich ging in die Nationalbibliothek und habe mir eine Literaturgeschichte geben lassen.

Dieser Samuel Taylor Coleridge war ein merkwürdiger Bursche, ein Zivilversager im Grunde, der keinen ordentlichen Beruf hatte, sich aber für alles Mögliche interessierte, auch für die Sterne. Schon als Bub habe er, wie er sagt, seinen Geist an das Unermessliche gewöhnt. Niemals habe er seine Sinne als maßgeblich für seinen Glauben angesehen. Das heißt doch, alles, was ist, steckt in deinem Kopf.

Ein wehleidiger Fratz war dieser Coleridge, hatte ein wenig Rheuma und nahm gleich Laudanum dagegen. Das ist eine Opiumtinktur. Die hat man in jeder Apotheke bekommen. Und dann wurde er süchtig. Hat sich am helllichten Tag aufs Sofa gehauen und geschlafen. Und dann träumte er.

Und wissen Sie, was er träumte? Ein Gedicht träumte er. Er träumte, er stehe vor einer Bücherwand und nehme ein Buch heraus, irgendeine Gedichtsammlung, und er begann darin zu lesen. Eines der Gedichte, die er da las – träumend, wohlgemerkt –, habe ihm so gut gefallen, dass er es auswendig gelernt habe – im Traum, wohlgemerkt –, und als er aufgewacht sei aus seinem Opiumschlaf, habe er das Gedicht immer noch auswendig gekonnt. So setzte er sich hin und schrieb es nieder. Das war *Kubla Khan*.

Sicher, man könnte sich den Kopf darüber zerbrechen, ob dieses Gedicht, das sein schönstes ist, überhaupt von ihm stammt oder von einem virtuellen Dichter aus einem Traum. Aber diese Frage interessiert mich nicht. Die Geschichte von der Entstehung dieses Gedichtes hat mich mit meinem Beruf ausgesöhnt. Ah, dachte ich, Genie allein genügt also nicht, da muss doch noch ein Schuss Chemie her. Laudanum! Wunderbar! Hier nun endlich ein schönes Ding, das mithilfe der Chemie geworden ist!«

»Wollen Sie mich fragen, was man aus dieser Geschichte lernen kann?«, sagte ich.

»Nichts kann man natürlich lernen«, sagte er.

»Dann danke«, sagte ich.

Muchti, der Zeuge

Muchti war einmal Zeuge in einem Ehescheidungsprozess gewesen.

»Herr Richter«, hatte er zu Beginn der Verhandlung gesagt, »ich kann einen Buchstaben im ABC nicht richtig aussprechen, es ist der sechste Buchstabe, das Ech. Nicht, dass Sie denken, ich mache mich lustig über das Gericht.«

Er solle nur auf Fragen antworten, die ihm gestellt würden, wurde gesagt, alles andere sei unerheblich.

Muchti hatte es gut gemeint, er wollte der Klägerin mit seinem Sprachfehler nicht schaden. Denn er war ihr Zeuge.

Muchti wollte ein mustergültiger Zeuge sein, und er war ein mustergültiger Zeuge. Unten auf der Straße vor dem Gericht warteten seine Freunde, wilde Typen, die nur mit Mühe von seiner Frau überzeugt werden konnten, dass Muchti dort oben nicht in der Rolle des Angeklagten, also als Hauptdarsteller, sondern bloß in einer Art Gastrolle seinen Auftritt habe.

Worum ging's? Muchti war nachts mit dem Auto nach Hause gefahren, da hatte sich ihm eine Frau mit ausgebreiteten Armen in den Weg gestellt. Die Frau war in einem aufgelösten Zustand gewesen, ihr Auge war blau geschlagen, ein Ohr blutete, das Ohrläppchen war zerrissen, sie hatte Blut an der Lippe und am Unterarm. Erst konnte sie gar nicht sprechen, so außer sich war sie. Muchti, der glaubte, sie werde von Gangstern verfolgt, schob sie rasch in sein Auto und fuhr ab.

Unterwegs erzählte sie, dass sie von ihrem Mann verprügelt worden sei. Und dass sie nie wieder zu ihm zurückwolle. Und dass sie ihn anzeigen wolle.

»Willst du, dass ich dir helche?«, fragte Muchti.

Die Frau wollte es.

»Willst du dich scheiden lassen?«, fragte er.

Die Frau wollte es.

»Dann darch ich nichts chalsch machen«, sagte er.

Er fuhr die Frau ins Krankenhaus. Er erzählte dem Arzt, was er wusste, und die Frau erzählte, was sie wusste. Muchti sagte, er wünsche, dass ein zweiter Arzt hinzugezogen werde. Das sei zwar nicht nötig, aber bitte.

Dann ließ sich Muchti bei der Aufnahme des Krankenhauses ein Telefonbuch geben und rief einen Anwalt an. Er wollte nichts falsch machen, er hatte in vielen Spielfilmen gesehen, was man alles falsch machen konnte, wenn man sich in juristischen Angelegenheiten nur auf den gesunden Menschenverstand und das Gefühl verließ. – Es war mitten in der Nacht, und der Anwalt sagte ihm, er solle morgen in sein Büro kommen.

Muchti ist ein scharfer Denker, wenn es darauf ankommt. Er dachte sich, unter gar keinen Umständen darf der Eindruck entstehen, ich und die Frau hätten etwas miteinander. Ja, ja, sagte er sich, wenn ihr Mann einen raffinierten Anwalt nimmt, dann stellt der das womöglich so hin, das kannte man aus dem Fernsehen.

Damals war Muchti selbst noch verheiratet. Er rief bei sich zu Hause an, sagte, er werde gleich mit einer Frau kommen. Er selbst schlief in dieser und auch in den folgenden Nächten am Bahnhof, auf einer Bank schlief er, deckte sich mit einer Wolldecke zu. Keiner seiner Freunde war greifbar, darum. Er wollte dem gegnerischen Anwalt keine Handhabe geben.

Die Frau hieß übrigens Hanni. Das wollte Muchti gar nicht wissen. Er hielt sich die Ohren zu. Nur den Familiennamen wollte er wissen, Angerer.

In Begleitung seiner Frau ging Muchti am nächsten Tag mit Frau Angerer zum Anwalt. Ob er sich als Zeuge zur Verfügung stelle, fragte der Anwalt. Ja, sagte Muchti.

In den zwei Monaten bis zum Prozess bereitete er sich glänzend vor. Alle Gerichtsfilme, die vorrätig waren, lieh er sich in der Videothek aus. Am meisten sei von den alten Schwarzweißfilmen zu lernen, sagte er, besonders lehrreich, obwohl thematisch doch sehr von seinem Prozess abweichend, fand er *Die zwölf Geschworenen* mit Henry Fonda. »Sicher hätte Henry Chonda gern solche Muskeln wie ich gehabt, aber ich würde gern so aussehen wie er.«

Und dann war die Verhandlung.

»Erzählen Sie«, sagte der Richter.

Muchti sprach langsam, formulierte präzise, sein kleiner Sprachfehler wirkte dabei sogar nobel.

Dann sagte er: »Ich sah, dass die Chrau geschlagen worden war.«

Der Anwalt des Ehemannes unterbrach ihn: »Das sahen Sie?«

»Ja«, sagte Muchti.

»Sind Sie Mediziner?«

»Nein.«

»Dann kennen Sie sich privat mit geschlagenen Frauen aus?«

Muchti war überrumpelt. »Nein«, sagte er, »ich habe noch nie meine Chrau geschlagen, und sie mich auch nicht.«

»Also«, sagte der Anwalt, »verfügen Sie über keine Kompetenz zu behaupten, dass Frau Angerer geschlagen wurde.«

»Weiter«, sagte der Richter zu Muchti, »weiter!«

Muchti erzählte, wie er zum Krankenhaus gefahren sei, dass er auf einem zweiten Arzt bestanden habe, dass weder der erste noch der zweite mit ihm verwandt oder verschwägert sei; dass er noch in der Nacht den Anwalt angerufen habe; dass Frau Angerer bei ihm zu Hause geschlafen habe.

»Und Sie?«, fragte der gegnerische Anwalt grinsend. »Wo haben Sie geschlafen?«

Muchti strahlte, auf diese Frage hatte er ja gewartet. »Am Bahnhoch«, sagte er.

Der Richter runzelte die Stirn. »Wo bitte?«

»Auch einer Bank im Bahnhoch, Herr Richter.«

Pause.

»Es gibt eine Art der Fehlerverhütung«, sagte der feindliche Anwalt schließlich, »die verdächtig ist.«

»Wie meinen Sie das?«, fragte Muchti.

»Sie haben keine Fragen zu stellen, Zeuge«, wies ihn der Richter zurecht.

»Haben Sie, Herr Zeuge«, fuhr der Anwalt fort, »haben Sie in Absprache mit Frau Angerer sie in den in dieser Verhandlung so günstigen Zustand versetzt?«

Muchti brauchte eine Minute, um die Frage in seinem Kopf zu klären. Dann habe er, behauptet er, dem Fragesteller eine Kopfnuss gegeben und sei von der Verhandlung ausgeschlossen und mit einer Geldstrafe belegt worden.

Frau Angerer aber habe den Prozess mit Glorie gewonnen, und seither schicke sie ihm jedes Jahr zu Weihnachten einen selbstgebackenen Stollen.

Fast eine Millionärin

»Von dir, Rita«, sagte ich, »wünsche ich mir etwas zu Weihnachten.«

Wir waren uns in letzter Zeit nähergekommen, das hieß: Wir hörten einander zu. Aus Mitleid wahrscheinlich, wir taten uns gegenseitig leid.

»Ja, ja, ich weiß schon, was du dir wünschst«, sagte sie, und sie lächelte zuerst nicht und lächelte dann doch. Da sah sie aus wie ein Mädchen, staunende Stimme, furchtloser Mund, und aller Kummer darüber, dass sich ihre Figur veränderte, war für Sekunden aus ihren Augen.

»Dass du mir endlich erzählst, wie du fast eine Millionärin geworden wärst und warum du es dann doch nicht geschafft hast«, sagte ich.

»Ach, geschafft«, sagte Rita, »da gab es nichts zu schaffen, und Millionärin wär ich nicht geworden aus Glück, sondern aus Unglück.

Als ich siebzehn Jahre alt war, traf unsere Familie nämlich eine Katastrophe. Mein lieber Vater, der so weich war, so wollig weich …«

Da sah ich, wie ihr die Tränen aufstiegen. Darum möchte ich die Geschichte ein Stück weitererzählen.

Ihr Vater war beschuldigt worden, Geld unterschlagen zu haben. Er war Prokurist in einer Herrenbekleidungsfirma. Er war beliebt und hatte gut verdient. Niemand verstand, was in diesen grundgütigen Mann gefahren war. Das sagten alle.

Alle sagten: »Das kann niemand verstehen.«

Am Anfang seien die Nachbarn noch besonders freundlich zu ihm gewesen, mitleidig, solidarisch sogar, als wollten sie dem Mann zu verstehen geben, sie stünden auf seiner Seite im Kampf gegen diesen inneren Dämon, der ihn dazu verleitet hatte, in eine fremde Kasse zu greifen.

Ritas Vater aber sagte nur: »Ich war's nicht.« Und lächelte dabei. »Das habe ich nicht getan.«

Dann wandten sich die Arbeitskollegen von ihm ab, die Nachbarn, die Freunde am Ende.

»Warum ist er so bockig und lügt es weg?«, sagte man. Als wäre man ihm böse, weil er im Kampf gegen den inneren Dämon fremde Hilfe zurückwies.

Er aber sagte nur wieder: »Ich habe doch genug verdient. Warum sollte ich so etwas tun?«

Die Leute fragten nicht viel anders: »Warum hat er das getan? Er hat ja genug verdient.« Aber sie hatten auch die Antwort bereit: »Er spielt. Er ist ein Spieler.«

»Ich spiele gern«, sagte Ritas Vater. »Ja. Aber ich bin kein Spieler.«

Und Ritas Mutter sagte: »Warum gibst du dann überhaupt zu, dass du spielst!«

Und er sagte: »Weil es so ist.«

Ritas Vater war kein sturer Mensch, leider war er das nicht, kein Michael Kohlhaas war er. Er war, wie Rita sagte, weich, wollig weich.

Er nahm sich einen Anwalt, weil ihm das empfohlen wurde, lächelte den Anwalt an und sagte: »Es kann sich nur um ein Missverständnis handeln.«

Der Anwalt sagte: »Was für ein Missverständnis wäre denkbar, bei dem am Ende so viel Geld fehlt?«

Der Besitzer der Herrenbekleidungsfirma war ein barmherziger Mann, zeigte sich jedenfalls als solcher. Unnahbar, aber barmherzig, hieß es. Er ließ dem Anwalt mitteilen, er werde die Anzeige zurückziehen, er wolle die Sache auf sich beruhen lassen. Allerdings könne er den Mann nicht mehr beschäftigen.

Der Anwalt riet, man solle das Angebot annehmen. Bald werde Gras auch über diese Sache gewachsen sein. Er könne nur diesen Rat geben. Was sonst, er war von der Schuld seines Mandanten überzeugt.

Schade, dass Ritas Vater kein sturer Mensch war. Noch war er das nicht. Aber er lächelte nicht mehr, wenn er sagte: »Ich habe es nicht getan.«

Er war ein gutes halbes Jahr arbeitslos, da begann er stur zu werden.

Er sagte: »Himmel, ich will doch einen Prozess!«

Er fand einen anderen Anwalt, dem egal war, was war, und egal war, was sein würde, und auch fast egal war, was er daran verdienen konnte, wenn ihm die Sache nur ein Robin-Hood-Image einbrachte.

»Und von da an«, erzählte Rita, »begann unsere Familie zu sterben. Für meinen Vater gab es bald nur noch ein Thema, nämlich seine Rehabilitierung. Er prozessierte und verfasste Leserbriefe von dreißig Seiten und mehr, die nicht abgedruckt wurden, wo auch. Er wurde bitter und hart und rechthaberisch und hatte fast nie mehr recht.

Meine Mutter verließ das Haus, zog zu ihrem Bruder, den ich bis heute hasse, weil er ihr einreden wollte, sie solle sich scheiden lassen, was sie aber nicht tat. Mein Vater lebte vom Rasenmähen und Heckenschneiden und Schneeschaufeln und von geschenktem Gemüse und dem, was an seinen Bäumen hing.

Ich feige Sau heiratete. Fast den Erstbesten heiratete ich, einen Verrückten, dem ich in London davonlief ...«

»Aber wie bist du in London fast Millionärin geworden, Rita?«

»Das hat mit London nichts zu tun und auch mit meinem Mann nicht und auch mit meinem zweiten Mann nicht, den ich in London geheiratet habe.

Erst stirbt meine Mutter, und mein Vater sagt mir am Telefon, es sei nicht notwendig gewesen, sich zu versöhnen, und ich wusste nicht, wie ich das verstehen sollte, Himmel!«

Und dann: Dann stirbt der Besitzer der Firma. Und auf dem Totenbett hat er dem Notar gestanden, dass er es damals gewesen sei, der das Geld unterschlagen hatte.

»So. Reue. Eben. Zehn Millionen Wiedergutmachung setzte der reiche Mann aus für meinen Vater. Wegen Reue.«

Er hatte einen Sohn, der war so alt wie Rita, der ließ die Angelegenheit prüfen. Lange ließ er prüfen. So lange ließ er prüfen, bis auch Ritas Vater gestorben war.

»Und weil ich die Einzige war, die von unserer Familie noch übrig war«, sagte Rita, »hätte eben ich die zehn Millionen bekommen sollen. Ich habe dem Sohn einen Brief geschrieben. Roll die Scheine zusammen und steck sie in einen Pariser, habe ich geschrieben. Aber dann hat es mir doch leid getan, und ich wollte das Geld und habe einen zweiten Brief geschrieben ...

Ich hab's nicht gekriegt. Einfach so habe ich es nicht gekriegt. Aber fast hätte ich es gekriegt, oder?«

»Ja, sehr fast sogar«, sagte ich. Und wir tranken ein Glas, bevor Max kam, Punsch nämlich, weil bald Weihnachten war.

Letzte Fragen

Es war ein Tag, an dem so viel geschehen ist. Und es hörte nicht auf. Allen Leuten, denen ich begegnete, war ein Stück aus ihrem Leben gebrochen. Was übrigens nicht immer als Katastrophe empfunden wurde.

Ein Beispiel: Frau Malewski – die ich schon seit zwanzig Jahren kenne, wir sprechen uns nur mit dem Familiennamen an, es ist eine Art Running Gag zwischen uns, sie hat früher einen eigenen Laden gehabt, Andenken, Accessoires, Geschmackvolles, dann hatte sie als Verkäuferin in der Bettenabteilung eines Kaufhauses gearbeitet, wer weiß, ob sie meinen Vornamen inzwischen nicht schon längst vergessen hat, ich habe ihren vergessen –, Frau Malewski hat sich an diesem Tag durchgerungen, den Gedanken an Scheidung endlich aufzugeben. Ich traf sie auf der Straße, sie stieg aus einem Taxi, im Arm einen ausladenden Blumenstrauß, der in hellblaues Seidenpapier gewickelt war. Ob jemand einen Knaben kriege, hätte ich beinahe gefragt. Hätte ein Witz sein sollen.

»Stattdessen ziehe ich zu Hause aus«, sagte sie.

»Und Ihre Kinder, Frau Malewski?«

»Die nehme ich zum Teil mit«, sagte sie.

Sie hat zwei Kinder, einen Buben und ein Mädchen, mehr hat sie nicht, sie hasst ihren Mann seit dem Sommer 1989.

Wir gaben uns die Hand, ihre war feist geworden, schien mir. Dann setzte ich mich in ihr Taxi.

Der Taxifahrer erklärte mir, er sei Elektrotechniker, aber arbeitslos. Sein Schwager sei eigentlich der Taxifahrer, er springe nur gelegentlich ein, denn seine Frau, eben die Schwester seines Schwagers, logisch, habe gesagt, wenn sie weiter den ganzen Tag seinen Mundgeruch ohne Verschnaufpause dazwischen riechen müsse, werfe sie ihn persönlich an die Wand.

Er lachte. »Hat sie nicht gesagt«, lachte er. »War nur ein vorbeugender Witz. Würde die Rosie nie sagen, so etwas. Ich habe noch nie ein böses Wort über die Rosie gesagt, und sie nicht über mich.«

Als ich zahlte, sagte er: »Schauen Sie, dass Sie nicht arbeitslos werden. Wissen Sie, was passiert? Man kriegt einen Gusto darauf, über die Leute etwas Böses zu sagen.«

»Aha, Philosophie«, rutschte es mir heraus, und ich reichte ihm den Schein zwischen den Sitzen nach vorne.

»Hau ab, Trottel«, nuschelte er.

»Schämen Sie sich«, sagte ich.

»Die Blöße musst du dir erst einmal geben!«, sagte er und sagte es gleich noch einmal: »Die Blöße musst du dir geben!«

Was bedeutet das alles? Einiges geschieht, und du weißt nicht, was es ist. Du willst wissen, was es bedeutet, aber du weißt nicht einmal, was es ist.

Noch ein Beispiel: Zu Mittag traf ich auf dem Naschmarkt einen Kollegen. Er schreibt Romane und Essays, klug ist er, seine Gedanken sind schön wie Werkzeug aus Stahl. Das ist mehr als Klugheit, glaube ich. Einmal habe ich zu ihm gesagt: »Ach, Philosophie!« Er hat es auf seine Romane bezogen und als Kritik verstanden. Seither haben wir ein gespanntes Verhältnis – ein ein bisschen gespanntes Verhältnis.

Und auf dem Naschmarkt traf ich ihn. Er riss die Augenbrauen hoch: »Ich habe dich gerade zitiert«, sagte er.

»Wo?«, fragte ich.

»Ist egal«, sagte er.

»Gibt's was auszusetzen an mir?«, fragte ich.

»Wenn du noch einmal in …« – er nannte eine Illustrierte – »… ein Interview gibst, dann rede ich nicht mehr mit dir.«

»Jetzt, drei Tage vor dem neuen Jahr, wollen wir streiten?«, sagte ich. »Ist das gescheit?«

»Ach, Philosophie«, sagte er.

Und so ging das durch den ganzen Tag. Zusammenbrüche, und jeder eine andere Farbe. Und ich patzte mich an. Von jeder Katastrophe blieb etwas an mir hängen und wurde trocken und krustig an mir wie der österreichförmige Batzen Reisfleisch an meinem Revers, den ich im Spiegel auf der Toilette im Café entdeckte.

Rita war da. Bevor Max kam, erzählte sie mir von ihrem Tag.

»Eine Katastrophe war heute«, sagte sie. »Ich habe am Nachmittag freigenommen, um mit meiner Tochter Janis Mathematik zu lernen. Zuerst dachte ich, die geben mir nie frei. Seit die neuen Geräte da sind, die für die Brustmuskeln und die Rückenmuskeln, und seit der Turnsaal im Keller renoviert ist, ist im Geschäft die Hölle los. Und dann, schau an, habe ich sofort und ohne weiteres freibekommen, und das hat mich misstrauisch gemacht, weil ich dachte, jetzt bauen sie dich ab, weil die eine Fitnesslehrerin Mitte vierzig nicht mehr wollen, vor allem jetzt, wo sich meine Figur umstellt. Und dann betrete ich zu Hause unsere Wohnung, und ich denke, ich muss gleich kotzen. Da ist ein Geruch in der Wohnung, nicht, dass es ein besonders grausiger Geruch ist, es ist ein Geruch, der unmittelbar auf das Brechzentrum in meinem Gehirn zielt. Und wer stinkt da so? Die Freundin von Janis, die beiden sitzen im Wohnzimmer und tun mit Sinus und Kosinus herum.

Ich ziehe Janis in die Küche. Hör zu, sage ich. Was ist das? Wonach stinkt die Helena so?

Das ist der Hausgeruch von denen, sagt sie.

Ich kann nicht Mathe lernen mit euch, sage ich, das geht nicht, da muss ich kotzen.

Und weißt du, was das Schlimmste war? Dieser Geruch hat sich augenblicklich auf mein Gemüt geschlagen. Ich wusste gar nicht, dass es das gibt. Musik, klar, es gibt Musik, die einen depressiv macht. Aber ein Geruch? Ich saß in der Küche und hätte heulen können. Immer wieder ist meine Tochter zu mir gekommen und hat sich eine Aufgabe erklären lassen.

Was soll ich der Helena denn sagen, dass du nicht im Wohnzimmer mit uns lernst?, hat sie gefragt.

Ich habe eine halbe Flasche Eau de Cologne in ein Küchentuch geschüttet, habe es vor die Nase gedrückt und bin ins Wohnzimmer gegangen.

Entschuldige, Helena, sagte ich, ich habe einen hässlichen Ausschlag unter der Nase und möchte nicht, dass du ihn siehst.

Dann habe ich den beiden Sinus und Kosinus und Tangens beigebracht. – Was für ein Tag!«

»Ach, Rita«, sagte ich, »warum gibt es uns eigentlich?«

»Was wird aus uns?«, sagte sie.

»Wer sind wir?«, sagte ich.

Die Geschichte einer Eisenstange

Jetti Lenobel wusste sich zu bewegen. In was für Kreisen verkehrte sie? Ich beobachtete, wie sie draußen vor der Fensterfront des Kaffeehauses entlangging. Sie hatte eine Haltung natürlicher Arroganz – was, bedenkt man es recht, eine Unmöglichkeit ist, setzt Arroganz doch gerade jene Art von Selbstbewusstsein voraus, die nötig ist, um einen anderen zu verachten, Natürlichkeit jedoch bedeutet das Gegenteil nicht nur solchen, sondern allen Selbstbewusstseins, nämlich Selbstvergessenheit ...

Sie betrat das Café, und alle königliche Gelassenheit fiel von ihr ab. Nun wusste sie, dass sie beobachtet wurde, oder wenn nicht, dass zumindest die Möglichkeit bestand, dass sie beobachtet wurde. – Sie ist ein komplizierter Mensch, die Jetti Lenobel. Und sie macht alles um sich herum kompliziert. Sie führt eine komplizierte Ehe, sie ist eine komplizierte Journalistin, und ich fange an, kompliziert zu denken, wenn ich sie nur sehe. Sogar ihr Mantel führt sich kompliziert auf, nur drei Knöpfe, aber kaum zu öffnen, und der Aufhänger, nicht, dass er so schnell einen Haken fände ...

»Wartest du schon lange?«, fragte sie.

Sie hatte mich angerufen und gebeten, mich mit ihr zu treffen. Sie wolle in einer gewissen Sache meine Meinung hören.

»Schau dir das an«, sagte sie, legte ein Bild auf den Tisch.

Es war aus einer Zeitschrift oder aus einem Buch ausgeschnitten und in eine Klarsichthülle gelegt. Das Bild, schwarzweiß, zeigte einen jungen Mann, vielleicht fünfundzwanzig, helles Haar, hohe, kräftige Stiefel, breiter Gürtel, weißes Hemd, kurzes Wams. In der rechten Hand hielt er einen Stab, der war fast so groß wie er selbst. Im Hintergrund konnte man undeutlich einige Leute stehen sehen, junge Männer, aber auch Frauen mit Kindern auf den Armen. Der junge

Mann mit dem Stab in der Hand lächelte, es war ein selbstbewusstes Strahlen. Es war ein glückliches Strahlen.

»Ich werde nach Litauen fahren«, sagte Jetti mit einem Unterton, der keinen Widerspruch dulden wollte, »unserer und drei deutsche Sender haben fix zugesagt, und ich bin zuversichtlich, dass die Reportage ins Französische und auch sonst noch übersetzt wird.«

»Was ist das?«, fragte ich.

»Ich habe das Bild aus einem Buch. Der Mann ist der Totschläger von Kowno, der am 23. Juni 1941 in einer Dreiviertelstunde vielleicht zwanzig Menschen mit dieser Eisenstange erschlagen hat. Jüdische Bürger der Stadt Kowno.«

»Warum sagst du vielleicht?«

»Was meinst du?«, sagte Jetti; und ihre Wimpern flatterten kurz.

»Ich verstehe nicht.«

»Ach, nur weil das Vielleicht zweideutig ist«, sagte ich. »Ist es nicht sicher, dass er das gemacht hat, oder ist es nicht sicher, ob es zwanzig waren?«

»Was redest du da?«, sagte Jetti und nahm das Bild an sich.

»Um Gottes willen, Jetti«, sagte ich, »was willst du tun? Warum willst du nach Litauen fahren? Was willst du dort rauskriegen? Gibt es da überhaupt noch etwas rauszukriegen? Ich kriege das Gruseln, und das ist kein gutes Gefühl in diesem Zusammenhang, denke ich, Jetti ...«

»Ich weiß gar nicht, warum ich mit dir darüber reden wollte«, sagte sie, und ich sah, wie ihr das Wasser in die Augen stieg. Und nun wurde ihre Stimme schartig und spröd: »Jetzt sage ich es dir. So. Jetzt endlich. Jetzt möchte ich es dir einmal sagen ...«

»Was willst du mir jetzt endlich sagen, Jetti?«

»Dass ich mir immer kleingemacht vorkomme von dir.« Sie rammte die Plastikfolie mit dem Bild in ihre Tasche und stand auf. »Weißt du, was dieser Mann angerichtet hat? Und du hältst es nicht einmal aus, dass man darüber im Radio berichtet! Und du machst mir ein schlechtes Gewissen, dass ich darüber berichten möchte.

Weißt du, was ich wollte? Du weißt es nicht und machst mich von vornherein schon nieder! Dieser Mann hat sich fotografieren lassen, dieses Foto, das hat er von sich machen lassen, und er hat etwas hinten draufschreiben lassen auf das Foto, ich weiß nicht genau, was er draufschreiben hat lassen. Darüber wollte ich recherchieren, dass ein Mörder sich beim Mord fotografieren lässt und das Bild seinen Freunden als Ansichtskarte schickt. Ich wollte eine Geschichte erzählen. Vielleicht die Geschichte dieser Eisenstange. Ein gleichgültiges Ding, aber eine Reliquie, ich sehe das so. Ich sehe es eben so, Mensch! Warum machst du mich so nieder? Jetzt ist alles Dreck, was ich mir ausgedacht habe! Ich habe es gut gemeint. Ja. Bei Kunst ist gut gemeint das Gegenteil von gut, das weiß ich schon, den Spruch hat jeder auf Lager, ja, aber bei einer Reportage ist es das nicht …«

Und dann lief Jetti Lenobel hinaus aus dem Kaffeehaus, und sie hatte ihren Mantel vergessen, und dann kam sie zurück, um ihren Mantel zu holen, und ich sah, dass ihr Gesicht von Tränen überschwemmt war, und ich dachte, eine hysterische Kuh bist du, eine verwöhnte, der alles zugeflogen ist ein Leben lang, und ich war einen Augenblick lang zufrieden, dass sie heulte, aber dann sagte ich: »Komm, Jetti, in Jesu Namen, setz dich!«

Sie setzte sich.

»Warum in Jesu Namen?«, fragte sie. »Was hat er damit zu tun? Hältst du mich für geschmacklos?«

»Das ist ja gerade das Eigenartige an dir«, sagte ich. »Ich sehe dich an und denke, Mensch, wie geschmackvoll ist diese Dame. Und dann erzählst du mir irgendetwas, und ich denke, Mensch, wie geschmacklos ist die.«

»Aber«, schnappte sie, »es werden doch auch Splitter vom Kreuz des Heilands aufbewahrt und verehrt und in Gold eingefasst. Ich dachte mir, diese Eisenstange, die ist eine Reliquie …« Und dann fing sie an zu husten. »Bitte«, sagte sie so leise, dass ich mich über den Tisch zu ihr hin beugen musste, »ich habe Angst, dass ich eine Aufgabe im Leben habe, aber nicht dahinterkomme, was für eine es ist.«

Grüne Nacht

Medi Winter ist der einzige Mensch, von dem ich weiß, dass er Durchschlafschwierigkeiten hat. Einmal hatte sie gesagt, sie gehe keine Nacht vor ein Uhr ins Bett, dann schlafe sie sofort ein, schlafe eine Viertelstunde und wache auf. Und dann liege sie wach bis fünf. Ob sie über Sachen nachdenke, hatte ich sie gefragt, oder ob sie einfach nur so daliege. Niemand liegt drei Stunden lang einfach nur so da, hatte sie geantwortet. Ich habe sie mir vorgestellt, die Medi Winter, wie sie in einem weißen, weiten Nachthemd mit Rüschen um den Kragen auf dem Rücken ruht, das Gesicht fahl und so alt, wie es bei Tag nie aussehen würde, spitznasig und eingefallen.

Medi kam in letzter Zeit nur noch selten ins Café, und wenn sie kam, dann setzte sie sich hinten an den Ecktisch neben das Klavier. Ihr Mund war braunrot geschminkt und zornig geformt.

»Medi«, sagte ich, »ich bin froh, dass ich dich sehe. Hast du das Gewitter gestern Nacht mitgekriegt, um zwei Uhr? Ein Gewitter im Winter! Stimmt es, dass ein Gewitter im Winter Unglück bringt?«

»Ich weiß so etwas nicht«, sagte sie. »Es hat ordentlich gekracht, das habe ich gehört.« Ihre Unterlippe gab weiche Kommentare dazu ab, so als existierte irgendwo ein frecher, fescher Verursacher des Wintergewitters letzte Nacht.

»Und sonst ist dir an dem Gewitter nichts aufgefallen, Medi?«

Es war ihr nichts aufgefallen, nein. Ich nehme an, sie hat das Gewitter bei geschlossenen Fensterläden abgewartet. Meine Frau hat das Gewitter auch bei geschlossenen Läden abgewartet. Ich aber habe zum Fenster hinausgeschaut.

Ich war aufgeschreckt worden durch einen Donnerschlag und, noch zum größten Teil im Schlafland drüben, dachte, unser Heizkessel sei explodiert. Meine Frau war natürlich auch aufgewacht, ich sagte, ich wolle nachsehen, ob etwas passiert sei, und ging in die

Küche. Ich zog die Vorhänge zurück und blickte hinaus in den Nachthimmel.

Und da geschah es. Der Himmel hellte giftgrün auf, ein milchiges, das Firmament ausfüllendes Giftgrün. Jeder Mensch hat schon viele Gewitter erlebt, aber ich habe noch nie eines erlebt, dessen Blitze ein Feuer anzünden, das so grün ist wie eine Kerzenflamme, in die man Salzkörner wirft. Grün. Der ganze Himmel grün. Und als das lautlose Licht erlosch, konterten meine Augen mit der Komplementärfarbe, der Himmel flammte noch einmal auf, diesmal in mir, weniger hell, in einem weichen Violett. Dann war alles finster um mich her, und vor Staunen vergaß ich zu zählen, so dass ich, als der Donner einsetzte, nicht sagen konnte, wie weit das Gewitter von uns entfernt war.

Ich lief ins Schlafzimmer und sagte meiner Frau, der Blitz sei grün gewesen, er habe den ganzen Himmel grün werden lassen. Und ich sagte gleich dazu, es könne allerdings sein, dass ich es mir nur eingebildet habe. Und dann lief ich wieder in die Küche zurück und stellte mich ans Fenster und wartete. Ich dachte nämlich, ich hätte es mir tatsächlich nur eingebildet, oder dass meine Augen, weil ich ja noch nicht richtig wach gewesen war, nicht richtig funktioniert hätten.

Und da flammte abermals ein Blitz auf. Und der Himmel war wieder grün. Er war sogar grüner, als ich erwartet hatte. Ich hatte ihn grün mit einem breiten Stich ins Gelbe erwartet. Aber er war grün, so grün, wie manche Zahnpasten grün sind.

Nein, sagte ich mir, ich bilde es mir nicht ein, und ich bekam Angst. Dann der Donner. Der war normal.

Nirgendwo habe ich je gelesen, dass Blitze den Himmel grün färben, nie hat mir jemand so etwas erzählt! Noch nie wurde dieses Phänomen beobachtet! Etwas Neues kündet von etwas Neuem! – Einen dritten Beweis brauche ich, dachte ich, und wusste doch nicht, was eigentlich bewiesen werden sollte.

Ich wartete. Erst wartete ich stehend, die Handflächen an die kalten Fensterscheiben gelegt. Schließlich setzte ich mich. Es war still. Ich dachte, wenigstens der Kühlschrank wird ein Geräusch abgeben. Und da fiel mir erst auf, dass er keines abgab. Es war still.

Ich wusste sehr genau, wann ich zum letzten Mal spät in der Nacht in einer Küche gesessen und begonnen hatte, mich in nichts aufzulösen. Ich war zwölf Jahre alt gewesen. Am Abend zuvor hatte meine Mutter die Fenster in der Küche geputzt, es war später Sommer oder schon Herbst. Sie hatte die Doppelfenster aufgeschraubt, um die Scheiben innen zu putzen. Da war eine Fliege nach innen geflogen, und als meine Mutter die Fenster wieder zuschraubte, war die Fliege zwischen den Scheiben, und sie war eingesperrt, und meine Mutter merkte es nicht, und ich sagte nichts. Und mitten in der Nacht wachte ich auf, schlich mich in die Küche und beobachtete die Fliege zwischen den Scheiben. Und es war still. Ich kann mich nicht erinnern, ob wir damals überhaupt einen Eisschrank besaßen.

Aber damals war keine Gewitternacht gewesen, und die Jahrtausendwende war weit, und ich fürchtete mich vor niemandem und nichts.

»Und«, sagte Medi Winter, »hat dein Blitz noch einmal den Himmel grün gemacht in dieser Nacht?«

Was ist nur in sie gefahren, dachte ich, warum schminkt sich diese Frau den Mund rot wie gestocktes Blut und malt ihn in eine schlechtgelaunte Form und knetet die Unterlippe, dass es aussehen muss, als fände sie die ganze Welt nicht so viel wert?

»War Max schon da?«, fragte sie.

»Nein«, sagte ich.

Ich erhob mich, klopfte mit dem Knöchel auf die Tischplatte – weiß nicht, was das bedeuten sollte –, ging durch das Café und setzte mich an den Tisch, der am weitesten von Medi Winter entfernt stand. Ich war nicht gekränkt, aber ich wollte, dass Medi dachte, ich sei es.

Wenig Schlaf

Waltraud Veronik hält Vorträge. Sie spricht in Volkshochschulen und vor einschlägigen Vereinen, sie spricht über ozeanische Märchenmotive oder heilende Steine, über die Sprache der Tiere oder die Tänze der Schamanen, über Orientalisches referiert sie nicht weniger lässig und kompetent als über Altisländisches. Sie hat ein Buch über Runen geschrieben und eines über gewisse Stellen am menschlichen Körper. Im Gymnasium haben wir Spitzmaus zu ihr gesagt. Sie ist klein und dunkel, ihre Augen liegen nahe beieinander, das kann sie inzwischen prima mit Schminke und Lidschatten korrigieren.

Wir haben Spitzmaus zu ihr gesagt und meinten damit, sie sei naiv und sehe weniger klug aus, als sie tatsächlich war. Sie glaubte einem alles. Es war schön, sie in Erstaunen zu versetzen. Ich habe nie jemanden kennengelernt, der beeindruckender staunen konnte als Waltraud Veronik.

Wir sagten zum Beispiel: »Stell dir vor, Waltraud, heute fällt Latein aus. Professor Brüstle hat sich nämlich mit dem Kabel des schuleigenen Staubsaugers in der Bibliothek erhängt.«

Da wurde ihr Mund rund, und sie fragte: »Wie hat er das gemacht? Hat er den Staubsauger an der Schnur drangelassen, oder hat er ihn abgeschnitten?«

Und als wir uns vor Lachen ausschütteten, dachte sie, wir lachten über die Vorstellung, dass sich ein Mann einen Staubsauger wie ein Amulett vor die Brust hängt, nur um sich mit dem Kabel zu erhängen; derweil wir ja über sie lachten, weil sie uns wieder einmal auf den Leim gegangen war.

Waltraud Veronik hat nach der Matura Archäologie studiert, und während wir anderen immer älter wurden, wurde sie immer jünger, und als wir ehemaligen Schüler und Schülerinnen uns nach fünfundzwanzig Jahren im Saal eines Dreisternehotels trafen, um uns anzusehen und dabei nicht viel zu sagen, da war sie eine Rose in schwarzer Seide, die uns den ganzen Abend unterhielt, Pointiertes über heilende Steine von sich gab, Querverbindungen zu ozeanischen Märchen zog, Tierstimmen nachahmte und zuletzt einen persischen Tanz vorführte. Sprachlos waren wir. Niemand sagte mehr Spitzmaus. Niemand dachte mehr Spitzmaus.

Monate nach diesem Klassentreffen begegneten wir uns zufällig in der Innenstadt. Ich trat in einen Buchladen in der Kärntner Straße, da sah ich sie vor dem Regal stehen, in dem die handlichen Büchlein des Manesse Verlags aufgereiht waren.

»Mach die Augen zu«, sagte ich, »und greif hinein, Manesse enttäuscht nie.«

Wir gingen durch die Hitze über den Naschmarkt, tranken in meinem Kaffeehaus ein Bier.

»Was machst du in der Hauptstadt?«, fragte ich sie.

Sie lebte in Vorarlberg in einer Villa am Hügel. Ihr Mann war Arzt, hatte sich auf Homöopathie spezialisiert, galt als zuverlässige Koryphäe. Nie vorher hatte ich die Worte zuverlässig und Koryphäe im Bündnis angetroffen. Waltrauds Mann hatte das geschafft. Alle sagten: »Er ist eine zuverlässige Koryphäe.«

»Ich kann am Land nicht mehr schlafen«, sagte sie.

»Und dann kommst du in die Stadt?«

»Ich verbinde das mit Arbeit. Ich halte Vorträge. An Volkshochschulen oder vor einschlägigen Vereinen. Manchmal spreche ich zweimal am Tag. Dann nehme ich mir ein schlechtes Hotel am Gürtel, wo es laut ist. Und dort kann ich schlafen.«

»Was ist geschehen?«, fragte ich.

Ihre Wangen waren schmaler geworden, die Backenknochen traten zart hervor. Sie sah aus, wie sich die hübschen Mädchen aus unserer Klasse gewünscht hatten, dass sie eines Tages aussähen. Aber die anderen sahen nicht so aus, nur Waltraud Veronik, die Spitzmaus, sie sah aus wie ein Mischtraum aus Marlene Dietrich und Cher.

»Alle Viertelstunde schlägt zu Hause die Kirchturmuhr«, sagte sie. »Dazwischen ist es still, so still wie in der Hölle. Während die Uhr schlägt, fürchte ich mich vor der folgenden Stille, während der Stille fürchte ich mich vor den Schlägen der Kirchturmuhr. Ich liege auf der Seite, an das eine Ohr presse ich das Kopfkissen, in das andere Ohr stopfe ich Ohropax. Das Kopfkissen nützt nicht viel, aber in beide Ohren will ich mir das Wachs nicht stecken, weil ich sonst meine, ich ersticke.«

Das erzählte sie mir, es ist vielleicht ein Jahr her, vielleicht eineinhalb Jahre.

Ich wollte ein Scherzchen machen und fragte: »In welches Ohr stopfst du das Ohropax?«

Da spitzte sie den Mund und sagte: »Das ist wichtig, oder?«

Ich machte ein vielsagendes Gesicht, wie ich es immer mache, wenn ich nichts mehr zu sagen weiß.

Sie nickte. Lange nickte sie. So lange nickte sie, bis ich sie am Arm berührte.

»Was ist denn?«, fragte ich.

»Ich habe dich verstanden«, sagte sie.

Darauf antwortete ich nicht. Ich wollte nicht weniger klug sein, als ich wirkte.

Und als ich nun letzten Mittwoch in mein Kaffeehaus kam, saß sie an meinem Tisch, von dem sie nicht wissen konnte, dass es mein Tisch war, und den ich ja auch nur meinen Tisch nenne, weil ich immer dort sitze.

»Ich habe mich scheiden lassen«, sagte sie, und dass ich es gewesen sei, der sie auf den Gedanken gebracht habe, mit ihrer Ehe stimme etwas nicht. »Es ist so«, sagte sie, »es war so: Ich lag auf der rechten Seite, Erwin auf der linken. Tatsächlich habe ich das Ohropax immer in das linke Ohr gestopft, niemals in das rechte. Hätte ich es in das rechte gestopft, hätte ich mich mit dem Gesicht zu Erwin legen müssen, um mein linkes Ohr ins Kopfkissen zu pressen. Aber so habe ich es nie gemacht. Lange konnte ich dieses Zeichen meines Körpers nicht lesen. Du hast mir den Schlüssel dazu gegeben.« Und dann fragte sie mich: »Was machst du hier?«

»Ich warte auf jemanden«, sagte ich, und das stimmte ja auch.

Bevor Max kam, hatte ich eine gute Stunde ein schlechtes Gewissen. Du bist schuld, sagte ich zu mir, dass diese Ehe auseinandergebrochen ist.

Auf Bücher schießen und andere Kleinigkeiten

Ich hatte ein bemerkenswertes Gespräch mit Herrn Pietzsch, das mir in etwas schief unscharfer Erinnerung ist, weil ich vorher ziemlich hastig zwei Biere getrunken hatte. Ich war nämlich – um es zu erklären – eingetaucht in den *Zauberberg* von Thomas Mann und erlebte alles, was Hans Castorp erlebte, und der trank zu seinem zweiten Frühstück Bier, und es ist schwer, über Hans Castorps Porterfrühstück zu lesen, ohne in Bierlust zu geraten, und ich trank mit ihm, da war es Abend in meinem Kaffeehaus, und so habe ich zu zwei Seiten Lektüre zwei Biere getrunken, und ich bin ein schneller Leser.

Herr Pietzsch machte mich durch gezieltes Husten auf sich aufmerksam. Ich grüßte ihn mit zwei Fingern, was ich ohne diese raschen Biere nie getan hätte.

»Ach«, sagte er und zog seine Brauen so steil nach oben, dass es aussah, als rissen sie gleich.

»Warum ach, Herr Pietzsch?«, fragte ich, und meine Stimme kam mir lümmelhaft vor, und um diesen Eindruck zu korrigieren, wiederholte ich: »Warum ach, Herr Pietzsch?«, und meine Stimme klang nicht anders.

»Ich denke über andere Dinge nach«, antwortete er.

Aber es konnte keine Antwort gewesen sein. Oder hatte ich, als ich mich unbeobachtet glaubte, laut mit mir selbst gesprochen und das womöglich in fragendem Ton?

»Ich sehe mich um«, sprach Herr Pietzsch über zwei Tische hinweg zu mir, »ich sehe mich in der Welt um, und wissen Sie, was ich herausgefunden habe?«

Da stand ich von meinem Tisch auf, nahm mein Glas, eine Hand hielt ich darüber, damit ich nichts verschwappte, und machte sieben bedachte Schritte zu ihm hinüber.

»Was haben Sie herausgefunden, Herr Pietzsch?«

»Ja«, sagte er, »setzen Sie sich. Dass die Welt von Nachahmungssucht auf der einen und Originalitätssucht auf der anderen Seite beherrscht wird. Das habe ich herausgefunden. Es sind die beiden Enden, zwischen die die Mittelmäßigkeit gespannt ist. Nein, gespannt ist sie nicht. Sie hängt dazwischen wie eine morsche Wäscheleine ... Können Sie damit etwas anfangen?«

»Kann ich schon«, sagte ich.

Dann glaubte ich zu hören, wie Herr Pietzsch Folgendes vor sich hin murmelte: »Zu wenig Existenz! Keine Welt! Zu wenig Existenz, keine Welt ...«

»Habe ich Sie richtig verstanden?«, fragte ich, mit Timbre in der Stimme, der Sache also durchaus angemessen. »Nachdem die Welt doch immer alles ist, was uns umgibt, kann es doch logischerweise nie zu wenig Welt geben! Und nachdem wir nichts anderes tun als existieren, kann es doch nie und nimmer zu wenig Existenz geben. Logischerweise!«

Und es packte mich ein pubertärer Gusto auf Philosophie, und immer schon hatte ich einen Stachel gespürt, Herrn Pietzsch Dinge zu fragen, die sich, wie ich glaubte, keiner zu fragen traute. »Träumen Sie manchmal, Herr Pietzsch?« Ich war stolz auf diese Art von Übergangslosigkeit.

Er sah mich mit seinen alten, hellblauen Augen an, seine Lippen, blass wie sein Hals, pufften Luft aus. »Tagträume oder Nachtträume?«, fragte er rauh wie der Kartengeber bei einem Pokerspiel.

Herr Pietzsch schüchtert mich ein, das ist die Wahrheit.

Ich sagte: »Nachtträume, Herr Pietzsch.«

Er dachte lange nach, ließ mich dabei nicht aus seinem Blick. Zwinkert dieser Mann denn nie?

»Einmal träumte ich, ich sei ein Buch und stehe im Regal neben Heimito von Doderers *Strudelhofstiege*, und da kam einer, und der eröffnete das Feuer auf die Bibliothek ...«

»Wie bitte?« Noch war ich nicht aus des Herrn Pietzschs Blick entlassen. Aber den Verstand hatte ich noch nicht an ihn verloren.

»Ich sagte, jemand schoss auf die Bibliothek.«
»Und warum?«
»Fragen Sie ihn!«
»Einen aus Ihrem Traum soll ich fragen?«
»Dann lassen Sie es bleiben.«
»Mit einer Pistole schoss er?«
»Mit einem Maschinengewehr. Ich träume selten, aber wenn, dann richtig.«
»Und Sie? Im Traum? Als Buch? Was haben Sie gemacht?«
»Ich? Ich klappte meine Seiten auf« – da schien mir, als würde Herrn Pietzschs Blick weicher –, »nein«, seufzte er, »nein, das trifft es nicht, das trifft es ganz und gar nicht, nein. Ich schwang meine Seiten auf, wie ein großer, weißer Vogel seine Fittiche aufschwingt. Der Albatros des Herrn Baudelaire. Nie und nimmer hätte ich so ein Leben führen dürfen, wie ich es geführt habe. Ich sehe Ihnen an, dass Sie betrunken sind, darum wage ich es, so mit Ihnen zu sprechen. Sollten Sie mich je an meine Worte erinnern, dann werde ich es abstreiten, in dieser Art mit Ihnen geredet zu haben. Ich hatte eine Frau, die ich liebte, und ich liebte sie, weil sie so schön war. Sie war auch klug, sie war gütig, sie war fröhlich, geduldig war sie, rasend schnell konnte sie kombinieren. Aber geliebt habe ich sie, weil sie schön war. Dann ist sie gestorben. Weder konnte ich sie halten, noch habe ich es versucht. Ich hatte einen Beruf, der mir viel Achtung einbrachte. Wer verneigte sich zu meiner aktiven Zeit nicht vor einem Chemiker! Man erwartete Antworten von einem Chemiker. Letztendlich erwartete man ein Elixier, das ewiges Leben macht. Den Tod hatte man gehabt. Jetzt, nach dem Krieg, wollte man das Leben. Und ein Leben, das nicht ewig dauert, ist wie ein Fetzen auf einer Leine. Ich, ich hatte mir seit meinem achtzehnten Lebensjahr angewöhnt zu glauben, das Leben sei nicht mehr als ein Fetzen auf einer Leine, ein Leben hängt da neben dem anderen. Ich, ich wünschte mir einen glorreichen Tod. Ich, der Erfinder des Ewigkeitselixiers, gestorben an einer Überdosis desselben – ungefähr so stellte ich mir meinen Tod

vor. Und ich lebe immer noch und traue mich nichts dagegen zu unternehmen ...

Aber ich wollte Ihnen ja von meinem Traum erzählen. Ich breitete also meine Blätter aus und stellte mich schützend vor Heimito von Doderers *Strudelhofstiege*. Und ich, der ich ein Buch war, voll Leben, so um die fünfhundert Seiten, schätze ich, reine erzählte Existenz, ich wurde erschossen. Für ein Buch ein durchaus glorreicher Tod, finden Sie nicht auch?

So. Basta. Damit war der Traum zu Ende. Logischerweise.«

Caligula kehrt zurück

Was war denn eigentlich los? Was hatte sich verändert? Hatte sich überhaupt etwas verändert? Oder empfand ich es nur so? Wo waren die Freunde geblieben? Über Nacht hatte der Winter wieder eingesetzt, hatte die lindrosa Frühlingshoffnung vom abendlichen Westhimmel geholt. Der Wind blies Schneeflocken waagerecht zu den Stromdrähten, die Lippen trockneten und sprangen auf, die Tauben plusterten ihr Gefieder. Gefrorene Apfelbutzen am Naschmarkt zersprangen unter den Sohlen wie Wäscheklammern aus Plastik. Und ich? Ich ging geduckt, setzte mich ins Kaffeehaus, allein. Wo waren die anderen? Bei Kälte im Kaffeehaus zu sitzen, ist doch gut. Wo waren sie?

Ich trank einen hellen Schnaps und machte mich wieder davon. Dann eben nicht, dachte ich. Ich fühlte Trotz in mir, der formte mein Gesicht. Kälte und Trotz gleichen einander, wenn sie sich in den Gesichtern der Menschen treffen. Ich war zufrieden, denn ich durfte einen Ausgeschlossenen spielen, und ich selbst war mein Publikum.

Und da sah ich Caligula auf der anderen Straßenseite hinter einem kugelförmigen Hund herwanken.

»Richard«, rief ich. »Richard!«

Er hüpfte zwei seiner zarten Schritte, Schrittchen, wie sie nur ganz dicke Menschen zustande bringen, zuckte mit dem Kopf und warf mir von der Seite einen schnellen Blick zu, keinen freundlichen Blick.

Ich überquerte die Straße. »Man sieht dich nicht mehr, Richard«, sagte ich. »Warum sieht man dich nicht mehr?«

»Warum bin ich auf einmal der Richard für euch?«, schimpfte er vor sich hin, als würden wir schon eine lange Strecke Weges nebeneinander hergehen, im wörtlichen wie im übertragenen Sinn. »Es hat mir nie etwas ausgemacht, dass ihr Caligula zu mir sagt«, fuhr er in seinem greinenden Ton fort. »Ich konnte zwar nie herausbekommen, warum es gerade dieser verrückte Kaiser war, den ihr für meinen Spitznamen ausgewählt habt ...«

»Du selbst hast dir doch diesen Spitznamen ausgesucht«, sagte ich.

»... aber es hat mir gefallen. Leute, die nie einen Spitznamen hatten, sind nicht liebenswert, und wer seinen Spitznamen verliert, sollte sich Gedanken machen. Und auf einmal sagt ihr Richard zu mir.«

»Und seither kommst du nicht mehr am Mittwoch ins Café?«

»Ich bin geschieden worden von einer Frau, die mich von Anfang an ununterbrochen betrogen hat, schuldig geschieden. Dann habe ich mir mit viel Reflexion eine homosexuelle Beziehung aufgebaut, die mir gefallen hat, die auch meinem Freund gefallen hat. Er sagte, so ein dicker Körper wie der meine sei wie ein tropisches Gebirge. Ein tropisches Gebirge – nie hat mir jemand ein prächtigeres Kompliment gemacht. Das ist nun auch kaputt, ich weiß nicht, warum. Den Menschen aus unseren Breiten gehen die Tropen bald auf die Nerven, nehme ich an. Und nun habe ich einen Hund. Den da.«

Caligula riss an der Leine, die sich gute fünf, sechs Meter aus einem kantigen Plastikgriff ziehen ließ. Der Hund zog, ein breitbeiniger, niedriger, kurzfelliger Hund, panisch schien er von uns weglaufen zu wollen.

»Er ist ein Geschenk«, sagte Caligula.

Wir tappten hinter dem Tier her, mit den Gesichtern geradewegs in die eisigen Spitzen der Schneekristalle hinein.

»Der Grund, warum ich nicht mehr ins Kaffeehaus komme, ist die Arbeit«, sagte Caligula. »Ich habe vier neue Leute einstellen müssen. Ich gehöre zu den gefragtesten Designern der Stadt inzwischen. Frage mich nicht, warum. Mein Elend wächst und mit ihm die Auftragslage. Zur Zeit entwerfe ich eine Tube. Da denkt man, eine Tube sei etwas an sich, ausgereift, ans Ende gekommen. Stimmt nicht! Vor drei Wochen oder vier Wochen wollte ich ins Café gehen, und ich war schon ganz nahe, hatte schon meinen Mantel aufgeknöpft, da hörte ich eine Frau kreischen, und ich dachte, es ist ihr die Einkaufstasche geplatzt, und die Grapefruits rollen in breiter Front auf die Fahrbahn, und ich wollte ihr helfen, obwohl ich ja weiß, dass ich immer draufzahle, wenn ich jemandem helfe, weil ich selbst das hilfloseste aller Geschöpfe bin, und da sah ich die Frau und sah den Hund und sah, wie die beiden in einer Ecke der Gumpendorfer Straße standen. Die Frau hatte Fingernägel wie Dornen im Märchen, das fiel mir als Erstes auf. Und was tat sie? Sie drückte und knetete am Hinterleib des Hundes herum, bohrte ihre Knöchel in seine weichen Lenden und schrie ihn dabei an, er solle um des Himmelvaters willen endlich scheißen.

Ich sagte zu der Frau, das geht so nicht. Bemühte mich, alles Schulmeisterliche aus meiner Stimme zu nehmen. Es war Mitleid mit der Kreatur, nicht Besserwisserei.

Wenn man den Körper zwingt, etwas herzugeben, sagte ich, dann behält er es grad extra. Der Körper sei ein elend stures Ding, sagte ich.

Diese ungehobelte Dornenkönigin schaute mich daraufhin groß an, Magenfalten von den Nasenflügeln bis zum Kinn, schaute meinen unsäglichen, hundertneunzig Kilo schweren Bauch an, mein tropisches Gebirge, und höhnte: An Ihnen wird wohl auch herumgedrückt, ha?

Und da habe ich den Entschluss gefasst, mich mit ihrem Hund zu verbünden und sie zu zerfleischen.

Ich sagte und habe natürlich die Konsequenzen nicht bedacht: Schenken Sie mir den Hund, den Sie so hassen.

Und sie hat es prompt getan.«

Inzwischen waren Caligula und ich beim Apollo Kino angelangt. Der Wind blies mir Schneeflocken hinter die Brillengläser, die klebten an meinen Wimpern. Wie Polarforscher waren wir beide, einsame Wintermänner, die alle ihre Hunde verloren hatten bis auf einen.

»Kehren wir um, Richard«, rief ich in den Wind hinein. »Setzen wir uns ins Café, trinken wir heiße Schokolade, essen wir jeder ein Paar Frankfurter!«

»Gut«, sagte er.

Wir zogen den Hund zurück in die Zivilisation. Dort saßen wir dann, melancholisch und zufrieden, und überlegten uns einen Namen für den Hund und sprachen über nichts Höheres und nichts Niedrigeres, bevor Max kam.

Herrn Alfreds Ziehsohn

»Haben Sie je in unserem Café gefrühstückt?«, fragte Herr Alfred, stellte den Teller mit den Frankfurtern vor mir auf den Tisch und den Kaffee und das Mineralwasser wie zwei ungleiche Ohren darüber.

»Nein«, sagte ich, »ich weiß, dass Sie, Herr Alfred, nie Frühdienst machen.«

Es hätte kein Kompliment sein sollen, sondern ein Zeitfüllerspaß. Herr Alfred aber bestellte bei sich selbst einen kleinen Braunen und setzte sich zu mir. Wir redeten über dies und das und kamen schließlich auf sein Image zu sprechen.

»Was für ein Image habe ich denn?«, fragte er.

»Wenn einer etwas nicht weiß, dann sagt man zu ihm: Frag den Herrn Alfred«, gab ich zur Antwort.

Er blickte mich schmunzelnd an, und ich war mir nicht sicher, ob er durchschaute, dass ich das alles im Augenblick erfunden hatte.

»Man hält mich also für gebildet?«, fragte er.

»Sowieso«, schwindelte ich.

»Für einen Wissenschaftler wie Herrn Pietzsch?«

»So ähnlich in der Art«, log ich.

»Mit meinem Ziehsohn«, stelzte er, »unterhielt ich einst eine wissenschaftliche Freundschaft, in der Tat. Ich will Ihnen erklären, was ich darunter verstehe. Seine Mutter und ich haben uns zusammengetan, da war er sechs. Das war vor über zwanzig Jahren. Ein kastanienbraun gelockter Bub war er, der in einer Ernsthaftigkeit die Stirn runzeln konnte, wie ich es bis heute nicht zustande bringe. Seine Mutter hat mich nach vier Jahren zum Teufel geschickt mit dem Argument, ich sei ihr zu oberflächlich. Sie sei, sagte sie, auf mein schönes Gesicht hereingefallen. Immerhin sei ich der gepflegteste Mann, den sie je gekannt habe.

Aber reden wir von der Zeit davor, die so unnütz war wie meine

Zeit heute, nur sinnvoller war sie. Und das habe ich meinem Ziehsohn zu verdanken.

Als Kind war er naturgemäß ungebildet, aber er war der Typ des Erfolgreichen, der Typ desjenigen, der recht hat. Ich dagegen war gebildet, ich habe eine Menge studiert, nichts bis ans fruchtbare Ende freilich, das nicht, aber manches ein Stück weit, ja, ich bin ein Fanatiker der Oberfläche. Ich war und bin der Typ des Erfolglosen, der Typ desjenigen, der unrecht hat. Dafür war ich rechthaberisch. Heute bin ich das nicht mehr. Ich habe einen Gesichtsausdruck herausgefunden, der es mir ermöglicht, einem anderen recht zu geben und dabei doch besser auszusehen als er.

Nun, mein Ziehsohn hatte von allem, was ihn umgab, eine falsche Meinung. Er behauptete zum Beispiel, der Fünfer werde anders herum geschrieben, als ich ihn mit Sahne auf seine Geburtstagstorte gespritzt hatte, und als ich ihm die Zeitung hinknallte und brüllend meinen Daumen auf die Seite fünf hämmerte, schnurrte er ungerührt, die Zeitung irre sich ebenfalls.

Dann kam er in die Schule, und als sie die Zahlen lernten, behauptete er, die Null könne es nicht geben, denn etwas, das nicht ist, das kann auch nicht sein. Und ich brüllte abermals.

Ich vermittle Ihnen ein falsches Bild unserer Beziehung, ich merke es. In Wahrheit habe ich nur wenig lieber getan in meinem Leben, als gemeinsam mit meinem Ziehsohn die Nachmittage um die Ecke zu bringen. Ich hatte damals eine kleine Wohnung, die aus zwei winzigen Zimmern und einem noch winzigeren Balkon bestand. Wir saßen auf dem Balkon und tranken Kakao und unterhielten uns.

Was macht den Kakao braun? Zum Beispiel. Ist Kakao überhaupt braun? Zum Beispiel.

Wir redeten den ganzen Tag, das Weltall interessierte uns. Ist es schwarz?

Manchmal schwänzte er die Schule, sagte, er lerne bei mir in einer Stunde mehr als in zehn Tagen Unterricht. Was mir schmeichelte.

Ein legendärer Streit zwischen uns war folgender: Er behauptete, dass zwei Rechtecke, die denselben Umfang haben, auch dieselbe Fläche haben müssen. Ich habe so gebrüllt, dass Nachbarn die Polizei holten und ich alle Mühe aufbringen musste, den Beamten klarzumachen, dass ich kein Kinderquäler sei, sondern lediglich einige Tatsachen verteidige, die ohne Zweifel zum Weltkulturerbe gehören – wie die Berechnung von Umfang und Fläche eins Rechtecks. Meine Sache wurde dadurch erschwert, dass einer der beiden Beamten der Meinung meines Ziehsohnes war. Und da brüllte ich wieder, und der andere Beamte sagte, ich brülle zu Recht.

Und dann kam es zur großen wissenschaftlichen Schlacht, in der wir beide, mein Ziehsohn und ich, Seite an Seite kämpften.

Er, damals sieben, stand eines Abends vor dem Spiegel im Schlafzimmer seiner Mutter und fragte: Warum vertauscht der Spiegel links und rechts und nicht oben und unten?

Es war im Fasching, seine Mutter und ich waren zu einem Ball eingeladen, wir waren schön, sie ging als etwas geringeltes Japanisches, ich als etwas finster Mafioses, und er, der Kleine, war im Pyjama.

Erklär's ihm, sagte seine Mutter zu mir.

Ich konnte es ihm nicht erklären.

Dreimal an diesem Abend rief ich vom Ballsaal aus zu Hause an, weil ich eine neue Theorie hatte, die ich ihm mitteilen wollte. Ich solle den Buben endlich schlafen lassen, sagte seine Mutter zu mir, ich verderbe ihm die Nacht, und uns verderbe ich den Ball. Aber ich wusste, er schläft nicht. Ich wusste, er steht vor dem Spiegel und findet keine Ruhe, ehe er nicht eine befriedigende Erklärung dafür hat, warum ein Spiegel zwar rechts und links, aber nicht oben und unten vertauscht.

Als seine Mutter und ich uns dann trennten, er war zehn, fragte ich sie, ob ich ihn mitnehmen dürfe. Und sie sagte, ich sei plemplem. Und nur mein barmherziges Wesen verbot mir zu sagen, sie soll ihn doch fragen, bei wem er lieber bleiben wolle, bei mir oder bei ihr.

Heute ist er Physiker, und ich bin Kellner.«

Bevor Max kam, zeigte mir Herr Alfred von der Kasse aus den

aufgestellten Daumen und machte dabei ein Gesicht, das ihn raffiniert aussehen ließ – wir zwei Verbündete in welcher Sache auch immer.

Das gute und das böse Haus

»Als ich ein Kind war am Land«, erzählte ich Rita, »da war unser Haus lange Zeit das einzige in der Straße, und die Straße war nur ein grober Weg aus Schotter, der einfach über die Wiese geschüttet worden ist. Und dann – ich denke, ich war sieben oder doch erst sechs –, da wurde damit begonnen, in unserer Straße eine Siedlung zu errichten.

Das war eine aufregende Zeit. Im Rückblick scheint es mir, als wären von da an durch meine gesamte Kindheit hindurch die gelben Kräne und Planierraupen um unser Haus herumgestanden. Wenn ich morgens zum Fenster hinausschaute, blickte ich in den Zementqualm, der neben den Mischmaschinen aufstieg. Der Geruch von frisch Gemauertem lag an den Abenden in der Luft. Das war köstlich, ich kam mir beteiligt und sinnvoll vor. Flüche, Gelächter und Ausspuckgeräusche, das war der akustische Hintergrund meiner faulen Vormittage.

Mein Freund, der bis heute noch mein Freund ist, wohnte in dem Haus unterhalb des Bahnhofs, das unten gemauert und oben gezimmert ist. Abends, wenn die Bauarbeiter nach Hause gegangen waren, inspizierten wir die Rohbauten in der neuen Siedlung. Es war Sommer, unsere Eltern kümmerten sich nicht um uns. Entweder schlief ich bei meinem Freund, oder er schlief bei mir. Wenn wir spät in der Nacht nach Hause kamen, schnitten wir uns eine Scheibe Schwarzbrot ab und legten uns mit unseren zementstaubigen Füßen ins Bett. Oder wir ließen die Schwarzbrotscheibe weg, manchmal aßen wir tagelang nichts, und dann aßen wir wieder den ganzen Tag. Wir durchstreiften die unfertigen Häuser, überlegten, was zu machen wäre, und hatten so unsere Ideen.

Da gab es zwei Häuser, die waren nach außen hin gleich, und der Bau war auch ungefähr gleich weit vorangeschritten. Die geziegelten

Hauswände standen bereits, die nackten Seitenwände ragten in den Nachthimmel, der sternenübersät war, ja, bei den Sternen kannte ich mich aus. Die Häuser waren ohne Dächer, wir konnten hinaus ins Weltall schauen, und außer für Rohbauten interessierten sich mein Freund Reinhold und ich für nichts mehr als für das sommerlich blanke Weltall.

Diese beiden Häuser also, sie waren gleich, aber sie hatten Besitzer, die unterschiedlicher nicht hätten sein können. Der eine war ein Mann mit nur einer Hand, links trug er eine Prothese, über die hatte er einen schwarzen, fingerlosen Lederhandschuh gezogen. Es sei eine Kriegsverletzung, sagte mein Vater. Und dieser Einhändige, der vor lauter freundlich Lachen einen breiten Mund hatte, der war unser Freund, der brachte Limonade mit, wenn er kam, um sein Haus zu kontrollieren, und die Limonade brachte er nur für uns mit, er selbst nahm nicht einen Schluck. Dazu muss gesagt werden, dass wir nicht gewohnt waren, Limonade zu trinken, bei uns zu Hause gab es roten Himbeersaft, der uns im Vergleich zu der hellgelben Limonade lächerlich vorkam.

Der Besitzer des anderen Hauses schimpfte nur. Mit allen schimpfte er. Er schimpfte mit den Arbeitern, er schimpfte mit uns, und er schimpfte mit seiner Frau, die ihren kleinen Kopf unter einen Haarzopf gezwungen hatte und immer schwarze Kleider trug und entzündete Augen hatte. Dieser Mann hatte eine Art, mit dem Fuß gegen Sachen zu treten, das konnte einem die ganze Schöpfung verleiden. Der war mit nichts auf der Welt und mit nichts über der Welt zufrieden. Meistens trug er ein hellblaues Unterhemd, wenn er auf der Baustelle auftauchte, ein Unterhemd und eine schwarze, gute Hose. Er arbeitete bei einer Bank, das interessierte uns nicht im Geringsten.

Reinhold und ich beschlossen, den Einhändigen zu belohnen und den Schimpfer zu bestrafen. Das Belohnen ging schneller und machte nicht so viel Freude. Im Haus des Einhändigen stellten wir die Maltatröge sauber neben die Schaufeln und die anderen Geräte, kehrten den frisch betonierten Kellerboden, schütteten den Kehricht in Papiertüten und begaben uns mit den Tüten zum Haus des Schimpfers. Dort verteilten wir den Dreck im gerade eingesetzten Stiegenhaus. Wir schnitten die Zementsäcke auf, warfen Steine und Glassplitter auf die noch weichen Betonböden. An regnerischen Wochenenden rissen wir die Planen von den Mauerkronen. Und dann, am folgenden Tag, stellten wir uns vor dem bösen Haus auf und warteten auf den Schimpfer, die Hände hatten wir in den Taschen.

Einmal fragte er uns, ob wir uns einen Schilling verdienen wollten. Wir sollten über das Wochenende ein Auge offenhalten und ihm dann melden, wer diese Sauereien anstellte. Am Montag erzählten wir ihm, ein Auto mit einer Schweizer Nummer habe in der Nacht vor seinem Haus gehalten, und zwei Schweizer seien ausgestiegen, die hätten schweizerisch geredet, und die hätten im Haus einen Lärm gemacht. Unsere Gegend lag fünf Fußminuten von der Schweizer Grenze entfernt, und die Schweizer mochte man nicht, die durften für alles herhalten.

Der Schimpfer glaubte uns nicht, und seinen Schilling behielt er. Daraufhin haben wir uns besonders angestrengt und eine lange Nachtschicht eingelegt und eine Verwüstung angerichtet, die dann wohl auch den Arbeitern zu viel war. Als ich am nächsten Morgen zum Küchenfenster hinausschaute, sah ich ein Polizeiauto vor dem Haus des Schimpfers stehen.

Ich schlich mich über die Gärten und durch den Mostbirnenhain hinauf zum Bahndamm und zu Reinhold, und wir hatten Angst und duckten uns zwischen den Lastwagen hindurch zum Haus des Einhändigen und legten einen frommen Ton in unsere Stimme und fragten die Arbeiter, ob wir irgendwie behilflich sein könnten, wir wollten nämlich auch Maurer werden, wenn wir groß seien. Die waren gerade dabei, den Dachstuhl aufzusetzen. Krumme Nägel sollen wir einsammeln, sagten sie. Das taten wir und sahen zu, wie allmählich der Himmel über uns zugemacht wurde.«

Mut am Nachmittag

Er sagte: »Wie man heißt, wie man sich Zeit lässt, wie man Gedanken einsetzt, und wie man sie wieder austreibt – man muss es lernen, und aus einer dünnen Musik heraus, aus einer Erinnerung, die zunichtegemacht wurde durch einen einzigen Anruf, aus einer vertrauten Empfindung heraus springt den Menschen am Ende die Depression an, die Mutlosigkeit und die Frage: Worüber habe ich mich eben noch gefreut?«

Das war ein fremder Mann und der traurigste, den ich je in unserem Café gesehen habe. Der so redete.

»Warten Sie doch ab, bis der Frühling kommt«, sagte ich. »Mit mir geht es so: Wenn ich vors Haus trete und merke, Föhn liegt in der Luft, dann wird alles, was mir vertraut ist, mit Sehnsucht aufgeladen, und ich kann nicht sagen, ob es Heimweh oder ob es Fernweh ist. Könnte das nicht auch ein Trost für Sie sein?«

»Nein«, sagte er. »Aber erzählen Sie weiter!«

»Es war an einem Februartag vor zwanzig Jahren«, erzählte ich. »Es war ein Samstag, und am späten Nachmittag setzte der Föhn ein. In den Semesterferien war ich zu Hause bei meinen Eltern, mein Vater hatte mich gebeten, in unserem besten Gasthaus einen Ballon mit Mineralwasser zu holen. Nur in unserem besten Gasthaus gab es das stark kohlensäurehaltige Mineralwasser, das er so gern trank. Als ich mit dem Glasballon unter dem Arm durch den Gastgarten ging, wo die kahlen Kastanienbäume standen, da war es noch kalt. Ich hatte eine Kordjacke an, die war innen kariert gefüttert, ich hatte sie vor ein paar Wochen gegen meine löchrige Schweinslederjacke getauscht. Die Lederjacke trug jetzt ein Mathematikstudent aus Hannover, und ich hatte ein schlechtes Gewissen dieser alten Jacke gegenüber, dass sie weit weg von unseren Bergen in einer Nullstadt wie Hannover herumgetragen werden musste von einem, dem sie gar nichts bedeutete, jedenfalls nicht mehr als eine Jacke. Da wehte mich ein Flügel an, der erste, er streifte mein Gesicht und hob sich über die Hauswand des Gasthauses, und es war ein warmer Hauch von den Schweizer Bergen, und mein Herz hüpfte. Zwanzig Meter weiter, dort, wo früher der Schneider Fitz gewohnt hatte, bei dem schmalen Holzhaus, dessen erster Stock breiter war als das Erdgeschoss, dort traf mich der zweite Flügel des Föhns, und der war breiter, und er flog langsamer und erdnäher und schwebte weiter zu den Kastanienstämmen. Und da wusste ich: Die nächsten Stunden würden mir gehören, und ich würde einen Schädel haben wie eingeweicht in die beste Droge.

Als ich die lange Maximilianstraße hinunterging, kam ich mir vor, als würde ich durch die Prärie wandern, und über Hunderte Kilometer hinweg bat ich meine alte, whiskyfarbene Lederjacke um Verzeihung, dass ich sie verraten hatte, der warme Südwind hob mich in die Ferne, und jedes Stück Asphalt, auf das ich trat, rief Heimweh in mir auf, aus Schritten bestand mein Heimweh, und jeder Schritt rief es auf, eine kleine, stramme Armee Heimweh.

Warum hatte ich denn Heimweh, warum um Himmels willen? Ich war ja nicht in der Prärie, ich war doch zu Hause, meine Lederjacke wird Heimweh haben, die ja!

Die Strommasten unten bei den Bahngleisen standen makellos schwarz vor dem makellosen Westhimmel. Der Asphalt war trocken und hell wie an einem Sommerabend, und ich ging durch die Prärie.

Solch liederlich kindliche Augenblicklichkeit hatte ich nie wieder erlebt, und jeder Föhn, der später in mein Gesicht und mein Herz fuhr, der hat nur gemacht, dass ich mich an diesen späten Nachmittag im Februar erinnerte, als die Berge in der Schweiz schärfer und näher wurden und ungeheuer schwarz wie ausgeschnitten aus Kohlepapier und ich mit einem Glasballon voll Mineralwasser auf den Schultern zu den Bahngleisen ging, eine fremde Kordjacke übergezogen, die ich verabscheute.

Ist das eine gute Geschichte? Für mich ist es eine der besten.«

Der traurige Mann, dessen Gesicht ich vergessen habe, der wohl kaum mehr ein Gesicht hatte, er hob die Hände von der Tischplatte und legte sie wieder drauf. »Oh, bitte«, sagte er, »das alles ist schön. Was Sie erzählen, ist schön. Trost ist es nicht.«

»Dann kann ich Ihnen nicht helfen«, sagte ich.

»Was ist aus Ihrer Lederjacke geworden?«, fragte er.

»Das weiß ich sogar«, antwortete ich. »Ich wollte sie von dem Mathematikstudenten zurücktauschen, und der war auch einverstanden. Sie sei ihm zu knapp um die Schultern, sagte er, außerdem seien die Löcher in den Ärmeln doch größer, als er zuerst gedacht hatte. Ein Problem allerdings gebe es, sagte er, die Jacke habe zurzeit seine Freundin, das heißt seine ehemalige Freundin. Wenn es mir wichtig sei, dann solle ich doch so gut sein und selbst die Jacke bei ihr holen, er könne das nicht, sie seien arg zerstritten. Und ich dachte, gut, ja gut, denn ich kannte seine Freundin vom Sehen, und sie hatte mir gefallen, ich dachte, ich will mit ihr etwas anfangen, wenn sie mit mir etwas anfangen will.

Sie wohnte in einem alten Fachwerkhaus, und als ich sie besuchen wollte, das war eine Woche nach Ostern. Sie studierte auch Mathematik. Ich weiß nicht, warum, immer hatte ich Freunde unter den Mathematikern.

Als ich durch das Stiegenhaus hinaufging, verließ mich der Mut. Er verließ mich, als wäre er aus mir herausgeschossen worden. Ich musste mich setzen, und ich dachte: Ich werde meine Lederjacke nie wiederbekommen, und diese Mathematikerin werde ich auch nicht bekommen, und nie wieder wird mein Schädel so voll sein von der besten Droge. Und dann habe ich alles sein lassen. Pfeif der Hund auf Lederjacken!«

»Danke«, sagte der traurige Mann, stand auf, zahlte Meins und Seins und ging. – So geschehen in meinem Café in der Gumpendorfer Straße.

Muchti und der Birnenstiel

»Wahrscheinlich«, sagte Rita, recht fröhlich übrigens, »werde ich nie wieder einen Mann bekommen. Vielleicht ein paar traurige Nächte noch, mit einem, der so alt ist wie ich und mir nicht gefällt, oder mit einem, der jünger ist und dem ich nicht gefalle. Aber sonst wird sich nichts mehr ergeben.«

Rita hatte zugenommen, sah aus, als hätte sie sich über den Winter ein Wärmepolster unter die Nackenhaut geschoben.

»Aber«, sprach sie weiter, »einen verrückten, interessanten Typen hätte ich noch gern. Wenigstens für ein Jahr.«

»Was ist ein verrückter, interessanter Typ?«, fragte ich. Ich war ja so froh, dass Rita da war, dass die Sonne draußen vor dem Café schien, dass sich die warme Luft nicht um den Februar kümmerte.

»So einer wie dein Muchti«, sagte Rita. »Ach, erzähl mir wieder einmal eine Geschichte von Muchti!«

»Du würdest einen Vorbestraften wollen?«, fragte ich. Wusste doch, dass sie wollte. »Einen, der die Geduld verliert und Leute in Gefahr bringt?« Ich wusste doch, dass sie so einen wollte.

»Erzähl schon«, sagte sie.

»Einmal fuhr Muchti mit dem Zug nach München. Am Beginn der Reise hatte er eine neutrale Laune. Das versicherte er. Und dann sitzt er in einem offenen Waggon zweiter Klasse, und ihm gegenüber sitzt eine junge Frau, und die isst eine Birne. So fing's an. Dagegen sei ja nichts einzuwenden, dass jemand eine Birne esse, sagte Muchti später. Allerdings habe die Frau die Birne mit einer Langsamkeit gegessen, die ärgerlich war und eigentlich eine Gemeinheit.

Sie machte ihren Mund auf, schilderte Muchti den Vorgang, lange bevor die Birne auch nur in der Nähe des Mundes war. Die Birne klemmte zwischen Daumen und Mittelfinger, und die Hand ruhte auf dem Knie. Aber der Mund war bereits offen, war bereits offen.

Muchti sagte, er habe sich zusammennehmen müssen, um die Frau nicht zu bitten, sie solle entweder den Mund zumachen oder aber endlich in die Birne beißen.

Und dann hat sie langsam, langsam die Hand gehoben, sagte er, langsam, langsam, zehn Zentimeter vor dem Mund wartete sie noch, und dann endlich hat sie die Zähne in die Birnenhaut gedrückt und dann – dann nichts. Nichts! Und gerade als er aufstehen und sie anflehen wollte, anflehen, da biss sie hinein. Aber es war kein Beißen. Es war ein unverschämtes, zeitlupenhaftes Aufeinanderzubewegen der Kiefer.

Er habe sich nicht mehr auf sein Sportheft konzentrieren können, er habe die Frau angestarrt und sei von ihr angestarrt worden.

Ich war mir sicher, sie muss verrückt sein, sagte er, und mit feierlicher Betonung fasste er zusammen: Eine gute halbe Stunde benötigte diese Person, um eine kleine Birne zu verzehren!

Nun, die Menschen sind verschieden, und wie lange einer braucht, um eine Birne zu essen, ist immer noch seine Sache. Wurde gesagt. Und das sah Muchti im Prinzip genauso. Aber dann!

Sie behielt den Birnenstiel im Mund, sagte Muchti im Ton eines Entlastungsbeweises. Sie las in einem Buch, und dabei stand ihr der Birnenstiel aus dem Mundwinkel. Nicht fünf Minuten oder eine halbe Stunde. Nein. Zwei Stunden lang behielt diese Wahnsinnige den Birnenstiel im Mund! Und dabei las sie ein Buch und machte ein Gesicht dazu, als wollte sie sagen: So, das gehört mir, das ist mein, das steht fest, da sitze ich drauf. Um Himmelschristi willen, wie kann ein Mensch auf den Besitz eines Birnenstiels so stolz sein! Das ist eine Sünde! Ich war nicht der Einzige, der sie anstarrte, sagte Muchti, jeder in ihrer Umgebung starrte sie an, jeder. Und es hat sich im Waggon herumgesprochen. Da ist eine, die behandelt einen Birnenstiel wie ein Erbstück. Zuerst kamen die Kinder und stellten sich vor sie hin und glotzten und warteten darauf, dass sich der Birnenstiel von einem Mundwinkel in den anderen verschob. Dann kamen die alten Damen mit den goldenen Broschen unter dem Kinn. Sie hielten Abstand und schüttelten den Kopf. Zuletzt kamen die Männer in den Anzügen. Sie taten so, als ob sie zur Toilette gingen. Aber sie gingen nicht zur Toilette. Sie kamen zurück und taten so, als wäre die Toilette besetzt. Aber die war nicht besetzt. Und ich – ich – ich konnte nicht mehr, ich konnte nichts anderes mehr tun, als diesen selbtsicheren, arroganten, überheblichen, dummen, satanischen Frauenmund, in dem ein Birnenstiel steckte, anzuschauen. Es war Nötigung, es war psychologischer Zwang! Vietnammethode! Ich bin überzeugt, die Frau hatte einen kriegspsychologischen Lehrgang hinter sich und testete uns.

So weit Muchti.

Ich kann es vorwegnehmen, Rita: Muchti verlor am Ende der Reise die Geduld. Später auf dem Revier, als er den Beamten die Geschichte erzählte, musste er selbst zugeben, dass alles, was er vorbrachte, recht merkwürdig klingen musste.

Nein, sagte er, ich habe mit keinem über die Dame mit dem Birnenstiel gesprochen. Nein, ich habe keine Zeugen.

Zeugen wofür? Für die Qual, die ihm angetan worden war während der dreistündigen Bahnfahrt.

Was war geschehen? Knapp vor München stand Muchti auf, stellte sich in seiner vollen, haarigen Breite vor der Birnenstielfrau auf und sagte: Es reicht!

Was denn?, habe die Frau gesagt und den Birnenstiel immer noch nicht aus dem Mund genommen.

Da habe sich Muchti vergessen, völlig vergessen. Das gab er zu. Er habe nach dem Gesicht der Frau gegriffen, wie man nach einer öligen Flügelschraube greift, um sie anzuziehen. Er drückte ihr den Unterkiefer zusammen, bis sie schrie. Mit der anderen Hand fuhr er ihr in den Mund und kratzte mit dem Finger den aufgeweichten Birnenstiel heraus. Der Schaffner und andere Fahrgäste hielten Muchti von hinten fest, und der Schaffner übergab ihn in München der Bahnpolizei. Die Frau zeigte ihn an. Es kam zum Prozess, und Muchti war vorbestraft.«

Bevor Max kam, erzählte mir Rita, wie sie zum letzten Mal mit einem Mann zusammen gewesen war.

Ade, Wernhofer!

Der Reihe nach: Caligula setzte sich an meinen Tisch und sagte nichts.

Ich sagte: »Servus!«

Er sagte nichts. – Gut sah er aus. Hatte abgenommen. Viel hatte er abgenommen. Ich sagte es ihm. Er sagte nichts.

»Hast du ein Gelübde abgelegt, dass du nichts mehr redest?«, fragte ich ihn. »Ich sagte, du hast abgenommen!«

Er sagte, er sei bei zehn Kilo. Das heiße, sagte er, er müsse nur noch knapp achtzig Kilo abnehmen, bis er sein Normalgewicht erreicht habe. Er blickte mich mit seinen Murmelaugen an und dann sagte er: »Wernhofer ist tot.«

»Hat er sich umgebracht?«, fragte ich.

»Das fragt jeder zuerst«, sagte Caligula. Dann ließ er eine Pause, wartete, ein gleichgültiger Quizmaster, der mir noch eine Chance gibt, ein Torhüter, zuständig nur für mich, mein Richter; klammerte mich weiter in seinen Idiotenblick, an den man sich nicht gewöhnen kann, schon deshalb nicht, weil jeder weiß, dass Caligula, alias Richard Korn, die Matura mit Auszeichnung bestanden hat.

»Meine Güte«, sagte ich. Man braucht nicht originell zu sein, wenn es um den Tod geht. »Meine Güte.« Und auch variantenreich braucht man nicht zu sein.

»Jeder denkt, er hat sich umgebracht«, sagte Caligula. »Ich dachte es auch, und Rita dachte es, und auch Herr Alfred dachte es. Herr Alfred hat vorgeschlagen, einen schwarzen Flor um die Lehne eines Stuhles zu binden, damit jeder im Kaffeehaus sieht, dass jemand gestorben ist, und damit die Freunde sehen, dass Wernhofer gestorben ist. Ich habe gesagt, das ist deppenhaft, weil Wernhofer ja gar keinen Stammtisch hier im Café hatte und schon gar keinen Stammstuhl, worauf Herr Alfred sagte, ein Wort wie Stammstuhl gibt es nicht, und ich sagte, es sei trotzdem deppenhaft, einen schwarzen Fetzen an einen Stuhl zu binden. Jetzt ist Herr Alfred böse auf mich, als ob ich an irgendetwas schuld wäre, nicht einmal an meinem Übergewicht bin ich schuld, das sind die Drüsen.«

Mir kam ein Gedanke: nämlich, ob es sein könnte, dass dieser unförmige Schmerzensmann Caligula noch nie in seinem unförmigen, schmerzensreichen Leben eine Träne vergossen habe. Und rein intellektuell wäre es eine richtige Frage gewesen, aber ich habe sie nicht ausgesprochen, natürlich nicht. Ich war zu träge, um zu fragen, er zu träge, um zu antworten. Und unsere beiden Leben waren andere Themen.

»Wie ist es passiert?«

»Herr Pietzsch hat es mir erzählt«, sagte Caligula. »Es war vorgestern Nachmittag, Herr Pietzsch saß hier im Café, das weiß ja von uns niemand, dass er auch an den Nachmittagen im Café sitzt, weil er es seit dem Tod seiner Frau zu Hause nicht aushält. Da hat das Telefon geklingelt, und Herr Pietzsch sagt, er habe gewusst, jetzt werde gleich der Kellner kommen und sagen, ein Anruf sei da für ihn, ob er ihn entgegennehmen wolle. Und so sei es auch geschehen. Und an der Leitung war Wernhofer. Er rief aus einem Skigebiet an. Am Arlberg war er oder in den Ötztaler Alpen. Wernhofer habe den Kellner gefragt, ob einer von der Runde da sei, und weil der Kellner am Nachmittag nicht Herr Alfred sei, sondern ein anderer, und der nicht gewusst habe, wen er mit der Runde meine, habe Wernhofer unsere Namen aufgezählt, am Schluss eben auch Herrn Pietzsch.«

»Meine Güte, Caligula«, sagte ich, »woran ist Wernhofer gestorben?«

»Er war noch nicht aus der Anstalt entlassen«, fuhr Caligula fort. »Wernhofer fühlte sich wohl im Irrenhaus. Sie wollten ihn loshaben, weil er das Irrenhaus nicht nötig habe, wie sie sagten, und alles mit seiner guten Laune blockiere. Manchmal nahm er Urlaub vom Verrücktsein, und dann fuhr er zum Beispiel an den Arlberg oder in die Ötztaler Alpen. Dann rutschte er auf den Skiern über die Hänge und sang dabei die alten Rolling-Stones-Songs. Und Wernhofer konnte gewichtig singen. Und wenn man so über den harschigen Schnee fährt, dann ist das sehr laut, und dagegen kann man nur gewichtig ansingen, und das hat Wernhofer getan. Und da ist ihm auf einmal schlecht geworden. Er musste anhalten, und er hat sich übergeben, und er musste sich in den Schnee setzen. Es war erst Vormittag, und die Saison ist ja vorbei, und es waren fast keine Skifahrer auf der Piste. Dann hat sich der arme, verrückte Mann über den Hang hinuntergeschleppt und ins Hotel, und an der Rezeption war auch niemand, im ganzen Hotel war niemand. Er ist in sein Zimmer gegangen und hat sich hingelegt und konnte aber nicht einschlafen und konnte sich nicht beruhigen. Und da hat er angerufen.«

»Hier im Café hat er angerufen?«, fragte ich.

»Ja«, sagte Caligula. »Merkwürdig, oder? Man denkt sich, der ruft zu Hause an, also in seinem geliebten Irrenhaus. Hat er aber nicht gemacht. Er hat bei der Auskunft nachgefragt, hat sich die Nummer von unserem Café geben lassen und hat nach uns gefragt. Und hat ausgerechnet Herrn Pietzsch erwischt. Ich denke mir, er hätte am liebsten mit mir gesprochen. Was meinst du?«

»Und was hat Wernhofer Herrn Pietzsch erzählt?«

»Dass er am Mittwoch abends nicht kommen wird. Hat er gesagt. Das sei kein Problem, hat ihm Herr Pietzsch geantwortet. Dieser kalte Zyniker. Also, kurz: Wernhofer ist an einem Herzinfarkt gestorben.«

»Ich finde«, sagte ich und fuchtelte mit den Fingern vor meinen Augen herum, um Caligulas Blick zu zerstreuen, »ich finde, dass du Herrn Pietzsch unrecht tust, wenn du ihn zynisch nennst. Ich finde, der Mann hat ...«

»Wernhofer ist tot«, unterbrach mich Caligula. »Er ist einfach tot, und er wird nie wieder seinen Blödsinn von sich geben.«

Caligula hatte recht. Gegen den Tod ist alles ein Witz.

»Wer wird seine Rolling-Stones-Sammlung erben?«, fragte ich.

»Als mir der Pietzsch von dem Anruf erzählt hat«, sagte Caligula, der gleichgültige Richter über Gut und Böse, »da hat er bereits gewusst, dass Wernhofer tot ist, und er hat kaum das Grinsen unterdrücken können.«

Bevor Max kam, saßen wir jeder an einem anderen Tisch, Rita, Herr Pietzsch, Caligula, ich.

Das Bett

»Uh!«, rief Herr Alfred und eilte herbei, und ich bemerkte zum ersten Mal, dass er im Schnellschritt O-beinig war und die Knie einknickte. Ob die Farbe an meiner Hose noch feucht sei, fragte er und hielt mich an den Ellbogen, damit ich mich nicht setzte. Nein, sagte ich, es sei Dispersionsfarbe, völlig trocken. »Die bröckelt höchstens ab«, sagte ich.

Er ließ mich los und blickte unglücklich. Er wollte sagen, ob ich mir für den Kaffeehausbesuch denn nicht eine saubere Hose hätte anziehen können, sagte aber: »Ich sorge mich wegen dem Überzug auf der Bank. Wenn Sie sich auf den Sessel setzen würden, wär mir schon geholfen.«

Und dann starrte er auf meine Hände. Dispersionsfarbe und Wunden.

»Sie renovieren?«, fragte er, zog dabei einen Mund, als spräche er von etwas absolut Drittklassigem.

»Nein«, sagte ich und klatschte in die Hände, dass der weiße Staub aufflog. »Ich habe heute etwas getan, von dem ich nicht weiß, ob es gut oder schlecht ist.«

Er warf einen schnellen Blick ins Café – da saß nur ein krummrückiger Mann hinten unter der Uhr, sein Tischchen war zugedeckt mit Mineralwässern, Topfenkuchen, Teekännchen und Zeitungen.

»Einen Augenblick«, sagte Herr Alfred, »ich komm gleich. Darf es ein großer Schwarzer sein und ein Kognak dazu?«

Sicher hätte ich eine andere Hose anziehen können, sicher hätte ich mir die Hände ordentlich reinigen können. Es war erst früh am Abend, ich wollte nur einen kurzen Besuch im Café machen. Dann wollte ich nach Hause gehen, mich baden und wieder rechtzeitig hier sein, bevor Max kam. Herr Alfred aber sollte mich in Werkskleidung sehen, und er sollte es weitererzählen. Das war meine Absicht.

Er stellte Kaffee und Kognak ab. Sagte: »Es genügt Ihnen scheinbar nicht, mit den Fingerspitzen einen Computer zu kitzeln, Sie haben einen Drang zum Basteln, scheint's.«

»Ich habe das Ehebett meiner Eltern zersägt«, sagte ich.

Herr Alfred, ein mäßiger Schauspieler oder aber ein guter Schauspieler, der einen mäßigen Schauspieler mimt, riss die Augen auf und kippte seinen Kognak. »Aber doch nicht jenes Bett, in dem Sie gezeugt wurden!«

»Ich weiß nicht, wo ich gezeugt wurde«, sagte ich, »aber wenn es im Bett war, dann wahrscheinlich in jenem, das ich heute zersägt habe.«

»Was kann daran gut sein«, sagte er, und er sagte es mit einem Doppelpunkt am Schluss, und ich wusste, jetzt war meine Geschichte fällig.

»Das Bett stand schon seit Jahren bei uns im Keller. Es war in seine Einzelteile zerlegt, und auf dem Holz war Schimmel. Zwei Nachtkästchen gehörten dazu, die hatten bei uns in der Wohnung gestanden, bis sie die Kinder ruiniert hatten. Auch ein Kleiderschrank war da, der ist uns bei einem der Umzüge zerbrochen, und wir haben seine Teile einfach im LKW liegen lassen. Um all die anderen Dinge tat es mir nicht leid, vor dem Bett aber hatte ich immer Respekt gehabt.

Wissen Sie, Herr Alfred, das Schlafzimmer hatte meine Mutter mit in die Ehe gebracht, es war Teil ihrer Aussteuer. Sie hatte es gegen Ende des Krieges von der Verlobten ihres Cousins bekommen, zu einem traurig günstigen Preis, wie sie sagte. Ihr Cousin war einen Monat vor der geplanten Hochzeit in englischer Gefangenschaft an Typhus gestorben. Sie habe die Schlafzimmereinrichtung nicht wollen, hatte sie immer gesagt, aber die Verlobte ihres Cousins, die ihre Freundin war, die sei so verzweifelt gewesen und so empfindlich, so empfindlich. Wenn ich die Sachen einem Wildfremden verkaufe, habe sie gesagt, oder wenn ich sie wegwerfe, dann ist das, als ob alles nichts wert gewesen wäre, niemals etwas wert gewesen wäre. So wisse sie wenigstens, dass zwei andere, die sie kenne und die sie möge, in dem Bett glücklich seien.

So sei ihr, sagte meine Mutter, nichts anderes übriggeblieben, als die Sachen zu kaufen. Außerdem sei es eine gute Ware. – Stimmt. Das Bett besteht aus verleimten Fichtenhölzern, mit Kirsche furniert. Stabil und verzieht sich nicht.

Nach dem Krieg, als meine Eltern von Deutschland nach Österreich zogen, schlug mein Vater vor, man solle die groben Stücke draußen lassen, der Transport koste mehr, als wenn man hier etwas Gebrauchtes kaufe. Aber inzwischen war das Bett meiner Mutter bereits heilig. Vielleicht war es ihr heilig, weil sie schwanger war. Sie war schwanger mit meiner Schwester.

Jedenfalls wurde das Schlafzimmer mitgeschleppt. Viermal sind meine Eltern umgezogen, bis sie schließlich nicht mehr mochten und eine Ruh gaben. Und immer wurde das Schlafzimmer mitgebuckelt. Irgendwann war es dann doppelt heilig, da war nämlich auch ich auf der Welt.

Immer wieder erzählte meine Mutter die Geschichte ihrer Schlafzimmereinrichtung, manchmal machte sie eine Farce daraus, manchmal ein Rührstück.

Und dann, als meine Eltern tot waren und wir ihre Wohnung auflösten – was hätte ich tun sollen? Ich hatte gar keine Wahl. Ich packte die Klötze zusammen und schleppte sie mit. Meine Frau und ich und die Kinder, wir sind insgesamt viermal umgezogen, und immer war das Schlafzimmer meiner Eltern dabei, und immer verstopfte es unsere Keller.

So, Herr Alfred, und jetzt sehen Sie mich an! Hose und Hände voll Dispersionsfarbe, voll Risse und Wunden. Was habe ich getan? Ich habe fünfzehn Jahre nach ihrem Tod das Ehebett meiner Eltern zersägt. Aber nicht, um es handlicher wegwerfen zu können, habe ich das getan. Nein. Ich mache zwei Stehlampen daraus. Das ist schwer zu erkären, ich weiß. Mein Plan ist kompliziert, es liegt nicht so ohne weiteres auf der Hand, wie mithilfe von Stichsäge und Dispersionsfarbe aus einem Doppelbett zwei Stehlampen werden. Aber glauben Sie mir, Herr Alfred, es werden, es werden!«

»Ich«, sagte er und seufzte und sah mich mit einem besiegten Lächeln an, »ich weiß ehrlich nicht mehr, was ich glauben soll.«

Ich entschied mich, Herrn Alfred für einen schlechten Schauspieler zu halten.

Der Wegbereiter

An manchen Tagen fügt sich alles zur Metapher. Das kann peinlich sein. Die schäbigsten Kleinigkeiten nehmen eine himmelragende Bedeutung an, und die eigene Person wird zum Statisten degradiert. Das eigene Leben wird nämlich zum Exemplarischen erhoben, und dass es dein Leben ist, dein eigenes Leben, dafür interessiert sich das Weltall, oder wer immer hinter der Realität die Fäden des Metaphysischen zieht, nicht. Alles wird zur Metapher – der Gulli meint das Bodenlose, die Fieberblase wird zum Wundmal, und deine Augenbrauen, vergrößert im Rasierspiegel, erinnern an Jesaja 40,6, nämlich dass *alles Fleisch wie Gras ist*.

Mein Freund, der langjährige, der liebste, er hatte in den nächsten Tagen Geburtstag, und er wollte meine Frau und mich zum Essen einladen.

»Den achtundvierzigsten möchte ich mit euch feiern«, sagte er.

Warum ausgerechnet den achtundvierzigsten, dachte ich. Mit wem feiert er seinen fünfzigsten Geburtstag, dachte ich, mit wem hat er den siebenundvierzigsten gefeiert.

Er und seine Familie wohnen nicht mehr in Wien, aber in Wien wollte er mit uns feiern. Ob ich so gut sein könnte, sprach seine Stimme am Telefon – *Ich hörte deine Stimme im Garten und fürchtete mich*, 1. Moses 3,10 –, da gebe es ein neues Restaurant in der Innenstadt, einen Italiener mit garantiert keiner Pizza auf der Speisekarte, von dem habe er bisher nur das Beste gehört, aber auf keines Menschen Urteil lege er so viel Wert wie auf meines, ob ich also so gut wäre, dieses Restaurant zu inspizieren und, falls es mir zusagte, gleich einen Tisch für vier Personen zu reservieren, die Kinder bleiben zu Hause, ob ich damit einverstanden sei.

War ich.

Ich schob es hinaus – heute Nachmittag mache ich mich auf den

Weg in die Innenstadt, morgen will ich gehen, das Wochenende lasse ich noch verstreichen … Ich war müde an den Tagen, fühlte mich wie ein Verräter, deinem Freund hast du es versprochen, er verlässt sich auf dich, er will verköstigt werden an seinem Geburtstag, du wirst lügen müssen – *Wie habt ihr das Eitle so lieb und die Lüge so gern!*, Psalm 4,3 –, aber ich brachte es nicht fertig.

Als ich ein Kind war, besaß ich ein blaues, kleines Fahrrad, das ich, würde mich einer gefragt haben, als meinen einzigen Besitz bezeichnet hätte, und damit meinte ich, nichts anderes lohne sich zu besitzen als dieses Ding.

Wieder werde ich müde, wenn ich daran denke. Das Fahrrad war eine Metapher. *Wenn die bunten Fahnen wehen, geht die Fahrt wohl übers Meer* – das war die Hymne meines Fahrrads. Insofern war es mehr ein Boot denn ein Fahrrad. Metaphern sind mitunter großzügig.

Dann eines Tages ließ ich es stehen, neben dem Weg ließ ich es stehen, fünfzig Meter von unserem Haus entfernt, als wäre ich in meinem Leben genug gefahren und wollte auch nicht mehr übers Meer.

Und ich sagte mir: Du musst es holen, es ist dein einziger Besitz! Und ich sagte zu mir: Am Nachmittag hole ich es, morgen hole ich es, nach dem Wochenende tue ich es bestimmt. Dann war es weg. Und endlich musste ich nicht mehr müde sein …

Dann ging ich also doch in die Stadt, fester Vorsatz, die kleine, überschaubare Bitte meines Freundes zu erfüllen. Bei dem Buchhändler am Graben kehrte ich ein und schlug, müde, wie ich war, ein Buch auf, ein philosophisches, wie ich heute vermute, weiß nicht mehr, wie es hieß, und las einen Satz und ging wieder.

Der Satz hatte sich aber in mein Gedächtnis gekrallt: *Kehren wir nun zur Schöpfung zurück.* Das war der Name des Satzes und zugleich seine ganze Existenz. Und gemeint war schlicht: Wenden wir uns einem anderen Thema zu, nämlich der Schöpfung. Das sagt sich so leicht. Worüber war denn vorher gesprochen worden? Die Frage ließ mich nicht los, solche Fragen lassen einen nicht los, und ich ging an der Abzweigung vorbei, die zu jenem neuen, großartigen Restaurant führte, auf dessen Speisekarte garantiert keine Pizza zu finden war.

Wenn wir zur Schöpfung zurückkehren, musste ich immer wieder denken, wo waren wir vorher gewesen? Gab es also außerhalb der Schöpfung etwas, und nur weil ich zu müde war, habe ich in diesem Buch nicht zurückgeblättert und gelesen?

Ich drehte um, drängte mich über den Stephansplatz – *Die Menge der Stadt spaltete sich*, Apostelgeschichte 14,4 –, betrat noch einmal die Buchhandlung am Graben. Aber das Buch fand ich nicht mehr, und wenn ich es gefunden hätte, ich hätte die Seite nicht gefunden.

Morgen, dachte ich, morgen werde ich meinem Freund den Weg zu seinem achtundvierzigsten Geburtstag bereiten, heute bin ich zu müde …

Übrigens: Ich habe mein kleines, blaues Fahrrad nie wiedergesehen. Meine Mutter schrieb mit einer Redisfeder und in ihrer schönsten Schrift eine Verlustanzeige auf ihr Büttenbriefpapier, das sie über den Krieg gerettet hatte, und ich sollte beim Gemischtwarenhändler fragen, ob wir den Bogen hinter die Glasscheibe seiner Tür hängen dürfen. Dort hing das Blatt, ein zu schwarzer Tusche erstarrter Ruf nach meinem Fahrrad, hing über den Sommer, bis in den Herbst …

»Was ist los mit dir?«, fragte Rita.

Sie stand neben mir, beugte sich zu mir nieder. Ich war an meinem Tisch im Kaffeehaus eingeschlafen, die Arme auf der Marmorplatte verschränkt, den Kopf über dem Ellbogen. Ein wenig Speichel war mir aus dem Mund geronnen. Ich wischte mir mit dem Ärmel meines Pullovers übers Gesicht.

»Ich habe geträumt«, sagte ich. »Vom Jüngsten Gericht habe ich geträumt.«

»Wo warst du?«, fragte sie. Der Schatten des Abends fiel über ihr Gesicht.

»Was meinst du, Rita?«

»Wo du beim Jüngsten Gericht warst, in welcher Abteilung.«

»Abteilung Verräter«, sagte ich.

Bevor Max kam, schlief ich abermals ein, und wieder träumte ich, und wieder log ich Rita an, es sei ein großer Traum gewesen – Geburt, Tod, Ewigkeit, Gericht, Abgrund, Weg ...

Der Termin

Der Mann war vielleicht jünger, als er aussah. Ich schätzte ihn auf vierzig. Er war groß, hatte kurzgeschorenes Haar, einen im Hinterkopf spitz zulaufenden Schädel. Um Wangen und Kinn zeigten sich schwarze Stoppeln. Es war noch früh am Abend. Er gehörte zu den Männern, die sich bisweilen zweimal am Tag rasieren. Als er sprach, verzog sich sein Mund zu einem Grinsen, das etwas Schäbiges hatte, so als wollte er mir zeigen, er wisse über mich Bescheid, sei aber verschwiegen genug, um sogar vor mir zu schweigen.

»Sie sind der Geschichtenerzähler«, sagte er, »der Schreiber, der im Kaffeehaus residiert.«

Ich sagte nichts.

Das Grinsen wurde breiter, und da wurde es ein Lächeln, ein höfliches Lächeln sogar. »Wollen Sie mir eine halbe Stunde zuhören?«, fragte der Mann. »Dafür schenke ich Ihnen eine Geschichte.«

Er setzte sich mir gegenüber, faltete die Hände auf der Marmorplatte des Tischchens. Ich ahnte, dass er mit der Ironie Schwierigkeiten hatte, dass er wahrscheinlich nur schüchtern war, dass dieses schäbige Grinsen schon lange angewöhnt, wahrscheinlich in seiner frühen Jugend gegen das schießende Wachstum aufgerichtet worden war.

»Seit nun fast eineinhalb Jahren«, begann er, »unterhalte ich ein Verhältnis mit der Frau eines hohen Beamten im Finanzministerium. Ich will Ihnen meinen Namen nicht nennen, ich bin überaus glücklich verheiratet, meine Frau arbeitet in einem Reisebüro. Sie haben keine Ahnung, wie schnell sie eine fremde Sprache im Kern erfasst, wir haben zwei Söhne, die sehr gut und zufriedenstellend sind, seit über zehn Jahren betreibe ich zusammen mit einem Kompagnon einen Laden mit schönen Dingen aus den Fünfzigerjahren.

Der Teufel wollte, dass ich an der Klippe stehe. Ich bin römisch-katholisch, und auch wenn Sie jetzt lachen, ich besuche jeden Sonntag die Kirche, und ich trauere dem alten Ritus nach.

Der Teufel hat mich an die Klippe geführt. Ich lernte diese Frau beim Geburtstagsfest ihres Mannes kennen. Er ist, wie gesagt, ein hoher Beamter, und er will, wie er sagt, bevor er fünfzig wird, den Sprung in die Politik tun. Diesem Ziel sollen dann eben auch breit angelegte Geburtstagsfeste dienen, verstehen Sie. Ich meine damit, dass er mich eingeladen hat, hing damit zusammen, dass er zwei amerikanische Stehlampen bei mir gekauft hat, mit denen er vor Kollegen Eindruck machen wollte. Er hat wenige Tage vor Weihnachten Geburtstag, das Fest fand im Bristol statt, und ich habe die Sache gesehen wie einen Geschäftstermin. Obwohl er ausdrücklich gesagt hatte, auch meine Frau sei eingeladen, ging ich allein hin. Ich wollte nur kurz bleiben. Hatte wenig Hoffnung auf Kundschaft.

Nur wichtige Leute waren da, die unwichtigsten waren ein Zauberer und ich, alle kannten einander, mich kannte niemand, und der Gastgeber stellte mich nicht vor, niemandem.

Aber ich, ich kannte jemanden, vom Sehen. Sie ist eine kleine, zierliche Frau, schwarz, schwarz die Haare, die Strümpfe, schwarz das Kostüm. Sie ist die Mutter eines Mitschülers eines meiner Söhne. Von einem Elternsprechtag her kannten wir uns. Da hatten wir uns unterhalten. Und nun unterhielten wir uns wieder. Aber anders.

Sie hasst ihren Mann. Sie sagte es mir. Da haben wir noch keine halbe Stunde miteinander gesprochen.

Ja, ja, es kann auch sein, dass ich sie fragte. Heute, da ich sie so gut kenne, kann ich nicht glauben, dass sie so ein Wort von sich aus gesagt hätte. Wenn ich unter Leuten bin, von denen ich mir nichts erwarte, die mich nicht einmal ansehen, für die ich ein Nichts bin, dann kann ich recht mutig werden, wissen Sie. So denke ich heute, ich habe sie gefragt.

Ich fragte: Hassen Sie Ihren Mann?

Weil ich glaube, dass schockierende Fragen auf Frauen anziehend wirken, jedenfalls unter bestimmten Bedingungen. Und diese bestimmten Bedingungen waren gegeben.

Sie sagte: Ja, ich hasse ihn.

Und das machte, dass ich schockiert war. Ich habe ja erwartet, dass sie lacht und sagt, solche Fragen seien frech, oder dass sie etwas in dieser Art sagt.

Wir haben uns verabredet. Für den folgenden Tag bereits, vormittags um zehn. In einem Café, hier in diesem Café, warum soll ich nicht genau sein. Sie war schon da, als ich kam, und ich kam zu früh, und sie hatte den Mantel anbehalten.

Gehen wir, sagte sie.

Wir gingen zu Fuß, zehn Minuten vielleicht. Es lag matschiger Schnee, und ich hatte Halbschuhe mit rissigen Ledersohlen an, und meine Füße waren nass und eisig. Ich fühlte mich gedemütigt, weil sie mir nicht sagte, wohin sie mich führte. Ich ging hinter ihr her. Es war, als wollte sie mir etwas zeigen, das ich angerichtet hatte.

Sie hat einen wunderbaren Gang, mir ist es unheimlich, wenn ich daran denke, wie sie geht. Wenn sie geht, wird ihre Gestalt von einer Entschlossenheit erfasst, die auf ein Ende zielt. Wissen Sie, was ich damit meine? Ich meine ein Ende von allem, was mir bisher lieb war. Die Gesichter meiner Buben fingen an, mir auf die Nerven zu gehen, diese feinen Gesichter, ich habe gesehen, wie sie in der Welt aufgewachsen sind.

Sie ging vor mir her und gab mir kein Lächeln, kein Wort, keine Geste, ging stracks wie zu einem kalten Termin.

Seit eineinhalb Jahren nun treffen wir uns in der Wohnung ihrer Freundin, vormittags, immer vormittags. Zweimal in der Woche. Kaffee ist heiß gemacht in der Thermoskanne. Ich habe die Freundin nie gesehen. Mein Termin, mein Termin ...«

War das bereits seine Geschichte?

»War das bereits Ihre Geschichte?«, fragte ich.

»Im Grunde ja«, sagte er.

»Und warum erzählen Sie mir das alles? Ausgerechnet mir?«
»Schreiben Sie die Geschichte. Schreiben Sie das nieder, und dann am Schluss, dann bitte schreiben Sie: Der Mann sagte, er will nicht mehr.«

Der Joghurtdrink

Rita hat sich gefangen, keine Frage, die Krise ist gemeistert.

Sie sagt: »Meine Krise ist gemeistert.« – Also, warum sollte ich es anders ausdrücken?

Sie ist siebenundvierzig, Beruf: Instruktorin in einem Fitnessstudio. Nennt man das so? Was tut sie dort eigentlich? Ihre Arbeitskleidung – ich ließ sie mir von ihr beschreiben – besteht aus einem schwarzen, irgendwie glitzernden, ganzteiligen Badeanzug, ferner aus weißen, ebenfalls irgendwie glitzernden Strumpfhosen und einem kragenlosen, langärmeligen, wiederum weißen, wiederum glitzernden Unterhemd, das sie unter dem Badeanzug trägt. Dazu hat sie Knieschoner, Ellbogenschoner und hohe, schaumgummi- und luftkissengepolsterte Turnschuhe, die, wie die Werbung sagt, keine Schuhe, sondern eine Maschine sind.

»Ist das denn alles notwendig?«, fragte ich sie.

»Es ist nicht notwendig«, sagte Rita. »Aber wenn du dem Menschen nur das Notwendige gibst, dann verkümmert er. Es ist besser, er darbt am Notwendigen als am Überflüssigen.«

Das gab mir zu denken! Solche Gedanken, dachte ich, solche Gedanken, in unserem Kaffeehaus ausgesprochen, in die nikotingelbe Luft hineingesprochen, hinauf zur nikotingelben Stuckdecke, das sind Perlen vor die Säue.

»Ich habe einen großen Respekt vor dir, Rita«, sagte ich.

»Das freut mich«, sagte sie. »Ich kann Respekt im Augenblick nämlich ziemlich gut brauchen.«

»Warum?«, fragte ich. »Ich dachte, deine Krise ist gemeistert?«

»Ich hatte heute Nachmittag einen Streit mit meiner Tochter«, erzählte sie, »und der Streit ist noch nicht geschlichtet. Sie ist mir noch nicht gut. Sie war schuld, aber ich habe erst ein Problem daraus gemacht.

Ich habe sie gefragt, ob sie mit mir einkaufen geht, und sie hat gesagt, ich soll ihr nicht böse sein, sie sei zu müde, sie habe den ganzen Mittag über in der Schule Mathematik gelernt, und ich weiß, das hat sie.

Ich habe ihr gesagt, sie soll nicht diese kurzen Pullover anziehen, und wenn sie es doch tut, dann soll sie wenigstens während der kalten Jahreszeit ein langes Unterhemd darunter anziehen, weil sie sich sonst die Nieren kaputtmacht, und die Nieren kann man nicht reparieren, und dass sie mir, wenn sie erwachsen ist, Vorwürfe machen wird und sagen wird, du, Mama, du hättest damals darauf aufpassen sollen, dass ich nicht mit freien Nieren herumlaufe, das wäre deine Pflicht als Mutter gewesen.

So habe ich mit ihr geredet, da war schon eine schlechte Stimmung.

Und dann habe ich es wiedergutmachen wollen und habe gesagt: Gut, dann gehe ich eben allein einkaufen, macht mir nichts. Was soll ich dir mitbringen?

Und sie sagt: Nichts, ich will nichts.

Und ich, weil ich meine Kleine ja kenne, ich sage: Ich weiß, dass du etwas willst, also sag es doch!

Aber sie sagt wieder: Nichts. Ich will nichts, okay?

Dieses Okay mit Fragezeichen dahinter, das eigentlich ein Rufzeichen ist, das kann mich verrückt machen. Aber ich habe nichts gesagt und bin gegangen.

Und ich habe ihr nichts mitgebracht. Ich dachte, gut, jetzt nehme ich sie einmal beim Wort. Für mich habe ich einen Joghurtdrink mitgenommen, Erdbeergeschmack, ich sterbe dafür, sozusagen. Janis mag ihn auch gern. Diesbezüglich sind wir völlig Mutter und Tochter. Aber sie hat gesagt, sie will nichts. Also habe ich für sie keinen Joghurtdrink mit Erdbeergeschmack mitgebracht.

Und dann: Ich schleppe die schweren Nylonsäcke die siebenundsiebzig Stufen hinauf, ich klingle an der Tür, ich muss zweimal klingeln, und dann muss ich Sturm klingeln, denn meine Tochter sitzt vor dem Fernseher und schaut sich einen Vorabendscheißdreck an.

Und dann: Sie macht auf, denkt nicht daran, mir eine Tasche abzunehmen, den Pullover knapp unter ihrem Busen, Bauch und Nieren sind frei, draußen hat es knapp acht Grad.

Ich sage nichts. Ich räume die Sachen in die Speisekammer und in den Eisschrank. Den Joghurtdrink lasse ich draußen, denn den will ich ja gleich trinken, das habe ich mir verdient. Denke ich jedenfalls.

Und dann: Das Telefon läutet.

Ich rufe: Bitte, Janis, geh du dran, es ist eh für dich!

Weil nämlich von zehn Anrufen neun für sie sind.

Und sie sagt: Es ist sicher nicht für mich, geh du dran. Gut, gehe ich dran. Und tatsächlich, es war das eine Mal von den zehn, wo ein Anruf für mich ist. Nichts Wichtiges, für mich gibt es keine wichtigen Anrufe. Wichtige Anrufe sind prinzipiell für meine Tochter.

Und dann: Als ich auflege, sehe ich, wie Janis auf dem Sofa fläzt, und was tut sie? Sie trinkt aus einem großen Glas meinen Erdbeerjoghurtdrink, und das Glas ist bis obenhin voll.

Ich weiß, in das Glas passt fast mein ganzer Joghurtdrink, und ich habe mich so sehr drauf gefreut, und ich habe Janis zweimal gefragt, ob sie etwas haben will.«

»Und dann?«, fragte ich Rita.

»Dann habe ich durchgedreht. Ich habe gebrüllt, dass mir bis jetzt noch die Lungen wehtun. Ich glaube, ich habe mich innerlich irgendwie verletzt. Ich habe gesehen – gehört habe ich nichts mehr –, ich habe gesehen, wie Janis den Mund aufgemacht hat und etwas gesagt hat, und ihr Mund hat wütend und protestierend ausgesehen, und da habe ich noch lauter geschrien, ich habe gar nicht mehr aufgehört, ich dachte, jetzt schreie ich so lange und so laut, bis ich in Janis' Gesicht das blanke Entsetzen sehe, bis sie sich denkt, so, jetzt ist ihre Mutter verrückt geworden. Das wird ihr Respekt vor mir einjagen, dachte ich.

Dann ist Janis in ihr Zimmer gerannt. Und ihr Schritt war panisch. Das habe ich also geschafft.

Und dann: Dann hatte ich ein schlechtes Gewissen. Bis jetzt habe ich ein schlechtes Gewissen. Ich habe ihr den Vater weggenommen, weil ich mich scheiden ließ, und nun zertrümmere ich ihr Selbstbewusstsein. Was soll ich machen?«

Ruhe

Wovon ich vergessen habe zu erzählen: Wernhofers Beerdigung!

Ich war im Mantel, dem mit dem Fischgrätenmuster, keinen älteren besitze ich. Max kam, stieg über die Ausläufer des Erdhaufens, neigte sich zu mir, flüsterte in mein Ohr: Wo denn die anderen seien.

»Ach«, flüsterte ich zurück, »das musst du verstehen, Max. Herr Pietzsch geht seit dem Tod seiner Frau prinzipiell nicht mehr auf Friedhöfe. Caligula sagt, er bewege sich schon seit Jahrzehnten so nahe am Tod, dass für seine Person der Besuch einer Beerdigung blanker Zynismus wäre. Rita hat Angst, dass sie hysterisch wird, Birgitta ist in New York, Medi Winter kommt nicht wegen Jetti Lenobel, Jetti kommt nicht wegen Medi, und Herr Alfred hat ausgerechnet heute seinen freien Tag.«

So waren Max und ich die Einzigen aus dem Kaffeehaus, die auf Wernhofers Beerdigung waren.

Bei elend eiskalter Luft brannte die Sonne in mein Auge und trieb bunte Ringe in meinem Kopf auf, die einen himmelblauen Kern umkreisten.

Übelkeit befiel mich. Ich beobachtete den Geistlichen, wie er immer wieder ein Gähnen unterdrückte, dabei die Lippen über die Zähne zog und in die Mundhöhle kehrte. Er sah aus wie unser Bundespräsident. Ich wollte Max darauf aufmerksam machen, aber das Flüstern hätte Anstrengung gekostet, und mir wäre noch mehr schlecht geworden, dann hätte ich nicht weiter stehen können.

Ich schloss ein paarmal die Augen, drückte sie fest zu, ließ es geschehen, dass mir die Geschichte von dem Soldaten einfiel, der im Stehen eingeschlafen war, so fest, dass er nicht einmal seine Aburteilung mitgekriegt hatte, angeblich ... Und dann waren alle fort.

»So schnell?«, fragte ich.

»So schnell«, sagte Max.

»Mir ist schlecht«, sagte ich.
»Setz dich«, sagte Max, »deine Stirn sieht aus wie ein Grabstein.«
»Ich habe nicht einmal für ihn gebetet«, sagte ich. »Ich habe es versäumt.«

Wir setzten uns neben einem alten Grab auf eine bemooste Mauer, und Max erzählte mir, wie er Wernhofer kennengelernt hatte.

»Ich habe ihn gar nicht richtig gekannt, wenn ich ehrlich bin«, sagte ich. »Ich weiß bis heute nicht, was er von Beruf war.«

Sie haben sich in Amerika kennengelernt, Max und Wernhofer. Als Austauschstudenten waren sie zufällig in derselben Stadt gewesen. Schon im Flugzeug seien sie nebeneinander gesessen. Aber sie hätten nicht miteinander gesprochen, nicht ein Wort. Max habe sich gedacht, was ist denn das für einer, so ein Großer und schaut die ganze Zeit nur aus dem Fenster, obwohl außer Wolken nichts zu sehen ist. Und Wernhofer dachte sich – das habe er später Max erzählt –, was ist denn das für einer, sitzt da, hat die ganze Zeit seine Jacke an und seine Mütze auf, obwohl es bullenheiß im Flugzeug ist, isst nichts, trinkt nichts, schaut nicht zum Fenster hinaus, liest nichts.

In Cincinnati seien sie von einem lächelnden, zierlichen Mann abgeholt worden.

»Na«, habe der in fabelhaftem Hochdeutsch gesagt, »ihr beiden werdet euch für ein halbes Jahr ein Zimmer teilen, und wie ich sehe, habt ihr euch noch nicht einmal bekanntgemacht. Da denkt man, in Amerika seien alle Europäer Brüder, und ihr beide, ihr hockt acht Stunden im Flugzeug nebeneinander und redet kein Wort miteinander?«

Da schämten sie sich. Und bevor sie beide, Max und Wernhofer, dem fremden Mann, der in Cincinnati am Flughafen vor ihnen stand und mit seinen Zeigefingern auf sie deutete, als wären es Revolver, bevor sie ihm die Hand gaben, gaben sie sich gegenseitig die Hand und schüttelten sich die Hand und entschuldigten sich voreinander und sagten sich: »Wir wollen uns das auf jeden Fall eine Lehre sein lassen!«

»So«, sagte der Mann, »nun dürft ihr auch mir die Hand geben.« Und er stellte sich vor. Er sagte: »Seht mich an! An mir ist alles falsch. Ich heiße Roberto Di Donato, trotzdem bin ich Amerikaner, wenn auch italienischer Abstammung, dafür aber unterrichte ich Deutsch, und zwar an der Miami-Universität, aber nicht in Florida, sondern in Oxford, aber nicht in England, sondern in Ohio, außerdem bin ich homosexuell.«

Viele Abende hatten sie im Haus von Bob Di Donato verbracht.

»Ich freue mich«, sagte er jedes Mal. »Ich freue mich, dass ihr beide mich besuchen kommt. Und weil ich mich überhaupt nicht für euch interessiere, weil ihr weder homosexuell seid noch Amerikaner, weder aus Oxford stammt noch Lehrer seid, darum geniere ich mich vor euch auch nicht. Ihr seid wie zwei Fernseher.«

Und dieser Bob Di Donato, so erzählte Max nach der Beerdigung von Wernhofer, als wir auf der Mauer saßen, dieser Bob Di Donato habe ihnen seine Geheimnisse preisgegeben.

»Was denn so zum Beispiel?«, fragte ich.

»Ach, nichts Besonderes«, sagte Max. »Dass es nichts gäbe, was ihn mehr errege als ein zarter Flaum auf einem Männerhintern. Oder dass er die Songs von Bob Dylan höher schätze als jede Oper. Lächerliches Leben, eigentlich.«

Wernhofer aber habe diesen Bob Di Donato verehrt.

»Und je banaler sich dieser Mann gab, je mehr wir über ihn wussten, je weniger es war, was es da überhaupt zu wissen gab, desto mehr verehrte er ihn.«

»Ich bin ein elend seichter Mensch«, sagte Bob Di Donato. »Ich habe gar nichts, keine Tiefe, keinen Humor, keinen Witz, keine magischen Kreise, keine besondere Intelligenz, keine Bildung, kein Geld und keine schönen Muskeln an den Oberarmen, keine blinkenden Zähne, nichts, nicht einmal eine turbulente Familiengeschichte.«

Oft hatten sie später noch über diesen Mann gesprochen, erzählte Max. Wernhofer habe gesagt, er habe nie in seinem Leben einen Menschen mehr verehrt als Bob Di Donato.

»Und warum, bitte, habe ich ihn gefragt«, sagte Max, »warum ausgerechnet ihn?«

»Und was hat Wernhofer darauf geantwortet?«

Wernhofer habe seine Lippen gekräuselt, so dass einer, der ihn nicht kannte, meinen konnte, er sei ein ironischer Mensch, und dann habe er gesagt: »Zum Beispiel seine Sessel, die waren sehr angenehm für mich, besonders der gelbe.«

Der nackte Mann

Dann war wieder Mai, und es hielt mich nicht mehr in der Stadt, und ich fuhr am Wochenende nach Hause, damit meine ich, aufs Land, wo ich aufgewachsen bin. Setzte mich auf mein Jugendfahrrad, das geölt gehörte und keine Klingel hatte und als Bremse nur den Rücktritt, und so fuhr ich, alte Lieder im Kopf, hinunter zum Rhein, an die Grenze zur Schweiz. Der Duft der Berberitzen vor unserem Haus war mir in die Nase gestiegen, als ich das Rad aus der Garage geholt hatte, und dieser schwere, süße Geruch hatte eine Absurdität bewirkt, nämlich dass ich Sehnsucht bekam nach ebendiesem Geruch und die Sehnsucht größer wurde in dem Maße, wie ich sie befriedigte, und als ich die alten Wege und die weite Sicht auf die Schweizer Berge und die Drei Schwestern wieder vor mir hatte, wurde mir wehmütig um die Berge und die Wege. Ja, jetzt, da alles, was vor wenigen Stunden noch Erinnerung gewesen, sich leibhaftig vor mir ausbreitete, da versank ich in Melancholie, als hätte ich dies alles für immer verloren.

Beim Alten Rhein, wo die Baggerseen hinter Weiden und Pappeln liegen, stieg ich vom Rad und blickte aufs Wasser. Eine Amsel legte ihr Thema über alle anderen Geräusche, und es war ein klares, einfaches Thema aus vier Tönen, das sie in zwitschernde Improvisation bettete. Ein Stinkkäfer landete auf meiner Wange. Ich zerdrückte ihn und roch an meinen Fingern. Überall war Erinnerung.

Es war kein Jahr her, da hatte ich hier an ebendieser Stelle zwei alte Männer beobachtet, die einen Vogel von einem Fischerhaken befreiten, und nun, als ich wieder aufblickte, sah ich einen der beiden drüben am anderen Ufer stehen, gute dreißig Meter von mir entfernt. Es war der mit dem weißen Haarkranz, dessen Rücken ein wenig gebeugt war. Bis zu den Waden stand er im Wasser, und er war nackt.

Ich zog die Schuhe und die Strümpfe aus, setzte mich ans Ufer, wollte wenigstens die Füße ins Wasser stellen, aber das Wasser war mir viel zu kalt. Wie hält der das aus, der Alte? Er ging sogar noch weiter hinein, nun stand ihm das Wasser bis an die Brust.

»He«, rief ich, »wie halten Sie das aus? Ich kann nicht einmal die Füße hineinstellen!«

Er reagierte nicht. Er schwamm. War er taub? Ich erinnerte mich, dass ich vor einem Jahr mit ihm gesprochen hatte, dass er mir geantwortet hatte. War er in diesem Jahr taub geworden? »He!«, rief ich noch einmal. Ich winkte ihm zu. Er reagierte nicht.

Nun tauchte er. Erst sah ich eine kleine Bugwelle vor seiner Stirn, dann schlug er mit den Füßen, dann nichts. Das Wasser wurde glatt. – Nichts.

Was machst du denn, alter Mann, dachte ich. Willst du angeben vor mir? Willst du mir Angst machen? Was lädst du mir da auf? Was soll ich denn jetzt tun, ha? Soll ich abwarten, einfach warten? Oder soll ich aufspringen, Jacke und Hose von mir werfen und ins Wasser hechten, um dich unvernünftigen Trottel zu retten? Soll ich pfeifen wie die Vögel, denen es einerlei ist, ob du dir im eisigen Wasser einen Krampf holst und nicht mehr an die Oberfläche kommst, oder ob du dir einen Herzkasper holst dort unten, wo nichts zu sehen ist ohne Taucherbrille? Was soll ich tun? Soll ich mich aufs Fahrrad setzen und davonfahren? Was glaubst du wohl, du idiotischer Naturapostel, wie schnell ich dich vergessen hätte!

Da tauchte er wieder auf. Gab kein Geräusch von sich. Prustete nicht, blies nicht ins Wasser oder japste nach Luft, rief nicht Ah! oder Oh!, wie es jeder andere getan hätte, der so lange unter Wasser gewesen war. Ruhig schwamm er weiter auf mich zu.

Ich zog die Strümpfe über meine nassen, klammen Füße, schlüpfte in die Schuhe, erhob mich, wischte mir den Schmutz vom Hosenboden und blickte auf den hellen Kopf des Mannes, der da auf mich zutrieb. Was willst du von mir, dachte ich. Willst du mich zu dir ins Wasser ziehen? Willst du mir irgendetwas erzählen? Dass dein Weg der richtige ist? Dass du dich schon vor Jahren von Frau und Kindern abgesetzt hast? Willst du mich auffordern, dass ich dein Alter schätzen soll? Willst du, dass ich staune, weil du ein mächtiges Stück älter bist, als ich schätzen würde?

Als wir uns in den Augen hatten, lächelte ich und nickte. Und er lächelte und nickte zurück.

»Ist es schon sechs?«, fragte er, als er aus dem Wasser stieg.

»Nein«, sagte ich, »nicht einmal fünf.«

Er stand vor mir in seiner greisenhaften Blöße, genierte sich nicht für seine Nacktheit, kratzte sich am Hintern, kratzte sich am Hodensack. Das Wasser rann an ihm herab, zog die Haare an seinen Beinen und an seinem Bauch zu schwarzen Strähnen zusammen. Hinter den Rippen sah ich sein Herz pochen. Dann drehte er sich zur Seite und schlug an einem Baumstamm sein Wasser ab. Schüttelte sein Glied, als ob die paar Tropfen Urin eine Rolle spielten.

Wie bist du hierhergekommen, alter Mann, dachte ich.

Ich hatte oben am Weg kein Auto gesehen, kein Motorrad, kein Fahrrad war hier. Bist du zu Fuß gekommen? Wo sind deine Kleider?

»Mir wäre es zu kalt«, sagte ich.

»Es ist kalt«, sagte er.

»Saukalt«, sagte ich.

»War schon kälter«, sagte er.

»Letztes Jahr waren Sie mit einem Freund hier«, sagte ich.

»Ich bin jeden Tag da«, sagte er. Dann ging er ins Wasser zurück, langsam, breitete die Arme aus, noch ehe sie die Wasseroberfläche berührten, und schwamm, schwamm langsam, stetig, als würde er gezogen, schwamm zurück zum anderen Ufer.

Der traurige Blick
in die Weite

Unterhaltungen in der Küche:
Über das Singen und das Messen

Das Lied *Oh Haupt voll Blut und Wunden* habe ich nicht in einer Kirche zum ersten Mal gehört, sondern zu Hause in unserer Küche. Als ich es später zur Osterzeit in der Kirche hörte, war ich verwundert darüber, dass es in der Hochgestimmtheit eines Gottesdienstes überhaupt einen Platz haben durfte.

Oh Haupt voll Blut und Wunden kannte ich von meiner Großmutter, und ich dachte, dieses Lied sei so eine Art Zeitmesser, denn wenn meine Großmutter zum Beispiel Eier hart kochte, dann sang sie fünf Strophen davon. Genauer: Sie sang fünfmal die erste Strophe, denn meine Großmutter konnte das Lied in einem so exakt immer gleichen Tempo singen, dass die Strophe genau eine Minute dauerte, und die Eier sollten fünf Minuten im siedenden Wasser liegen. Langsam und getragen sang sie das Lied, ich beobachtete sie dabei, und mir schien, als hielte sie singend Zwiesprache mit dem Herd.

Mein Vater nannte sie einen abergläubischen Menschen. Und das war sie wohl auch. Kein Ding in der Welt war für sie seelenlos, der Herd in der Küche schon gar nicht. Mit allem stand sie in einem erzählerischen Austausch.

Von meiner Großmutter habe ich erfahren, dass man Worte nicht nur sagen, sondern auch singen kann – zu welchem Zweck auch immer. Ansonsten war sie ein durch und durch unmusikalischer Mensch. Sie teilte Musik in zwei Kategorien ein, in »Gelüddel« und in »Krach«. Ersteres bezeichnete Klaviermusik im Allgemeinen, zweiteres alle übrige Musik. Dass Musik außer als Zeitmesser auch für sich einen Wert haben könnte, dieser Gedanke ist ihr gewiss nie gekommen.

Bei meinem Vater konnte es geschehen, dass er, während ein klassisches Konzert im Radio lief, ausrief: »Der göttliche Mozart!« oder: »Der himmlische Beethoven!« Das war meiner Großmutter peinlich. Bei den großen und ernsten Dingen redete sie nicht mit.

Es war ihr peinlich, wenn jemand das Wort Gott aussprach. Dabei glaubte sie fest an den Allerhöchsten. Nur über ihn reden wollte sie nicht, und das Lied, in dem die Folter am Gottessohn besungen wird, verwendete sie als Messinstrument beim Teigrühren, beim Fleischanbraten, beim Eierkochen oder beim Versteckspielen, wenn sie sich eine Minute lang die Hände vor die Augen drückte und meine Schwester und ich uns unter die Kellertreppe verkrochen.

Über Unsterblichkeit, Ewigkeit, Göttlichkeit und all diese ernsten katholischen Wunder sollte man, ihrer Meinung nach, nicht reden, über dieses jenseits der Zeit Liegende, in alle Zukunft Reichende. Warum sie als Ersatzuhr ausgerechnet *Oh Haupt voll Blut und Wunden* ausgewählt hatte, darüber kann ich nur spekulieren.

Es ist eine wunderbare Widersprüchlichkeit, dass Musik wie keine andere Kunst einerseits die Zeit strukturiert und so für uns begreifbar macht, auf der anderen Seite aber in der Lage ist, die Zeit aufzuheben, der Zeit und ihrer Bedingtheit eine Ahnung von Ewigkeit entgegenzusetzen. Meine Großmutter hatte ein metaphysisches Problem, nämlich die Zeit. Genauer: die Vergänglichkeit. Genauer: die Veränderlichkeit der Welt in der Zeit. Die Zukunft ignorierte sie. Die Vergangenheit sortierte sie – das Gute ins Töpfchen und aufgehoben in der Allgegenwart der Erinnerung, die in ihren Erzählungen so unvergleichlich Substanz gewann; das Schlechte ins Kröpfchen und hinuntergeschluckt – nicht ins Vergessen, nein, sondern in den dunklen Gärgrund, den Freud das Unbewusste nannte, wo die Träume, die Ängste, die Fantastereien wurzeln. Die Gegenwart aber – niemand weiß, was das ist –, die Gegenwart war ein Traumzustand für meine Großmutter, den sie nach Maßgabe eines Kirchenliedes in den Griff zu bekommen suchte, des schönsten Kirchenliedes freilich, das wir haben.

Auch mein Vater erzählte. Aber seine Erzählungen traten nie mit dem Anspruch des Erlebten auf. Er erzählte Geschichte, und mir war immer klar, das geht uns eigentlich nichts an, das ist erstens vorbei und zweitens ganz anderen Leuten zugestoßen, und wenn es mich trotzdem interessierte, dann doch nur, weil ich meinem Vater gern zuhörte, er hätte alles Mögliche erzählen können, ich hätte ihm immer gern zugehört.

Solches Erzählverhalten verachtete meine Großmutter. Sie lebte ihr Leben nach dem Motto »Was nicht Meines ist, geht mich nichts an«. – Vieles machte sie zu Ihrem. Den Untergang Deutschlands nahm sie persönlich.

Mein Vater war Historiker, seine Profession pochte auf die These, dass Vergangenes vergangen sei, dass es dargestellt und analysiert, aber gewiss nicht beschworen werden könne wie ein Geist aus der Flasche. Er sprach von der Geschichte als von einem Lehrbuch und durchstreifte das weite Feld der Vergangenheit auf der Suche nach pädagogisch Verwertbarem wie ein Schnäppchenjäger einen Flohmarkt. Er nahm seinen achtjährigen Sohn bei der Hand, ging mit ihm zu einer Baustelle der Österreichischen Bundesbahn, erzählte von Karl dem Großen, wies zwischendurch auf die Planierraupen und sagte: »Hier sind meine Steuern am Werk«, und war wohl überzeugt, je mehr der Mensch in Zukunft auch über Karl den Großen wisse, desto sinnvoller werden seine Steuern verwendet.

Meine Großmutter erzählte Geschichten, und das hieß, sie kümmerte sich im Grunde nicht um die Zeit, leugnete Vergehen und Vergangensein, verließ sich darauf, die Erinnerung jederzeit in der Erzählung lebendig machen zu können. Sie kämpfte wie Don Quixote einen Kampf, von dem sie wusste, dass er verloren war, bevor er begann.

Erst als meine Großmutter schon längst gestorben war, kam mir der Gedanke, dass ihr die Gegenwart fremd war, ein bedrohlicher Zustand, bedrohlich deshalb, weil die Gegenwart, die als einzige Realität beanspruchen kann – die Vergangenheit ist nicht mehr, die Zukunft ist noch nicht –, Vergangenheit und Zukunft in den Bereich des Märchenhaften, des Nicht-Wirklichen abdrängte. Das war für die Lebens- und Weltsicht meiner Großmutter eine Gefahr. Denn sie war ein Leben lang fest im Glauben gewesen, das Geträumte, das Gewünschte, ebenso wie das Fantasierte, das Märchen-, Sagen-, Mythenhafte, könne denselben Anspruch auf Wahrhaftigkeit erheben wie alles, was sich angreifen lässt.

Die letzten dreißig Jahre ihres Lebens befand sich meine Großmutter im Traumzustand einer vergangenheitslosen, zukunftslosen Gegenwart, ein Zustand, der besser als Alptraum zu beschreiben ist. Jedes Staunen in der Fremde wäre ihr als ein Verrat an ihren Erinnerungen erschienen. Das Land, in dem sie sich seit Ende des Krieges aufhielt – sie hätte sich verbeten zu sagen, sie lebe hier, nicht einmal das Wort wohnen hätte sie durchgehen lassen –, dieses Land, Österreich, hatte sie in der Vorkriegs- und Kriegszeit nur aus Reklamebroschüren gekannt, als ein Land, in dem man sogar im Winter braun werden konnte. Sie war aus Deutschland gekommen, aus Coburg in Oberfranken, war ihrer Tochter, meiner Mutter, zu Hilfe geeilt in die Wüste, denn als Wüstenei hatte sie sich das westliche Österreich, dieses Vorarlberg, vorgestellt – Vorarlberg eine letzte Station vor der Wüste. Was aus Deutschland geworden war, dieser künstlichen, weil vom Menschen angerichteten Wüste – im Gegensatz zu der natürlichen, gleichsam naturwüchsigen Wüste Westösterreichs –, nein, dieses zerstörte Land über der nahen Grenze hatte für meine Großmutter nichts mehr mit Deutschland zu tun! Die Anmaßung jener, die es wieder mit demselben Namen belegten wie vorher, diese ungeheuerliche Anmaßung dieser regierenden Menschen, die behaupteten, es gehe weiter, müsse weitergehen, die von einer Stunde null sprachen, diese grauenhafte Verneinung ihrer Vergangenheit machte meiner Großmutter schwer zu schaffen, und sie legte sich einen starren Blick zu, wie man ihn bekommt angesichts des Todes. Sie, die niemals auch nur eine Sekunde mit den Nazis auch nur geliebäugelt hatte, die nicht einmal, auch nicht als Adolf Hitler persönlich sein und ihr geliebtes Coburg besuchte, »Heil Hitler« gesagt, geschweige denn gerufen hatte, die allezeit dem bestialischen Jubel die Stirn ihrer märchenhaften Vernunft geboten hatte, sie lehnte dieses Nachkriegsdeutschland von der ersten Minute an ab, diese deutschen Besatzungszonen, diese

Ost- und Westdeutschländer, diese Bundes- und Deutsche Demokratische Republiken. Lauter Stützen, sagte sie, Geklebtes, Geleimtes, Geliehenes.

»Wenn etwas untergegangen ist, soll man es zugeben«, sagte sie. »Und wenn ein Kind gestorben ist, dann soll man dem nächsten Kind nicht den Namen des toten geben.«

Krieg und Nationalsozialismus hatten die Verbindung von der Gegenwart zur Vergangenheit gekappt. Und obwohl meine Großmutter der traurigen Ansicht war, dieser Riss sei nicht mehr zu flicken, versuchte sie es doch. Denn wenn die Kontinuität der Zeit zerstört ist, dann lässt sich die Zeit nicht mehr messen. Was wäre, wenn man ihr das Lied genommen hätte, mit dem sie in der Küche die kleinen Zeiteinheiten maß? Sie hätte nicht mehr kochen können. Gegen die Geschichte versuchte sie, winzig und tapfer, die Kontinuität der Zeit zu wahren – indem sie Geschichten erzählte. Ihre Erzählungen waren, so vermute ich heute, ihr verzweifelter Zeitmesser in einer aus den Fugen von Vergangenheit und Zukunft geratenen Gegenwart.

In jedem Augenblick wird Zukunft hinter uns gebracht, wird Vergangenheit erzeugt, gleichsam abgefressen von der Zukunft, die es eigentlich ebenso wenig gibt wie ihren Widerpart, die Vergangenheit. Zwischen Zukunft und Vergangenheit, den Antagonisten in dem Drama Zeit, befindet sich ein Punkt, ein ausdehnungsloses Etwas, das wir Gegenwart nennen. Auf diesem Punkt steht der Erzähler, und er fuchtelt mit Armen und Beinen, mit Grimassen und Lautstärke, mit Erinnern und Fantasieren. In unserem Empfinden dehnt sich dieser Punkt zur sinnlich wahrnehmbaren Welt. In Wahrheit liefert uns die Gegenwart einen sehr zweifelhaften, Geschick und Gleichgewichtssinn erfordernden Standpunkt.

Unsere Küche in Vorarlberg ließ sich durch Zuziehen der Vorhänge in Coburg denken. Meine Großmutter sagte: »Tun wir so, als ob wir in Coburg wären!« Sie klemmte die Kaffeemühle zwischen ihre Knie, drehte die Kurbel und sang dreimal die erste Strophe von *Oh Haupt voll Blut und Wunden*. Es war ein Ritual. Ein Ritus eigentlich. Eine symbolische Handlung. Eine profane Eucharistiefeier. Aber eigentlich hieß dieses Tun-wir-so-als-ob-wir-in-Coburg-wären etwas anderes. Nicht eine Räumlichkeit sollte imaginiert werden. Es ging ihr um die Zeit. Die Zeit zwingt uns all ihre Bedingungen auf, und diese Bedingungen werden zu unseren Bedingtheiten. *Tun wir so, als ob wir vor dem Krieg lebten.* Das war damit gemeint.

Kaffee und Kuchen am Nachmittag waren ein Stück Vor-Krieg, ein Stück vor der Katastrophe. Als hätte Marianne nicht diese Nachricht über Karl bekommen, der völlig unnötigerweise, man stelle sich das vor, noch in den letzten Monaten, nachdem er sich doch erst vom Typhus erholt hatte ...

Meine Großmutter brachte es fertig, dass es in unserer Küche in Vorarlberg genauso roch wie in ihrer ehemaligen Küche in Coburg. Das ist belegt. Ihre Nichte kam einmal auf Besuch zu uns. Das Erste, was sie sagte, war: »Hier riecht es wie bei euch vor dem Krieg.« Da war meine Großmutter so stolz, als ob ihr ein Orden verliehen worden wäre.

»Schau nicht immer nur zurück«, sagte meine Mutter zu meiner Großmutter. Sie meinte es gut. Sie sah ja, wie die Erinnerungen das alte Herz bedrängten und älter machten. »Schau nicht immer nur zurück!«

»Ja, wohin soll ich denn schauen? Nach vorne? Da seh ich doch nichts!«

Aber auch meine Mutter konnte ja nicht anders als zurückzuschauen. Auch sie erzählte.

So saßen die beiden Frauen in unserer Küche, an jedem Nachmittag, und erzählten sich die Welt ins Lot. Und wollten erzählt bekommen. Waren auch gute Zuhörer, die beiden. Jeder, der Kummer hatte oder keinen Kummer hatte, durfte den Pfeil abschießen auf den Drachen ...

In Wahrheit kann der Mensch nicht nach vorne schauen. Er tut nur so, als ob er es könnte. Unterscheidet er sich von der naturbelassenen Kreatur dadurch, dass er das Futurum kennt? Erst die Vorstellung einer Zukunft, sagen manche Sprachphilosophen, zwinge uns, die Sprache zu erfinden. Sprache sei nämlich zuvorderst dazu da, das Unaussprechliche zu sagen. Ein schöner Gedanke, gerade wegen seiner Paradoxie!

Aber die Würde des Menschen liegt nicht in der Zukunft.
»Schau nicht dauernd nur nach hinten!«
»Wohin denn sonst?«
Ja, wohin denn sonst. Ihr verlangt, dass ich meine Würde, Schöpfer der Geschichte zu sein, preisgebe und ein ungeschichtliches, uneigentliches Dasein, bar jedes menschlichen Inhalts, lebe!

Sie lebte sechzehn Jahre in Vorarlberg, weigerte sich standhaft, auch nur ein Wort unseres Dialektes zu verstehen, geschweige denn auszusprechen, erfand sogar eigene Worte, wenn sich die fremde Sprache mangels hochdeutscher Ausdrücke nur schwer umgehen ließ. Zu den von ihr widerwillig geliebten Topfentascherln sagte sie *Quarkballen*. Das führte zu einem kleinen, verbissenen Wettziehen zwischen ihr und der Konditorsfrau, das meine Großmutter schließlich gewann. Seither war sie in der Konditorei begrüßt worden mit: »Darf es wieder eine Quarkballe sein, Frau Könner?« – Die Ummurksung in »die Balle«, wo es doch »der Ballen« heißen musste, ließ sie durchgehen.

Später begann sie freundlicher zu werden. Sie grüßte die Leute auf der Straße, unterhielt sich sogar mit ihnen, redete mit Ungezwungenheit in ihrem fränkischen Dialekt. Vielleicht war es der rohe, herrische Instinkt der Selbsterhaltung, der sie schließlich vor der Gegenwart kapitulieren ließ. Der Krieg war so unverständlich wie möglich gewesen. Der Nachkrieg war ganz und gar unmöglich, eine Schimäre. Was wird, wenn ich erwache? Ich glaube, dies war ihr ständiger Kummer.

Wenn meine Großmutter vom Unglück oder vom Tod früherer Freunde erfuhr, löste das zunächst Misstrauen und Ekel in ihr aus und erst später Betroffenheit und Mitleid. Mit einem starren Unterton der Entrüstung erzählte sie die schlechte Nachricht weiter, als wären die Unglücklichen, die Gestorbenen schuld an Schicksal und Ende, als hätten sie meiner Großmutter absichtlich Kummer bringen wollen. Als hätten jene mit ihrem Tod meiner Großmutter ein Stück ihrer Vergangenheit gestohlen. Mutwillig. Egoistisch. Unberechtigt.

In wenigen Jahren, es war Mitte der Sechzigerjahre, starben fast alle ihre früheren Bekannten aus Coburg weg. Von da an zeichnete sich eine allmähliche Veränderung ab. Meine Großmutter begann, wie gesagt, umgänglicher zu werden. Ich sah darin ein Zeichen der Resignation. Sie hatte dem Bild trotziger Vereinsamung ein wenig Farbe gegeben. Ganz verließ sie dieser Trotz, der übrigens nie Verbitterung gewesen war, bis zu ihrem Tod nicht. Aber sie verstand es, ihm eine harlekinhafte Note zu geben.

Sochiti Loch und Kogolkin Pach

Es war, weil es nicht war, nämlich die komplizierte Geschichte von Sochiti Loch und Kogolkin Pach.

Übrigens: Die beiden hatten je zwei Frauen. Mit einer waren sie verheiratet, und dann hatten sie noch jeder eine Geliebte. Weil aber die Geliebte von Sochiti Loch und Kogolkin Pach ein und dieselbe Person war, spielen nur drei Frauen eine Rolle in dieser Geschichte.

Übrigens: Die Geliebte hieß Marita.

Sochiti Loch und Kogolkin Pach kannten sich nicht, sie hatten sich noch nie gesehen. Denn Marita richtete es so ein: Der eine kam am Morgen, der andere kam in der Nacht. Und zu jedem von beiden sagte sie: »Hör zu! Wenn du nicht bei mir bleiben willst, dann kannst du jederzeit kommen. Wenn du aber eines Tages kommst und sagst, du willst bleiben, dann schmeiß ich dich raus!«

Übrigens: Sochiti Loch und Kogolkin Pach werden auch die Feiglinge genannt. Warum? Ich will es erzählen.

Sochiti Loch und Kogolkin Pach waren durch und durch verschieden. Sochiti Loch war klein und zart, Kogolkin Pach war groß und stark. Sochiti Loch liebte es, mit Marita bei Tageslicht, am liebsten am frühen Morgen zu schlafen, während Kogolkin Pach es nur bei Dunkelheit wollte. Sochiti Loch aß kein Fleisch, Kogolkin Pach aß nur Fleisch. Sochiti Loch liebte es, wenn Marita geschminkt und geschmückt war, Kogolkin Pach wollte sie ganz natürlich haben.

Ein Versteckspiel veranstaltete Marita mit den beiden, und eine Zeitlang ging das gut. Aber dann wurde sie nachlässig. Da gab sie Sochiti Loch Fleisch zu essen, und sie schminkte und schmückte sich vor Kogolkin Pach. Und da zeigt sich nun, dass die beiden feig waren. Zwar wollte weder Sochiti Loch Fleisch essen, noch wollte Kogolkin Pach seine Geliebte geschminkt und geschmückt sehen, aber sie trauten sich nicht, etwas zu sagen. Jeder von beiden dachte bei sich: Dann schmeißt sie mich raus.

Und bald war es so, dass das Fleisch Sochiti Loch zu schmecken begann, und bald war es so, dass es Kogolkin Pach gefiel, wenn sich Marita schminkte und schmückte. Und der eine fand es nun durchaus angenehm, auch am Tag mit ihr zu schlafen, und der andere hatte nichts dagegen, es auch in der Nacht bei Dunkelheit zu tun. – Sie gerieten durcheinander.

Auch zu Hause gerieten sie durcheinander. Sie benahmen sich anders. Sochiti Loch aß nun auch zu Hause Fleisch, und Kogolkin Pach wünschte sich ausdrücklich, dass sich seine Frau schminkte und schmückte.

Da sagten die Ehefrauen: »He! Was ist los? Man kennt sich nicht mehr aus!« Und die eine sagte zu Sochiti Loch: »Wer bist du?« Und die andere sagte zu Kogolkin Pach: »Wer bist du?«

Übrigens: Von nun an werden Kogolkin Pach und Sochiti Loch auch die Verlorenen genannt.

Bald geriet alles aus den Fugen. Kogolkin Pach kam nun auch am Tag, am frühen Morgen, und Sochiti Loch tauchte zur selben Zeit auf. Und in der Nacht war es nicht anders. Und sie selbst, jeder für sich, sagten zu sich: »Ich weiß nicht mehr, wer ich bin.« Und auch für Marita wurde es immer schwieriger, die beiden in ihrem Haus auseinanderzuhalten.

Vor Marita spielten sie stark, aber zu Hause vor ihren Frauen gestanden Sochiti Loch und Kogolkin Pach: »Wir wissen nicht mehr, wer wir sind.«

Und die Frauen sagten: »Na, he! Wenn ihr nicht mehr wisst, wer ihr seid, dann verschwindet! Dann wollen wir euch nicht mehr haben!«

Und Kogolkin Pach und Sochiti Loch wurden zu Hause rausgeschmissen!

Ja, wohin gingen sie? Sie gingen zu Marita. Und da standen sie vor ihr – nicht beide nebeneinander, nein, der eine an der Hintertür, der andere an der Vordertür –, und sie sagten: »Ja, also, es ist so ... ein bisschen ... wollen wir bei dir bleiben ...«

Das hörte Marita nicht gern. Aber sie hatte im Prinzip ein gutes Herz. Den einen versteckte sie im Wohnzimmer, den anderen im Schlafzimmer. Und einmal schlüpfte sie ins Wohnzimmer, und einmal schlüpfte sie ins Schlafzimmer. Einmal schlüpfte sie zu Kogolkin Pach, und einmal schlüpfte sie zu Sochiti Loch.

Aber so gut war ihr Herz auch wieder nicht, dass sie so einen Zustand ein Leben lang aufrechterhalten wollte, und eines Tages sagte sie: »Ich habe euch gewarnt. Jetzt ist es so weit. Zieht eure Hosen an und verschwindet!«

Und da zogen Sochiti Loch und Kogolkin Pach ihre Hosen an und verließen das Haus, der eine durch die Hintertür, der andere durch die Vordertür. Sie standen nun auf der Straße und wussten nicht, wohin. Nach Hause konnten sie nicht mehr, und zu ihrer Geliebten konnten sie auch nicht mehr. Also wanderten sie in die Welt hinaus.

Und sie gingen und wanderten und waren niedergeschlagen und steckten ihre Hände in die Hosentaschen. Und da merkten sie, dass ihre geliebte Marita ihnen ein kleines Geschenk gemacht hatte. In Sochiti Lochs Hose hatte sie eine Handvoll Erde gesteckt, in die Hose von Kogolkin Pach hatte sie eine Rasierklinge geschoben. Aber die beiden, weil sie nicht mehr wussten, wer sie waren, hatten die Hosen verwechselt, und deshalb griff Sochiti Loch in die Rasierklinge, und Kogolkin Pach griff in die Erde.

Kogolkin Pach warf die Erde zu Boden, und da sah er, dass aus der Erde Bäume wuchsen und Sträucher wuchsen und Gräser wuchsen. Aber die Erde in der Hosentasche nahm nicht ab, so viel er auch hineingriff und hinter sich warf. Und alles begann hinter ihm zu wachsen und zu wuchern.

Sochiti Loch aber verletzte sich an der Rasierklinge in seiner Hosentasche, und die Wunde blutete. Und dann traf er einen auf der Straße, und dem gab er die Hand, und der fiel um und war tot. Und dann traf er einen anderen, und auch dem gab er die Hand, und auch der fiel um und war tot. Und Sochiti Loch sah, dass seine Wunde an der Hand Leben auslöschen konnte.

Mit diesen Gaben ausgestattet, gingen die beiden, Sochiti Loch und Kogolkin Pach, hinaus in die Welt. Kogolkin Pach wurde ein wunderbarer, weithin berühmter Gärtner. Wo immer er auftauchte, ließ er Erde fallen, und es wuchs und wucherte. Sochiti Loch aber wurde ein berüchtigter Mörder, ein berüchtigter Soldat. Er ließ sich in den Dienst von Herren stellen. Ganze Städte vernichtete er mit seinem Handschlag.

Und weil sich Kogolkin Pach, der Große, auf dem Feld, wo er pflanzte, so viel bücken musste, wurde er kleiner. Und weil Sochiti Loch, der Kleine, weil er so viel mordete, sich so viel strecken musste, wurde er größer. Und sie waren mit ihrer Arbeit so beschäftigt und hatten keine Zeit mehr, sich zu rasieren und die Haare zu schneiden, deshalb sahen sie bald einer aus wie der andere. Sochiti Loch sah aus wie Kogolkin Pach, und Kogolkin Pach sah aus wie Sochiti Loch.

Bald war die eine Hälfte der Erde Urwald, und die andere Hälfte war tot.

Und da trafen sie aufeinander. Und der eine sagte zum anderen: »Wer bist du?« Und der andere sagte zum einen: »Wer bist du?«

Und Sochiti Loch, der Mörder, sagte zu Kogolkin Pach, dem Gärtner: »Vielleicht bist du ja ein Freund. Soll ich dir meine Hand geben?«

Und Kogolkin Pach, der Gärtner, fragte: »Was geschieht denn, wenn du mir die Hand gibst?«

Und Sochiti Loch sagte: »Ich will ehrlich sein. Dann bist du tot.«

Und Kogolkin Pach sagte: »Soll ich dir Erde ins Gesicht werfen?«

Und so standen sie sich gegenüber. Und dann ging der eine um den anderen herum, und sie beobachteten einander.

Und Sochiti Loch sagte: »Oder soll ich dir etwa doch die Hand geben?«

Und Kogolkin Pach sagte: »Oder soll ich dir vielleicht doch Erde ins Gesicht werfen?«

Das ging viele Jahre so. Die Pflanzen hinter Kogolkin Pach starben zur Hälfte ab, und die Erde sah bald wieder so aus wie früher. Und die Städte hinter Sochiti Loch begannen sich allmählich wieder zu beleben und sahen aus wie früher.

Aber Sochiti Loch und Kogolkin Pach standen sich immer noch gegenüber, und der eine sagte: »Vielleicht soll ich dir doch die Hand geben?«

Und der andere sagte: »Vielleicht soll ich dir doch Erde ins Gesicht werfen?«

Die vor der Stadt wohnen, haben diese Geschichte erzählt – so oder so ähnlich.

Der Mund

Es war einmal ein Mund, der machte viel Freude, wenn er heimlich im Spiegel betrachtet wurde. Es war der Mund einer Frau, sie konnte sich nicht sattsehen an ihm. Die Augen waren auch schön, aber sie waren nichts Besonderes, und nur weil sie über dem Mund lagen, meinten manche, sie wirkten rätselhaft. Aber sie waren nicht rätselhaft, und vielsagend blicken konnten sie auch nicht. Das ließ sich leicht testen. Manchmal sprach die Frau mit ihrem lieben Mann, dann verdeckte sie den Mund hinter der vorgehaltenen Hand, und sie sprach Dinge, die voll Zauber und Anmut waren, und sie warf Blicke, die aus der tiefsten Seele geholt waren. Aber der Mann, der liebe, der antwortete der Frau, als ob sie ihm vom Zwiebelanbraten gesprochen hätte. Dann nahm sie die Hand vom Mund und sagte: »Soll ich dir ein Butterbrot streichen?« Und der Mann war angerührt von den Worten, als wären sie von den Zettelchen der Wahrsagerin abgelesen oder gar aus der Bibel abgeschrieben worden, und er legte seine Hand auf ihre Wange. – Der Mund machte das, nur der Mund.

Der Mund machte, dass sich ein anderer, ein mächtiger Herr in die Frau verliebte, der mächtigste nämlich. Ihm gehörte der größte Wagen, der größte Fernseher, der größte Kühlschrank, er warf Geldscheine aus dem Seitenfenster seines Wagens, das machte er, ohne dass es ihm wehtat. Dieser wurde der Einmalige genannt, und er lauerte der Frau mit dem schönen Mund an der Hausecke auf und sagte zu ihr: »Was kann dein Mann für dich schon groß tun, ha?«

»Er liebt mich«, sagte sie, »das hat mir bisher immer genügt.«

»Von nun an wird es dir nicht mehr genügen«, sagte der mächtige Mann und gab Gas und fuhr davon.

Ich weiß schon, was der vorhat, dachte sie, und ihr schöner Mund lächelte. Er denkt sich, dachte sie, wenn er mich einfach stehenlässt mit diesem Satz, den er da zum Autofenster hinausgehaspelt hat, dann senkt sich dieser Satz in mein Herz wie ein Zitronenkern in einen Blumentopf, und ein Wunsch fängt in meinem Herzen an zu wachsen. Und die Frau wettete im Stillen mit sich selbst, dass sie der Einmalige morgen wieder abpassen werde und wieder so einen Satz sagen werde, vielleicht sogar den gleichen.

»Ich habe euren Einmaligen durchschaut«, sagte sie zu Hause zu ihrem lieben Mann. »Er ist einer, der vor euch hintritt und sagt: Wenn ihr nicht mehr wollt, dass ich euer Bürgermeister bin, dann sagt es nur, dann will ich auch nicht mehr euer Bürgermeister sein. So tut er, weil er weiß, dass sich keiner von euch traut, ihm etwas ins Gesicht zu sagen. Und dann sagt er: So, jetzt bin ich aber euer Bürgermeister, und von nun an will ich kein Wort mehr hören. Und dann geht ihr und brummt und beklagt euch, was er doch für ein schlechter Bürgermeister ist. So einer ist er, euer Einmaliger.«

»Du redest dummes Zeug!«, sagte ihr Mann und zog den Gürtel aus der Hose und schlug sie damit.

Die Frau hieß Gunda. Der Name ihres Mannes ist nicht bekannt.

Am nächsten Tag wartete Gunda an derselben Hausecke auf den Einmaligen, dass er mit seinem großen Wagen daherkomme und zum Fenster hinausschaue und seinen großen Ring am Finger blitzen lasse. Aber der Einmalige kam nicht.

Am dritten Tag setzte sich Gunda zu Hause an den kleinen Esstisch, lehnte den Scherben Spiegel, den sie vor ihrem lieben Mann versteckt hielt, an die Kaffeekanne und schminkte sich ihren Mund, den hohen, noch höher auf, so dass er wie eine Wunde aussah, die aus Eifersucht geschlagen worden war. Und Gunda, das lasst euch gesagt sein, die verstand etwas von Farben. Sie besaß ein Kleid, das war rot und das schonte sie, das hatte sie jahrelang geschont, denn seit Jahren hatte es keine Gelegenheit gegeben, das Kleid nicht zu schonen. Aber jetzt war Gelegenheit dazu. Und dieses Kleid hatte die gleiche Farbe wie der Lippenstift. Natürlich war die Anschaffung von Lippenstift und Kleid in der umgekehrten Reihenfolge geschehen. Man kauft nicht ein Kleid nach dem Lippenstift, wohl aber den Lippenstift nach dem Kleid.

Und wie sah das aus? Es sah aus, als ob das Blut aus der Eifersuchtswunde ihres Mundes über ihren Körper geflossen wäre, so sah es aus, und so sollte es aussehen. Schuhe besaß sie leider keine passenden, und darum ging sie barfuß. Aber glaubt mir, hätte sie passende Schuhe besessen, man hätte ihr raten müssen, sie zu Hause zu lassen. So reizend war Gunda, die barfüßige.

Aber der Einmalige fuhr wieder nicht an dieser Hausecke vorbei. Nur sein Hund kam dahergetrottet. Und zu dem Hund sagte Gunda: »Hör zu, Zipflo, sag deinem Herrn, dem eingebildeten, ich warte hier noch genau eine Stunde, dann kehre ich zu meinem lieben Mann zurück, und die Chance ist vertan.«

Aber Hunde können nicht reden. Und der Einmalige kam nicht, und Gunda kehrte nach Hause zurück. Da wartete ihr Mann, und weil sie keine Erklärung für den hohen Mund und keine Erklärung für das rote Kleid und keine Erklärung für die baren Füße abgeben wollte, zog er wieder den Ledergürtel mit der Silberschnalle aus der Hose und verprügelte sie.

Und dann eines Tages, vielleicht einen Monat oder ein Jahr später, geschah es, dass Gunda ihren lieben Mann zusammen mit dem Einmaligen im Wirtshaus trinken und wetten sah. Was wetteten sie? Sie wetteten, wer von ihnen beiden die größere Männlichkeit besitze. Und gerade als sie einschlugen und die Geldscheine auf den Tisch legten, sahen sie durch das Fenster, dass draußen Gunda vorbeiging auf der Suche nach ihrem lieben Mann.

Da sagte der Einmalige: »Und wer soll den Schiedsrichter machen?«

Der liebe Mann sagte: »Brauchen wir denn einen Schiedsrichter?«

»Nein«, sagte der Einmalige, »allemal lieber wäre mir eine Schiedsrichterin. Was ist mit deiner Gunda? Und wenn ich noch einen Tausender drauflege?«

Damit war der liebe Mann einverstanden, und er holte Gunda in die Gaststube und sagte ihr, sie solle ein Stück fettes Fleisch beim Wirt bestellen und es aufessen, sich aber den Mund, den schönen, nicht abwischen, denn er und der Einmalige wollen, dass ihr Mund glänze. Und Gunda tat, was ihr lieber Mann verlangte.

Und dann gingen der Einmalige und der liebe Mann und Gunda in ihrer Mitte hinaus zu den Lagerhäusern, wo um diese Zeit kein Mensch war.

Der liebe Mann sagte: »Gunda, du wirst tun, was wir von dir verlangen!«

Aber Gunda wollte das nicht. Da schlugen ihr lieber Mann und der Einmalige sie halbtot.

Aber nur halbtot. Nicht ganz tot. Ganz tot schlugen sie Gunda nicht. Als sie wieder zu sich kam und merkte, dass sie noch kriechen konnte, kroch sie in die Kirche. Sie kroch vor den Altar und betete: »Lieber Heiland im Himmel, der du das Elend kennst wie keiner, mach aus meinem Mund eine hässliche, stinkende, schwarze Höhle, in die alle fallen, die mir Böses tun wollen!«

Und der Heiland, der das Elend kennt wie keiner, hatte ein Ohr für Gunda, und kaum hatte sie ihr Gebet zu Ende gesprochen, fielen ihre schönen Lippen zusammen, so dass sie, als sie am Ende ihrer Bitte angekommen war, nur noch nuschelte, und ein Gestank stieg zu ihrer Nase empor. Aber dieser Gestank kam ihr wie Parfum vor, und das gab ihr Kraft, so viel Kraft, dass sie sich aufrichten konnte und die Kirche nicht kriechend verließ.

Zu Hause schnitt sie ihr schönes rotes Kleid zusammen und machte sich einen Schleier daraus. Aber der Schleier verdeckte nur ihren Mund, nicht ihre Augen. Und das war gut, sie wusste ja, dass man aus ihren Augen nichts lesen konnte, dass man nur von ihrem Mund hatte lesen können – in ihrem früheren Leben.

Nun besuchte sie den Einmaligen und sagte: »Ich bin reuig.« Und auch ihren Mann, den lieben, besuchte sie und sagte: »Ich bin reuig.«

Und als die beiden ihre Männlichkeit von ihr messen lassen wollten, löste der Heiland von seinem Kreuz herunter sein Versprechen ein, und als der Einmalige und der liebe Mann plötzlich nicht mehr da waren, ging bald das Gerücht, Gunda habe die beiden verschlungen.

Eine Zeitlang sah man sie noch mit dem Schleier gehen. Dann legte sie den Schleier ab, und alle konnten endlich wieder ihren Mund sehen, der so rot war wie eine Wunde, die ein großer Schmerz geschlagen hatte.

Fernfahrer haben diese Geschichte erzählt – so oder so ähnlich.

Daidalos

Daidalos war ein Baumeister, er war der berühmteste Baumeister der griechischen Sagenwelt, der berühmteste Architekt, der berühmteste Ingenieur, der berühmteste Erfinder. Und er war – das wissen nur wenige – in seiner Jugend auch Bildhauer gewesen.

Sokrates hat behauptet, er stamme von Daidalos ab. Er hat gesagt, der sei ein Vorfahre von ihm, dieser Daidalos, und hat sich dabei auf dessen bildhauerische Tätigkeit bezogen. Der Philosoph meinte das in einem übertragenen Sinn, nämlich in Bezug auf seine eigene Methode des Philosophierens. So wie Daidalos mit seinen Händen der Wahrheit auf die Spur gekommen sei, so komme er, Sokrates, eben mit seinen Fragen der Wahrheit auf die Spur.

Nun wissen wir, dass Daidalos eine radikal naturalistische Auffassung der Bildhauerkunst vertrat. Er hatte sehr geschickte Hände, und er baute Menschen nach. Ich weiß nicht, welches Material er dafür verwendet hat. Diese Figuren jedenfalls stellte er in Athen, seiner Heimatstadt, auf dem Marktplatz auf. Dann hat er sich verkleidet, so wird erzählt, und hat gehorcht, was die Leute dazu sagten. Und die Leute waren begeistert von den Figuren, und Daidalos wurde berühmt.

Und was sagten die Leute?

Sie sagten: »Diese Figuren sehen fast so aus, als ob sie lebten. Fast!«

Und das war ein Stachel für des Daidalos' Ehrgeiz. Von nun an war es sein Ziel, dieses »Fast« loszuwerden. Er wollte, dass seine Figuren von wirklichen Menschen nicht zu unterscheiden seien.

Er hat Nachforschungen angestellt, was seinen Werken fehle. Da hieß es: die Bewegung. Die Figuren, hieß es, stehen nur so da. Von weitem betrachtet, könne man sie vielleicht wirklich nicht von lebenden Menschen unterscheiden. Wenn man sie aber länger und von der Nähe ansehe, dann bemerke man, die stehen ja nur da, die sind nicht echt, die können nicht echt sein. – Leben aber heißt sich bewegen.

Da hat Daidalos in seine Figuren einen Mechanismus eingebaut, hat aus ihnen Maschinen gemacht. Und nun bewegten sie sich.

Und was geschah? Nichts geschah. Gar nichts. Für Daidalos eine Katastrophe.

Die Leute sagten: »Man hat schon lange nichts mehr von Daidalos gehört. Was macht der denn? Macht er noch etwas?«

Seine Figuren, die sich auf dem Marktplatz von Athen bewegten, die sahen so aus wie lebendige Menschen, die hat tatsächlich niemand von lebendigen Menschen unterscheiden können. Alle sind an diesen Figuren vorbeigegangen, haben sie gegrüßt oder nicht gegrüßt, aber niemand hat sich um sie gekümmert.

Daidalos verstand die Welt nicht mehr. Er beschloss, die Bildhauerei aufzugeben. Diese Kunst, schimpfte er, sei nichts weiter als eine dumme, fruchtlose Spielerei.

Wer war nun dieser Daidalos?

Stellt man eine solche Frage, dann heißt das in der alten Sagenwelt, man muss sich die Antwort aus der Verwandtschaft, aus der Herkunft holen. Der Mythos kennt keine Begriffe, er kennt nur Namen. Wir müssen also an dieser Stelle einen kleinen Ausflug in die mythische Vorvergangenheit machen:

Einer der Vorfahren des Daidalos war der erste König von Athen, nämlich Erichthonios. Er war halb Mensch, halb Schlange. Sein Vater war Hephaistos, der Gott mit den guten Händen, der Ingenieur unter den Gottheiten. Wobei ich das Wort »Vater« zwischen kräftige Anführungszeichen setzen möchte. Die Mutter des Erichthonios war Pallas Athene. Das Wort »Mutter« möchte ich ebenfalls zwischen Anführungszeichen stellen, noch kräftigere Anführungszeichen.

Wenn Hephaistos der Gott der sauberen, perfekten praktischen Ausführung ist, dann ist Pallas Athene die Göttin des genialen Einfalles. Man denkt sich, wenn diese beiden zusammenfinden, dann kommt etwas Großes heraus. Von Hephaistos Seite wäre einem Zusammenkommen nichts entgegengestanden, er war verliebt in Athene. Sie aber, sie wollte nicht, sie wollte Jungfrau bleiben. Sie war in niemanden verliebt, nie. Ich hätte mir immer gewünscht, dass Athene und Hephaistos ein göttliches Paar werden. Ich fand, sie passen gut zusammen. Beide klug, beide schöpferisch veranlagt. Beide, was ihre Herkunft betrifft, ähnlich. Gut, Hephaistos hinkte, aber das hätte Athene sicher nicht gestört, ihr war der Geist, die Intelligenz wichtig. Deshalb hat sie auch keinen Gott mehr verachtet als den blöden Kriegsgott Ares.

Hephaistos ist der Sohn der Hera, aber er hat keinen Vater. Hera, die so oft von ihrem Gatten Zeus betrogen wurde, wollte es ihm einmal zeigen, sie hat sich gesagt: Ich bringe das ganz allein fertig, ich brauche keinen Mann dazu. Und hat aus sich selbst heraus den Hephaistos geboren, und er gefiel ihr nicht, er war so hässlich, und sie hat ihn vom Olymp auf die Erde geschmissen. Es ist nicht sicher, ob er zweiundzwanzig oder achtundzwanzig Stunden lang geflogen ist, aber er landete sehr hart und hat sich dabei die Hüfte zerschmettert und ein Bein gebrochen.

Eine Nymphe hat ihn großgezogen, und er wurde Schmied, und sein Meisterstück war eine Hommage an seine Mutter Hera, die ihn vom Olymp geworfen hatte. Er hat ihr einen Thron aus Gold gebaut und hat ihn in den Olymp schicken lassen, und dieser Thron war schöner als der Thron des Zeus. Darauf hat sich Hera sehr gerne gesetzt.

Dieser Hephaistos hatte die Gabe, tief in die Seelen der Götter blicken zu können. – Dabei weiß ich gar nicht, ob die Götter Seelen haben. – Wie auch immer: Hephaistos erkannte, dass Mensch und Gott nie lächerlicher wirken, als wenn sie gezwungen werden, das zu tun, was sie am liebsten tun. Wenn wir zu unserer Lieblingsbeschäftigung gezwungen werden, dann werden wir zum Gespött. Hera hat nichts lieber getan, als bei Tisch zu sitzen und zu tafeln und mit ihren Händen die Armlehnen ihres goldenen Thrones zu streicheln. Und als sie dann aufstehen wollte, hat sie einen Mechanismus ausgelöst, und sie konnte sich nicht mehr von diesem Stuhl erheben, sie war daran gefesselt.

Die Götter lachten, zuerst lachten sie. Aber das kann ja nicht angehen, dass die Göttermutter an den Esstisch gefesselt ist. Aber keinem gelang es, den bösen Mechanismus zu lösen.

Da ließ Hephaistos mitteilen: »Wenn ihr mich in den Olymp aufnehmt, dann werde ich meine Mutter befreien.«

So hat er sich in den Olymp hinaufgepresst, dieser kluge Hephaistos.

Es war zur selben Zeit, als Zeus heftige Kopfschmerzen bekam, und zwar so heftige Kopfschmerzen, dass er den handwerklich geschickten Neuankömmling Hephaistos bat, er solle doch eine Axt nehmen und ihm den Schädel spalten. Das hat Hephaistos gern getan, und aus dem Kopf des Zeus stieg Pallas Athene, auch Zeus hat ohne Zutun des anderen Geschlechts ein Kind hervorgebracht. In voller Rüstung stand sie da, prächtig, gescheit, humorlos: Pallas Athene.

Hephaistos, der aus unerfindlichen Gründen ausgerechnet mit Aphrodite, der Göttin der Liebe, verheiratet worden war, hat, wie gesagt, Athene geliebt. Sie hingegen war sehr kühl zu ihm, seinen handwerklichen Rat hat sie zwar geschätzt, persönlich aber war sie nie geworden. Und Hephaistos hat darunter gelitten.

Eines Tages wollte sich Hermes einen Spaß machen, und er sagte zu Hephaistos: »Weißt du denn nicht, dass Athene dich heimlich doch liebt? Sie will erobert werden, die will besiegt werden, du musst sie stürmisch nehmen!«

Als dann Athene das nächste Mal zu Hephaistos kam, um sich etwas an ihrer Rüstung ausbessern zu lassen, hat er sich gedacht, so, dann nehme ich sie jetzt stürmisch. Er ist über sie hergefallen. Aber Pallas Athene wollte das nicht. Sie hat ihn weggestoßen. Jedoch der Samen des Hephaistos hat bereits ihr Kleid befleckt, und das wollte sie nicht, und sie hat diesen Fleck vom Kleid weggerissen und hat den Fetzen auf die Erde geschleudert. Und dieses Stück Baumwolle hat sich mit der Erde vermengt, und daraus ist dieser Vorfahr des Daidalos, nämlich Erichthonios, geworden. Nun versteht man, warum ich »Vater« und »Mutter« zwischen dicke Anführungszeichen setzen wollte.

Erichthonios heißt: aus Wolle und Erde gemacht. Er war halb Schlange und halb Mensch, und er erbte die Gaben des Hephaistos und der Pallas Athene. Und diese Gaben wurden über die Geschlechter weitergegeben und reiften schließlich in der Person des Daidalos zur vollen Blüte heran. Die Alten sagten: In Daidalos ist Hephaistos wiedergeboren, aus Daidalos spricht Pallas Athene.

Nun, nach der großen Enttäuschung bei der Bildhauerei hat sich Daidalos auf die Lehrtätigkeit zurückgezogen, hat junge Menschen in Architektur und Ingenieurkunst unterrichtet und sie vor der Darstellung des Menschen gewarnt.

Der Begabteste unter allen seinen Schülern war sein Neffe Perdix, der Sohn seiner Schwester Polykaste. Ovid sagt, Perdix sei erst zwei mal sechs Jahre alt gewesen, da habe er die Säge erfunden. Mit zwölf! Er hat auch den Zirkel erfunden. Mit dreizehn! Das hat Daidalos auf der einen Seite stolz gemacht, jeder gute Lehrer ist stolz, wenn sein Schüler besser ist als er. Aber auf der anderen Seite hat das den Daidalos auch verrückt gemacht. Es steht nirgends, dass er ein guter Lehrer war.

Daidalos war neidisch und zornig, und er wollte seinen Neffen bloßstellen und hat ihm dauernd schwere Fragen gestellt, und Perdix hat die Antworten gewusst, und Daidalos hat ihm noch schwerere Fragen gestellt, und durch diese Fragenstellerei wurde Perdix nur noch klüger.

Und das hat dann dem Daidalos Wolken ins Herz gejagt, und eines Tages am frühen Morgen standen sie oben auf der Akropolis, und Daidalos hat gefragt, und Perdix hat gewusst, und da hat der Lehrer dem Schüler einen Stoß gegeben, und Perdix ist vom Felsen gestürzt. Im selben Augenblick aber hat Pallas Athene die Seele des Daidalos verlassen. Sie hat den Perdix aufgefangen und hat ihn in ein Rebhuhn verwandelt.

Damals existierten bereits Recht und Gesetz, und das durfte man nicht: seinen Neffen von einem Felsen stoßen. Daidalos sollte also vor Gericht gestellt werden. Er ist geflohen. Er ist mit einem Schiff nach Kreta geflohen.

Dort schlich er sich heimlich vom Schiff und versteckte sich am Ufer. Das Gewissen quälte ihn, denn er hatte Perdix ja auch geliebt. Er wollte nicht unter Menschen gehen. Und wie er so am Strand entlangschleicht, da sieht er eine Frau, die wie er am Strand entlangschleicht und wie er laut mit sich selbst redet.

Er hat die Frau angesprochen, und sie sind zusammen ein Stück gegangen, und am nächsten Tag haben sie sich wieder getroffen, und mit der Zeit ist eine Freundschaft daraus geworden, sie haben sich gegenseitig ihre Sorgen erzählt. Die Frau hieß Pasiphaë. Sie sei, sagte sie, die Königin von Kreta, die Frau von Minos.

Daidalos hat Pasiphaë sein Leid geklagt. Er hat ihr erzählt, was er verbrochen hat, hat sein Herz ausgeschüttet und hat sich so innerlich gereinigt.

»Und du«, sagte er, »warum bist du unglücklich? Was quält dich?«

Oh, Pasiphaë hatte ein bizarres Problem! Ich muss wieder ein wenig ausholen:

Ihr Gemahl, Minos, war ein hoffärtiger Mann, ein sehr eingebildeter König. Er war ja ein Sohn des Zeus, niemandem musste er Tribut zahlen. Er hat nur seinem Vater Geschenke dargebracht, er hat zu ihm gebetet und hat ihm geopfert. Vor Menschen hatte er keinen Respekt und vor den anderen Göttern auch nicht. Hat nur zu Zeus gebetet.

Das hat eines Tages den Poseidon, den etwas dummen Bruder des Zeus, geärgert. Poseidon ist ein recht behäbiger Gott, so behäbig wie die langen Wellen, die er im Meer um sich aufwirft.

Poseidon war also eifersüchtig, und er hat dem Minos mitteilen lassen: »Hör zu, du lebst auf einer Insel. Es wäre für dich doch recht günstig, auch mir, dem Gott des Meeres, ab und zu ein Opfer darzubringen. Nicht immer nur Zeus.«

Minos sagte: »Gut, wenn es sein muss. Mach Vorschläge! Was soll ich dir opfern?«

»Einen ganz besonders schönen Stier hätte ich zum Beispiel gern«, sagte Poseidon. »Zum Beispiel einen weißen Stier, falls so einer in Kreta aus dem Wasser steigen sollte.«

Poseidon hat das selbst eingefädelt, armer Gott. Er hat einen wunderschönen, weißen Stier geschickt, der bei Kreta aus dem Meer gestiegen ist. Ein Stier mit diamantenen Hörnern.

Minos sah diesen Stier, und er gefiel ihm so gut, dass er nicht daran dachte, ihn dem Poseidon zu opfern. Er wollte ihn selbst behalten. Ich werde dem Poseidon einen alten, unbrauchbaren Stier opfern, dachte er. Er hat also den Poseidon betrogen.

Poseidon ist ein zorniger Gott, ein rachsüchtiger Gott, er hat sich auf eine sehr grausame Art und Weise an König Minos gerächt. Er hat in das Herz der Pasiphaë, der Königin, eine Leidenschaft für diesen weißen Stier befohlen. Und von dieser Stunde an hatte Pasiphaë keine Ruhe mehr, voll sehnsüchtiger Leidenschaft war sie, sie liebte ein Tier, wollte sich mit ihm geschlechtlich vereinigen.

Das war ihr Problem. Dem Daidalos gestand sie es als Erstem.

Sie sagte zu ihm: »Wenn du mir hilfst, dass ich mir diese Leidenschaft einmal, ein einziges Mal erfülle, dann werde ich dafür sorgen, dass du am Hof des Minos eine große wissenschaftliche Karriere machst. Du wirst der berühmteste Architekt der Welt werden!«

Da hat sich Daidalos überreden lassen. Hat an seine Karriere gedacht, an seinen Ruhm und sicher auch an das Geld.

Pasiphaë führte ihn bei Hof ein, und Minos erkannte wohl, welches Genie hier angeschwemmt worden war, und er schanzte dem Daidalos große Aufträge zu. Paläste hat er entworfen und ihren Bau beaufsichtigt. Und an das Versprechen, das er Pasiphaë gegeben hat, hat er bald nicht mehr gedacht.

Aber Pasiphaë hat ihn daran erinnert: »Du hast es mir versprochen!«

Da hat sich Daidalos an die künstlerische Leidenschaft seiner

Jugend erinnert, als er Menschen gemacht hat, so naturalistisch, dass sie niemandem aufgefallen sind. Er hat eine Kuh gebaut, hypernaturalistisch. An ihrem Bauch war eine Luke, durch die Pasiphaë in das Innere einsteigen konnte. Dort hat sie den Stier erwartet. Ihre Leidenschaft war gestillt und nun auch erloschen.

Aber sie war schwanger von dem weißen Stier. Sie brachte den Minotauros zur Welt. Der Minotauros ist ein Wesen, das den Körper eines Mannes hat und den Kopf eines Stieres.

Und nun hat Poseidon noch einmal dem Minos etwas ausrichten lassen: »Komm du ja nicht auf die Idee, dem Minotauros etwas zu tun! Und komm ja nicht auf die Idee, so etwas geschehen zu lassen! Pass gut auf ihn auf! Denn sollte ihm etwas geschehen, dann werde ich dich mit meinem Element, dem Wasser, vernichten!«

Minos hatte ein Problem, das lautete: Wie kann ich den Minotauros unterbringen, dass er keinen Schaden anrichtet, selbst aber geschützt ist? Und er hat das Problem mit seinem Haus- und Hofarchitekten besprochen, nämlich mit Daidalos.

Daidalos schlug vor, ein Labyrinth zu bauen, in dessen Mitte, wie die Spinne im Netz, der Minotauros sitzen soll.

»Es soll so sein«, sagte Daidalos, »dass einer zwar leicht hineinfindet, aber nicht mehr heraus.«

Daidalos wurde reich beschenkt – von Minos und von Pasiphaë –, er wurde ein berühmter Mann und heiratete eine Sklavin. Er hat auch einen Sohn bekommen, Ikaros, und der lebte sehr zufrieden und glücklich mit seiner Familie auf Kreta.

Der einzige Schattenstreif über seinem Glück: Er sehnte sich nach seinem Athen zurück, und es war besonders bitter für ihn, als ein Krieg zwischen Kreta und Athen ausbrach. Die Ursache dafür war, dass ein Athener einen Sohn des Minos getötet hatte.

Minos wollte Rache und fuhr mit einem Heer nach Athen und belagerte die Stadt. Aber die war nicht einnehmbar, denn die Mauern der Stadt hatte vor Jahren ein gewisser Daidalos gebaut. Da hat sich dann Minos in seinem Zorn vor den Altar des Zeus geworfen und hat seinen Vater angefleht, er solle ein Zeichen setzen, es gehe doch nicht an, dass ein Sohn des Zeus seinen Willen nicht bekomme.

Zeus schickte die Pest über Athen, und Minos ließ verlautbaren, die Pest werde nicht verschwinden, solange die Athener nicht nach seinen Bedingungen über ihre Stadt verhandeln.

Die Athener haben sich dem Minos gebeugt. Minos diktierte der Stadt Athen, sie müsse alle neun Jahre zwölf Jungfrauen und zwölf Jungmänner nach Kreta senden, wo sie dem Minotauros geopfert würden.

Und so geschah es.

Eines Tages aber kam wieder so ein Opferschiff aus Athen, und unter den jungen Männern war ein gewisser Theseus, der war der Sohn des Königs Aigeus, und er hatte sich freiwillig gemeldet. Er hatte gesagt, er wolle mitziehen.

»Ich werde das Übel an der Wurzel packen«, sagte er. »Ich werde den Minotauros töten!«

Sie landeten auf Kreta, und Theseus traf die Tochter des Minos, Ariadne, und Ariadne verliebte sich in ihn, und er verliebte sich in sie.

Ariadne sagte: »Du wirst nicht lebend herauskommen aus dem Labyrinth. Geh nicht hinein! Lass die anderen allein hineingehen, und wir beide fliehen!«

Aber Theseus sagte: »Das kann ich nicht, ich kann das nicht tun, sie vertrauen mir, ich werde ihr König werden.«

Ariadne sagte: »Gut, es gibt nur einen, der eine Lösung unseres Problems finden kann, nämlich der, der immer die Lösungen findet, unser Ingenieur, unser Architekt, Daidalos.«

Sie weihten Daidalos ein, und sie sagten ihm, sie würden ihn und seinen Sohn Ikaros nach Athen mitnehmen.

Daidalos sagte: »Es gibt nur eine Möglichkeit, wie er aus dem Labyrinth herauskommt: Nimm einen Faden, binde ihn außen an den Pfosten, und dann wickle ihn ab. Wenn du den Minotauros getötet hast, folge dem Faden zurück!«

Noch heute spricht man vom Ariadne-Faden, man müsste vom Daidalos-Faden sprechen. Das ist das Los der Ingenieure, dass immer die anderen die Lorbeeren aufgesetzt bekommen.

Theseus tat, wie ihm Daidalos geraten hatte, er fand den Minotauros schlafend vor und enthauptete ihn.

Aber dann, als alle befreit waren, haben sie auf den Daidalos vergessen. Sie haben sich nicht mehr um ihn gekümmert, Ariadne und Theseus und die anderen Athener. Sie sind geflohen und haben Daidalos und seinen Sohn Ikaros zurückgelassen auf der Insel.

Nun war Daidalos arg in der Klemme, denn alles kam auf. Es wurde bekannt, sowohl, dass er diese hölzerne Kuh gebaut hatte, als auch, dass er die Idee mit dem Wollknäuel gehabt hatte.

Da sagte Minos zu ihm. »Dann weißt du sicher auch, wo das Gefängnis sein wird für dich und für deinen Sohn. Nämlich in dem Labyrinth, das du gebaut hast. Ich weiß nicht, ob du den Weg in die Freiheit kennst, aber es spielt keine Rolle. Es ist ganz einfach: Ich stelle eine Wache auf, wenn du aus dem Labyrinth kommen solltest, wirst du eben erschlagen.«

Da musste Daidalos zum ersten Mal sein Genie nicht im Dienste eines anderen einsetzen, sondern in eigener Sache.

Er machte in dem Labyrinth folgende Beobachtung: Nachdem dort schon so viele junge Männer und junge Frauen geopfert worden waren und die Körper der Toten herumlagen, waren auch viele Geier gekommen, und die haben sich um die Kadaver gerissen und haben dabei ihre Federn verloren. Und Kerzen gab es. Man hat die Opfer nämlich in der Nacht in das Labyrinth geschickt. Also: Wachs gab es und Federn.

Da hat sich Daidalos die Zeit genommen, so eine Feder genau zu studieren. Und er hat das Prinzip des Flügels begriffen. Und er hat für sich und seinen Sohn Flügel gebaut, aus Wachs und Federn.

Zu Ikaros sagte er: »Flieg nicht zu hoch, denn dann ist die Sonnenstrahlung zu stark, und das Wachs schmilzt, und du wirst abstürzen. Flieg aber auch nicht zu niedrig, dann streifst du die Wellen des

Meeres, dann werden deine Flügel zu schwer, und deine Kraft kann sie nicht mehr heben, und du stürzt ab. Halte die Mittellage!«

Sie haben das Labyrinth verlassen, fliegend, fliegend, und Daidalos hat seinen Sohn Ikaros sehr geliebt, obwohl er gesehen hat, der ist bei weitem nicht so talentiert, wie sein Neffe Perdix es war. Er hat ihn dennoch geliebt und hat immer ein Auge auf ihn gehabt.

Aber dann war Ikaros von einer großen Laune ergriffen worden, er wollte hinauf, hinauf. Er ist der Sonne zu nahe gekommen, das Wachs ist geschmolzen, und er ist ins Meer gestürzt. Als er fiel, heißt es, habe Daidalos ein Rebhuhn lachen hören. Das war Perdix.

Daidalos brach das Herz, er landete auf Sardinien. Da gab es einen König, Kokalos hieß er, und der hat ihn gerne bei sich aufgenommen. Er war nicht so reich wie Minos, er besaß nur ein kleines Reich. Er hatte einen verspielten Charakter, hatte eine große Familie, spielte gern mit seinen Töchtern.

Für die Töchter des Kokalos hat Daidalos wieder seine naturalistischen Figuren gebaut. Er hat sich gedacht: Ich muss etwas Harmloses tun, ich darf nichts Ingenieurhaftes mehr tun, das hat mir nur Unglück gebracht.

Minos aber wollte Daidalos wiederhaben, Rache war ihm wurscht, an so einem Genie rächt man sich nicht, dachte er, das macht man sich zunutze, das saugt man aus.

Und was hat Minos unternommen, um Daidalos wiederzubekommen? Er hat eine Ausschreibung gemacht. Er hat eine Tritonsmuschel genommen und hat in der ganzen Welt bekanntwerden lassen, wem es gelinge, durch die Windungen der Muschel einen Faden zu ziehen, der bekomme die Hälfte der Schätze Kretas.

Er ahnte nicht, er wusste, dass es nur einen gibt, der in der Lage war, dies zu tun. Minos wusste: Auf Daidalos' Ehrgeiz ist Verlass.

Und so war es. Daidalos hatte gleich eine Idee, wie man den Faden durch die Muschel ziehen könnte: Er hat die Spitze der Muschel abgezwickt, so dass eine winzige Öffnung war. Dann hat er einen Seidenfaden genommen und hat diesen Seidenfaden um dem Hinterleib einer Ameise gebunden. Vorne um die große Öffnung der Muschel hat er etwas Honig gestrichen und hat dann die Ameise in das kleine Loch der Muschel hineingeschickt. Die Ameise roch den Honig, suchte und fand ihn, und Daidalos hatte die Aufgabe des Minos gelöst.

Da wusste Minos, wo sein Mann war. Er fuhr mit einem kleinen Heer nach Sardinien und befahl Kokalos, Daidalos herauszugeben.

Der wollte ihn auch gar nicht halten, er hat Angst gehabt vor Minos und hat gesagt: »Ich gebe ihn natürlich her!«

Und er hat Minos in sein Haus eingeladen, als einen Freund. Aber die Töchter des Kokalos wollten Daidalos nicht hergeben, denn er hat ihnen das wunderbarste Spielzeug gebaut, und die Kinder verbündeten sich mit Daidalos. Als Minos ein Bad nahm, verlegten die Kinder gemeinsam mit Daidalos die Rohre des heißen Wassers um ein kleines Stück.

Das brühende Wasser hat dem Minos den Tod gebracht. So hatte es ihm der Gott des Meeres, Poseidon, vorausgesagt: Wenn dem Minotauros etwas passiert, werde er den Minos mit Wasser vernichten.

Was ist aus Daidalos geworden? Das weiß niemand. Man weiß nicht, wie er umgekommen ist. Manche behaupten, er sei dann nach Ägypten gezogen, auch dort habe er sich architektonisch irgendwie verewigt, bis heute könne man sich das anschauen.

Auf Bergen, in Büchern, an Stränden und in Hainen, in Hörsälen und an Kinderbettchen, vor Architekten und vor Ingenieuren wird diese Geschichte immer wieder erzählt – so oder so ähnlich.

Rotz-Risto

Märchen sind nicht schön, es ist die Hässlichkeit in ihnen erfunden worden. Märchen riechen nicht gut, es ist der Gestank in ihnen erfunden worden. Erfunden worden ist der Gestank in diesem Märchen. Bis dahin hat es nämlich nur schlechten Geruch gegeben.

Im finnischen Mückenland lebte der junge Risto, der faule, über den gesagt wurde, er hätte die Faulheit erfunden, was nicht stimmte, die gab es schon vor ihm. Risto saß am liebsten am Wegrand und schaute zu. Für den Faulen gibt es immer etwas zu sehen. Da kam ein Mann auf einem Fuhrwerk, der sah allen Menschen ähnlich, als wäre er aller Menschen Vater, und der sagte zu Risto: »Ist etwas?«

»Nichts«, sagte Risto, und leicht hätte er sagen können: »Nein, mein Herr, es ist nichts«, aber das wär zu viel Arbeit gewesen für sein Mundwerk.

»Willst du Arbeit?«, fragte der Allerweltsmann.

»Nur ganz leichte«, sagte Risto.

»Dann sitz auf«, sagte der Mann.

Ab ging's zum Hof des Mannes, und schon saß Risto in einem großen Steinsaal an einer großen Steintafel.

»Was jetzt?«, fragte Risto, der zwar ein Fauler, aber doch ein Lieber war, auf alle Fälle ein Schöner.

»Jetzt«, sagte der Mann, »kommt die Arbeit.«

Er legte ein Silberstück neben Ristos Hand auf den Steintisch. »Nimmt den Taler und schlag ihn auf den Tisch! Tu das!«

Risto tat es, und da waren es zwei Silbertaler. Und er tat es noch einmal, da waren es drei.

»Geht das so weiter?«, fragte Risto.

»Das geht so weiter«, sagte der Mann.

»Und das ist meine Arbeit?«

»Das ist deine Arbeit.«

»Und sonst?«

»Sonst darfst du nicht aufstehen, du darfst dir die Nase nicht putzen, der Rotz läuft dir heraus, und du darfst nichts dagegen tun, und du musst dein Wasser lassen, wo du sitzt, und darfst es nicht aufwischen, und auch die große Notdurft musst du unter dir lassen und darfst nicht putzen und nicht kehren und wirst gefüttert werden und darfst dich nicht waschen, und das alles dauert drei Jahre.«

Das hat Risto verstanden, es war ja nicht schwer zu verstehen. Aber zu machen war es schwer. Mach das einmal!

So saß Risto, ließ den Rotz rinnen und schlug einen Taler nach dem anderen auf den Steintisch, und als beinahe drei Jahre um waren, war der Steinsaal voll mit Silbertalern und Dreck, und mittendrin saß Risto, schwarz war er von Dreck, und die Fliegen saßen auf seinem Gesicht, und nur noch selten nahm er einen Taler und schlug ihn auf den Tisch, denn es bestand Gefahr, dass er in Talern und Dreck ersticken könnte, der Risto. Und er schlug den Taler nicht mehr aus Gier auf den Tisch, sondern nur noch, um die Zeit hinter sich zu bringen, denn er meinte, die Zeit vergehe ein wenig schneller, wenn sie mit Talerschlagen in Stücke gehauen wird.

In der Nachbarschaft lebte ein Mann, der hatte keine Frau mehr, aber drei Töchter, die hießen die Erste, die Zweite, die Dritte. Die Erste war die Älteste und so weiter. Der Mann war verschuldet und sagte zu der Ersten: »Ich weiß, in dem Nachbarhof drüben lebt ein Mann, der hat viel Geld. Geh und frag ihn, ob er leiht.«

Die Erste ging, und als sie den steinernen Saal betrat, schlug ihr ein Gestank entgegen, den hatte es bis dahin noch nicht gegeben, denn bis dahin hatte es nur schlechten Geruch gegeben. Sie atmete durch den Mund und sagte: »Krieg ich Geld?«

»Ja«, sagte Risto, »so viel, wie du willst. Aber du musst mir einen Kuss geben.«

Das konnte sie nicht. »Wer so stinkt«, sagte sie, »der kann sterben, und niemand weint.«

Zu Hause sagte sie: »Ich habe nicht gekonnt.«

»Du Dumme«, sagte die Zweite, »der Vater verliert alles! Ich gehe.«

Sie ging, und es war nicht anders. »Wer so stinkt«, sagte auch sie, »der kann sterben, und niemand weint.«

Und die Dritte, die Jüngste, rief aus: »Wenn er wirklich so stinkt! Wenn er wirklich so aussieht! Muss ich? Muss ich denn?«

Und es hieß: »Ja, du musst!«

Die Jüngste nahm Wasser und Seife mit und gut riechendes Öl. Und sie betrat den elenden Stinksaal, in dem Risto, eingesunken in einen Dreck- und Silberberg, saß, und sie sagte: »Ich will leihen.«

»Und ich will einen Kuss«, sagte Risto. Und er bekam ihn. Die Jüngste vergaß sogar, sich den Mund draußen zu waschen mit Seife und Wasser und gut riechendem Öl. Sie schleppte Taler, so viel sie konnte, und der Vater war gerettet.

Dann waren die drei Jahre um, der Mann, der wie aller Menschen Vater aussah und in Wahrheit der Teufel war, kam und sagte. »Habe ich denn deine Seele nicht?«

»Nein«, sagte Risto, »die nicht.«

»Dann will ich dich waschen«, sagte der Teufel. – Drei Stunden für die Haut, drei Stunden für die Haare, drei Stunden für die Zähne. Und der Teufel stattete ihn mit feinsten Kleidern aus und sagte: »Geh hinüber und bitte um die Hand von der Jüngsten.«

Aufgemacht hat ihm die Erste, die wollte ihn gleich haben. »Du stinkst«, sagte Risto. »Wer so stinkt, der kann sterben, und niemand weint.«

In die Stube begleitet hat ihn die Zweite. Zu ihr sagte Risto jedes Wort genau so.

Die Dritte aber, die er die Jüngste nannte, die nahm er in den Arm, und Hochzeit war.

Der Teufel hat auch etwas gekriegt. »Ich hoffte auf eine Seele«, sagte er, »und habe dann zwei gekriegt. Aber weil ich vor dir Respekt habe, Risto, lasse ich nicht zu, dass sie sich in deinem Haus erhängen.«

So suchte sich der Teufel ein anderes Haus aus, und dort haben sich die Erste und die Zweite vor Wut aufgehängt, weil nicht sie den schönen, lieben Risto gekriegt haben, den Erfinder des Gestanks.

So oder so ähnlich ist diese Geschichte in Finnland erzählt worden.

Der Dieb

Kennst du die Geschichte von Tschawo? Nein? Dann hör zu!

Also: Tschawo war ein armer Mann, alles ist ihm genommen worden. Das heißt, er hat sich selbst alles genommen – trinken, spielen ... Das ganze Leben hat er sich selbst gestohlen. Und am Ende ist ihm die Frau davon. Das war so:

Er sagt zu ihr: »He, hol Tabak!«
Sie sagt: »Gib Geld!«
Er sagt: »Mit Geld Tabak holen kann jeder.«
Gut, sie kommt nach zwei Stunden wieder, haut die Hand auf den Tisch und sagt: »Hier, rauch!«
Er sagt: »Wo ist Tabak?«
Sie sagt: »Mit Tabak rauchen kann jeder.«
Und dann lässt sie ihn allein, Tschawo ...
Nein, du, bleib da! Die Geschichte ist noch nicht zu Ende.

Also: Tschawo denkt nach. Dann geht er in die Stadt. Er will zum Bürgermeister. Da ist aber ein Sekretär. Der möchte wissen, wer er ist.

»Also gut«, sagt Tschawo. »Hör zu! Ich bin Tschawo. Jawohl.«

»Ist schon recht«, sagt der Sekretär. »Aber jetzt schreib mir deinen Namen hierher!« In die Liste soll Tschawo seinen Namen schreiben. »Dann weiß ich, wann du drankommst«, sagt der Sekretär.

Aber das kann Tschawo nicht. Er kann nicht schreiben, und lesen kann er auch nicht. Und er sagt: »Hör zu, Sekretär, ich habe einen merkwürdigen Namen, musst du wissen. Der schreibt sich ganz anders, als er sich liest. Das ist, wie wenn einer Petrus heißt und sich wie Paulus schreibt, verstehst du. Das hat gar keinen Sinn, wenn ich jetzt hierher meinen Namen schreibe.«

Das sieht der Sekretär ein, und er lässt ihn zum Bürgermeister.

Zum Bürgermeister sagt Tschawo: »Ich bin der beste Dieb der Welt. Ich schätze, so einen wie mich kannst du brauchen.«

»Mhm«, sagt der Bürgermeister. »Dann beweise es mir!«

»Wie?«

»Klau mir den Pfarrer?«

Tschawo sagt: »Gib du mir Spesen!«

Gut. Der Bürgermeister gibt Tschawo Geld. Und davon kauft sich Tschawo zwanzig lebendige Krebse und zwanzig Kerzen. Und dann geht er in der Nacht in die Kirche, und er klebt die Kerzen auf die Krebse und zündet die Kerzen an. Und dann hängt er sich mit den Armen ans Glockenseil, und die Glocken läuten. Und der Pfarrer kommt gelaufen. Und er eilt in die Kirche. Er will wissen, was da los ist.

Da sieht der Pfarrer Lichter, die sich am Boden bewegen. Er sieht ja die Krebse nicht, die unter den Kerzen sind. Und der Pfarrer meint, die Lichter sind die Seelen beim Jüngsten Gericht. Also denkt der Pfarrer, die Welt ist untergegangen.

Tschawo aber steht hinter dem Altar und ruft mit tiefer Stimme: »Knie nieder, Sünder! Schließ die Augen, Sünder. Rutsch auf den Knien, Sünder!«

Und das tut der Pfarrer. Er will ja in den Himmel, der Pfarrer. Er kniet nieder, schließt die Augen und rutscht auf den Knien – und rutscht dem Tschawo direkt in einen Kartoffelsack hinein.

Tschawo verschnürt den Sack und bringt ihn zum Bürgermeister.

»Hier«, sagt er, »Pfarrer geklaut!«

He, warte! Die Geschichte geht noch weiter!

Der Bürgermeister sagt: »Das war gut. Daran gibt es nichts zu rütteln. Aber wenn du wirklich der beste Dieb der Welt bist, dann musst du mehr können, als einen dummen Pfarrer aus seiner Kirche zu klauen.«

»Und was muss ich noch können?«, fragt Tschawo.

»Ja«, sagt der Bürgermeister, »du sollst in der Nacht meiner Frau das Nachthemd vom Leib stehlen und ihren Ehering vom Finger.«

»Was ist, wenn es mir gelingt?«, fragt Tschawo.

»Machen wir es so«, sagt der Bürgermeister, »wenn es dir gelingt, werde ich zurücktreten, und du bist Bürgermeister. Und obendrein bekommst du meine schöne Frau.«

Und Tschawo fragt: »Und was ist, wenn es mir nicht gelingt?«

Da sagt der Bürgermeister: »Dann hau ich dir den Kopf ab, ganz einfach.«

Was macht Tschawo? Er geht auf den Friedhof, gräbt einen Toten aus. Einen frischen Toten. Und den schleppt er in der Nacht zum Haus des Bürgermeisters. Stellt ihn unter das Schlafzimmerfenster. Hebt ihn hoch. Und das sieht von innen so aus, als ob einer durchs Schlafzimmerfenster hereinsteigen wollte. Das ist dieser Tschawo, der Idiot, denkt der Bürgermeister, der neben seiner schönen Frau im Bett liegt.

Und der Bürgermeister sagt zu seiner Frau: »Siehst du das? Warte einen Moment. Ich muss das erst in Ordnung bringen.«

Da hebt Tschawo den Toten noch weiter hoch, und der Kopf des Toten neigt sich nun ins Schlafzimmer des Bürgermeisters.

Da nimmt der Bürgermeister das Beil, das er sich zurechtgelegt hat, und haut dem Toten den Kopf ab.

Und sagt zu seiner Frau: »Pass auf, ich geh schnell raus und räum draußen die Sauerei weg, nicht, dass die Nachbarn auf Ideen kommen.«

Und als der Bürgermeister das Schlafzimmer verlassen hat, kommt Tschawo zur Tür herein, macht kein Licht, tut so, als ob er der Bürgermeister wäre, sagt zu der Frau: »Ach, weißt du was, das mach ich doch erst später. Hab erst Lust auf dich. Zieh dein Nachthemd aus!«

Die Frau des Bürgermeisters tut das, und Tschawo schläft mit ihr. Und bei dieser Gelegenheit zieht er ihr auch den Ehering vom Finger.

Und dann sagt er: »So, jetzt will ich doch hinausgehen und draußen aufräumen.«

Und grad als er draußen ist, kommt der Bürgermeister herein, in derselben Sekunde, und er sagt: »So, ich habe draußen aufgeräumt. Jetzt habe ich Lust auf dich, zieh doch dein Nachthemd aus.«

Und die Frau sagt: »Bist du verrückt, du hast doch gerade dasselbe gesagt und dasselbe getan!«

Da kommt Tschawo zur Tür herein, macht Licht, weist Nachthemd und Ring vor. Da wird er Bürgermeister, kriegt die Frau.

He, bleib da! Jetzt folgt der Schluss. Eine Geschichte ist erst fertig, wenn der Tod kommt.

Tschawo war ein guter Bürgermeister. Ein bisschen korrupt, das schon, ja. Aber sonst ein guter Bürgermeister. Und am Ende will der Tod ihn holen.

Und er steht vor Tschawo, der Tod, und er sagt: »Du bist dran, Tschawo.«

Und Tschawo sagt: »He, nein, he, das ist ein Versehen, das glaube ich dir nicht.«

Der Tod sagt: »Daran gibt es nichts zu rütteln. Du stehst hier auf meiner Liste.«

Und Tschawo sagt: »Ach so! Dann! Ja, das kann ich erklären, das ist nämlich so: Mein Name, der schreibt sich ganz anders, als er sich ausspricht. Das ist, wie wenn einer Petrus heißt und sich Paulus schreibt. Es ist eine Verwechslung. Lass mich die Liste sehen, Tod!«

Der Tod gibt ihm die Liste.

Da reißt Tschawo die Seite aus dem Auftragsbuch des Todes und verschluckt sie. – Ja eben, und weil er nicht gestorben ist, lebt er ewig, Tschawo …

Jetzt ist die Geschichte fertig. Herumziehende Dorfmusikanten haben sie erzählt – so oder so ähnlich.

Rosenkranz und Radio

Als ich das Radio für mich entdeckte, kam das einer Rettung in höchster Not gleich. Ich litt an einem gefährlichen Mangel an Einsamkeit, der bisweilen hysterische Züge annahm. Ich war zehn Jahre alt und seit drei Monaten nicht eine Minute wirklich allein gewesen. Ich war im Internat.

Mein Eigentum passte in einen Koffer – etwas Unterwäsche, ein Sonntagsanzug, ein paar frische Hemden, Socken und mein königsblauer Samtpullover, den ich von meiner Tante aus Coburg zu meinem Geburtstag geschenkt bekommen hatte und dem ein wenig das Flair des Städtischen anhaftete, das mütterlicherseits in unsere Familie eingebracht wurde. Mein Vater hatte mich im Internat abgeliefert, das einfach nur das Heim genannt wurde, wohl deshalb, damit es nicht mit dem vornehmen, teuren Jesuiteninstitut in derselben Stadt verwechselt werden konnte. Mein Vater sagte:»Warte hier«, dann ging er zu den drei Kapuzinern, die, aus bärtigen Gesichtern lächelnd, beim Eingang standen, und redete mit ihnen. Zeigte auf mich. Lachte kumpanenhaft. Gab ihnen ein Kuvert. Dann boxte er mich in den Oberarm und fuhr ab. Und ich dachte: Zum ersten Mal in meinem Leben bin ich verlassen und allein.

Welch ein Irrtum! Wir waren zu hundert. – Schwer war die Umstellung von dem umhätschelten Liebling der Mutter und Großmutter, dem Einzigartigen, zu einem alphabetisch einordenbaren Ding. Meine Freunde rekrutierten sich von nun an aus Trägern von Familiennamen aus dem Umfeld des Buchstabens K. Wir aßen, schliefen, studierten, marschierten und beteten in alphabetischer Ordnung. Das Problem war, dass ich, der ich mich bis dahin als einen Einzigartigen gesehen hatte, als einen nicht Kompatiblen, von nun an keine Minute mehr allein war.

Weil ich mich nicht mehr als mein Eigentum erfuhr, behandelte ich mein Eigentum wie einen Teil von mir selbst. Eines Tages im Oktober vergaß ich meinen königsblauen Samtpullover auf dem Fußballplatz, erst in der Nacht, als ich längst schon im Bett lag – in einem Schlafsaal gemeinsam mit fünfzig anderen Schülern –, fiel es mir ein. Ein Kummer erfasste mich, der so ungewöhnlich schwer war, dass ich mich selbst darüber wunderte, dass mir sogar mitten in diesem Kummer klar war, dass mein Schmerz in gar keinem Verhältnis zu dem Ereignis stand. Mir wurde bewusst, dass ich irgendwie verrückt geworden war. Ich fürchtete, mein Pullover könnte sterben. Ich sah dieses königsblaue Eigentum, wie es neben der Weitsprunganlage im Sand lag. Über ihm der Himmel, die Welt grauenhaft offen, über das Weltall wusste ich damals Bescheid. Andererseits – so sagte mein Verstand: Wer würde schon so einem Pullover etwas antun wollen! Ohne jeden Zweifel würde er morgen an derselben Stelle liegen, vielleicht etwas feucht vom Tau, aber immer noch mein Eigentum, von niemandem begehrt, von keinem verflucht. Das Heim in der Nacht zu verlassen war streng verboten, und bestraft wurde brutal und ohne Verhandlung. Dennoch schlich ich mich hinaus, um mein Eigentum zu bergen. Ich drückte das schmutzige, feuchte Ding an mein Herz, und den Rest der Nacht schlief ich mit dem Pullover unter meinem Kopf.

Der Mangel an Einsamkeit drohte mich zu veridioten. Ich hatte bald keine eigenen Gedanken mehr, keine Fantasien, keine eigenen Interessen, keine Vorlieben, nicht einmal eigene Laster. Wenn es sich durch einen Zufall ergab, dass ich zum Beispiel allein auf der Personalstiege saß, die durch den hinteren Teil des Heims führte, dann befiel mich eine altbackene, erwachsene Nostalgie: Ja, ja, sagte ich mir dann, so war das früher.

Und dann eines Tages wurde ich krank. Ich hatte über achtunddreißig Grad Fieber, und das hieß, ich wurde ins Krankenzimmer gebracht. Das Krankenzimmer lag abseits allen Geschehens, es war ein kleiner, heller, ruhiger Raum mit Blick auf Laub und Himmel. Hier war ich allein. Es duftete nach frischer Wäsche, es roch wie zu

Hause, wenn meine Großmutter bügelte. Weil meine Krankheit als ansteckend galt, durften mich meine Mitschüler nicht besuchen. Ich bekam das Essen ins Zimmer gestellt, nicht dasselbe Essen wie die Schüler, nein, Tellerchen und Becherchen vom Essen der Kapuziner waren es. Einmal am Tag kam ein Pater, der beugte sich über mich, drückte mit dem Griff eines Löffels meine Zunge nach unten, maß meine Temperatur und sagte:»Eine Woche wird es sicher dauern.«

Im Krankenzimmer gab es außer dem Mobiliar nur zwei Gegenstände, nämlich einen Rosenkranz aus großen Holzperlen und ein Radio.

Ich hörte Radio. Ich hörte das erste Hörspiel meines Lebens. Ich war vorher weder im Theater gewesen noch im Kino. Einmal hatte ich eine Kindervorstellung eines Puppentheaters erlebt, Kasperl, Krokodil, Großmutter und so. Ich hatte die ganze Sache verachtet. Und nun hörte ich Radio. Es wurde das Hörspiel *Dickie Dick Dickens* gesendet, ein Kriminalstück in Fortsetzungen, jeden Tag eine Folge.

Wenn ich sage, damals erlebte ich zum ersten Mal eine erfundene Geschichte, so ist das objektiv natürlich nicht richtig, subjektiv gesehen aber trifft es zu. Wir waren eine erzählsüchtige Familie. Mein Vater redete ununterbrochen, immer hatte er Spannendes, Neues, Interessantes auf Lager. Von den Tagesereignissen berichtete er, aus der Geschichte, aus der Mythologie – mir war das ein und dasselbe. Meine Mutter und meine Großmutter kämpften mit permanentem Erzählen von Wie-es-früher-draußen-in-Coburg-war gegen ihr Heimweh; meine Großmutter verwob in diese Erzählungen obendrein ihren riesigen Märchen- und Sagenschatz, und sie tat das so geschickt, so übergangslos, so ohne zu unterscheiden, dass ich getrost davon ausgehen durfte, Hänsel und Gretel seien Nachbarskinder jenes Fräulein Montag in der Malmedystraße in Coburg gewesen, bei der meine Großmutter in den frühen Zwanzigerjahren die Wäsche gewaschen und gebügelt hatte.

Ich war der Zuhörer.

Nichts von all dem, was zu Hause erzählt worden war, keine dieser vielen, bunten, wirren, fantastischen, eigentlich nie lehrreichen Geschichten, war mir je erfunden vorgekommen, nicht real, nicht in der mich umgebenden Wirklichkeit von Tisch und Stuhl und Hose und Hemd geschehen. Meine Schwester las, sie war eine der besten Kundinnen der Leihbibliothek, verschlungen hat sie die Bücher. Sie wusste zwischen Fiktion und Wirklichkeit sehr sauber zu unterscheiden. Ich habe nicht gelesen. Warum auch, mir wurde ja erzählt.

Ich nahm alles für bare Münze. Ja hieß ja. Nein hieß nein. Grau war nichts weiter als eine Mischung von Schwarz und Weiß. Es gab für mich nur die Realität. Erfindung war für mich gleichbedeutend mit Lüge. Fiktionen kannte ich nicht. Ich war nur an handfesten Wahrheiten interessiert – Schrauben, Drähte, Karl der Große, Weltall, Geißen in Uhrenkästen, Wolfsbäuche voller Wackersteine, Fahrradklingeln, Zement, Kaiser Augustus, der heilige Antonius in der Wüste und so weiter ...

Die Geschichten von Dickie Dick Dickens aber, das wusste ich, daran zweifelte ich nicht einen Augenblick, die waren erfunden. Hier wurde aus einer erfundenen Welt erzählt. Auch die Atmosphäre des Krankenzimmers kam mir unrealistisch vor, aber doch war der Raum Realität genug, dass er einen Kontrast bildete zu dem, was da aus dem Radio kam.

Dieser Kontrast störte mich. Zu der künstlichen Geschichte wollte ich mir eine künstliche Umgebung schaffen. Ich nahm den Radioapparat unter die Zudecke. Ich zog die Pappröhren aus den Klopapierrollen, steckte drei ineinander und legte so einen Schnorchel in meine Unterwelt, damit ich genug Luft bekam. Das Tageslicht schimmerte durch die Zudecke, ich konnte die Bettfedern als Schattenmuster sehen, es war warm, ich hatte ein wenig Fieber, ich hörte *Dickie Dick Dickens*.

Ein eigenartiger Gedanke kam mir damals. Ich wusste, hier wird aus einer erfundenen Welt erzählt. Ich fragte mich: Was ist das für eine Welt? Wo existiert sie? Und die entscheidende Überlegung: Wenn hier aus einer erfundenen Welt erzählt wird, dann beherbergt diese

Welt wohl auch Geschichten, die noch gar nicht erzählt wurden. Das heißt – und hier wird es sophisticated –, das heißt, die Erfindung betrifft die Welt, nur die Welt; wenn diese Welt aber erst einmal erfunden ist, dann braucht man sie nur noch nach Geschichten abzusuchen.

Eine kuriose, eine fantastische, aber eine für einen Schriftsteller, einen Geschichtenerzähler, durchaus brauchbare Überlegung: Man muss lediglich so tun, als ob diese Welt existiert, alles andere ergibt sich von selbst. In dem Einsilberwortpaar *als ob* lag also das Geheimnis. Und in meiner Welt unter der Zudecke dachte ich: Ja, du hast das Geheimnis gefunden.

Die Welt von Dickie Dick Dickens war das Gangstermilieu von Chicago. Darunter ließ sich viel verstehen. Wenn eine Folge zu Ende war, schaltete ich den Radioapparat ab, blieb aber unter der Zudecke, saugte Luft aus meinem Pappschnorchel und suchte und fand eine andere, eine neue Geschichte aus dieser Welt. Ich bildete mir nicht ein, ich hätte diese Geschichte *erfunden*.

Nun sind aber eine Geschichte erzählt zu bekommen und eine Geschichte zu erzählen zwei verschiedene Dinge, und die Sache wird bald unhandlich und langweilig, auch für den Erzähler, wenn es an Dramaturgie mangelt. Was aber ist Dramaturgie? Wie kann man Dramaturgie erlernen? Und damit komme ich auf den zweiten Gegenstand in dem Krankenzimmer des Internats zu sprechen: auf den Rosenkranz.

Wenn ich nicht Radio hörte oder Geschichten fand, vertrieb ich mir die Zeit mit Rosenkranzbeten. Ich habe immer gern den Rosenkranz gebetet, es erinnerte mich an die Abende, wenn meine Großmutter zu Hause erzählte. Sie sprach beim Erzählen mit leiser, schleppender, nur wenig betonender Stimme. Ähnlich kamen einem die Worte beim Beten aus dem Mund.

Nachdem ich nun die Welt der Fiktionen als eine Welt des dramatisierten *Als Ob* entdeckt hatte, sah ich den Rosenkranz unter einem ganz neuen Blickwinkel. Was, wenn die Geschichte, die in diesem Gebet erzählt wird, genauso erfunden ist wie die Geschichte von Dickie Dick Dickens?

Der Rosenkranz ist die beziehungsreich umschmückte Biografie eines Gottes. Und die Erzählung hat eine erstaunliche Dramaturgie. In einem großen Psalter, der den Freudenreichen, den Schmerzensreichen und den Glorreichen Rosenkranz umfasst, sind die Forderungen aller abendländischen Poetiken von Aristoteles über Gustav Freytag bis zum Filmtheoretiker Syd Field erfüllt. Im Großen Psalter sind drei Dramen verwoben, jedes dieser Stücke umfasst, wie es sich für ein klassisches Drama gehört, fünf Akte, es sind dies die sogenannten Geheimnisse. Motive kehren über alle drei Teile wieder, zum Beispiel der Heilige Geist, von dem die Jungfrau im Freudenreichen ihren Sohn empfangen hat, und den Jesus uns im Glorreichen vom Himmel herabsendet; oder das Motiv der Krönung, das die Dornenkrone ebenso einschließt wie die himmlische Krönung der Jungfrau.

Der Rosenkranz ist streng dramatisch gebaut. Betrachten wir die Abfolge der Glorreichen Geheimnisse. Die Sache beginnt mit einem Paukenschlag: Der von den Toten auferstanden ist. Die Hörfunkfolgen von Dickie Dick Dickens begannen ebenfalls immer mit einem Paukenschlag, der zwar inhaltlich meist vom Gegenteil berichtete, einem Mord zum Beispiel, aber die Botschaft war ähnlich: Herhören, etwas Außergewöhnliches ist geschehen. Die Himmelfahrt Christi, von der im zweiten Geheimnis berichtet wird, entspricht sogar in der Richtung der Bewegung dem, was in der Technik des Dramas von Gustav Freytag die steigende Handlung genannt wird. Welche Folge – übertragen auf Dickie Dick Dickens – hat der Mord am Anfang? Die Gangstersyndikate formieren sich. Im dritten, dem zentralen Akt folgen Höhepunkt und Peripetie knapp aufeinander. Der Held setzt eine Tat, deren Folgen nicht mehr aufzuhalten, nicht mehr umzukehren sind. Dickie Dick Dickens, der Detektiv, spielt die Bosse gegeneinander aus. Jesus Christus sendet uns den Heiligen Geist. Es folgen die sogenannte fallende Handlung und der Augenblick der letzten Spannung.

Rosenkranz und Radio verdankte ich, dass ich die Einsamkeit zurückgewann, in der allein wir tun können, als ob wir einsam wären, was wiederum die Grundvoraussetzung dafür ist, dass wir der wirklichen Einsamkeit, dem Verlust des Eigenen nämlich, entgehen.

Königsschach

Robin Loggie, einer der Manager von Bob Dylan, wollte dem Rockstar zu dessen fünfundvierzigstem Geburtstag eine Schachpartie mit Weltmeister Bobby Fischer vermitteln.

Loggie hielt die Idee geheim, selbst vor seiner Frau und deren Sohn. Denn erstens war es nicht sicher, ob er Erfolg haben würde, zweitens war in Dylans unmittelbarer Umgebung eine Art Wettbewerb ausgebrochen, der umso kopfloser wurde, je näher der 24. Mai rückte: Wem gelingt es, dem Chef etwas zu schenken, das ihn einigermaßen in Erstaunen versetzt? Der aufbrausenden Entscheidungswut Dylans wäre es zuzutrauen gewesen – so Loggie –, dass er als Dank die Hierarchie seines Managements neu ordnete.

Robin Loggie beauftragte eine Detektei in Santa Monica, den Schachgroßmeister aufzuspüren und sich mit ihm in Verbindung zu setzen, verschwieg aber, worum es sich handelte. Mr. Bob Dylan wolle Mr. Bobby Fischer sprechen, das war alles. Der Erfolg war prompt. Es stellte sich nämlich heraus, dass Fischer Dylan ebenso bewunderte wie Dylan Fischer. Die Detektei organisierte ein Treffen in Albuquerque, und Loggie, der es gut verstand, Menschen in die Augen zu sehen, trug Fischer sein Anliegen in aller Offenheit vor. Fischer soll sehr aufgeregt gewesen sein, heißt es.

Am 23. Mai 1986 holte Robin Loggie Bobby Fischer mit einer Limousine am Flughafen von Los Angeles ab, und sie fuhren nach Malibu, wo sie in Loggies Haus in der Colony bis knapp vor Mitternacht warteten. Fischer hatte ein Geschenk mitgebracht, ein altes Schachspiel, nicht sein erstes, aber sein zweites oder drittes. Die Figuren waren so abgegriffen, dass sich Schwarz und Weiß kaum mehr voneinander unterschieden. Loggie gab Fischer einige Instruktionen, und schließlich fuhren sie hinaus zu Dylans Haus, passierten die Wachen und betraten über den Strand die Veranda.

Dylan sei allein gewesen. Er sei auch nicht betrunken gewesen. Loggie sagt, er sei auf der Veranda gesessen und habe mit sich selbst Schach gespielt.

Dylan erkannte Bobby Fischer sofort. Die Wirkung war überwältigend. Auf beiden Seiten. Es seien sich diese zwei Großen gegenübergestanden wie kleine Fans – Dylan in einem schmutzigen T-Shirt und grün-rot-gerauteten Shorts, Fischer in dunklem Anzug, weißem Hemd und Krawatte –, und wenn nicht er, Loggie, eingegriffen hätte, hätte es geschehen können, dass gar nichts geredet worden wäre.

Loggie nahm den beiden sehr vorsichtig mit viel Fingerspitzengefühl die Schüchternheit, er habe Drinks gemixt, die beide abgelehnt, Witze gerissen, über die sie nicht gelacht hätten. Schließlich habe er Bobby Fischer an das Geschenk, nämlich dieses alte Schachspiel, erinnert.

Das erste Spiel – noch auf Dylans Brett, übrigens – sei nichts weiter gewesen als ein Nachstellen der Weltmeisterpartie Fischer gegen Spasskij 1972. Dylan kannte die Partie auswendig, und Fischer erinnerte sich auch noch recht gut. Dylan fragte, ob es unbescheiden wäre, wenn er seine Interpretationen dazu abgäbe, und Fischer hörte aufmerksam zu.

Er gehe davon aus, sagte Dylan, so jedenfalls offenbare sich ihm diese Partie, dass Fischer schon nach den ersten vier Zügen das Ende geahnt, wenn nicht sogar schon vorausberechnet habe. Die Partie ähne in ihrem Aufbau einem Spielfilm aus den Dreißigerjahren – eine überlange, flach ansteigende Exposition, die plötzlich zum Höhepunkt aufschnellt, nämlich dort, wo Spasskij seinen Springer zu opfern glaubt, in Wahrheit jedoch sowohl den Springer verliert als auch in der Folge den Turm blockiert, und das Ganze, ohne Fischers Königsbauern zur Deckung der Dame zu zwingen, wie Spasskij vermutlich geplant hatte. Von da an, so Dylan, nehme die Partie einen auch für den Laien voraussehbaren Verlauf, der zwar kürzer, aber ähnlich flach abfalle, wie die Exposition aufgestiegen sei. Zum Schluss ein einfaches Matt ohne Schnörkel.

Bobby Fischer gab ihm völlig recht.

Dylan war begeistert und fragte, ob ihn Fischer zur Gitarre singen hören wolle.

Loggie, der die beiden die ganze Zeit schweigend betrachtet hatte, bat Dylan um den Vorzug, die Gitarre aussuchen zu dürfen. Er entschied sich für die Gibson L-5, Baujahr 1941, eines der markantesten Stücke der Sammlung.

Dylan spielte ein altes Lied und ein neues – *To Ramona* und *Dark Eyes*. Fischer habe zugehört, die Beine weit von sich gestreckt, die Hände über dem Gürtel gefaltet. Da sei alles noch wunderbar gewesen.

Aber dann forderte Bobby Fischer Bob Dylan zu einer Partie auf, und zwar auf ebenjenem alten Brett mit den abgegriffenen Figuren. Dylan habe Weiß gezogen und die Partie begonnen. Er habe schnell und nachlässig gespielt, es sei ja nur eine Formsache gewesen, so sah es auch Loggie, eine Ehrensache, nichts Ernsthaftes, und es sei auch nicht zu erwarten gewesen, dass mehr als eine Partie gespielt werden würde.

Fischer allerdings habe sich auf jeden Zug konzentriert, es sei zwar keine Zeit ausgemacht worden, aber er habe bei jedem Zug mehrere Minuten verstreichen lassen, und Loggie dachte noch, es sei zwar anständig von dem Großmeister, dass er seinen Gegner nicht gleich vom Brett putze, aber es kam ihm doch irgendwie kindisch vor, mit wie viel Anstrengung er die Anständigkeit vorführte.

Um es kurz zu machen: Dylan gewann die Partie. Gefreut habe er sich darüber nicht. Gewundert habe er sich. Beide hätten sich gewundert. Und Loggie wunderte sich auch. Die Stimmung sei nicht mehr so besonders gewesen.

»Das ist ein Geburtstagsgeschenk wie eine Kaugummiblase«, sagte Dylan, »solange man sie für Vollgummi hält, durchaus imponierend.«

Fischer versicherte, er habe ihn nicht absichtlich gewinnen lassen, im Gegenteil, er habe Dylan sogar bis zu den letzten vier Zügen zu jener Partie gezwungen, die Bogoljubow und Réti 1925 in Baden-Baden gespielt hätten. Einen Gegner zu einem bestimmten Spiel zu zwingen, sei bei weitem schwieriger, als ein Spiel zu gewinnen. Erst beim viertletzten Zug sei Dylan ausgebrochen, und er, Fischer, habe vermutet, Dylan wolle ein Erstickungsmatt anstreben in der Art von Budrich – Gumprich 1950, und er habe sich rundum darauf eingestellt und dann …

»Ich bin ein Naiver«, sagte Dylan. Mehr nicht.

Loggie stellte erneut die Figuren auf und drehte das Brett um.

Dylan gewann wieder. Er wurde zornig. Diesmal habe er sogar saumäßig gespielt, sagte er.

Fischer sagte gar nichts. Er schaute auch niemanden an. Dylan nicht, Loggie nicht. Nur das Schachbrett schaute er an.

»Vielleicht liegt es an den Figuren und an dem schlechten Licht«, sagte Loggie. Er habe es ja nur gut gemeint, reden, reden, locker sein, habe er sich gedacht. »Bei diesem schlechten Licht kann es doch passieren, dass sich der eine oder andere bei den Figuren vergreift und anstatt Schwarz Weiß zieht oder umgekehrt.«

»Was heißt hier der eine oder der andere?«, fragte Dylan, ziemlich scharf, den Kopf gesenkt und die Augen blitzend, »und wer, bitte, ist hier der eine und wer der andere?«

Natürlich sei er, also Dylan, der eine und der, also Fischer, der andere, habe ihm Loggie eilig zugeflüstert.

Alle Lichter auf der Veranda wurden angezündet und eine dritte Partie aufgelegt. Dylan gewann abermals. Weiß im Gesicht und feucht sei Bobby Fischer dagesessen, die Hände zu Fäusten geballt. Dylan sei aufgesprungen, gleich nach seinem Mattzug, habe dem Korbsessel einen Tritt versetzt.

Fischer rührte sich nicht von der Stelle, zwischen den Fäusten das Schachbrett, so saß er da. In seinem schwarzen Anzug. Und still war es auf der Veranda, nur der Pazifik. Nur der Pazifik.

Dylan ging auf und ab und kaute an seinen Fingernägeln, und schließlich lief er zum Strand hinunter und verschwand in der Dunkelheit.

»Sie müssen sich bei ihm entschuldigen«, sagte Loggie zu Fischer.
Fischer nickte kurz, erhob sich und ging Dylan nach.

Was dann unten am Strand geschah, wusste Loggie nicht. Er habe die beiden allein gelassen, das sei ja klar. Er habe gewartet bis gegen vier Uhr, dann habe er geseufzt und sei nach Hause gegangen.

Ein Besucher in unserer Küche hat mir diese Geschichte erzählt – so oder so ähnlich.

Auf nach Jerusalem!

In Venedig lebte einst ein Edelmann, der ließ nichts aus. In den Nächten war er immer der Letzte, wenn es um das richtige Wort bei den Frauen ging, war er der Erste. Geld rieselte ihm in die Hände und von dort in die Taschen, er wusste nicht, was er dagegen hätte tun können. Von Tag zu Tag stärkte sich sein Charakter. Seine Güte wuchs. Er gab den Armen. Das konnte er so vorzüglich, dass die Armen nichts daran auszusetzen hatten. In der Kirche bekam er den ersten Strahl des Weihwassers ab. Jeder in Venedig hätte sich ihn als einen König denken können. Man nannte ihn nur den schönen Gherardino. Denn unter all seinen Gaben beeindruckte nämlich seine Schönheit am stärksten.

Kaum kam ihm der Gedanke, schön wäre es zu heiraten, eine liebe, schöne, kluge, reiche Frau, versteht sich, da traf er eine solche, sie ging gerade an seiner Haustür vorbei. Alles passte. Man heiratete. Man bekam ein Kind, Knabe, dann noch eines, Mädchen, beide schön, beide gesund, beide und so weiter. Venedig sang: Der schöne Gherardino hat bekommen, was zu erwarten war, nämlich vom Besten das Beste!

Der schöne Gherardino hatte einen Diener, der hieß Grillo, der steckte jeden Abend eine Hand in die Erde, was in Venedig nicht leicht ist, denn die Stadt ist, wie jeder weiß, über Wasser gebaut. Da hat sich Grillo einen Blumentopf mit Erde aus dem Umland in seine Kammer stellen lassen. Warum tat er so? Damit er nicht vom Boden abhebt. Denn das kann passieren, wenn man der Diener von so einem Herrn ist.

Eines Abends kam Grillo die Idee, dass der Teufel manchmal als Mann des Friedens komme, manchmal als Mann des Grauens und genauso manchmal als Mann des Glücks. Grillo sprach bei seinem Herrn, dem schönen Gherardino, vor und fragte: »Habt Ihr zurzeit irgendeine Beschwerde? Magen, Kopfweh, Hohlkreuz, eingewachsener Zehennagel, ein verlorener Band aus einer Gesamtausgabe oder so?«

»Nein, nichts dergleichen«, sagte der schöne Gherardino.

»Und hat es in Eurem Leben auch nie etwas Ähnliches gegeben bisher?«

»Nicht, dass ich wüsste.«

»Ich glaube«, sagte Grillo, »ich glaube, dann seid Ihr vom Teufel besessen.«

Er sagte das ohne Betonung irgendeiner Art, und der schöne Gherardino kannte seinen Diener genug, und er wusste, es war blanke Sorge.

Er sagte: »Also will ich ihn mit einer Reise nach Jerusalem austreiben.«

Da jammerte die Frau. Da jammerten die Kinder. Da jammerte ganz Venedig. »Weg will er! Unser Glanz will uns verlassen! Ach!«

Und weil der schöne Gherardino beides wollte, nämlich nach Jerusalem pilgern und zugleich nicht aus Venedig fortgehen, dachte er Folgendes: Bei einer Pilgerreise kommt es ja nicht auf das Ziel, sondern auf den Weg an. Und er verkündete: »Ich werde jeden Tag in meinem Palast fünf Stunden im Kreis gehen, bis ich so lange gegangen bin, wie der Weg nach Jerusalem lang ist. Und dann gehe ich auf dieselbe Weise wieder zurück.«

Grillo, sein Diener, musste ihn nach Jerusalem begleiten. Er trug die Koffer. So marschierten die beiden durch den Palast, von einem Zimmer in das nächste und dann ins übernächste und so weiter, bis sie fünf Stunden gegangen waren. Der schöne Gherardino führte genau Buch. Auf einer Landkarte verzeichnete er, wo sie an den jeweiligen Abenden angekommen wären, wenn sie wirklich über Land gehen würden.

In Florenz blieben sie zwei Tage, in Rom drei Tage. Das hieß, an diesen Tagen gingen sie nicht durch den Palast, sondern taten florentinisch und römisch.

Am Anfang war alles wie immer, nur dass der schöne Gherardino, anstatt auf den Sofas herumzuliegen, an den Sofas vorbeimarschierte. Aber mit der Zeit begann sich sein Charakter zu verändern. Er wurde ernst. Erst wurde er nur ernst. Dann wurde er streng. Grillo durfte nicht mehr neben ihm gehen, er musste hinter ihm durch die Zimmer gehen. Schließlich wurde er mürrisch.

Als sie in Sizilien angekommen waren und Grillo den Vorschlag machte, man solle sich auf ein Handelsschiff begeben und mit ihm über das Mittelmeer fahren – was einen guten Monat Ruhe bedeutet hätte –, da wurde der schöne Gherardino offen zornig und befahl seinem Diener, er solle ein Boot besorgen, man werde rudern.

Von nun an war alles nur noch Mühe und Qual. Anstatt durch den Palast zu wandern, setzten sich Herr und Diener jeden Morgen in ein Boot, und Grillo ruderte hin und her über den kleinen Kanal vor dem Palast. Und vergaß, an den Abenden seine Hand in die Erde zu stecken.

Gherardinos schöne, kluge Frau packte ihre Kinder und verließ ihren Mann. Die Bürger der Stadt schüttelten die Köpfe, und als Herr und Diener endlich nach Jahren in Jerusalem angekommen waren, war aus dem schönen Gherardino ein alter, bissiger, hässlicher, ganz und gar uninspirierter Mann geworden.

»Drei Tage Aufenthalt, dann geht's zurück!«, befahl er.

Am zweiten Tag in Jerusalem sagte Grillo zu seinem Herrn: »Hört zu, ich will Euch eine gute Nachricht bringen! Mir ist der Gedanke gekommen, es muss doch herrlich sein, in Jerusalem zu sterben.«

»Na und?«, sagte der hässliche Gherardino.

»Ich will hier bleiben«, sagte Grillo. »Hier in Jerusalem will ich meinen Lebensabend verbringen!«

»Was redest du da!«, fuhr ihn Gherardino an. »Wir sind in Venedig! Wir haben nur so getan, als ob wir nach Jerusalem fahren!«

Aber Grillo blieb dabei: Er wollte in Jerusalem sterben. Bei sich aber dachte er: Der Name des Teufels ist Als-ob. Er verließ den Palast seines Herrn, sagte: »Ich gehe hinaus in die Wüste.« Er zog in ein winziges Zimmerchen und steckte jeden Abend seine Hand in die Erde.

Der schöne, hässliche Gherardino aber trug selbst die Koffer von Jerusalem zurück nach Venedig.

In Italien, aber nicht nur dort, erzählt man diese Geschichte – so oder so ähnlich.

May You Never Be Alone Like Me

Der Chauffeur war erst siebzehn. Winzige Locken hatte er, die ließen sich nicht strecken. Harte Haare. Einen ganzen Kopf voll davon. Vorteil: Man kann sich bücken, und der Hut bleibt, wo er ist. Der kleine Chauffeur behielt beim Autofahren den Hut auf dem Kopf wie ein Profi oder ein Bauer oder ein Idiot.

Es war an Silvester 1952. Auf der Rückbank des Cadillacs lag ein hagerer Mann, eingewickelt in eine grobe Decke. Nicht zu sehen im Rückspiegel war er. Nicht zu hören war er. Im Auto schlief er immer. Vorher nahm er Tabletten.

Der Chauffeur war ein stiller, in sich gekehrter Junge aus Minnesota. Er hatte nie vorher einen so großen Wagen gefahren. Ging aber ganz gut. Wenn er den Rückspiegel verdrehte und sein eigenes Gesicht darin anschaute, konnte er sich ausdenken, wie er in vierzig Jahren aussehen würde. Nämlich wie sein Onkel Balthasar, der, seit sich einer erinnern konnte, versuchte, mit Kühlschränken zu handeln, und ein Arschloch war, nicht, weil ihm nichts auf der Welt gelang und alles danebengelang, und auch nicht, weil er sich nicht sauber halten konnte, wie es für einen Händler ja sicher günstig gewesen wäre, sondern weil er, was jeder wusste, und zwar wirklich jeder bis auf den Entscheidenden, ein Verhältnis mit der Frau des Mannes unterhielt, der in der Stadt das Wasserwerk unter sich hatte, und es nur eine Frage der Zeit war, bis der dahinterkommen und dann verrückt würde und Dinge anstellte, die ihn selbst und seine fette Frau, die zugegeben schöne, und den Onkel und die ganze Stadt ruinieren konnten, wie die Mutter des Jungen, der an Silvester 1952 diesen Cadillac fuhr, immer wieder ins Maul ihres Kühlschrankes hineinpredigte, weswegen es ja auch ein Segen war, dass er den Job als Chauffeur gekriegt hatte und raus aus der Stadt war, wenigstens er. Wenigstens er.

Er war sich nicht sicher, wie wichtig der Mann hinter ihm auf der Rückbank tatsächlich war. Er wusste nur, dass er in manchen Staaten sehr berühmt war, eher im Süden, eher in Alabama, wo der Junge noch nie war. Aber ob er auch gut war? In seiner Arbeit gut? Ein Mann für die kleinen Leute? Warum sprach er nie ein Wort mit ihm? Seit einer Woche waren sie unterwegs. Der dünne Mann stieg aus, nahm seine Gitarre aus dem Kofferraum, und dann, eine oder zwei Stunden nach Mitternacht, legte er die Gitarre wieder in den Kofferraum zurück, stieg hinten ein, rollte sich auf die Bank, verkroch sich in die Decke. Immer war ihm kalt. Schlief, noch ehe der Zündschlüssel umgedreht worden war. Brandvoll mit Schlaftabletten und Schnaps. Und sie fuhren in die nächste Stadt. Mit dem Chauffeur redete der dünne Mann nicht.

Nun befanden sie sich auf dem Weg von Kentucky nach Ohio. Am 1. Januar 1953 sollte am Nachmittag ein Konzert in Cincinnati stattfinden, oben auf dem Mount Adams, am Abend dann an der Miami University in Oxford, ungefähr zwanzig Meilen von Cincinnati entfernt. Der Chauffeur hieß Billy oder Willy oder Freddy, wahrscheinlich doch eher Willy. Hat hinterher niemanden interessiert. Außer die Polizei, die hat seinen Namen natürlich notiert, aber dort hat man den Schreibblock, wo der Name draufstand, verlegt. Dass es so etwas gibt, dass ein Name bei einer Behörde verlegt wird! Das ist so, als wenn einer den Mann ersaufen lässt und zuschaut, wie die dunklen Socken allmählich nach unten sinken und hell werden wie das Wasser, das selbst auch eher dunkel ist, weil wahrscheinlich Nacht ist während dieser Fahrlässigkeit.

Der magere Mann in der Decke auf der Rückbank des Cadillacs war Hank Williams. Er war tot. In dieser Silvesternacht 1952 war er tot. Und Willy wusste es nicht. Er fuhr ihn nach Ohio hinauf. Der Mann hinten auf der Sitzbank, den er im Rückspiegel nicht sah, war seit einer Woche sein Chef.

Williams war verletzt. Willy hatte keine Ahnung, woher die Verletzungen stammten. Eindeutig von Schlägen, stellte die Polizei fest.

Vor der Polizei sagte Willy aus: »Er hat mit mir nicht geredet.«
»Was nicht geredet?«, wurde er gefragt. »Was heißt nicht geredet?«
»Er hat nicht geredet«, sagte Willy, »einfach nichts gesagt.«
»Das heißt«, wurde Willy vom Sheriff gefragt, »du hast seine Stimme nie gehört?«
»Seine Stimme nicht gehört? Wenn er gesungen hat, habe ich seine Stimme gehört. Hank Williams war ein Sänger, Mann!«
»Das wissen wir«, sagte der Sheriff. »Was glaubst du denn, wer wir hier sind?«

Ein Foto von Hank Williams und seiner Frau Audrey: Der Meister der Countrymusic, der Shakespeare der kleinen Leute, wie er genannt wurde, steht vor einem Hauseingang, der von zwei weißen Holzsäulen flankiert ist. Die Arme hängen an seinem Körper herab. Die Knie sind leicht eingeknickt. Der Körper ist mondsichelhager und krumm wie eine aufgebogene Büroklammer. Er trägt eine helle Hose und ein weißes Hemd und auf dem Kopf seinen weißen Cowboyhut. Den Blick hat er abgewandt, als hätte er eben etwas sehr Ärgerliches gehört und wolle nicht, dass man die Reaktion darauf in seinem Gesicht sehe.

Im Vordergrund des Bildes befindet sich Audrey, sie ist wohl im Begriff zu gehen. Sie trägt einen schwarzen Rock, der ihr bis an die Knie reicht, und eine bunte Bluse mit kurzen Ärmeln. Ihr Haar fällt auf die Schultern, es ist in einem strengen Seitenscheitel geteilt. Sie hält die Hände vors Gesicht. Vielleicht will sie sich ja auch nur die Haare nach hinten streichen. Die Geste macht den Eindruck von blankem Entsetzen. Als wolle sie zu Hank sagen: »Jetzt ist alles aus. Alles ist zerstört. Nichts lässt sich mehr einrenken. Alles ist für uns verloren.« Die beiden blicken in verschiedene Richtungen. Sie hatten miteinander zu tun. Jetzt haben sie nichts mehr miteinander zu tun.

In Booklets wird diese Geschichte erzählt – so oder so ähnlich.

Schuhe aus Brandenburg, Litauen
und noch weiter her

Meine Großmutter war nicht größer als einen Meter fünfzig, wog nicht mehr als fünfundvierzig Kilo, und sie hatte graues Haar mit gelblichen Strähnen, die daran erinnerten, dass sie früher ein »Rotfuchs« gewesen war. Das Haar kämmte sie jeden Abend auf dem Bettrand sitzend hundertmal, und es reichte hinab bis auf die Matratze, und am Morgen drehte sie es zu einem Knoten. Ihr Gesicht roch nach Kernseife, es war blass, und die Haut war dünn. Über die Schläfen hinweg verzweigten sich feine, hellblaue Äderchen. Ihre Augen waren von Kränzen nestelnder Fältchen umschlossen. Mit einem Lächeln aus Demut und Skepsis gab sie den Menschen, die mein Vater bisweilen ins Haus brachte, die Hand, und wenn wir mit dem Opel Rekord in die Berge fuhren, um die Sensationen aus Stein zu betrachten, war ihr Blick ohne Neugierde.

Ich kannte sie nur als Fremde. Das letzte Viertel ihres Lebens war sie eine Fremde gewesen. Überall auf der Welt wäre sie eine Fremde gewesen, und sie war es allem und jedem gegenüber. Wenn sie *in die Stadt* ging, was einkaufen hieß, steckte sie sich eine vergoldete Brosche an, die die Form einer Margerite hatte, und das machte sie verletzbar gegenüber jedem harschen Wort, denn die Brosche sollte sagen: »Ich bin euch ein Stück weit entgegengekommen und habe mich für euch schön gemacht.«

Meine Großmutter sehe ich wacker alles Deutsche verteidigen, das sie im letzten Krieg verloren hatte, und das war nicht weniger als alles Deutsche, eben Deutschland selbst. Dieser Verlust muss absolut gewesen sein, so dass es außerhalb ihres Kopfes nichts mehr gab, das sich zur Entzündung ihrer Erinnerung eignete. Sie hatte jedes Ding verloren. Sie besaß kein Kleidungsstück mehr aus der Zeit vor dem Krieg, kein Buch, keinen Brief, keine Haarbürste, keinen Kochtopf, keine Handschuhe, nicht Messer, Gabel, Scher und Licht – nichts.

Nur Erinnerungen – Erinnerungen an Erlebtes und mehr noch: Erinnerungen an Erzähltes – Geschichten aus der Mark Brandenburg, Sagenhaftes aus Litauen und die Märchen der Brüder Grimm. Von ihrer Zeit als Ehefrau und Mutter sprach sie nie, auch nicht vom Tod ihres Mannes, den sie gewiss nicht geliebt, aber auch nur wenig gefürchtet hatte. Ihr eignes Leben war im Es-war-einmal nicht enthalten. Als ihr mein Vater zu Weihnachten 1957 eine Auswahl der Grimmschen Märchen schenkte, hob sie nur kurz den Buchdeckel und sagte: »Kenn ich alle.«

In der Mark Brandenburg war sie ihr Leben lang nicht gewesen. Was sie über dieses Land wusste, stammte wahrhaftig aus der Zeit um 1830. Ihr Großvater – also mein Ururgroßvater – war in Wustrau aufgewachsen, hatte als junger Lehrbub des Tischlerhandwerks seine Heimat verlassen und war zu Fuß bis nach Rom gewandert und wieder zurück und weiter hinauf bis nach Schweden und wieder herunter und nach rechts und nach links auf der Windrose, bis an den Rand des unentdeckten Landes, von dessen Bezirk kein Wandrer wiederkehrt. In Franken schließlich war er müde geworden und hatte sich sesshaft gemacht, vierzigjährig bereits, aber prächtig konserviert von Staub und Sonne. Er heiratete eine Katholikin, blond, sehr traurig und ein bisschen blöd, voll jener Hochherzigkeit der Entsagung, die den härtesten Widerstand zu brechen vermag. Er selbst war Protestant, er stimmte der katholischen Erziehung seiner Kinder zu. Bis an sein Lebensende – er wurde vierundachtzig Jahre alt – arbeitete er als Schreiner ohne feste Anstellung, und er arbeitete stets mit seinen eigenen Stemmeisen, die er im Rucksack aus Wustrau mitgebracht hatte. Das Gewicht des Familiären hatte ihn fast verstummen lassen. Nur seiner Enkelin erzählte er von seiner Kindheit und Jugend in der Mark, und meine Großmutter gab diese Geschichten an mich weiter. Als sie starb, erbte ich einen heiligen Josef, einen Hirten und ein Schaf. Die hatte ihr Großvater geschnitzt. Es war eines der vielen Zugeständnisse gewesen an seine katholische Frau. Die Figuren waren nicht im Besitz meiner Großmutter, eines ihrer Geschwisterkinder hatte sie unter irgendwelchen alten Sachen gefunden und mir zukommen lassen – als Andenken.

Meine Großmutter erzählte von ihrem Großvater, und die Geschichten aus Wustrau mischten sich in meinem Kopf mit den Märchen der Brüder Grimm, und sie unterschieden sich nur dadurch, dass sie einen Serienhelden hatten, einen Jungen namens Leopold – so hieß mein Ururgroßvater. Und dieser Junge tollte über die jeden Schritt dämpfende, sandige Erde der Mark Brandenburg, und es war, als hätte es damals keine anderen Kinder gegeben neben ihm, als hätten die Menschen in verschiedenen Sprachen gesprochen, denn er verstand nicht, was sie sagten. Sie prügelten ihn, weil er ihnen nicht gehorchte. Dann stand er da wie aus dem Element gefallen, kapierte einfach nicht, dass er bis an den Rand der Taubheit schwerhörig war. Also ging dieser Bub zu seinem Großvater, der als der zufriedenste Mann der Welt bekannt war, und der brüllte in sein Ohr: »Leopold, willst du die Geschichte hören, wie ich hierhergekommen bin aus Litauen?« Und das wollte der Bub.

»Du musst wissen«, schrie der geduldigste Mann der Welt und rieb seine Borsten am Gesicht des Enkels, »mein Vater war wie die da, ein unzufriedener Raufer, ein ungeduldiger Mensch, mäkelsüchtig, verbohrt, heimgesucht von Stunden der blassen Angst, noch den kleinsten Misshelligkeiten hilflos ausgeliefert, von Tagesanbruch an im Umtrieb, verstehst du, aber ohne dass etwas vorwärts ging, ein Mann, der nicht auf seinem Hintern sitzen konnte und es doch nicht über sich brachte, hinaus in die Welt zu ziehen. Er war in seine Träume verbissen, hörst du, vom Beginn seiner Lebensbahn an, das ist nie gut. Er wollte alles und alles auf einmal und alles sofort. Aber wer Wasser und Erde zugleich haben will, erhält einen Sumpf. Ich dagegen habe es gemacht wie mein Großvater: Ich habe einen Schritt vor den anderen gesetzt. Nur: Mein Großvater ist wieder in sein Dorf nach Litauen zurückgekehrt. Mich aber hat es hierher in die Mark verschlagen. Hier bin ich geblieben. Kennst du die Geschichte von meinem Großvater?«

»Ja, ja, ja«, sagte Leopold, »die kenne ich.«

Ich habe meine Großmutter gefragt, ob sie wisse, was ihr Ururgroßvater meinem Urugroßvater von seinem Großvater erzählte.

»Du musst lauter sprechen«, sagte sie.

»Ob du diese Geschichte kennst!«

»Na freilich«, sagte sie. »Du kennst die Geschichte doch auch. Es ist eine berühmte Geschichte. Es ist die Geschichte von dem, der um Arbeit in die Welt hinausging und gearbeitet hat sieben Jahr, dann einen Goldklumpen gekriegt hat, den er gegen ein Pferd, das er gegen eine Kuh, die er gegen ein Schwein, welches er gegen eine Gans, die er gegen einen Wetzstein getauscht hat, der ihm zu guter Letzt in einen Brunnen gefallen ist.«

»Die Geschichte von unserem glücklichen Vorfahren Hans«, sagte ich.

»Ja, die Geschichte von unserem glücklichen Vorfahren Hans«, sagte sie, »der in die Welt hinausgezogen ist und wieder zurückgekommen ist und zu Hause alles so vorgefunden hat, wie er es verlassen hatte. An ihm hätte sich mein Großvater ein Beispiel nehmen sollen. Warum nur musste dieser taube Leopold unbedingt fort aus der Mark Brandenburg, und warum, wenn er schon unbedingt fortmusste, warum ist er nicht wieder umgekehrt!«

So jammerte meine Großmutter.

Ich hatte ein Bild von Wustrau in mir: ein Marktplatz, in dessen Mitte ein Brunnen steht, in den Prinzessinnen goldene Bälle werfen, die von verzauberten Fröschen zurückgebracht werden. Um diesen Brunnen herum prunken Paläste und Bürgerhäuser, in denen Stroh zu Gold gesponnen und in winzigen Schuhen getanzt wird. Mein Wustrau hatte nur eine Straße, sie kam von außen und endete am Marktplatz. Der Marktplatz war ein heller, glücklicher Ort, aber die Straße dorthin war düster, und aus den Häusern drang eine Luft, die süß und schwer war und manchmal nach Keller roch. Da war das Haus des Müllers, der seiner Tochter die Hände abgehackt hatte, damit der Teufel sie und nicht ihn hole; oder das Haus, in dem die Frau mit den drei Töchtern lebte, von denen die erste ein, die zweite zwei, die dritte drei Augen hatte; und schließlich das letzte Haus der Straße, das unheimlichste, wo der Herr Korbes wohnte, der von den Dingen und den Tieren gleichermaßen gehasst und schließlich von ihnen in gemeinsamer Schlacht vernichtet wurde. – Auch wenn meine Großmutter versicherte, sie wisse nicht, warum ihr Großvater von Wustrau fortgezogen und nie mehr umgekehrt sei – ich wusste es. Denn auch am hellen Marktplatz, wo sich die Guten sammeln, wird das Leben zum Jammer, wenn man weiß, dass der Weg hinaus durch eine Gasse der Trauer und des Grauens führt. Und so war es für meinen Ururgroßvater eine leichte Entscheidung, aus Wustrau aufzubrechen und im Schutz seiner Schwerhörigkeit durch Europa zu wandern.

Nun war meine schwerhörige Großmutter ja ebenfalls aus ihrer Heimat ausgezogen. Ihre Tochter hatte während des Krieges einen österreichischen Soldaten geheiratet und war ihm nach Ende des Krieges in seine Heimat gefolgt. Die Tochter hatte vier Kinder geboren, zwei starben gleich nach der Geburt, übrig blieben meine Schwester und ich. Und eine Krankheit, die meine Mutter an Stützapparat und Krücken zwang und eine Haushaltshilfe notwendig machte. Also packte meine Großmutter ihre Sache in zwei Pappkoffer und übersiedelte auf die österreichische Seite des Bodensees. Und blieb hier sechzehn Jahre. Bis sie kurz vor ihrem Tod wieder nach Franken zurückkehrte. In all den Jahren hier weigerte sie sich, ihre Wäsche in den Schrank zu geben, sie bettete sie in die beiden mit winzigen Lavendelkissen besetzten Koffer. Denn sie glaubte, sie werde eines Tages ebenso plötzlich nach Hause gerufen, wie sie hierher gerufen worden war, und dann sollte keine Zeit mit Kofferpacken vertrödelt werden.

»Von selber geh ich nirgends hin«, sagte sie, »aber wenn man mich ruft, was bleibt mir dann übrig.«

Der Mond

Ein Vater hatte sieben Söhne. Und eines Tages rief er die sieben Söhne zu sich.

Und er sagte zu ihnen: »Ich bin krank, und weil ich bald sterben werde, möchte ich euch etwas sagen. Ich habe mich nicht viel um euch gekümmert. Ihr habt mich weder interessiert, noch habe ich euch geliebt. Mich hat nur eines interessiert, nämlich das Fleisch. Das Fleisch hat mir Glück und Segen und vor allem Geld gebracht. Das Fleisch kommt vom Tier. Und deshalb will ich, dass ihr auf meine Tiere achtgebt, wenn ich tot bin.«

Zum ältesten Sohn sagte er: »Du, du sollst dich um die Pferde kümmern.«

Zum zweitältesten Sohn sagte er: »Du, du sollst dich um die Rinder kümmern.«

Der dritte sollte sich um die Schweine kümmern, der vierte um die Ziegen, der fünfte um die Schafe, der sechste um Hund und Katze.

Zum jüngsten Sohn, dem siebenten, aber sagte er: »Du bist mir verantwortlich für das Ungeziefer und für das Geld.«

Und dann starb der Vater.

Nein, dieser Vater hatte sich nicht um seine Söhne gekümmert, und um seine Frau hatte er sich auch nicht gekümmert, und geliebt hatte er sie schon gar nicht. Deshalb wusste er nicht, dass seine Frau wieder schwanger war. Und er starb, ohne das Kind gesehen oder von ihm gehört zu haben.

Sie brachte ein achtes Kind zur Welt, es war ein Mädchen. Und als es auf die Welt kam, da waren seine Brüder, die sieben Söhne, gerade auf dem Feld bei der Arbeit. Und die Mutter sah, dass ihr Mädchen sehr hübsch war. Aber es störte sie, dass es die Händchen vor den Mund presste. Und da riss die Mutter dem Kind die Hände vom Mund. Und da sah die Mutter, dass das Kind Hauer hatte, ein gefährliches Gebiss. Scharfe, weiße Zähne. Und da sagte sich die Mutter: Dieses Kind soll niemand auf der Welt jemals sehen. Und sie band das Kind in der Wiege fest und schob die Wiege in eine leere Kammer und sperrte die Kammer ab.

Am Abend, als die Söhne von ihrer Arbeit nach Hause kamen, sagte die Mutter: »Diese Kammer hier dürft ihr niemals betreten.«

So vergingen viele Jahre. Und das Mädchen war fünfzehn Jahre alt geworden und lebte noch immer in der Kammer.

Eines Nachts wachte der jüngste Sohn auf, er hörte ein Hauchen. Er verließ sein Bett, um nachzusehen, und er sah, dass über dem Pferdestall eine Wolke schwebte. Aber er dachte sich: Ich bin ja nicht verantwortlich für die Pferde. Und legte sich wieder hin.

Am kommenden Tag musste eine Notschlachtung gemacht werden. Einem der Pferde war nämlich in der Nacht die Haut abgezogen worden.

In der nächsten Nacht wachte der jüngste Sohn wieder auf, und er hörte wieder ein Hauchen, und er sah, dass die Wolke diesmal über dem Rinderstall schwebte. Aber er dachte: Ich bin ja nicht verantwortlich für die Rinder, sondern für das Ungeziefer und das Geld. Und er legte sich wieder hin.

Am folgenden Tag musste ein Rind geschlachtet werden.

Und dann kamen ein Schwein dran und dann eine Ziege und dann ein Schaf. Nach der sechsten Nacht fand man den Hund und die Katze, und beiden war das Fell abgezogen. Und immer hatte der jüngste Sohn ein Hauchen gehört, und immer hatte er sich gesagt: Das interessiert mich nicht. Ich bin nicht verantwortlich.

Aber in der siebten Nacht, als er wieder ein Hauchen hörte, kam es von unten aus der Stube. Und da sah der Jüngste die Wolke über der Schatulle mit dem Geld schweben. Nun sagte er sich: »Dafür bin ich verantwortlich!«

Er nahm sein Messer und stach in die Wolke. Blutstropfen fielen aus der Wolke. Er folgte den Blutstropfen. Sie führten ihn zu der Kammer, die abgesperrt war. Und dann sah er, dass bei den Münzen die Zahl und auch das Bild abgeschleckt waren.

Am nächsten Tag stellte der Jüngste seine Mutter zur Rede und sagte: »Was ist hinter dieser Tür! Wenn du mir nicht antwortest, werden meine Brüder und ich die Tür aufbrechen!«

Da sagte die Mutter: »Gut. Geh du mit deinen Brüdern hinaus aufs Feld wie jeden Tag. Um Mittag werde ich kommen, um euch das Essen zu bringen. Und ich werde nicht allein kommen.«

Am Mittag kam die Mutter mit ihrer Tochter, dem fünfzehnjährigen Mädchen, aufs Feld. Und das Mädchen hielt die Hand vor den Mund.

Die Brüder blickten ihre Schwester an und verliebten sich in sie. Alle verliebten sich in sie, nur der Jüngste nicht.

Der sagte: »Warum hältst du deine Hand vor den Mund?«

Aber seine Brüder sagten: »Lass sie doch! Lass sie doch! Das sieht doch herzallerliebst aus, wie sie die Hand vor den Mund hält!«

Aber der Jüngste sagte wieder: »Warum hältst du die Hand vor deinen Mund?«

»Jetzt habt ihr eure Schwester lange genug angestarrt«, sagte die Mutter, »jetzt will ich wieder nach Hause gehen mit ihr.«

»Aber nein«, riefen die Brüder, außer dem Jüngsten, »aber nein, aber nein!«

»Was kann sie euch hier draußen schon nützen?«, sagte die Mutter.

Und da sagten die Brüder, außer dem Jüngsten: »Sie kann auf unser Pferd aufpassen, das unten in der Senke steht.«

So geschah es.

Aber der Jüngste gab Obacht. Und dann hörte er wieder das Hauchen. Er stieg hinunter in die Senke und sah die Wolke. Er hob einen Stein auf und warf ihn in die Wolke. Und die Wolke regnete Blut. Und als das Blut aus der Wolke geregnet war, sah der Jüngste seine Schwester. Sie saß in der Senke, neben ihr lag das Pferd. Blutig.

Da drehte sich der Jüngste um und ging hinaus in die Welt. Er ging und ging und legte sich hin, wenn er müde war, und dann ging er weiter.

Bald kam der Jüngste in einen Wald, dort sah er einen Turm. Er sah von weitem, dass der Turm Fenster hatte und auch eine Tür hatte. Und er sah, dass aus einem der Fenster eine junge Frau blickte, sie winkte ihm zu und rief, und sie hatte eine schöne Stimme. Er lief auf den Turm zu. Als er aber vor dem Turm stand, sah er, dass die Tür nur aufgemalt war.

Der Turm hatte keine Tür.

Die junge Frau rief aus dem Fenster: »Komm zu mir!«

»Wie soll ich das?«, rief der Jüngste.

Die Frau sagte: »Du musst mir nur deine Hand geben. Dann zieh ich dich empor.«

Und der Jüngste reichte ihr seine Hand hinauf. Und sie zog ihn zu sich in den Turm.

Die Frau sagte: »Bleib hier bei mir! Lebe mit mir!«

Und das tat er.

Er lebte bei der Frau, und jeden Tag versprach er ihr: »Morgen! Morgen werde ich eine Tür in den Turm schlagen! Morgen gewiss!«

Aber immer kam ihn etwas dazwischen. So ging das viele Jahre.

Er wollte nichts mit Tieren zu tun haben. »Keine Tiere«, sagte er zu der Frau, »keine Tiere! Lass uns Obstbäume pflanzen und Gemüse. Lass uns die Taschen voll Erde stopfen und voll Samen!«

Das taten sie.

Sie fragte: »Willst du mich heiraten?«

Er sagte: »Ja. Ja … wenn ich die Tür in den Turm geschlagen habe … dann.«

Sie sagte: »Mach das bald!«

Er sagte: »Zuerst will ich noch einmal meine Familie sehen. Dann heiraten wir gewiss.«

Sie warnte ihn und sagte: »Tu's nicht! Tu's nicht!«

Aber er sagte: »Ich muss.«

Sie gab ihm einen Kamm und einen Schleifstein und ein Stück Kohle. »Wenn du in Gefahr bist«, sagte sie, »dann wirf diese Dinge hinter dich.«

Dann ließ sie ihn ziehen.

Nach einer langen Wanderung kam der Jüngste in sein Dorf. Und schon von weitem sah er: Alles war tot, alles war zerstört. Auf den Straßen lagen die Tiere und die Menschen.

Und er rief nach seiner Mutter, und er rief nach seinen Brüdern, und er suchte das Haus seiner Eltern. Er fand das Haus, aber seine Mutter war nicht da, und seine Brüder waren nicht da. Er setzte sich auf die Veranda vor dem Haus.

Und da hörte er hinter sich das Hauchen. Er drehte sich um. Seine Schwester stand in der Tür. Sie hielt ihre Hand vor den Mund. Sie war noch schöner geworden. Und da verliebte sich nun auch der Jüngste in sie. Und er sah, dass sie sich freute. Und er sagte zu sich: Jetzt weiß ich, warum ich die Frau in dem Turm nicht geheiratet habe. Aber er fürchtete sich auch vor seiner Schwester. Denn er erinnerte sich noch gut daran, wie sie neben dem blutigen Pferd gesessen hatte, unten in der Senke.

Die Schwester sagte: »Komm herein, Jüngster! Ich koche für dich. Du wirst Hunger haben.« Dann nahm sie eine Geige von der Wand und sagte: »Hier! Spiel! Ich werde inzwischen für dich kochen!«

Und der Jüngste sagte: »Ich kann nicht Geige spielen, das kann ich nicht.«

»Wenn du erst spielst«, sagte sie, »dann kannst du es auch.«

Da spielte er. Und bei jedem Ton wunderte er sich, wie schön dieser Ton war. Die Schwester war in der Küche.

Während er spielte, sprang ein winziges Tier auf sein Knie. Und es kroch weiter bis hinauf zu seiner Schulter. Und dieses winzige Tier flüsterte ihm ins Ohr.

»Spiel weiter«, flüsterte das Tier. »Unterbrich nicht. Deine Mutter bin ich. Ich bin vor Angst so klein geworden. Und Angst hatte ich vor deiner Schwester. Sie hat alles getötet in unserem Dorf.«

Und der Jüngste spielte und hörte nicht auf damit und sagte: »Das glaube ich nicht. Ich liebe meine Schwester. Und ich habe in ihren Augen gesehen, dass sie mich auch liebt. Ich glaube nicht, was du mir hier erzählst!«

Und die Mutter, das winzige Tier, sagte: »Es ist wahr, in alle hat sie sich verliebt. Aber ihre Liebe bedeutet, dass sie tötet, und sie wird auch dich töten, wenn du nicht fliehst!«

»Aber wie soll ich fliehen!«, sagte der Jüngste. »Wie soll ich das machen?«

Das winzige Tier sagte: »Ich werde auf der Geige spielen. Ich werde auf der Geige herumhüpfen, und das wird wie Musik klingen, und deine Schwester in der Küche wird denken, du spielst.«

Da lief der Jüngste vor seiner Schwester davon.

Und dann kam die Schwester aus der Küche, und sie sah, dass sie überlistet worden war. Sie griff nach dem winzigen Tier und wollte es verschlingen. Aber das winzige Tier schlüpfte durch die schrecklichen, großen, weißen Zähne in den Mund der Schwester, und es rutschte über die Speiseröhre hinunter, schwamm durch den Magen, grub sich durch den Darm und floh hinten heraus. Aber die Schwester griff es wieder, und wieder schlüpfte das winzige Tier durch die Hauer in den Mund, wieder rutschte es über die Speiseröhre, schwamm wieder durch den Magen und grub sich durch den Darm. Und so immer wieder.

Dadurch bekam der Jüngste einen Vorsprung.

Am Schluss nahm die Schwester das winzige Tier, warf es zu Boden und zertrat es.

Die Schwester nahm die Verfolgung auf. Sie lief ihrem Bruder nach. Und der Bruder spürte, dass sie hinter ihm war. Aber er dachte: Nein, ich drehe mich nicht nach ihr um. Denn wenn ich sie sehe, kann ich nicht anders, dann muss ich mich in sie verlieben, und dann bin ich verloren.

Da fiel ihm der Kamm ein, den ihm die Frau im Turm gegeben hatte. Und er warf den Kamm hinter sich. Der Kamm verwandelte sich in einen See, der nun zwischen ihm und der Schwester war.

Aber die Schwester trank den See aus und nahm weiter die Verfolgung auf.

Der Jüngste erinnerte sich an das Stück Kohle, das ihm die Frau im Turm gegeben hatte. Er warf die Kohle hinter sich, und die Kohle verwandelte sich in einen Brand.

Die Schwester atmete den Brand in ihre Lungen und nahm weiter die Verfolgung auf.

Der Jüngste erinnerte sich an den Wetzstein, den ihm die Frau im Turm gegeben hatte, und er warf den Wetzstein hinter sich, und aus dem Wetzstein wurde ein Berg.

Die Schwester bohrte sich durch den Berg und nahm weiter die Verfolgung auf.

Da waren sie auch schon in dem Wald angekommen, in dem der Turm stand.

Der Jüngste lief auf den Turm zu, und aus dem Fenster blickte die Frau.

Sie rief: »Komm, gib mir deine Hand! Ich kann dich retten! Wärst du doch nur bei mir geblieben! Hättest du mich doch nur geheiratet! Hättest du doch nur die Tür in den Turm gebrochen!«

Sie nahm seine Hand und zog.

Aber da war auch schon die Schwester da. Und sie ergriff seinen Fuß und zog ihn zu sich herunter. Und die Frau zog ihn an der Hand zu sich hinauf. Und weil sie beide gleich stark waren, konnte es nicht entschieden werden. Und so war der Jüngste gespannt zwischen die Frau oben und seine Schwester unten.

Und dann wurde es Nacht. Und in der Nacht kam der Mond. Und der sah, dass der Jüngste gespannt war zwischen die Schwester und die Frau.

Und der Mond sagte: »Ja. Siehst du, so geht es mir auch. Einmal bin ich im Schwarzen, einmal bin ich im Weißen. Einmal im Hellen, einmal im Dunkeln. Du musst es aushalten! Halt es aus!«

Roma haben diese Geschichte erzählt – so oder so ähnlich.

Messer im Kopf

Mein erstes Messer hat sechzehn Schilling gekostet. Der Griff war aus Plastik, geformt und gefärbt wie Hirschhorn, die Klinge steckte in einer Kunstlederhülle. Es war das billigste Messer in der Auslage der Firma Collini, dem interessantesten Geschäft in unserem Dorf. Das Geld habe ich aus der eisernen Reserve meiner Mutter genommen. Die eiserne Reserve bestand aus einer Rolle Banknoten, die in einer Pralinenschachtel im Nachttisch meiner Mutter aufbewahrt war. Wenn meine Mutter von ihrer eisernen Reserve sprach, dann klang das so, als handelte es sich dabei um einen Körperteil, um einen Höcker wie beim Kamel. Ich weiß nicht, was hätte passieren müssen, damit dieses Geld offiziell angetastet worden wäre. Eine Zwanzig-Schilling-Note nahm ich. Münzen hatten in der eisernen Reserve nichts verloren. Die restlichen vier Schilling wollte ich auf andere Art verprassen. Es war mehr als Klauen, es war mehr als Diebstahl, es war eine Verletzung. Zu jener Zeit liebte ich niemanden mehr als meine Mutter.

Zu meiner Entlastung muss ich von der Auslage der Firma Collini erzählen: Es war im Grunde ein biederes Besteckgeschäft, Messer, Gabeln, Löffel für den Esstisch, aber im Schaufenster wurde fast nur Wildes gezeigt: Stiletts, Wurfmesser, Springmesser, Dolche, Schweizer Offiziersmesser mit dreißig und mehr Klingen, Macheten, Bowiemesser. Das Geschäft lag auf meinem Schulweg. Ich verließ täglich zehn Minuten früher das Haus, nur um zehn Minuten vor dem Schaufenster der Firma Collini zu stehen. Und ich war nicht der Einzige, der da stand. An manchen Tagen drängten sich die Buben zweireihig davor. Manche sprachen von nichts anderem als von den bunten Wurfmessern mit den breiten Doppelklingen und dem Griff aus Metall. Andere versicherten, mit der Luxusausführung des Schweizer Offiziersmessers könne man ebenso am Polarkreis wie am Äquator überleben. Einer war da, ein Südtiroler, den interessierte nur das

Springmesser, ein harmlos graues Ding mit einem Metallknopf an der Seite.

»Bei Knopfdruck springt die Klinge heraus«, berichtete er, »bei Knopfdruck verschwindet sie wieder.«

Mit dem Südtiroler befreundete ich mich. Wir hatten nur Messer im Kopf. Aber weder er noch ich besaßen eines. Er wusste alles über Messer. Er tat, als wäre sein rechter Zeigefinger eine Messerklinge, und legte ihn auf die linke Handfläche. Unter achtzehn, sagte er, dürfe die Klinge nicht über die Handfläche hinausragen, sonst mache man sich strafbar. Ich hatte kleine Hände. Ich hätte mir nur ein läppisches Messerchen kaufen dürfen.

Ich beschloss zu stehlen und zu lügen. Ich stahl den Zwanziger aus der Pralinenschachtel und betrat eines Nachmittags den Laden der Firma Collini. Eine Dame mittleren Alters stand hinter dem Ladentisch.

»Sie haben da ein Messer für sechzehn Schilling im Schaufenster«, sagte ich schnell, »das möchte ich gern, es ist aber nicht für mich, es ist für meinen Onkel, der vierzig Jahre alt ist und in Deutschland wohnt und dort in einem Geschäft arbeitet, in dem man alles kaufen kann, was mit Autos zu tun hat, und der hat genug von seiner Arbeit, und er hat sich vorgenommen, nach Australien auszuwandern und dort eine Farm aufzumachen, in der er Pelztiere züchten möchte, die er dann zu uns nach Europa schickt, vor allem nach Deutschland, vor allem nach Karlsruhe, wo er wohnt, damit die in Deutschland, vor allem die in Karlsruhe, die ihn in seiner jetzigen Arbeit so ärgern, endlich einsehen, was sie an ihm verloren haben, und in sich gehen und vielleicht einen Brief nach Australien schreiben, in dem sie ihn um Verzeihung bitten und bitten, er solle wieder zurück zu ihnen kommen, man biete ihm auch den obersten Posten an, diesem Onkel eben möchte ich das Messer zu Weihnachten schenken, es ist nicht für mich.«

»Das ist doch mir wurscht«, sagte die Frau und gab mir das Messer. Eigentlich war ich empört.

Die Klinge ragte mindestens fünf Zentimeter über meine Handfläche hinaus. Das heißt, genau habe ich das gar nicht abgemessen. Ich habe nämlich das Messer gar nicht aus seiner Hülle gezogen. Ich legte das Messer samt Hülle auf meine Hand. Ich war ein Verbrecher.

Ich steckte das Messer in meinen Ärmel, ging langsam heimwärts, bewusst langsam, bewusst unauffällig langsam.

Ich kam an einem Fußballplatz vorbei. Buben riefen mir zu, ich solle mitspielen. Ich wollte nicht auffallen und spielte mit. Wurde gefragt: »Warum bist du so komisch?« Sagte, ich hätte meinen Unterarm verstaucht. Hielt nämlich beim Spielen das Messer unter dem Jackenärmel fest.

Was sollte ich mit dem Messer tun?

Was sollte ich mit dem Messer tun? Wir hatten einen Gerümpelkeller zu Hause. Meine Eltern räumten nicht gern auf, bei uns war immer ein Saustall. Ich versteckte das Messer im unzugänglichsten Winkel, wo Rattenkot und schimmlige Kartoffelsäcke lagen. Ich wickelte es in Zeitungspapier. Die restlichen vier Schillinge warf ich in den Gulli vor unserem Haus.

Dann wollte es der Teufel, dass mein Vater einen Anfall bekam. Er räumte den Keller auf, bockte, fluchte, war ungut und tyrannisierte und fand das Messer. Er hielt es mit der Hülle in der Hand. Ich sah, dass die Klinge auch über seine Hand ragen würde.

»Woher hast du diesen Blödsinn?«

»Das Messer gehört dem Südtiroler«, sagte ich.

»Dann bring es ihm zurück und sag ihm, er soll sich hier nicht mehr blicken lassen!«

Ich warf es beim Bahndamm in die Brennnesseln. Die Klinge hatte ich nie gesehen.

Den Südtiroler fragte ich: »Warum seid ihr überhaupt hierhergekommen?«

Er sagte: »Denen dort unten tut es schon lang leid, dass sie uns einfach so haben ziehen lassen.«

»Woher weißt du das?«, fragte ich.

»Ich weiß es nicht«, sagte er. »Aber mein Vater weiß es. Er merkt es. Und der Freund von meinem Vater, der mit ihm hierhergekommen ist, der merkt es auch.«

Der Mantel

Der Vater lebte allein mit seiner Tochter. Wo war die Mutter? Keine Ahnung. War sie gestorben? Keine Ahnung. Manche behaupteten, sie sei ermordet worden. Und manche behaupteten, sie sei von ihrem Mann ermordet worden.

Der Vater lebte allein mit seiner Tochter, und er wollte nicht, dass sie das Haus verließ. Aber natürlich verließ sie das Haus. Sie war ein fröhliches Kind, und sie ging ihrer eigenen Wege. Sie ließ sich nur wenig von ihrem Vater erziehen.

Immer am Abend fragte der Vater: »Wo ist meine Tochter?«

Und er bekam zur Antwort: »Sie ist draußen bei den Flüssen.«

Das Land, in dem die beiden lebten, war von drei Flüssen durchzogen.

Und der Vater fragte: »Was machst du bei den Flüssen?«

»Ich rede mit ihnen«, sagte die Tochter. »Ich rede mit ihnen, und sie reden mit mir. Wenn ich mir keinen Rat mehr weiß, oder wenn ich nicht weiß, wie ich den Tag hinter mich bringen soll, dann frage ich die Flüsse. Sie geben mir einen Rat, und sie sagen mir, wie ich den Tag hinter mich bringen soll.«

Der Vater sagte: »Nein. Wenn du etwas nicht weißt, dann komm zu mir!«

Aber die Tochter ging weiter zu den Flüssen.

Und dann war sie achtzehn Jahre alt, und sie war die Schönste im ganzen Land. Und sie sagte: »Vater, es könnte sein, dass ich mir jemanden suche, den ich dann heiraten will.«

Und der Vater sagte: »Das muss aber ein guter Mann sein!«

Und sie sagte: »Ja, es wäre nicht schlecht, wenn es ein guter Mann ist.«

Und er sagte: »Nein, nein! Es muss ein sehr guter Mann sein! Darauf werde ich achtgeben!«

Und sie sagte: »Mir genügt es, wenn er einfach nur gut ist.«

Ohne dass es die Tochter wusste, verfasste der Vater eine Ausschreibung: »Wer meine schöne Tochter haben will, der soll sich melden!«

Und es meldeten sich Männer. Viele Männer meldeten sich. Drei Männer kamen in die engere Auswahl.

Der erste war ein Geiger, der zweite war ein Baumeister, der dritte war ein Dichter.

Der Vater hatte im Zimmer seiner Tochter einen Spiegel einbauen lassen, einen tauben Spiegel. Von außen konnte man durch den Spiegel hindurchsehen, im Zimmer der Tochter aber konnte man sich nur selbst im Spiegel sehen. Hinter dem Spiegel konnte man verstehen, was vor dem Spiegel gesprochen wurde. Aber vor dem Spiegel konnte man nicht verstehen, was hinter dem Spiegel gesprochen wurde.

Der Vater zeigte dem Geiger, dem Baumeister und dem Dichter seine Tochter, und die Tochter wusste es nicht.

»Da, seht sie euch an!«, sagte der Vater. »Was haltet ihr von ihr?«

Der Geiger sagte: »Wunderschön ist sie! Schon nach dem ersten Blick liebe ich sie. Und ich werde sie noch mehr lieben, wenn ich sie erst kennengelernt habe ...«

Der Vater unterbrach ihn: »Sag mir doch, wie sehr du sie liebst!«

Und der Geiger dachte nach und druckste herum, weil ihm zuerst nichts einfiel. Dann sagte er: »Ich liebe sie, wie ich das Abendrot im Frühling liebe, wenn es über der Araltankstelle erstrahlt. Mehr liebe ich eigentlich nichts auf der Welt.«

»Das ist mir zu wenig«, sagte der Vater. »Liebst du sie mehr als dein Leben? Das will ich wissen.«

»Mehr als mein Leben? Natürlich liebe ich sie mehr als mein Leben«, sagte der Geiger.

»Würdest du für sie sterben?«

»Ja, das würde ich.«

»Und wie kann ich das wissen?«, fragte der Vater.

»In meiner Musik«, sagte der Geiger, »in meiner Musik kann ich es darstellen. Ich kann so spielen, dass du es weißt.«

»Gut«, sagte der Vater.

Dann fragte er den Baumeister.

Und auch der Baumeister sagte: »Ich liebe deine Tochter. Und ich werde sie noch viel mehr lieben, wenn ich sie erst kenne.«

»Wie sehr liebst du sie?«

»Siehst du«, sagte der Baumeister. »Ich bin ein Jogger. Ich laufe täglich vier Stunden. Das Schönste, was es für mich gibt, ist der erste Schluck Wasser, wenn ich nach dem Laufen nach Hause komme. Und so sehr, glaube ich, liebe ich deine Tochter, wie diesen ersten Schluck Wasser.«

»Das genügt mir nicht. Liebst du sie mehr als dein Leben? Würdest du für meine Tochter sterben?«

»Das würde ich. Ja«, sagte der Baumeister.

»Wie willst du mir das beweisen?«

»Ich kann einen Palast bauen«, sagte der Baumeister. »Der wird so wunderbar sein, dass du dann weißt, dass ich deine Tochter mehr liebe als mein Leben.«

»Dann bau diesen Palast«, sagte der Vater.

Dann war der Dichter an der Reihe.

Der Dichter sagte: »Ich liebe nichts mehr als den Schlaf am Morgen, die letzte Viertelstunde, bevor ich aufwache. Und so sehr liebe ich deine Tochter. Und außerdem liebe ich sie mehr als mein Leben. Und ich werde es dir beweisen mit einem Gedicht.«

»Dann schreib dein Gedicht«, sagte der Vater.

Dann rief der Vater die Nachbarn zusammen und sagte zum Geiger: »Spiel nun dein Lied!« Und zum Baumeister sagte er: »Zeig uns nun deinen Palast!« Und zum Dichter sagte er: »Trag uns nun dein Gedicht vor!«

Und das war dann so.

Und hinterher fragte der Vater die Nachbarn: »Ihr habt es gehört, ihr habt es gesehen. Was habt ihr gehört, was habt ihr gesehen?«

Und die Nachbarn sagten: »Ein schönes Geigenspiel haben wir gehört, einen schönen Palast haben wir gesehen, ein schönes Gedicht ist uns vorgetragen worden.«

»Und sonst nichts?«, fragte der Vater.

»Was denn noch?«, wurde er gefragt.

»Habt ihr nicht gehört und nicht gesehen, dass der Geiger, der Baumeister und der Dichter meine Tochter mehr lieben als ihr Leben? Dass sie bereit sind, für sie zu sterben? Habt ihr das nicht gehört, nicht gesehen?«

Da waren die Nachbarn verlegen. »Nein«, sagten sie, »mit dem besten Willen, das haben wir nicht gehört und nicht gesehen.«

»Schade«, sagte der Vater, »schade.«

Und zu den drei Männern sagte er: »Es gibt nur eine Möglichkeit, wie ihr euere Liebe beweisen könnt.«

Er tötete sie.

Eines Tages kam die Tochter mit einem jungen Mann daher. Und dieser junge Mann konnte nicht Geige spielen, und ein Haus bauen konnte er auch nicht, und ein Gedicht schreiben schon gar nicht. Er war auch nicht schön. Er war auch nicht klug.

Die Tochter sagte: »Vater, ich glaube, ich liebe diesen da. Ich will mit ihm gehen, und vielleicht werde ich ihn heiraten.«

Der Vater sah ihn an und sagte: »Du also! Und du liebst meine Tochter?«

Und der junge Mann sagte: »Ja. Durchaus. Ich liebe sie. Doch. Ich will zumindest, wenn sie friert, sie wärmen. Und wenn die Sonne brennt, dann will ich ihr Schatten geben. Und vor den wilden Tieren will ich sie beschützen.«

»Nein, nein«, sagte der Vater. »Nein, nein. Ich will wissen, ob du sie mehr liebst als dein Leben. Ob du für sie sterben würdest.«

»Das würde ich nicht«, sagte der junge Mann. »Ich möchte für niemanden sterben. Darum.«

»Dann bekommst du meine Tochter aber nicht«, sagte der Vater.

»O doch«, sagte die Tochter. »Ich will ihn haben!«

Die Tochter floh. Mit dem Pferd des Vaters floh sie. Und ihr Bräutigam saß hinter ihr.

Da geriet der Vater außer sich vor Wut.

Er geriet außer sich vor Wut, und das war so: Er löste sich in Luft auf. Er war Luft. Durchsichtig. Schnell wie der Wind. Und mit dem Wind flog er seiner Tochter und ihrem Geliebten nach.

Als er sie erreicht hatte, ließ er sich von seiner Tochter einatmen. Und nun war er in ihr.

Da waren die Tochter und ihr Geliebter gerade beim ersten Fluss angekommen.

Da kroch der Vater in die Augen der Tochter. Und aus ihren Augen heraus blickte er auf ihren Geliebten, und er sagte: »Was? Diesen Mann hier soll ich ein Leben lang anschauen? Nein!«

Und zum Fluss sagten die Augen: »Fluss, mach aus deinem Wasser Blut!«

Und der Fluss, der sagte: »Das ist nicht gut. Aber weil du immer gut mit mir geredet hast, tue ich es für dich.« Denn der Fluss meinte ja, die Tochter spricht.

Und der Fluss verwandelte sein Wasser in Blut.

Als die Tochter den Fuß in den Fluss setzte, wich das Blut zurück, und sie kam trocken am anderen Ufer an. Aber als ihr Liebster in den Fluss stieg, floss das Blut zurück, und er musste durch das Blut schwimmen, und er war voll Blut, als er drüben ankam.

Und weiter ging die Flucht. Und sie erreichten den zweiten Fluss. Und dort schlüpfte der Vater, der ja als Luft in seiner Tochter war, in ihre Arme.

Sie wollte gerade ihren Liebsten umarmen, da sagten die Arme:

»Was? Den da, der so hässlich ist von verkrustetem Blut, den sollen wir ein Leben lang umarmen? Nein!«

Und zum Fluss sagten die Arme: »Fluss, mach aus deinem Wasser heißes Blei!«

Und der Fluss, der sagte: »Das ist nicht gut. Aber weil du immer gut mit mir geredet hast, tue ich es für dich.« Denn der Fluss meinte ja, die Tochter spricht.

Und der Fluss verwandelte sein Wasser in heißes Blei.

Als die Tochter den Fuß in den Fluss setzte, wich das heiße Blei zurück, und sie kam unversehrt am anderen Ufer an. Aber als ihr Liebster in den Fluss stieg, füllte sich sein Bett mit Blei, und er musste durch das Blei waten, und er war schrecklich verbrüht, als er drüben ankam.

Und weiter ging die Flucht. Und sie erreichten den dritten Fluss. Und dort schlüpfte der Vater, der ja als Luft in seiner Tochter war, in ihren Mund.

Und der Mund der Tochter sagte: »Was? Den da? Der von Blut verkrustet ist und von Blei verbrüht, den da soll ich ein Leben lang küssen? Nein!«

Und zum Fluss sagte der Mund: »Fluss, mach aus deinem Wasser Messer!«

Und der Fluss, der sagte: »Das ist nicht gut. Aber weil du immer gut mit mir geredet hast, tue ich es für dich.« Denn der Fluss meinte ja, die Tochter spricht.

Und der Fluss verwandelte sein Wasser in scharfe Messer.

Als die Tochter den Fuß in den Fluss setzte, wichen die Messer zurück, und sie kam unverletzt am anderen Ufer an. Aber als ihr Liebster in den Fluss stieg, schossen die Messer zurück, und er war grausam verwundet, als er drüben ankam.

Und er konnte sich kaum noch bewegen, und er sagte zu seiner Liebsten: »Jetzt muss ich wohl doch für dich sterben.«

Und die Tochter sagte: »Nein, ich werde dich gesundpflegen. Ich liebe dich.«

Da geriet der Vater abermals außer sich vor Wut, und das bewirkte, dass er sich abermals verwandelte, nun wieder zurück in seine menschliche Gestalt.

Da stand er vor den beiden.

Und da zog er einen Pfeil aus seinem Köcher, spannte ihn in seinen Bogen. Er wollte seine Tochter erschießen. Aber der junge Mann, ihr Liebster, der warf sich mit letzter Kraft vor sie, und der Pfeil durchbohrte sein Herz.

Er umschlang ihren Hals. Sie hob ihn auf das Pferd und ritt mit ihm davon. Seine Hände lösten sich nicht voneinander. Er blieb am Hals seiner Geliebten hängen, so starb er.

Die Tochter ritt in die Welt hinaus.

Aus der Tochter war eine wilde Jägerin geworden. Ihr Geliebter hing immer noch an ihrem Hals. Seine Haut war getrocknet von der Sonne, die Knochen waren gebrochen. Er war leicht geworden, er wehte hinter ihr her wie ein Mantel. Wenn es kalt war, wärmte er sie. Wenn die Sonne brannte, dann gab er ihr Schatten. Und vor den wilden Tiere in der Nacht schützte er sie.

Schließlich kam die Tochter zu den Feinden ihres Vaters. Sie stellte sich an die Spitze des Heeres. Die Generalin wurde sie genannt.

Der große Krieg der Generalin. Der Krieg der Tochter gegen den Vater. Alle Soldaten fielen. Auf beiden Seiten. Nur die Tochter blieb unverletzt, weil ihr Mantel sie schützte.

Endlich standen sich die Tochter und der Vater gegenüber.

»Ich könnte dich töten, wenn ich wollte«, sagte die Tochter. »Aber ich will es nicht.«

»Ich kann dich töten«, sagte der Vater, »und ich tu es!«

Und er nahm seinen letzten Pfeil aus dem Köcher, legte ihn in den Bogen und schoss. Und der Pfeil drang durch ihren Mantel hindurch in ihr Herz. So war die Tochter auf ewig mit ihrem Geliebten verbunden.

Elende Herumtreiber haben diese Geschichte erzählt – so oder so ähnlich.

Der Song

In Hamburg lebte ein Mann, der nicht mehr leben wollte. Er war neunundvierzig Jahre alt, als es so weit war. Er war nicht arm, auch reich war er nicht, aber doch wohlhabend. Er besaß eine Dreizimmerwohnung in einem Wohnblock, die gehörte ihm. Schulden hatte er nicht. Die Fenster seines Wohnzimmers, seines Schlafzimmers und des leeren Gäste- oder Kinderzimmers zeigten auf den Parkplatz vor dem Block. Dort stand auch sein Wagen, ein Toyota. Der Parkplatz öffnete sich zur Straße, und auf der anderen Seite der Straße war ein Einkaufszentrum, in dem auch eine Pizzeria, ein Café und eine Eisdiele untergebracht waren. Immer wenn der Mann sich gut gefühlt hatte, hatte er ein paar frische Sachen angezogen und in der Pizzeria zu Abend gegessen.

Der Mann lebte allein. Er kannte wenige Menschen. Er kannte Arbeitskollegen. Er arbeitete in einem Betrieb, in dem Isolierstoffe erzeugt wurden. Dieser Betrieb unterhielt auch eine kleine Forschungsabteilung, und dieser Abteilung stand er vor. Er wollte allein leben.

Es war bekannt, dass er gern Musik hörte. Er habe, hieß es, eine sagenhafte CD-Sammlung. Gesehen hat diese Sammlung freilich niemand. Der Mann erzählte davon. Er war nicht einer, der kurz angebunden war, er erzählte gern, und er erzählte von sich, er war kein stilles Wasser. Seine Sammlung, erzählte er, umfasse mehrere tausend Exemplare. Seine Lieblinge waren Lou Reed, John Lee Hooker, Neil Young, Leo Kottke, Laurie Anderson, Robert Johnson, Mississippi John Hurt, Muddy Waters, Hank Williams, Eric Clapton, Bob Dylan, Bruce Springsteen, Jimi Hendrix, Stevie Ray Vaughan, Woody Guthrie, Lester Young, Billie Holiday, Ry Cooder, The Beatles, Lightnin' Hopkins, Taj Mahal und ein paar andere.

Und dann wollte er nicht mehr leben.

Er kündigte seinen Job. Er sagte, er wolle wegziehen, in die Südsee, einfach hinaus. Oder nach Bali. Alle konnten ihn verstehen. Man dachte sich: Ja, klar, wenn ich in seiner Situation wäre, warum nicht? Die Wohnung, sagte er, werde er behalten, die laufenden Zahlungen lasse er von seinem Konto abbuchen, er habe sich einiges gespart. Natürlich hatte er sich einiges gespart. Alleinstehend, gut verdienend, ohne arg kostspielige Hobbys oder Laster. Er musste sich einiges gespart haben.

Er gab in der Kantine des Betriebs ein kleines Fest, ein Abschiedsfest. Er werde Ansichtskarten schreiben, sagte er. Damit rechnete niemand.

Er legte sich in seinem Wohnzimmer auf die Couch und nahm eine Überdosis von einem Schlafmittel. Zum Sterben hörte er Leo Kottke, und zwar die Nummer *Running Up the Stairs* von der CD *Great Big Boy*. Er drückte die Repeat-Taste, schaltete die Lautstärke weit herunter, so dass das Lied leise aus den Boxen klang und den Raum erfüllte.

So starb er.

Er starb im Februar 1992. Im September 1998 wurde er gefunden. Sein Körper war ausgetrocknet und gut erhalten. Die Heizung war auf zweiundzwanzig Grad geschaltet. Auf seinem gelben, ledrigen Gesicht lag eine feine Staubschicht. Der CD-Player spielte *Running Up the Stairs* von Leo Kottke.

Über die Geschichte wurde in den Zeitungen geschrieben. Jemand erzählte davon dem Gitarristen und Sänger Leo Kottke. Derjenige lachte schallend: »Niemand auf der Welt, Leo, hat dich so oft gehört wie dieser Mann.«

»Wie oft?«, fragte Kottke.

»Wie lang ist die Nummer?«, fragte der Mann.

»Gute drei Minuten«, sagte Leo Kottke.

Der Mann zog seinen Taschenrechner aus der Tasche und begann zu rechnen. Am Ende sagte er: »Er hat dich ungefähr eine Million Mal gehört.«

Da sei es Leo Kottke schwindlig geworden.

»Wer, denkst du«, habe er gefragt, sehr ernst gefragt, »wer von uns beiden, denkst du, ist jetzt, nachdem man ihn gefunden hat, erlöst – er oder ich?«

Der Mann konnte Leo Kottke darauf keine Antwort geben.

Ein Jahr später hatte der Musiker einige Auftritte in Europa, und bei dieser Gelegenheit besuchte er Hamburg, und er ließ sich mit einem Taxi vor den Wohnblock des Mannes fahren, der eine Million Mal seinen Song gehört hatte. Aber er stieg nicht aus dem Taxi aus. Es regnete, und Kottke hatte keinen Schirm bei sich. Wenn er das Fenster im Auto öffnete, konnte er auch so die Fassade des Hauses sehen. Außerdem wusste er nicht, welche Fenster zur Wohnung des Mannes gehört hatten. Es genügte ihm.

Die von der internationalen Polizei haben diese Geschichte erzählt – so oder so ähnlich.

Kafkas *Prozeß*, das Manuskript

Von August 1914 bis Januar 1915 schrieb Franz Kafka an seinem Roman *Der Prozeß*.

Aus Kafkas Tagebuch, 15. August 1914:
»Ich schreibe seit ein paar Tagen, möchte es sich halten. So ganz geschützt und in die Arbeit eingekrochen, wie ich es vor zwei Jahren war, bin ich heute nicht, immerhin habe ich doch einen Sinn bekommen, mein regelmäßiges, leeres, irrsinniges, junggesellenmäßiges Leben hat eine Rechtfertigung. Ich kann wieder eine Zwiesprache mit mir führen und starre nicht so in vollständige Leere. Nur auf diesem Weg gibt es für mich Besserung.«

Das Manuskript liegt vollständig vor: handgeschrieben, 316 Seiten auf 161 Blättern in Quartformat, 20 cm × 24,5 cm. Kafka benutzte gern Schulblöcke dieser Art für seine Arbeit, so sind auch seine Tagebücher auf solchen geschrieben. Die Blätter, die einen Rotschnitt aufweisen, sind beidseitig mit schwarzer Tinte beschrieben. Kafkas Handschrift ist über weite Strecken leicht zu lesen. Dann wieder schrieb er in einer eigenen Kurzschrift. Korrekturen sind selten. Es scheint, als habe Kafka den Text nur während der ersten unmittelbaren Niederschrift, später jedoch nicht mehr überarbeitet.

1920 schenkte Kafka das Manuskript seinem Freund, dem Schriftsteller Max Brod.

Der Roman ist ein Fragment geblieben. Zumindest ging man immer davon aus, dass die Arbeit am Manuskript nicht abgeschlossen wurde. Max Brod nannte den *Prozeß* ein Fragment. So sind darin mehr oder weniger in sich abgeschlossene Prosastücke enthalten, unter anderem auch *Der Heizer*, den der Autor später seinem Roman

Der Verschollene (von Max Brod *Amerika* genannt) als erstes Kapitel vorangestellt hat.

Knapp vor seinem Tod bat Kafka Max Brod (schriftlich), er möge alle seine nicht veröffentlichten Manuskripte verbrennen. Brod tat das nicht.

1925 brachte Brod den *Prozeß* im Verlag »Die Schmiede« in Berlin heraus. Das Buch kostete im Pappband 4,50 Mark, im Leinenband 5,50 Mark. Hermann Hesse schrieb im Berliner Tagblatt eine Rezension, er nannte es »ein seltsames, aufregendes, wunderliches und ein beglückendes Buch«.

1933 wurde der *Prozeß* ins Französische und Italienische übersetzt.

1935 erschienen die ersten vier Bände der von Max Brod und Heinz Politzer herausgegebenen *Gesammelten Schriften* Franz Kafkas im Schocken Verlag in Berlin. Wenige Monate später musste der Verlag die Bücher aus den Buchhandlungen zurückholen, weil Kafkas Literatur von der nationalsozialistischen Reichsschriftumskammer auf die »Liste des schädlichen und unerwünschten Schrifttums« gesetzt wurde.

Der Schocken Verlag emigrierte mit seinen Lagerbeständen in die Tschechoslowakei. 1936 und 1937 wurden die Bände 5 und 6 der *Gesammelten Schriften* in Prag veröffentlicht.

1937 erschien der *Prozeß* in englischer, 1940 in japanischer Sprache.

1939 floh Max Brod vor den einmarschierenden deutschen Truppen aus Prag. In seinem Handgepäck hatte er Kafkas Manuskripte, darunter das Manuskript von *Der Prozeß*. Er floh über Rumänien nach Israel. Seine eigenen Manuskripte ließ er sich nachschicken.

1956, während der Suez-Krise, sorgte Max Brod dafür, dass das *Prozeß*-Manuskript in die Schweiz gebracht und in einem Banksafe verwahrt wurde.

In den Achtzigerjahren wurde das Manuskript unverhofft bei Sotheby's in London ausgeboten. Wie es dazu kam, ist nicht gesichert. Man nimmt an, Brods Sekretärin und Lebensgefährtin hat es dem Auktionshaus übergeben. Das Manuskript wurde durch die Deutsche Schillergesellschaft für das Deutsche Literaturarchiv erworben. Über den Preis wird spekuliert. Er dürfte nicht unter drei Millionen Deutsche Mark gelegen haben.

Dr. Christoph König wurde vom Literaturarchiv in Marbach am Neckar beauftragt, das Manuskript aus London abzuholen. Er nahm zu diesem Zweck seine alte Schultasche mit. Er steckte das Paket mit den 161 Blättern hinein. Die Schlösser an seiner Schultasche funktionierten nicht mehr. Er fuhr mit der Untergrundbahn durch London, musste stehen, weil alle Plätze besetzt waren. Die alte Lederschultasche klemmte zwischen seinen Füßen.

»Du hättest zum Idioten der Germanistik avancieren können«, sagte ich zu ihm.

»Nicht nur der Germanistik«, sagte er.

»Hast du keine Sekunde daran gedacht?«

»Natürlich habe ich daran gedacht. Ich habe auch daran gedacht, die Tasche einfach in der U-Bahn liegenzulassen.«

»Absichtlich?«

»Ja. Aus Verrücktheit. Der wirklich große Mut einer Verrücktheit besteht ja darin, sich freiwillig und bewusst und absichtlich zu einem überragenden Idioten zu machen.«

»Man hätte die Tasche gefunden, und man hätte das Manuskript erkannt. Es wäre nicht verlorengegangen.«

»Das habe ich mir auch überlegt«, sagte er. »Das Manuskript eines Buchs, das wie kein anderes unser Jahrhundert in ein Bild fasst, das den Vernichtungswunsch seines Schöpfers überdauerte, die Vernichtungswut der Nazis, einen Nahostkrieg, das unbeschadet durch Gier und Spekulation gegangen ist, das lässt sich nicht auslöschen durch eine Verrücktheit.«

»Aber vielleicht durch einen dummen Zufall. Oder ein Taschendieb hätte es dir aus der Hand gerissen. Der hätte den Wert des Manuskriptes nicht erkannt. Was hätte er getan?«

»Weggeschmissen. Und jemand hätte es gefunden.«

»Oder auch nicht.«
»Oder auch nicht.«

Zum Flughafen fuhr Christoph König mit dem Taxi. In Frankfurt wurde er von einer Polizeieskorte abgeholt.

Das Manuskript von Franz Kafkas *Der Prozeß* liegt heute in einem abgedunkelten Raum im Literaturarchiv in Marbach.

Christoph König hat mir diese Geschichte erzählt.

Old Nick

Während einer Zugfahrt von Wien nach Graz saß ich einst mit dem Teufel in einem Abteil.

Ich war sehr rechtzeitig am Südbahnhof gewesen, der Zug stand bereits am Perron. Ich hatte eine Karte erster Klasse gelöst, in den Waggons waren erst wenige Fahrgäste, eine gute halbe Stunde war es noch hin bis zur Abfahrt. In einem der Nichtraucherabteile saß er. Ich erkannte ihn sofort. Ich erkannte ihn an seinen spitzen, roten Luchsohren und an den kleinen, blanken Hörnern, die durch das dichte, blonde Kopfhaar stießen. Auch steckte ein Fuß in einem orthopädischen Schuh. Er trug einen Anzug mit übergroßen, bunten Karos. Seine Augen rasten flink über alles, auch über mich, der ich draußen im Gang stand und durch die Glastür zu ihm hineinschaute.

Er nickte mir zu, und da betrat ich das Abteil und fragte, ob noch ein Platz frei sei.

»Bist du verrückt«, sagte er.

»Ich will mit dem Teufel sprechen«, sagte ich.

»Es wird dir vielleicht lausig schaden«, sagte er.

»Wenn es mich nicht ruiniert«, sagte ich, »den Schaden nehme ich in Kauf.«

»Was willst du von mir wissen?«, fragte er. Seine Augen wechselten die Farbe, und das bewirkte, dass man ihnen nicht auskam.

»Wie viele Fragen darf ich stellen?«

»Sagen wir drei.«

»Sagen wir vier?«

»Also gut, vier Fragen«, sagte er.

Da brauchte ich nicht lange zu überlegen: »Was ist die größte Sünde? Was ist das Böse? Was ist das Gute? Wie ist Gott?«

»Dann also der Reihe nach«, sagte er. »Die größte Sünde ist der freiwillige Verzicht auf Glück.«

»Niemand verzichtet freiwillig auf das Glück«, sagte ich.

Da fuhr der Zug an.

»He!«, rief ich. »Wie gibt es das? Mir scheint, als redeten wir erst eine Minute miteinander. Und schon ist eine gute halbe Stunde vergangen.«

»Mit dem Teufel reden geht schneller«, sagte er. »Wie lautete deine zweite Frage?«

»Was ist das Böse?«

»Das Böse ist, wenn einer nicht aufhören kann mit etwas.«

»Mit was?«

»Ganz egal, mit was einer nicht aufhören kann, wenn er es nicht kann, dann ist es das Böse.« Während er das sagte, konnte er das Lachen nicht verbeißen, und seine Augen gingen ins Gelbliche.

»Darauf wäre ich nie gekommen«, sagte ich.

»Niemand kommt darauf.«

Schon fuhren wir über den Semmering.

»Schon fahren wir über den Semmering«, drängte ich. »Wir müssen uns beeilen, wenn wir bis Graz alle Fragen durchhaben wollen.«

»Ich fahre weiter als bis Graz«, sagte der Teufel.

»Aber ich nicht«, sagte ich. »Also: Was ist das Gute?«

Jetzt wurde er sehr ernst. Sein Gesicht legte sich in die urältesten Falten, die Augenfarbe wechselte zu schwarz. »Das Gute«, sagte er, »ist, wenn man stehen bleibt und langsam ausatmet.«

»Was soll daran gut sein?«

»Wenn man es richtig macht, dann weiß man es.«

»Das versteht wieder kein Mensch«, protestierte ich. »Das können wir nicht einsehen!«

»Und wie lautete deine letzte Frage?«

»Wie Gott ist.«

»Oh, ich dachte, du hättest gefragt, ob Gott ist oder Wer ist Gott?«

»Nein, ich fragte: Wie ist Gott?«

»Auf Wer ist Gott? hätte ich eine Antwort gewusst.«

»Aber ich fragte: Wie ist Gott?«

»Ich weiß es nicht«, sagte der Teufel.

Da fuhren wir bereits an den ersten Häusern von Graz vorbei.

»Das geht so nicht«, rief ich aufgeregt, »so schnell darf die Zeit nicht vergehen! Was kann ich tun, um die Zeit anzuhalten?«

»Stell mir eine wirklich schwere Frage«, sagte der Teufel. »Eine Frage, über die ich nachdenken muss. Über deine Fragen musste ich nicht nachdenken. Die ersten drei waren zu leicht. Auf die letzte weiß ich nichts zu sagen, und wenn ich eine Million Jahre darüber nachdenken würde, weil es auf diese Frage für mich nämlich keine Antwort gibt.«

»Wie viel kostet ein Viertelkilo Butter?«, fragte ich.

Da blieb der Zug stehen. Schon waren wir im Bahnhof Graz. Alles blieb stehen. Die Menschen auf dem Bahnsteig blieben stehen, die Tauben in der Luft, der Zeiger der Bahnhofsuhr von der Firma Schauer, der Spuckeklumpen, den ein Passant aus dem Mund blies.

»Wie viel Zeit gibst du mir für die Antwort?«, fragte der Teufel.

»Drei Minuten«, sagte ich.

»Gib mir fünf«, sagte er.

»Nein, nur drei«, sagte ich. Denn ich dachte, es muss herrlich sein, dem Teufel zu diktieren.

»Also gut, drei Minuten«, sagte er und blickte auf seine Armbanduhr.

Und dann fing er an zu rechnen, brauchte dazu seine Finger, strampelte sich die Schuhe von den Füßen und zählte auch mit den Zehen und zählte dazu noch mit den Knöpfen seines grobkarierten Anzugs. Ein Auf und Ab von Hand zu Fuß und Knopf war das. Am linken Fuß war nur ein Huf, aber es war ein gespaltener Huf, so dass er beim Zählen ebenfalls eingesetzt werden konnte. Die langen, dünnen Ohren brannten wie Lötkolben. Das Blondhaar versengte sich zu grauweißer Asche. Die Augen waren weiß wie geschälte, hartgekochte Eier.

Am Ende, gerade als die drei Minuten um waren und nur ein uraltes Gespenst von ihm übrig war, sagte der Teufel: »Ein Viertelkilo Butter kostet zweiundzwanzig Schilling fünfzig. Habe ich recht?«

»Ich weiß es nicht«, sagte ich.

»Was, du weißt es nicht?«, schnaubte er mich an. Sein Atem war nur noch lauwarm. »Wie wollen wir jetzt herauskriegen, ob ich recht habe?«

»Warum?«, sagte ich. »Warum sollen wir das denn überhaupt herauskriegen? Es interessiert mich ja gar nicht, wie viel ein Viertelkilo Butter kostet. Was ist, wenn du recht hast? Holst du mich, wenn du recht hast?«

»Kein guter Tag für Geschäfte«, sagte er und erhob sich langsam und mühsam.

»Was geschieht mit der Zeit?«, fragte ich. »Bleibt sie stehen bis in Ewigkeit?«

»Nein«, sagte er. »Sobald du mich nicht mehr siehst, hat der Zug einfach nur im Bahnhof Graz gehalten, und alles ist wie immer.«

»Und du weiß wirklich keine Antwort auf die Frage, wie Gott ist?«

»Gott weiß nicht, wie viel ein Viertelkilo Butter kostet«, sagte er. »Und er kann es auch nicht ausrechnen. Nicht einmal mit Fingern und Zehen und Knöpfen, wie ich es kann.«

Dann verließ der Teufel mein Abteil, und die Zeit ging weiter. Normal langsam. Und ich war in Graz.

Ein Reisender im Zug hat diese Geschichte erzählt – so oder so ähnlich.

Der traurige Blick in die Weite

Es war einmal eine junge Frau, die lebte während des Zweiten Weltkriegs in der oberfränkischen Stadt Coburg, und diese Frau liebte es zu gehen. Und sie ging schnell. »Langsam gehen macht müde«, sagte sie. Tagelang ging sie die Umgebung ihrer Heimatstadt ab. Sie liebte es, allein zu gehen. Es war ihr lästig, wenn sich jemand anbot, sie zu begleiten. Denn niemand ging ihr schnell genug. Sie wollte denken und träumen. Krieg herrschte, da hat der Konjunktiv Konjunktur.

Die Umgebung von Coburg ist hügelig, an manchen Stellen reißen weiße Felsen aus dem Boden. Dort machte die Frau Rast, kühlte sich ab, trat wieder in die Wirklichkeit ein. Beobachtete die Eidechsen und die Salamander. Es ist ein romantisches Land, dieses Oberfranken, ein Land für vergrübelte, weltfremde Menschen, so deutsch wie nur wenige andere Gegenden in Deutschland, so deutsch wie das beste Vorurteil. Jean Paul hat hier gelebt, hat hier seine provinziellen, welthaltigen Romane geschrieben, Friedrich Rückert hat hier gelebt, hat hier von einer weltweiten friedlichen Durchdringung der Kulturen geträumt. Deutsche Winkeligkeit und Ironie fanden hier ihren Boden, und es wuchsen die schönsten Blumen daraus. Und so eng heimatlich diese Weltsicht einerseits war, immer war sie vermählt mit Fernweh. Es ist viel darüber nachgedacht worden, ob das deutsche romantische Heimweh nicht eigentlich Fernweh und umgekehrt, ob wiederum das Fernweh nicht eigentlich Heimweh sei; Heimweh nach einer verlorenen Zeit allerdings, genau genommen nach einer Zeit, die es nie gegeben hat; die in den Märchen der Brüder Grimm mehr Realität für sich beanspruchen kann als in der Wirklichkeit – Wirklichkeit hinter den sieben Bergen ...

Die junge Frau wanderte durch die Laubwälder Oberfrankens und über die Wiesen, und der Friede der Landschaft und die Verschwärmtheit ihres Herzens passten nicht zur Politik ihrer Zeit. Sie verachtete die Politik. Sie fürchtete sich davor. Sie schämte sich für sie. Angesichts eines Salamanders erschien ihr Politik als Zeitverschwendung und verantwortungslose Gleichgültigkeit gegenüber der Schöpfung. Aber die Politik scherte sich nichts um Naturliebe und Traumschwärmerei einer jungen Frau. Mit den Nazis wollte die junge Frau nichts zu tun haben. Sie wollte nicht einmal an sie denken. Es war für ihre Seele gesünder, nicht daran zu denken. Bevor sie eine Stelle in der Handwerkskammer bekommen hatte, war sie Sekretärin eines jüdischen Notars gewesen.

Sie las Goethes *Faust*. Das Buch war Trost für sie. Sie konnte sich nicht vorstellen, dass der Unmensch dieselben Zeilen lesen mochte. Der *Faust* würde ihr ein Leben lang Trost sein. Viele Verse konnte sie auswendig. Es war ihr geheimer Ehrgeiz, eines Tages den ganzen *Faust* auswendig zu können, den ersten Teil und den zweiten Teil. Besonders liebte sie den zweiten Teil. Auf ihren Wanderungen hatte sie Brot bei sich, Wurst vielleicht, hartgekochte Eier manchmal, eine Wasserflasche, einen Apfel – und den *Faust*. Den Rucksack aus grob-grünem Leinen sollte sie ebenfalls ein Leben lang behalten.

Dann ließ sich der Krieg nicht mehr ignorieren. Bomben fielen auf deutsche Städte. Dem Geist wurde die Seele genommen. »Die Deutschen haben sich mit dem Teufel an den Tisch gesetzt und haben nicht bedacht, dass der Teufel einen langen Löffel hat«, sagte die Frau später, als der Krieg vorbei war. Immer wieder sagte sie diesen Satz. Da wollte sie nichts mehr wissen von Deutschland. Deutschland war ihr nur noch, was es vor dem Krieg gewesen war. Sie beschrieb es wie ein Märchenland. Gegenwart gab es für Deutschland nicht mehr.

Die Bomben fielen, sie fielen auf das nahe Schweinfurt, auf Nürnberg, wo Verwandte lebten. Die Stadt Hamburg im Norden, so hörte man, die soll es gar nicht mehr geben. Für den Norden hatte sich die Frau nie sonderlich interessiert. Die Richtung ihrer Sehnsucht war der Süden. Italien. Jenseits der Berge ...

Bei Bombenalarm, wenn alle in die Keller flüchteten, spazierte die

Frau durch die menschenleere Stadt Coburg. Da zügelte sie ihren Schritt zu einem Schlendern. Die Sterne sollten sehen, dass sie keine Angst hatte. »Ach«, sagte sie, »die Alliierten werden Coburg nichts tun, dafür werden die Engländer schon sorgen. Die Engländer sind doch verwandt mit uns.« Und sie hatte recht. Es fielen keine Bomben auf ihre Heimatstadt. Später sagte die Frau: »Nie war Coburg so schön wie während der Bombenalarmnächte.« Die Frau war eine leidenschaftliche Spaziergängerin, aber erst in der Gefahr der Bombennächte hatte sie gelernt, langsam zu gehen.

Coburg war eine protestantische Stadt, und die Frau war katholisch. Sie war sehr katholisch. Sie war über alle Maßen katholisch. Sie kannte viele Geschichten von Heiligen. Sie kannte ihre Zuständigkeit. Ihr Wunschtraum war, irgendwann einmal eine Pilgerreise nach Rom zu machen. Sie wollte den Heiligen Vater sehen. Natürlich wollte sie den Heiligen Vater sehen, das will jeder Katholik in der Diaspora. Das war das Ziel. Aber eigentlich ging es ihr um den Weg. Eine Pilgerreise definiert sich zwar durch das Ziel, ihr Zweck aber liegt im Weg.

Die Frau wollte, das war ihr schönster Traum, sie wollte zu Fuß über die Alpen gehen. Wollte den *Faust* mitnehmen und ihn unterwegs auswendig lernen. Davon träumte sie. Sie sah sich zwischen den weißen Dolomiten stehen, die aussahen wie die Wolkenkratzer der fernen amerikanischen Städte, sie sah sich, einen Fuß auf einen Felsbrocken gestützt, laut aus dem *Faust* zitieren, so laut, dass die herrlichen Berge widerhallten.

Sie stellte Berechnungen an. Wie viel Zeit würde so eine Reise benötigen? Würde man ihr bei der Handwerkskammer so lange unbezahlten Urlaub geben? Würde sie nach ihrer Rückkehr aus Rom dieselbe Stelle wiederbekommen? Ihr Chef war kein Nazi, er schwieg nur und zog die Brauen hoch. Sie sprach mit ihm.

Er sagte: »Da muss man schauen, man wird etwas finden, es muss ja nicht gleich morgen sein, oder?«

»Nein, morgen nicht«, sagte die Frau.

»Und warum gerade Rom?«, fragte er.

Da antwortete sie vorsichtig: »Eigentlich die Alpen, die Alpen locken mich, Herr Ortmann.«

Die Pilgerreise über die Alpen nach Rom wurde zu einer fixen Idee.

Dann lernte die Frau einen Soldaten kennen. Der Mann war sieben Jahre jünger als sie, und er stammte aus Österreich. Aus den Bergen. Das war sicher ein Bonus für ihn. Sie sahen sich nur wenige Tage, dann musste er zurück in den Krieg. Sie schrieben einander Briefe. Hundertdrei Briefe sie, er vierundachtzig. Dann heirateten sie, er in Uniform, sie in Weiß. Sie hatten sich erst wenige Tage in ihrem Leben gesehen, aber der Krieg hatte es eilig, und darum hatten es die beiden eben auch eilig.

Dann ging der Krieg zu Ende, und nichts mehr war so, wie es vorher gewesen war, auch die Träume waren nicht mehr so, wie sie vorher gewesen waren. Heimweh und Fernweh brachen aus ihrer Umarmung, deutsches Ideal und deutsche Wirklichkeit waren von nun an auf immer getrennt. Das Land des Jean Paul, des Friedrich Rückert, der Brüder Grimm, das Land Goethes, es hatte sich endgültig von der Wirklichkeit abgewandt. In der Wirklichkeit gab es Romantik und Poesie nicht mehr. Die Städte waren zerstört. Die Seelen waren zerstört.

Die Frau hörte nichts von ihrem Mann. Sie wusste nicht, ob er gefallen war, ob er offiziell als vermisst galt, ob er sie vergessen hatte. Sie hatte ihn nicht vergessen. Der *Faust* war Trost. Sie las ihn leise. Heimlich. Als wäre er eine unanständige Lektüre.

Dann erfuhr sie, dass ihr Mann nach Österreich zurückgebracht worden war. Sie machte sich auf den Weg. Erst durfte sie nicht nach Österreich einreisen. In München lebte sie ein gutes Jahr, dann ging sie zu Fuß von München zur österreichischen Grenze bei Bregenz.

Sie erinnerte sich an die Wanderungen durch Oberfranken. Die waren in einer anderen Welt gewesen. Und nun – für wenige Tage war die deutsche Romantik wieder stark. Später wird sie sagen: Der Fußmarsch von München zur österreichischen Grenze sei die schönste

Zeit in ihrem Leben gewesen. Sie war eine fröhliche, eine optimistische Frau. Wenn sie zurückblickte, gab es nur schöne Zeiten in ihrem Leben. Ebenso wie sie nur Lieblingsspeisen kannte.

Als sie so an der Straße von München zum Bodensee entlangging, dachte sie bei sich: Wenn ich meinen Mann, den ich, wenn ich ehrlich bin, ja überhaupt nicht kenne, wenn ich ihn nicht finde, dann gehe ich einfach weiter, gehe über die Alpen, gehe nach Rom.

Den *Faust* hatte sie bei sich, den hatte sie, als sie Coburg verlassen hatte, in ihren Rucksack gesteckt. Alles ist verloren, dachte sie, über meine Stelle bei der Handwerkskammer brauche ich mir keine Gedanken zu machen. Nie wieder wird eine so gute Gelegenheit sein, einen Traum zu verwirklichen, denn es gibt nichts, worauf man Rücksicht nehmen muss.

Sie fand ihren Mann, musste ihn erst kennenlernen, lernte ihn kennen – und nahm Rücksicht.

Meine Mutter war eine sehr kleine Frau. Sie behauptete immer, sie sei einen Meter fünfzig groß. Wir aber wussten, sie ist nicht ganz einen Meter fünfzig groß. Wir haben ihr nie widersprochen.

Meine Mutter hatte eine Eigenschaft, die war bei ihr besonders ausgeprägt, und die hat manche Menschen arg in Verlegenheit gebracht. Meine Mutter war der freigebigste Mensch, der sich denken lässt, und jeder, der ihr näherkam, der mit ihr gelacht hat, der sich ihre deutschen Geschichten von vor dem Krieg angehört hat, der in den Genuss ihrer Kuchen gekommen war, der hat sich davor gehütet, etwas in unserem Haus schön zu finden, sei es eine Vase, sei es ein Kopfkissenbezug, sei es ein Bilderrahmen, denn sie hat es ihm sofort geschenkt. Dass Kinder von vornherein davon ausgehen, dass alles, was der Mutter gehört, auch ihnen gehört, das ist bekannt. So kam es, dass meine Mutter außer der alten, fleckigen *Faust*-Ausgabe nichts besaß. Alles haben meine Schwester und ich ihr abgeluchst. Vor dem *Faust* hatten wir Respekt. Ein aufgequollenes Buch.

Ich glaube, abgesehen von diesem Buch gab es nichts, was meine

Mutter als ihr Eigentum empfand – außer einem, und das bezeichnete sie als »meine Krankheit«. – Meine Mutter saß im Rollstuhl.

Ich kannte meine Mutter nur an Krücken gehend oder mit einem Stützapparat oder im Bett liegend oder sitzend im Rollstuhl. Zu meiner Beschämung muss ich sagen, ich wusste nie ganz genau, was sie hatte, was es für eine Krankheit war, die sie am Gehen hinderte.

Was war geschehen, dass sie nicht mehr gehen konnte, sie, die so viele Wege Oberfrankens gegangen war, so schnell gegangen war, dass ihr niemand folgen konnte, die erst in der Gefahr gelernt hatte, langsam zu gehen, die zu Fuß von München nach Vorarlberg gegangen war, die über die Alpen nach Rom hatte gehen wollen, um den Papst zu besuchen, was war geschehen? Ich wusste es nicht. Das wurde bei uns zu Hause nie besprochen. Ich habe nicht das Gefühl, dass es verschwiegen wurde; nein, mir kommt vor, als habe nie eine Notwendigkeit bestanden, jedenfalls nicht für uns Kinder, darüber nachzudenken oder nachzufragen.

Das Verhalten meiner Mutter war nämlich so, dass ich ihre Behinderung nie als eine Krankheit begriffen habe. Sie sprach über ihre Krankheit, nicht über deren Ursache, das nicht, aber darüber, wie sie mit der Krankheit umging. Sie war stolz darauf, dass sie die Krankheit meisterte und nicht umgekehrt, sie sprach gern darüber, wie die Krankheit schließlich überwunden werden würde, darüber sprach sie am liebsten. Sie glaubte nicht daran, dass sie immer, ein Leben lang, auf Krücken, Stützapparat oder Rollstuhl angewiesen sein würde.

Die Wahrheit lautet: Meine Mutter war stolz auf ihre Krankheit. Nichts besaß sie, kein Stück Eigentum hatte sie, nur diese Krankheit. Und ihren Kampf dagegen. Und die vielen Siege. Wenn jemand zu Besuch war, und er war länger als zwei Stunden bei uns und er hat meine Mutter nicht gefragt, warum sie im Rollstuhl sitze, dann hat sie das hinterher als eine Unhöflichkeit empfunden. Sie hat hinterher gesagt, er hat mich nicht einmal gefragt, warum ich im Rollstuhl sitze.

Einmal habe ich mit ihr gemeinsam den Frankfurter Zoo besucht. Es fing an zu regnen, und wir stellten uns im Giraffenhaus unter und warteten, bis der Regen vorbei war. Meine Mutter saß im Rollstuhl, eine Decke über den Knien. Die Giraffe beugte ihren Kopf zu ihr nieder und betrachtete sie, und da habe ich gesehen, dass meine Mutter dem Weinen nahe war. Als es dann zu regnen aufgehört hatte, fuhren wir zum Flughafen hinaus, da ging es ihr dann wieder gut, und als ich sie im Rollstuhl über die Rolltreppe hinaufhievte, da lachten wir beide über das Wortspiel Rollstuhl auf Rolltreppe so sehr, dass sich die Leute nach uns umdrehten.

Meine erste Erinnerung, eine schattenhafte Erinnerung, zeigt mir meine Mutter als Gehende. Diese Erinnerung ist wie ein Traum, wankend, wie auf Qualm projiziert. Es war Winter. Wir sind durch den Schnee spaziert. Sind wir durchs Ried gegangen? Oder waren wir in den Bergen? Ich weiß es nicht. Meine Schwester muss dabei gewesen sein, sie ist eineinhalb Jahre älter als ich, mein Vater war dabei. Es ist, als schaute ich durch ein Fenster und sähe Schatten im Schnee. Mein Vater sagte zu uns Kindern, er folge der Spur des heiligen Nikolaus, wir sollten hinter ihm hergehen. Meine Mutter hielt uns an den Händen. Es gibt ein Foto von meiner Mutter, da steht sie im Schnee, sie hält den Kragen ihres Mantels mit einer Hand fest, auf dem Kopf trägt sie eine gescheckte Pelzmütze aus Katzenfell. So wird sie damals ausgesehen haben, denke ich mir. Nach einer Weile kam der Vater zurück, sagte, er habe die Spur des Nikolaus verloren. Meine Mutter kicherte. Wir gingen weiter. Da war ein Holzschopf. Hier, sagte mein Vater, hier habe er die Spur des Heiligen verloren. Wir betraten den Schopf, und mitten vor uns auf dem Boden lagen zwei kleine Tafeln Bensdorp-Schokolade. Meine Mutter hob sie auf und sagte zu meinem Vater: »Die sind ja noch warm, du«, und lachte dabei.

Ich weiß, es ist eine unbedeutende Erinnerung, sie hat weder symbolisches Gewicht, noch ist das Geschehnis in irgendeiner Weise für das Leben eines der Beteiligten von Bedeutung. Es ist eine Geschichte ohne Pointe. Aber es ist die erste Erinnerung in meinem Leben, und es ist die einzige Erinnerung an meine Mutter als einen ohne Hilfsmittel gehenden Menschen.

Die Mutter auf Krücken, die Mutter am Stützapparat, die Mutter im Rollstuhl – das war in meiner Kindheit die Selbstverständlichkeit unseres Alltags. Erst nach dem Tod der Mutter, als auch die Selbstverständlichkeit ihrer Krankheit nicht mehr war, habe ich mich erkundigt, was es mit der Krankheit, mit der Gehbehinderung meiner Mutter auf sich gehabt hatte. Da erfuhr ich zunächst, was für eine springlustige Person meine Mutter in ihrer Jugend gewesen war. Keine fünf Minuten habe sie ruhig sitzen können, erzählte ihre Schwester. Ja, und sie erzählte auch, dass meine Mutter schon als junges Mädchen den Wunsch gehabt habe, über die Alpen nach Rom zu gehen. Nach Rom! Meine Tante konnte sich sogar nach dem Tod ihrer Schwester noch darüber aufregen. »Über die Alpen«, rief sie aus. »Die Alpen, was hat sie sich denn darunter vorgestellt!«

Ich erfuhr, dass die Gehbehinderung meiner Mutter von der Geburt ihres letzten Kindes herrührte. Darüber war in unserer Familie zu Lebzeiten meiner Mutter nie gesprochen worden. Bei der Geburt ihres letzten Kindes sei etwas geschehen, hieß es, was zur Folge hatte, dass meine Mutter nicht mehr gehen konnte.

Diese Nachricht traf mich. Das letzte Kind war ich. Es war, als wehte mich der Hauch eines bösen Geheimnisses an.

Mir kam zu Bewusstsein, dass ich als Kind die Krankheit meiner Mutter nicht nur als Selbstverständlichkeit, sondern sogar als eine Form von Sicherheit, von Geborgenheit, von höchster Zufriedenheit gesehen hatte. Nie hätte unsere Mutter vor uns davonlaufen können. Nichts auf der Welt war mir je so sicher gewesen wie meine Mutter. Trotz der ersten, wankenden, aus Träumen erstandenen Erinnerung an den Schneespaziergang hatte ich die Krücken, den Stützapparat, den Rollstuhl als von Ewigkeit an für meine Mutter bestimmte Dinge gesehen. Für das Kind war ohne Zweifel, dass die Mutter ewig nicht gehen werde können. Dass also ihre Behinderung keine Ursache hatte. Dass sie gegeben war wie Gottes Gnade. Und nun musste ich denken: Es gibt doch eine Ursache. Ich war die Ursache.

Dann wurde mir erklärt, nein, nicht ich sei das letzte Kind gewesen, sondern ein anderes Kind, das nach der Geburt gestorben sei, ein namenloses Kind.

Nie war mir meine Familie geheimnisvoll erschienen. In unserer erzählsüchtigen Familie, so war mir immer vorgekommen, drängte alles danach, ausgesprochen zu werden, ausgeschmückt zu werden. Meine Mutter trug ihr Herz auf den Lippen. Wenn sie zornig war, brüllte sie, dass man es drei Häuser weit hören konnte; wenn sie weinte, dann weinte sie mit allen Tränen zugleich; wenn sie lachte, dann konnte niemand etwas dagegenhalten. Und nun, nach ihrem Tod, erfuhr ich, dass es Geheimnisse gab, dass es schon von Anfang an, von meinem Anfang an, Geheimnisse gegeben hatte.

Was hatte ich denn erwartet? Dass der Verlust ohne Katastrophe geschehen war?

Alle vier Jahre fuhren meine Mutter und mein Vater nach Lourdes. Es war kein Gehen über die Berge, nein, keine Pilgerreise nach Rom mit dem *Faust* im Rucksack. Es war eine Art Vorarbeit zu dieser großen Lebensarbeit, ja, vielleicht hat meine Mutter die Lourdesfahrten so gesehen.

Meine Mutter glaubte, in Lourdes werde sie von ihrer Krankheit geheilt. Wenn sie auf der Terrasse unseres Hauses in Hohenems saß, dann wollte sie, dass man ihr den Sessel so richtete, dass sie die Hohe Kugel sehen konnte. Die Hohe Kugel ist unser Hausberg. 1664 Meter hoch, geformt wie ein sanfter Hügel, wie ein Hügel aus dem Oberfränkischen, wächst die Hohe Kugel über einen bizarren Felsstock hinaus. Von dort oben aus kann man das ganze Vorarlberger Rheintal überblicken. An klaren Tagen kann man im Süden den Piz Buin erkennen; weit in die Schweizer Berge hinein kann man sehen, zum Hohen Kasten, zum Säntis; über den Bodensee kann man schauen ins schwäbische Land. – Irgendwo im Dunst des Nordens liegt Coburg ... – Mit dreieinhalb Stunden Fußmarsch muss man von unserem Haus aus rechnen, bis man oben beim Gipfelkreuz steht, das sich an Föhntagen so deutlich gegen den Himmel abhebt. Mit einem Feldstecher kann man von dort oben auf unsere Terrasse herunterblicken. Ich glaube, alles, was sich meine Mutter in ihrer Jugend unter den Alpen vorgestellt hatte, sah sie im Bild der Hohen Kugel zusammengefasst. Nun waren die Alpen so nahe. Und nun waren sie so fern.

Alle vier Jahre fuhren meine Eltern nach Lourdes. Sie fuhren im Sommer, wenn meine Schwester und ich Ferien hatten. Unsere Großmutter passte auf uns auf. Und immer sagte meine Mutter zu mir: »Hör zu, Michael, Ende Juli kommen wir aus Lourdes zurück. Du musst mir zwei, drei Monate Zeit geben, bis ich mich wieder ans Gehen gewöhnt habe. Aber im Oktober dann! Im Oktober dann gehen wir beide miteinander auf die Hohe Kugel.« Ich weiß nicht, ob ich daran geglaubt habe. Vielleicht habe ich daran geglaubt, während meine Mutter davon sprach. Weil sie selbst voller Glaube war.

Und dann war es wieder so weit. Meine Eltern fuhren im Opel Rekord nach Lourdes. Den Kofferraum voll leerer Flaschen. Sie blieben eine Woche. Es wäre wohl naheliegend gewesen, in dieser Zeit zu Hause für meine Mutter zu beten. Das haben wir nicht getan. Mit der physischen Anwesenheit an einem Wunderort konnten ferne Gebete ohnehin nicht konkurrieren.

Dann kamen meine Eltern zurück. In der Nacht kamen meine Eltern zurück. Wir Kinder durften aufbleiben, wir warteten in den Schlafanzügen. Wir sahen vom Gangfenster aus, dass mein Vater meine Mutter aus dem Auto hob, dass er sie ins Haus trug. Von Heilung war also kein Rede. Der Kofferraum war voll Lourdeswasser. Sechzig Flaschen. Es musste ja vier Jahre reichen. Gegen Ende zu hat es meine Mutter verdünnt, mit Hohenemser Quellwasser gestreckt, Wasser, das von der Hohen Kugel kam.

Meine Mutter saß glücklich lächelnd in der Küche und umarmte uns, und schon sprudelten die Erzählungen. Sie war nicht geheilt worden. Sie blieb im Rollstuhl. Sie war glücklich.

Sie zehrte zwei Jahre lang von der Erinnerung an Lourdes. Von der schönen Sommerwoche in der Republik der Krüppel. Wo jedes Leid übertroffen wurde von größerem Leid. Wo Rollstuhl und Krücken und Stützapparat das Normale waren. Wo die Lebensstützen zu den Menschen gehörten wie die Kleider, wo sich der Gesunde vorkam, als wäre er nackt. Zwei Jahre hat sie sich an Lourdes erinnert, hat Geschichten erzählt von Menschen, die nur noch kriechen konnten, aber krochen, von Menschen, deren Gesicht so entstellt war, dass man es nicht als Gesicht erkennen konnte, und die sich trotzdem zeigten; sie erzählte von sensationellen Heilungen, die knapp – knapp! – bevor sie selbst mit unserem Vater in Lourdes ankam, geschehen seien, ohne Neid erzählte sie von diesen Heilungen.

Zwei Jahre erzählte sie. Und dann hat sich ihr ungestüm optimistisches Gemüt in neuer Vorfreude Form verschafft. Die folgenden zwei Jahre erzählte sie, wie es sein würde, wenn sie wieder gehen könnte.

Und sie sagte: »Hör zu, Michael, Ende Juli werden wir aus Lourdes zurückkommen. Gib mir zwei, drei Monate Zeit, bis ich mich ans Gehen gewöhnt habe. Aber dann. Im Oktober. Die Hohe Kugel.«

Und sie hat sich hochgereckt an den Krücken, einen Meter fünfzig war sie groß. Groß genug für die Alpen.

Unterhaltungen in der Küche:
Über fränkischen Sauerbraten

»Den einfachen Sauerbraten«, sagte meine Mutter, »gab es durchaus auch manchmal mitten im Jahr an einem gewöhnlichen Sonntag. Den großen Sauerbraten aber gab es nur am Ostersonntag.«

»Auch an Pfingsten«, sagte meine Großmutter.

»Schon«, sagte meine Mutter, »aber dann gab es den Sauerbraten zusammen mit rohen Klößen. Den Sauerbraten mit Serviettenkloß, wie er eigentlich gehört, den gab es, wenn du ehrlich bist, nur an Ostern.«

»Wenn es Fleisch gab.«

»Gab es immer.«

»Ja, wo denkst du hin, Paula!«, rief meine Großmutter aus. »Wo denkst du hin!«

»Wieso?«, tat meine Mutter überrascht. »Sogar '44 an Ostern gab es noch Fleisch. Auch '45 noch.«

»'45? Kann ich mich nicht erinnern!«

»Doch! Erinnere dich! Das Montags Marichen hat an Ostern '44 Fleisch mitgebracht. Und sie hat bei uns mitgegessen.«

»Ich kann mich nicht erinnern, dass das Montags Marichen an Ostern '44 bei uns mitgegessen hätte. Nicht Sauerbraten mit Serviettenkloß, nicht an Ostern.«

»Doch, hat sie.«

»Das bildest du dir ein, Paula!«

»Das bilde ich mir doch nicht ein! Ich sehe doch das Fleisch noch vor mir! Eingewickelt in einen Kopfkissenbezug.«

Ich hörte zu. Mir erzählten sie, meine Mutter und meine Großmutter. Einen brauchten sie zum Zuhören. Warum hätten sie sich auch gegenseitig Dinge erzählen sollen, die sie ohnehin wussten. Aber wenn sie mir erzählten, konnten sie sich gegenseitig erzählen. Am Küchentisch saßen wir, tranken Bohnenkaffee, aßen Windmühlen aus

Hefeteig, die mit Staubzucker bestreut waren. Meine Mutter hatte ihren Stützapparat entsichert. Sie saß beim Fenster, zwischen Spüle und Küchentisch. Meine Großmutter trug ihre Schürze mit dem Blümchenmuster. Ich saß im Eck unter dem Medikamentenkasten.

»Der große Sauerbraten«, sagte meine Mutter zu mir, »benötigt einige Vorbereitungen.«

»Das kannst du laut sagen«, bestätigte meine Großmutter. »Fleisch, Knochen, Gemüse.«

»Vor allem Knochen!«

»Markknochen vor allem!«

»Warum vor allem Markknochen?«, hatte ich zu fragen.

»Wegen der Suppe«, antwortete einmal meine Mutter, ein andermal meine Großmutter.

»Am ersten Tag«, sagte meine Mutter, »wird die Suppe gemacht. Sellerie, Gelberüben, Lauch, Zwiebel, Fleisch, Knochen. Du schneidest die Zwiebel in Hälften und legst sie mit der Schnittfläche nach unten auf die heiße Herdplatte.«

»Wenn du Strom hast«, sagte meine Großmutter. »Wenn du Gas hast, geht das nicht.«

»Natürlich nicht«, sagte meine Mutter. »Aber hier in Hohenems haben wir Strom.«

»Aber in Coburg hatten wir Gas.«

»Da hatten wir Gas, ja. Da legten wir die Zwiebel in die große Pfanne.«

»Ohne Fett aber.«

»Natürlich ohne Fett. Und aufpassen, dass sie nicht schwarz werden. Fast schwarz sollen sie werden, aber nicht ganz schwarz. Dann herausnehmen und mit Wasser ablöschen. Damit das gute Angebrannte weggewaschen wird. Das brauchst du nämlich noch. Das gibt Farbe. Dann nimmst du den großen Topf.«

»Den großen Eisentopf.«

»Wir haben hier in Hohenems keine Eisentöpfe! Gott sei Dank!«

»Aber in Coburg hatten wir welche.«

»In Coburg hatten wir einen. Nur einen. Und in den haben wir die Zwiebelhälften gegeben und das geputzte Gemüse dazu.«

»Mit Fett diesmal.«

»Mit Öl.«

»Oder Schweinefett. Habe ich lieber.«

»Oder Schweinefett. Richtig. Habe ich auch lieber. Tut man heute aber nicht mehr.«

»Pfeffer nicht vergessen«, sagte meine Großmutter und schmunzelte, als wäre Pfeffer etwas Unanständiges. »Auf alle Fälle Pfeffer!«

»Pfefferkörner«, präzisierte meine Mutter. »Und zerdrückte Wacholderbeeren. Und Lorbeer.«

»Und Salz!«

»Und Salz, ja. Und Liebstöckel. Und dann das Fleisch dazu.«

»Du hast Petersilie vergessen, Paula.«

»Petersilie muss man nicht extra sagen. Das ist selbstverständlich.«

»Und Petersilienwurzeln.«

»Alles dazu zum Fleisch.«

»Und die Knochen. Du hast die Knochen vergessen. Das Wichtigste!«

»Ich habe die Knochen natürlich nicht vergessen.«

»Aber die Markknochen hast du vergessen.«

»Habe ich auch nicht vergessen.«

»Wenn man welche kriegt!«

»Markknochen«, trumpfte meine Mutter auf, »Markknochen hat man immer gekriegt. Nicht einmal Schleichwege waren dazu nötig.«

»Ja, kannst du dir denken!«, widersprach meine Großmutter. »Was ich in meinem Leben wegen Markknochen schon gerannt bin!«

»Beim Schleicher hast du immer Markknochen gekriegt. Auch in den schlimmsten Zeiten.«

»Wenn, dann eher beim Grossmann!«

»Ach, das ist doch egal!«

»Das ist nicht egal, Paula! Beim Grossmann hat man Markknochen gekriegt.«

»Na gut. Hauptsache, man hat welche gekriegt. Jedenfalls, das alles in den Eisentopf und Wasser dazu.«

»Und einen kleinen Schuss Essig.«

»Richtig. Und das gibt die Suppe ab.«

»Hoffentlich ist das Fleisch richtig fett.«

»Das ist es. Das ist es.«

»Und das Mark, das kriege ich!«, sagte meine Großmutter. »Und das esse ich ohne etwas dazu. Da brauche ich kein Brot dazu. Das lasse ich im Mund, bis es von allein hinunterrinnt.«

Meine Mutter schüttelte den Kopf. Dann sagte sie: »Und alles bei kleiner Flamme kochen lassen. Das gibt die Suppe. Eine gute Suppe. Das Fleisch kann man nicht mehr essen hinterher. Das ist wie Stroh. Und soll auch so sein. Das Fleisch soll alles hergeben.«

»Ich habe es immer gegessen«, sagte meine Großmutter.

»Ich nicht«, sagte meine Mutter.

»Und dann?«, fragte ich.

»Dann kommt der zweite Tag dran. Der eigentliche Kochtag.«

»Ach Gott, Paula!«, rief meine Großmutter und schlug sich an die Stirn. »Wir bringen alles durcheinander! Es fängt nicht mit der Suppe an! Wir müssen doch den Braten zuerst einlegen!«

»Der liegt doch schon seit vier Tagen!«

»Das haben wir ihm aber nicht gesagt. Haben wir dir das gesagt, Michael, dass der Braten seit vier Tagen bereits liegt?«

»Nein«, sagte ich, »diesmal habt ihr es vergessen zu sagen.«

»Also dann alles zurück!«, lachte meine Mutter. »Vier Tage zurück! Aber die Suppe merkst du dir!«

»Die merke ich mir«, sagte ich.

»Du musst ein gutes Stück Rindfleisch von der Schulter einkaufen.«

»Nur Schulter«, sagte meine Großmutter. »In den schlimmsten Zeiten haben wir lieber keinen Sauerbraten gemacht, als dass wir Fleisch nicht von der Schulter genommen hätten. Stimmt's, Paula?«

»Ach, weißt du«, sagte meine Mutter. »In den schlimmsten Zeiten hat alles Fleisch wie Schulterfleisch geschmeckt.«

»Da hast du auch wieder recht«, sagte meine Großmutter. »Es muss mit einer feinen Leimspur durchzogen sein.«

»Was ist das?«, fragte ich.

»Nicht Fett«, sagte meine Mutter. »So eine Art Bindegewebe.«

»Weiß ist es«, sagte meine Großmutter. »Das Fleisch habe zumindest ich immer beim Grossmann eingekauft. Die Knochen manchmal beim Schleicher, das gebe ich zu. Aber das Fleisch immer beim Grossmann.«

»Da hat sie recht«, sagte meine Mutter. »Vier Pfund müssen es mindestens sein. Besser sechs Pfund. So. Und jetzt kommt das Einlegen. Jetzt wird es schwierig. Jetzt musst du dich entscheiden. Entweder für deine Mutter oder für deine Großmutter. Die Oma mag den Braten lieber in Buttermilch einlegen. Ich in Wein.«

»Besser wird er natürlich in Buttermilch«, sagte meine Großmutter.

»Noch besser in Wein«, sagte meine Mutter.

»In Wein legen ihn die Rheinländer ein«, sagte meine Großmutter.

»Stimmt nicht. Die in Thüringen haben ihn auch in Wein eingelegt.«

»Aber in Coburg legt ihn jeder in Buttermilch ein«, beharrte meine Großmutter.

»Früher vielleicht. Vor dem ersten Krieg vielleicht.«

»Damals sowieso.«

»Aber später, zu meiner Zeit«, sagte meine Mutter, »hat ihn jede vernünftige Hausfrau in Wein eingelegt. Im Prinzip macht das nicht so einen Unterschied.«

»Ich bitte dich, Paula!«, empörte sich meine Großmutter. »Himmelhoch ist der Unterschied! Schau dir doch Buttermilch an«, sagte sie zu mir. »Gibt es etwas Reineres, Weißeres, etwas Appetitlicheres? Die reine, gute Buttermilch, wie man sie auf dem Markt bekommen hat. Oder beim Milchmeinert. Bei Buttermilch gibt man nur Pfeffer dazu. Buttermilch und Pfeffer. Sonst nichts.«

»Richtig«, sagte meine Mutter. »Buttermilch und viel gemahlenen Pfeffer. Bei Wein gibt man Gemüse dazu. Zwiebel, Sellerie, Gelberüben, Lauch, Lorbeer, Orangenscheiben, Pfefferkörner, zerdrückte Wacholderbeeren. Und ja kein Salz!«

»Ja kein Salz!«, bestätigte meine Großmutter.

»Und ob du Buttermilch nimmst oder Wein, das Fleisch muss ganz bedeckt sein. Und vier Tage muss es liegen.«

»An Weihnachten kann es auch fünf Tage liegen. Wenn es in der Speis kälter ist. Sogar sechs Tage.«

»An Ostern nur vier Tage. Und dann nimmst du das Fleisch heraus. Trocknest es ab. Den Wein und das Gemüse kannst du noch brauchen. Im Gegensatz zur Buttermilch. Die musst du wegschütten.«

»Aber das schadet nichts«, wehrte sich meine Großmutter. »Das Beste hat das Fleisch in sich aufgenommen.«

»Den Wein mit dem Gemüse und den Gewürzen stellst du dann auf den Herd und kochst alles so richtig durch. Kochst es so lange, bis das Gemüse weich ist. Bis es ganz weich ist. Dann schüttest du alles zusammen in den Mixer und mixt es glatt durch.«

»Wir hatten keinen Mixer. Wir haben es passiert. Durch den feinen Passierer.«

»Heute ist das einfacher.«

»Ja. Aber ob es auch besser ist?«

»Es schmeckt genauso.«

»Ich weiß nicht.«

»Das weißt du genau.«

»Manchmal denke ich, es schmeckt nicht genauso gut«, sagte meine Großmutter sehr nachdenklich.

»Wie auch immer. Nun brätst du das Fleisch sehr scharf auf allen Seiten in der Pfanne an und löschst mit ein wenig Wein das gute Angebrannte von der Pfanne ab. Dann legst du das Fleisch in die Soße, und zwar in den großen Topf, und stellst den Herd auf kleine Hitze.

Auf eins. Oder auf halb nur. Und lässt das Fleisch drei Stunden auf dem Herd.«

»Mindestens!«

»Ja, mindestens.«

»Und was macht man, wenn man das Fleisch in Buttermilch eingelegt hat?«, fragte ich.

»Dann gießt man jetzt genauso Wein dazu«, sagte meine Mutter.

»Aber nur guten Wein«, sagte meine Großmutter.

»Nur den besten Wein«, gab ihr meine Mutter recht. »Lieber trinke ich den guten Wein und gebe den besten zur Soße. Und jetzt kommt der eigentliche Kochtag. Über Nacht lässt man das Fleisch in der Weinsoße abkühlen. Am nächsten Tag nimmt man das Fleisch heraus und kocht die Soße ein. Achtung, dass sie nicht am Boden ansitzt! Dann wird sie bitter. Aber sie muss so sehr einkochen, dass fast nichts mehr übrig ist. Du musst rühren, rühren, rühren. Wie Sirup muss die Soße sein, wie ganz dunkler Sirup. Und knapp bevor sie ansitzt, gießt du Suppe auf. Die Suppe hast du dir gemerkt?«

»Die habe ich mir gemerkt«, sagte ich.

»Und dann lässt du alles schön aufkochen. Lässt es fünf Minuten lang kochen. Dann lässt du die Soße etwas abkühlen und schüttest sie in den Mixer.«

»Wenn man einen hat«, gab meine Großmutter zu bedenken.

»Wir haben einen.«

»Jetzt schon, Paula, jetzt schon.«

»Und jetzt kommt der Trick!«, wandte sich meine Mutter wieder an mich. »Du nimmst ein Stück Gorgonzola und gibst das Stück ebenfalls in den Mixer. Und dann nimmst du ein Stück alten Lebkuchen, ein ordentliches Stück, und gibst das Stück auch in den Mixer. Du wartest, bis der Lebkuchen weich ist. Dann mixt du alles durch.«

»Und wie viel Lebkuchen und wie viel Gorgonzola gebe ich dazu?«, fragte ich.

»Nach Gefühl«, sagte meine Mutter.

»Und was sagst du, Oma?«

»Ich habe nie Gorgonzola dazugegeben. Nur Lebkuchen. Den Gorgonzola hat deine Mutter erfunden.«

»Die Edith hat das auch gemacht«, sagte meine Mutter.

»Die hat es von dir«, sagte meine Großmutter.

»Keine Spur! Die Edith hat das von der Tante Olli, und die ist aus Würzburg gekommen.«

»Aus Bamberg«, korrigierte meine Großmutter.

»Jedenfalls hat man dort immer, wenn man Gorgonzola bekommen hat, auch Gorgonzola dazugetan. Das ist nicht meine Erfindung. Das musst du nach Gefühl machen. Gorgonzola genauso wie Lebkuchen. Und in diese Soße legst du das Fleisch und lässt es bei kleinster Flamme ziehen. Währenddessen kannst du den Serviettenkloß vorbereiten.«

»Ich sage es gleich«, kündigte meine Großmutter an. »Ich verwende dazu nur, und zwar nur, Weißbrot. Da hat nämlich deine Mutter schon wieder so eigene Erfindungen.«

»Das stimmt«, lachte meine Mutter. »Ich nehme alles. Schwarzbrotbrocken, Süßbrotbrocken, sogar ein bisschen Pumpernickel, aber natürlich hauptsächlich Weißbrotbrocken. Ich mag es, wenn es schön bunt ist. Einen ganzen Haufen brauchst du. Du gibst alles in eine große Schüssel, ein paar Butterwürfel dazu und Milch. Und dann lässt du alles eine Weile stehen.«

»Bis sich das Brot angesoffen hat«, sagte meine Großmutter.

»Das sagst du nicht schön«, tadelte sie meine Mutter.

»Dein Montags Marichen hat das immer gesagt. Bis sich das Brot angesoffen hat, hat sie gesagt.«

»Es ist nicht mein Montags Marichen. Ich habe sie nicht gemocht««, sagte meine Mutter.

»Das höre ich zum ersten Mal!«

»Du hast sie ins Haus gebracht«, sagte meine Mutter. »Nicht ich. Und dann haben wir sie kaum mehr losgekriegt.«

»Sie hat uns die Sachen genäht«, erklärte meine Großmutter. »Also, ich war froh. Aus dem alten Ulanenmantel vom Onkel Schorsch hat sie für dich noch eine schöne Jacke gemacht.«

»Die ich nie gern angezogen habe«, sagte meine Mutter.

»Aber gut war sie. Warm. Und außerdem hat uns das Montags Marichen Obst gebracht.«

»Du musst wissen«, erklärte mir meine Mutter, was ich schon lange wusste, »das Montags Marichen war ganz allein, hatte keinen Mann, hatte niemanden. Hat genäht. Eine kleine ausgetrocknete Person. Einen riesigen Hintern, aber sonst dürr. Und konnte niemandem in die Augen schauen. Und hat immer so ein Gesicht gemacht wie eine Madonna. Als ob sie bei einem Wettbewerb mittun würde, bei dem es darum geht, wer es am schlechtesten im Leben getroffen hat.«

»Schneidermeisterin war sie«, sagte meine Großmutter.

»Ja, das war sie«, gab meine Mutter zu. »Für viele Leute hat sie genäht. Und bei uns hat sie oft mitgegessen. Und für Löschers hat sie auch genäht. Die hatten einen großen Garten.«

»Zwetschken, aber solche!«

»Alles Obst. Und die Löschers hatten das Montags Marichen mit Obst und Gemüse bezahlt. Die hatten sonst nichts. Und das Montags Marichen hat uns Obst und Gemüse abgegeben.«

»Warum hieß die Frau das Montags Marichen?«, fragte ich.

»Sie hieß Maria Montag«, sagte meine Großmutter. »Und sie hat gesagt, das Brot säuft sich an.«

»Aber ich sage das nicht!«, beharrte meine Mutter. »Und ich möchte auch nicht, dass man das sagt.«

»Ich mache ja nur einen Spaß«, sagte meine Großmutter.

»Und wenn das Brot durchgeweicht ist«, wollte meine Mutter fortfahren.

»Ich finde durchgeweicht auch kein schönes Wort«, unterbrach sie meine Großmutter. »Das klingt wie eine Zeitung, die im Rinnstein liegt.«

»Wie soll ich denn sagen?«

»Wenn das Brot voll Milch ist.«

»Also, wenn das Brot voll Milch ist, dann gibst du zwei Eier dazu und Salz und Pfeffer, und Muskatnuss reibst du dazu.«

»Du hast schon wieder die Petersilie vergessen«, sagte meine Großmutter.

»Stimmt, die habe ich vergessen. Du musst viel Petersilie dazugeben. Sehr viel. Ganz fein gehackt. Und Mehl. Und das alles nach Gefühl. Und das alles knetest du zu einem zähen Teig. Und dann nimmst du ein weißes, großes Küchentuch, bestreichst es mit wenig Butter und häufst den Teig in die Mitte. Dann knotest du die Enden zusammen. Inzwischen hast du gesalzenes Wasser aufgesetzt. Das kocht nun. Und dann hängst du das Küchentuch mit dem Kloß in das Wasser.«

»Jetzt weiß er aber nicht, wie er das hineinhängen soll«, sagte meine Großmutter.

»Nein, weiß ich nicht««, sagte ich.

»Wir hatten einen Nussknacker«, sagte meine Großmutter. »Den haben wir einmal vom Onkel Schorsch zu Weihnachten gekriegt. Den hat er selber zu Weihnachten gekriegt. Den konnte man auseinanderklappen. Den haben wir in den Knoten von dem Küchentuch hineingebunden und seine Enden auf den Topfrand gelegt.«

»Genau«, sagte meine Mutter. »Und dann bei mittelkleiner Hitze, Deckel drauf, soll der Kloß etwa eine Stunde oder eine Dreiviertelstunde kochen. Aber kochen muss er. Zuletzt nimmst du ihn heraus, legst ihn auf ein Tablett, bestreichst ihn mit Butter und stellst ihn noch eine Viertelstunde ins Rohr bei hoher Hitze. Dann kriegt er eine schöne braune Kruste.«

»Und jetzt das Blaukraut, Paula, das gute Blaukraut!«, drängte meine Großmutter.

»Ach, das kannst du von Iglo nehmen, Michael. Das ist sehr gut. Vielleicht reibst du einen Boskop dazu.«

»Würde ich auf alle Fälle«, sagte meine Großmutter. »Und nun der Salat. Zwei Salate. Nicht zusammenmischen! Das tun feine Leute nicht.«

»Ganz recht«, sagte meine Mutter.

»Grüner Salat und Gurkensalat. Die Soße dazu mit Sauerrahm, Dill und Zucker und Zitronensaft. Und nur eine winzige Prise Salz.«

»Und dann ist alles fertig«, sagte meine Mutter.

»Aber niemals, Paula! In die Fleischsoße kommen nun noch halbe Nüsse hinein, Haselnüsse. Und Rosinen.«

»Verschone mich mit Rosinen!«, kicherte meine Mutter. »Alles, nur keine Rosinen!«

»Wenn du keine Rosinen hineintust, warum machst du dann überhaupt einen fränkischen Sauerbraten?«, fragte meine Großmutter.

Roman von
Montag bis Freitag

An der Kasse

Er kannte mich, und ich kannte ihn. Aber mir fiel nicht ein, woher wir uns kannten. Ich hatte die Ahnung einer unangenehmen Begegnung. Ich sah ihm an, dass er sich im Gegensatz zu mir sehr genau erinnerte, und dass auch er Unangenehmes mit mir verband. Unter seiner Lippe hing ein schmales, schwarzes Bärtchen, offensichtlich gefärbt. Die Haare waren ebenfalls gefärbt. Sein Äußeres half meiner Erinnerung nicht weiter.

Er stand im ADEG bei den Kassen in der Reihe neben mir. Ein sehr dünner, großer Mann, ungefähr in meinem Alter, er hatte die Unterarme auf seinen Wagen gestützt, beugte sich weit über den Einkaufskorb.

Wir grüßten einander. Er sagte: »So sieht man sich wieder.« Das klang wie: Ich hätte nicht gedacht, dass wir zwei uns jemals wiedersehen. Und das konnte doch nur heißen: Es wäre besser für uns beide, wenn wir uns nie wiedergesehen hätten.

Vor ihm in der Reihe wartete eine Frau, die kannte ich, ich wusste, wie sie hieß, und sie wusste, wer ich war, wir kannten uns seit unserer Kindheit. Wir grüßten uns nie, nickten höchstens. Auch wir beide teilten eine unangenehme Erinnerung. Sie war etwas jünger als ich, was heute keinen Unterschied machte; aber damals schon, als wir sieben und acht waren. Ich hatte sie tyrannisiert. Sie war die Tochter von Kärntner Zuwanderern, einmal sagte ich zu ihr, ich weiß nicht mehr was, vielleicht, du bist dick oder du bist blöd, da antwortete sie: Goa net. Und von da an sagte ich Goanet zu ihr. Ich sagte, und zwar bei jeder Gelegenheit, wann immer wir beide allein waren und niemand mich hören konnte, sagte ich: Servus, Goanet! Wie geht's, Goanet? Was hat es heute bei euch zu essen gegeben, Goanet? Und sie sagte – und sagte es jedes Mal mit dieser süßen, weinerlichen Stimme, nach der ich süchtig war: Ich heiße nicht Goanet! Es war ein böses Spiel, das ich trieb. Niemand wusste davon, und ich hatte keinen Zweifel daran, dass auch sie mit niemandem darüber sprach. Nämlich, weil sie sich schämte.

Ich war mir sicher, diese Frau, die ich in den letzten Jahren mindestens einmal pro Woche im Supermarkt traf, die ich dick werden und wieder dünn werden sah, die ich aufreizend und deprimiert erlebt hatte, ich war mir sicher, auch sie hatte nicht vergessen, was ich ihr als Kind angetan hatte. Aber sie blickte mich nicht mit dieser indirekten, gleichsam über die Bande gespielten Häme an. Er tat es. Ihren Namen kannte ich, seinen kannte ich nicht.

Ich hingegen betrachtete ihn offen, rechnete mit dem Äußersten, auch damit, dass wir uns mitten im Supermarkt anschreien würden. Ein winziges Nicken bemerkte ich an ihm. Das sagte: Jetzt ist es also doch geschehen, dass wir uns wiedersehen. Oder sagte sogar noch mehr, nämlich: Es war ja ohnehin irgendwann einmal fällig. Die Lippen über dem Bärtchen waren sehr rot. Er holte sich immer wieder mit dem Oberkiefer das Bärtchen in den Mund und zog dabei die Zähne über die Lippe.

Ich sagte auch etwas: »Und wie geht's so?«, sagte ich.

Er sagte: »Mir geht's gut.«

Das »mir« war betont, deutlich betont. Das konnte, das musste heißen: Einem anderen geht es nicht gut. Aber wem? Einem, dem ich etwas angetan hatte? Wen meinte er? Meinte er die Frau vor ihm in seiner Schlange? Dass sie ihm alles erzählt hatte? Von ihren lächerlichen roten Wollstrümpfen, von ihrer Perlmuttknopfsammlung, die sie mir, um mich zu versöhnen, zeigen hatte wollen? War er ihr Mann? Ihr neuer Mann? Sie hieß Lotte. An den Familiennamen erinnerte ich mich nicht. Wenn er ihr Mann ist, dachte ich, dass sie also in ihrem Alter noch ein Glück gefunden hat, eine Liebe, die in Zärtlichkeit und gegenseitigem Erzählen gewachsen ist, die ihre Wurzeln bis weit zurück in die Kindheit ausbreitete, so dass auch unsere Sache von damals zur Sprache kam; wenn das so ist, dachte ich, warum stellen sich die beiden getrennt an die Kasse, jeder einen eigenen Wagen vor sich, was ja auf uns andere, die wir für sie die Welt draußen darstellten, wie ein Symbol einer getrennten Zukunft wirken musste. Was kann das für eine Liebe sein? Dachte ich.

Angriff am Nachmittag

Ihr Mann war der Seifensieder genannt worden. Ich weiß nicht, warum. Er war Gendarm gewesen. Als er starb, ging die halbe Gemeinde hinter seinem Sarg her. Ein finsterer, aber ein freundlicher Mann. Ich erinnere mich, dass ich einmal mit ihm in einer Sache verhandelt hatte, ich war fünfundzwanzig gewesen, Student, Besitzer eines VW Käfers, Baujahr 1952, abgefahrene Reifen und so weiter. Wenn ich ihm ins Gesicht blickte, in die Augen, die ein Leben lang im Schatten waren, weil die Brauen so mächtig, schwarz und überhängend die Stirn nach unten abschlossen, dann bekam ich es mit der Angst zu tun, man traute dem zu, dass er einen schlug. Wenn ich den Kopf zur Seite neigte und nur seine Stimme hörte, fühlte ich mich aufgehoben. Die Stimme dieses Mannes war ein breites Bett, in die Vokale und Konsonanten dahinflossen wie in einem Delta, wo alles, was schwimmen konnte, erschöpft und zufrieden und endlich am Ziel war. Wie war so etwas möglich? Dass aus einem Kopf so widersprüchliche Meldungen an die Welt abgingen?

Seine Frau saß an diesem blauen Oktobernachmittag vor dem Haus auf der Bank, neben ihr eine andere Frau, eine Nachbarin, eine Freundin vielleicht, die beiden trugen weiße Schürzen, vor ihnen stand ein Tisch, über den ein Tischtuch gebreitet war, weiß wie die Schürzen. Aus einem Korb nahmen sie Walnüsse, knackten sie auf und steckten die Kerne in den Mund. Ich befand mich auf dem Heimweg, an meinem Gelenk hing eine Plastiktüte mit irgendwelchen Sachen. Seit gut zehn Jahren war die Frau Witwe, in dieser Zeit hatte sie nur Schwarzes getragen, und auch heute trug sie unter ihrer Schürze eine schwarze Bluse und einen schwarzen Rock.

Als sie mich sah, hob sie eine Nuss, deutete an, ob ich eine möchte.

»Ja, klar«, rief ich. Weil ich mich an die Stimme ihres Mannes erinnerte und ich mir einbildete, er würde es gern gesehen haben, dass ich mich von seiner Frau beschenken ließ.

Sofort begannen die beiden alten Frauen, mich mit Nüssen zu bewerfen. Dabei kicherten sie wie Schulmädchen im Schwimmbad. Einige Nüsse fing ich auf, andere erwischte ich nicht, wieder anderen wich ich aus. Am Ende hielt ich die Arme vor mein Gesicht und zwang mich zu einem lauten Lachen, das sicher hysterisch geklungen hat, aber mir schien, dass lautes Lachen das Einzige war, das mich noch vor Schlimmerem beschützen konnte. Die Frauen zielten gut, trafen gut, und von Wurf zu Wurf war mehr Kraft dahinter und mehr Wut. Vor Schlimmerem? Vor Steinen zum Beispiel, schoss es mir durch den Kopf. Es lagen Steine vor ihnen im Garten.

Und dann lachte ich nicht mehr. Ich war zornig, und das Gesetz war auf meiner Seite. Ich warf die Plastiktüte mit den Sachen von mir, hielt meine Jacke wie einen Schild über Kopf und Oberkörper und lief auf die beiden Frauen zu.

»Warum tun Sie das?«, rief ich. »Sie haben mir wehgetan, und die ganze Straße ist voller Nüsse. So ein Unsinn! Ich habe Ihren Mann gekannt«, sagte ich zur Frau des Gendarmen. »Was hätte er von so etwas gehalten?«

Die beiden Frauen blickten mich an, ohne Interesse, zwei Greisinnen, sie lachten nicht mehr, ihre Gesichter sagten mir nichts. Als hätten sie vergessen, was sie eben noch getan hatten. Als wären sie es gar nicht gewesen. Ihre Hände hingen an ihren Schürzen herab. Hände mit weißer, durchscheinender Haut.

Der Eisenmann

Er hieß Walter, und er hatte eine Theorie, warum er so hieß. »Nach dem Krieg«, sagte er einmal zu mir, »hat keiner gewusst, wie er sich zeigen darf. Erst in den Siebzigerjahren haben sie sich getraut, einen Buben Samuel zu taufen, und erst heute wäre ein Baldur wieder möglich.« Er meinte damit, er sei von seinen Eltern aus Schrecken über die Vergangenheit und Bangigkeit vor der Zukunft als unauffällig angelegt worden.

Ich kannte ihn aus der Schulzeit, er war in der Herrenriedstraße, in den Blocks gleich unter der Bahnlinie aufgewachsen. Eine Zeitlang war er Vertreter für kleine und mittelgroße schöne Dinge gewesen. Später hatte er immer wieder die Berufe gewechselt. Um sich freier und intensiver seinem Sport widmen zu können. Erst war er nur Marathon gelaufen. Dann hatte er Triathlon trainiert, Schwimmen, Rennen, Radfahren. Am Ende wagte er den Tripeltriathlon – Rennen, Schwimmen, Radfahren, stundenlang, und alles dreimal hintereinander. Er trainierte jeden Tag, rannte dreimal hintereinander aufs Xohl. Das sind sechshundert Höhenmeter. Dort steht ein Gasthaus, man kann Bier trinken und über das Rheintal schauen. Er habe sich, sagte er, Gewichte an den Körper gehängt. Ich kann mich nicht mehr erinnern, waren es sechsundzwanzig Kilo oder ist er die Strecke in sechsundzwanzig Minuten gerannt. Die Muskeln und Sehnen zerrten an seinem Oberkörper und zerrten so viele Jahre daran, bis der Brustkorb und die Schlüsselbeine schließlich nachgaben. Er war übertrainiert für alle Zeiten. Der ganze Mann war verzogen. Ich traf ihn hin und wieder beim Joggen. Ich joggte, er fuhr auf dem Fahrrad. Er musste das tun, sein Herz forderte es. Sein Herz, sagte er, sei größer als sein Magen.

Der Eisenmann hieß er bei uns, und ich weiß aus sicherer Quelle, dass er sich ernsthaft überlegt hatte, seinen Familiennamen abzulegen und sich in Eisenmann umzubenennen. Walter Eisenmann. Für mich war er Walter Eisenmann. Und wenn ich ihn auf der Straße traf, sagte ich: »Servus, Eisenmann!« – Noch etwas muss ich erwähnen: Er hatte Schneidezähne, die sehr zart wirkten, durchschimmernd, bläulich, Zähne wie eine Fee – falls Feen Zähne haben.

Vor ein paar Tagen sagte er zu mir: »Was denkt er heute im Rückblick über den Kalten Krieg?«

Wenn wir uns trafen, was ja immer zufällig geschah, tat er so, als hätte er ein Thema vorbereitet. Dann redete er mich in der Er-Form an. Es war ihm aber gar nicht an einem Statement meinerseits gelegen, sondern vielmehr an seiner eigenen Antwort darauf. Ohne dass ich ein Wort gesagt hätte, fuhr er also gleich fort: »In den Achtzigerjahren bin ich oft in Wien gewesen, und da hat es einen Mann gegeben, der sich Waluliso genannt hat, das war eine Abkürzung von Wasser-Luft-Licht-Sonne, ein Verrückter.«

»Ich kenne den«, sagte ich, »ich habe den gekannt.«

»Der hat sich ein Betttuch umgehängt und einen Lorbeerkranz auf den Kopf gesetzt und hat sich mit einem verzierten Stab vor den Stephansdom gestellt und hat für das Gute demonstriert, und dann haben sich der amerikanische Präsident Ronald Reagan und Michail Gorbatschow in Island getroffen, um den Kalten Krieg zu beenden, und auch Waluliso war dorthin gefahren, nämlich, um dasselbe zu tun.« Der Eisenmann hielt mich am Reißverschluss meines Trainingsanzugs fest und flüsterte: »Ich sage dir etwas: Ich bin zufällig vor einer Schreibmaschine gesessen, und ich habe das Mittagsjournal im ORF gehört, und ich habe mitgeschrieben, was der Sprecher gesagt hat, ich habe mitgeschrieben, um es für alle Zeit festzuhalten. Der Sprecher sagte: Waluliso ist in Island und macht die Straßen von Reykjavík unsicher. Verstehst du, was ich meine? Da treffen sich genau diese beiden Männer, die die ganze Welt zwanzig Mal oder sogar noch öfter kaputtmachen könnten, dachte ich, und nicht sie machen die Straßen von Reykjavík unsicher, sondern Waluliso. Was ist das für eine schöne Zeit gewesen, die Zeit des Kalten Krieges!«

»Eisenmann«, sagte ich, »wenn ich je auf die einsame Insel müsste und einen Wunsch frei hätte, ich würde die Fee bitten, dass sie dich einfliegt. Dann würde ich nicht verlorengehen.«

»Wie meinst du das?«, fragte er, und ich sah, dass er irritiert war. Aber ich hatte nur so drauflosgeredet. Nun waren wir beide verlegen, und verlegen machten wir uns auf unsere Wege, der Eisenmann und ich.

Pit Clausen

Nachdem er seinen Prozess gewonnen hatte, kaufte Pit Clausen einen Wohnwagen und wanderte nach Portugal aus. Er stellte sich neben ein Rosmarinfeld, blickte auf den Atlantik und begann zu essen. Als junger Mann hatte er in dieser Gegend Urlaub gemacht, seine Frau und er waren in einem VW-Bus die weite Strecke gefahren, hatten im Bus geschlafen und sich während der ganzen Zeit nie weiter voneinander fortbewegt als maximal eineinhalb Meter. Was dann in einem Seelengemetzel endete. Sie sprang in einer Stadt – er hatte vergessen, wie sie hieß – aus dem Auto und rannte davon, und nur eine Sekunde lang überlegte er, ob er ihr nachlaufen sollte, dann trat er aufs Gas und ließ sie, wo sie war. Bis dahin war er in seinem Leben niemals allein gewesen, nun fuhr er am Atlantik entlang, redete laut mit sich selbst, ein magischer Urlaub, der genau genommen eine Katastrophe war.

Im vergangenen Sommer traf ich Pit Clausen am Bankomaten bei der Raiffeisenbank. Er klammerte sich am Metallrahmen fest, die Krücken fielen übereinander, von hinten hätte ich ihn nicht wiedererkannt.

»Lebst du nicht mehr in Portugal?«, fragte ich.

Seine Haare waren schwarz, lang, fett, glatt. Wie früher, als er in unserer Band Bass spielte. Nur dass er jetzt eine zeltförmige Frisur hatte, denn sein Kopf war breit geworden. Er sei nur für ein paar Tage in Hohenems, sagte er. »Damit ihr mich nicht vergesst.« Er meinte es so.

»Was war damals mit deiner Frau?«, fragte ich. Mir fiel nämlich ein, dass ich es nicht wusste und vielleicht nie mehr Gelegenheit haben würde, ihn zu fragen, denn Pit Clausen war tonnendick geworden, und ich sah seinen Fingern an, dass er immer noch so viel rauchte wie früher, und dass er nicht den geringsten Sport machte, war sowieso klar, wie sollte er das auch mit seinen Krücken.

Er habe sie, bald nachdem er aus seinem magischen Urlaub zurückgekehrt war – »mein Gott«, rief er mit seinem dünnen Stimmchen, »das ist fünfundzwanzig Jahre her!« –, in Dornbirn auf der Straße getroffen, zufällig, im Stehen hätten sie die Scheidung verabredet und sich dann mit Küssen auf die Wangen verabschiedet. »Das ist alles«, sagte er, »jedenfalls alles, was ich noch weiß, an mehr erinnere ich mich nicht.«

Als ich so um die dreißig war und mein erstes Buch erschienen war, hatte mich ein Kaplan zu einer Gratislesung ins Gefangenenhaus Feldkirch eingeladen – es sei völlig egal, was ich lese, hatte er gesagt, den Gefangenen gefalle alles –, da blickte ich durch meine Sätze hindurch ins Publikum und sah in der ersten Reihe Pit Clausen sitzen, das ganze Gesicht voller Pickel, Haut wie Streuselkuchen. Das fiel mir ebenfalls ein, als ich neben ihm beim Bankomaten stand, und mir fiel auch ein, dass ich nicht wusste, warum er damals im Gefängnis war, dass ich es aber gern wissen wollte, weil ich ihn vielleicht nie wieder im Leben sähe.

»Pit«, sagte ich.

»Was denn«, sagte er.

»Warum warst du damals im Gefängnis?«

»Mord«, sagte er.

Pit Clausen hatte als Zehnjähriger erzählt, sein Onkel sei ohne Fallschirm von einem Flugzeug abgesprungen und auf einem Heuhaufen gelandet und Dr. Sauerbruch habe ihn operiert, und er hatte als Zwanzigjähriger erzählt, er fahre zur See und nirgends auf der Welt sei es schöner als im Hafen von Katmandu.

»Pit«, sagte ich.

»Was denn noch«, sagte er.

»Ich habe von dir geträumt«, sagte ich. »Ich habe geträumt, du seist inzwischen zweihundert Kilo schwer und man musste dich mit einer Bergeschere aus deinem Wohnwagen schneiden.«

»Stimmt mit Sicherheit nicht«, sagte er.

Ich hob seine Krücken auf, und wir gingen die Bahnhofstraße hinunter und durch die Unterführung. Das dauerte lang.

»Ich muss mich bewegen«, sagte er, »mein Leibarzt macht sich Sorgen um mein Herz.«

Die Kriegsbraut

Ich denke gern an die Frau Vallaster aus der Raimundstraße. Sie war eine Kriegsbraut. So hat sie sich selbst bezeichnet. Sie stammte aus Ostpreußen. Manchmal am Nachmittag kam sie vorbei, wenn es regnete, klingelte nicht an der Haustür, sondern klopfte ans Küchenfenster, eine große, schlanke Frau mit einem Schritt, der nicht zu Röcken und Kleidern passte. Meine Mutter mochte sie, war aber der Meinung, sie sei kein nobler Umgang. Dann saß die Frau Vallaster in unserer Küche auf der Stuhlkante, teilte mit ihren langen Beinen den Raum, blinzelte mit ihren blondbewimperten Lidern und sagte in ihrem ostpreußischen Dialekt: »Schön, nicht wahr, wir drei Kriegsbräute.«

Und meine Großmutter, geboren in Oberfranken, Tochter eines Mannes aus dem Baltikum, stieß viel Luft aus und zischte: »Dummes Gewaf!« Und ging aus der Küche. Ich hinter ihr her, weiß nicht, warum, im Stiegenhaus ballte sie die Faust: »Der könnt ich eine!« Wenn meine Großmutter etwas sagte, was ihr selber über die Stränge geschlagen vorkam, dann blickte sie schräg vor sich nieder, und ihr Gesicht bekam einen verlorenen Ausdruck, für Augenblicke aus jeder Zugehörigkeit verbannt, als erwarte sie die Strafe. Dann schubste sie mich in die Küche zurück und folgte nach. Neue Luft hatte sie geholt im Stiegenhaus, sonst nichts.

Meine Mutter mochte es, wenn sie Kriegsbraut genannt wurde, und sie mochte es auch wieder nicht.

»Es klingt doch, als wären wir nicht freiwillig hier«, sagte sie.

»Sind wir denn freiwillig hier?«, seufzte Frau Vallaster; aber sie seufzte mehr in Stellvertretung meiner Mutter als in eigener Angelegenheit. Ihr Mann lebte nicht mehr. Als der Rohbau fertig war, blieb sein Herz stehen, und Frau Vallaster blieb zurück mit vier Kindern, zwei Buben, zwei Mädchen. Bald nach der Beerdigung sah man an

Samstagen und Sonntagen ein amerikanisches Auto mit Schweizer Kennzeichen vor dem Ziegelbau parken, und als der Sommer vorbei war, war das Vallaster'sche Haus das erste in der Raimundstraße, das verputzt war, obwohl weit und breit keine Einnahmen zu erkennen waren.

»Ich meine damit«, sagte Frau Vallaster. Sie hob die Krücken meiner Mutter auf und lehnte sie vorsichtig und akkurat nebeneinander an den Küchenkasten. Dann griff sie nach ihrer Hand. »Ich meine damit...«

»Ich weiß ja, was Sie meinen«, unterbrach sie meine Mutter, »Sie meinen, wir sind mit dem Krieg verheiratet...«

»Genau das meine ich«, sagte Frau Vallaster und nickte stolz wie eine Lehrerin, deren Lieblingsschülerin wieder einmal etwas Gutes aufgesagt hatte.

»So redet sie nur mit dir«, wird meine Großmutter zu meiner Mutter sagen, wenn Frau Vallaster gegangen ist, »weil das Luder genau weiß, dass du in diesen romantischen Quatsch vernarrt bist.« In Frau Vallasters Gegenwart sagte sie: »Und ich? Was ist mit mir? Bin ich mit zwei Kriegen verheiratet? Hab nämlich beide erlebt.«

Frau Vallaster nahm keine Notiz von ihr, zog ihr gepunktetes Kleid über die Knie, ihre derben knöchelhohen Schuhe waren schmutzig. »Paula«, sagte sie – was meine Mutter übrigens eindeutig nicht mochte, sie mochte von niemandem geduzt werden, der nicht zur Familie gehörte –, »Paula, summa summarum, habe ich recht, sind wir dankbar, dass uns unsere österreichischen Männer rausgeholt haben, und jetzt endlich zu etwas Wichtigem...« Und dann begann der Rezepteaustausch – eine Sauerbratenvariante gegen eine Weinschaumvariante, begleitet von spitzen Spottlachern meiner Großmutter.

Als 1989 der Eiserne Vorhang fiel, machte sich Frau Vallaster auf den Weg in ihre Heimat Ostpreußen. Da war sie achtzig. Sie fuhr mit der Eisenbahn, allein. Einer ihrer Söhne war an Delirium tremens gestorben, der andere saß in einem fernen Land im Gefängnis. Die

Töchter waren zugedeckt von ihren Familien. In Berlin machte sie Zwischenstation, stieg in einem Hotel ab, in der Nacht erlitt sie einen Hirnschlag, aus dem Koma erwachte sie nicht mehr.

Der verlorene Sohn

Mit seiner Mutter spricht mein Freund ungarisch. An der Wand hängt ein Bild von ihr, ein Ölgemälde, es zeigt sie als junge Frau, sie sieht aus wie Lauren Bacall in *The Big Sleep*. Es tut ihr weh, dass ihr Sohn nicht in die Synagoge geht.

»Ich habe mein Leben lang auf die Religion verzichtet«, sagt sie. »Ich hatte immer das Gefühl, Religion benötigt mehr Zeit, als ich habe. Heute stehen in der Nacht die Worte der Bibel auf und starren mich an.«

Sie leide an Depressionen, sagt mein Freund, denke mit ihren neunundsiebzig Jahren an Selbstmord und an Scheidung.

Mit seinem Vater spricht er deutsch. Der war vor fünfzig Jahren dagegen gewesen, dass sein Sohn beschnitten wurde. Der Vater sagt von sich selbst, er sei Atheist, und dass er damit richtig liege, beweisen die vergangenen zweiundachtzig Jahre. Er ist zweiundachtzig Jahre alt. Wenn seine Frau von Selbstmord und Scheidung spricht, schweigt er.

Wenn ich die Stimme meines Freundes am Telefon höre, wird mir warm ums Herz. Ich liebe ihn. Ich frage ihn: Wo bist du gerade? Er könnte überall sein. Er hat mich schon aus Indien angerufen, aus Vietnam, aus Japan, aus Simbabwe, aus New York, aus Bukarest, aus Moskau.

Mein Freund ist in Temesvár geboren. Sein Großvater war vor dem Krieg der reichste Mann der Stadt gewesen. Er hatte mit der ganzen Welt Handel getrieben. Wenn es um Kauf und Verkauf von Waren ging, hat er in allen Sprachen sprechen können. Das Kaufhaus bei der Oper hatte ihm gehört. Nicht einmal in Bukarest sei solche Vornehmheit zu finden gewesen. Die Stalinisten nahmen ihm sein Eigentum weg. Die Familie wurde ins Russenviertel der Stadt abgeschoben. Damit sie Barfußgehen lernt.

Der Großvater sprach jiddisch, von da an nur noch jiddisch. »Ein

Geschäftsmann muss in vielen Sprachen sprechen«, sagte er. »Ich bin kein Geschäftsmann mehr.«

Dann wurde der Vater meines Freundes ins Gefängnis gesperrt. Mein Freund weiß bis heute nicht, warum. Darüber will der Vater nicht reden, bis heute nicht. Bevor er ins Gefängnis kam, hatte er jeden Tag nach dem Mittagessen eine Stunde auf der Bratsche gespielt. Später nie wieder. Ansonsten habe sich bei ihm nichts verändert. Er sei vor dem Gefängnis immer schlecht gelaunt gewesen und nachher genauso.

»Mit dem Großvater habe ich jiddisch gesprochen«, erzählte mir mein Freund, »mit der Mutter ungarisch, mit dem Vater gar nicht. In der Schule habe ich rumänisch gesprochen und mit den Freunden auf der Straße russisch.«

Bald nachdem der Vater aus dem Gefängnis gekommen war, machte sich die Familie auf die Reise. Es gab Verwandte, die Hitlers Holocaust und Stalins Säuberungen überlebt hatten. Ferne Brüder, ferne Neffen, ferne Vettern – die schickten Geld. Das wurde für Pässe und Fahrkarten hingelegt. Man hätte ein halbes Schiff dafür kaufen können.

Erst lebte die Familie in Wien. Der Sohn lernte Deutsch. Dann probierte man es mit London. Der Großvater sprach wieder seine Sprachen. Er trieb wieder Handel. Er handelte mit Schweinehälften. Handelte mit der rumänischen Regierung. Tauschte das Fleisch gegen den Rest der Familie, der noch in Rumänien lebte. Und prozessierte bis zu seinem Tod, weil ein Ministerium statt eines Neffen dessen Urne geschickt hatte.

London hielt nicht lange. Die Familie kehrte nach Wien zurück. Mein Freund hatte Englisch gelernt. Nun wurde er Österreicher. Österreichischer Staatsbürger. Er war ein hervorragender Schwimmer, wurde in die Wasserballjugendauswahlmannschaft aufgenommen. Er musste sich die Fingernägel schneiden, bis ganz herunter, damit er den Gegner unter Wasser nicht verletze. Von Anfang an war mein Freund ein guter Österreicher.

Dann war er fünfundzwanzig und hatte eine winzige Tochter und riss seine Frau an den Haaren, und sie riss ihn an den seinen. Seine Welt, das waren die schwarzen Punkte ihrer Augen. Die wurden immer enger. Das machte der Hass. Auch seine Augen wurden immer enger. Er lief davon, lief in der Nacht durch die Stadt, lief zum Westbahnhof. Alle sind sie immer geflohen in seiner Familie. Das war seine Flucht. Wasser, dachte er, nur Wasser muss ich mitnehmen, Wasser und meinen Pass. Und eine Hosentasche voll Geld. Er kaufte sich eine Fahrkarte nach Paris. Er sprach Ungarisch, Rumänisch, Jiddisch, Russisch, Deutsch und Englisch. Damit verdiente er sich in Paris sein Geld. Nach zwei Jahren kehrte er nach Hause zurück, das hieß damals nach Wien, da konnte er obendrein Französisch.

Ein Jahr blieb er in Wien, dann zog er nach Los Angeles. Er wanderte aus. Diesmal wanderte er aus. Er lernte eine rothaarige Frau kennen, die stammte aus Ohio. Sie hatte zwei Kinder, Buben. Sie war heroinsüchtig, lebte in Trennung von ihrem Mann, der war ebenfalls heroinsüchtig. Sie unterzog sich einer Entziehungskur und ließ sich scheiden. Ich lernte sie kennen, da hatte sie eine Woche zuvor meinen Freund geheiratet. Und mein Freund hatte die Greencard bekommen.

»Amerikas Hochzeitsgeschenk«, sagte er.

»Du bist also sein Freund«, sagte seine Frau und umarmte mich.

»Ja, das bin ich«, sagte ich.

»Bringst du mir Deutsch bei?«, fragte sie.

»Er soll dir Deutsch beibringen«, sagte ich. »Er kann alle Sprachen, er ist vor Babylon geboren.«

»Er ist in keiner Sprache zu Hause«, sagte sie und machte eine Faust und legte sie sanft an das Auge meines Freundes.

»In welcher Sprache träumst du?«, fragte ich ihn.

»Gestern«, sagte er, »gestern habe ich geträumt, ich repariere zusammen mit meinem Vater das Dach unseres Nachbarn, da ist mir der Hammer aus der Hand gefallen und hat meinen Vater erschlagen.«

Die geeignete Würde

Am 11. September, nachdem ich den Hörer aufgelegt hatte, durch den mir von der Katastrophe in New York berichtet worden war, blickte ich zum Fenster hinaus und sah unsere Nachbarin, die ein Bündel Kraut in der Hand hielt und daran roch. Die andere Hand rieb sie mit gespreizten Fingern an ihrem Schenkel. Ihre weißen, lichten Haare saßen starr auf ihrem Schädel, zu Locken gerollt, ohne Ambition zu gefallen. Mir wurde bewusst, dass ich mich nicht mehr erinnern konnte, wie sie ausgesehen hatte, als ihr Sohn und ihre Tochter noch Kinder waren. Ich schämte mich, weil die Zeit über mich hinweggefahren war. Katastrophen können einen verlegen machen. Sie, dachte ich, die Frau, war wenigstens erstarrt. Sie trug ihre alte Kleiderschürze, die ich schon so viele Jahre kannte. Erst hatte sie das Stück nur im Haus bei der Küchenarbeit getragen, dann, als es ausgebleicht und zerschlissen war, zog sie es bei der Gartenarbeit an. Bunte, verschlungene Muster waren auf der Schürze, wanden sich unter die Achseln, widersprachen sich in den aufgenähten Taschen, Muster, die den Tapetenmustern in ihrem Wohnzimmer ähnlich sahen. Einmal war ich in ihrem Wohnzimmer gewesen. Sie hatte Monika und mich an einem zweiten Weihnachtsfeiertag zu einem Glas selbstangesetzten Likörs und Birnenbrot eingeladen. Wir standen bei der Tür, auf dem schmalen Streifen Riemenboden, mit meinen Schuhspitzen berührte ich den Teppich. Der war bauschig und zu schmal und zu lang, an den Längsseiten des Raumes war er umgeschlagen. Es roch nach Kerzen und ein wenig nach Moder. Ein Tisch mit Fliesenplatte stand da, ein Kanapee, ein Geschirrschrank mit Glastüren. Der Teppich nahm alles unter sein Diktat. Wie ein unverletztes Wesen war uns dieser Raum vorgekommen, das Heiligtum dieser Leute, nutzlos, weil nicht genutzt, ausstaffiert wie ein Symbol. Monika und ich waren uns einig gewesen: Für diesen Raum waren wir nicht die richtigen Gäste.

Ich glaube, unsere Nachbarn hatten das ähnlich gesehen. Sie waren enttäuscht von uns gewesen. Es war uns nicht gelungen, die geeignete Würde vorzuweisen. Die Frau bestrich zwei Birnenbrotschnitten mit Butter und gab Monika eines und mir eines, und wir aßen sie im Stehen und tranken den Likör hinterher. Wir waren verlegen, und die Zeit war langsam gewesen.

Am 11. September blickte ich durchs Fenster und wartete darauf, dass die Frau sich bewegte. Ich wollte die Luft anhalten, bis sie sich bewegte. Sie weiß noch nicht, was geschehen ist. Sie kann es noch nicht wissen. Seit zwei Stunden arbeitet sie im Garten, jätet Unkraut, recht Laub, erntet. Sie konnte es nicht wissen. Sie stand dicht am Zaun, die Nase in dem Büschel Kraut. Mit verzweifelter Gier sog ich nach einer Minute die Luft in meine Lungen. Was für einen Duft musste dieses Kraut ausströmen, dass die Frau so lange Lust daran haben konnte!

Der Ungar

Seine Familie kam 1956 während der Ungarnkrise nach Österreich, da war er gerade ein Jahr alt. Er wuchs in Wien auf, besuchte eine höhere technische Schule. Seine Eltern gaben ihm einen deutschen Vornamen, da war er fünfzehn. Günther Fülöp hieß er nun. Nach der Matura zog er nach Vorarlberg. Er arbeitete bei einer großen Firma, die Maschinenteile herstellte. Er heiratete, seine Frau war Schweizerin, sie gebar zwei Söhne. Dann ergriff Günther Fülöp die Chance seines Lebens und sagte ja. Ihm war eine leitende Stelle in einem Schwesterbetrieb in Venezuela angeboten worden. Nach dreizehn Jahren kehrte er mit seiner Familie nach Europa zurück, machte sich selbstständig, eröffnete ein Büro für Industriewerbung.

Ich lernte ihn bei einem der jährlichen Treffen der Rockmusiker kennen. Diese Treffen fanden zwischen Weihnachten und Neujahr statt. Wir unterhielten uns über Emmylou Harris, die wir beide nicht für eine Göttin, aber doch für eine Dame hielten. Günther Fülöp sah aus wie ein Model für einen Nazibildhauer – breite Kinnlade, breiter Mund, die Winkel leicht nach unten gezogen, Lippen schmal, Stirn gerunzelt, die Haare kurz und nach hinten gebürstet. Irgendwann, erzählte er mir später, habe er sich gedacht, wenn er noch eins drauflege, dann ironisiere er sich selbst, und dann würde es vielleicht gehen. Darum habe er mit Bodybuilding angefangen, in vernünftiger Dosierung.

Musik habe er, erzählte er mir bei anderer Gelegenheit, immer geliebt, früher Klassik, als Vierzehnjähriger Oper, bei *Parsifal* sei ihm schlecht geworden, aber das liege ganz in Wagners Absicht. Mit dreißig sei er zum Rock 'n' Roll vorgedrungen, und erst mit vierzig habe er die Countrymusic entdeckt. Er war ein sauberer Gitarrist, das heißt, er brachte nichts Hervorragendes, aber dafür Verlässliches. Singen konnte er wie ein Mann aus Alabama oder aus Mississippi oder aus Tennessee oder einer aus Texas, der es über den Ozean geschafft hatte. Er hatte eine einsame Art, Witze zu machen.

Vor ein paar Tagen standen wir beide vor der Trafik oben beim Hochhaus, das zwar so genannt wird, in Wahrheit aber nur zwei Stockwerke hat.

»Rauchst du noch?«, fragte ich.

»Wieder«, sagte er.

Ich sagte: »Ich rauche nicht, aber wenn es dich vor meinem Mund nicht graust, zünde ich dir gern eine an.«

Wir setzten uns auf die Bank beim Emsbach, und ich zündete ihm Zigaretten an, und er rauchte sie fertig. Er war weiß geworden, und das drängte das Nazihafte zurück. Sein Mund, klein und geformt wie ein französischer Akzent, passte nicht zur Zigarette. Wenn ich uns beobachtet hätte, zum Beispiel durch einen Feldstecher aus einem der Fenster drüben beim Hochhaus, ich hätte mich für den Raucher gehalten und ihn für den, der die Zigarette bloß anzündete.

Dann fiel mir ein, dass ich etwas Ähnliches schon einmal gedacht hatte. Als ich ihn bei einer Session Mundharmonika spielen sah. Da hatte ich gedacht, zu diesem Mund passt eine Mundharmonika nicht. Und jetzt musste ich denken: Was passt eigentlich zu diesem Mund?

»Deine Frau und du«, sagte ich.

»Was meinst du?«, fragte er.

»Wie lange seid ihr verheiratet?«

»Dreiundzwanzig Jahre, schätze ich.«

»Schlaft ihr noch miteinander?«

»Klar«, sagte er. Und dann im Schweizer Dialekt, als ob er Befugnis hätte, auch im Namen seiner Frau zu antworten: »Sicher, sicher.«

»Und küssen?«

»Hast du einen Vogel!«, rief er.

Ich schielte zu ihm hinüber, beobachtete seinen Mund. In der späten Morgensonne des Oktober sah er leblos aus wie ein Maskenteil, das sich nur wenig veränderte, wenn der Zigarettenfilter hineingesteckt wurde, das sich nur wenig veränderte, wenn es den Rauch entließ. Ich fasste die Meinung, dieser Mund sei der Denunziant des Lebens dieses Mannes, er pries diesen Mann als einen kleinmäuligen, fleißigen Schwindler an. Aber ich wusste: So einer war der Ungar nicht.

Die Fenkarts

Im Eckhaus, am Anfang der Raimundstraße, wohnt Frau Fenkart. Inzwischen wohnt sie allein dort. Sie hat zwei Töchter, beide Juristinnen, erfolgreich, verheiratet, kinderlos. Und von rassiger Schönheit. Ich schreibe dieses Wort zum ersten Mal in meinem Leben nieder. Die beiden hatten schwarzes Haar, viel Haar, kaum zu bändigen, hatten einen dunklen Schatten auf der Oberlippe und Rasierpickel an den Innenseiten der Oberschenkel, das konnten wir sehen, wenn sie in ihren Badeanzügen an den Baggerlöchern beim Alten Rhein entlanggingen. Unzertrennlich waren die Schwestern gewesen, die jüngere hieß Heidrun, den Namen der älteren habe ich vergessen. Sie nahmen keine Notiz von uns. Nicht, dass wir ihnen zu gering gewesen wären, sie waren nicht arrogant. Sie wussten gar nicht, dass ich ihr Nachbar war. Wenn sie mich heute grüßten, grüßten sie mich morgen wieder, und sie grüßten mich, wie man einen grüßt, den man zum ersten Mal sieht, denn es war ihnen entfallen, dass sie mich gestern auch schon gegrüßt hatten. Sie genügten einander.

Die Ältere hatte als Sechsjährige etwas an der Lunge gehabt und war deshalb erst ein Jahr später in die Schule gekommen. Die Mutter zog ihre beiden Töchter gleich an, in der Siedlung wurden sie die Zwillinge genannt, die Fenkart-Zwillinge, obwohl jeder wusste, dass sie keine Zwillinge waren. Am Gymnasium übersprangen sie wegen Intelligenz eine Klasse, und mit zweiundzwanzig Jahren machten sie in Innsbruck ihren Doktor in Jus. Nach dem Studium besuchten sie ihr Elternhaus nur noch zu Weihnachten. Darüber wunderte man sich in der Siedlung. Es war doch nie Streit gewesen in diesem Haus.

Herr Fenkart war Versicherungsagent, und es hieß, er sei tablettensüchtig. Er war ein finsterer Mann gewesen, ein rassiger Mann. Ich hatte ihn einmal nackt gesehen. Die Fenkarts hatten in der Waschküche eine Badewanne, ein eigenes Badezimmer besaß damals keiner in unserer Gegend. Von der Waschküche führte eine Tür in den Garten, der Garten war zugewuchert, und es war ein Leichtes, sich an das Haus zu schleichen. Toni Amann, der später nach North Carolina auswanderte, hat mir davon erzählt. Er sagte, man könne eine nackte Frau anschauen, wenn ich Interesse hätte, solle ich es ihm sagen. Ich war dreizehn und hatte Interesse. An den Samstagnachmittagen badeten die Fenkarts gemeinsam in der Waschküche. Toni Amann und ich schlichen durch das Gestrüpp und schauten abwechselnd durch das Schlüsselloch. Als ich drankam, saß Frau Fenkart bereits in der Wanne, sie drehte der Tür den Rücken zu. Ich sah nur Herrn Fenkart, der stand nackt mitten im Raum, breitbeinig, das Wasser triefte von seinem Körper, der war schwarz behaart, und die nassen Haare sahen aus wie Schlamm, der durch Waschen nicht abgegangen war. Das Geschlecht lag in den nassen Schamhaaren verborgen.

Nach dem Tod ihres Mannes begann Frau Fenkart zu putzen. Sie putzte das Haus vom Keller bis zum Dach, fing damit an am Montag, war fertig am Freitag, versorgte den Garten, kaufte sich einen Laubstaubsauger, mit dem bearbeitete sie das Straßenstück, an das ihr Grund grenzte. Sie war immer freundlich, immer fröhlich, machte Wahlwerbung für Waldheim, vorübergehend leuchtete an einem ihrer Dachfenster ein Neonkreuz, einmal habe ich sie über Rückenschmerzen jammern hören. Ihre Töchter kamen zu Weihnachten auf Besuch, sie sprachen mich auf der Straße an, sagten, sie verfolgten sehr wohl, was aus mir geworden sei, sagten, sie seien stolz, dass es einer aus ihrer ehemaligen Nachbarschaft geschafft habe, baten mich, ihnen etwas Persönliches in eines meiner Bücher zu schreiben.

Walkner

Dort, wo es zum Flugplatz geht, lebte ein Mann, der hieß Walkner, seinen Vornamen weiß ich nicht. Er war Maurer, und er hatte für niemanden zu sorgen, er hatte keine Frau und keine Kinder, nur einen Cousin, der war ebenfalls Maurer. Walkner war Hilfsarbeiter, und als seine Eltern starben, erbte er einen schmalen Streifen Acker, der bald darauf zu Bauland erklärt wurde. Damit war der Wert des Grundstücks gestiegen, und weil es obendrein an einer Straßenkreuzung lag, die in den aufstrebenden Sechzigerjahren an Bedeutung gewann, traten immer wieder starke, finanzkräftige Männer an Walkner heran, sie wollten ihm sein Grundstück abkaufen und Wohnblocks darauf bauen. Sogar in der Gemeinde gab es Fraktionen, die ihn drängten, man nannte ihn einen Egoisten, weil er Boden besitze, den er nicht nutze. Tatsächlich nutzte Walkner seinen Acker nicht. Er baute weder etwas an, noch pflegte er das Gras, das dort wild wuchs. Er setzte sich manchmal sonntags unter einen Baum und rauchte seine Zigaretten und trank seinen Most und grüßte den, der an seinem Grundstück vorüberging, auch wenn er selbst nicht gegrüßt wurde.

In den Siebzigerjahren siedelten sich ein paar Betriebe in der Umgebung an, einer stellte Kartonagen her, ein anderer feine Stickwaren, eine Druckerei folgte und ein Fleischgroßhändler. Die Äcker, die an Walkners Grundstück grenzten, wurden für unverhofft gutes Geld verkauft, Siedlungen wurden darauf gebaut, der Preis für Walkners Grundstück schnellte in die Höhe. Er verkaufte nicht. Wenn die Bewohner der Appartements an Sommersonntagen unter ihren Sonnenschirmen lagen und auf ihr gestutztes Grün schauten, dann war die Schande vor ihren Augen – Walkners Wiese, brach, verrottet, verlottert, unnütz wie ihr Besitzer. Walkner rauchte Dreier, trank Most, saß im Schatten eines Baumes, grüßte, zwinkerte uns Buben unter seinem Brauengestrüpp zu und wusste nicht, dass seine Existenz eine Provokation war.

Ich erinnere mich, dass mein Vater eines Tages sagte, der Bürgermeister habe Walkner ein Ultimatum gestellt. Wenn er nicht bald nachweisen könne, dass er das Grundstück brauche, werde man ihn enteignen.

Da begann Walkner ein Haus zu bauen. Er hob den Keller aus, das dauerte fast ein Jahr. Niemand half ihm. Er hatte nie um Hilfe gebeten. In kurzer Zeit betonierte er das Fundament, ziegelte die Wände hoch und setzte den Dachstuhl auf. Da staunte man in Hohenems, und man kam, um sich das anzusehen. Der Walkner grüßte, schnippte seinen Tschick in die Wiese und setzte sich unter seinen Baum.

Ein Rohbau stand da. Fensterlos, unverputzt. Stand ein Jahr da. Nichts geschah. Stand ein weiteres Jahr da und noch ein Jahr und noch eines. Brombeeren wucherten, wo die Terrasse hätte sein sollen. Die Apfelbäume schickten ihre Wassertriebe aus, Bäume wie Köpfe von Wahnsinnigen. Bäume wie ihr Besitzer.

Einmal war ich auf dem Weg zum Flugplatz, wo eine Doppeldeckerschau abgehalten wurde, da kam ich an Walkners Grundstück vorbei. Er war gerade dabei, Holz zu hacken. Ich grüßte ihn, und er grüßte zurück, und dann fiel ihm etwas ein.

»He!«, rief er.

Ich blieb stehen und blickte ihn an.

»Willst du einen Most?«, fragte er. Er reichte mir ein Glas, ich trank und sagte, es sei der beste Most, den ich je getrunken hatte, was stimmte. »Dann trink noch ein Glas mit mir«, sagte er. Und das tat ich.

Wir standen uns gegenüber wie Kollegen, und es musste nichts zwischen uns gesagt werden. Er hatte das Beil in dem Holzklotz auf dem Hackstock stecken lassen, und wir tranken ein drittes Glas. Ich spürte den Alkohol. Er lächelte mich an und nickte. »Gut, gell«, sagte er. »Ja, gut«, sagte ich. Dann ging ich zur Doppeldeckerschau.

Das Beil blieb in dem Klotz auf dem Hackstock stecken. Es blieb über den Sommer stecken und blieb stecken über Jahrzehnte. Irgendwann fiel der Stiel ab, weil er morsch geworden war.

Im vorletzten Sommer wurde der Rohbau vom Walkner abgerissen – nach fünfunddreißig Jahren. Nun steht ein Wohnblock dort.

Vom elektrischen Strom

Diese Geschichte hat mit Zauberei zu tun. Sie trug sich vor vielen Jahren zu, und sie fiel mir ein, als ich gestern über die Brücke beim Rosenplatz ging und durch die Fußgängerunterführung unter den Gleisen hindurch. Als ich acht Jahre alt war, war hier eine Bahnschranke für Fußgänger und Fahrräder gewesen, und daneben stand ein Bahnwärterhaus. Die Bahnwärters hatten den schönen Namen Salomon, der Vater war zuständig für zwei Schranken und für mehr nicht. Das Haus war klein und die Familie groß. Zweimal waren Zwillinge gekommen und dann noch zweimal normale Kinder. So sagte man. Die Zwillinge waren ein Versehen, eine Art Unaufmerksamkeit, eine Art Schuld in Wahrheit. Vernünftige Leute hatten vielleicht ein Zwillingspaar, aber nicht gleich zwei. Wenn aus den offenen Fenstern des kleinen Hauses das Bettzeug hing, dann sah man Stockbetten, nur Stockbetten, als ob das ganze Haus mit Stockbetten vollgestopft wäre, und so wird es ja auch gewesen sein.

Einer der Bubenzwillinge ging mit mir in eine Klasse. Warum der andere nicht, hatte gesundheitliche Gründe. Die Bubenzwillinge hießen Walter und Werner, die Mädchenzwillinge Veronika und Vera. Mein Vater konnte sich darüber nicht genug an den Kopf schlagen. Mit dem Walter war ich befreundet, wir hatten das gleiche Interesse, nämlich Elektrizität.

Unsere Freundschaft war sachlich, sie hatte nichts mit Gefühlen zu tun. Ich profitierte von Walters Wissen, er von meinen Kontakten. Mein Nachbar arbeitete beim Elektrizitätswerk, und er mochte mich. Es geschah nicht selten, dass er von der Arbeit nach Hause kam und mir über den Garten hinweg eine Porzellanisolation zuwarf, die aussah wie eine appetitliche Zitronennachspeise, so weiß. Ich bewunderte ihn, ich hatte ihn mit armlangen Klammern an den Schuhen auf Telefonmasten klettern sehen, nicht anders als ein anderer über eine Stiege hinaufgeht.

Walter und ich bauten Dinge, und wir brauchten Material – Kupferkabel, Steckdosen, verschiedene Klemmen. Er hatte die Ideen, ich besorgte das Material. Ich ging am Abend hinüber zum Nachbarn, klingelte und sagte, was wir brauchten. Das war nicht vorlaut, der Mann hatte mir oft genug gesagt, wann immer ich etwas brauche, solle ich es ihm sagen. Er hatte blonde geringelte Haare und machte beim Reden einen Mund, als gebe er gleich etwas Entscheidendes von sich. Alles, was ich von ihm wollte, besorgte er mir.

Als das Ding, das wir bauten, fertig war, sagte Walter Salomon zu mir: »Wir brauchen Strom.«

Ich klingelte also bei unserem Nachbarn und sagte: »Ich brauche Strom.«

Er sagte: »Komm morgen Nachmittag beim Werk vorbei, dann gebe ich dir Strom.«

Und das tat er. – Er tat Folgendes: Er nahm einen Papiersack, blies ihn auf – nicht vor meinen Augen, natürlich nicht –, legte ihn ganz vorsichtig in meine Hände und sagte: »Aufpassen, aufpassen, dass er nicht verlorengeht und dass du nicht drankommst, sonst tut es weh.«

Die Folge war, dass die Freundschaft zwischen Walter und mir zerbrach. Ich wollte den Strom nicht teilen, wollte ihn ganz allein für mich haben. Er war mein Glücksbringer. Ich legte den aufgeblasenen Papiersack auf meinen Nachttisch und ließ mich von Walters Bitten nicht erweichen.

Von nun an hatte ich nur noch Glück. Ich war in der Schule gut, die Tochter vom Auto-Beck interessierte sich für mich. Ich lernte ruckzuck schwimmen, ich fand einen Fünfer auf der Straße und so weiter. Strom bringt Glück, das war damit erwiesen, und ich hatte Walter um seinen Anteil an diesem Glück betrogen.

Viele Jahre später, er war ein erwachsener Mann, sein Elternhaus war längst abgerissen, es gab in Hohenems keine beschrankten Bahnübergänge mehr, hat sich Walter Salomon das Glück geholt. Er stieg auf einen Mast der Österreichischen Bundesbahnen, ich will das Ende nicht erzählen, jetzt nicht, vielleicht später.

Es ist alles still

Ich wollte eigentlich eine andere Geschichte erzählen, die von Frau Vallasters ältestem Sohn, der schon im Alter von acht Jahren ein Rächer war, ein Schläger später, mit fünfundzwanzig im Gefängnis, die Geschichte ist lange her. Gestern Nacht, als ich mich hinsetzte, um sie niederzuschreiben, klingelte unser Freund Perry, der auch ein Schriftsteller ist, aber nicht viel von der Schriftstellerei hält. Ich öffnete ihm die Tür, aber er trat nicht ein.

»Komm mit«, sagte er. Ich solle ihm sagen, was ich davon halte. Ich merkte ihm an, dass er verwirrt war. Er hielt mir die Beifahrertür auf, und dann fuhr er mit mir durch die Siedlung.

»Ich bin heute ausnahmsweise einen anderen Weg zu euch gefahren«, sagte er. »Ich habe die Einfahrt beim Hemdengeschäft verschlafen und bin weiter in Richtung Altach gefahren und dann in diese Straße hinein.«

Er hielt am Straßenrand, fuhr dann aber doch noch ein Stück vor, so dass sein Nissan nicht unter der Laterne stand.

»Steigen wir hier aus und gehen das Stück.«

Es hatte in den letzten Tagen geschneit und dann nicht mehr, dafür waren die Nächte sehr kalt gewesen. Heute Nachmittag, als ich zur Post gegangen war, hatte ich den ersten Föhnhauch gespürt, jetzt am Abend war es bereits warm wie im Frühling. Ich war im Hemd, und Perry war im Hemd. Er hatte seine Jacke auf den Rücksitz geworfen. Sie roch wie meistens, wenn er uns abends besuchte, nach chinesischem Essen.

»Ich will dir keine Sensation bieten«, sagte er. »Vielleicht ist ja auch schon alles vorbei.«

Es war nicht vorbei. Wir blieben vor einem Haus stehen, das ich nicht kannte, das heißt, ich kannte die Bewohner nicht. Wir hörten eine Männerstimme. Und es war schrecklich, was wir hörten. Der

Mann fluchte und schimpfte und drohte. Es war eine solche Flut ordinärer Worte, die aus dem einzigen erleuchteten halboffenen Fenster drang, dass ich im ersten Moment gar nicht auf die Idee kam, es könne sich hier um Reales handeln. Aber es war nicht Fernsehen.

»Ich habe ihn beim Vorbeifahren gehört«, sagte Perry. »Ich bin zurückgefahren und habe ihm zugehört. Ich nehme an, er beschimpft eine Frau.«

Wir hörten eine Weile zu. Ich gab Perry recht, der Mann beschimpfte eine Frau.

»Hat sie bisher etwas gesagt?«, fragte ich.

»Ich habe nicht ein Wort von ihr gehört«, sagte Perry.

Von Umbringen war die Rede. Der Mann schrie in einem Anfall von Hysterie, wie auch ein stimmgewaltiger Mensch es nicht länger als ein paar Minuten durchhalten konnte.

»Und das geht schon die ganze Zeit so?«, fragte ich.

»Vielleicht hat er eine Pause gemacht, während ich dich geholt habe«, sagte Perry.

Der Mann wollte umbringen. »Ich bringe dich um!«, schrie er immer wieder. »Ich bring dich um!«

»Wir müssen die Polizei holen«, sagte ich.

»Warte«, sagte Perry. »Er hat schon vorhin vom Umbringen gebrüllt, und er hat es nicht gemacht, dann wird er es jetzt auch nicht machen.«

»Woher weißt du das?«, flüsterte ich. Es war völlig überflüssig zu flüstern. Der Mann in seiner Raserei hörte uns bestimmt nicht.

»Vielleicht können wir heraushören, was ihn so wütend gemacht hat«, sagte Perry.

Wir standen und lauschten. Der Mann brüllte, und das Wetter schlug um. Ebenso plötzlich, wie der Föhn am Nachmittag gekommen war, löste er sich wieder auf, und die der Jahreszeit angemessene Temperatur fiel wieder ein. Mich fröstelte, und Perry fröstelte auch.

»Sie ignoriert ihn einfach«, sagte Perry. »Das macht ihn verrückt.«

»Andererseits ist es das Beste, was sie tun kann.« Das sagte ich.

»Ich an ihrer Stelle«, sagte Perry, »würde einmal laut brüllen. Nur einmal. Vielleicht tut sie es ja noch.«

Ich sagte: »Ich an ihrer Stelle würde etwas auf den Boden hauen, was einen sehr lauten Krach macht.«

»Vielleicht tut sie es ja noch«, sagte Perry.

Der Mann schrie, wir hörten zu, es war langweilig, weil er immer nur das Gleiche schrie, und uns war kalt, weil wir nur in Hemden waren.

»Wenn sie zurückbrüllt«, sagte Perry, »gehen wir. Okay?«

»Okay«, sagte ich.

Sie brüllte nicht zurück. Wir fuhren nach Hause. Redeten bis zwei. Dann verabschiedete sich Perry. Fünf Minuten, nachdem er gegangen war, rief er von seinem Handy aus an.

»Ich bin noch einmal kurz stehen geblieben«, sagte er. »Es ist alles still.«

Michael

Als ich meinen Einkauf auf den Schlitten schichtete, sah ich einen Buben, der bei den Altglascontainern stand und mich beobachtete. Ich brach eine Banane vom Kranz und hielt sie ihm hin. Erst blickte er sich um, ob ich nicht vielleicht einen anderen meinte.

»Heil«, sagte er.

»Heil«, sagte ich.

Er nahm die Banane, legte seine Hände um sie. Ich schätzte sein Alter auf zehn, höchstens zwölf. Er hatte keine Handschuhe an.

»Ist etwas mit dir?«, fragte ich.

»Ist schon okay«, sagte er.

»Wartest du auf jemanden?«

»Ist schon okay«, sagte er.

»Wem gehörst du?«

»Haben Sie einen Euro für mich?«, fragte er.

»Wenn du mir hilfst, den Schlitten nach Hause zu ziehen, gebe ich dir zwei Euro«, sagte ich.

Er schippte die Banane von einer Hand in die andere und wieder zurück, als würden auf diese Weise seine Finger warm.

»Okay«, sagte er und hob den Strick vom Boden auf. »Wohin?«

Ich ließ ihn den Schlitten ziehen und ging neben ihm her. Er mühte sich, die Straße war zum Teil aper. Ich wollte ihm helfen, aber er wehrte mich ab.

Vor unserem Haus sagte ich: »Wenn du willst, kannst du einen Sprung hereinkommen und eine Suppe essen und dich aufwärmen.«

»Okay«, sagte er.

Er löffelte die Suppe, aß drei Schnitten Brot mit Butter und Camembert, trank Milchkaffee, und ich fragte ihn aus.

Er heißt, wie ich, Michael. Lebt zusammen mit seiner Mutter. Sein älterer Bruder, den er kaum kennt, wohnt bei seinem Vater, den er ebenfalls kaum kennt. Sein Vater sei der Typ, der vor fünf Jahren im Lotto gewonnen habe. Ob ich mich nicht erinnere. Nein, sagte ich, ich interessiere mich für solche Meldungen nicht. Es sei aber in allen Zeitungen gestanden. Trotzdem nicht, sagte ich. Einen Augenblick schien er ratlos. »Wir waren reich«, sagte er.

»Ich glaube, du lügst mich an«, sagte ich.

»Ich lüge nicht«, sagte er. »Mein Vater hat einen Ferrari gefahren.«

»Glaub ich nicht«, lachte ich.

»Einen Ferrari und einen Mercedes!«

»Was ist los mit dir?«, lachte ich. »Das imponiert mir doch nicht. Ich kann dir helfen. Sag, was los ist, und ich helfe dir!«

»Ich brauche keine Hilfe«, sagte er. »Mein Vater hat einen Ferrari gefahren, und wir sind nach New York geflogen, alle zusammen, weil wir so viel Geld gehabt haben.«

»Und was ist mit dem Geld jetzt?«

»Das ist weg. Das haben wir verputzt.«

»Das ist doch erstunken und erlogen!«, fuhr ich ihn an.

»Ich will nichts mehr essen«, schrie er und stand auf. »Und den Kaffee will ich auch nicht.« Und stampfte mit dem Fuß auf. »Wir haben viel mehr gehabt, als du hast! Du hast überhaupt nichts Schönes! Wir haben nur Schönes gehabt!«

»Sag nicht du zu mir!«, sagte ich, und ich blieb sehr beherrscht.

»Willst du mir drohen?«, brüllte er mich an.

»Schau, dass du rauskommst!«, brüllte ich zurück.

»Du bist ein Scheißtyp«, kreischte er. »Es tut mir leid, dass ich denselben Namen habe wie du!«

Dann rannte er die Stiege hinunter und schlug die Tür hinter sich zu.

Die Bichslers

Es gibt Familien, deren Mitglieder – und ich rechne die eingeheirateten durchaus dazu – sich einer Überschrift beugen. Die Überschrift der Familie Bichsler aus der Vogelherdstraße lautete: Als ob. Die Bichslers bewohnten das Eckhaus, das heißt, sie hatten das größte Grundstück der Straße. Darauf standen zwei mächtige Obstbäume, ein Apfel, eine Birne, und dann noch eine Birke, die das Haus um halbe Höhe überragte. Die Bichslers wurden von ihren Nachbarn gegrüßt wie Generaldirektoren, auch die Kinder. Das erste Auto in der Straße, einen Renault Dauphine, besaßen die Bichslers. Den ersten Fernseher besaßen die Bichslers. Lange waren die Bichslers die Einzigen in der Siedlung, die in Urlaub fuhren. Dabei war der Vater nichts weiter als Volksschullehrer. Es hieß, die Mutter stamme von Adeligen ab.

Dann fällte man den Birnbaum und hob an seiner Stelle einen Swimmingpool aus, nicht größer als das eheliche Doppelbett. Dann fällte man den Apfelbaum und stellte an seine Stelle eine Venus aus Beton. Die älteste Tochter heiratete einen Krankenpfleger, der hieß Wagenknecht, im Telefonbuch stand Dr. Wagenknecht. Sie bekamen Kinder, und man sagte: Das sind die Kinder vom Dr. Wagenknecht, und wenn ihre Mutter zum Elternsprechtag kam, hielt ihr der Lehrer die Tür auf und sagte: »Grüß Gott, Frau Doktor.«

Der jüngere Bruder der Frau Dr. Wagenknecht war Künstler, er lebte in Wien. Er hatte schon in Rom, Tokio, Buenos Aires, Los Angeles ausgestellt und in Shanghai. Alle Jahre einmal stand etwas über ihn in unserer Zeitung, er sei gerade auf dem Sprung irgendwohin, Rom, Tokio, Buenos Aires, Los Angeles, Shanghai. Jeder wusste die Wahrheit: Er war Zeichenlehrer in einem Gymnasium in Rudolfsheim-Fünfhaus und kein Pinselstrich mehr. Jeder wusste es, und jeder meinte, er selbst gehöre zu den ganz wenigen, die es wissen, und weil sich jeder für zu vornehm hielt, den Schwindel aufzudecken – in Wirklichkeit, weil sich keiner ausreichend dafür interessierte –, galt Albert Bichsler in der Siedlung als großer Künstler, und wenn er zu Weihnachten im Pelz auftauchte, riefen ihm die Nachbarn zu: »Wieder einmal auf Heimurlaub, ha?«

Eine Enkelin der alten Bichslers, eine Tochter der Frau Doktor, rief mich vor ein paar Monaten an. Sie wolle mit mir über ein Projekt sprechen, ob ich sie treffen könne. Ich sagte, sie solle zu uns nach Hause kommen. Das wollte sie nicht. Also verabredeten wir uns im Café. Sie war zwanzig, studierte Jus und wollte einen Roman schreiben.

»Worüber?«, fragte ich sie.

»Es gibt nur ein Thema, worüber ich einen Roman schreiben kann«, sagte sie.

»Ich verstehe«, sagte ich.

Sie warf mir einen gequälten Blick zu. »Sie könnten es mir weniger direkt sagen«, presste sie hervor. »Sie zweifeln, ob ich das kann.«

»Nein«, sagte ich, »ich zweifle, ob Sie das wollen.«

Sie ließ den Kopf hängen. »Ich weiß selbst nicht, ob ich eine Schriftstellerin werden möchte, oder ob ich nur so tun möchte, als ob ich eine Schriftstellerin werden möchte.«

»Ich wünsche Ihnen auf alle Fälle viel Glück«, sagte ich.

»Das tun Sie nicht«, sagte sie.

Und sie hatte recht.

Der Bundespräsident

Der einzige Mensch, den ich kannte, der Bundespräsident werden wollte, ist vor drei Wochen gestorben. Zweimal habe ich eine Unterstützungserklärung für ihn unterschrieben. Ich habe es nicht gern getan und eigentlich auch nicht freiwillig. Er ließ einem keine Wahl. Seit ich ihn kannte, benahm er sich wie ein Bundespräsident im Urlaub. Jederzeit auf Abruf. Für den Fall, dass etwas Gravierendes geschähe. Stets trug er ein Smokinghemd. Kragenknopf offen, Kragen hochgestellt, so dass die Fliege blitzschnell umgelegt werden könnte. Schlohweißes, aufgeföhntes Haar. Er war ein Verrückter, dem es gelang, mich zu seinem Verbündeten zu machen. Ich hätte mich vor den Wahlen verstecken müssen. Oder dreist lügen. Er lauerte mir auf und stellte mich.

»Hast du schon unterschrieben?«

»Ja«, sagte ich.

»Stimmt nicht«, sagte er, »ich weiß es aus sicherer Quelle.«

Er konnte es nicht aus sicherer Quelle wissen, es war eine blinde Behauptung. Aber ich gab es kleinlaut zu. »Ich wollte es gerade jetzt machen«, sagte ich.

»Dann geh ich mit«, sagte er.

»Nein«, sagte ich, »ich will es allein machen.«

»Ich geh zufällig denselben Weg zur Gemeinde«, sagte er.

»Ich muss vorher noch zum Libro«, sagte ich.

»Ich zufällig auch«, sagte er. »Kein Mensch kann mir verbieten, zufällig dieselben Wege zu gehen wie du.«

Und dann gingen wir gemeinsam zur Gemeinde, und ich unterschrieb. Der Beamte fragte mich, ob ich gedrängt worden sei. Er wusste genau, dass ich gedrängt worden war.

»Ich habe es nicht nötig, jemanden zu drängen«, donnerte der Bundespräsident. Es kam zu einem sehr heftigen Streit, und ohne dass ich es wollte, ich wusste nicht, wie, war ich auf einmal der Sekundant des Bundespräsidenten, und ich war es, dem am Schluss mit einer Anzeige gedroht wurde.

Er behauptete, er habe eine Partei gegründet, die *Europäische Gerechtigkeitspartei*. Er besaß keine Mittel, nicht einmal einen Raum, den er als Büro angeben konnte. Ich beobachtete ihn einmal, da wickelte er von der Post aus seine Geschäfte ab. Er eilte von Telefonzelle zu Telefonzelle. Ich fragte den Mann beim Schalter, es war ein ehemaliger Mitschüler von mir, Eugen Marxer hieß er, ob das dem Bundespräsidenten etwas bringe, wenn er von einer Telefonzelle zur anderen renne, ob man sich denn von einer Zelle zur anderen überhaupt verbinden lassen könne. »Kann ja sein, dass er so tun will, als ob er ein großes Büro zu seiner Verfügung hätte«, sagte ich.

»Er spinnt einfach«, sagte Eugen Marxer, der ehemalige Mitschüler von mir. »Wenn mehr Verkehr ist, schicken wir ihn heim.«

Ein paar Monate vor seinem Tod traf ich ihn bei der Hypo-Bank. Er fing gleich an zu politisieren. Ich unterbrach ihn. »Ich verstehe Sie nicht«, sagte ich. »Kann es denn wirklich Ihr Wunsch sein, Bundespräsident zu werden?«

»Nein«, sagte er. »Natürlich nicht. Ich bin ja nicht verrückt. Wenn ich einen Wunsch frei hätte, dann würde ich einfach nur Pensionist sein, den ganzen Tag nichts tun, nur herumreden und Sprüche führen.«

»Aber das ist doch genau das, was Sie tun!«, rief ich aus.

»Wenn ich darüber hinaus nicht Bundespräsident werden wollen würde«, sagte er, »dann hättest du recht. Aber weißt du, wenn ich erst Bundespräsident bin, dann kann ich noch mehr für Österreich tun.«

Ich sah in seine Augen. Und es gab keine Zweifel.

Von alten Fotografien

Zwei meiner engsten Freunde können einander nicht leiden. Der eine, Perry, von ihm habe ich bereits erzählt, ist Schriftsteller. Der andere, Josef, ist Fotograf. Oder besser gesagt: Sie gehen einander aus dem Weg. Sie misstrauen einander. Wenn ich bei dem einen die Sprache auf den anderen bringe, bekomme ich Schweigen zur Antwort; und beim anderen ist es genauso, wenn ich vom einen rede. Die beiden kennen sich seit ihrer Kindheit. Wir drei waren im selben Gymnasium gewesen.

Vor einigen Jahren hatte Josef eine Ausstellung in Feldkirch, und er bat mich, eine kleine Rede zur Eröffnung zu halten. Wir trafen uns in einem Café und besprachen die Sache und gingen auch die Liste der Leute durch, die eingeladen werden sollten. Er fragte mich, ob mir jemand auf seiner Liste fehle.

»Perry hast du vergessen«, sagte ich.

»Er wird nicht kommen«, antwortete er, »ich brauche ihm keine Einladung zu schicken.«

»Aber warum denn nicht«, sagte ich. »Was ist der Grund, dass ihr euch nicht leiden könnt?«

»Ich kann ihn ja leiden!« Er lachte, und es war ein gespielt bitteres Lachen. »Er, er trägt mir Sachen nach. Und ich kann nicht ändern, was war.«

»Vielleicht soll ich mit ihm reden«, schlug ich vor. Es hat mir immer ein gutes Gefühl gemacht, Schlichter, Vermittler, Heiler sein zu wollen. »Was war denn?«

»Wir haben uns beide in dieselbe Frau verliebt«, seufzte er. »Er hat Gas gegeben wie ein Henker, ich war gelassen. Aber mit mir wollte sie, mit ihm wollte sie nicht.«

»Wann war das?«, fragte ich.

»Im Gymnasium«, sagte er.

Ich sah ihn an. Er war Anfang fünfzig, sein Haupthaar schütter und weiß, Bartstoppeln schütter und weiß. Wenn er saß, spannte das Hemd, so dass von Knopf zu Knopf Ovale weißer Haut zu sehen waren. »Josef«, sagte ich, »um Himmels willen, das ist dreißig Jahre her!«
»Fünfunddreißig«, korrigierte er trocken.
»Du bist verrückt!«, rief ich. »Perry wird sich gar nicht mehr daran erinnern!«
»Frag ihn«, sagte er. »Ich schwöre dir, er ist immer noch wütend auf mich.«
Wenige Tage später kam Perry zu Besuch zu uns. Ich sagte, ich müsse ihm etwas Skurriles erzählen. Er lachte nicht. Fand nichts Skurriles an der Sache.
»Josef hat recht«, sagte er. »Ich bin wütend auf ihn.«
Ich sah ihn an: korpulent um die Hüften, weißer Bart, tiefe Ringe unter den Augen. Er ging auf und ab, vier Schritte hin, vier Schritte her, blieb stehen, zog die Hose bis knapp unter die Brustwarzen, ging weiter, und die Hose rutschte nach unten.
»Mensch, Perry«, sagte ich, »die Sache ist doch fünfunddreißig Jahre her!«
»Die Zeit hat uns gar nichts anzugehen«, konterte er, und auch er spielte Bitterkeit. »Es bringt nichts, über sie nachzudenken. Sie bewegt sich deswegen nicht langsamer. Wenn Beweglichkeit überhaupt eine ihrer Eigenschaften ist. Alles, was zurückliegt, geschieht jetzt. Im Augenblick. Licht von einem fernen Stern. Was mir vor fünfunddreißig Jahren sehr wehgetan hat, warum sollte mir das heute nicht mehr wehtun?«
»Kennst du den da?«, fragte ich und zeigte ihm ein altes Foto, das mir Josef geschenkt hatte.
»Das bist du«, sagte er, »du vor fünfunddreißig Jahren.«
Ich nickte. Ich hatte mich selber nicht erkannt, als es mir Josef gezeigt hatte, und ich erkannte mich immer noch nicht.
»Dein Appetit nimmt vielleicht ab mit der Zeit«, sagte Perry, »der Appetit der Welt niemals.«

Das Feuerwerk

Es waren ein paar Missverständnisse vorausgegangen. Die Tochter unserer Nachbarn klingelte und fragte, ob wir wüssten, wohin ihre Eltern gegangen seien. Meine Frau sprach mit ihr, ich saß in der Küche und hörte das *Mittagsjournal*. Die Tür zum Flur stand offen. Monika rief, ob ich etwas wüsste. Ich wusste nichts. Es ging um den Sohn der Nachbarstochter, sechs Jahre alt, ob wir ihn für eine, maximal zwei Stunden bei uns aufnehmen könnten, sie müsse schnell etwas erledigen, habe gehofft, ihre Eltern, die sonst immer da seien, würden das tun.

»Das geht schon in Ordnung«, sagte Monika.

Eine Autotür schlug zu, und ein Wagen fuhr ab, und dann hörte ich Monikas veränderte Stimme sagen: »Na, komm rauf, brauchst die Schuhe nicht auszuziehen, wenn du nicht willst.«

Gleich darauf betrat sie die Küche, allein, hielt ihren Finger an die Lippen, schloss die Tür hinter sich und flüsterte: »Ich konnte nicht nein sagen. Aber ich kann nicht. Du musst auf ihn aufpassen. Ich muss nach Dornbirn fahren.«

Er hieß Paulus. Er hatte gelbblonde Haare und einen kleinen Sprachfehler, konnte das S nur wie ein Sch sagen. Er redete nur, wenn er gefragt wurde. Er stand mitten in der Küche und blickte an sich hinunter. Bluejeans und ein schwarzer Pullover mit dem Emblem der Miami University of Oxford Ohio. Er steckte die Hände in die Taschen und blies die Backen auf.

»Gehst du in die Schule?«, fragte ich.

»Ja.«

»In welche Klasse.«

»Erste.«

»Und gut?«

»Mhm.«

Ich hörte es rascheln in seiner Tasche und schaute hin. Er raschelte noch einmal. Das war Absicht gewesen. Er will, dass ich ihn frage, was er in der Tasche hat. Auf seinem kleinen, ein wenig eingeknickten Gesicht erschien ein wissendes Lächeln. Er raschelte noch einmal.

»Was hast du denn in deiner Tasche?«, fragte ich.

Er nahm die Hand heraus. Sie war zu klein, um die Streichholzschachtel darin ganz zu verbergen. »Zünder«, sagte er.

»Und was machst du mit denen?«

Er zuckte mit der Schulter, und wieder war dieses wissende Grinsen in seinem Gesicht. »Anzünden.«

»Du bist zu klein für Streichhölzer«, sagte ich. »Weiß deine Mutter, dass du Streichhölzer in deiner Tasche herumträgst?«

»Nein.«

»Gib sie mir.«

»Warum?«

»Weil sie gefährlich sind. Sie können von selber anbrennen.«

Er steckte die Streichhölzer ein. »Das stimmt nicht«, sagte er. Sein Schnaufen war zu hören. Die Nase lag auf seiner Oberlippe. Ich konnte mir leicht ausdenken, wie sein Gesicht als Erwachsener aussehen würde.

Ich sagte eine Zeitlang nichts mehr. Konzentrierte mich auf die Nachrichten. Er rührte sich nicht vom Fleck. Stand mitten in unserer Küche. Die Hände in den Hosentaschen, raschelte mit seinen Streichhölzern.

Einmal neigte er sich ein wenig zur Seite und blickte durchs Fenster. Hob ein Bein, neigte sich noch weiter.

»Dort wohnen deine Oma und dein Opa«, sagte ich.

»Dort will ich nicht hin«, sagte er.

»Hast du einen Wunsch?«, fragte ich.

»Ja«, sagte er.

»Was denn?«

»Könnte ich bitte einen Aschenbecher haben?« Er setzte sich auf den Boden, ich stellte einen Aschenbecher vor ihn hin. Und er zündete – eines nach dem anderen – alle Streichhölzer an.

Pia

In der Eisplatzstraße steht ein Haus, das über und über mit Wildem Wein bewachsen ist. Es gehört dem Ehepaar Brenndörfer. Die Frau hat vor einem Jahr einen Schlaganfall erlitten, sagt aber, sie habe sich erholt, es gehe alles zwar nur noch halb so schnell, das habe aber den Vorteil, dass ihr dadurch doppelt so viel Zeit bleibe. Ihn habe ich nie ein Wort reden hören. Wenn man ihm nahe kommt, stößt er Laute aus, die niemand versteht. Ein Auge fehlt ihm, er raucht dünne, krumme Zigarren, die Haut seines Gesichtes ist geschunden von winzigen Explosionen, die Krater hinterlassen haben.

Der Garten hinter und vor dem Haus wird klug und bis in die letzte Handbreit genutzt. Ich gehe gern an dem Haus vorbei, und besonders gern schaue ich zu einem der Fenster im ersten Stock hinauf. Als ich achtzehn war und die *Traumdeutung* von Sigmund Freud las, war dies das Zimmer von Pia. Das Ehepaar Brenndörfer hat sie als Kind adoptiert. Sie hatte blondes, langes Haar und eine Stimme, die Ambitionen in mir auslöste, ihre Träume zu untersuchen, denn die Stimme hatte einen verhangenen Klang, und die Worte kamen in einem verzögerten Rhythmus. Ähnlich hatte Freud beschrieben, dass seine Patienten unter Hypnose redeten, jedenfalls stellte ich mir vor, dass ein Mensch unter Hypnose ähnlich spricht.

Pia wusste, wer ihre Mutter war und wer ihr Vater. Sie sagte: »Aus mir kann nichts werden.«

Und ich, weil ich sie haben wollte und der Meinung war, sie zu kriegen, wenn ich es schaffte, ihr die Welt, das Leben, die Menschen aufzuhellen, ich sagte: »Das ist gut, wenn du das denkst.«

»Warum ist das gut?«

»Dann ist alles, was dir Schönes geschieht, wie ein Geschenk, und das wird das Beste sein an allem, was dir passiert.«

Darauf sah sie mich an, dass ich mir wie ein Idiot vorkam. »Meine

Mutter«, sagte sie, »geht in Wien auf den Strich, und mein Vater war ihr Zuhälter, und er sitzt im Gefängnis.«

Ich habe es trotzdem so gemacht, wie ich es mir vorgenommen hatte. Sie gefiel mir so gut, sie gefiel mir besser als alle Maturantinnen zusammen, und sie hatte noch nie ein Buch in ihrem Leben gelesen.

Ich las ihr aus der *Traumdeutung* vor. Sie fand, das Buch sei undeutlich und ungenau geschrieben. »Er weiß genau, was er sagen will, aber er kann es nicht sagen.« Das war ihre Meinung.

Sie erzählte mir ihre Träume, und ich analysierte sie. Tat so, als ob ich das könnte.

»Du hast keine Ahnung, was meine Träume bedeuten. Lüg nicht!«, sagte sie.

»Glaubst du, dass Träume nichts bedeuten?«, fragte ich.

»Ich glaube schon, dass Träume etwas bedeuten«, gab sie mir Antwort, »aber ich glaube nicht, dass meine Träume etwas bedeuten.«

»Denkst du, du bist eine Ausnahme?«

»Ja«, sagte sie. »Ich kann in der Nacht nur mit Licht schlafen, und ich kann nur schlafen, wenn ich den Kopf hin und her bewege. Außerdem habe ich Hunger in der Nacht, und am Tag habe ich keinen Hunger.«

Als ich dann nicht mehr in Hohenems wohnte, schrieb mir Pia Briefe. Ich war darüber erstaunt. Ich hatte immer gedacht, ich sei es, der ihre Nähe suchte, nicht sie suche die meine. In ihren Briefen erzählte sie mir ihre Träume, und sie erzählte sie so ausführlich, dass ich mich langweilte und kaum einen ihrer Briefe zu Ende las.

Liebesgeschichte aus einem Mund

Letzten Samstag waren Monika und ich und noch ein paar Freunde bei Günther Fülöp eingeladen. Er hat eines dieser einfachen kleinen strengen Arbeiterhäuser an der Bahnlinie gekauft, die in den Vierzigerjahren gebaut worden waren. Im Garten unter einer Weißtanne steht das Stahldrahtgeflecht eines Hundezwingers. Ein heiser böse bellender Rottweiler erwartete uns.

Wir waren zu neunt. Günther kochte. Seine Frau, die so gerade Brauen hat, dass jeder, der sie kennt, darüber redet – ich weiß nicht, wie sie heißt, wir sagen Billi zu ihr –, stellte Essig und Olivenöl und Pfeffer und Wein auf den Tisch und fragte mich, ob ich eine Liebesgeschichte kenne, die etwas ganz Besonderes sei, und ich sagte, ja, so eine kenne ich.

»Die beiden wohnten lange Zeit in unserer Nähe«, sagte ich. »Vor ein paar Jahren sind sie nach Argentinien ausgewandert und werden, schätze ich, nicht wieder zurückkommen. Die Frau hatte einen Sprachfehler, einen heftigen, hässlichen. Es war viel mehr als bloß ein Lispeln. Ein zischendes Schleifen war es. Dann wieder ein Quietschen und ein Fauchen. Sie wusste, wie hässlich sie redete, und sprach nur, wenn es nötig war. Die beiden, Mann und Frau, hatten eine Form der Kommunikation mit Dritten entwickelt, über die ich nicht genug staunen konnte. Ich sagte, die Frau redete nicht viel, das heißt aber nicht, dass sie sich nicht an Gesprächen beteiligte. Ganz im Gegenteil, sie liebte es zu diskutieren, und sie hatte zu allem eine klare Meinung. Aber nicht sie formulierte diese Meinung, sondern er, ihr Mann. Sie gab lediglich das Stichwort. Wobei mit Stichwort schon viel zu viel gesagt ist. Es waren Laute nur, ein Krächzen, ein Stöhnen, vielleicht zwei Worte, im besten Fall brachte sie einen knappen Satz heraus. Und er, ihr Mann, nach dessen Händen sie griff, wenn sie sprach, führte ihre Gedanken mit seinen Sätzen zu Ende, breitete ihre Argumente aus. Dabei konnte es vorkommen, dass er ihr sofort widersprach – erst setzte er ihre These, dann parierte er mit seiner Antithese. Das klingt so, als wäre ein Gespräch mit den beiden eine anstrengende Angelegenheit gewesen. War es aber nicht. Man gewöhnte sich schnell daran. Am Anfang kam man sich wie in einer irren Komödie vor, wenn man den beiden bei einer Meinungsverschiedenheit zuhörte, weil die einander widersprechenden Argumente alle aus einem, nämlich seinem Mund kamen. Mit der Zeit aber wurde man sich gewärtig, dass man Zeuge einer nie erlebten, nie gesehenen Partnerschaft war, einer Symbiose, und eine Ahnung meldete sich, nämlich, dass Liebe nicht auf geistiger Freiwilligkeit, sondern auf körperlicher Notwendigkeit beruhe.

Leute, die die beiden nicht so gut kannten, hielten ihr Stammeln für das Äußerste ihrer Möglichkeiten, meinten, die Frau könne gar nicht reden. Es hieß, sie sei von Geburt an sprachgestört. Den beiden war es recht, dass die Leute so dachten. – Ich aber kannte die Wahrheit.

Die Frau selbst hat mir die Wahrheit eröffnet – unter Umständen, die ich hier nicht näher ausführen möchte. Sie und ihr Mann, erzählte sie mir, hätten sich früher öfter gestritten, aber nur ein einziges Mal wirklich böse und grausam. Das sei in ihrem ersten Ehejahr gewesen. Sie habe damals mit einem Arbeitskollegen ein Verhältnis begonnen, und das sei irgendwann offenkundig geworden. Es habe eine entsetzliche Auseinandersetzung gegeben, ihr Mann habe geschrien, habe Dinge zu ihr gesagt, die durch nichts zu rechtfertigen gewesen seien, sie habe mit allem nach ihm geworfen, was ihr vor die Hände gekommen sei – und dann, dann habe er ausgeholt und mit der Faust auf ihr Gesicht gezielt, und weil sie gerade den Kopf etwas schief gehalten habe, sei die Faust auf ihr Kinn getroffen. – Sie hat sich gut die Hälfte der Zunge abgebissen.«

»Das soll eine Liebesgeschichte sein?«, rief Billi aus. »Was ist denn das Liebe daran?«

»Mir kommt es so vor«, sagte ich. »Euch nicht?«

Man war verschiedener Meinung …

Menschenskind

Toni Amann habe ich seit zwanzig Jahren nicht mehr gesehen. Er ist nach North Carolina ausgewandert. Seine Schwester sagt, er sei ein Amerikaner geworden. Durch und durch. Eine Zeitlang hat er in Mexiko gelebt, hat dort seine Frau kennengelernt und hat sie nach Hause geführt – schon damals verstand er darunter North Carolina.

Als sein älterer Bruder in den Schweizer Bergen zu Tode gekommen war, war Toni zehn Jahre alt gewesen. Der Bergkamerad des Toten brachte den Eltern die Nachricht. Ich hatte dabeigestanden. Ich hatte Toni beim Holzstapeln geholfen, weil er vorher mir dabei geholfen hatte. Es war Abend, Sommer, die Sonne stand bereits so tief, dass wir im Schatten des Nachbarhauses arbeiteten. Wir sahen einen Opel Rekord vor dem Haus halten. Ein junger Mann stieg aus. Der Fahrer blieb im Wagen sitzen. Hände am Lenkrad. Die Beifahrertür stand offen. Wir kannten die beiden nicht. Es waren Schweizer. Der junge Mann, ein großer, sehr dünner, in einem Sonntagshemd, beugte sich nieder, öffnete die Gartentür aus schwarzem Gusseisen, legte sie sorgfältig ins Schloss.

»Es ist niemand da!«, rief Toni von der Garage herauf. Aber gerade in dem Augenblick, als er das rief, kamen seine Mutter und sein Vater auf ihren Fahrrädern dahergefahren, sie waren nämlich draußen auf ihrem Feld gewesen, wo Kohlrabi wuchsen und Kartoffeln und Karotten und Bohnen und Erbsen, und wohin Toni und ich manchmal mit unseren Tretrollern fuhren, um zu futtern.

Der junge Mann sagte, was es zu sagen gab: »Der Kurt ist tot.«

Ich erinnere mich an das Geheul der Mutter, und ich sehe vor mir, wie Tonis Vater mit tief eingeknickten Knien herumrannte, ins Haus hinein und wieder aus dem Haus heraus, nach hinten in den Garten und wieder nach vorne und immer wieder hinein ins Haus, wo seine Frau in langen Tönen den Himmel verfluchte.

Toni war vergessen. Er stand neben mir auf der Straße, beide hatten wir noch das letzte Holzscheit in der Hand. Niemand rief nach ihm, und wenn sein Vater an ihm vorbeihuschte, sah er ihn nicht an. Als wäre mit dem Tod des einen Sohnes auch der andere verschwunden. Toni hatte ein zartes, immer feuchtes, rosiges Mündchen, seine Lippen waren immer ein wenig geöffnet, flink leckte sein Zünglein darüber. In der Schule wurde er nie fertig. Und wenn er den Limonadekrug an den Mund hob, war es ein langer Weg. Er war ein langsamer Bub. Ich mochte das. Seine Langsamkeit war seine Zuverlässigkeit. Wer lügt, muss schnell sein. Der Langsame aber kommt der Wahrheit nicht aus.

Ich schaute ihn unverhohlen an. Als er meinem Blick begegnete, schloss er den Mund. Noch nie war jemand gestorben, den ich kannte, und ich kannte niemanden, der einen Bruder verloren hatte. Er hob die Hand, drückte das Holzscheit an seine Brust, legte das Kinn darauf, hielt das Scheit nun mit beiden Händen.

Dann sagte er: »Menschenskind.«

Und ich sagte das auch.

Der Ameisenesser

Ich roch das Feuer. Dann hörte ich den Mann singen. Ich zog mich an einem freigewehten Wurzelstock über den Felstritt, der mich von ihm trennte, und nun sah ich ihn. Er saß auf meinem Platz. Ich war auf dem Weg zur Hohen Kugel, das ist unser Hausberg, ein sanfter Hügel über einem schroffen Schieferstock, 1600 Meter hoch. Ich hatte meine Abkürzung genommen, auf der ich noch nie einem Menschen begegnet war. Es war mir nicht angenehm, dass es einen anderen gab, der diesen Weg kannte.

Der Mann saß an meinem Lieblingsplatz, das ist eine Mulde, die mit Moos und Farn ausgelegt ist wie ein Feenbett (falls Feen Betten haben). Ich sah auf seinen Rücken nieder. Er hätte mich hören müssen, ich war auf dürre Äste getreten und ein Stück über den steinigen Hang gerutscht, das hatte Lärm genug gemacht. Aber entweder war er so tief in seine Gedanken versponnen, oder er war taub wie der Stein, auf dem er hockte – der mein Stein war, auf dem ich sonst immer hockte, den ich an diese Stelle gerollt hatte. Er trug einen schweren grauen Mantel, was schon ungewöhnlich genug war, mitten im August. Mir, obwohl es hier oben im Schatten der Fichten kühler war als unten im Tal, war es im T-Shirt immer noch warm genug. Sein Haar war ungekämmt, lang, grau und schütter, und es wühlte sich über den Mantelkragen und hing an der Seite in dünnen Strähnen auf die Schulter.

Vom Feuer waren nur glühende Holzscheite übrig, die hatte er eng zusammengeschoben und mit Steinen umringt. Auf den Steinen stand eine schwarze Eisenpfanne. Es roch nach gebrannten Mandeln und ein wenig nach geräuchertem Speck. Der Mann hatte eine kräftige Stimme. Auch wenn er mehr summte als sang, war das zu hören. Er summte einen alten Beatles-Song, gab dem Rhythmus durch Ausstoßen von Luft Marschtempo.

Ich wollte ihn nicht erschrecken. Ich tat so, als ob ich irgendeine Mühe hätte, stöhnte und fluchte und lachte. Er reagierte nicht. Nichts an seiner Körperhaltung verriet, dass er mich bemerkt hatte.

»Entschuldigung«, rief ich, »können Sie mir sagen, wie der Weg zur Kugel weitergeht? Ich habe die Markierungen verloren.«

Er blieb, wie er war, tat, was er tat. Da hockte ich mich ein paar Meter über ihm in den Farn und schaute ihm zu.

Er stand auf, ging zu dem Ameisenhaufen, der ein paar Meter neben der Feuerstelle war, hellbraun aus dürren Fichtennadeln, halbmannshoch. Wir nennen die Tiere Klammern, man kann einen frischen Rinderknochen auf ihren Haufen legen, nach vierzehn Tagen ist nur Bein übrig, weiß wie Feenhaut (falls …). Der Mann krempelte einen Ärmel auf, drückte seinen nackten Unterarm auf den Haufen, ließ ihn dort eine kleine Weile, bis er mit Ameisen bedeckt war, dann eilte er zurück und streifte die Tiere mit der Hand auf die Eisenpfanne. Ein wenig Rauch stieg auf, er rüttelte die Pfanne, leerte den Inhalt in seine hohle Hand und warf sich die gerösteten Ameisen in den Mund. Dann summte er weiter *Yellow Submarine*, ging wieder hinüber zum Haufen und legte den rechten Arm auf den in Aufregung flimmernden Bau.

Eine Zeitlang sah ich ihm zu. Er schien mich tatsächlich nicht zu bemerken. Obwohl er mir des Öfteren das Gesicht zuwandte. Er sah nichts und hörte nichts oder wollte nichts sehen und wollte nichts hören. Ich holte meinen Proviant aus dem Rucksack, Semmel und Landjäger, aß, trank aus einer Dose eine schal schmeckende isotonische Flüssigkeit und machte mich schließlich weiter auf den Weg hinauf zur Hohen Kugel.

Der Talisman

Eine Zeitlang war ich ganz gierig darauf gewesen, Dinge im Wald zu finden. Ich habe meine Waldspaziergänge mit gesenktem Kopf hinter mich gebracht, und wenn ich nichts fand, was mich zufriedenstellte, hatte ich das Gefühl, versagt zu haben. Was für Dinge aber waren es, die mir als die richtigen erschienen, die mich beglückten? Handliche Gegenstände, deren Funktion ich zwar erraten oder erschließen, über die ich aber nichts mit Sicherheit aussagen konnte. Je sinnvoller mir so ein Ding vorkam, je weniger ich diesen Sinn aber erkannte, desto wertvoller war es mir. Ich stellte diese kleinen Fundstücke auf meinen Schreibtisch und erfreute mich an ihrer stummen Zeugenschaft. Sie waren meine Idole. Einige besitze ich heute noch, die meisten gingen bei verschiedenen Umzügen verloren.

Einen dieser Gegenstände mochte ich besonders gern; ich fand ihn auf meinem Weg zur Hohen Kugel, unserem Hausberg, es war vor über zwanzig Jahren. Ich besaß ihn bis vor wenigen Monaten, und in all dieser Zeit blieb er mir ein Rätsel. Er war etwas kleiner und auch etwas flacher als eine Streichholzschachtel und bestand aus einem wie zu einer kleinen Mappe gebogenen Stahlplättchen, in dessen Kante – nämlich dort, wo bei einer Mappe der Griff wäre – drei winzige Schrauben eingelassen waren. Die gegenüberliegende Seite war offen, dort verfingen sich Wollfusseln und Tabakkrümel. Dazwischen klemmte eine zarte Feder. Über die Schrauben konnte man die Feder spannen oder entlasten. Als ich das Ding fand – es lag mitten auf dem nadelweichen Waldweg –, war es nur wenig verschmutzt. Ich wischte es an meiner Hose ab und steckte es ein. Von da an trug ich es mit mir herum, und meine Finger hatten immer etwas zum Spielen.

Dann verlor ich das Ding. Erst dachte ich, es mache mir nichts aus, ein Ding, das ich gefunden hatte, ein nutzloses Ding, jetzt war es wieder verschwunden, zurückgekehrt in das Nichts, aus dem ich es vor Jahren gefischt hatte, aus, fertig. Es fehlte meiner Hand. Ich ertappte mich dabei, wie ich mit den Fingern den Daumen umschloss. Schließlich suchte ich. Ich suchte im Haus, wühlte in den Kleidern, in den Schränken, den Schubladen, auf Regalen, legte mich auf den Boden, um unter das Sofa zu schauen. Alles umsonst. Nach einiger Zeit vergaß ich das Ding.

Und dann sah ich es wieder. Jedenfalls war ich überzeugt, dass es sich um meinen Talisman handelte. Ich saß in der Ambulanz des Hohenemser Krankenhauses – ein Freund von mir arbeitet dort als Arzt, er wollte ein Belastungs-EKG bei mir machen –, da sah ich einen Türken, der lehnte beim Schalter der Anmeldung, und er, er hatte meinen Talisman in der Hand, drehte ihn zwischen seinen Fingern, wie ich ihn zwischen den meinen gedreht hatte, hielt ihn auf der flachen Hand und warf ihn wenige Zentimeter in die Höhe – genauso hatte ich es immer gemacht …

Es tat mir leid, dass nicht mehr ich der Besitzer dieses lieben Dinges war. Aber ich war doch froh, dass es wenigstens einen Besitzer hatte.

Reinhold Jack Juen

Noch einen Auswanderer gibt es in unserer Straße: Reinhold Juen, genannt Jack. Er kaufte sich in Zürich einen Seesack, füllte sein Zeug hinein, fuhr per Autostop nach Hamburg und heuerte auf einem Schiff an. Da war er gerade zweiundzwanzig. Aus Australien bekamen seine Eltern einen Brief. »Ich glaube, ich bleibe hier«, stand darin. Was aus ihm geworden ist, weiß ich nicht.

Manchmal treffe ich seine Mutter beim ADEG, ich frage sie: »Wie geht's dem Reinhold?«

»Ach, der«, winkt sie ab, und das klingt so, als ob er zu Hause aufs Mittagessen wartete.

Jack war ein verschlagener, fetthaariger Bursche, dessen Gesicht ganz aus Schadenfreude gemacht schien. Man hat ihn immer nur auf der Seite der Starken gefunden. Er hat nie etwas angestellt, hat nie einen anderen Buben zusammengehauen, hat nie etwas in der Gemischtwarenhandlung in der Eisplatzstraße geklaut und hat vor keinem seine Hose heruntergelassen. War aber immer dabeigewesen. Ein Grinser, den man feister in Erinnerung behielt, als er war. Ich könnte mich noch heute über ihn aufregen. Und es macht mich zufrieden, wenn ich sehe, wie sich sogar seine Mutter über ihn aufregt. Seit dreißig Jahren hat ihn seine Mutter nicht mehr gesehen, aber schon nach fünf Minuten Gespräch über ihn geht er ihr auf die Nerven. Das macht mich zufrieden.

Und alle in unserer Siedlung haben im Stillen dem ältesten Sohn der Frau Vallaster gedankt, als er damals Reinhold Jack Juen in dessen eigenem Bubenzimmer niedergemacht hat. – Von Frau Vallasters ältestem Sohn wollte ich ja schon erzählen, ich wollte erzählen, was aus ihm geworden ist, nachdem er seine drei Gefängnisstrafen, zusammen über elf Jahre, hinter sich gebracht hatte. Aber diese Geschichte erzähle ich ein anderes Mal. – Es war an einem Karfreitag, wir waren alle so um die vierzehn Jahre alt, da klingelte der älteste Vallaster bei Juens. Reinholds Mutter öffnete.

Der Vallaster sagte: »Grüß Gott, Frau Juen, ich möchte Ihnen und Ihrem Mann auch im Namen meiner Mutter ein schönes Osterfest wünschen.«

»Aber Ostern ist doch erst übermorgen«, sagte Frau Juen.

»Übermorgen kann ich leider nicht kommen«, sagte er.

»Das macht nichts«, sagte Frau Juen. »Du bist ein freundlicher Bub, das wollte ich dir immer schon einmal sagen.«

»Es geht«, sagte er.

»Nein, nein«, sagte Frau Juen, »sei nur nicht so bescheiden. Aus dir wird etwas. Ich weiß das. Ich habe für so etwas ein Gespür. Mir wär sehr recht, wenn der Reinhold etwas von dir hätte. Ihr seid die Ärmsten in der ganzen Siedlung, dafür könnt ihr nichts. Aber ich sage immer: Sie sind arm, und ihre Mutter hat schwer zu tragen, aber sie haben dich.«

»Danke, Frau Juen«, sagte der älteste Vallaster.

»Kann ich etwas für dich tun?«

»Ich wollte nur fragen, ob der Reinhold da ist.«

»Der ist oben in seinem Zimmer«, sagte Frau Juen. »Ich weiß, dass du kein eigenes Zimmer hast, weil es bei euch so eng ist, und ich habe mir schon oft gedacht, vielleicht wäre es besser für den Reinhold, wenn er auch noch ein paar Geschwister hätte, einen Bruder zum Beispiel, der so ist wie du und mit dem er ein Zimmer teilen müsste. Das tut einem nämlich gut, wenn man auf wenigen Quadratmetern aufeinander Rücksicht nehmen muss.«

»Das geht schon«, sagte der Vallaster.

Dann zog er seine Füße über den Schuhabstreifer, ging an Frau Juen vorbei die Treppe hinauf und klopfte an Reinholds Tür. Frau Juen war in der Küche beschäftigt, sie sagte hinterher, sie habe nichts gehört, die Stimmen der Buben, aber sonst nichts, und was hätte sie sich denn denken sollen, als sie die Stimmen der Buben hörte.

Der älteste Vallaster betrat Reinholds Zimmer und fragte ihn ruhig: »Ist es wahr, dass du zu meiner Mutter gesagt hast, sie ist eine Hur?«

»Wieso?«, fragte Reinhold. Er behauptete später großspurig, er habe Todesangst gehabt.

»Hast du?«

»Nein, habe ich nicht.«

»Meine Mutter lügt nicht«, sagte der Vallaster, und dann hat er den Reinhold niedergemacht. Er hat ihn so verprügelt, dass er am Boden vor seinem Bett liegen blieb. Dann verließ der Vallaster das Zimmer und ging über die Stiege hinunter.

Unten rief er: »Auf Wiedersehen, Frau Juen!«, und machte sich auf den Weg nach Hause.

Wie empört sie über den Ältesten von den Vallasters sei, erzählte Frau Juen überall herum, und wie enttäuscht sie von ihm sei. Aber keiner hat ihr das ganz abgenommen.

Tante Dodo

Was in diesem Augenblick möglich ist, scheint im nächsten verloren. Ich hatte eine Tante Dodo, die war nicht meine Tante, sondern meine Wahltante. Meine Mutter sagte: »Sie ist deine Wahltante«, und ich fragte: »Was heißt das?«, und sie sagte: »Du hast sie dir zu deiner Tante gewählt.«

Das habe ich ganz bestimmt nicht.

Man hat sie nie lachen sehen, und diese Tatsache machte sie meiner Mutter seriös. Einmal im Monat besuchte sie uns. Sie trug immer einen grauen Staubmantel und darunter ein graues Kostüm und hatte fleischfarbene Wollstrümpfe über den Waden und flache Flossenschuhe an den Füßen. Die Schuhe zog sie, noch ehe sie mich grüßte, aus. Dabei blickte sie mich an, als ob ich gesagt hätte, sie brauche sich die Schuhe nicht auszuziehen, was ich nicht ein einziges Mal gesagt hatte, und ihr Mund und ihre Augen bildeten eine strenge Gesichtsklammer, die als meine Gewissensklammer gedacht war, daran hatte ich keinen Zweifel, und auf meinen nicht ausgesprochenen Satz antwortete sie, ebenfalls, ohne es auszusprechen: So, du willst also, dass ich meine Schuhe anlasse, und kommst dir dabei sehr großzügig und gastfreundlich vor. Aber wer, denkst du, wischt hinterher den Boden? Du? Nein, du sicher nicht. Du hast nur ein großes Mundwerk.

Sie überredete meine Mutter, mich ein Jahr später in die Schule zu schicken. Ich bin im Oktober geboren, und die Schulbehörde überließ es meinen Eltern, ob sie mich für reif genug hielten, oder ob sie doch lieber noch ein Jahr warten wollten. Mein Vater war unbedingt dafür, mich gleich in die Schule zu schicken. »Er gewinnt ein Jahr für das ganze Leben«, sagte er. Meine Mutter besprach die Angelegenheit mit Tante Dodo. Alle meine Angelegenheiten besprach sie mit Tante Dodo. Tante Dodo war es nämlich gelungen, meiner Mutter schon sehr früh einzureden, ich sei ein Problemkind, das größter Fürsorge bedürfe. Damit meinte sie, meine Eltern seien nicht in der Lage, diese Fürsorge zu leisten, und empfahl sich selbst als Beistand. Und Tante Dodo war dagegen. Also kam ich erst ein Jahr später in die Schule.

Nach der vierten Klasse Volksschule sollte ich aufs Gymnasium. Tante Dodo sagte: »Er ist noch nicht reif dafür. Schickt ihn erst ein Jahr in die Hauptschule!« So hat sie mir noch ein zweites Jahr meines Lebens genommen.

Viel später – ich war selber bereits Vater – sah ich sie wieder. Ich fuhr mit dem Zug, sie stieg ein und setzte sich mir gegenüber. Sie starrte mir in die Augen. Trug immer noch einen grauen Staubmantel und ein graues Kostüm und fleischfarbene Wollstrümpfe und flache Schuhe. Ich bemerkte keine Veränderung an ihr.

»Du bist der Michael«, sagte sie.

»Ja«, sagte ich.

Vier Stationen saßen wir uns gegenüber. Sie starrte mich blank und ohne jeden Filter an. Ihre Augen sprachen so deutlich zu mir, wie sie vor Jahren zu mir gesprochen hatten: Das ist also aus dir geworden, sagten ihre Augen. Schlimmer, als ich befürchtet hatte. Du hast mir nie etwas vormachen können. Ich kenne die Menschen, und ich weiß, sie ändern sich nicht. Du bist, wie du als Fünfjähriger schon warst, nämlich schlecht.

Und ich dachte: Hast du je mit einem Mann geschlafen? Hast du je einen Mann an seinen Hintern gefasst und ihn auf dich gepresst?

Sie nickte, stand auf und stieg aus dem Zug. Ihr Nicken war freilich keine Antwort auf meine Fragen. Ich war deprimiert, wie ich es immer gewesen war, wenn Tante Dodo zu uns kam. Alles, was vorher möglich schien, war nun verloren.

Und was heißt das jetzt?

Wir standen an der Ampel, wollten die Zweier-Linie überqueren und im Café Eiles eine Kleinigkeit essen. Mein Sohn trug seinen langen Mantel, dessen Farbe ausgewaschen war und an den Schultern ins Violette spielte und einen mächtigen Kragen hatte mit mächtigen Revers, die in je zwei Dreiecken über der Brust klafften. Das ganze Stück war aus schwerem Stoff gemacht, wir hatten einen langen Spaziergang hinter uns, und das Gewicht zerrte an seinen Schultern. Der Tag war zu warm für so einen Mantel. Aber er wusste, wie gut er ihm stand, wie gut zu seinen schulterlangen Haaren, seiner zarten, hohen Gestalt, und ich mochte diese kleine Eitelkeit, denn sie sagte mir, dass er sich selbst etwas wert war.

Neben ihm kam eine junge Frau zu stehen, etwa in seinem Alter, siebzehn oder achtzehn. Sie hatte eine Hand an ihre Wange gepresst, und erst beim zweiten Blick bemerkte ich, dass sie ein winziges Handy unter ihrer Handfläche hielt.

Wir hörten sie sagen: »Und was heißt das jetzt?«

Mein Sohn sah zu mir herüber, wich meinem Blick aber aus. Mit wenigen Griffen knöpfte er seinen Mantel auf. Darunter trug er nur ein T-Shirt. Er steckte die Hände in die Taschen und hielt die Mantelschöße weit auseinander. Er wollte sich lediglich etwas Kühlung zuführen, aber es war eine große Geste daraus geworden, eine Beschützergeste, eine Kommt-alle-zu-mir-Geste, und er merkte es und zog schnell den Mantel eng um seine Brust.

Die junge Frau wiederholte: »Und was heißt das jetzt?«

An ihrer Schulter hing eine schwarze Lacktasche, groß und schmal wie eine Schreibunterlage. Ich sah ihr Gesicht im Profil, ein spitzes Gesicht, die Haut um die Augen trocken und ein wenig rauh. Sie horchte in ihre hohle Hand hinein. Mit der anderen Hand hielt sie die Träger ihrer Tasche. Den Daumennagel rieb sie am Lack.

Und dann sagte sie es zum dritten Mal: »Und was heißt das jetzt?«

Die Antwort muss kurz gewesen sein. Oder es war gar keine Antwort. Oder sie wollte die Antwort nicht abwarten. Sie klappte das Handy zu, ließ es in derselben Bewegung in ihre Tasche gleiten.

Dann sprang die Ampel auf Grün, wir überquerten die Straße und betraten das Kaffeehaus.

»Es ist das Allerschlimmste, wenn am Telefon mit einem Schluss gemacht wird«, sagte mein Sohn.

»Das denke ich auch«, sagte ich.

»Sie weiß jetzt nicht, was sie tun soll.«

»Sie geht einfach.«

»Sie geht einfach«, sprach er mir nach.

Nach einer Weile sagte er: »Sie hat angerufen. Oder denkst du, sie ist angerufen worden?«

»Sie hat angerufen«, gab ich ihm recht.

»Sie hätte von zu Hause aus anrufen sollen«, sagte er. Aber dann korrigierte er sich: »Nein, es ist besser, dass sie von der Straße aus angerufen hat. Sie wäre nicht zu Hause geblieben. Sie wäre hinausgegangen.«

Ich nickte.

Während sie dreimal hintereinander dieselbe Frage in ihre Hand hineingesprochen hatte, war ihr Daumennagel ruhig über den Träger ihrer Tasche geglitten, und als sie nicht mehr telefonierte, hatte sich der Daumen weiterbewegt, im gleichen ruhigen Rhythmus. Der Schmerz brauchte Zeit, um sich im ganzen Körper auszubreiten.

Der Jäger und die Frau im Paradies

Er war erheblich älter als sie. Unter seinem Jackett trug er einen beigen grobgestrickten Rollkragenpullover, der die Hälfte seines Kinns verbarg. Sein Haar war wirr, grau, strähnig, zugleich so dünn, dass die Kopfhaut durchschimmerte. Die Augen zuckten hin und her, Routine und Ungeduld. Bis an die Tischkante hatte er sich herangearbeitet. Ich dachte, er rechnet trotzdem mit einer Niederlage.

Die junge Frau saß ihm gegenüber, und sie saß sehr aufrecht auf ihrem Sessel. Sie zwang sich zu dieser Haltung. Die keine Haltung war, sondern etwas Unfertiges. Die Unterarme lagen parallel auf der marmornen Tischplatte. Ohne den Kopf zu senken, presste sie das Kinn nach unten. So gewann ihr Gesicht einen kleinen Abstand dazu. Auch sie rechnete mit Beute. Aber die Beute war ihr nicht wichtig genug, um dafür mit diesem Mann ins Bett zu gehen. Sie zog eine Schnute und ließ sie in ihrem Gesicht stehen. Musste sie aber immer wieder auffrischen.

Ich lauschte, kehrte den beiden meine Schläfe zu, damit ich besser hören konnte. Tat, als kratzte ich mich hinter dem Ohr, vergrößerte dabei meine Ohrmuschel mit der hohlen Hand.

Der Mann sprach, die Frau hörte zu. Sie sagte: »Ja.« Nach jedem Satz von ihm: »Ja.« Ihn verstand ich nicht. Er machte ihr etwas klar. Seine Hände kneteten unsichtbare, handballgroße Pakete, die legte er vor ihr hin auf den Tisch. Zwischen ihre Unterarme. Eines plazierte er neben das andere. Und obwohl da nur Luft war, achteten seine Hände darauf, dass ein Argument nicht auf dem anderen zu liegen kam. Er glaubte an das Brachiale seiner Gier, an sonst nichts mehr. Nicht einmal mehr an die Gier selbst glaubte er. Wenn er sprach, wippte sein Nacken vor und zurück. In der Vorwärtsbewegung öffnete sich der Mund, in der Rückwärtsbewegung schnappte er zu.

Dann schrillte ein Handy. Die Frau griff in ihre Tasche, mit beiden

Händen hielt sie sich das Gerät ans Ohr, ein Unterarm verdeckte die Hälfte ihres Gesichts. Sie war erlöst worden. Das Paradies hatte einen Namen, und der Name war: *Überall, nur nicht hier.* Sie redete mit einer Freundin über nichts. Sie war glücklich. Die Worte, die sie sagte, und die Worte, die sie hörte, brauchten sie nicht zu interessieren, und ihr Gesicht war voller Erinnerungen.

Und er? Er war: währenddessen. Wenn ich in der Haut des Jägers gesteckt hätte, ich hätte an meine Wohnung gedacht, dass ich sie aufräumen müsste. Hätte gedacht, wie schön es doch wäre, wenn ich, wie der Reiter bei Kafka, das Unfertige meines Weges selber fertigmachen könnte. Er aber saß da, den Nacken erstarrt im Vorwärts, und prüfte mit der Zunge seine Zähne. Verzog dabei sein Gesicht. Fuhr in die Zwischenräume. Es zischte vom Luftdurchblasen und Saugen. Am Ende rieb er mit der Zunge bei geschlossenem Mund erst über die oberen, dann über die unteren Schneidezähne. Da sah er aus wie ein Äffchen, das Nüsse zerbeißt.

Nacht im Hotel

Ich lag in der Wanne und blickte über den Rand. Der Raum war fensterlos und gleißend hell. Den Spiegel über dem Waschbecken umrahmten Neonröhren, die Decke bestand aus einer einzigen Milchglasscheibe, unter der ebenfalls Neonröhren brannten. An den Wänden hingen weiße Badetücher, in einer Halterung steckte ein Föhn, dessen Stromkabel so kurz war, dass sich ein großer Mann hätte niederbeugen müssen, um sich die Haare zu trocknen. Der Luftabzug rauschte leise. Ich hatte mir das Wasser bis an die Brust steigen lassen.

Auf dem Boden unter dem Waschbecken sah ich ein kleines weißes Ding. Es hatte die Form einer sechsblättrigen Blüte, war nicht größer als das stumpfe Ende eines Bleistifts. Als ich meine Gedanken darauf richtete, wurde mir bewusst, dass ich es schon die längste Zeit angeschaut hatte. Der Boden war dunkelgrau gekachelt, das Ding hob sich scharf darauf ab. Es erinnerte mich an das Emblem der Firma *Montblanc*, und ich dachte, vielleicht ist einem Gast, der vor mir in diesem Zimmer übernachtet hat, der Füllhalter zu Boden gefallen, und der harte Aufprall hat das weiße Zeichen, das in die Spitze der Abdeckung eingelassen ist, herausgeschlagen, und der Besitzer hat es nicht gemerkt, und seither liegt es hier. Dagegen sprach, dass die Badezimmer dieses Hotels doch sicher nach jedem Gast gründlich gereinigt wurden. Vielleicht war es gar kein loses Ding, sondern Teil der Kachel, ein Fehler beim Brennen, eine Aufwerfung, an der sich die dunkelgraue Farbe abgerieben hatte.

Das Badewasser war ein wenig wärmer als mein Blut, gerade um so viel wärmer, dass ich mich meines Körpers versichern konnte. Und dann dachte ich, ich könnte sterben. Wenn ich jetzt sterbe, dachte ich, an einem Infarkt oder einem Hirnschlag – ich hatte manchmal Schübe von Bluthochdruck gehabt, durchaus beängstigende Werte, obendrein seit mindestens fünfzehn Jahren einen zu hohen Cholesterinspiegel, Risikofaktor zwei, inzwischen nahm ich *Sortis* dagegen, geraucht hatte ich dreißig Jahre lang, außerdem war mein Vater an einem Infarkt gestorben –, wenn ich jetzt sterbe, dachte ich, wird das Letzte, dem mein Interesse galt, dieser winzige weiße blütenförmige Gegenstand sein, und weil ich in dieser Nacht an ein Jenseits nicht glaubte, würde dieses Ding zum Symbol für das Leben selbst werden. Ich glaubte in dieser Nacht auch nicht an ein irgendwo hinter unserem metaphysischen Rücken sich ausbreitendes platonisches Ideenreservoir. Ich war der Meinung, dass alle Dinge hier und jetzt und vor uns liegen und dass die Oberfläche identisch ist mit dem Wesen. So gesehen wäre dieses kleine, aus einem Meter Entfernung betrachtet durchaus rätselhafte Ding nicht ein Symbol für das Leben, sondern das Leben selbst.

Dann schlief ich ein. Wachte auf, weil ich unter die Wasseroberfläche gerutscht und Wasser in meine Nase gedrungen war, was bis in den Hinterkopf hinein brannte. Ich stieg aus der Wanne, wickelte mich in eines der Badetücher und vergaß, mich nach dem kleinen weißen blütenförmigen Ding unter dem Waschbecken zu bücken.

Von Kindern, Baggern und Schmerzen

»Wer ein Kind mit Verständnis schreien hört, der wird wissen, dass andere seelische Kräfte, furchtbare, darin schlummern, als man gewöhnlich annimmt.« – Diesen Satz las ich bei Ludwig Wittgenstein.

Unsere Nachbarin hat ein Baby, neun Wochen alt. Es schreit. Sein Schreien macht mir keine Sorgen. Ich höre es gern schreien. Seine Stimme beschreibt einen kleinen Bogen, fliegt aus dem Mund heraus, umkreist den Kosmos der Sinnesorgane, kehrt ins Ohr zurück. Hat keinen Adressaten. Ist nicht ein Reden ohne Worte. Ist wie Atmen. Sie zerteilt und ordnet die noch frische Zeit. Schafft einen ersten Rhythmus. Was ist das Furchtbare daran? Wer, denkt Wittgenstein, soll sich davor fürchten? Unten im Hof steht ein Bagger. Heute wird nicht gearbeitet. Auf dem Schaufelarm des Baggers – ich kann es von hier oben aus lesen – steht TAKEUCHI. Der Name der Firma auf orangem Grund. Das Kind ist still geworden. Ich besitze, was man Welt nennt. Die Mutter des Kindes besitzt, was man Welt nennt. Ich höre sie mit jemandem sprechen. Der Tonfall ihrer Stimme sagt: Ich spreche mit einem erwachsenen Menschen. Ihr Kind hat keine Welt. Der Kreis, den die Stimme des Babys umschließt, ist zu klein, um als Welt gelten zu können. Hier ist jemand, und der ist, was er ist, und er ist in keiner Welt. Gäbe es einen Erwachsenen, auf den dies zuträfe, wir müssten uns vor ihm fürchten wie vor einem Amokläufer. Als Bub hätte ich mir gut vorstellen können, ein Gerät zu sein. Dieser Bagger zum Beispiel. Wäre ich in der Lage gewesen, mir über meine Wünsche Rechenschaft abzulegen, ich hätte gesagt: Ich möchte brauchbar sein. Und hätte mich einer gefragt: Brauchbar wofür? – dann wäre mir nur eine Antwort selbstverständlich gewesen, nämlich: für mich selbst. Ich war ich, und ich war ohne Gnade. Ich hätte sagen können: Ich möchte ein TAKEUCHI sein. Nicht mehr hätte ich verlangt als einen Namen.

So saß ich auf der Terrasse und stellte mir vor, ganz allein zu sein. Stellte mir vor, einer zu sein, der noch nichts in seinem Leben vergessen hat. Der noch alles beieinander hat. Dem alles gehört. Der den Unterschied zwischen Dingen und Menschen nicht kennt. Der frei wählen kann, was er sein möchte. In einem Augenblick dies, im nächsten Augenblick jenes. Einmal Bagger, einmal Mensch. Und ich wüsste nicht, dass verschiedene Namen verschiedene Dinge meinen. Weil ich alles bin. Der Wind macht keine Geräusche, er verursacht sie lediglich. Die Amseln machen Geräusche. Ich höre Händeklatschen. Klatscht die Mutter in ihre Hände? Klatscht sie auf ihren Bauch? Klatscht sie auf den Bauch des Menschen, mit dem sie vorhin gesprochen hat? In einem Märchen der Brüder Grimm – ich glaube, es ist das *Mädchen ohne Hände* – nennt eine Mutter ihren Sohn Fürchtegott. So ein Gott wäre ich: vor dem man sich fürchten muss.

Und dann wollte ich es doch genau wissen. Ich ging hinein, nahm die Brüder Grimm aus dem Regal. »Schmerzensreich« hat die Mutter im Märchen ihren Sohn genannt. Wessen Schmerzen gemeint waren, habe ich vergessen, und wer sie verursacht hat, habe ich auch vergessen.

Die Katze

Im Speisewagen setzte sich der Schriftsteller Norbert Gstrein zu mir. Da sind wir uns jahrelang nie begegnet, und im letzten Monat trafen wir uns immer wieder, so oft trafen wir uns, dass ich gar nicht auf die Idee kam, mir seine Telefonnummer geben zu lassen, und nun fürchtete ich, ihn wieder aus den Augen zu verlieren. Er erzählte mir, in einem seiner Bücher habe er eine Szene beschrieben, in der Tiere gequält werden, und daraufhin habe er einige niederträchtige Anrufe erhalten von Leuten, die der Meinung waren, solche Sachen könne nur einer schreiben, der selber Tiere quäle. Da fiel mir eine Geschichte ein, die wollte ich ihm erzählen, aber dann vergaß ich es und habe sie ihm nicht erzählt. – Das ist die Geschichte:

Vor einem Vierteljahrhundert habe ich eine Studentin gekannt, die mochte, was ich mochte, nämlich nach der Liebe Geschichten aus dem eigenen Leben erzählen.

»Ich habe, als ich sieben war, Folgendes gemacht«, erzählte sie mit einem dicken Kopfkissen im Nacken. »Willst du es wissen? Wir hatten eine Katze, die war immer da gewesen, meine Mutter sagte, sie sei länger da als ich. Ein grauer Tiger war sie, die einen anschauen konnte, als sei man aus Glas. Einmal habe ich sie gefragt: Denkst du etwas? Denkst du etwas, wenn du mich anschaust? Niemand schaut so wie du, sagte ich zu ihr. Jedes Mal, wenn du mich anschaust, komme ich mir anders vor. Und das stimmte auch, sie schaute mich an, als wäre ich etwas Neues, was in die Wohnung gestellt worden ist, aber etwas, was für sie keine Bedeutung hat, wie wenn man in eine Wohnung kommt, wo Leute wohnen, die einen nichts angehen, bei denen man lediglich etwas abholen muss, und dann sieht man, dass sie eine neue Tischdecke aufgelegt haben, was einen ja auch nicht interessiert. So sah mich unsere Katze an. Meine Mutter arbeitete als

Arzthelferin, und mein Vater war nur selten zu Hause, er war Vertreter, und an diesem Tag war ich allein, denn meine Großmutter war beim Augenarzt, und ich war erkältet und durfte nicht in die Schule. Zum ersten Mal in meinem Leben war ich allein mit unserer Katze, und sie saß einfach nur da, neben dem Heizkörper, und starrte mich an. Manchmal zwinkerte sie, aber es war wie in Zeitlupe, so dass ich nicht wusste, ob sie die Augen jetzt zulässt und einschläft. Ich bin auf jeden Fall stärker als du, sagte ich. Und ich bin auch mehr wert als du, sagte ich. He, du, sagte ich, und sie rührte sich nicht.

Und dann tat ich Folgendes: Ich holte den großen Kochtopf aus der Küche, in dem meine Mutter das Gulasch kochte, wenn viele Leute auf Besuch waren. Weißt du, dass das hier ein Topf ist, fragte ich die Katze. Ich hob sie hoch und setzte sie in den Topf. Sie blieb im Topf sitzen, die Pfoten eng beieinander, und schaute mich an. Da gab ich schnell den Deckel auf den Topf und setzte mich darauf. Ich wollte gleich damit aufhören, ich wollte nur, dass die Katze endlich irgendetwas anderes tat, als nur durch mich hindurchzuschauen.

Sie tobte und schrie. Sie schrie. Sie miaute nicht, sie schrie. Und das hatte ich noch nie gehört und wollte es noch eine kleine Weile weiterhören. Sie stieß mit ihrem Kopf gegen den Deckel, kratzte mit ihren Krallen das Topfinnere ab, im Kreis, immer im Kreis an der Topfwand entlang, und das hatte ich auch noch nie gehört und wollte es noch eine Weile lang hören.

Und dann war es zu spät. Es war zu spät, um so zu tun, als hätte ich nichts getan. Und deshalb blieb ich auf dem Topf sitzen. Und bin dabei in einen Zustand verfallen, wie ich ebenfalls noch nie einen erlebt hatte. Ich war wach, und doch war ich wie im Schlaf. Ich konnte nichts anderes tun als dasitzen und geradeaus starren. So wie es die Katze gemacht hatte, als sie noch im Freien war.

Ich bin sitzen geblieben, bis meine Mutter nach Hause kam. Stunden, Stunden, Stunden. Da war es längst schon still im Topf.«

Das hatte mir die Studentin erzählt. Und ich hatte mich nicht getraut zu fragen, ob die Katze tot war. Natürlich war sie tot. Aber vielleicht doch nicht. – Diese Geschichte fiel mir ein, als ich Norbert Gstrein im Zug traf und er mir von einem seiner Bücher erzählte.

Maro und Chucky

Als ich zum ersten Mal mit Maro redete, war ich sechzehn. Das heißt: Er redete mit mir. Wenige Tage zuvor hatten mein Freund und ich beschlossen, eine Band zu gründen. Wir konnten beide drei Akkorde. Wir erzählten es herum. So muss es Maro zu Ohren gekommen sein.

Er sagte: »Ihr macht eine Band, ich spiel mit.«

Ich hatte von ihm gehört, wie jeder von uns. Maro war durch und durch böse, brutal, gehässig, und er hatte immer eine Wut und hatte sehr dicke, seidig blonde Haare und schon mit sechzehn einen Zug um den Mund, wie ihn bittere alte Männer haben. Er war nicht groß, einen guten Kopf kleiner als sein Bruder Chucky, der genauso böse, brutal und gehässig und blond war.

Niemand, auch kein Erwachsener, hätte sich an meiner Stelle getraut, nein zu sagen. Ich sagte: »Was spielst du?«

Maro sagte: »Keine Ahnung. Das ist egal. Ich spiel irgendetwas, und Chucky spielt Schlagzeug.«

»Wir haben schon einen Schlagzeuger«, sagte ich.

»Dann habt ihr jetzt einen neuen«, sagte er.

»Okay«, sagte ich.

Das mit der Band verschoben mein Freund und ich. Lieber keine Band als eine mit denen. Von da an hatten wir Angst. Wenn wir am Abend weggehen wollten, dann fuhren wir mit dem Zug in die nächste Stadt. Bei uns trauten wir uns nicht.

Wir hörten nichts mehr von Maro. Es war anzunehmen, dass er die Sache längst vergessen hatte, dass er und sein Bruder nur aus einer Laune heraus in einer Band hatten spielen wollen. Trotzdem: Wir konnten nicht mehr ruhig sein. Es hätte den beiden jederzeit wieder einfallen können

Ein paar Jahre später – wir alle waren um die zwanzig – hat Maro ein Kilo Haschisch oder mehr und noch anderes dazu aus Portugal herausschmuggeln wollen und ist dabei erwischt worden. Er wurde in ein portugiesisches Gefängnis gesperrt, wo er sich wie die wilde Sau aufführte, weswegen seine Strafe ein paarmal verlängert wurde. So ungefähr. Ich scheute sogar davor zurück, mich genauer zu erkundigen. Als ob ich damit auf magische Weise die Aufmerksamkeit der Brüder auf mich hätte ziehen können. Maro sei verpfiffen worden, hieß es. Chucky ließ überall wissen, wenn er den erwische, der seinen Bruder verpfiffen hatte, dann werde er ihm die Augen ausstechen. Ich habe keinen getroffen, der auch nur einen Gedanken lang daran gezweifelt hätte.

Als Maro nach ein paar Jahren aus Portugal zurückkam, erkannten wir ihn nicht. Sein Gesicht war vernarbt und schief, der linke Arm hing ihm herunter. Er hatte im Gefängnis einen Schlaganfall erlitten – mit sechsundzwanzig Jahren! –, und er war geprügelt und geschunden worden.

Merkwürdigerweise brachte er viel Geld mit. Chucky und er kauften sich jeder eine Honda 750. Damit ihm die linke Hand beim Fahren nicht herunterrutschte, klebte Maro sie mit Isolierband an der Lenkstange fest. Und dann kauften sich alle, die von den beiden abhängig waren, die gleichen Motorräder. Innerhalb eines Jahres waren vier von ihnen tot. Einem riss eine Autobahnplanke den Kopf ab, ein anderer raste frontal in einen LKW. Der Dritte rutschte fünfzig Meter über den Asphalt und hatte nur ein Hawaiihemd angehabt. Der Vierte überschlug sich in den Bergen.

Ich habe Maro und Chucky letzte Woche gesehen. Sie saßen nebeneinander und tranken Bier. Sie redeten miteinander, wie sie immer miteinander geredet hatten. Statt sich bei ihren Namen zu nennen, sagten sie Arschloch zueinander. Und dann half Chucky seinem Bruder in die Jacke. Und draußen hielt er ihm die Tür zum Mercedes auf. Und Maro sagte. »Danke, du Arschloch.«

Über Verträge

Ein Vertrag ist die Antizipation eines Scheiterns. Ich vertraue meinem Partner nicht für alle Zeit. Und: Ich vertraue mir selbst nicht für alle Zeit.

Als ich Mitte zwanzig war, lernte ich bei einem Wochenendseminar eine Studentin und einen Studenten kennen, die schon seit ihrem vierzehnten Lebensjahr ein Paar waren. In Wahrheit schon viel länger, sagte sie. Sie beide hätten sich im Kindergarten kennengelernt, und sie seien einander immer die Liebsten gewesen, und in der Schule seien sie in der gleichen Klasse gesessen, und als er beim Militär war, habe sie absichtlich ein Jahr nichts getan, damit sie gemeinsam ihr Studium beginnen könnten.

Ich glaube, sie hieß Christiane, seinen Namen habe ich vergessen. Sie hatte ein rundes Gesicht, ihre Mundspitzen zeigten nach oben und machten ein immerwährendes Lächeln, das einen – das dachte ich schon nach einer Stunde – auf die Dauer verrückt machen konnte. An ihre Stimme erinnere ich mich gut, dunkel war sie und schleppend.

Er war ein Dünner, Langer, mit dünnen langen gelben Haaren und einem aknenarbigen Gesicht. Ob sie sich schon als Kinder so eine Art Eheversprechen gegeben hätten, fragte ich ihn. »Nein«, sagte er, »es kann jeden Tag sein, dass es mit mir und Christiane auseinandergeht.«

Mir kam die Antwort arrogant vor. So kann nur einer reden, der übermäßig von seiner Gegenwart überzeugt ist, so dass er ohne Sorge jede Art von Zukunft als Gedanke zulassen kann – wie wenn ein Kind sagt, angenommen, ich wär ein Elefant.

In dem Haus, wo das Seminar stattfand, war ein Tischtennistisch, und jeder wollte spielen, gerade spielte Christianes Freund mit jemandem, da sagte ich zu ihr: »Gehen wir ein Stück, bis wir drankommen.« Das Haus lag draußen am Land, war umgeben von Weizenfeldern. So ein Feld umrundeten wir, sprachen von interessanten Dingen, die am Nachmittag diskutiert worden waren, ich erzählte ihr vom Föhn in Vorarlberg, sie erzählte mir vom Himmel über der Lüneburger Heide. Das war alles. Dann spielten wir Tischtennis.

Ein paar Tage später traf ich die beiden in der Mensa. Christiane sagte, sie hätten mich gesucht, und weil sie meine Adresse nicht kannten, hätten sie in der Mensa auf mich gewartet. Sie baten mich, mit ihnen in ein Café zu gehen, in dem keine Studenten verkehrten.

»Hast du ein großes Zimmer?«, fragte mich Christiane.

»Ein sehr kleines sogar«, sagte ich.

»Dann wird es eben vorübergehend eng werden, bis wir etwas anderes gefunden haben«, sagte sie.

»Wie meinst du das?«, fragte ich.

Ihr Freund schwieg.

»Es ist aus zwischen uns«, sagte Christiane. »Wir haben uns im Frieden getrennt. Ich werde zu dir ziehen.«

»Ich weiß eine Wohngemeinschaft, die haben dort viel mehr Platz als ich«, sagte ich. »Die haben sogar ein Zimmer leer.« Ich hatte sie nicht richtig verstanden.

»Nein«, sagte sie, »du bist mein Freund. Ab heute bin ich mit dir zusammen.«

Der, der ich jetzt bin, erhebt sich über den, der ich vielleicht eines Tages sein werde, und erinnert ihn daran, was er einst für richtig erachtet hat. Wobei es ja durchaus sein könnte, dass der, der ich sein werde, klüger ist als der, der ich bin. So gesehen ist ein Vertrag ein Ding wider die Vernunft.

Zwei Fremde im Zug

Es gab nichts, wovor ich mich mehr fürchtete als vor einem Ereignis, das sich nicht mit dem Tag, den ich mir am Abend erzählen wollte, verspinnen ließ. Wenn sich Minuten an Minuten reihten, war kein Stillstand zu erwarten. Ich blickte auf die Zeit, wie ich gewohnt war, auf einen Baum zu schauen – ich sah ihn aus einer bestimmten bescheidenen Perspektive, aber ich nahm ihn für ganz, zu Ende gebaut aus Erinnerung und Erwartung.

Ich saß in einem Abteil zwei Männern gegenüber. Der jüngere war dem älteren übergeordnet. Ich döste mit geschlossenen Augen vor mich hin, eine solche Gewalt war in der Stimme des jüngeren; wenn ich die Augen öffnete, milderte sich der Eindruck ein wenig, dennoch: Es saßen mir gegenüber Herr und Diener. Sie redeten die ganze Zeit ungeniert miteinander. Achteten nicht auf mich. Ich konnte heraushören, dass sie beide in einer staatlichen Einrichtung arbeiteten und dass es vor kurzem zu einer Amtskatastrophe gekommen war, an der einzig und allein der ältere, eben der Diener, schuld war.

Dieser Diener hatte ein flächiges gelbes Gesicht, dessen Haut mir weniger faltig als rauh erschien. Seine Sorge war eine lebensumfassende, nicht zergliederbare einzige Sorge, die sich nicht mehr in einzelnen Kerben Ausdruck verleihen konnte. Der jüngere, der Herr, dessen Haare an den Schläfen silbern waren, und doch schätzte ich ihn nicht älter als achtundzwanzig, beschimpfte ihn in einem fort, ohne dass ich einzelne Beschwerdepunkte ausmachen konnte, ein einziger allumfassender unteilbarer Vorwurf. Der Tonfall und die Gestik waren dabei so, dass man einen unaufmerksamen ersten Augenblick lang durchaus meinen konnte, er beschwere sich vor dem anderen über einen nicht anwesenden Dritten.

Der Diener wirkte gelangweilt. Seit der Schaffner die Fahrscheine kontrolliert hatte, hielt er den seinen in Händen, rollte ihn zu einem dünnen Röhrchen.

Irgendwann sagte er: »Ich könnte mich umbringen, wär das eine Lösung?«

Der andere sagte: »Das wäre leider keine Lösung.«

Dann sagten sie nichts mehr.

Ich dachte, der Diener langweilt sich nicht wegen der Rede seines Herrn, sondern wegen sich selbst, wegen seines ewig erwarteten, ewig eintreffenden Versagens. Fremd war er sich geworden, mit sich entzweit, und der eine in ihm gab dem Herrn recht, der andere aber war so in sich verkrümmt, dass ihm sein Herz ins Maul gepresst war.

Jetzt, da sie schwiegen, schienen sie mich wahrzunehmen. Ich sah, wie der Herr mir Blicke zuwarf. Ich sah, dass die Blicke sagten: Verstehst du, was ich meine? Verstehst du, was ich mitmache mit ihm? Verstehst du, dass es solcher Abkanzelung bedarf? Nein? Du verstehst es nicht? Du meinst, ich benehme mich wie ein Arschloch? Was bist du für ein weltfremder Idiot! So einer wie der? Und was hast du für eine Lösung für dich parat? Dieselbe wie er? – So redeten die Blicke des Herrn zu mir.

Und ich sah, dass der Diener auf ein Urteil von mir wartete. Ich wollte dreist zurückblicken. Es wäre richtig gewesen, zum Diener zu helfen, aber weil ich befürchtete, dass meine Gesichtshaut eines Tages ähnlich sein würde wie die seine, und ich tatsächlich schon vor dem Spiegel über mein Gesicht ähnlich gedacht hatte, wie ich nun über seines dachte, deshalb konnte ich es nicht über mich bringen, ihm, der gedemütigt und beschimpft worden war, mit Retourblicken meine Sympathie auszurichten. Aber weil der Demütiger, der Schimpfer, der Herr, fest mit meiner Sympathie für den Diener gerechnet hatte, interpretierte er mein gleichgültiges Gesicht als Zustimmung. Und als ich die Augen schloss, weil ich mit keinem von beiden etwas zu tun haben wollte, wusste ich, der Diener hält mich für seinen Feind und der Herr für einen Freund.

Heimkehr

Sie stand vor der Tür, vornübergebeugt, weil sie Taschen, Plastiksäcke, Koffer nicht loslassen wollte, schaute von unten über die Brauen zu mir herauf, lächelnd.

»Da bin ich. Erschrick nicht, ich war einfach zu müde, um mich in dem Internetcafé anzustellen.«

Ich bin mir sehr sicher, dass sie das gesagt hat. Die Haare hingen ihr in trockenen Strähnen über die Schultern, blond überfärbt, nachgebleicht, nahe den Wurzeln dunkel. Sie hatte ihr rundes, rotbackiges Gesicht. Wie soll man in elf Monaten das Gesicht verändern.

»Es ist, als wär ich auf dich vorbereitet«, sagte ich, und weil ich ihr ansah, dass sie mich nicht verstand, oder meinte, sie verstehe mich vielleicht falsch, setzte ich schnell nach: »Ich freue mich. Mir kommen die Worte durcheinander. Das musst du noch kennen.«

Ich nahm ihr einen Teil des Gepäcks ab, und wir betraten die Wohnung.

»Darf ich baden?«, fragte sie.

»Etwas essen, etwas rauchen zuerst?«, fragte ich.

Dann fing sie an zu weinen. Lehnte sich mit der Schulter an die Wand, vornübergebeugt, wieder, die Hände zwischen den Beinen gefaltet. Ihre kleinen Brüste hoben und senkten sich schneller als ihr Atem, und daran erkannte ich, dass sie mir etwas vorspielte. Nein, so darf ich es nicht sagen. Ich glaubte, sie spiele mir etwas vor. Wie soll man eine Lüge am Atmen erkennen können?

»Ich habe deinen Geburtstag vergessen«, sagte sie, machte eine spitze Zunge, leckte damit schnell über die Oberlippe. Das sollte unterdrücktes Weinen zeigen, ich kannte das noch von früher, und sie wusste wohl, dass ich es kannte, wir hatten einmal darüber geredet.

»Ich habe deinen Geburtstag auch vergessen«, versuchte ich zu trösten.

Ich tröstete blind in ihr Leben hinein, das mir viel zu unübersichtlich erschien, immer erschienen war, als dass ich es auch nur für einen sinnvollen Versuch erachtet hätte, abzuschätzen, welche Teile dieses wuchernden Gartens meines Trostes bedurften.

»Du hättest mich ja nicht erreichen können«, sagte sie. »Ich aber hätte dich erreichen können. Du sitzt immer nur hier. Hier!« Sie ließ sich auf meinen Schreibtischstuhl fallen, drehte sich im Kreis. Ihre Augen waren tränennass, die Wimperntusche quoll auf. Aber ihre Stimmung war obenhin, flatternd.

»Woher kommst du?«, fragte ich. »Aus Delhi?«

»Vorgestern war ich in Delhi. Oder vorvorgestern. Wir hatten in Moskau einen unvorhergesehenen Zwischenaufenthalt von fast zwanzig Stunden.«

»Und wo war das Internetcafé, in dem du dich nicht anstellen wolltest?«

Sie sah mich an, als verwechselte ich sie mit jemand anderem. Und einen Augenblick lang dachte ich tatsächlich, diesen Satz irgendwo anders gehört zu haben. »Du sagtest doch, du seiest zu müde gewesen, um dich im Internetcafé anzustellen.«

»Das habe ich gesagt? Das habe ich sicher nicht gesagt.«

»Ich dachte, du hättest es gesagt.«

Sie stand mit einer schnellen Bewegung vom Stuhl auf, die Beine eng beieinander in ihrer schlangengrünen Hose, zwei, drei Hemden oder Blusen übereinander.

»Schade, dass du anfangen willst zu streiten«, sagte sie.

»Wir haben uns nicht einmal einen Kuss gegeben«, sagte ich. »Ich schlage vor, du legst dich ins Bad. So lange du willst. Dann gehen wir essen. Ich lade dich ein. Wir feiern die Geburtstage, die wir beide vergessen haben.«

Sie hatte eine Tätowierung am Oberarm. Die kannte ich nicht. Ein Stacheldraht, der um den Bizeps gewunden war. Und ihre unteren Zähne hatten Nikotinflecken.

»Weißt du«, sagte sie und ging mit langsamen, steifen Schritten auf und ab, den Kopf hielt sie gesenkt, »wenn mich jemand gefragt hat, was mein Vater macht, dann habe ich gesagt: Er sitzt auf dem bequemsten Stuhl der Welt und denkt sich irgendwelche Sachen aus.«

»Lass uns einen schönen Abend verbringen«, sagte ich.

»Ich will es versuchen«, sagte sie.

Zoogeschichten

Als mein Vater sechs Jahre alt war, kam die Sau beim Nachbarn aus, sie galoppierte über die Wiese, sie hatte es eilig, wusste, wohin, bahnte sich durch die Johannisbeeren, lief über Kesslers Krautacker, über die zementierte Landstraße, lief am Wasserturm vorbei, an den Gleisen entlang, lief in den Hof der jungen Bauersleute, die dort in der Wiege ihr Baby liegen hatten, stieß die Wiege um und fraß das Kind auf. Als die Mutter dazukam, ruchelte das Tier gerade das Letzte hinunter. Die Frau wurde verrückt. Das heißt, etwas ist bis zu ihrem Ende geblieben.

Wenn mein Vater die Geschichte erzählte, brüllte er vor Lachen. Und ich lachte mit. Einmal, da war ich acht oder sieben, über Ostern waren wir nach Deutschland gefahren, um die Feiertage bei der Schwester meiner Mutter zu verbringen, machten wir einen Umweg über Frankfurt, so fröhlich war das Leben, weil wir ein Auto besaßen, einen Opel Rekord. Und in Frankfurt besuchten wir den Zoo. Wir spazierten langsam neben meiner Mutter her, die auf Krücken ging.

Schließlich sagte sie: »Geht jetzt und schaut euch endlich die Affen an, ich warte hier.«

Da war eine Bank in der Sonne, im Rücken die Nashörner, dort wollte sie warten, wickelte sich in ihren hellen Stadtmantel, setzte sich die Sonnenbrille auf – eine Frau aus der Stadt, die einen Bauernbub geheiratet hatte.

Mein Vater und ich gingen zu den Affen. Er war aufgeregt. Wenn er aufgeregt war, kehrten sich seine Füße beim Gehen noch weiter auswärts als sonst. Ich hasste ihn wegen seines Gangs. Alle hier sehen, dass wir Bauern sind, dachte ich.

»Im Krieg habe ich einmal einen Affen gesehen«, sagte er.

Er wusste nicht, wo der Affenkäfig war, wollte aber nicht fragen. Wir liefen in dem großen Zoo herum, schoben uns an den Leuten vorbei, sahen den freien Flecken, auf dem sich der Löwe tummeln durfte.

»Wenn der auskommt«, sagte mein Vater. »Dann!« Und dann erzählte er eine Kurzfassung der Saugeschichte. Und wir lachten ein bisschen.

Im Affenhaus packte ihn die Angst. Ich kann mir bis heute nicht erklären, was damals in ihm vorgegangen war. Mit hüpfendem Schritt und fideler Miene war er vor mir her zu den Affen gelaufen, und dann stand er vor dem Gorillakäfig – das heißt, es war kein herkömmlicher Käfig, es war eine dicke Glasscheibe – und starrte dem Männchen in die Augen und konnte sich nicht mehr vom Fleck rühren. Als hätte ihn der Affe mit dem riesigen Kopf und dem grauen Streifen Fell über Scheitel, Nacken und Rücken in Trance versetzt.

»Bitte, Papa, gehen wir«, sagte ich. Er rührte sich nicht. »Was ist denn los, Papa?« sagte ich. Er gab keine Antwort. Ich stieß ihn in die Seite, zerrte an seiner Hand, dachte zuerst, er macht einen seiner Scherze, gleich fängt er an, einen Affen zu spielen, schiebt die Zunge unter die Unterlippe, streckt den Hintern heraus, macht lange, krumme Arme und tut, als ob er sich lause. Nichts dergleichen geschah. Ich bekam es auch mit der Angst zu tun, und die Leute um uns herum merkten das, und sie riefen einen Wärter, und der schob am Ende mit all seiner Kraft meinen Vater aus dem Affenhaus.

Wir nahmen ein Hotelzimmer, mein Vater legte sich schon um sechs am Abend ins Bett und schlief gleich ein. Meine Mutter und ich aßen unten im Restaurant unser Abendbrot.

»Was war denn?«, fragte sie.

»Er hat mir wieder die Saugeschichte erzählt«, sagte ich.

»Verstehe«, sagte sie.

»Ich nicht«, sagte ich.

»Das ist keine Geschichte, die man in einem Zoo erzählen sollte«, sagte sie.

Herr Gabriel

»Ich überlebe nur in der Erinnerung«, sagte Herr Gabriel. »Ich lebe, solange jemand lebt, der sich an mich erinnert. Wenn auch der stirbt, bin ich weg. Und es ist, als wär ich nie gewesen. Aber was soll der, der sich an mich erinnert, erzählen? Ich wüsste nicht, was es von mir zu erzählen gibt. Ich besitze einen königsblauen Pullover. Das ist das einzige Kleidungsstück, das Wert hat, erwähnt zu werden. Der Pullover ist ein Geschenk meiner Schwester. Mit ein wenig Gerechtigkeit auf Erden wäre sie in Hollywood eingegangen wie die Madonna in den Himmel. Stattdessen ist sie gestorben. Und ich bin der Einzige, der sich an sie erinnert. Was von meinem Leben bleibt, ist die Erinnerung an ein anderes Leben, das Leben meiner Schwester. Das seinerseits verschwindet, wenn ich verschwinde. Wenn sich ein Lektor über mein Leben hermachen würde, der müsste doch immer nur sagen: Streichen, streichen, streichen!«

Herr Gabriel – Name eines Erzengels und Seele wie ein Keller –, er lehnte mit der Schulter an der Stange, die das Sonnensegel hielt, stand auf einem Bein, das andere hatte er abgewinkelt, berührte nur mit der Schuhspitze den Boden. So ließ er sich von Bogdan Achtel Weißwein nachschenken, während er den Kunden den Weg zu dessen Laden versperrte. Der ganze Mann war ein Irrtum. Ungesund sah er aus mit seiner hohen blassblauen Stirn und den weichen vergeblichen Backen. Er sei Geiger gewesen von Beruf, hatte mir jemand gesteckt, in was für einem Orchester oder so, wusste derjenige nicht. Herr Gabriel redete mit jedem, hob das Glas, lächelte aus seinen lieben verschmitzten Augen und sagte über keinen etwas Gutes.

»Die meisten Menschen sind überflüssig«, sagte er mit seiner menschheitsliebenden Kaplanstimme, »und die meisten Menschen wissen es, und sie wissen, dass es die anderen wissen, und sie wissen, dass die anderen sie nur deshalb nicht dauernd darauf aufmerksam machen, weil sie selber ebenfalls überflüssig sind.«

Er war hager, der Wind höhlte sein Hemd aus, als wäre darunter kein Leib.

»Ich bin natürlich ebenfalls überflüssig. Aber ich bin typisch.« Sagte er. Und wenn man ihn fragte, wofür er typisch sei, fuhren seine Arme zu einer großzügigen Geste aus: »Wofür immer einer will. Stellt mich nach Nowosibirsk, und ich sehe aus, als wär ich immer schon und nur dort gewesen! Der typische Nowosibirsker. Oder nach Nebraska! Ich war immer schon dort. Oder nach Honolulu, es ist meine Heimat.«

Er zeigte mit dem Finger auf den türkischen Verkäufer vis-à-vis, der nickte ihm freundlich zu, dann machte er eine Hand, als wolle er einen Ball auffangen, und schon warf ihm der Türke einen Apfel über die Gasse.

»Ich säe nicht, und ich ernte nicht«, rief Herr Gabriel den Menschen auf dem Naschmarkt zu.

»Zum Beispiel die Politik«, wandte er sich gleich darauf mir zu, er war nie betrunken, nie. »Ein Mann, der sich vor seiner Mutter fürchtet und immer tut, was sein Vater will, der sich ebenfalls, und zwar vor derselben Frau fürchtet, so ein Mann bestimmt bei uns die Politik der letzten zwanzig Jahre.«

»Zum Beispiel die Frauen«, fuhr er gleich fort. »Kennen Sie eine Frau, die eine U-Bahn-Tür richtig öffnen kann? Sie meinen doch alle, die Türen sind defekt und gehen schwer, und sie drücken, sie kapieren einfach nicht, dass die Türen von selber aufgehen, wenn man den Griff nur kurz antippt.«

»Lieber Herr Gabriel«, sagte ich, »wie hoch ist Ihr Kontostand?«

»Eine Million Schilling«, sagte er, »war er, jetzt ein lächerlicher Haufen Euros.«

»Haben Sie eine Krankheit?«, fragte ich.

»Ja«, sagte er. »Ich habe einen Krebs. Es hat sich dadurch nichts bei mir geändert. Ich werde daran nicht zugrunde gehen, und sonst wird auch nichts sein.«

»Wie kann ich Ihnen helfen?«, fragte ich.

Er blickte an mir vorbei, die Gasse hinunter, wo sich auf den Ständen der Obsthändler Erdbeeren türmten. Niemand kann so ein Türmchen Erdbeeren vom Tisch nehmen, ohne dass eine Handvoll zu Boden fällt.

»Seien Sie derjenige, der sich an mich erinnert«, sagte Herr Gabriel.

Von da an hatte er eine Art Freude, mich zu sehen. Kam mir so vor.

Alles wird gut

Es war einmal eine Frau, die hatte einen Liebhaber, der war zwanzig Jahre jünger als sie. Sie aber war verheiratet mit einem Mann, der zwanzig Jahre älter war als sie. Die Frau traf ihren Liebhaber einmal in der Woche in einem Hotel. Dort waren sie zwei oder drei Stunden nur füreinander da. Es war immer dasselbe Hotel. Die Frau an der Rezeption wusste, dass die beiden nie über Nacht blieben. Es war kein Stundenhotel, und der Besitzer des Hotels wusste ebenfalls Bescheid, und es war ihm unangenehm, denn er kannte den Ehemann, beide waren sie Mitglieder eines Clubs. Er hatte ein schlechtes Gewissen. Schließlich war der Mann eine Art Freund von ihm.

Dann erfuhr der Hotelbesitzer, dass auch seine eigene Frau ihn schon seit Jahren betrog. Er reichte die Scheidung ein. Sie hatten zwei Kinder im Volksschulalter, er wollte, dass die Kinder bei ihm bleiben, und er wollte der Frau nach der Scheidung nichts bezahlen, denn schließlich war sie schuld, dass die Ehe zerbrochen war. Vor Gericht ging die Sache gegen ihn aus. Die Kinder wurden der Frau zugesprochen, er musste Alimente für die Kinder und Unterhalt für die Frau zahlen. Das machte ihn wütend. Die Wut blähte sich in ihm auf, und er bekam eine Wut auf alle Frauen. Bei der nächsten Gelegenheit nahm er seinen Freund beiseite und sagte zu ihm: »Wenn ich nicht wüsste, dass ich dir damit sehr wehtue, würde ich dir etwas mitteilen.«

»Was würdest du mir mitteilen, wenn du nicht wüsstest, dass du mir damit sehr wehtust?«, fragte der Freund.

»Dann würde ich dir mitteilen, dass ich mit absoluter Sicherheit weiß, dass dich deine Frau betrügt.«

»Ich verstehe dich«, sagte der Freund. »Ich würde an deiner Stelle sicher nicht anders denken als du.«

»Nein, du verstehst mich nicht«, sagte der Hotelbesitzer. »Du meinst, ich will mich an allen Frauen rächen, weil mich meine Frau betrogen hat.«

»Das denke ich, ja«, sagte der Freund.

»Dann komm«, sagte der Hotelbesitzer. Er zeigte seinem Freund das Gästebuch. »Siehst du«, sagte er, »unter diesem Namen haben sich deine Frau und ihr Liebhaber in all der Zeit, seit sie dich betrügt, in unserem Hotel eingeschrieben.«

»Ich verstehe dich«, sagte der Freund. »Ich würde an deiner Stelle vielleicht ähnlich handeln. Aber ich sehe, hier steht ein Name, der mir nichts sagt. Ich kenne niemanden mit diesem Namen. Ich sehe nur, hier hat sich ein Ehepaar eingetragen, mehr sehe ich nicht.«

»Aber die sich hier eingetragen haben, sind kein Ehepaar«, sagte der Hotelbesitzer, »und der Name ist erfunden. Es sind deine Frau und ihr Liebhaber, und der Liebhaber ist vierzig Jahre jünger als du.«

Da lachte der Freund und sagte: »Ich habe schon oft gehört, dass ein Mann, der von seiner Frau verlassen wurde, seine Wut an anderen Frauen auslässt. Das ist ganz normal. Wäre es nicht normal, dann würde ich jetzt die Freundschaft zu dir aufkündigen.«

Zu Hause hielt der Mann seine Frau am Ärmel fest und sagte: »Was würdest du sagen, wenn ich dir mitteilte, dass ich mit absoluter Sicherheit weiß, dass du mich betrügst?«

»Ich würde es zugeben«, sagte sie.

So kann ich nicht mehr weiterleben, dachte der Mann am nächsten Tag. Ich habe sie im Konjunktiv gefragt, sie hat mir im Konjunktiv geantwortet, ich weiß nun, was sein würde, aber ich weiß nicht, was ist. Ich muss denken und denken und denken.

Das ging eine Zeit so.

Nach ein paar Wochen oder ein paar Monaten fiel ihm auf, dass er sich an das Denken und Denken und Denken gewöhnt hatte. Mit seiner Frau lebte er zusammen wie bisher. Und bisher, daran gab es keinen Zweifel, hatten sie gut zusammengelebt. Besser, hatte er sich immer gesagt, kann ein Mann, der zwanzig Jahre älter ist, mit seiner Frau nicht zusammenleben. Alles wird gut, dachte er.

Und dann wurde alles gut.

Da kannst du gar nichts machen

Wir standen auf der Straße, jeder von uns hatte einen groben Besen in der Hand, und der Nachbar zu unserer Rechten sagte den Satz als Erster: »Da kannst du gar nichts machen, das ist so eine Gewalt, gegen die kannst du gar nichts machen.«

Ich gab ihm recht und sagte denselben Satz, im selben Wortlaut. Und der Nachbar zu unserer Linken sagte auch denselben Satz, auch im selben Wortlaut.

Ich sagte: »Den größten, den ich gefunden habe, konnte ich mit Zeigefinger und Daumen nicht umschließen.«

Der Nachbar vis-à-vis sagte: »Ich habe einen wie ein Hühnerei, ich habe ihn als Beweis in die Tiefkühltruhe gelegt.«

Bei welchem Prozess wird dieses Beweisstück vorgelegt werden können? Ein Hagelkorn in der Größe eines Hühnereis als Beweis für Gottes mangelnde Unschuld. Die für unsereins ja nur unter einem Aspckt interessant sein kann, nämlich, um unsere eigene Schuld ein wenig zu mildern. In zwanzig Minuten wurden Autodächer zerbeult, Gemüsegärten ruiniert, Gewächshausscheiben eingeschlagen, Bäume entlaubt, Bäume entwurzelt, Ziegeldächer abgedeckt. Wenn das nicht gegengerechnet werden darf gegen Fremdgehen, Steuerhinterziehung, zu fettes Essen, zu viel Rauchen, zu viel Saufen – dann also bitte! Und wenn uns der Richter die Zunge herausstreckt? Es hieß, für den Abend seien wieder starke Gewitter, wieder Hagelschlag, wieder Sturm zu erwarten.

Einer der Männer mit dem Besen in der Hand sagte: »Die oben bei der Apotheke haben gar nichts erwischt, nicht ein Hagelkorn, nur Regen.«

Die Apotheke lag keine zehn Gehminuten von uns entfernt.

»Da kannst du gar nichts machen, das ist so eine Gewalt, gegen die kannst du gar nichts machen.« Sagte irgendeiner, es war einer von der unteren Straße, der gesehen hatte, dass bei uns oben herumgestanden wurde.

Ein anderer Mann sagte: »Ich glaube nicht, dass es uns heute noch einmal erwischt. Das ist gegen die Wahrscheinlichkeit.«

Eine Frau sagte: »Ich glaube an den lieben Gott, der ist gerecht, der verteilt solche Sachen gleichmäßig.«

Die Fenkart-Zwillinge aus der Raimundstraße standen im Garten ihrer Mutter. Sie sahen zu uns herüber, nahmen aus der Entfernung an unserer Versammlung teil. Sie waren für eine Woche zu Besuch. Lebten sonst in Großstädten. Sie hatten die Hosenbeine über die Waden gekrempelt, trugen karierte Hemden ihres Vaters. Die alte Frau Fenkart brachte es nicht übers Herz, die Kleider ihres vor fast dreißig Jahren verstorbenen Mannes wegzugeben. Die Hälfte ihres Herzens hatte sie zu ihm ins Grab gelegt. Und diesen Teil pflegte sie, jätete ihn aus, goss ihn, nährte ihn. Der andere Teil ihres Herzens, der noch in ihrer Brust steckte, der war längst verdorrt. So ähnlich hatte es eine ihrer Zwillingstöchter einmal ausgedrückt. Ich wusste nicht, welche, ich kannte die beiden immer noch nicht auseinander. Einmal im Jahr besuchten sie ihre Mutter. Und ihre Blicke sagten, was die alte Frau alles falsch machte. Und was wir, die in der Nachbarschaft lebten, alles falsch machten.

Nun standen sie im Garten, vierzigjährig inzwischen, ein Herz in zwei vor Unwetter und anderen Katastrophen schützenden Gehäusen aus Knochen und Fleisch, lebten weit auseinander in verschiedenen Großstädten, Berlin, Wien, und sahen einander immer noch gleich wie aus einer Form gestürzt. Die Fäuste in die Seite gestemmt, so standen sie im Rasen ihrer Mutter. Sich umblickend. Nickend. Großstadtgesichter, schwarze Haare, kaum zu bändigen.

»Da kannst du gar nichts machen«, sagte die eine.

»Das ist so eine Gewalt, gegen die kannst du gar nichts machen«, sagte die andere.

Ich hörte den Vorwurf.

»Glauben nützt gar nichts«, sagte die eine.

»Gehen wir hinein«, sagte die andere, »um neun kommen die Nachrichten. Hören wir den Wetterbericht. Dann wissen wir mehr.«

Mein Leben in der Zeit ohne Plattenspieler

Nach einer Legende soll Elvis Presley in der Nacht, bevor er zum ersten Mal die Sun Studios in Memphis betrat – das war am 5. Juli 1954 –, geträumt haben, ein Engel im weißen Anzug hole ihn zum Tode ab. Auf Elvis' Frage, wohin er ihn nun bringe, habe der Engel geantwortet, selbstverständlich in den Himmel, und auf die Frage, was dort von ihm erwartet werde, selbstverständlich dasselbe wie auf Erden, nämlich, dass er Musik mache, und zwar mit einer Band, der nur die vorzüglichsten Musiker angehörten. Der Engel habe Elvis die Bandmitglieder genannt – seither wird in Musikerkreisen gerätselt, welche Namen das wohl gewesen sein könnten ...

Am 17. August 1977 erfuhr ich aus dem Radio, dass Elvis Presley gestorben war. Ich war damals achtundzwanzig und hielt mich in Coburg im Haus der Eltern meiner Lebensgefährtin auf. Es war Mittag, ich trat gerade aus dem Esszimmer, wo ich geholfen hatte, den Tisch zu decken, ich wollte sagen, es sei alles bereit, man könne anfangen. Im Wohnzimmer saßen Frankas Vater und ihr Bruder, lasen Zeitung und hörten Nachrichten. Keiner von beiden sah auch nur auf, als die Meldung kam.

Ich sagte: »Elvis Presley ist gestorben.«

Frankas Vater sagte: »Alles Fleisch ist wie Gras.«

Wir aßen Hackbraten mit Kartoffelpüree und Blaukraut und tranken dazu Weißwein. Wir stießen an. Wir sprachen wenig, lobten das Essen. Helga, das Dienstmädchen, hatte gekocht.

»Es ist wieder einmal ausgezeichnet«, sagte der Vater. Er hatte sich zum Essen ein Jackett übergezogen, ein englisch kariertes, mit einem Dragoner am Rücken. Legerer gekleidet hatte ich diesen Mann nie gesehen. Er hatte manikürte, schlanke Hände, gelenkige Finger, die immer in geringer Bewegung waren.

»Greifen Sie zu, Michael«, sagte er. »Tun Sie wie zu Hause!«
Das tat ich nicht.

Zum Nachtisch gab es für jeden eine Banane. Fassungslos sah ich zu, wie der Vater die Banane mit Messer und Gabel aß. Er trennte die beiden Enden ab, schlitzte die Schale der Länge nach auf und legte die Frucht frei. Dann schnitt er daumenbreite Stücke ab, spießte sie mit der Gabel auf und aß. Etwa ein Viertel der Banane ließ er übrig. Über Elvis Presley wurde während des Essens nicht ein Wort gesprochen. Selbstverständlich nicht.

Als wir uns vom Tisch erhoben, sagte ich: »Aber es tut mir doch leid.« – Keiner wusste, was ich meinte.

Dann spielte ich mit Frankas Mutter eine Partie Schach. Dabei hörten wir etwas Leichtes von Schubert. Bei gewissen Stellen hoben die Mitglieder der Familie einen Finger. Ich hockte vor dem Schachbrett und bockte, während Frankas Mutter sich mit ihrem Mann unterhielt, sich mit ihrem Sohn unterhielt, sich mit ihrer Tochter unterhielt, ganz selten nur einen kurzen Blick auf das Brett warf und mich dreimal hintereinander nach wenigen Zügen mattsetzte.

»Elvis Presley ist gestorben«, sagte ich und ärgerte mich, weil meine Stimme querulantisch klang.

»Hat er Ihnen etwas bedeutet?«, fragte Frankas Mutter.

»Er war ein Symbol«, faselte ich.

»Wofür?«

»Für eine gewisse …«, sagte ich.

Sie warf mir einen Blick zu, einen glatten weißen Blick, eine Unterlage für meine eigene Selbsteinschätzung. »Wir besitzen leider keine einzige Platte von ihm«, sagte sie.

»Ist halb so schlimm«, sagte ich.

Ich hatte eineinhalb Jahre zuvor mein Studium abgeschlossen, war ohne Arbeit und lebte mit ihrer Tochter und deren zwei Kindern zusammen. Meine Selbsteinschätzung, davon war diese Frau überzeugt, musste eine katastrophale sein. Ihre Tochter klaute regelmäßig Haltbarmilch im Supermarkt, das wusste sie freilich nicht.

Franka, die Kinder und ich wohnten in Gießen in einer Straße, die an der amerikanischen Kaserne vorbei und durch die amerikanischen Wohngebiete führte, Lincoln Street. Vierzehntausend Amerikaner, Soldaten mit ihren Angehörigen, lebten zu dieser Zeit in Gießen.

Ich führte ein Leben ohne eigenen Plattenspieler. Manchmal dachte ich an Musik. Das heißt: Ich dachte Musik. Man soll nicht angeben, darum scheue ich mich zu sagen: Die Musik dachte sich in mir. Ich war so feig vor dem Leben, rollte mich mit Merle und Simon auf dem Spannteppich herum, bis mir die Haare wie Sonnenstrahlen auf ihren Kinderzeichnungen vom Kopf abstanden, und in erhitztem Ein- und Ausatmen waren plötzlich Lieder da, nämlich im Rauschen der Luft zwischen meinen Zähnen. Ich konnte Melodien hören. Beim einfachen Atmen. Die Kinder sagten, es sei nur ein Zischen. Und am Abend sagten sie zu ihrer Mutter: »Er zischt und sagt, er singt.«

»Tust du das?«, fragte Franka.

»Ja«, sagte ich.

»Zeig mir, wie das geht«, sagte sie.

Ich zischte. Sie zischte. Aber bei ihr war nichts.

»Sagenhaft«, sagte sie. Ich glaubte ihr die Begeisterung nicht. Wie kann auch ein Mensch vom Zischen eines anderen Menschen begeistert sein!

Die Frage, wozu ich nütze sei, beschäftigte mich, und die Frage, ob einfaches Denken auch eine Art von Beschäftigung genannt werden dürfe. Die Lieder in meinem Atem waren wie ein flüchtiger Vorgeschmack auf die Ewigkeit. Das Komplizierte sei ein Übergang zum Einfachen, las ich irgendwo und bekam ein schlechtes Gewissen, weil ich in meinem ganzen Leben noch gar nichts als kompliziert empfunden hatte, ich mich also in einem Vorstadium eigentlicher Existenz befinden musste, was mir unangenehm war.

Überall in der Lincoln Street wehten schwarze Fahnen. Deutsche, die in den amerikanischen Supermärkten und den amerikanischen Kinos arbeiteten, hatten die Fahnen in unserem Viertel aufgezogen. Sie wollten bei der Besatzungsmacht Eindruck schinden. Für deutsche Staatsbürger ohne Sondererlaubnis war der Zutritt zu diesem Gebiet verboten. Ich war Österreicher, wenn ich meinen Pass vorlegte, ließ man mich im amerikanischen Supermarkt einkaufen, ich durfte das amerikanische Kino besuchen und in die Wohnungen amerikanischer Soldaten eingeladen werden.

Ich hatte einen Freund, der hieß Hiram, er wollte, dass man ihn Hank nannte wie Hank Williams, der auch Hiram geheißen hatte. Er war Soldat und stammte aus einer kleinen Stadt in Idaho, er wusste nicht, warum die Deutschen diese schwarzen Fahnen an die Bäume vor der Kaserne und an das Tor und über die Garage mit den Mannschaftswagen und neben den Eingang zum Supermarkt gehängt hatten.

»Wegen Elvis«, sagte ich.

»Aber der gehört euch doch gar nicht«, sagte er.

»Die Leute meinen, er gehört ihnen doch ein wenig, weil er *Muss i denn zum Städtele hinaus* gesungen hat«, sagte ich.

»Ich habe Elvis nie besonders gemocht«, gestand er mir und sprach dabei leise und blickte sich um.

»Ich auch nicht«, sagte ich.

Hank aß manchmal bei uns, dann brachte er seinen Plattenspieler mit und Schallplatten, die ihm gefielen, Countrymusic, immer nur Countrymusic. Mit der Zeit gefiel mir das auch. Franka nahm es hin, bewegte sich ein wenig im Rhythmus, saß im Schneidersitz auf dem Schaumgummisofa. Sie machte ein Gesicht, als denke sie: Ja, warum eigentlich nicht. Sie nippte an ihrem Weinglas und bewegte sich zu der Musik, die ihr nichts bedeutete. Sie bewegte sich nur, um Hank nicht zu kränken, und aus demselben Grund machte sie dieses Gesicht, denn Hank war empfindlich.

»Du tust doch nur so, damit er meint, du genießt diese Musik«, sagte ich.

Hank konnte uns nicht verstehen, wenn wir deutsch sprachen.

»Gibt es bei dieser Musik etwas zu genießen?«, fragte sie.

»Es gibt sehr wohl etwas zu genießen«, brüllte ich.

»Was denn?«

»Wenn du es nicht merkst, kann ich es dir nicht erklären.«

»Dann lass es doch einfach«, sagte sie.

Sie saß im Schneidersitz auf dem Sofa, nippte an ihrem Weinglas und zeigte mir ihr Profil. Ihre Lippen lagen so ruhig aufeinander, als gäbe es keine Sache in der Welt, für oder gegen die zu sprechen es sich lohnte, und sie öffneten sich nur leicht, wenn sie nippte, und es machte mich rasend, wie langsam sie trank. Aber ich mochte ihre Haut an den Schläfen, die war vernarbt von Akne, unter der sie als Mädchen gelitten hatte. Man musste nahe herangehen und genau schauen, um die Narben zu sehen. Und ihre Haare mochte ich, die waren wie ein goldener Helm und formten ihr einen schönen Hinterkopf.

»Warum hebt deine Familie bei einer bestimmten Stelle von dieser leichten Schubertmusik immer einen Finger?«, schrie ich.

»Wenn du das nicht hörst, kann ich es dir nicht erklären«, sagte sie.

Hank schaute von ihr zu mir und lächelte ängstlich.

Franka war meine erste Liebe, wir hatten uns kennengelernt, da waren wir beide sechs Jahre alt. Sie lebte in Deutschland, ich in Österreich. In der Pubertät schrieben wir uns Briefe, zwei pro Woche. Sie war die Tochter einer erfolgreichen Ärztin und eines noch erfolgreicheren Notars. Ich war der Sohn eines Gelegenheitsjournalisten mit literarischen Ambitionen und wunderbarem Mundwerk und einer Hausfrau. Ihre Eltern hatten saftig geerbt und verdienten noch saftiger dazu. Franka konnte sich nicht einmal ein Leben im Mittelstand vorstellen. »Wo verbringt ihr euren Winterurlaub?«, fragte sie, da hatte meine Familie überhaupt noch nie einen Urlaub gehabt, geschweige denn einen verbracht. In Ferien war ich gewesen bei meiner Tante in Coburg.

Franka war die Erste, mit der ich geschlafen habe. Wir taten es in einem Hotel in Lindau, da waren wir knapp achtzehn. Wir schrieben uns als Mann und Frau ein. Ich bezahlte. Ich habe dafür in den Ferien bei der Post gearbeitet. Meine Füße waren schwarz, weil ich am Abend zuvor barfuß eine Wiese gemäht hatte. Als ich ihr das erzählte, bekam sie einen Lachanfall. Außerdem lachte sie, weil ich einen Pyjama mitgebracht hatte. Dann hat sie mit mir Schluss gemacht, hat geheiratet, zwei Kinder geboren, sich scheiden lassen und mich neu kennengelernt.

»Warum klaust du eigentlich die Haltbarmilch im Supermarkt?«, fragte ich sie, nachdem Hiram gegangen war.

»Ich weiß nicht«, sagte sie. »Weil es praktischer ist, denke ich.«

»Es kann doch nicht praktischer sein, etwas zu klauen«, sagte ich.

»Warum tue ich es dann?«

»Weil du denkst, dass ich es tue.«

»Aber du tust es ja nicht. Ich tue es.«

»Aber du denkst, ich bin grundsätzlich einer, der so etwas tut. Auch wenn ich es nicht tue, könnte ich es doch tun. Und deshalb tust du es. Nur um etwas zu tun, was du grundsätzlich nicht tun würdest.«

Bei manchen Gitarrensoli von Peter Green oder Alvin Lee oder Eric Clapton oder Jimi Hendrix hob ich von nun an einen Finger. Und ich gewöhnte mir an, zwischendurch fallenzulassen: »Als Elvis Presley zum ersten Mal die Sun Studios betrat, wurde die Popkultur geboren ...«

Ich versuchte, Franka weiszumachen, dass sie wegen ihrer hohen Herkunft ontologisch von den Freuden ebendieser Popkultur ausgeschlossen sei und somit vom Leben, dem lässigen. Annäherungen seien ihr vielleicht möglich, mit Fleiß könne sie versuchen wettzumachen, was ihr an Blut fehle. Nützen aber werde es nicht viel. Am Ende sitze sie immer wieder nur da und wippe in einem ihr fremden Rhythmus und verstehe nichts. – Und ich versuchte, ihr weiszumachen, dass sie die Haltbarmilch in Wahrheit nur deshalb klaue, um einem Geheimnis auf die Spur zu kommen ...

Apropos Geheimnis: Als Bob Dylan vor einigen Jahren schwer erkrankt war, sei ihm, erzählte er einem Reporter, Elvis erschienen und habe gesagt, ein Platz in seiner Band sei für ihn reserviert.

Nachts um eins am Telefon

Der Gedanke, dass du es nicht merkst

Für meine gegenwärtige Verfassung ist es günstig, dass Caligula an Selbstzweifeln leidet. Caligula nannten wir ihn, weil er so dick war. Er hat inzwischen Beruf, Stadt und Freundeskreis gewechselt, lebt auf dem Land, arbeitet nicht mehr als Designer von Einwickelpapier für neue Schokoladesorten und Ähnlichem, sondern unterrichtet an einer Berufsschule. Man sagt jetzt Richard zu ihm. Als wir uns noch regelmäßig im Café trafen, beschwor er uns einmal, es wäre ihm lieber, alle würden ihn anlügen und wie einen Dünnen behandeln, als dass er abnehmen müsse. Wir berieten uns und versprachen einander, ihn von nun an Caligula zu nennen. Gestern Nacht um eins habe ich ihn angerufen. Er war meine letzte Hoffnung. Ich bin um elf ins Bett, bin sofort und glücklich eingeschlafen und bin um zwölf aufgewacht, unglücklich. Beim Durchzappen durch das Register meines Handys stieß ich auf seine Nummer.

Er nahm sofort ab. »Mein lieber Gott«, sagte er, »ich habe in dieser Sekunde an dich gedacht.«

»Das habe ich gemerkt«, sagte ich. »Erinnerst du dich an Jetti?«

»An welche Jetti?«

»Sie war manchmal bei uns im Café, hat sich aber nie einen Sessel genommen. Sie hat sich neben unseren Tisch gestellt und gesagt: Rentiert sich nicht, dass ich mich setze. Und dann ist sie in die Hocke gegangen. Da konnte man sehr schön sehen, was für elegante Hüften sie hat. Ich habe sie gestern zufällig getroffen. Sie ist noch schöner geworden.«

»Aber ich kenne sie nicht! Mein Gott, würde ich sie gern kennen!«

»Du bringst jetzt einiges durcheinander, Richard«, sagte ich.

»Warum nennst du mich Richard!«, rief er aus. »Bin ich nichts mehr wert für dich?«

»Sie hat mir alles erzählt. Von dir und ihr. Sie hat erzählt, sie sei einmal, das muss lange her sein, zehn Jahre, da sei sie auf einem Rockkonzert gewesen, in München ... Kann das in München gewesen sein?«

»Ich war aber nie auf einem Rockkonzert in München. Nie.«

»Wo könnte es dann gewesen sein?«

»Als dünner Mann war ich oft auf Rockkonzerten. Als dicker Mann nur einmal. In Zürich im Hallenstadion. Bob Dylan.«

»Dort war es! Genau dort! Zufällig habe sie hinter dir gestanden. Erst habe sie sich gedacht, Menschenskind, ich sehe nichts, ich habe zweihundert Franken bezahlt und sehe nichts. Sie wollte sich um dich herumdrücken. Aber das ging nicht. Du warst wie ein Grenzstein, so unverrückbar, Platz für drei, weswegen die rechts und links von dir wie angenagelt an deinen Seiten waren. Und da dachte sich Jetti: Das ist eine einmalige Gelegenheit, Bob Dylan kommt jedes Jahr in die Gegend, aber so eine Gelegenheit bietet sich nie wieder. Jetti hat nämlich immer nur schlanke Männer gehabt, und nicht wenige. Wenn du dich an sie erinnerst, dann lass sie einmal vor deinen Augen erstehen, dann verstehst du das.«

»Aber ich erinnere mich nicht an sie! Mein Gott, ich habe sie wahrscheinlich vergessen, ich Narr!«

»Sie ist zart und quicklebendig, und sogar wenn sie Winterschuhe bis über die Waden anhat, wirkt sie, als wäre sie barfuß.«

»Ein Naturwesen?«

»Ihr Kummer sei, sagte sie, dass sie für ein Naturwesen gehalten werde. Die Natur teilt immer Gleiches Gleichem zu. Eine schlanke Frau bekommt schlanke Männer, eine schöne Frau bekommt schöne Männer. Nur mit dem Geist ist es nicht so, weil der Geist nicht Natur ist. Beim Geist verwechselt die Natur alles. Mit dem Geist kann die Natur partout nicht umgehen. Darum kommt es vor, dass eine schöne, schlanke, intelligente Frau wie Jetti immer wieder schöne, schlanke, aber dumme Männer zugewiesen bekommt. Das, sagt sie, sei das Unglück ihres Lebens. Und dich habe sie im Kaffeehaus als einen der Intelligentesten kennengelernt. Und dann stand sie bei dem Dylan-Konzert im Hallenstadion zufällig hinter dir. Wie ein Scheinwerfer hinter einer Gewitterwolke. Und da habe sie eine Gier nach einem dicken Mann erfasst, und sie wollte, was sie noch nie gehabt hatte, nämlich einen sehr dicken Mann angreifen. Sie habe, erzählte sie, ihre Arme um deine Hüften geschlungen ...«

»Ich habe doch gar keine Hüften!«

»... und für eine Minute, für eine Minute sei geistige Gier und körperliche Gier in ihr eins gewesen. Und weißt du, was sie am stärksten erregt hat?«

»Was denn?«

»Der Gedanke, dass du es nicht merkst.«

»Danke, mein Lieber«, sagte Caligula. »Schlaf gut!«

»Schlaf gut!«, sagte ich.

Wo soll ich morgen mein Brot kaufen?

»Es hat mir keine Ruhe gelassen«, sagte die Frauenstimme. »Ich weiß, dass Sie lange aufbleiben. Wenn ich mit dem Hund spazieren gehe, komme ich manchmal an Ihrem Haus vorbei, dann sehe ich Licht brennen. Ich bin schon um sechs Uhr morgens an Ihrem Haus vorbeigegangen und habe Licht gesehen. Schlafen Sie nie?«

»Sie haben mich geweckt«, log ich. Der Stumpfsinn war gekommen, da hatte das Telefon geklingelt. »Ich lasse das Licht immer über Nacht brennen.«

»Das sollten Sie nicht«, sagte sie, »das rechnet sich zusammen.«

»Wer immer Sie sind«, sagte ich, »ich bin dankbar für Ihren Anruf.«

»Warum sagen Sie das?« In ihrer Stimme war ein Verschlucken. »Können Sie sich nicht denken, wer ich bin?«

»Es kann nichts passiert sein«, sagte ich. »Mit allen Menschen, die ich liebe, habe ich in den vergangenen zwei Stunden telefoniert. Sie sind alle zu Hause. Und alle leben sie in Vierteln und Gegenden, die nicht gefährlich sind. Und alle sagten sie ›Gute Nacht!‹ zu mir, bevor sie auflegten. Ich muss mir also keine Sorgen machen.«

»Bitte«, sagte sie, »verspotten Sie mich nicht. Ich bin die Mutter des Buben, den Sie auf dem Friedhof beobachtet haben. Er stiehlt Sachen von den Gräbern, ich weiß das schon lange, und wenn ich zu ihm sage, tu es nicht mehr, dann sagt er, ich tu es nicht mehr, aber dann tut er es wieder. Ich möchte nicht, dass ich mich vor Ihnen schämen muss, verstehen Sie. Ich habe eine Erklärung für sein Verhalten. Das macht es nicht besser, aber leichter. Er stiehlt Dinge, die er nicht brauchen kann. Nicht nur von Kindergräbern stiehlt er. Auf einem der Gräber war ein Wolf aus Plastik. Ich habe zu ihm gesagt: So, jetzt hast du ihn einmal genommen, das ist nicht gut, aber jetzt spiele mit ihm, freu dich über ihn. Er freut sich nicht, er wirft ihn weg.«

»Sie meinen, das ist eine Sünde«, sagte ich.

»Wie Brot«, sagte sie.

Da bildete ich mir ein, ihre Stimme zu kennen. Und dann bildete ich mir ein, es müsse die Frau beim Brot sein, in dem Supermarkt in der Kettenbrückengasse. Sie hat ein großes Gesicht, es lässt sich nicht viel mehr dazu sagen; ein geräumiges Gesicht. Sie könnte etwas daraus machen, denke ich, wenn ich sie sehe, oft denke ich das, manchmal bedient sie auch bei der Wurst, und ich meine nicht die Kosmetik, sondern eine Ausstattung mit Erlebnissen. Ich dachte auch schon: Jemand anderer als sie selbst sollte aus ihrem Gesicht etwas machen; dass sie jemand in ein Erleben verstrickt. Ich bin immer davon ausgegangen, dass sie allein ist. Nicht nur allein *lebt,* allein *ist.*

»Er weiß, dass sie ihn beobachtet haben«, sagte sie. »Ich habe ihn gefragt: Stört es dich denn gar nicht, dass dieser Mann dir zugesehen hat, wie du die Sachen von dem Grab genommen hast, und er hat gesagt, doch, das stört mich. Aber das ist kein gutes Zeichen. Am Anfang habe ich gedacht, es sei ein gutes Zeichen, dass es ihn stört, wenn er dabei beobachtet wird, Sie sind ja nicht der Erste, er gibt sich gar keine Mühe, heimlich zu sein, ich meine, es heimlich zu tun, aber ich dachte, dass er sich dennoch schämt, ist ein gutes Zeichen. Er sagt auch, es tue ihm leid, und ich glaube ihm, aber es ist kein gutes Zeichen, dass es ihm leid tut.«

Ich drückte den CD-Player. *Solitude* von Duke Ellington erklang, und zwar von ihm selbst und seinem famosen Orchester gespielt, eine Aufnahme aus den Dreißigerjahren, die mir um diese Uhrzeit immer großen Trost gebracht hat – geräumigen Trost, ich möchte dafür das gleiche Wort wie für das Gesicht der Frau beim Brot verwenden.

»Warum schalten Sie die Musik ein?«, fragte sie.

»Damit Sie keinen falschen Eindruck von mir haben«, sagte ich.

»Was für einen Eindruck meinen Sie?« Nun klang ihre Stimme lauernd und nicht mehr auf Verteidigung gestimmt.

»Dass ich etwas unternehme, was Ihrem Sohn schaden könnte«, sagte ich.

»Das können Sie nicht«, sagte sie. »Wie wollen Sie meinem Sohn schaden? Das können Sie nicht. Bitte, machen Sie die Musik aus!«

Ich legte den Hörer auf und lehnte mich in meinem Sessel zurück. Dann drückte ich die Repeat-Taste und dachte: Ich wäre gern einer, mit dem zu dieser Musik getanzt wird, so zärtlich getanzt wird, dass der Trompeter ihn beneidet. Und ich dachte: Wo soll ich morgen mein Brot kaufen? Und ich dachte: Wenn ich jetzt die Musik abschalte, werde ich nicht schlafen können.

Würden Sie bitte auf mich aufpassen!

Frau Micheluzzi ist meine Nachbarin, und ich weiß mehr über sie, als ich wissen möchte. Sie lebt allein, unsere beiden Wohnzimmer liegen Wand an Wand. Wir grüßen einander, treffen uns selten irgendwo anders als im Stiegenhaus, ein paarmal war sie bei mir, ich bei ihr noch nie. Bis gestern. Wir haben herausgefunden, dass unsere beiden Wohnungen früher einmal eine große Wohnung gewesen waren, deshalb ist die Trennwand dünner als die anderen Wände. Wenn ihr Telefon klingelt, höre ich es, wenn meines klingelt, hört sie es.

Sie lebt allein. Immer schon. Männer, die sie hatte, wollten nicht mit ihr zusammenziehen. Einmal klopfte sie an meine Tür und sagte mit ruhiger Stimme: »Würden Sie bitte auf mich aufpassen? Ich glaube, es besteht Gefahr, dass ich mir etwas antue.«

Wir setzten uns in meine Küche, und ich sagte: »Darf ich Ihnen einen Tee machen?« Sonst sagte ich nichts.

Was ich nicht wissen wollte, erzählte sie mir dann ein halbes Jahr später. Neben dem Eingang zu unserem Haus ist eine Bar, an warmen Abenden stehen ein paar Tische draußen. Da saß sie. Sie habe einen Mann gehabt, der wollte seine Wohnung nicht aufgeben, und sie wollte ihre Wohnung auch nicht aufgeben, aber sie wollte in der Nacht neben ihm liegen, aber er wollte in seinem eigenen Bett liegen, und deshalb habe sie jede Nacht bei ihm geschlafen. Ihre Pflanzen seien eingegangen. »Nach einem Jahr hat er aufgehört, mich zu vögeln.«

»Ich möchte das nicht wissen«, sagte ich. Stattdessen habe er vor dem Internet onaniert. Als sie ihn dabei erwischte, habe er einfach weitergemacht. Sie verstehe das nicht, habe er gesagt. Da sei sie nach Hause gelaufen, und zu Hause habe sie ihre toten Pflanzen gesehen. Und dann habe sie bei mir geklopft, und ich sei so gut gewesen, für sie Tee zu kochen und nichts weiter zu sagen.

»Es war nur, weil mir nichts eingefallen ist«, erklärte ich ihr.
»Ich habe Vertrauen zu Ihnen«, sagte sie.

Ich wollte sagen, dass sie das bitte nicht haben soll, dass ich mich überfordert fühle, weil ich nämlich glaube, dass sie eine Art Unglücksmaschine in sich habe. In Wahrheit dachte ich, sie sei selbst eine Art Unglücksmaschine.

Vorgestern war sie gut gelaunt. Ihr Gesicht wird voller, und die Tränensäcke sehen eher wie Lachfalten aus, und sie wird hübsch. Sie ist ohne Geruch. Wir haben uns ungeschickt bewegt, da kam mein Gesicht mit ihren Haaren in Berührung. Einen Moment länger, als es die Ungeschicklichkeit mit sich brachte, behielt ich meinen Kopf in ihrem Nacken.

»Ich werde Taufpatin«, sagte sie.
»Das ist schön«, sagte ich.
»Ich fahre für eine Woche nach Südtirol. Ich möchte Ihnen meinen Wohnungsschlüssel geben.«
»Frau Micheluzzi, es wird nicht nötig sein«, sagte ich.
»Ich habe zu den Dingen, die mir gehören, eine Liebesbeziehung«, sagte sie und zog die Augenbrauen nach oben, was ja nur heißen konnte, dass alles, was sie, solange die Brauen oben bleiben, sagen wird, ironisch gemeint ist. »Meine Wohnung ist weniger einsam, wenn Sie den Schlüssel haben.«

Gestern Nacht klingelte bei ihr drüben das Telefon. Eine Weile klingelte es. Dann nicht mehr. Dann wieder. Dann nicht mehr. Dann wieder. So durch bis um zwei. Ich sperrte ihre Tür auf, stellte mich vor den Apparat. Licht machte ich nicht. Der Mond schien ins Zimmer, das genügte. Dann wanderte der Mond, und es genügte nicht mehr. Ich schaltete das Licht im Badezimmer an und ließ die Tür offen. Die Wohnung besteht aus zwei großen Zimmern, die durch eine Schiebetür miteinander verbunden sind, einer fensterlosen Küche und dem Bad. Überall hängen großformatige Fotografien. Zum Beispiel ein Mann, der über eine Rolltreppe fährt, sein Rücken, sein Nacken, seine

Hand am Geländer. Es riecht nach nichts. Das Telefon klingelte. Wenn ich abnehme, dachte ich, wird sie wieder sagen: Ich möchte, dass Sie auf mich aufpassen! Dann werde ich in ihrer Wohnung sitzen, den Hörer ihres Telefons in der Hand halten, zuhören, wie sie nichts sagt, und sie wird zuhören, wie ich nichts sage.

Bei der Kaffeemaschine brannte ein rotes Licht. Wenn sie wiederkommt, wird sie fragen: Warum haben Sie nicht den Hörer abgehoben? Ich werde lügen: Wieso? Das Telefon hat ja gar nicht geklingelt. Warum sind Sie dann in meine Wohnung gegangen, wird sie antworten. Nur, um die Kaffeemaschine auszuschalten?

Ich weiß zu viel über sie. Ihr Bett ist nicht gemacht. Auf dem Kissen ist der Abdruck ihres Kopfes zu sehen. Am Fenster steht eine Zimmerlinde, die Blätter wie Samt und welk. In zwei Tagen wird sie tot sein.

Ich ging in Frau Micheluzzis Küche, eine Tasse und ein Teller hingen in dem Drahtgestell über der Spüle, ich ließ Wasser in die Tasse laufen und brachte es der Zimmerlinde. Und die Kaffeemaschine schaltete ich aus.

Die Republik der Schlaflosen

Ab halb elf die üblichen zwei, drei Anrufe – jede Nacht andere Freunde oder Halbfreunde, Samstag die besten, Sonntag die zweitbesten und so weiter bis Freitag zu den lediglich Bekannten, so dass im Wochenrhythmus eine einigermaßen erträgliche Aufdringlichkeit herauskommt – und dann ins Bett. Ich spazierte durch eine deutsche Stadt zur Herbstzeit, Marburg an der Lahn, Wildlederschuhe von der Firma Clark, die im Laub der Platanen versanken, Modergeruch, der mich glücklich machte, ich derselbe, der ich bin, nur dass ich von meinem eigenen Leben weniger wusste – hat alles nichts genützt, diesmal nicht; normalerweise führen mich solche unter der Zudecke gesponnenen Idyllen relativ rasch in den Schlaf hinüber. Um vier stand ich auf, tippte die Vorwahlnummer von Marburg an der Lahn ins Telefon und dann fünf beliebige Ziffern.

Eine Frauenstimme meldete sich, ausgeschlafen wie der helle Mittag.

Ich sagte: »Ihre Nummer ist mir zufällig in die Finger gerutscht. Ich möchte mit jemandem sprechen, der in Marburg lebt, weil ich selbst vor vielen Jahren dort gelebt habe.«

Sie räusperte sich wie eine Therapeutin. »Sind Sie schlaflos?«

»Ja«, sagte ich.

»Wundern Sie sich nicht, dass ich so schnell abgehoben habe?«

»Doch.«

»Ich bin auch schlaflos. Ich warte auf meinen Mann.«

»Betrügt er Sie?«

»Gestern«, sagte sie, »war mein Sohn bei mir. Er ist seit einem Jahr verheiratet und betrügt bereits seine Frau. Er setzte sich zu mir in die Küche, bei halbem Licht kann er plötzlich aussehen wie ein Fremder. Er fragte mich, ob sein Vater mich betrügt. Ich sagte: Nein. Da hat er gegrinst. Als wären die beiden schon oft genug gemeinsam auf Tour gewesen.«

»Wie ist das Wetter in Marburg?«, fragte ich. »Liegt schon das Laub auf der Universitätsstraße?«

»Vorgestern habe ich unseren Wohnungsschlüssel verloren«, sagte sie. »Ich bin eine unordentliche Frau. Ich habe Löcher in den Hosentaschen. Ich besitze keinen Schlüsselbund, warum auch, ich habe keinen Führerschein, ich brauche also keinen Autoschlüssel, der Briefträger schiebt die Post durch den Türschlitz, ich brauche also keinen Briefkastenschlüssel, ich brauche nur den Wohnungsschlüssel, und den stecke ich, wie er ist, in die Hosentasche, wenn ich das Haus verlasse. Er ist an meinem Bein entlanggerutscht, und ich dachte, er wird in den Stiefel fallen, und bei jedem anderen Menschen wäre es so gewesen. Er fiel auf die Universitätsstraße. Der Schlüssel hat die gleiche Farbe wie welke Platanenblätter, das ist mir nie vorher aufgefallen. Zuerst habe ich mit dem Fuß die Blätter beiseitegeschoben, ich habe ihn nicht gefunden. Am Ende kniete ich da und starrte auf diese kleine Welt aus Asphalt und Dreck und weinte, weil alles so symbolisch war. Ein junges Paar kam daher, Erstsemester wie unsere Tochter, verliebt. Wir haben Glück, sagten die beiden, wir helfen Ihnen suchen, wir haben Glück. Sie knieten sich zu mir ins Laub. Sie, ein dünnes Ding, hübsch, aber ausgehungert, und ich musste denken, wie kann sie meinen Schlüssel finden, wo sie selber doch so unglücklich ist, und wenn sie meinen Schlüssel findet, fließt ihr Unglück womöglich über ihre Finger in meinen Schlüssel und zu mir herüber. So denke ich normalerweise nicht, das können Sie mir glauben, und ich würde niemals, niemals mit jemandem in dieser Art sprechen, aber Sie kenne ich nicht und möchte Sie auch bitten, nichts zu sagen und bitte nicht aufzulegen. Wenn Sie einfach warten würden, bis ich auflege, wollen Sie das tun? Ich habe auch noch niemals zu einem Menschen gesagt, ich sei eine unordentliche Person, aber ich sage es gern. Ein unglückliches Ding war sie, und er wusste es nicht. Ich lachte. Das Frauenlachen, das furchtbare. Wenn zwei Frauen und ein Mann irgendwo zusammen sind, dann kommt es oft vor, dass die Frauen lachen, als wollten sie sagen: Ja, wir Frauen! Und genau so lachte ich. Und stand auf und bot dem Mädchen eine Zigarette an und sagte: Männer haben doch die besseren Augen. Und als sie im Himmelslicht vor mir stand, sah sie noch unglücklicher aus. Sie hungert die Erinnerungen aus sich heraus, dachte ich. Sie war nicht älter als zwanzig, aber neben ihren Mundwinkeln zogen sich bereits Kerben zu den Nasenflügeln hinauf. Ich beneidete sie trotzdem. Diese Möglichkeit besitze ich nämlich leider nicht mehr: meine Erinnerungen wegzuhungern. Wir hielten die Zigarette in der Rechten, stützten den Ellbogen auf die Linke, so lächerlich tratschdamenhaft sahen wir aus, Bürgerinnen der Republik der Unglücklichen, und zu unseren Füßen wühlte der junge Mann im Laub. Und dann fand er meinen Schlüssel, und ich habe den unangenehmen Verdacht, ich werde schuld sein, wenn sie von nun an in ihm ein bisschen weniger sieht als bisher.«

Und dann wurde der Hörer aufgelegt.

Die Hälfte der Gedanken

Caligula (Richard) rief an: »Ich habe mir ein Fahrrad gekauft«, sagte er. Er ließ eine Pause. Ich wusste, worauf er wartete; nämlich, dass ich sage: He, Richard, ein Fahrrad! Du kannst nicht Fahrrad fahren, du bist zu dick! – Ich sagte nichts.

»Es ist nur wegen der Ästhetik«, antwortete er sich schließlich selbst und lachte resigniert. »Es steht in meiner Wohnung. Es ist ein gebrauchtes Rad. Das war mir wichtig. Ein Herrenrad. Ein Simplon. Aus den Fünfzigerjahren. Es steht in meinem Wohnzimmer wie der Rabe von Edgar Allan Poe, es kann nicht sprechen, aber es sagt: ›Nevermore.‹ Du kennst Geschichten, die trösten. Erzähl mir eine Fahrradgeschichte, die mich trösten kann!«

»Was bekomme ich dafür?«

»Ich schick dir Gift, wenn du welches brauchst.«

»Als ich zehn Jahre alt war, war ich ein dünner Bub und zu klein für mein Alter. Wir wohnten in einer Arbeitersiedlung am Land. Wir hatten einen Hühnerstall an die Hauswand angebaut. Unser Nachbar war mein Feind. Aber nur meiner. Und ich habe nichts zu dieser Feindschaft beigetragen. Aus welchem Grund hasste er mich? Er hieß Herr Amann, er war hilfsbereit, das hat jeder gesagt. Er hat mich ins Böse gelockt. Wenn ich ihm in die Augen geschaut habe, habe ich mir gedacht: Für den bin ich wichtig. Ich weiß nicht, warum. Der denkt an mich, viel zu viel denkt der an mich. Das hat mir Angst gemacht, aber gleichzeitig wollte ich es immer wieder in seinen Augen sehen. Ich habe es so eingerichtet, dass ich ihm möglichst oft begegnete. Ich schätzte, der bringt die Hälfte seiner Zeit damit zu, an mich zu denken. Er war im Begriff zu heiraten, eine Frau, weiß mit aufgestickten Blumen. Er hat mich dazu verführt, mein Wasser auf einen Hütebub abzuschlagen. Weißt du, was ein Hütebub ist? Das ist ein Viehzaun, ein Draht, durch den ein leichter Stromstoß zuckt.

Dieser Herr Amann hatte sich ein Rad gekauft, ein ähnliches wie dein Edgar Allan Poe. Er stand vor seinem Haus und wartete auf mich. Ich hatte eine Fischerrute in der Hand, die ich mir selber gemacht hatte, und hatte Kordhosen an, kurze Kordhosen, wie sie die Lieblinge getragen haben.

›Du schaust mein Rad an‹, sagte er. ›Es ist das beste. Lass dir nie ein anderes Rad einreden. Simplon muss es sein.‹

Es war schon vorgekommen, dass er zu mir gesagt hatte: ›Hau ab, du Halbaff!‹, und fünf Minuten später: ›Da ist ja mein Freund.‹ Er erzählte mir manchmal von seiner Arbeit. Er war Elektriker beim Elektrizitätswerk. Wörter verwendete er, von denen er wusste, dass ich sie nicht verstand. An diesem Tag fachsimpelte er über Fischerruten, nahm meine in die Hand, nickte beeindruckt und knickte die Spitze um und gab mir die Rute zurück, als hätte er die Spitze nicht umgeknickt. Meine Fischerrute war nichts wert gewesen, mit der hätte ich nicht einmal eine alte Wärmflasche aus dem Wasser ziehen können, aber jetzt war sie kaputt.

Und dann sagte er: ›Ich seh dir an, dass du willst. Hab ich recht? Also gut, wenn du unbedingt willst: Fahr halt eine Runde mit meinem Simplon.‹

Das habe ich gar nicht unbedingt gewollt. Außerdem hatte ich zu kurze Beine. Er zeigte mir, wie es trotzdem geht: indem man mit den Beinen unter die Querstange schlüpft. Man muss dabei das Rad schief halten, auch beim Fahren. Ich bin hingefallen und habe mir das Knie blutig geschürft. Es hat wehgetan, aber nicht sehr.

Er beugte sich über mein Bein und sagte: ›Früher, als es noch nicht so viele Tabletten gegeben hat wie heute, hätte man hier an dieser Stelle das Bein abgenommen.‹

Als ich erwachsen war, hatte er Schiss vor mir. Das erklärte ich mir so: Er hat sich, als ich ein Bub war, Dinge ausgedacht, die er mit mir machen wollte, so viele Dinge, entsetzliche Dinge, so plastisch ausgedacht, dass er irgendwann nicht mehr mit Gewissheit sagen konnte, ob er das eine oder andere eben nicht nur ausgedacht, sondern wirklich getan hatte. Und deshalb hatte er Schiss. Und ich habe so getan, als gäbe es allen Grund für ihn, vor mir Schiss zu haben. Obwohl er mir nie etwas getan hat. Außer dass er mir die Fischerrute abgeknickt hatte.«

»Glaubst du«, fragte Richard, »das hat sich irgendwie auf dein Leben ausgewirkt?«

»Nein, Richard«, sagte ich, »das glaube ich nicht.«

»Ich bin nämlich am Sammeln.«

»Was sammelst du denn?«, fragte ich.

»Ich sammle Gründe«, sagte er. »Tust du das nie? Gründe sammeln, warum du geworden bist, was du bist.«

»Ich mache Listen«, sagte ich.

»Was für Listen?«

»Jede Art von Listen. Listen beruhigen mich.«

Ich stand in meiner dunklen Wohnung und ruderte mit den Armen in meinen Morgenmantel hinein. Als das Telefon geklingelt hatte, wollte ich gerade zu Bett gehen. Ich blickte zum Fenster hinaus und über den Innenhof auf die Fassade des Hinterhauses. Ein Fenster war beleuchtet. Ich sah ein Aquarium und über dem Aquarium ein Bücherbord, und ich dachte, wie unvernünftig es doch ist, Bücher über ein Aquarium zu stellen. Die Wohnung lag im Erdgeschoss, ich blickte von oben in sie hinein, ein Stück Fußboden konnte ich noch sehen. Und ich konnte auf dem Stück Fußboden den Schatten eines Menschen sehen, und ich konnte sehen, dass dieser Mensch einen Arm bewegte.

»Dieser Nachbar«, fragte Richard, »dieser Herr Amann, lebt er noch?«

»Wenn er über hundert ist, ja.«

Es war eine Frau. Sie trat ans Fenster und blickte zu mir herauf. Sie konnte mich, wenn überhaupt, nur als Schatten sehen. Ich stand im

Dunkeln und obendrein zwei Schritte vom Fenster entfernt. Ich hob die Hand und winkte ihr zu. Sie winkte zurück.

»Es nimmt gefährlich überhand«, sagte Richard. »Inzwischen beschäftigen sich mehr als die Hälfte meiner Gedanken mit der Frage, warum ich geworden bin, wie ich bin.«

»Hast du probiert, auf dem Rad zu fahren?«, fragte ich.

»Ja. Durch die Wohnung.«

»Und?«

»Es war ein Erfolg.«

Die Frau zog die Vorhänge vor, rote Vorhänge. Dann löschte sie das Licht.

»Halt mich auf dem Laufenden, Richard«, sagte ich und legte auf.

Die schöne Jetti

Wenn Robert Lenobel abends bei mir in der Küche sitzt, geht es mir an den folgenden zwei Tagen gut, und das liegt ganz bestimmt nicht an ihm. Man kann zusehen, wie ihm der Bart wächst. Er kommt um acht blankrasiert, und wenn er um eins geht, sind Wangen und Kinn blau. Er wäre mein Psychoanalytiker, wenn ich einen nötig hätte. Er behauptet, ich habe einen nötig. Er isst, erzählt und weiß nicht, was er gegessen hat. Ich mag ihn nicht besonders.

Aber: Er ist der Bruder von Jetti. Jetti wohnt im Haus neben mir. Mit ihr hatte ich – das ist zwanzig Jahre her! – eine große Liebe. Damals wohnten wir an verschiedenen Enden der Stadt. Wenn wir uns heute treffen, was merkwürdigerweise immer zufällig geschieht, dann sprechen wir es aus: »Es war eine große Liebe«, sagt sie. Und ich sage das auch. Ich betone ein anderes Wort in dem Satz. Wenn sie auf das »war« den Akzent legt, mache ich Druck auf das »große«. Wir variieren, das ist unser Flirt. Wir gehen heute beide davon aus, dass wir mit ein wenig mehr Geschick und ein wenig weniger Nervosität eine dauerhafte, angenehme Verbindung zustande gebracht hätten – was wir damals mit Grauen geahnt hatten, und was wir heute nicht schlecht finden würden. – Ich würde es gut finden. Sehr gut.

»Als Jetti siebzehn war«, erzählte Robert irgendwann, »wurde sie auf einmal so schön, dass die ganze Schule durcheinandergeriet.« – Hier muss ich bereits unterbrechen. Ich sagte, ich mag ihn nicht besonders. Ich kann ihn nicht leiden. Seine Art, Sätze zu drehen, Wörter auszusuchen, als wären sie Teile des Familiensilbers, verabscheue ich. Der Gedanke, dass er in dem gleichen Mutterschoß gelegen hat, in dem auch Jetti war, verwirrt mich. Ist mir peinlich. Daraus folgt: Ich kann ihn nicht sprechen lassen.

Bis zu ihrem siebzehnten Lebensjahr war Jetti ein hübsches Mädchen gewesen, unauffällig und unbeteiligt. Aber über die Sommerferien wurden ihre Haare lockig, und der Mund und die Augen fanden zueinander. Sie wurde schön, man konnte zusehen, wie sie schön wurde, und sie wusste es auch und machte sich vor dem Spiegel noch schöner. Ihrem Bruder war das unheimlich.

Religion war bei ihnen zu Hause nie ein Thema gewesen, obwohl ihre Großeltern geschworen hatten, wenn sie den Hitler überleben, gute Juden zu werden und ihre Kinder und Kindeskinder zu guten Juden zu erziehen. Jettis Bruder war der Einzige in der Familie, der sich manchmal innerlich über das Irdische hinaus erhoben fühlte – immer ausgelöst durch den Anblick seiner kleinen Schwester. Als wäre es seine gottgewollte Aufgabe, über ihr Glück zu wachen.

Es war klar, dass Jetti mit Glück vergoldet war, das war allen in der Familie klar. Die Familie lebte auf das Glück zu, das Jetti hieß.

Nach diesen Sommerferien haben sich die Lehrer in Jetti verliebt und auch der Schuldirektor, sogar der Schulwart. Ihre Mitschüler haben das Werben nach wenigen Tagen verzweifelt aufgegeben. Einer von ihnen wartete vor dem Medizinischen Institut auf ihren Bruder, fasste ihn am Ärmel und zog ihn in eine Nische neben der steinernen Treppe, er konnte die Tränen nicht halten. Es hat ihn geschüttelt wie einen Geisteskranken. Er hat Robert Geld angeboten, wedelte mit dem Sparbuch in der Hand vor seinem Gesicht herum und ist dann weggelaufen und drei Tage nicht mehr aufgetaucht, die Polizei hat ihn gesucht.

Die Frau des Mathematiklehrers schickte einen eingeschriebenen Brief an Robert Lenobel, bat ihn ins Café Sperl zu einer Aussprache.

Robert fragte: »Hat Jetti etwas mit Ihrem Mann?«

»Nein«, sagte sie, »bis jetzt noch nicht.«

»Lassen Sie meine Schwester in Ruhe«, sagte er.

»Was will Ihre Schwester eigentlich?«, fragte sie.

»Was soll sie wollen?«, fragte Robert. »Muss sie etwas wollen? Muss sie Rechenschaft ablegen? Ich frage Sie doch auch nicht, was Sie wollen!«

»Es ist ein Unterschied«, sagt die Frau. »Wenn jemand so aussieht wie Ihre Schwester, gelten andere Richtlinien.«

Robert tat, als wäre er empört, aber in Wahrheit gab er ihr recht.

Jetti war oberflächlich, und ihr Bruder fürchtet, sie ist es noch immer. Sie sieht nicht den Sturm hinter dem Gesicht eines Menschen. Jetzt ist sie zweiundvierzig und wartet immer noch auf den Richtigen. Sie ist einsam und weiß es nicht. Sie ist so diesseitig, das kritisiert ihr Bruder am meisten an ihr. Sie kratzt sich am Hintern, und wenn sie lacht, platzt sie heraus, und was man für Anmut hält, ist die bloße Schönheit, und wenn die nicht mehr ist, dann wird aus Jetti Lenobel ein grauer Fleck.

Als Robert gegangen war, blieb ich noch eine halbe Stunde am Küchentisch sitzen. Die Nacht blühte vor mir auf wie in einem Film mit Fred Astaire und Ginger Rogers. Jetti ist meine große Liebe, dachte ich. Die vielen Haare, die sie hat! Ein Flammenbogen von Schulter zu Schulter! Nichts Diesseitiges hatte sie für mich, wir haben nie miteinander geschlafen.

Ich wählte ihre Handynummer. »Jetti, wo bist du?«

»In Prag bin ich, im Hotel. Wo bist du?«

»Ich bin in München, auch im Hotel. Ich würde gern bei dir sein.«

»Ich würde auch gern bei dir sein.«

»Es war eine *große* Liebe.«

»Es war eine große *Liebe*.«

Die Rettung fuhr draußen vorbei. Jetti und ich, keine hundert Meter voneinander entfernt, hörten das Martinshorn auf der Straße und im Hörer.

»Wenn wir beide zu Hause wären«, sagte ich, »dann würde ich zu dir kommen.«

»Das wäre schön«, sagte Jetti.

Der Mann, der ich mit dreizehn war

Mein Daumennagel ist schmutzig, und ich weiß nicht, woher. Er sieht aus, als hätte er sich ohne mein Wissen an etwas beteiligt. Als wäre der Daumen über ein Stempelkissen gerollt worden. Ein Daumen mit Doppelleben. Ich brauche dringend eine Zigarette. Früher war mein Daumen gelb vom Nikotin. Dass ich heute Nacht gegen meine Vorsätze verstoßen möchte, werte ich als Zeichen dafür, dass ich mich doch noch irgendwie liebe. Ich liebe mich sonst nämlich nur in den Erinnerungen. Oder in meinen Träumen. Den, der ich in meinen Träumen bin, der am Ufer eines breiten Stromes sitzt und dreizehn Jahre alt ist und klüger als sein versoffener Vater und klüger als seine gefühllose Mutter; den, der eine Jacke besitzt, die ihm mehr bedeutet als alles, was sich im Haus seiner Eltern befindet; den, der raucht. Seine Hände sind schmutzig, nicht nur sein Daumennagel. Und die Finger führen kein Doppelleben, es ist das Leben des Mannes, der dreizehn Jahre alt ist.

Als ich anfing, mich jeden Tag zu duschen, mir jeden Tag frische Unterwäsche anzuziehen, von da an habe ich aufgehört, mich zu lieben. Mit dreizehn habe ich mich so sehr geliebt, dass ich darüber gar nicht nachdachte. Ich saß am Rhein und schaute hinüber zur Schweizer Seite und dachte, ihr seid schlechter dran als ich. Der Fluss machte einen Bogen zu unserer Seite hin, und das hieß, er trug sein Treibholz gerade auf mich zu, während die Schweizer so gut wie gar nichts von seinem Holz abbekamen, das doch zur Hauptsache sie spendierten, denn die wilden Regengüsse fielen in Graubünden. Ich dachte: Der Rhein mag euch nicht, uns mag er. Ihr habt keinen Krieg gehabt, wir schon. Aber trotzdem mag uns der Rhein lieber als euch.

Ich hatte ein gut zwei Finger dickes Seil bei mir. An einem Ende war ein Anker befestigt. Den hatte ich von Albert Scheffknecht bekommen, der in der Sattlerei neben der Einfahrt zum Autohändler

Beck arbeitete. Er machte aber auch eigene Geschäfte, war etwa zwanzig und wird ab seinem fünfundzwanzigsten Lebensjahr acht Jahre lang in einem spanischen Gefängnis sitzen. Wenn er zurückkommt, wird ihm eine Seite des Gesichts herunterhängen. Für den Anker habe ich ihm ein Paar Lederhandschuhe meiner Mutter und eine Kristallkaraffe gegeben. Die Karaffe stand in unserem Keller hinter dem Eingeweckten, niemand fiel auf, dass sie fehlte. Im folgenden Winter aber fragte meine Mutter nach ihren Handschuhen, und die ganze Familie kroch einen Tag lang im Haus herum, um sie zu suchen. Man fand sie nicht und sagte: »Da kann man nichts machen, Sachen gehen eben verloren.« Woher der Anker sei, fragte mich niemand. Ich zog mit ihm Baumstämme aus dem Wasser, die gehörten mir. Ich richtete sie her, hackte die Äste ab, sägte sie zurecht, schichtete sie zu einer Holzmauer. Die stand zehn Jahre lang auf dem Damm, dann ging der Rhein über und nahm mein Holz mit.

Das fiel mir alles ein, als ich meinen dreckigen Daumennagel anschaute.

Ich rief Richard an.

»Du bist glücklich«, sagte er, »ich höre es an deiner Stimme.«

»Sei mir nicht böse, dass ich dich geweckt habe«, sagte ich.

»Ich habe nur dünn geschlafen«, sagte er. »Lass mich an deinem Glück teilhaben.«

»Ich brauche eine Zigarette«, sagte ich.

»Ich denke, du rauchst nicht mehr?«

»Mit dreizehn habe ich geraucht. Nie mehr habe ich so selbstverständlich geraucht wie mit dreizehn. Ich habe den Rauch durch die Nase abgelassen, und wenn ich mit jemandem geredet habe, habe ich den Rauch aus dem Mund herausgesprochen. Wenn ich an den denke, der ich damals war, dann liebe ich mich heute noch.«

Ich hörte Richard seufzen. »Erzähl mir! Erzähl mir!«

»Warte«, sagte ich, »bleib neben dem Apparat sitzen, ich rufe dich in fünf Minuten an. Ich hol mir Zigaretten.«

»Dann will ich auch rauchen«, sagte Richard.
»Das solltest du lieber nicht«, sagte ich.
»Warum du und nicht ich?«
»Weil du gleich weitermachst und morgen wieder drei Schachteln rauchst«, sagte ich. »Das tu ich nämlich sicher nicht. Und außerdem bist du viel zu dick, das sind Risikofaktoren.«
»Scheiß drauf!«, sagte er und legte auf.
Ich fuhr mit dem Lift nach unten und zog mir aus dem Automaten neben der Apotheke eine Schachtel Marlboro.
»Was für eine Marke hast du gekauft?«, fragte ich Richard.
»Meine alte«, sagte er.
Und dann erzählte ich ihm aus der Zeit, als ich dreizehn und ein älterer Mann gewesen war, als ich später je gewesen sein würde.
»Die Wievielte rauchst du?«, fragte ich am Ende.
»Im Aschenbecher liegen sechs ausgedrückte«, sagte Richard.
»Also dann noch eine, und dann gehen wir ins Bett«, sagte ich.
»Ich wär gern dein Freund gewesen mit dreizehn«, sagte er.
»Mit dreizehn hatte ich keine Freunde«, sagte ich.

Sprich ruhig weiter!

Richard ist mein Tagebuch. Das funktioniert erst, seit er mir erlaubt, ihn bei seinem richtigen Namen zu nennen. Wir sind beide um die fünfzig, es macht uns nicht jünger, wenn ich ihn Caligula nenne. Den Spitznamen hat er aus seiner Schulzeit. Als er dünn war. Dieser Mensch, hundertsechzig Kilo, war einmal dünn. Ein Stiefelchen. Er hat mir noch nie seinen Bauch gezeigt. Wir treffen uns nicht mehr. Vor etlichen Jahren waren wir beide Stammgäste im Café Sperl. Das ist vorbei.

Heute Nachmittag dachte ich schon einmal: Das ist vorbei. Da war etwas anderes vorbei gewesen.

Der Himmel war geteilt in Hellblau und wolliges Grau. Der Föhn blies durchs Tal, holte sich Druck im Bett der U-Bahn, die in diesem Teil der Stadt zwar in der Erde, aber nicht unter der Erde verläuft, und ich dachte mir den Geruch von dem Müllberg dazu, den ich in der Kindheit riechen konnte, wenn der Föhn vom Säntis herunter über das Rheintal raste und Dinge kaputtmachte, die dann weggeworfen wurden, und die dazu da waren, gefunden zu werden. Wenn ich über die Felder gegangen war, die Abkürzung zum Müllberg, habe ich in den Himmel geschaut, der zweigeteilt war in Gut und Böse, gut war der Föhn, böse sein Zusammenbruch, und ich hatte gedacht: Was wird einmal aus mir? Das habe ich heute Nachmittag nicht fertiggebracht zu denken. Und in der Nacht um eins am Telefon habe ich Richard davon erzählt.

»Mir war, als wäre mir schriftlich versichert worden, dass diese Art von Glück vorbei sei«, sagte ich.

»Sprich ruhig weiter«, sagte er.

Gestern hatte ich zu ihm gesagt: Sprich nur weiter! Gestern hatte mir Richard erzählt, er sei von Leuten gebeten worden, bei einer Benefizveranstaltung für die Krebshilfe in einer Rockband den Bass zu spielen. Er sei nämlich vor dreißig Jahren ein sauguter Bassist gewesen. Er habe die Leute gefragt, wie sie auf ihn gekommen seien, sie aber hätten nur gelacht und seien herumgehüpft, hätten Luftgitarre gespielt und Luftschlagzeug und hätten schließlich gefragt, ob er seinen Fender Precision noch besitze. Und dann, erst nach langen ratlosen Minuten, seien ihm die Gesichter der Leute irgendwie ... und auf einmal habe er sie erkannt ... die alte Band. Harry, der Schlagzeuger, ein Wichtigtuer mit einem Kalkgebiss, ja, klar, wie hätte er ihn erkennen sollen, der hatte damals das Maul voll mit schwarzbraunen Stinkstummeln. Dann der Stratocaster-Gitarrist Armin Fenkart, genannt Flämmli, heute ein Arzt, dem das Recht zu heilen abgesprochen worden war, weil er seinen Patienten Marihuana gegeben hatte, selber hat er nie geraucht, nicht einmal Lucky Strikes wie alle anderen. Der Armin habe der Welt zeigen wollen, dass er trotzdem ein guter Mensch sei, und habe darum das Benefiz organisiert. Verschiedene Bands und als Höhepunkt *The Slopping Heads,* eben sie. Drei Nummern: *Get off of My Cloud, Honky Tonk Woman, The Last Time.*

An dieser Stelle hatte Richard eine lange Pause gemacht, und ich hatte gesagt, er solle ruhig weitersprechen, und er hatte gesagt, ja, aber nur, wenn ich ihn morgen als Tagebuch verwende, und ich sagte, das wolle ich gern tun.

Dann sagte er: »Es geht mit dem Bass nicht.«

Ich sagte: »Warum nicht?«

Er sagte: »Weil ich zu dick bin, es sieht niederschmetternd aus.«

Ich sagte: »B. B. King ist auch dick, nicht weniger als du.«

Er müsse darüber nachdenken, sagte er, er müsse sich ein Bild eines dicken Bassisten kreieren. Dann verabschiedeten wir uns und legten auf.

Heute rief ich ihn an. Er habe auf meinen Anruf gewartet, sagte er. Ich erzählte ihm vom Föhn am Nachmittag und von meiner Sehnsucht danach, mich irgendwann wieder einmal auf die Zukunft freuen zu können.

»Sprich ruhig weiter«, sagte er.

»Ich ging über den Naschmarkt«, sagte ich. »Ein Bogen Packpapier, mit dem ein Händler die Auberginen abgedeckt hatte, ist vom Wind hochgehoben und auf die Straße geweht worden, so groß wie ein Mann war es und sah aus, als wäre es ebenso schwer. Der Wind hat es vor sich hergetrieben, Hals über Kopf und die Straße hinunter, zwischen den Autos hindurch, am Pool Club vorbei, beim Chinesen vorbei. Da kam ein Toyotakleinlaster und fuhr darüber. Ein Mann wäre nicht mehr aufgestanden, den hätte der Wind nicht mehr vor sich hergeweht in Richtung Innenstadt.«

»Sprich ruhig weiter«, sagte Richard.

»Es war die Nacherzählung eines Gedichtes von William Carlos Williams«, sagte ich.

»Aber du hast das doch erlebt?«, fragte er.

»Ja, aber in anderen Worten. Was machst du gerade?«, fragte ich. Weil er sich anhörte, als bewege er sich durch die Wohnung.

»Ich übe, mich auf der Bühne zu bewegen«, sagte er.

»Mit dem Bass?«

»Es ist ein Fender Precision, Baujahr 1961.«

»Das sagt mir wenig.«

»Es ist aber wichtig. Für mich. Für das Bild, das ich mir von mir gemacht habe. Ich werde sozusagen das Gegenstück zu Keith Richards sein. Keith Richards gibt es bereits, keiner braucht eine Kopie. Aber ein Anti-Keith-Richards – das hab ich noch nie gesehen. Ich werde auf der Bühne den alten, fetten, dreckigen, heruntergekommenen Idioten spielen, der nie lacht, dem irgendwann vor dreißig Jahren die Läufe auf diesem wunderbaren Instrument eingeimpft worden waren, und der ohne eigenes Zutun ein Naturgenie ist. Wie die Idioten in amerikanischen Actionfilmen, die wirklich Idioten sind, verkommen und schlecht und stinkig, die einen winzigen Schwanz haben und nicht an Gott glauben, aber die Einzigen sind, die ein hochexplosives Was-weiß-ich-was exakt in eine Position zu bringen in der Lage sind, so dass am Ende die Welt gerettet wird. So einer.«

»Der wird gut, Richard«, sagte ich. »Bis morgen!«

»Bis morgen«, sagte er.

Unsere Hymne

Zu den *Trittico retard* habe ich heute noch zwei ganze *Lexotanil* genommen. Mit Bier. Der Blutdruck ist heruntergesackt auf 119 zu 69, und als Richard anrief, hatte ich einen Zungenschlag, als wäre ich sturzbetrunken.

»Zu was für einer Sorte von Menschen gehören wir beide?«, fragte er.

»Nicht einmal wir beide gehören der gleichen Sorte an«, sagte ich, und es tat mir sofort leid, denn es musste sich so anhören, als wollte ich nichts mit ihm zu tun haben, meine Zunge dieses bemooste, mühlsteingroße Schwungrad.

Dann hörte ich Richard an meinem Ohr weinen. Ich sah vor mir seine hundertsechzig Kilo über den Bürostuhl rinnen wie zähes Plastilin. Sein Körper macht, dass sich die Gefühle in meiner Seele sortieren, links die Braven, rechts die Faschisten, und dann Befehl, die Braven sollen ihre Mäntel ausziehen, und am Ende steht links niemand mehr.

»Fällt es dir so wahnsinnig schwer, weniger zu essen?«, fragte ich.

»Ich esse ja gar nicht viel«, schluchzte er.

»Doch, das tust du. Ich habe dich beobachtet.«

»Wann hast du mich beobachtet?«

»Ein Jahr, bevor Renate von dir weggegangen ist, habt ihr mich zum Essen eingeladen. Aus Mitleid. Du hast gekocht. Rollbraten mit Kartoffelpüree und Bohnen. Du hast dir selbst nur ein Vogelmenü geschöpft, nicht einmal halb so viel wie Renate. So eine arme Sau, habe ich gedacht ...«

»Ich werde dich nie wieder anrufen«, unterbrach er mich, »aber jetzt will ich zu Ende hören, was du mir erzählen willst.«

»Es war in eurer alten Wohnung, die so hell war wie ein Filmstudio, und trotzdem war Renate schön. Du auch. Der Kopf. Du hast einen schönen Kopf. Einen Kopf wie Nero. Und dann hast du den Tisch abgeräumt und bist in die Küche gegangen, die Daumen in den Tellern, und Renate und ich haben irgendetwas geredet. Ich weiß, was für einen Pullover sie getragen hat, nämlich einen hellblauen Angorapullover, der gut zu ihrem Mund passte, obwohl ihr Mund niemals, den ganzen Abend nicht, niemals so war, wie er in Wirklichkeit ist. Das hättest du ihr am Schluss noch an den Kopf werfen können: ihren Talkshow-Mund. Und dann wussten wir irgendetwas nicht, und ich habe die Durchreiche aufgemacht, weil ich dich fragen wollte, dich, den Experten in allem, und da habe ich dich gesehen: den großen Stahltopf zwischen deine Knie geklemmt, den Salatlöffel aus Naturhorn in der Hand, so hast du das Püree in dich hineingeschaufelt. Die Haut unter deinen Ohren war blau. Renate hat dich ebenfalls gesehen. Ich habe die Klappe zufallen lassen, du hast nichts gemerkt, und ich war so gespannt, wie mich Renate jetzt gleich ansehen wird. Solidarisch mit dir oder nicht solidarisch mit dir. Sie hat mich angeschaut, aber ich habe nicht herausfinden können, ob ihr Blick etwas sagen wollte.«

»Von nun an«, sagte Richard, seine Stimme hatte Festigkeit gewonnen, »von nun an haben wir beide nichts mehr miteinander zu tun. Wir brauchen kein Theater daraus zu machen. Es ist nicht nötig, dass wir uns nicht grüßen, wenn wir uns auf der Straße treffen oder im Kaffeehaus. Aber anrufen nachts um eins – nie wieder.«

»Richard«, sagte ich, »ich bin voll mit legalen Drogen.«

»Scheiß drauf«, sagte er und legte auf.

Ich kniete mich vor mein Bett auf den Boden und betete zu Gott, er möge Balsam in Richards Seele gießen und auch in meine. Dann legte ich Duke Ellington und sein famoses Orchester in den CD-Player, wählte Cut 15, *Solitude,* und wünschte, ich wäre eines der Saxofone, geduldig und stumm an den Tagen, die mir ganz allein gehören, und dann die Nächte, in denen sie sich über mich hermachen. Was für Gründe wir auch unserem Leiden unterlegen, ist das Leiden erst groß genug, emanzipiert es sich von all seinen Ursachen, es schafft die Demokratie unserer Erfahrungen ab. Die Glücklichen bessern sich nicht, warum auch, das Glück belohnt selbst ihre Miesheiten. Vor ein paar Jahren stürzte ein Mann vor unserem Haus vom Motorrad, er schlitterte über die Straße und geriet mit dem Kopf unter ein Auto. Es ist ihm nichts passiert. Ich war Zeuge und ein halbes Dutzend von den verschiedensten Sorten auch. Der Mann ist aufgestanden, hat sein Motorrad aufgehoben, hat es an den Straßenrand gestellt und ist zu uns herübergekommen. Dass er ein irrsinniges Glück gehabt habe, sagten wir. Das wisse er, sagte er, er habe immer Glück.

Ich rief bei Richard an. »Verzeih mir«, sagte ich.

»Weißt du, dass ich neben dem Telefon sitze, seit ich aufgelegt habe?«, sagte er.

»Verzeihst du mir?«

»Ich habe dir längst verziehen. Nimm jetzt keine Tablette mehr. Versprichst du mir das?«

»Ich verspreche es dir«, sagte ich.

»Was hörst du?«

»Unsere Hymne«, sagte ich.

Hundert

Wir duzen uns inzwischen. Aber nur am Telefon. Ich habe das nicht gewollt. Aber schuld bin ich. Das kam so:

Ich habe eines Tages bemerkt, dass ich laut vor mich hinrede; dass ich immer wieder ein Wort sage: »Hundert.« Ich habe gehört, wie ich mit drohendem Ton in der Stimme »Hundert!« sage. Da wusste ich, ich musste etwas tun.

Neben der Eingangstür in meiner Wohnung liegen zwei feuchte Handtücher am Boden. Ich betrete meine Wohnung, schließe die Augen, ziehe langsam die Luft in meine Nase. Wenn mich irgendetwas anderes erwartete als gewöhnlich, würde ich es riechen. Es riecht nach Curry von der Küche her. Vor ein paar Jahren habe ich von meinem Verlag ein nettes Sortiment mit indischen Gewürzen zu Weihnachten geschenkt bekommen. Obwohl die Säckchen mit den verschiedenen Mischungen eingeschweißt sind, sickert doch ein wenig von ihrem Duft in meine Wohnung.

Ich liebe meine Wohnung, aber ich liebe sie auf eine verzweifelte Art, wie man die Vergangenheit liebt, in der man ein anderer war – ich der Bewohner eines Romans von Mark Twain, ausgestattet mit der süßen Melancholie eines freien Menschen, der diese Freiheit nicht einmal ansatzweise definieren kann.

Ich ziehe meine Schuhe aus, bereits im Lift habe ich die Schuhbänder aufgeknotet, wie ein Bräutigam, der seine Braut besucht, so freue ich mich auf meine Wohnung. Ich stelle mich auf die feuchten Handtücher und wandere in mein Arbeitszimmer hinein, zum CD-Player, schalte meinen Duke ein, der so klingt, wie Curry riecht. Mit erhobenem Haupt sage ich: »Ich.«

Und dann hatte ich nicht mehr »Ich« gesagt, sondern »Hundert!« Da wusste ich, ich musste etwas tun. Man kann auch glücklich sein, wenn man verrückt ist; aber das möchte ich lieber nicht. Professionell wäre es gewesen, wenn ich Robert Lenobel angerufen hätte. – Ich habe Frau Micheluzzi angerufen.

Ich habe mein Telefon quer durch mein Arbeitszimmer getragen, stellte mich vor die Wand, die meine Wohnung von ihrer trennt, wählte ihre Nummer und hörte zu, wie es hinter der Wand klingelte.

»Ich habe gehofft, dass Sie es sind«, sagte sie.

»Es besteht die Gefahr, dass ich verrückt werde«, sagte ich. »Ist es möglich, dass Sie auf mich aufpassen? Ich bin heute Abend nach Hause gekommen und habe ›hundert‹ gesagt.«

Sie lachte. Sie lachte glücklich. Sie sagte: »Oh, Baby!«

Ich kniete mich nieder. Wenn einem wie mir Gott erschiene, es wäre einem wie mir peinlich. Aber vierundzwanzig Stunden später rief ich sie wieder an. Ich hörte Musik bei ihr drüben. Ich hatte mir vorgenommen, wenn sie sagt, ich solle doch einfach zu ihr hinüberkommen oder sie werde einfach zu mir herüberkommen, dass ich dann ordinär lache und auflege.

Sie sagte: »Ich habe gehofft, dass Sie es sind. Wie steht es mit Ihrer Verrücktheit?«

»Ich habe gehofft, dass Sie danach fragen«, sagte ich. »Ich habe viel nachgedacht.«

»Oh, Baby«, sagte sie wieder. Ich steckte mir die Faust in den Mund. Aber vierundzwanzig Stunden später rief ich abermals bei ihr an.

»Ich habe es heute nicht gesagt«, eröffnete ich die Partie. »Aber ich denke immer noch darüber nach.« – Ich blickte in den Spiegel, der zwischen den beiden Fenstern hängt. Der Verdruss stand mir deutlich und erbärmlich ins Gesicht geschrieben. – »Hundert«, fuhr ich fort, »soll eigentlich tausend heißen. Das habe ich rausgekriegt. Wenn man so vor sich hin ›hundert‹ sagt, meint man tausend, und tausend steht für mehr, als man glaubt, bekommen zu können. Ich will damit sagen, mir fehlt es an Wesentlichem. Als ich dreizehn war, meinte ich, es sei ein guter Start, wenn man auf seine Schuhe achtet. Ich besaß ein Paar knöchelhohe Lederschuhe in der Farbe herbstlichen Buchenlaubs. Jeden Tag habe ich sie eingefettet. Mein Lumberjack und meine Lederschuhe, die waren mein Rüstzeug. Heute präge ich mit tiefem Hass ein Wort für eine unsichtbare Ordnung, die mich bei all meiner Freiheit in Schranken hält.«

Ich stellte mir eine Frau vor, die sie nicht war, eine harte knochige Frau, die mit streng zusammengekniffenen Augen durch eine randlose Brille blickt.

»Wir könnten einmal in der Woche füreinander kochen«, sagte sie. »Das wäre praktisch, und es wäre nichts dabei. Einmal ich, einmal ...«

Schnell sagte ich: »Und einmal ich.«

»O ja, Baby«, sagte sie.

Ich hätte gern meinen Arsch zum Fenster hinausgestreckt zum Zeichen für die Verachtung, die ich augenblicklich für alle von Gott mit Liebe ausgestatteten Wesen empfand. Das will jeder irgendwann einmal, das ist völlig normal.

»Ich fange morgen damit an«, sagte sie. »Was magst du?«

»Alles mit Nudeln«, sagte ich.

Sie ist nicht in meine Wohnung gekommen, und ich bin nicht zu ihr hinübergegangen. Wir haben nichts ausgemacht, keine Uhrzeit, nicht, wer den Wein mitbringen soll, und auch nicht, ob einer einen Nachtisch mitbringen soll. Sie mag Musik, die ich mag. Ich höre sie durch die Wand hindurch. Ich lege mein Ohr an die Dispersionsfarbe, und die Wand kühlt meinen Kopf. Dazu sage ich drohend, eisig, langsam, tückisch: »Hundert!«

Ich habe heute einen guten Tag gehabt

Heute ist mir etwas Freundliches passiert; unabhängig davon spürte ich den ganzen Tag schon, dass alles gut wird. Wem sollte ich meine Geschichte erzählen? Drei kamen in Frage: Richard, Jetti und vielleicht noch Frau Micheluzzi – nur drei. Ich brauche dringend neue Menschen, wollte ich laut in meine Wohnung hineinsagen, tat es dann aber doch nicht, weil ich mir vorgenommen hatte, die Zeit, als ich laut in meine Wohnung hineinsprach, mit dem heutigen Abend enden zu lassen.

Ich ging in der Nacht noch einmal hinaus. Ein sprühfeiner Nebel lag über der Gasse, mein Gesicht wurde ein wenig feucht, es wurde feucht und trocknete und trocknete ein wenig langsamer, als es feucht wurde, weswegen es feucht blieb. – Diesen Satz dachte ich, und er war mir ein weiterer Beweis dafür, dass alles gut wird. Der Satz ließ sich nämlich singen. Ich sang ihn leise in meinen Mantelkragen hinein, aus dem die Wärme meines Körpers stieg, und es gelang mir, was ich mit dreizehn, wann immer mir danach war, spielend zusammengebracht hatte, nämlich, an meine Einbildung zu glauben. Mein Herz schlug gegen die Mantelknöpfe, ich sah mich die schwarz bemalten Bühnenbretter betreten, geblendet von zwei Scheinwerfern, sah mich hineinsteigen in den steil aufwachsenden Applaus, bis ich stehen blieb vor dem Silberzauberstab, an dem das Mikrofon befestigt war: Ladies and Gentlemen!

Dann stellte ich mich in eine Hauseinfahrt und rief Richard an. Aber ich sagte nicht, ich wolle ihm etwas erzählen; ich sagte: »Bitte erzähl mir etwas aus deiner Zeit als Bassist!«

»Aus meiner Zeit als Bassist willst du etwas wissen«, seufzte er. »Danke. Danke!«

Und diese Geschichte erzählte er mir:

»Zu jener Zeit, als ich ein Drittel meines jetzigen Gewichts wog, bin ich einmal zusammen mit meiner Band als Vorgruppe der *Spencer Davis Group* aufgetreten. In Berlin, mein lieber Freund, in Berlin. Ich habe den Leuten die Hosen ans Schienbein geblasen. Ich habe mich hinter meinen Haaren versteckt und mir gesagt, Caligula, du bist nicht der Bassist, der du bist, sondern der Bassist der Spencer Davis Group, und nicht Armin ›Flämmli‹ Fenkart reißt die Stratocaster an und singt, sondern Steve Winwood. Und dann war unser Auftritt fertig. Aber ich bin nicht von der Bühne ab, ich habe weitergespielt, ein Pausensolo, das hat keinen gestört. Spencer Davis mit Sonnenbrille ist auf die Bühne gekommen, und die anderen sind hinter ihm her und haben sich die Gitarren umgehängt und haben sich ans Schlagzeug gesetzt und haben eingesetzt, in mein Solo haben sie eingesetzt. *I'm a Man.* Ich will umfallen, wenn es nicht wahr ist.«

»Geht die Geschichte weiter?«, habe ich gefragt.

»Sie ist hier zu Ende«, sagte Richard.

»Eine schöne Geschichte«, sagte ich, »ein guter Bogen«, und klappte mein Handy zu.

Dann bin ich weiter durch die Gassen geschlendert, habe den Nebel eingeatmet und weiter in meinen Mantelkragen hineingesungen. Mein Körper war wohlgeheizt, ein Haus, und mein Magen war der Keller. Hinter einem Mann bin ich hergegangen. Ohne Absicht. Es hat sich so ergeben. Ich sah, dass der Mann ein Handy aus der Manteltasche nahm und eine Nummer eintippte. Er verlangsamte den Schritt, ich schloss auf, blieb aber hinter ihm, so weit, dass es nicht auffiel, aber doch so nah, dass ich hören konnte, was er sagte.

Das hörte ich: »Ich habe heute einen guten Tag gehabt.«

»Ich habe meine Ursula getroffen.«

»Der Rücken tut ihr nicht mehr weh.«

Dann habe ich den Mann überholt, und als ich dicht neben ihm war, sagte ich: »Es freut mich, dass es ihr besser geht.«

Und er sagte: »Danke.«

Es gibt Leute, sagt der Philosoph, die zu Dummköpfen bestimmt sind. Sie begehen Dummheiten nicht nur aus eigenem Antrieb, sondern sie werden vom Schicksal dazu gezwungen. So einer bin ich nicht, dachte ich.

Ich sah das Spiegelbild meiner Gestalt in einem Schaufenster. Dahinter lagen Metallwaren. Er gefiel mir. Dem traute ich einiges zu. Meinem Bewohner. Man kann nicht dumm und nicht böse sein, wenn es einem gelingt, zweimal innerhalb einer Viertelstunde von zwei verschiedenen Menschen danke gesagt zu bekommen.

Ich habe heute einen guten Tag gehabt, das ist wahr. Ich brauche auch nicht mehr dringend jemanden, dem ich meine freundliche Geschichte erzählen kann. Es ist nicht unmöglich, den zum zweiten Mal zu lieben, den man zu lieben aufgehört hat.

Ich liebte mich und schlief gut ein und brauchte nicht eine Pille dazu. Es geht aufwärts. Ich nehme den Silberzauberstab in meine Hand: Ladies and Gentlemen!

Das Unvorhergesehene

Jetti rief an, und weil sich ihre Stimme so elend anhörte, erzählte ich ihr folgende Geschichte:

Wir waren in unserer Straße die Letzten, die sich ein Telefon anschafften. Als ich zehn war, wurde eines Nachts an unsere Haustür gepocht und dann geklingelt und dann gepocht und geklingelt. Mein Vater war nicht zu Hause, er war bei einer Gewerkschaftssitzung oder bei Gewerkschaftsverhandlungen, in Wien oder vielleicht auch nur in Steyr.

Wenn meine Mutter und ich allein waren, dann wollte sie, dass ich im Ehebett schlafe, weil sie sich allein fürchtet. Ich fragte sie, wovor sie sich denn fürchte.

Sie sagte: »Dass etwas Unvorhergesehenes passiert.«

Ich sagte: »Ich kann mir nicht vorstellen, dass so etwas passiert.«

Da sagte sie, ich hätte keine Ahnung vom Leben, ich sei zu jung und zu blöd.

Und dann geschah eben doch etwas Unvorhergesehenes.

Die Nachbarin stand vor der Haustür, eine Steppjacke über dem Nachthemd, den Oberkörper vorgebeugt, als hätte sie am Schlüsselloch gehorcht. Meine Mutter sagte, ich solle ins Bett gehen. Aber ich blieb oben über der Stiege stehen und hörte alles.

»Ihre Schwester ist am Telefon«, sagte die Nachbarin. Mir kam vor, sie konnte nur schwer das Grinsen unterdrücken. Aber das wusste ich auch mit zehn schon, dass man leicht einen Lachkrampf kriegen kann, wenn etwas Furchtbares, eben etwas Unvorhergesehenes, passiert ist.

»Ich komme gleich«, sagte meine Mutter.

»Ihre Schwester hat gesagt, wenn Sie nicht kommen, dann ...«

»Sagen Sie nicht, was sie gesagt hat«, unterbrach meine Mutter sie. Ihre Stimme schnellte in die Höhe, am Ende war es ein Anschreien.

»Ich richte ja nur aus«, sagte die Nachbarin.

Ich warf meiner Mutter den Mantel meines Vaters zu, der das ganze Jahr über an der Garderobe hing und den nie jemand anzog. Im Stillen dachte ich: Das ist unser Katastrophenmantel. Das fiel mir so ein, aber das Wort hörte sich in mir drinnen an wie ein altbekanntes Wort. Das bestärkte mich in dem Glauben, dass der Mantel die ganze Zeit über nur darauf gewartet hatte, dass Frau Mangold – so hieß unsere Nachbarin – an unsere Tür schlägt.

»Schnell reagiert«, sagte meine Mutter zu mir. Sie hatte mich nämlich noch gar nicht gebeten, ihr den Mantel zu geben.

»Er ist vif«, sagte Frau Mangold. Mir war das recht, dass sie das vor meiner Mutter sagte. Nie hat mich einer blöd genannt, nur meine Mutter tat es und leider ziemlich oft.

»Geh zurück ins Bett«, sagte sie. »Schlaf weiter! Ich komm gleich.«

Ich legte mich ins Bett. Aber ich konnte nicht einschlafen. Also stand ich wieder auf und setzte mich auf die Treppe und wartete. Ich zum Beispiel fürchtete mich nicht im Geringsten vor etwas Unvorhergesehenem. Ich dachte über das Wort nach, und je mehr ich darüber nachdachte, desto mehr wunderte ich mich, dass sich meine Mutter vor dem, was das Wort meinte, fürchtete. Was heißt unvorhergesehen, fragte ich mich. Dass etwas nicht erwartet wird. Mehr heißt es nicht. Alles, was geschah, war im Prinzip nicht erwartet. Oder anders ausgedrückt: Was erwartete man eigentlich? So am Tag über. Ich will in die Küche gehen, um mir ein Marmeladebrot zu schmieren. Also erwarte ich, dass ich in die Küche gehe und mir ein Marmeladebrot schmiere. Aber dann sehe ich beim Fensterrahmen eine Spinne, die eine Fliege einwickelt. Also schaue ich ihr zu und vergesse, in die Küche zu gehen und mir ein Marmeladebrot zu schmieren. Also ist etwas Unvorhergesehenes passiert. Aber gefürchtet habe ich mich nicht. Keinen Augenblick lang.

Das war angenehm, so auf der Treppe zu sitzen und ins Schwarze hinein nachzudenken.

Nach einer Zeit wurde die Haustür aufgesperrt. Aber es war nicht meine Mutter, sondern Frau Mangold. Als sie mich sah, erschrak sie. Ob ich denn nicht im Bett sei, fragte sie.

»Nein«, sagte ich, »ich bin nicht im Bett.«

»Aber ich muss deiner Mutter melden, dass du im Bett bist«, sagte sie.

»Das geht schon in Ordnung«, sagte ich.

Einen Augenblick blieb sie in der Tür stehen. Dann sagte sie: »Nein, ich darf nicht verraten, was los ist.«

Um eins ist meine Mutter gegangen, um fünf kam sie zurück.

»Hast du so lange mit Tante Franziska telefoniert?«, fragte ich.

»Ja«, sagte sie. »Aber jetzt hat sie sich beruhigt. Jetzt will sie es nicht mehr tun.«

»Dann ist es in Ordnung«, sagte ich.

Jetti sagte, es werde ihr unheimlich, wenn sie daran denke, was sie alles vergessen habe in ihrem Leben. Dass sie zum Beispiel kein Bild habe, wer sie als Zehnjährige gewesen sei.

Aber wenigstens hörte sich ihre Stimme nicht mehr so elend an.

Unter dem Waggon

»Ich habe mich an deine Gutenachtgeschichten gewöhnt«, sagte Jetti am Telefon.
»Aber ich habe dir doch erst eine erzählt«, sagte ich.
»So schnell geht das bei mir«, flüsterte sie. »Also bitte, noch eine!«
»Ich ruf dich in zwei Minuten zurück«, sagte ich. »So lange brauche ich, um mich in meinem Leben umzusehen.«
Es wäre am einfachsten gewesen, ich wäre durch den Regen zu ihr hinübergelaufen, hätte auch nicht länger gedauert, wir hätten uns ausgezogen und ins Bett gelegt, sie hätte ihren Kopf auf meinen Arm gelegt – aber das wollten wir nicht. Also wählte ich ihre Nummer.

Die Mutter der Frau Mangold, unserer Nachbarin, von der ich dir gestern erzählt habe, war eine kleine Frau, ich bin nie einer kleineren begegnet. Sie war achtzig, als ich zehn war. Sie ist jeden Morgen in die Kirche gegangen, und weil das der gleiche Weg war wie mein Schulweg und wir uns gegenseitig schätzten, haben wir einander manchmal begleitet. Wir sind nicht bis zur Schranke gegangen, das war uns zu weit. Wir sind auf dem schmalen Pfad durch die Brennnesseln auf den Bahndamm hinaufgestiegen und dann über die Gleise zum Güterbahnhof, wo es immer nach Maggi gerochen hat oder so ähnlich. Der alten Frau Mangold hat es vor dem Geruch gegraust, mir nicht. Wenn mein Vater die Maggiflasche in die Suppe geschüttelt hat, hat es ähnlich gerochen. Ich habe meine Suppen auch gern kräftig gewürzt.
Einmal versperrte ein Güterzug unseren Übergang.
Ich sagte: »Heute müssen wir den Umweg machen.«
Aber sie sagte: »Wir können uns unter einem Waggon hindurchbücken, da ist für uns beide leicht Platz. Das machst du doch auch immer, wenn du allein bist.«

»Stimmt«, sagte ich.

Sie meinte, wenn sie einen Buckel machte, dann würde das genügen. Aber es genügte nicht. Sie war zu groß. Obwohl sie so klein war. Sie stieß immer wieder mit dem Kopf an.

»Wie machst du es, wenn du allein bist?«, fragte sie.

»Ich krieche«, sagte ich.

Sie war immer wie in Trauer gekleidet. Vor sehr, sehr langer Zeit war einer von den ihren gestorben, ich wusste nicht, wie sie zu demjenigen gestanden hatte, ob es eine Frau gewesen war, zum Beispiel ihre Tante oder ihre Tochter. Von mir war noch nie jemand gestorben. Ich hatte die alte Frau Mangold auch noch nie vorher richtig aus der Nähe betrachtet. Ihr Gesicht schon, aber das andere nicht. Ihr Gesicht mochte ich ganz gern, es war wie ein Holzapfel, der lange im Trockenen gelegen hat. Bei Äpfeln kannte ich mich aus. Meine Mutter hatte mir im Herbst erlaubt, Äpfel zu sammeln und im Keller ein Regal anzulegen. Man musste nur darauf achten, dass sie sich nicht gegenseitig und auch nur möglichst wenig den Boden berühren. Ich fertigte aus Spreißelholz einen feinen Rost an. Die Äpfel hat dann fast alle mein Vater weggegessen. Einmal sagte ich zu ihm: »Iss mir die Äpfel nicht weg!« Da hat er ein Theater gemacht. Dass der Sohn dem Vater die Vitamine nicht gönnt. Ich wusste, was Vitamine sind, und die waren mir ganz egal. Er aß die Äpfel, noch bevor sie gut waren. Boskop muss man ruhen lassen. Und dann sagte er noch, dass es inzwischen so weit sei, dass der Sohn mit dem Vater in einem Ausrufesatz redet. Das konnte ich an meinem Vater nie leiden: seine Aufgeregtheit. Immer war etwas endgültig oder ausschließlich oder nie oder immer. Dabei hatte er von gar nichts eine Ahnung. Ich hatte wenigstens von Äpfeln eine Ahnung. Und das Gesicht der alten Frau Mangold sah aus wie ein lange im Trockenen gelagerter Holzapfel.

»Dann krieche ich eben auch unten durch«, sagte sie. »Ich mache es dir nach.«

Und mitten unter dem Waggon hat sie sich den Knöchel verknackst. Sie konnte nicht mehr weiter. Und zurück konnte sie auch nicht mehr. Und es hat ihr wehgetan. Und ihr Gesicht war nicht mehr freundlich. Ich habe mich in ihrem Charakter getäuscht. Sie hat mich beschimpft. Sie saß auf ihrem kleinen Hintern, hatte die Knie angezogen und keifte.

Ich sagte: »Greifen Sie lieber nicht an die Achse, sonst werden Ihre Hände schmutzig.«

Ich sagte: »Es besteht keine Gefahr, dass wir überfahren werden. Die Waggons haben keine Lokomotive, sie stehen einfach nur da.«

Ich sagte: »Wenn ich Sie an den Armen ziehe, schaffen wir es vielleicht.«

Sie wollte, dass ich den Fahrdienstleiter hole. Das habe ich getan. Zu ihm sagte sie, ich hätte sie aufgehetzt, ich hätte gesagt, es sei besser, unter dem Waggon hindurchzukriechen, als bis zur Schranke zu gehen. Ich habe nichts zu meiner Verteidigung vorgebracht. Ich sah ihr nur mitten ins Gesicht, tief hinein in den Apfel. Aber ich glaube, es ist mir nicht gelungen, im Kerngehäuse meine Verachtung abzulegen.

Gutenachtgeschichte für Jetti – Nummer zwei.

Der Abend verlief ruhig und gesprächig

Jettis Bruder hatte Kastanien mitgebracht. Und hatte seine neue Freundin mitgebracht. Er ist, schätze ich, Mitte vierzig, sie, schätze ich, Anfang zwanzig. Oder jünger. Sie hat von der Matura gesprochen. In einem Ton, aus dem ich schloss, dass die Matura nicht weit zurückliegen konnte. Sie heißt Vera, vermute ich. Dreimal hat Robert Gerda zu ihr gesagt, und sie hat nicht anders reagiert als bei Vera. Sie hat weit auseinander liegende Augen. Sie hat mich taxiert. Ich bin mir in ihrer Gegenwart attraktiv vorgekommen. Wie ein erfahrener grauer Wolf. Wir saßen in der Küche, Robert schnitt die Kastanien ein und breitete sie über das Blech. Ich schraubte den Serranoschinken auf das Gestell und schnitt mit dem höllenscharfen Messer Späne ab und reichte sie weiter. Vera öffnete den Rotwein, den sie mitgebracht hatte. Da schlich ich mich aus der Küche und wählte von meinem Arbeitszimmer aus Jettis Nummer. Ich sprach auf ihren Anrufbeantworter. »Ruf an, Jetti«, sagte ich. »Bitte, Jetti, ruf mich an!« Dann holte ich den Whisky aus dem Kleiderschrank in meinem Schlafzimmer und ging in die Küche zurück.

»Er hat seinen Whisky nämlich im Kleiderschrank«, sagte Robert.

Vera sagte: »Ich habe letzte Woche meinen Vater tot aufgefunden. Er hatte seinen Whisky auch immer im Kleiderschrank.«

In die Stille hinein schellte das Telefon. Der Anrufbeantworter schaltete sich ein, ich hörte meine Ansage, dann Jettis Stimme. Was sie auf mein Band redete, verstand ich nicht. Robert warf mir einen Blick zu, der sagte irgendetwas, aber ich war mir nicht sicher, was er sagte. Er hätte sagen können: Das ist Jetti, ich kenne meine Schwester an ihrer Stimme. Oder: Was machen wir jetzt? Sollen wir über Veras toten Vater reden? Müssen wir über Veras toten Vater reden? Irgendwie schon, oder?

»Fragt ruhig«, sagte Vera.

»Wie ist er gestorben?«, fragte ich.

»Herzinfarkt«, sagte sie.

»Du hättest es mir sagen sollen«, stammelte Robert. »Dann wären wir vielleicht besser am Donaukanal entlangspaziert und hätten geredet. Ich hätte dir zugehört.«

»Das mit dem Whisky habe ich nicht gesagt«, fuhr Vera fort, als hätte Robert nicht einen Ton von sich gegeben, eigentlich, als wäre er gar nicht da, »weil ich andeuten wollte, er sei Alkoholiker gewesen. Das war er nicht. Er hat so gut wie nie etwas getrunken.«

»Warum versteckt er dann den Whisky im Wäscheschrank?«, sagte Robert. Er war zornig, weil er ignoriert worden war.

Vera sagte nichts. Sie sah mich an. Ich sollte antworten. Schließlich versteckte ja auch ich meinen Whisky im Schrank.

»Ich tue das auch«, sagte ich. Ich wollte in normaler Lautstärke sprechen, aber die Stimme war ganz heruntergedreht.

»Was hat er gesagt?«, fragte Robert. Vera hatte mich verstanden.

»Das hat schon einen Grund«, sagte ich. »Ich trinke an einer Flasche Whisky fast ein Jahr. Das heißt, Whisky passt eigentlich nicht in mein Leben. Und deshalb passt er auch nicht in meine Wohnung. Wenn ich die Flasche jeden Tag sähe, das würde mir die Wohnung ein klein wenig fremd machen. Ich weiß nicht, ob man das versteht.«

Das Telefon klingelte wieder. Die beiden blickten mich an.

»Gehen Sie ruhig«, sagte Vera.

»Wenn es Jetti ist«, sagte Robert, »richte ihr Grüße aus. Ich kenne einen, der sie verehrt. Sag ihr das!«

Ich zog die Tür zu meinem Arbeitszimmer hinter mir zu. »Du fehlst mir, Jetti«, sagte ich. »Robert ist bei mir. Er hat eine junge Freundin. Ihr Vater ist letzte Woche gestorben.«

»Ich habe in meinem Leben mit drei Männern zusammengelebt«, sagte Jetti. »Alle habe ich sie betrogen, und zwar habe ich sie alle in der Phase unserer Beziehung betrogen, in der ich glücklich war. Als ich unglücklich war, war ich treu wie die Mutter Maria.«

»Jetti«, sagte ich, »wir machen jetzt Folgendes: Wenn die beiden gegangen sind, rufe ich dich an. Punkt eins. Und wenn du abnimmst, lege ich auf und komme zu dir hinüber. Einverstanden?«

»Ich warte auf dich«, sagte sie.

Der Abend verlief ruhig und gesprächig. Das heißt, wir redeten viel, aber wir redeten leise. Um halb eins gingen die beiden. Ich drückte Veras Hand und machte dazu ein amerikanisches Gesicht, das sollte sagen: Du schaffst es. Zu Robert sagte ich, so dass Vera es hören konnte: »Pass auf sie auf!«

Als ich allein war, setzte ich mich neben das Telefon. Um eins wählte ich Jettis Nummer. – Es ist doch nicht zustande gekommen, ich weiß nicht, warum nicht. Wahrscheinlich haben wir es zerredet. Wahrscheinlich wollten wir es beide nicht. Oder dachten beide, der andere will es nicht.

»Erzähl mir eine Gutenachtgeschichte«, sagte sie.

Das habe ich gern getan.

Die Existenzialisten

Mein Vater erklärte die Weltlage. Mitten hinein sagte meine Mutter: »Erklär mir nicht die Weltlage!«

Mein Vater sagte: »Was?«

Meine Mutter sagte: »Bitte, nicht in diesem Ton!«

Und dann war Ruhe.

Im Schnitt kam das etwa einmal im Monat vor. Eine Woche war Ruhe. Also, etwa ein Viertel ihrer Zeit redeten meine Eltern nicht miteinander. Und wenn beide zur gleichen Zeit im selben Raum waren, redeten sie gar nicht. Auch mit mir nicht.

Ich kam mit dem Maturazeugnis in der Hand, ein heißer Tag im Mai, im schwarzen Anzug, im Knopfloch eine violette Seidenblume, was hieß, dass ich vorhatte, Philosophie zu studieren, legte das Blatt Papier auf den Küchentisch. Meine Mutter fasste es nicht an, mein Vater fasste es nicht an. Sie dachte: Nicht, dass es dann hinterher wieder heißt, ich dränge mich vor. Er dachte: Nicht, dass es dann hinterher wieder heißt, ich dränge mich vor.

»Ich wünsche mir, dass ihr redet«, sagte ich.

Sie spuckte auf ein Tempo-Taschentuch und putzte am Kühlschrank herum. Er beugte sich über seinen Teller, zog hohe Augenlider, blickte in mein Zeugnis, nickte.

»Sag einfach ja oder sag nein«, fuhr ich ihn an. Und sie fuhr ich an: »Oder schmeiß es ins Klo!«

Er machte sein berühmtes Gesicht. Berühmt bei allen, die ich schon gewesen bin – dem dreijährigen Ich, dem fünfjährigen Ich, dem zehnjährigen Ich, das gescheiter war als Vater und Mutter zusammengenommen, dem dreizehnjährigen Ich, das mein eigentliches Ich ist bis heute. Das Gesicht galt ihr, nur ihr, und es sagte: Das hast du aus mir gemacht. Sieh mich an! Ich bin zerbrochen. Ich bin nicht mehr der, nach dem du einmal verrückt warst. Ich bin nicht mehr der,

der es mit dir im Badezimmer getrieben hat, während unser Sohn vor der Tür seine Klötze aufeinandergeschichtet hat. Ich bin abgeschliffen, nicht zur Blüte gebracht. Steckengeblieben. Unterbunden. Im Arsch. Du bist schuld.

»Ihr kotzt mich an«, sagte ich; was ich während dem normalen Dreiviertel ihrer Zeit nie gesagt hätte. Ihr Schweigen war ihr Bann. Ich hätte ihnen Schlamm und Fett in die Ohren blasen können, ihr Hass aufeinander war stärker als ihre Empörung über den missratenen Sohn.

»Es ist gut«, sagte ich. »Ich bitte euch um Verzeihung. Dass ich lebe. Ich habe getan, was ihr wolltet. Das Ergebnis liegt vor euch auf dem Tisch. Ich habe die Matura gemacht. Vor einem halben Jahr noch hat es geheißen, wenn du die machst, tanzen wir alle um den Tisch herum. Ich sehe niemanden um den Tisch herumtanzen. Es muss auch niemand tanzen, Scheiße, noch einmal! Ich will nur, dass ihr redet!«

Sie redeten nicht.

Meine Mutter öffnete den Kühlschrank, zog den Stecker heraus. »Fängst du jetzt an, den Kühlschrank abzutauen?«, fragte ich. »Hast du einen Vogel?«

Mein Vater saß da wie ein dreidimensionales Porträt von sich selbst. »Ich schäme mich für dich«, sagte ich zu ihm.

Dann sagte ich: »Ich gehe.« Und ging.

Einen Augenblick lang überlegte ich, ob ich mich umziehen sollte, oder ob es ihnen mehr Angst machen wird, dass ich im Anzug davon bin. Ich ging im Anzug. Warf die Tür hinter mir ins Schloss und marschierte die Straße hinunter. Frau Keckeis, die in dem Haus an der Kreuzung Raimundstraße Nibelungenstraße wohnt, winkte mir vom Balkon herunter zu. Ich rief zu ihr hinauf: »Ich habe die Matura gemacht!« Sie zeigte mir den aufgestellten Daumen. Als ich der Dreizehnjährige gewesen war, habe ich sie einmal bei den Baggerlöchern beobachtet, wie sie ihren Badeanzug abgestreift hat. Sie hat bemerkt, dass ich sie beobachtete. Und hat weitergemacht. Ich wollte auf meine Erinnerungen nicht verzichten. Ich wollte nicht auswandern, ich wollte meinen Eltern lediglich einen Schrecken einjagen. Ich plante drei Tage.

Unten bei den Baggerlöchern stehen Holzhütten im Feld. Sie gehören niemandem mehr. In eine verkroch ich mich. Am ersten Tag aß ich nichts. Am zweiten Tag ging ich in den Laden am Ende der Nibelungenstraße und sagte, ich hätte das Geld zu Hause vergessen, und nahm Brot, Limo und Wurst mit. Wenn meine Eltern die Polizei rufen, spricht es sich herum, dass ich weg bin. Dann werden die vom Laden sagen, sie hätten mich gesehen. Konnte sein, dass dann meine Sache kleiner würde. Ich hätte heulen können. Eine Schachtel Zigaretten nahm ich auch mit, absichtlich Marlboro, die damals die teuersten waren. Mein Anzug war voll Taubendreck.

In der zweiten Nacht war mir elend vor Heimweh. Ich fand ein paar Münzen in meiner Anzugjacke, die waren übrig geblieben von den Maturatagen. Ich hatte sie in den neuen Kaffeeautomaten in der Aula stecken wollen, den Maturanten war das erlaubt. Ich habe es vergessen. Schade. Es hätte mir für drei Minuten das Gefühl gegeben, ein Existenzialist zu sein.

Ich ging in der Dunkelheit zum Bahnhof, dort stand eine Telefonzelle. Ich rief zu Hause an. Sofort wurde der Hörer abgenommen. Aber es meldete sich niemand.

»He«, sagte ich. »Bist es du, Papa, oder bist es du, Mama?«

Ich hörte Atmen. Frauenatem, Männeratem, ich wusste es nicht.

»Ich komme nach Hause«, sagte ich. »Bitte, redet wieder miteinander!«

Gutenachtgeschichte für Jetti – Nummer drei.

Wir müssen es anders angehen

Ich bin schon um zehn ins Bett. In letzter Zeit mache ich das manchmal. Es funktioniert. Ich schlafe sofort ein. Und wache zwei Stunde später auf, rechtzeitig zur Mitternacht. Dann bin ich frisch wie Churchill und setze mich an die Arbeit. Und gleich kommen die Zweifel. Ob es sich rentiert hat aufzustehen? Wofür, bitte? Was wollte ich eigentlich, als ich so früh ins Bett ging, um zwei Stunden später aufzuwachen? Ich habe mir doch etwas vorgenommen. Was war das doch gleich? Alles war anders als vor dem Einschlafen. Jetzt war alles nicht besonders. Dafür lohnt es sich nicht, in den Churchill-Rhythmus einzusteigen.

Nach einer Zeit erfasste mich ein heftiges sexuelles Verlangen. Warum drücke ich mich so geschwollen aus? Deshalb:

Ich rief Frau Micheluzzi an.

»Du hast mich geweckt«, sagte sie.

Ich sagte: »Du hast einmal unter Tränen behauptet, ich hätte dein Leben gerettet. Das stimmt doch?«

»Ja, natürlich. Deshalb kann ich jetzt ja auch nicht so reagieren, wie ich gern reagieren würde. Du hast mich aufgeweckt. Ich habe Schlafstörungen. Ich werde drei Stunden wachliegen. Vielleicht werde ich gar nicht mehr einschlafen können. Und morgen Nacht werde ich mich an die heutige Nacht erinnern und ebenfalls nicht einschlafen können.«

»Du nimmst mir allen Mut«, sagte ich.

»Du willst mir etwas Aufrichtiges sagen, habe ich recht?«

»Ja.«

»Wenn es mir wehtut, was du mir sagst, dann sind wir quitt. Dann möchte ich nie wieder von dir daran erinnert werden, dass du mein Leben gerettet hast. Was willst du mir sagen?«

Ich hatte Frau Micheluzzi schon seit einigen Monaten nicht mehr gesehen. Was einem Kunststück gleichkommt. Ihre Wohnungstür ist von meiner Wohnungstür so weit entfernt, dass ein großer Mann mit einem Fuß bei mir, mit dem anderen bei ihr sein könnte. Ich bin ihr nicht aus dem Weg gegangen. Ich habe nicht einmal an sie gedacht. Also ist sie mir aus dem Weg gegangen. Hat hinter der Tür gewartet, bis ich über die Stiege hinuntergelaufen bin. Hat hinter der Tür gewartet, bis ich über die Stiege heraufgekommen und in meiner Wohnung verschwunden bin. Hat durch den Spion geguckt, ob es günstig ist. Also hat sie an mich gedacht. Ich weiß nicht einmal ihren Vornamen. An ihrer Tür steht nur ihr Nachname. Das Wort Familienname trifft auf sie nicht zu. Auf mich allerdings auch nicht.

»Würdest du mir aufmachen, wenn ich zu dir hinüberkäme?«, fragte ich.

»Rede nicht im Konjunktiv!«, sagte sie.

Ihre Stimme hörte sich derb an. So wie sich meine Stimme für sie anhören musste. Kann es sein, dachte ich, dass ich ihr genauso gleichgültig bin wie sie mir, und dass sie diese Gleichgültigkeit sexuell stimuliert, wie sie mich sexuell stimuliert?

»Sag es endlich!«, herrschte sie mich an.

»Du nimmst mir allen Mut«, wiederholte ich.

»Soll ich es dir vorsagen?«

»Wie meinst du?«

»Ich tue, als wäre ich du, und sage, was ich denke, dass du sagen willst, und du sagst entweder ja oder nein. Du willst mit mir ins Bett gehen, stimmt's?«

Mir fiel nichts anderes ein, als noch einmal zu sagen: »Du nimmst mir allen Mut.«

»Ja oder nein? Du bist geil, und ich bin am nächsten, außerdem hast du mein Leben gerettet, und jetzt meinst du, mit der ist es am einfachsten.«

»Du kannst nicht so tun, als wärst du ich«, murmelte ich, »weil du nämlich Worte gebrauchst, die ich nie gebrauchen würde.«

»Soll ich mich geschwollen ausdrücken? Hat dich ein heftiges sexuelles Verlangen erfasst?«

»Ja«, sagte ich und legte auf.

Sofort klingelte es.

»Wir müssen es anders angehen«, sagte Frau Micheluzzi. »Ich weiß, dass du oft an mich denkst. Du gehst mir aus dem Weg. Du wartest hinter der Tür, wenn ich komme. Du wartest hinter der Tür, wenn ich gehe. Es kann nicht sein, dass man so nahe beieinander wohnt wie wir beide, und dass man sich nicht trifft. Ich würde gern mit dir schlafen. Ich würde mit jedem Mann gern schlafen. Er muss nur gewaschen sein, und er darf keine faulen Zähne haben. So reduziert bin ich bereits.«

»Wir müssen es anders angehen«, sagte ich. »Du hast recht.«

»Komm rüber!«, sagte sie.

Ich blieb bis eins. Ich sagte, ich könne nur allein in einem Bett schlafen.

»Nimm deine Schuhe und geh«, sagte sie.

Barfuß tappte ich über den Flur in meine Wohnung zurück und rief Jetti an.

Als der Daumen meines Vaters abbrach

Er habe nie in seinem Leben einen Sattel auf ein Pferd gelegt, sagte mein Vater. »Glaubst du, Pferde kommen mit einem Sattel auf dem Rücken zur Welt?«, fragte er.

»Ja, das habe ich geglaubt«, sagte ich.

»Aber sie kommen nicht mit einem Sattel auf dem Rücken zur Welt«, klärte er mich auf.

»Und ich habe immer gedacht, sie kommen mit einem Sattel auf dem Rücken zur Welt.«

»Da siehst du es!«

Er trug einen langen Mantel, der eingewachst war, und auf dem Kopf hatte er einen Cowboyhut mit einer Schnur unter dem Kinn hindurch, die so festgezurrt war, dass alles, was er sagte, verkniffen und bitter klang. Das hatte er gern so. Er ritt voraus, ich fuhr auf dem Fahrrad hinterher. Er hielt sich neben dem Schotterweg. Wenn uns Spaziergänger entgegenkamen, ritt er etwas zügiger, damit sie mich nicht mit ihm in Verbindung brachten. Das war ihm wichtig. So ging's am Alten Rhein entlang. Wenn er auf dem Pferd saß, konnte er Fahrräder nicht leiden, auch Motorräder nicht und Autos schon gar nicht. Er tat so, als hätten die sich in eine falsche Zeit geschlichen, in seine Zeit. Er fühlte wie ein Indianer, obwohl er ein Cowboy sein wollte. Ich konnte ihm ansehen, was er dachte, wenn er ein Auto sah: Die haben uns alles weggenommen, die Prärie, die Büffel, das Nicht-Alkohol-Trinken, das Skalpieren.

Hauptberuflich arbeitete mein Vater auf dem Bau. Er hatte nichts gelernt. Er besaß die Fähigkeit, alle niederzureden. In der Gewerkschaft wurde er etwas, weil er reden konnte. Er redete, und hinterher meinten alle, er hat recht; obwohl keiner mehr genau sagen konnte, worüber er geredet hatte. Und seine schwarzen Haare spielten auch mit. Und die schwarzen Augenbrauen, die sich über der Nasenwurzel in der Mitte des Gesichts trafen. Sein Gesicht wirkte so erwachsen wie sonst keines, das ich kannte. Den größten Blödsinn durfte er aufführen, hanebüchenen Scheißdreck durfte er reden – es dauerte lange, bis man ihn nicht mehr ernst nahm; dann aber war er meistens schon weiter, auf einer nächsten Baustelle, bildlich gesprochen und nicht bildlich gesprochen.

Als Gewerkschaftsfunktionär hatte er Geld. Er sagte eines Tages: »Die Gewerkschaft steht auf der Seite der Unterdrückten, das gilt für die ganze Welt. Die Indianer Amerikas sind unterdrückt.« Und dann mietete er sich ein Pferd.

Ich bewunderte meinen Vater. Und dafür gab es Grund genug. Er war ein haarsträubend heilloser Angeber, das habe ich bereits mit acht Jahren durchschaut. Aber er glaubte an das, was er sagte, auch wenn es noch so haarsträubend und heillos war, und solange er redete, glaubte ich auch daran, und hinterher war es meistens sowieso wurscht.

An jenem Nachmittag fuhren und ritten wir wieder am Alten Rhein entlang. Es war im Januar, und der Boden war hart gefroren. Er ritt querfeldein, ritt mir davon, und auf einmal ging das Pferd, das keinen Namen hatte, hoch und warf ihn ab. Er brüllte. Das Pferd galoppierte davon, mein Vater lag auf dem Boden und brüllte.

»Schau dir das an!«, brüllte er.

Er hielt mir seine Hand entgegen. Die sah merkwürdig aus. Das oberste Glied des Daumens hing an einem Hautfetzen an der Hand herab. Kein Blut. Fast kein Blut. Aus dem Stumpf sah ich ein Knöchelchen ragen.

Ich sprang vom Rad und habe das Richtige gemacht. Ich habe das Daumenoberteil auf das Knöchelchen gedrückt. Ich bildete mir ein, es machte einen feinen Knacks. Und ich bildete mir ein, der klang richtig und gut, fachmännisch. Ähnlich, wie wenn man den Deckel einer Blechdose zudrückt.

»Halt ihn fest!«, befahl ich meinem Vater, und er hielt den Daumen fest.

»Was soll ich jetzt machen?«, fragte er.

»Bleib genau so liegen«, sagte ich. »Ich fang erst das Pferd ein.«

Die Stute stand fünfzig Meter von uns in der reifgrauen Wiese. Sie zeigte uns ihre Seite, das hieß, sie blickte uns an, das wusste ich. Ich fasste sie an den Zügeln und führte sie zum Waldrand, dort machte ich sie an einem Baum fest. Es war mir egal, was mit ihr geschah. Meinetwegen hätte sie verhungern und erfrieren sollen.

»Was soll ich tun?«, rief mein Vater. »Ich überlasse alles dir!«

»Kannst du aufstehen?«, fragte ich.

»Soll ich?«

»Versuch's!«

Er hielt immer noch seinen Daumen fest, drückte das Glied dorthin, wohin es eigentlich gehörte. Ich griff unter seine Achseln.

»Zieh die Beine an!«, sagte ich.

»Mir wird schlecht«, wimmerte er. »Was hast du mit mir vor?«

»Setz dich auf den Gepäckträger und beuge dich vor auf den Sattel, halte aber die Hand hoch. Vielleicht geht das.«

So machten wir es. Ich schob mein Fahrrad, das einen Namen hatte, er saß hinten auf dem Gepäckträger, seine Beine schleiften nach, das gab dem Ganzen Stabilität.

»Wohin fahren wir?«, fragte er.

»Ins Krankenhaus«, sagte ich.

»Das dauert drei Stunden«, schrie er auf. »Dann bin ich verblutet.«

»Aber es blutet ja gar nicht«, sagte ich.

»Aber es wird gleich anfangen zu bluten.«

Ich war dreizehn Jahre alt, und nie wieder in meinem Leben war ich so intelligent wie damals. Ich sagte: »Bleib so stehen, halt das Fahrrad mit deinen Beinen.«

»Was machst du? Lässt du mich allein?«

Ich kratzte Schnee zusammen, eine große Hand voll, knetete zwei Schneebällen, plattete sie ab. »Leg den Daumen dazwischen«, sagte ich. »Schau aber zu, dass das Stück oben bleibt.«

Die Kälte linderte seinen Schmerz. »Wenn ich das überlebe«, keuchte er, »dann sage ich nur noch Genie zu dir.«

Ich schob das Rad. Es war so anstrengend, dass ich schon nach fünf Minuten stehen bleiben und Luft holen musste.

»So geht das nicht«, jammerte er. »So brauchen wir fünf Stunden. Entweder ich verblute, oder der Daumen friert mir ab. Dann muss man ihn abnehmen. Wahrscheinlich muss man ihn sowieso abnehmen.«

Da hielt ich ihn beim Kinn fest, wie er es oft bei mir getan hatte, wenn er mich von einer seiner Idiotien überzeugen wollte, und blickte ihm in die Augen. »Papa«, sagte ich ganz ruhig, »Papa, ich verspreche dir, dass alles gut wird.«

»Danke«, sagte er. »Danke, Genie!«

Am Ende der Wiese ging's aufwärts, das war kaum zu schaffen; aber ich schaffte es. Oben musste ich fast kotzen vor Erschöpfung.

»Du rettest deinen Vater«, gab er mir Mut. »Weißt du das? Weißt du, was das für ein Werk ist? Es ist das größte Werk, seinen eigenen Vater zu retten.«

»Ich kann gleich weiter«, sagte ich. »Nur einen Augenblick. Von jetzt an geht's leichter. Von jetzt an sind wir auf dem Geteerten.«

»Danke, Genie«, sagte er. »Danke.«

Auf der geteerten Straße ging's leichter, und nach ein paar hundert Metern kam uns ein Auto entgegen. Ich schob das Fahrrad in die Mitte der Straße und winkte. Der Fahrer hat sofort verstanden, dass man keine langen Reden hält in so einer Situation. Wir luden meinen Vater auf den Vordersitz.

»Fahrt ihr los«, sagte ich. »Ich komme nach.«

Am Abend war alles erledigt. Der Arzt habe gesagt: »Wenn Ihr Sohn Ihnen den Rat gegeben hat, das Glied auf den Daumen zu drücken, und wenn er obendrein auf die Idee gekommen ist, den Daumen in Schnee zu betten, dann ist Ihr Sohn ein Genie.« Es musste nur die Haut auf der Daumeninnenseite zusammengenäht werden. Die Sehne war nicht gerissen. Mein Vater musste nicht einmal im Spital übernachten. Er bestand darauf, dass ich ihn auf dem Fahrrad nach Hause schiebe. Das habe ich gemacht. Obwohl es nicht nötig gewesen wäre. Man hat sich angeboten, ihn mit der Rettung nach Hause zu fahren. Das wollten wir beide nicht.

Zu Hause sagte mein Vater zu meiner Mutter: »Von nun an wird niemand in diesem Haus mehr an ihm herumkritisieren. Er darf die Jacke anziehen, die er will. Und wenn er am Morgen sagt, es wird Nacht, dann wird es Nacht.«

Mein Vater hat mich dann eine Zeitlang überallhin mitgenommen, zu seinen Sitzungen, zu den Versammlungen, und immer hat er mich so vorgestellt: »Das ist der, der seinem Vater das Leben gerettet hat. Das Genie.« Einmal gab es sogar allgemeinen Applaus.

Gutenachtgeschichte für Jetti – Nummer vier.

Liste eins: Sieben Freunde

Der erste hieß Marbod Weibel. Er wohnte bei den Lehmgruben. Ein Teil des Hauses war ausgebrannt. Marbods Vater hatte kein Geld, um den Schaden beheben zu lassen. Er sagte, er werde es, wenn er Zeit habe, selber machen, die Nachbarn würden ihm sicher dabei helfen.

Die Nachbarn klopften an die Haustür, die elektrische Klingel war kaputt, sie sagten: »Wann sollen wir kommen?«

Irgendwann zogen die Weibels fort, das Haus wurde abgerissen. Marbod hat es geschafft, er wurde Zahnarzt.

Der zweite hieß Franz Mähr. In der Volksschule verbrachten wir viel Zeit miteinander. Wir waren beide in Messer vernarrt. Ein Spiel, das wir mochten, ging so: Einer stellte sein Stilett mit der Spitze auf den kleinen Finger der rechten Hand, ließ es kippen. Wenn es im Boden steckte, kam der nächste Finger dran, dann der übernächste und so weiter, dann der Handrücken, der Ellbogen, die Schulter, das Kinn, die Nase, die Stirn, die Hüfte, das Knie, die Ferse und dann wieder von vorne. Wenn das Messer nicht im Boden stecken blieb, durfte der andere weitermachen.

Einmal sagte Franz: »Das könnte ich den ganzen Tag machen. Eine gute Reaktion ist wichtig.«

Ich sagte: »Ich brauche dringend ein eigenes Messer.«

Wir spielten nämlich immer nur mit seinem. Wir sind zum Collini gegangen, das war das Geschäft mit der schönsten Auslage – Messer, nur Messer, Schweizer Messer, Fahrtenmesser, Bowiemesser, Wurfmesser, Messerchen. Ich habe die Verkäuferin abgelenkt, Franz hat ein Stilett geklaut.

»Für die ewige Freundschaft«, sagte er und überreichte es mir draußen.

Franz war ein schlechter Schüler. Als mich meine Eltern aufs

Gymnasium schickten, hat er sich anderen Menschen zugewandt und ich mich auch.

Den dritten nannten wir Schweini. Er war blond und rosa und fett und hatte das Gesicht und den Rücken voller Pickel. Die Pickelnarben waren blau. Seine Augen waren auch blau. Er hat die Pickel mit dem Fingernagel ausgekratzt und das Zeug in den Mund gesteckt. Er sagte, das mache er mit Absicht, das sei wie Impfen. Der Körper wehre sich gegen den Stoff, der ihm zugeführt wird, und wehrt sich so auch gegen den Stoff, den er selbst erzeugt.

Auf einmal hatte er keine Pickel mehr. Er wurde schlank und bekam bereits als Vierzehnjähriger eine Stimme wie ein erwachsener Mann, dem Verantwortung gegeben worden war. Ich mochte ihn, weil er mir jede Angst nehmen konnte. Er hatte für alles eine Erklärung. Manchmal rufe ich ihn heute noch an.

»Servus«, sage ich. »In einem absoluten Vakuum, wenn es so etwas überhaupt gibt, herrscht dort der absolute Nullpunkt, temperaturmäßig?«

Ria Bernhard war eine Freundin und nicht mehr. Also nicht eine Geliebte. Sie ist die vierte.

Ich hätte gern gehabt, dass sie mehr wäre. Sie dagegen kam nicht einmal auf den Gedanken. Sie trug manchmal einen Wildlederminirock, dazu Wildlederstiefel. Der Teil ihrer Beine zwischen Rock und Stiefel rührte mich. Die Knie sagten: Wir müssen etwas tun, was wir nicht wollen, aber man kann nicht immer das tun, was man will. Ria meinte, ich sei ein Experte für Träume. Alles an ihr war klein und mild. Sie drückte den Klingelknopf bei unserem Haus und lief zur Straße. Immer hatte sie Angst, sie komme ungelegen.

»Kannst du mir schwören, dass ich immer deine Freundin sein werde?«, fragte sie, da waren wir beide achtzehn oder so.

»Das kann ich«, sagte ich.

Darum steht sie in der Liste.

Der fünfte Freund hieß Achim Pietzsch. Er war in Bremen aufgewachsen und studierte wie ich Politikwissenschaft und Germanistik in Marburg.

Eines Tages sagte er: »Ich habe den Tripper. Und Filzläuse habe ich auch. Beides von derselben Frau. Sie studiert Pädagogik.«

Ich sagte: »Was machst du?«

»Ich warte noch mit der Behandlung«, sagte er. »Ich will einfach noch ein paarmal mit ihr schlafen. Wenn wir dann beide nicht mehr wollen, gehen wir und lassen uns behandeln. Wenn wir es gleich tun, dann hätten wir, glaube ich, keine Lust mehr.«

Achim arbeitet heute bei einer Zeitung und hat mich schon mitten in der Nacht angerufen. »Du fehlst mir«, hat er gesagt.

»Du mir auch«, habe ich gesagt. »Aber wenn du kommst, bring die Zeit mit, die so gut zu uns war.«

Jetti Lenobel ist die sechste.

Sie hat die schönste Haltung von allen Frauen, die ich kenne. Am liebsten mag ich es, wenn sie steht, und jemand spricht sie an, und sie dreht ihren Oberkörper zur Seite.

Wir zwei sind uns in fast allem einig. Manchmal, wenn wir gemeinsam unter Leuten sind, flüstere ich ihr ins Ohr: »Jetti, ich bin stolz auf dich.«

Als wir uns kennenlernten, waren wir beide in einer Verfassung, die uns anderen Menschen gegenüber vorsichtig sein ließ. Wir waren vorsichtig zueinander, und deshalb fassten wir große Zuneigung, Jetti für mich, ich für Jetti. Allerdings dauerte die Vorsicht zu lang, weshalb leider keine Liebesbeziehung aus unserer Bekanntschaft wurde.

Sie sagt: »Mit dir würde ich wirklich gern schlafen.« Ich sage das Gleiche zu ihr. Und es stimmt auch. Aber wir meinen es nicht so.

Richard ist der siebte Freund. Der dicke Richard. Der ängstliche Richard. Der vorsichtige Richard. Dem so viel Unvorhergesehenes zustößt. Den wir früher, als wir uns noch jeden Mittwoch im Kaffeehaus trafen, Caligula nannten. Ich habe ihn vor zehn Jahren kennengelernt. Er war im Begriff, das Haus zu betreten, in dessen Dachgeschoss ich damals eine Wohnung hatte. Er blieb mit dem Ärmel an der Türschnalle hängen und riss sich den Daumen auf. Ich bat ihn in meine Wohnung, reinigte die Wunde mit Wundalkohol und legte einen Verband an. Seither bin ich sein Schutzengel.

Der Garten Eden

Um halb acht öffnet der Supermarkt in der Kettenbrückengasse. Ich war der Erste. Die Frau beim Brot war noch damit beschäftigt, die Regale zu füllen. Ein Bub half ihr dabei. Er war zehn oder elf. Er trug einen roten Anorak und hatte eine Schildmütze auf dem Kopf. Neben einem Regal lag seine Schultasche. Er nahm ein Brot aus einer der Plastikkisten und reichte es seiner Mutter. Sie lobte ihn. Er tat so, als habe sie nichts gesagt. Machte weiter mit seiner Arbeit. Und sie lobte ihn wieder. Seine Hände waren mehlig. Er rieb sie aneinander und klatschte den Staub ab. Er hatte große spatelförmige Finger, erwachsene Männerhände. Ich stand bei den gekühlten Milchprodukten, eine Hand hielt ich ausgestreckt, sie wies auf die Becher mit Frischkäse. Wer mich fest im Blick hatte, musste sich freilich denken, ich sei in einer Bewegung erstarrt; musste sich denken: Dem ist ganz plötzlich ein schwerer Gedanke gekommen. Wer mich jedoch nur unaufmerksam wahrnahm, gleichsam aus dem Augenwinkel, der dachte sich, wenn er sich überhaupt etwas dachte: ein Mann, der nach Milchprodukten greift. Er würde meine Starre nicht bemerken. Er würde das starre Bild als Teil einer Bewegung nehmen. Der semantische Rekonstrukteur in seinem Hirn würde aus mir einen normalen Mann machen, der nach einem gekühlten Milchprodukt greift. Dieser Trick erlaubte es mir, Mutter und Sohn bei ihrer Tätigkeit zu beobachten.

Als die Brote alle im Regal lagen, streichelte die Mutter dem Buben über die Wange. Da lächelte er und neigte ihr seinen Kopf entgegen. Sie nahm ein Messer, schnitt eine Semmel in der Mitte durch, ging hinter der Theke zur Wurst, hob mit einer Gabel ein paar Scheiben Lyoner auf, schnitt eine Essiggurke in Scheiben. Der Bub saß derweil auf der leeren Brotkiste und starrte vor sich nieder.

»Hol dir einen Kakao!«, sagte die Mutter.

Der Bub stand auf, trat neben mich, nickte mir zu, nahm eine

Flasche aus dem Kühlregal und setzte sich wieder auf seine Kiste. Er drückte die Flasche an seine Stirn. Hatte er Kopfschmerzen? Solche, wie ich sie im Sommer noch manchmal habe? Solche, die aus den Augenhöhlen in die Stirn hinaufkriechen? Zwischen meinem zwanzigsten und dreißigsten Lebensjahr hatte ich jeden Morgen Kopfschmerzen. Mein zweites Leiden hieß Langeweile. Als Kopfschmerzen und Langeweile sich verflüchtigt hatten, las ich in einem Buch über den französischen Philosophen Blaise Pascal, dass Langeweile eine der edelsten Empfindungen des Menschen sei, weil sie von einer unbefriedigbaren Seele Zeugnis ablege, weil sie aus einer unendlichen metaphysischen Sehnsucht des Menschen entspringe, weil sie von einem Anspruch an die Existenz erzähle, der höher sei als alle Geschenke Gottes. Wenn selbst der ausgestirnte Himmel nicht mehr als ein müdes Achselzucken auszulösen vermag …

Die Mutter wickelte die Wurstsemmel in Alufolie und steckte sie in die Schultasche ihres Sohnes. Dann küsste sie ihn auf die Lippen. Der Bub ging an mir vorbei, sagte »Auf Wiedersehen!« und verließ den Laden.

Die Mutter wandte sich mir zu. Ihr Lächeln sagte: So sind wir Mütter. So sind unsere Kinder. So muss man tun. Das kennen Sie doch auch. Aber sonst ist er ein liebes Kind. Er geht halt nicht gern in die Schule. Wenn ich ihn nicht füttern würde wie eine Amsel ihre Brut, dann würde er verhungern. Aber Sie wissen ja selbst, das macht man gern. Irgendwann sind sie erwachsen und fliegen aus. Dann bereuen wir jede Sekunde, in der wir nicht getan haben, was wir hätten tun sollen.

Ich fragte nach einer bestimmten Brotsorte. Spielte den interessierten Laien. Ich wollte ihre Stimme hören. Wollte sie vergleichen mit der Stimme am Telefon. Sie schnitt mit einem übergroßen Messer kleine Stücke von verschiedenen Broten, bot sie mir an.

Ich sagte: »Es ist gut, wenn man weiß, was die Kinder den Tag über tun.«

»Das ist das Gute an einem Handy«, sagte sie.

»Einen lieben Buben haben Sie«, sagte ich.

»Er macht mir viel Freude«, sagte sie.

»Und Sorgen wahrscheinlich auch«, sagte ich.

Ein Schatten aus Misstrauen huschte durch ihren Blick. Ich fand, sie hatte gütige Augen. Ich hätte es gern gehabt, von solchen Augen einen gewissen Teil des Tages angeschaut zu werden. Und einen interessanten Mund hatte sie. Ich konnte mir vorstellen, dass sie eine Schwester hatte, deren Mund wie ihrer war, nur weniger ausgeprägt; und diese Schwester, dachte ich, müsste eine Schönheit sein oder ein Filmstar. Der Mund war ein übertriebener Charlotte-Rampling-Mund. Ein Michelle-Pfeiffer-Mund.

»Jedes Kind macht Sorgen«, sagte sie.

»Und jede Mutter denkt wahrscheinlich, ihr Kind macht besonders viel Sorgen«, sagte ich.

»Ich denke das nicht«, sagte sie.

»Man traut den eigenen Kindern das Beste zu und manchmal eben auch das Schlechteste«, reizte ich weiter.

»Ich nicht«, sagte sie. »Weder noch.«

»Oder was aus ihm später wird«, sagte ich. »Das Schlimmste wäre wohl, er wird einsam.«

Ich ließ mir ein Sauerteigbrot mit Walnüssen einwickeln und ging weiter durch den Garten Eden.

Auch Richards Schwester hat ein Pferd

Richard wollte am Wochenende in die Stadt kommen. Ich habe ihn eingeladen. Er hätte bei mir im Wohnzimmer auf dem Sofa schlafen können. Das ist breit genug und auch stabil. Ich erwähne das nur deshalb, weil er danach gefragt hat. Er müsse das fragen, sagte er, er wolle nicht, dass etwas passiere, was unsere Freundschaft zerstören könnte. Und dann, Freitag in der Nacht, rief er an und sagte ab.

»Ich muss zu meiner Schwester«, sagte er mit einer Stimme, als wäre er mit einem Schlag erwachsen geworden. »Da warten massive Probleme.«

»Ich wusste gar nicht, dass du eine Schwester hast«, sagte ich.

»Das weiß niemand«, sagte er.

Dies ist die Geschichte der massiven Probleme:

Richards Schwester heißt Waltraud. Sie ist vierzig und hat zwei Kinder, einen Buben, Severin, und ein Mädchen, Michele. Sie ist verheiratet mit einem Mann, der nichts gelernt hat und trinkt. Sie wohnen in einer billigen Kommunalwohnung. Der Mann arbeitet als Leiharbeiter. Meistens schwarz. Immer wieder hat es Zeiten gegeben, in denen sie nicht versichert waren. Waltraud kann ihren Sohn Severin nicht leiden. Sie sagt, er habe sie enttäuscht. Das hat sie bereits gesagt, da war er zwölf. Er habe aus ihren Angeboten nichts gemacht. Einmal hat man ihm zu Weihnachten ein BMX-Fahrrad gekauft, weil man Andeutungen seinerseits so verstanden hatte, dass er sich vorstellen könne, in dieser Richtung auch vereinsmäßig tätig zu werden. Das Rad hatte fünfzehn- bis zwanzigtausend Schilling gekostet. Man musste einen Kredit dafür aufnehmen. Aber dann ist der Severin damit nur in der Gegend herumgefahren. Was die Mutter am meisten ärgerte, war, dass er beim Fahrradfahren mit dem Mund ein Geräusch machte, als wäre das Fahrrad ein Moped. Das hat sie so gedeutet, dass er mit dem Fahrrad nicht zufrieden sei. Nach einem Jahr lag das Fahrrad nur noch herum. In die Schule fahren konnte er damit nicht, das heißt, es war zu unpraktisch, hatte zum Beispiel keinen Gepäckträger. Auch bei Regen war nicht gut fahren damit – keine Schutzbleche. Man wollte das Ding verkaufen. Da kam einer, ein Kollege von Waltrauds Mann, der sagte: »He! Verkaufen! Super! Aber doch nicht hier! Drüben! In der Tschechei! Kriegt ihr das Dreifache!« Man beschloss, dem Mann die Sache zu übergeben. Kein Rad. Kein Geld. Das war das Resultat. »Alles Scheiße!«, sagte Waltraud zu ihrem Bruder am Telefon.

Von da an konzentrierte sich Waltraud ganz auf ihre Tochter Michele.

Sie hatten kein Geld. Nur Schulden. Und keine Aussicht. Richard hat ihnen immer wieder Geld gegeben. Er hat sich auch bemüht, für seinen Schwager einen Job zu finden. Er hat auch Jobs gefunden. Aber der Schwager hat alles vermasselt. Und das Geld hat er vertrunken. Richard hat einen Platz für eine Entziehungskur organisiert. Der Schwager ist nach wenigen Tagen ausgerissen. Richard hat seiner Schwester ein Theater gemacht. Er hat ihr vorgerechnet, was alles falsch läuft bei ihnen. Sie sagte nur: »Dafür bist du fett!«

Sie hat Richard von da an nicht mehr um Geld gefragt. Aber die Tante Martha hat sie um Geld gefragt. Nun muss man wissen, dass die Tante Martha eine alte winzige Frau ist, die ihr Lebtag lang nur für andere da gewesen war, nie verheiratet war, keinen erlernten Beruf hatte, Mindestrente bezog. Tante Martha dachte: Was hat mein Leben für einen Sinn, außer den, dass ich für die da bin, die mich zu ihrer Familie zählen? Und Waltraud sagte: »Tante Martha, du gehörst zu unserer Familie.« Da gab ihr Tante Martha alle ihre Ersparnisse und einen großen Teil ihrer kleinen Rente und die Verfügungsgewalt über ihr Konto. Und Waltraud hat alles abgeräumt. »Es ist nicht für mich, es ist für die Michele!«

Irgendwann telefonierte Richard mit Tante Martha, er fragte sie, wie es ihr gehe, sie sagte: »Könntest du mir vielleicht sieben Euro borgen.« Da ist er sofort ins Waldviertel gefahren, mit hundertvierzig durch die Dörfer.

Richards Schwester hat ein Pferd gekauft. Für die Michele. »Sie hat sich immer so sehr ein Pferd gewünscht«, rechtfertigte sie sich vor ihrem Bruder. »Warum muss es immer so sein, dass arme Leute wie wir nie das kriegen, was sie sich wünschen, und die Reichen kriegen immer alles?«

»Weil das genau die Definition von Armut ist«, sagte Richard.

Das Wort »Definition« hat sie zornig gemacht. Sie hat die Tür zugeknallt, und ihr Mann hat zu Richard gesagt: »Wenn sie so spinnt, ist es, glaub ich, besser, man haut ab.«

Aber das Pferd war da. Ein ganzes Pferd. Es stand auf der anderen Seite des Tals in einem Stall. Die Miete für den Platz war etwas höher als die Hälfte der Miete für ihre Wohnung. Das Pferd war nutzlos. Michele konnte nicht darauf reiten. Die Besitzer des Reitstalls hatten das Pferd nur unter der Bedingung verkauft, dass es nicht ohne Sattel geritten wird. Es war aber kein Geld für einen Sattel da. Weil aber die Michele unbedingt reiten wollte und sollte, hat sie normale Reitstunden genommen. Eben solche, wie sie sie vorher auch schon genommen hatte, bevor das Pferd gekauft worden war. Die Reitstunden kosteten im Monat mehr, als für das Essen der ganzen Familie veranschlagt war. Tante Martha nahm Babysitterjobs an und gab Waltraud das Geld. Es reichte knapp für die Reitstunden. Dann kam der betrunkene Vater auf die Idee, im Reitstall nachzufragen, ob man denn nicht einen Sattel für das eigene Pferd mieten könne, das sei doch sicher billiger als Reitstunden auf einem fremden Pferd. Nach drei Monaten war er auf diese Idee gekommen. Der Mietsattel war billiger. Man sagte Tante Martha aber nichts davon und nahm weiter ihr ganzes Babysittergeld.

Und irgendwann waren sie am Ende. Alle miteinander. Tante Martha hatte das Konto so weit überzogen, dass sie kein Geld mehr bekam. Da wurde sie krank. Herzbeschwerden. Panikattacken. Sie wurde ins Krankenhaus gebracht. Waltrauds Konto war längst gesperrt worden. Ihr Mann hatte kein Konto. Da hat sich Waltraud überwunden und wieder ihren Bruder angerufen.

»Als Erstes«, bestimmte Richard, »und zwar noch heute, verkauft ihr das Pferd!«

»Nein«, kreischte Waltraud, »das tun wir ganz bestimmt nicht. Wir sind zwar arme Leute, und uns geht es im Augenblick besonders schlecht, aber das ist Würde!« Und sie fragte ihn, ob er wisse, was das sei, Würde.

Richard dachte: Ich habe einen Fehler gemacht. Ich hätte über das Pferd erst am Schluss reden sollen. »Also«, sagte er, »dann verkauft ihr eben das Auto.«

»Das geht nicht«, sagte seine Schwester. »Wir brauchen das Auto.«

Sie brauchen das Auto, weil ihr Mann und ihr Sohn jeden Tag hinüber zum Stall fahren müssen, um das Pferd zu putzen und den Stall auszumisten. Dazu hatte man sich nämlich verpflichtet. Schriftlich.

»Wenn ihr weder das Pferd noch das Auto verkaufen wollt«, sagte Richard, »dann kann ich euch nicht helfen.«

»Dann gehen wir eben zur Fürsorge«, sagte Waltraud. »Aber ich werde dort sagen, dass mein Bruder sich weigert, uns zu helfen.«

»Bei der Fürsorge werden sie dich nach eurem Besitz fragen. Was sagst du dann? Pferd und Mercedes?«

»Gut«, sagte sie. »Geh jetzt!«

»Und was willst du machen?«

»Ich werde Tante Martha anrufen. Sie soll kommen.«

»Und was dann? Sie liegt im Spital. Sie hat kein Geld mehr. Was soll sie hier?«

»Sie gehört zur Familie. Wir legen uns alle ins Bett und verhungern. Du gehörst nicht mehr zur Familie.«

Das ist die Geschichte.

»Und übers Wochenende fährst du trotzdem wieder zu ihnen?«, fragte ich Richard am Telefon.

»Ich muss ihnen helfen«, sagte er. »Ich decke ihre Konten ab. Und halt das Übliche. Man kann sich die Familie nicht aussuchen.«

Darum beneidete ich ihn.

Theorie des Randschattens

Robert Lenobel war am Abend bei mir. Er sagte, er komme, weil ihn Jetti gebeten habe, er solle nach mir schauen. Sie habe während unserer letzten Telefonate den Eindruck gewonnen, dass ich Trost brauche.

»Brauchst du Trost?«

Er wartete meine Antwort gar nicht ab. Er wolle mir eine Geschichte erzählen, sagte er, sie habe bisher noch immer jeden aufgeheitert. Jetti habe ihm empfohlen, mir diese Geschichte zu erzählen. »Du erzählst ihr angeblich jede Nacht eine Gutenachtgeschichte. Stimmt das?«

»Ja, das stimmt«, sagte ich.

»Ich finde das verrückt, weißt du das? Ich will, dass du weißt, dass ich es verrückt finde, wenn zwei Erwachsene, die durch ein Viertel ihres Lebens behaupteten, dass sie gerne miteinander schlafen würden, es aber nicht tun, sich gegenseitig in der Nacht am Telefon Gutenachtgeschichten erzählen.«

»Nicht gegenseitig«, korrigierte ich, »nur ich erzähle. Jetti hört zu.«

»Doch gegenseitig«, korrigierte er. »Heute kommt ihre Geschichte dran. Was spielt es schon für eine Rolle, wer sie erzählt. Ich habe mir nun einmal geschworen, ein Leben lang auf meine schöne Schwester aufzupassen, und für mich heißt das: Wenn sie mich um einen Gefallen bittet, dann tu ich ihr diesen Gefallen. Und sie hat mich gebeten, dir eine Geschichte zu erzählen, von der sie meint, dass sie dich aufmuntert. Willst du die Geschichte hören, ja oder nein?«

»Wenn es sein muss«, sagte ich. Verbesserte mich: »Wenn es Jetti wünscht.«

»Im Anfang war es so«, begann der Angeber tatsächlich und ohne Ironie in der Stimme. – Ich habe das Recht und die schriftstellerische

Freiheit, nicht so tun zu müssen, als wäre ich er! Deshalb erzähle ich seine Geschichte so, wie ich sie erzählen würde, wenn ich er wäre.

Nämlich so:

In meiner Einbildung hatte ich Pläne entworfen und mir Geschichten vorgesponnen, wie es irgendwann in der Zukunft mit ihr sein könnte. Ich hatte Freude an ihrem Tiroler Dialekteinschlag, und wir mochten es, den halben Tag in ihrem schmalen, ächzenden Bett zu bleiben und an unseren Körpern entlangzukriechen. Aber ich hatte ein laues Herz, und wenn ich von ihrem Dachzimmerchen herunterstieg, vorbei an ihren Vermietern, mit denen sie sich die Garderobe im Korridor teilte, sickerten meine Gedanken von ihr ab, und draußen auf der Straße war ich wieder ganz für mich und dachte nicht an das nächste Mal. Für meine immergrüne Gegenwart zwischen Frühstück bei Eduscho und der Olivetti-Reiseschreibmaschine auf meinem Tisch mit Schublade in der Taborstraße hatten meine verliebten Zukunftsgeschichten keine Bedeutung. In Wahrheit war ich nicht mehr als ein Besucher in ihrer niedlichen Bude. Und mehr wollte ich in Wahrheit auch nicht sein.

Später war es so: Sie begann mir auf die Nerven zu fallen. Ich musste mich in ihrer Gegenwart beherrschen, andauernd musste ich mich beherrschen. Schon nach unseren ersten zwei Wochen gab es nichts mehr an ihr, was mir gefiel.

Sie sagte: »Irre ich mich, oder war's am Anfang anders?«

»Was meinst du?«, fragte ich.

»Ich habe das Gefühl, wir tun zu viel.«

»Ich verstehe nicht, was du meinst.«

»Wir tun die ganze Zeit etwas. Wir liegen nicht mehr einfach nur im Bett, zum Beispiel.«

»Jetzt liegen wir doch im Bett«, sagte ich. Das Herz pumperte mir, weil es mir vor zwei Minuten erst gekommen war.

»Wenn wir im Bett liegen, schlafen wir miteinander«, sagte sie.

»Ich kann nicht Schlechtes daran finden«, sagte ich.

»Du tust es wie eine Beschäftigung.«

»Es ist ja auch eine Beschäftigung. Im weitesten Sinn ist fast alles eine Beschäftigung.«

»Du wirst gleich aufstehen«, sagte sie.

»Nein, ich bleibe liegen.«

»Aber du wärst aufgestanden, wenn ich nichts gesagt hätte.«

»Das kannst du nicht wissen. Ich liege. Du siehst, dass ich liege. Ich liege. Liege ich nicht? Ich liege doch.«

»Dann wirst du gleich über etwas reden.«

»Du redest über etwas.«

»Ich rede über uns. Wenn du vor mir angefangen hättest, über etwas zu reden, würden wir jetzt nicht über uns reden.«

Sie hatte recht. Ich hielt es in ihrer Gegenwart nicht aus, nichts zu tun oder über nichts zu reden. Aber noch weniger, über uns zu reden. Ich habe ihr zum Beispiel die Phänomenologie erklärt. Das stimmt natürlich nicht, ich habe keine Ahnung von der Phänomenologie, aber das spielte auch keine Rolle. Ich habe einen kleinen Gedanken genommen und ihn ausgebaut, schon waren zwei Stunden vergangen, und hinterher habe ich behauptet, wir hätten über die Phänomenologie gesprochen. Das konnte ich. Wenn es darum ging, mich aus ihrem verliebten Blick zu befreien – und das gelang nur, wenn ich sie ablenkte –, dann konnte ich über jedes Thema parlieren.

Ich habe mit dem Thomas Mader darüber gesprochen. Er war der, der damals mein volles Vertrauen besaß.

»Warum gehst du nicht weg von ihr?«, sagte er.

»Ich müsste es ihr irgendwie erklären«, sagte ich. »Ich bin nicht einer, der einfach geht, ohne etwas zu sagen.«

»Dann sag ihr halt etwas!«

»Das geht nicht. Nicht in diesem Fall. In jedem anderen Fall, nicht in diesem.« Ich erklärte es ihm: »Angenommen, sie würde mir nur ein wenig auf die Nerven fallen, dann könnte ich es sagen, dann könnte ich meine Gefühle abmildern, so dass sie ihr nicht so wehtun. Aber sie geht mir viel zu viel auf die Nerven. Wenn ich darüber sprechen würde, würde ich unter einem Mal mit allem herausplatzen. Das würde sie nicht durchhalten. Weil es nämlich so viel ist. Ich darf dieses Thema nicht einmal anschneiden. Nimm *anschneiden* wörtlich. In der Sache ist ein solcher Druck, da darf man nicht das Messer ansetzen. Ich würde Dinge sagen, die viel schlimmer wären, als die Dinge tatsächlich sind. Ich würde sie vernichten. Das darf kein Mensch. Das ist die letzte moralische Schranke, die ich gelten lasse.«

»Und was willst du tun?«, fragte Thomas Mader.

»Ich muss warten, bis sie es sagt.«

»Bis sie was sagt?«

»Bis sie sagt: Hau ab!«

»Mach ein Arschloch aus dir«, riet er. »Weißt du, wie sich ein Arschloch definiert? Ein Arschloch macht aus einer Kleinigkeit etwas Großes. Du kannst alle Arschlöcher der Welt analysieren, du wirst immer zu diesem Ergebnis kommen.«

Dann hat sie mich überredet, mit ihr ins Schwimmbad zu gehen. Ich mag das nicht. Ich mag mit niemandem ins Schwimmbad gehen, nicht einmal mit mir selbst. Mit ihr schon gar nicht. Ich mag die Gerüche dort nicht, alles, was aus Holz ist, riecht nach Holzschutzmittel. Was nicht aus Holz ist, riecht nach Chlor. Dort kann man nicht über Phänomenologie reden. Dort ist man einfach. Man ist, weil es so heiß ist, und man ist intim, weil man fast nackt ist, und die Intimität hat nichts Beiläufiges an sich, sie ist besiegelt, jeder ist Zeuge, fast wie ein Trauzeuge.

Ich sagte: »Ich kann nicht in die Sonne.«

»Dann leg du dich in den Schatten, und ich lege mich in die Sonne«, sagte sie.

Da war ein Baum, der warf Schatten. Sie legte die Decke so, dass die Hälfte in der Sonne, die andere Hälfte im Schatten war.

»Schatten ist nicht gleich Schatten«, sagte ich.

»Wie meinst du das?«

»Es gibt verschiedene Arten von Schatten.«

»Das habe ich noch nie gehört.«

»Der Randschatten ist ein anderer Schatten als der Zentralschatten.«

»Diese Wörter hast du dir doch jetzt im Augenblick ausgedacht«, sagte sie.

»Nein«, sagte ich, »das kannst du im *Scientific American* nachlesen. Im Randschatten ist fast noch mehr Sonne enthalten als in der Sonne selbst.«

»Kann ich mir nicht vorstellen.«

»Ist aber so.«

»Und was heißt das?«

»Dass es besser ist, in der Sonne zu liegen als im Randschatten.«

»Dann leg dich du in die Sonne, und ich lege mich in den Schatten.«

»Ich will aber nicht in der Sonne liegen.«

»Ich reibe dich mit Sonnenöl ein«, sagte sie.

»Das nützt im Randschatten nichts. Sonnenöl schützt lediglich vor den UV-Strahlen. Die sind aber nur in der Vollsonne enthalten, im Randschatten sind die nicht enthalten. Was die UV-Strahlen betrifft, ist Schatten gleich Schatten.«

»Na also!«

»Aber alles andere ist im Randschatten enthalten, und zwar komprimierter als in der Vollsonne.«

Und dann habe ich eine Theorie des Randschattens entworfen. Dass der so sei wie die Schale beim Apfel, in der sich bekanntlich die Vitamine stauen. – Und endlich sagte sie es.

Während Robert die Geschichte erzählte, hat er meine Mandarinen weggegessen. Dann stand er von meinem Küchentisch auf und ging. Ich weinte ins Waschbecken hinein.

Eine Stunde später rief er an. Er habe bei Jetti Meldung erstattet, sagte er. Sie sorge sich wirklich sehr um mich. Sie fürchte, die Geschichte habe mir nicht viel Trost gebracht.

»Das ist leider richtig«, sagte ich.

»Außerdem war es nicht Jettis Idee, dass ich dir diese Geschichte erzähle«, sagte er. »Ich habe geschwindelt. Es ist die beste Geschichte, die ich habe. Eine bessere habe ich nicht. Basta. Und ich dachte eben, einen Geschichtenerzähler kann in einer Krise am besten eine Geschichte trösten.«

»Das ist lieb von dir«, sagte ich. »Ich habe gerade ins Waschbecken geweint.«

»Was kann dich denn trösten?«, fragte er mit drohender Ungeduld in der Stimme.

»Jetti könnte es«, sagte ich.

»Und sonst?«

»Listen trösten mich bisweilen«, sagte ich.

»Dann mach eine Liste und schick sie mir in die Praxis! Ich werde sie analysieren und dir Bescheid geben.«

Liste zwei:
In einer Illustrierten sah ich ein Bild

Mitte Sechziger:
In einer Illustrierten sah ich ein Bild von Keith Richards. Er sitzt am Ufer eines Sees, er trägt eine enge graue Hose mit Bügelfalten und einen kragenlosen, dunkelblauen Pullover. Eine Hand verdeckt sein halbes Gesicht. Zwischen Zeige- und Mittelfinger, ganz unten, hält er die Zigarette. Die Wangen sind eingesogen.
    Unter dem Bild steht: »Keith raucht achtzig Zigaretten am Tag. Das Wasser ist ihm zu kalt.«

Ende Sechziger:
In einer Illustrierten sah ich ein Bild von Keith Richards. Er hockt auf dem Fußboden. Über seinen Knien liegt eine akustische Gitarre Marke *Gibson*. Sein Mund ist zu einem verzweifelten, blöden Grinsen verzogen. Er trägt ein Hemd mit handtellergroßen Blumen als Muster.
    Unter dem Bild steht: »Wenige Minuten nach dieser Aufnahme fiel Keith ins Koma. Er hatte sich eine zu große Dosis Heroin gespritzt.«

Anfang Siebziger:
In einer Illustrierten sah ich ein Bild von Keith Richards. Er trägt eine Sonnenbrille Marke *Ray Ban*. Es ist nur sein Kopf zu sehen. Die Haare sind schwarz, fettig, lang. Der Mund ist leicht geöffnet. Die Zähne sehen kaputt aus.
    Unter dem Bild steht: »Mick und die anderen haben Keith im Hotel *Imperial* in Wien vergessen. Dem Tourneearzt fiel auf, dass Keith nicht wie sonst hinten im Wagen lag. Er drehte um, raste nach Wien, fand den Star in seiner Suite. Er lag in seinem Erbrochenen. Der Arzt holte ihn mit einer Injektion Kokain zurück.«

Anfang Achtziger:
In einer Illustrierten sah ich ein Bild von Keith Richards. Er hält den Zeigefinger drohend vor sein Gesicht. Am Mittelfinger prangt ein Ring mit einem kastaniengroßen Totenkopf. Keith grinst. Sein Gesicht ist speckig, glänzt.

Unter dem Bild steht: »Wir kamen zu früh. Mr. Richards steht nämlich nie vor drei Uhr nachmittags auf. Er hat sein Gesicht noch von der Morgentoilette eingecremt. Dabei finden wir, dass gerade seine Falten so schön sind.«

Mitte Neunziger:
In einer Illustrierten sah ich ein Bild von Keith Richards. Er sitzt weit zurückgelehnt auf einem Sofa. Sein Gesicht ist braungebrannt, er ist barfuß. Er hält eine schmale akustische Gitarre auf seinen Schenkeln. Mit gespieltem Ernst blickt er auf das Griffbrett nieder. Um das Sofa herum stehen hohe, überquellende Bücherregale.

Unter dem Bild steht: »Es ist wahr! Keith Richards ist von der Leiter gestürzt, als er ein Buch über Leonardo da Vinci aus seiner Bibliothek holen wollte. Die Tournee musste unterbrochen werden.«

Ende Neunziger:
In einer Illustrierten sah ich ein Bild von Keith Richards. Er steht auf dem Dach eines Hauses. Die Umgebung lässt vermuten, es ist in New York. Runde Wasserspeicher aus Holz ragen über das flache Dach wie Wehrtürme einer Burg. Keith macht einen theatralischen Ausfallschritt. In die wirren Haare sind Zöpfchen geflochten, Federn hängen an Strähnen, auch zu Spiralen gedrehter Silberdraht. Er schürzt die Lippen. Seine Brust ist frei. Über den Schultern hängt ein langer Lumpenmantel. Die Kappen der Schuhe sind aufgerissen. In einer Hand hält er einen rohen Stecken, von seiner Spitze winken Federn und Schmuck.

Unter dem Bild steht: »Bettlerkönig Keith Richards.«

Jetti hat einen Mann

Was ist nur aus mir geworden!

Nun schon seit einem halben Jahr muss ich diesen Satz immerzu denken. »Was ist nur aus mir geworden!« Seit neuestem sage ich ihn laut. Vor allem nachts, wenn ich vor dem Telefon sitze und mit mir kämpfe; und meine Sehnsucht nach dem, der ich mit dreizehn war, so schmerzhaft wird, dass ich manchmal glaube zu zerspringen.

Mir fällt immer wieder jener Wintertag ein. Als ich einem Mitschüler den Lumberjack abgekauft habe. Nie in meinem Leben war mir ein Gegenstand so teuer wie diese braune Kordjacke mit den gestrickten Bünden, den beiden Reißverschlusstaschen an der Brust, den Lederschultern und dem Lederteil an den Ellbogen. Ich dachte, das ist eine Anschaffung fürs ganze Leben. Ich konnte mir nicht vorstellen, dass ich, wenn ich erst ein Mann wäre, je eine andere Jacke für die lieben Werktage anziehen würde als diesen Lumberjack, in dessen einem Ärmelfutter ein Loch war, so dass sich Dinge unter dem Arm verbergen ließen wie in einem Geheimfach. Einen Taschenkalender aus dem Jahr 1962 bewahrte ich darin auf, er enthielt alles, was wichtig war – die größten Städte der Welt mit Einwohnerzahlen, die längsten Flüsse, Maßeinheiten, Feiertage, eine kleine Karte von Österreich, eine kleine Karte von Europa, eine kleine Karte der Welt. Und dann zu Hause sagte meine Mutter, dieses Drecksding komme ihr nicht ins Haus, und ich sagte, dann gehe ich auch. Welch ein Triumph, als ich in ihren grünen Augen den Schrecken sah, den ich ihr einjagte!

»Würdest du mich je schlagen?«, fragte sie.

Und ich sagte: »Das kommt darauf an.«

Und sie: »Worauf, bitte, kommt das an?«

Ich: »Sag nie mehr Arschloch zu mir oder Blödmann!«

Und sie, weiß im Gesicht: »Das sag ich doch gar nicht. Das rutscht mir doch höchstens so heraus. Einmal vielleicht.«

Und ich: »Einmal pro Tag, wenn ich Glück habe.«

Und sie: »Und wenn ich es noch einmal sage, dann haust du mir eine runter?«

Dann kommt mein Vater dazu und sagt zu mir: »Hol dein Fahrrad, kannst neben dem Pferd herfahren!«

Und ich sage: »Ich will nicht mit dem Fahrrad hinter einem Cowboy herfahren.«

Mein Vater lacht und sagt: »Musst du aber, Kleiner!«

Und meine Mutter sagt: »Zwing ihn nicht, sonst haut er dir auch eine runter!«

Ich sage: »Habe ich dir eine runtergehauen? Habe ich das? Ich habe dir also eine runtergehauen.«

»Nein, das hast du nicht«, sagt sie, »aber fast.«

»Fast eine runterhauen kann man einem eine nicht«, sagt mein Vater.

Meine Mutter sagt: »Misch doch du dich nicht ein, du Blödmann!«

Mein Vater sagt zu mir: »Was jetzt, willst du mit dem Fahrrad neben mir herfahren oder nicht?«

Und ich sage: »Jetzt will ich es.«

Das war der Tag, an dem sich mein Vater den Daumen abgebrochen hat.

Als Robert anrief, saß ich in der Küche und hörte das Abendjournal im Radio. Ich hatte mir eine Schüssel Tomaten geschnitten und eine kleine Zwiebel gehackt. So lebe ich heute. Jetti hat einen Mann. In ihrem Alter sagt man nicht mehr, sie hat einen Freund. Das wäre lächerlich. Seit einer Woche habe sie einen Mann. Zum Analysieren der Liste sei er noch nicht gekommen.

Nachdem ich den Hörer aufgelegt hatte, zog ich Mantel und Schuhe an und verließ das Haus – in panischer Entschlossenheit, dieses einsame geliebte, geregelte, mit kostbaren Fresken aus der Vergangenheit ausgestattete Leben zu ändern. Über meiner Kindheit weht die Fahne der schlechten Laune meiner Mutter und die Fahne der unfassbaren Blödheiten meines Vaters. Ich sehe uns in dauerndem Kriegszustand gegen den Rest der Welt. Aber wir waren eine gute Kavallerie. Mein Vater war die Zukunft, meine Mutter die Gegenwart und ich schon damals die Vergangenheit. Sie sind beide tot. Den Montag liebe ich am meisten, und dann herunter bis zum Sonntag, den ich kaum ertrage. So war es immer gewesen, auch schon als ich dreizehn war. Ich kann nicht einmal mit einem Menschen in Ruhe an einem Tisch essen, ich muss den Kaffeerand aufwischen oder die Krumen zusammenkehren. Nie mehr werde ich es lernen, mit einem Menschen in einem Bett zu schlafen.

Auf der Straße wählte ich Jettis Nummer in meinem Handy. Sie nahm sofort ab.

»Erzähl mir, als du dreizehn warst«, sagte ich.

»Aber das ist doch dein Alter«, sagte sie.

Sie hatte geweint, es war nicht zu überhören. – Jetti mit dem dünnen Kleidchen, sie hüpft über den Rasen ihrer reichen Eltern, am Zaun steht der Lumpige in dem abgetragenen Lumberjack. Aber sie liebt ihn. Weil er sich vor nichts fürchtet. Er raucht, aber nicht, um anzugeben, sondern weil er Raucher ist. Er ist das Genie, das seinem Vater das Leben gerettet hat. Damals wäre sie mit mir gegangen, wenn ich sie gefragt hätte.

»Konntest du mit dreizehn Auto fahren?«, fragte sie jetzt.

»Ja«, sagte ich, »das konnte ich. Mit einem Unimog bin ich herumgefahren.«

»Nimm mich mit«, flüsterte sie. Ich denke, das hat sie geflüstert. Ganz sicher bin ich mir nicht. Wäre ich doch nur zu Hause geblieben! Mit beiden Füßen fest, vielleicht nicht in der Welt, aber auf dem Boden meiner Arbeitszimmer-, Wohnzimmer-, Schlafzimmer-, Küche-, Bad-Wohnung stehend.

»Meine Nachbarin«, sagte ich, »ist nett.«

»Was heißt das?«, fragte Jetti.

»Was kann das schon heißen?«

»Was heißt es? Sag es, bitte!«

Jetti weinte. Mit Jettis Weinen hatte ich nie ein Problem gehabt. Mit dem Weinen meines Vaters hatte ich ein Problem gehabt. Mit dem Weinen meiner Mutter nicht. Mit dem Weinen von Caligula-Richard hatte ich ein großes Problem. Wenn Robert Lenobel in meiner Gegenwart weinte, würde ich es obszön finden. Ich selbst weine, wenn mir etwas peinlich ist oder aus Wut, aber nur allein. Ich kann nicht mit jemandem an einem Tisch essen. Ich kann nicht mit jemandem in einem Bett schlafen. Ich kann nicht in Gegenwart eines anderen weinen. Aber warum sollte ich weinen? Es gibt keinen Grund dafür.

»Wollen wir morgen ein Stück hinausfahren?«, fragte ich.

»Die Donau hinunter?«, fragte Jetti.

»Soll ich einen Unimog ausleihen?«

»Ich weiß nicht einmal, was das ist.«

»Ein kleiner Lastwagen.«

»So einer wird auch nötig sein«, sagte sie.

Wir legten auf und waren ein bisschen glücklich. Ja, ich bin sicher, dass auch Jetti ein bisschen glücklich war.

Vom Mann,
der Heimweh hatte

Die Schweinehirtin

Die Galoschen hat mein Onkel gemacht. Der hat alles gekonnt. Krippenfiguren schnitzen auch. Alles. Das Leder hat er von uns dafür gekriegt. Unsere Galoschen waren immer aus Schweinsleder, andere haben Rindsleder gehabt, das war natürlich etwas Besseres. Wir haben Schweinsleder gehabt. Das war auch gut.

Ich habe über die Galoschen geflucht. Die waren genauso wie die Schweine. Nur dass sie nicht gelebt haben. Die Schweinsgaloschen haben Charakter. Die Rindsgaloschen haben keinen. Oder weniger Charakter zumindest. Aber so ist das mit dem Fluch gegen den Menschen: dass er mit Dingen, die einen Charakter haben, nicht auskommt. Weil er selber das Ding mit dem meisten Charakter ist. Das beißt sich.

Ich wusste genau, wenn ich wieder neue Galoschen gekriegt habe, von welcher Sau das Oberleder war. Und dann habe ich auf meine Füße hinuntergeschaut und gesagt: So, und jetzt? Ha, wer ist der Sieger? Wer? Ich war die Siegerin. – Und die Galoschen haben mir im Winter den Fuß gebrochen. Ja, einmal habe ich mir wegen der Galoschen den Fuß gebrochen …

Wir sagen Galoschen, in Wirklichkeit ist das ein Holzschuh – kennen Sie sich aus? Nein? Und ich rede drauflos … Unten ist der geschnitzte Holzschuh, in den dein Fuß genau hineinpasst. Oder hineinpassen soll. Mein Onkel hat das schon gut gemacht. Da hat der Fuß schon hineingepasst. Aber der Fuß ist gewachsen. Und Galoschen hat es nur höchstens einmal pro Jahr gegeben. Und heute bei den normalen Schuhen macht das ja nicht so viel aus. Heute hat man Schuhe für alles Mögliche. Es gibt keine zwei Wege, auf denen heute einer mit denselben Schuhen geht. Und so ein Schuh heute dehnt sich ja aus. Und wenn er zu groß ist, kannst du auch ganz gut gehen. Das geht schon. Aber bei den Galoschen war das anders. Wenn sie zu groß sind, dann schlupfst du immer so. Dann gehst du die ganze Zeit so, wie wenn du im nassen Dreck nach einem Regenwetter den Berg hinaufgehst. Du kannst ja nicht gut ein halbes Jahr lang so gehen, wie wenn du im nassen Dreck einen Berg hinaufgehen würdest, auch wenn du ganz eben gehst. Das ist nicht zum Aushalten. Da kriegst du Muskelkater bis in die Schultern hinauf. Und wenn die Galoschen zu klein sind, dann ist es überhaupt nicht zum Aushalten. Dann gehst du so, wie wenn du auf einem groben Eisenrost gehen würdest. Das ist eine Plage, die könnten sie in der Hölle einführen, sag ich Ihnen.

Im Sommer bin ich sowieso barfuß gegangen. Aber Sommer ist bei uns hier oben nicht so wie bei euch dort unten. Bei euch ist ja mehr als ein halbes Jahr Barfußsommer, das weiß ich noch von früher, als ich in Bregenz war als Kind einmal. Also, die meiste Zeit habe ich die Galoschen angehabt, und die meiste Zeit haben sie mir nicht gepasst, weil meine Füße schneller gewachsen sind als das Jahr. Also haben mich die Galoschen gequält.

Im Winter habe ich mir dann einmal wegen der Galoschen ein Bein gebrochen. Also: Unten ist Holz, oben Schweinsleder. Und unten an der Sohle klebt dann der Schnee daran. Da kriegst du halbe Stelzen. Die ganze Zeit musst du klopfen und treten. Und du knickst um. Das war ein Galoschenwinter. Pappschnee, nur Pappschnee. Und einmal machte ich so einen großen Schritt, einen Juck, aus Zorn auf die Galoschen – entweder geht der Schnee, der gestampfte, unten weg, oder der Schuh, der elende, bricht auseinander, mir ist grad wursch, was. Und da ist weder der Schnee weggegangen und auch nicht die Galosche auseinandergebrochen, sondern mein Fuß ist gebrochen.

Das Bein. Bei uns sagt man Fuß, wenn man Bein meint. Bei euch nicht? Auch, oder?

Und da haben mich dann die Galoschen angeschaut, und mir ist vorgekommen, ich habe sie reden hören, und sie haben gesagt: So, jetzt! Wer hat jetzt gewonnen, ha? Ich bin ich, abgestochen und verreckt, und du lebst, aber ich mach dir das Leben schwer. Das war die Sau, aus deren Haut das Oberteil der Galoschen gemacht worden ist.

An diese Sau kann ich mich heute noch erinnern, und ich bin jetzt bald Ende siebzig, und damals war ich vielleicht vierzehn oder so. Den Namen von der Sau weiß ich nicht mehr. Aber ich weiß noch, wie sie ausgesehen hat. Die würde ich heute noch aus hundert Sauen herauskennen. Ihr meint, eine Sau sieht aus wie die andere. Ja, kannst du dir vorstellen!

Im Sommer habe ich sie erst mit den anderen zusammen von Oberlech hinauf auf die untere Gaisbühelalpe getrieben und dann nach einer Zeit noch weiter hinauf zur oberen Bergeralpe. Es war ein heißer Sommer. Ich dachte mir, für die Schweine ist es auch ein heißer Sommer, und ich habe ihnen zuliebe Wasser geschleppt von der Quelle herauf und habe das Wasser über sie drübergeschüttet, und alle Sauen haben mir das gedankt. Das sieht man, wie sie einen anschauen, und hört man, wie sie ruchlen.

Nur die eine nicht. Ein Bock war das! Einmal hat sie grad extra den Kopf so hergedreht, dass ich ihr, ohne dass ich es wollte, das Wasser mitten ins Gesicht geschüttet habe. Dann hat sie so getan, als ob ich das extra getan hätte. Das merkt man. Ich habe in das Herz von jeder Sau schauen können.

Mir hat keine Sau was vormachen können, das kann ich Ihnen sagen. Die Buben, die Kerle, für die ich mich überhaupt nicht interessiert habe, die sich aber für mich interessiert haben, weil ich sehr frisch und fesch und frech war, in die habe ich nicht hineinschauen können. Aber in die Schweine. Und diese Sau hat mich gehasst.

Sie hat die anderen Schweine gegen mich aufgehetzt.

Manchmal waren sie beieinandergestanden, die Rüssel in der Mitte, und sind schnell auseinander, wenn ich aufgetaucht bin. Nicht alle haben mitgemacht, und die, die mitgemacht haben, waren nicht so stur wie die eine. Wahrscheinlich eben auch nicht so gescheit wie die eine.

Und immer die gleiche Methode. Anstatt dass sie sich in den Schatten gelegt hätte, zum Beispiel, ist sie extra in die Sonne gegangen, hat sich in die pralle Sonne gestellt, bis sie einen Sonnenbrand gekriegt hat, dass ich geglaubt habe, sie geht mir drauf. Stellen Sie sich vor, wenn mir eine Sau draufgegangen wäre! Wir haben ja von den Sauen gelebt! Und dann der Auftrieb zur oberen Bergeralpe. Gebockt hat sie. Gebockt. Das war der Höhepunkt.

Zuerst war alles noch ganz gut. Wir sind am Morgen früh los, da war es noch kühl. Habe ich alles den Schweinen zulieb getan. Mir hat die Sonne ja nichts ausgemacht. Ich habe ja den Hut vom Senn gehabt. Alles ging gut, bis wir in den Tobel gekommen sind, wo der Bach durchfließt. Da hat noch Schnee gelegen. Drei Schritte hätten die Schweine durch das Wasser hindurchmüssen. Mehr nicht. Das tun sie nicht gern, das weiß ich. Aber sie tun es dann doch. Man muss halt Geduld haben.

Und da hat die Sau wieder angefangen, die anderen aufzuhetzen. Hat ihr Gequieke losgelassen. Das hat die anderen unruhig gemacht. Sie haben sich nicht mehr ausgekannt. Haben die Rüssel in der Mitte ausgestreckt und sind im Kreis gestanden. Ich habe ihnen den Stecken auf den Rücken gehauen. Aber sie sind nur durcheinandergerannt und waren aufgeregt. Und ich habe auf sie eingeredet, habe gesagt, lasst euch von der da nicht aufhetzen. Fast schon habe ich sie auf meine Seite gekriegt.

Da hat die Sau auf einmal geschrien, auf einmal geschrien, kann ich Ihnen sagen. Wissen Sie, wie Sauen schreien können? Müssen Sie sich einmal neben einen Schlachthof stellen. Ich habe zurückgeschrien. Und sie hat noch lauter geschrien. Und ich habe gebrüllt, dass es ein Echo in der Mohnenfuh gegeben hat, als ob alle Geister los wären. Und da war die Sau still. Und ich habe ganz ruhig zu ihr gesagt: So, du blödes Vieh du, mach, was du willst. Und zu den anderen habe ich gesagt: So, ihr dummen Viecher ihr, macht, was ihr wollt. Wenn ihr lieber hinter der da hergehen wollt, bitte. Dann geht doch! Ich jedenfalls gehe jetzt hinauf zur Bergeralp. Und wer mit mir gehen will, soll kommen, aber marsch. Ich warte oben, wer bis dahin nicht da ist, der kann mir gestohlen bleiben.

Ich habe mich umgedreht und bin losgegangen.

Einen Zorn hab ich gehabt! Da sind sie alle hinter mir her. Alle. Nur eine nicht. Eben sie. Die ist beim Bach stehen geblieben. Sie wollte nicht durch das Wasser. Nicht ums Verrecken. Weil das noch von der Schneeschmelze so kalt war. Gut, bin ich mit den anderen Schweinen hinauf. Und habe gewartet. Bin auf der Bank gesessen den ganzen Nachmittag. Und habe gewartet.

Sonne geht unter, die Sau kommt nicht.

Gut, geh ich in die Hütte. Mach mir meinen Riebel. Esse. Warte. Nichts. Leg mich ins Bett. Bete.

Nichts.

Nicht schlafen hab ich können.

Dann mitten in der Nacht bin ich auf und hinunter. Der Mond hat zum Glück geschienen, und es war eine klare, helle Nacht, sonst wär das gar nicht möglich gewesen, dass ich da herumspaziere. Da steht die Sau immer noch beim Wasser.

Und da haben wir uns angeschaut. Lange, das kann ich Ihnen sagen. Auge in Auge.

Na warte, habe ich gedacht. Und sie wird sich dasselbe gedacht haben. Na warte. Und dann habe ich ihr etwas gesagt. Was ich gesagt habe, verrate ich nicht. Aber gewirkt hat es. Ich habe gewonnen. Auf einmal hat sie sich bewegt und den Kopf gesenkt und ist hinter mir her durch das Wasser und hinter mir her hinauf nach Bergeralp.

Und die ganze Zeit oben auf der Alp, den ganzen Sommer hindurch, haben wir uns nicht einmal mehr angeschaut. Und im Herbst, im Spätherbst, ist der Schlachter gekommen und hat sie geschlachtet. Um die Augen haben sich die Katzen gestritten. Fast hat es mir leid getan um sie. Aber gefreut habe ich mich auch. Schließlich war die Sau meine Feindin, und ich war erst vierzehn Jahre alt.

Und dann, ein Jahr später, ist das mit den Galoschen passiert. Das hat sie mir noch nachgetragen. Das ging auf ihre Rechnung. Den Fuß gebrochen. Aber dann hatte ich Ruhe von ihr.

Der Schutzpatron

Nein, ich darf nichts sagen.
Und ich tu's auch nicht. Unterschrieben habe ich nichts Diesbezügliches, nein. Aber das ist egal. Ich brauche nicht zu unterschreiben, dass ich diskret bin. Wenn das einer erst unterschreiben muss, Mahlzeit.
Da hat man Vertrauen gehabt zu mir, verstehst du. Wenn man das nicht gehabt hätte, dann hätte ich das Angebot erst gar nicht bekommen. Ich habe lediglich unterschrieben, dass ich ihr das Skifahren beibringe. Ihr. Eben ihr. Ja, denkst du jetzt, ich sag dir ihren Namen? Kannst du dir vorstellen! Gut, nennen wir sie: die Milliardenerbin. Das umreißt sie so ungefähr. Ist immer noch weit untertrieben. Wenn ich mehr über sie sagen wollte, dann hätte ich es schon lange tun können, und, das sei nebenbei erwähnt, es hätte einiges gebracht. Es sind Angebote gemacht worden. Von den Fotografen zum Beispiel. Da hätte ich nicht einmal etwas zu erzählen brauchen. Ich hätte nur …
Also, da sind drei Fotografen gewesen, die sind am Abend zu mir hergekommen. Ich bin in einer Bar gesessen, ja. Normalerweise tue ich das nicht. An diesem Abend habe ich es eben getan. Weil ich eine Lust auf einen Schnaps gehabt habe. Auf einen Vogelbeerschnaps. In welcher Bar? Das kann ich dir sagen: in der Bar, in der es bei uns in Lech den besten Vogelbeerschnaps gibt. Mehr sage ich nicht. Und da sind die drei Typen zu mir an die Theke gekommen. Haben überhaupt nicht erst herumgeredet oder so, wie man sich das vielleicht vorstellt. Ich meine, solche Szenen kennt man ja aus Filmen. Ich? Nein, ich weiß jetzt keinen Film, in dem so eine Szene vorkommt. Aber ich kann mir vorstellen, dass es solche Szenen gibt. Also, die drei kommen zu mir her, stellen sich vor, stehen um meinen Barhocker herum, sagen, für welche Zeitungen sie arbeiten. Einer nach dem anderen. Sind alle drei freie Fotografen. In Italien sagt man zu denen

Paparazzi. Der eine ist klein und dick und käsweiß im Gesicht, und er hechelt so und schwitzt und schnieft immer so mit der Nase, dass ich mir denke, das ist ein Kokser. Der andere sieht aus wie ein Bankangestellter, jung noch, vielleicht fünfundzwanzig, traurige Augen, seriös, dunkle weiche Stimme, er hat auch am meisten geredet. Die wissen ja, wen sie reden lassen müssen. Denke ich mir. Der Dritte ist schon älter, sicher an die sechzig, er hält sich eher im Hintergrund, wirkt wie ein Dirigent, die beiden anderen schauen auch immer wieder zu ihm hin, und er gibt ihnen Zeichen. Der hat das alles eingefädelt. Sie beliefern jeder mindestens ein Dutzend Zeitungen, sagt der Seriöse, der Junge. Wenn sie ein besonders interessantes Foto bekommen, ein Foto, auf das die Öffentlichkeit ein besonderes Anrecht hat – so formuliert es der Junge –, dann beliefern sie ein halbes Hundert Zeitungen oder so. Und sie wollten ein Foto. Das sagen sie klipp und klar. Von mir? Nein, wie kommst du darauf? Von mir wollten sie kein Foto. Sie haben mir ein Angebot gemacht. Bevor sie sagten, was sie von mir wollen, haben sie mir gesagt, was sie bereit sind zu zahlen. Wie viel? Das sage ich nicht, nein. Nein, nicht wirklich. Im fünfstelligen Bereich hat sich das bewegt. Mehr sage ich nicht. Über fünfzigtausend, da kannst du darauf wetten. Mehr sage ich nicht. Tut mir leid, mehr sage ich nicht. Dafür soll ich, haben sie gesagt, ich soll morgen, oder wann immer es sich ausgeht, an einer bestimmten Stelle auf der Piste, die ich ihnen bestimmen soll, da verlassen sie sich ganz auf mich, dort soll ich zu einem ausgemachten Zeitpunkt, den wieder ich bestimmen soll, da verlassen sie sich ganz auf mich, mit der Milliardenerbin vorbeikommen. Und dafür zahlt ihr so einen Berg, frage ich. Und jetzt drängt sich der Dirigent vor, das heißt, die beiden anderen machen ihm Platz, der kleine Dicke, der vielleicht ein Kokser ist, der kichert und flattert mit den Augenbrauen, als wollte er sagen, die Feinheiten liefert der Chef. Und so ist es auch. Der Dirigent, ich nenne ihn jetzt einfach einmal so, weil ich ja seinen Namen nicht weiß und ich den Namen auch nicht nennen würde, der Dirigent also erklärt dann ganz genau, was sie wollen. Nämlich: Ich soll mit der

Milliardenerbin auf der Piste stehen, einfach nur stehen, bis sie mir ein Zeichen geben. Dann soll ich mir etwas ausdenken, das überlassen sie ganz meiner Geschicklichkeit oder besser gesagt, meiner Ungeschicklichkeit. Ich soll es so einrichten, dass sie ausrutscht auf den Skiern und ich auch ausrutsche, und dass wir irgendwie merkwürdig übereinanderfallen. Ja, du fragst genau das Gleiche, was ich auch gefragt habe, nämlich, was sie unter irgendwie merkwürdig übereinanderfallen verstehen. Da sagt der Dirigent doch glatt: Es soll so aussehen, als ob ihr beide etwas miteinander habt. Ich und die Milliardenerbin! Das musst du dir vorstellen! Ist das zu fassen! Ich habe nicht einmal *Danke, meine Herren* und *Auf Wiedersehen* gesagt. Ich habe mich einfach umgedreht zu meinem Vogelbeerschnaps. Eine Wut ist in mir hochgekocht. Ich habe mich an meinem Glas festhalten müssen. Und ich sage dir, wenn ich nicht in den Diensten der Erbin gestanden hätte, dann hätte ich die drei zusammengehauen! Alles, was recht ist! Also wirklich, alles, was recht ist! Und dann am nächsten Tag, ich weiß nicht, wie sich das ergeben hat, sie und ich, wir haben einen wunderschönen Tag gehabt – habe ich schon gesagt, dass sie höchstens dreißig ist? –, es war so gegen drei Uhr am Nachmittag, wir waren ziemlich lustig schon, da kommen wir an eine Stelle bei einer Piste, ein wenig abseits, und sie ist ziemlich außer Atem, weil wir gerade eine ziemlich schwierige Sache über eine Buckelpiste hinter uns gebracht haben, sie will also ausruhen, stützt sich auf ihre Skistöcke. Und auf einmal höre ich das Zeichen. Ein Vogelgeschrei ist das, ein Vogelgeschrei, den es nicht gibt, so ein Fotografenvogelgeschrei. Sie, also die Milliardenerbin, merkt nichts. Ich drehe mich um und sehe die drei Fotografen im Schnee liegen. Sie winken mir zu und verschwinden gleich wieder. Wenn man nicht weiß, dass dort jemand ist, sieht man niemand. Und ich sage zu ihr: Gnädige Frau, sage ich … also, um ehrlich zu sein, *Gnädige Frau* sage ich nicht. Ich sage … Nein, das sage ich nicht, was ich sage. Sie hat mir erlaubt, dass ich sie … nein, ich verrate dir nicht, wie ich sie nennen durfte. Ich sage: Fahren wir. Und genau, als wir losfahren wollen, rutscht sie aus, rutscht mir in die Ski, und ich rutsche auch aus, und wir fallen hin, und zwar übereinander. Noch im Fallen denke ich mir, Heilandsack, so günstig für die Fotografen hätte ich nie fallen können, wenn ich extra gefallen wäre. Wir liegen übereinander, die Ski hat es uns verkeilt, ich will mich losmachen und mache alles nur noch schlimmer. Sie liegt nun auf dem Rücken, und ich falle direkt auf sie drauf. Das war mir peinlich, es war furchtbar, es war entsetzlich, ich hätte mich auf der Stelle selbst ermorden oder nach Australien auswandern wollen. Ich habe mit meiner freien Hand Schnee aufgewirbelt, so in Richtung Fotografen hinüber, damit die nichts sehen oder wenigstens weniger sehen. Und sie hat gelacht. Es war furchtbar, und gleichzeitig war es auch … Du, nicht, dass du dir jetzt … denkst du das? Dass ich mich in sie verliebt habe? In eine Milliardenerbin? Spinnst du oder was? Du kriegst gleich eine! Du bist ja verrückt! Dass sie mir gefällt, das bestreite ich nicht. Und sie hat mich auch gemocht. Das merkt man ja. Bei ihr merkt man das daran, dass sie ihre Kühle bricht … Blödsinn, was ich da rede … Alle behaupten, sie sei eine kühle Person. Alle sagen das, alle, die je mit ihr zu tun hatten. Ich kann das nicht behaupten. Dass sie leidenschaftlich ist … Wenn sie spricht. Wenn sie erzählt. Ich kenne sie als leidenschaftlich erzählende Person. Ja, sie hat mir viel erzählt. Im Sessellift meistens. Im Schlepplift weniger. Ich kann wohl sagen, dass ich mit meinem Wissen über die persönlichsten Dinge dieser speziellen Milliardäre die Yellow Press über Monate versorgen könnte. Aber ich wollte ja zu Ende erzählen. Also, irgendwie haben wir uns befreit und sind wieder auf die Beine gekommen. Als Erstes schau ich gleich in die Richtung, in der die Fotografen waren. Und sehe nichts. Sehe nur Spuren im Schnee. Und sehe, dass die drei weiter unten auf der Piste sind und abfahren. Ich bilde mir jedenfalls ein, das waren die drei. Und sie sagt und lacht dabei: Wenn uns jetzt jemand fotografiert hätte! Mir sackt alles Blut aus dem Gesicht. Das wär was, sage ich nur. Dann würde man mich für eine interessante Person halten, sagt sie. Und dann sind wir abgefahren. Am Abend gehe ich wieder in die Bar und trinke auf demselben Barhocker wieder einen Vogelbeerschnaps und warte, dass die drei wiederkommen. Aber sie kommen nicht. Eine Woche lang, bis die Milliardenerbin abreist, suche ich die drei. Finde sie nicht. Und dann schaue ich mir alle die miesen Blätter durch, die über solche Sachen berichten. Nichts zu finden über uns. Kein Foto. Ein halbes Jahr lang studiere ich nun schon diese Zeitschriften, kaufe jedes Heft, ein Vermögen hat mich das gekostet. Bis jetzt habe ich kein Foto gesehen. Zum Glück, sage ich. Andererseits hätte ich gern so ein Foto, rein privat nur, für mich nur, nur so als Andenken an: die Milliardenerbin. Das würde ich natürlich niemandem zeigen. Niemandem, nein, nicht einmal meiner Mutter.

Vom Mann, der Heimweh hatte

Ich bin 1946 hier in Lech geboren. Ich bin der älteste Sohn eines eingesessenen Ehepaars. Die Eltern meiner Eltern allerdings sind bis auf eine Ausnahme (mein Großvater väterlicherseits) alle von außen nach Lech gekommen, allerdings nicht von weit her, hauptsächlich aus dem Bregenzerwald. Die Mutter meiner Mutter war aus Tirol hierhergekommen. Es muss für einen Außenstehenden eigenartig erscheinen, dass ich das erwähne. Im täglichen Zusammenleben jener Zeit, so habe ich mir berichten lassen, spielte es sehr wohl eine Rolle, wenn jemand von außen kam. Heute, da sich in Lech zur Winterzeit die ganze Welt trifft, lächelt man darüber, dass einst eine Frau als Fremde behandelt wurde, und wie ich mir habe erzählen lassen, nicht gut behandelt wurde, wenn sie aus Tirol kam.

Ich habe inzwischen den väterlichen Hotelbetrieb weitgehend übernommen und führe ihn zusammen mit meiner Frau. Meine Frau stammt aus Innerösterreich. Was heute nicht das geringste Problem ist. Innerösterreich ist bei uns und auch unten im Land die übliche Bezeichnung für die Bundesländer Oberösterreich, Niederösterreich, Wien, Burgenland und vor allem Steiermark und Kärnten.

Zwei Kinder entsprossen unserer Ehe, ein Mädchen und ein Bub. Der Bub ist der Jüngere und der Verträumtere.

Ich lebe gern in Lech. Ich könnte irgendwo anders nicht auf Dauer leben.

Ja, ich habe über längere Zeit außerhalb von Lech gelebt. Nämlich als Bub auf dem Gymnasium in Feldkirch. Ich war dort in einem Internat untergebracht. Anders kann ein Lecher das Gymnasium ja nicht besuchen. Fahrschüler nach Lech wäre ganz undenkbar. Das Internat wurde kirchlich geführt. Meine Eltern sind religiös, bis heute. Dass an den kirchlichen Feiertagen, siehe Weihnachten, besonders viel gearbeitet werden muss, und dass da selbstverständlich keine großartigen religiösen Gefühle aufkommen können, hat nichts daran geändert.

Meine Eltern meinten, ein katholisches Internat tue mir gut. Es hat mir eigentlich auch nicht schlechtgetan. Ich selbst bin auch religiös, aber nicht wirklich streng praktizierend. Ich bin allerdings der Meinung, dass uns ein höheres Wesen leitet. Vieles im Leben könnte ich mir anders nicht erklären. Wenn ich zum Beispiel eine frisch abgemähte Wiese rieche, öffnet sich mein Herz, und ich kann mir ganz leicht vorstellen, dass es so etwas wie einen Gott gibt. Er ist in dem Geruch verborgen. Darüber reden kann man nicht. Höchstens ein Gedanke vielleicht: Der Geruch von frisch gemähtem Gras ist genau genommen ein Todesgeruch, ein Verwesungsgeruch. Was sicher kein Beweis, aber ein Hinweis ist, dass Gott und Religion mit Tod zu tun haben könnten.

Am nächsten im Himmel steht mir eindeutig die Muttergottes. Eine politische Partei, die die Religion ablehnt, zum Beispiel die Kommunisten oder aber auch die Sozialisten, würde ich nie wählen, und ich hätte auch nicht gern, wenn meine Frau so eine Partei wählt.

Ich war insgesamt fast sechs Jahre in dem Internat.

Ich habe das Gymnasium abgebrochen und bin wieder hierher nach Lech zurückgekehrt.

Oft, wenn ich mit meiner Frau einen Film im Fernsehen anschaue, denke ich mir, und wir sprechen manchmal darüber, dass Filme dann am spannendsten sind, wenn sie eigentlich von etwas berichten oder erzählen, was nicht unbedingt erfreulich ist. Die spannendsten Geschichten sind eindeutig Mordgeschichten. Das würde jeder sagen. Aber niemand würde einen Mord als etwas Erfreuliches sehen.

Und wenn ich jetzt eine Geschichte erzählen soll, die spannend ist, dann muss ich am ehesten nach einer Begebenheit aus meinem Leben suchen, die nicht so erfreulich ist. Und das tut man nicht gern. Erstens tut man es nicht gern, weil man nicht gern hat, wenn etwas Unerfreuliches von einem selber bekannt wird. Zweitens tut man es nicht gern, weil man vielleicht etwas über jemanden sagen muss, was derjenige nicht gern hört. Meine Geschichte spielt in meiner Internatszeit.

Ich war zehn Jahre alt, als ich mein Heimatdorf Lech zum ersten Mal im Leben verließ, und es war ein Abschied für lange Zeit. Es war Anfang September, die Abende in Lech waren bereits ziemlich kühl, und man bereitete sich schon auf den Herbst und seine besinnlichen Stunden vor. Es roch jetzt nicht mehr nach abgemähtem Gras. Es roch nach gefällten und entrindeten und zersägten Bäumen. Auch der Holzgeruch ist genau genommen der Geruch des Todes.

Wie beneidete ich meine Spielkameraden, die den Sommer mit mir in Ausgelassenheit und ohne Bangen auf den Herbst erlebt hatten! Im schönsten Spiel waren mir immer wieder Gedanken gekommen. Was wird im Herbst sein? Wird man mich mögen? Werde ich jemanden mögen?

Ich fuhr also nach Feldkirch. Erst mit dem Bus nach Langen. Dann mit dem Zug nach Feldkirch. Niemand begleitete mich. Ich kam am Bahnhof an, ich trug kurze Hosen und meine Joppe und fragte nach dem Weg zu den Schulbrüdern. Man zeigte ihn mir. Aber ich musste unterwegs noch mindestens dreimal fragen. Ich ging an einem schmiedeeisernen Zaun vorbei. So etwas hatte ich noch nie gesehen. Es war mir ein Bild der Vornehmheit.

Die Stadt Feldkirch kam mir sehr groß vor. Da dachte ich, jetzt muss ich aber schon bald durch sein, da war ich noch nicht einmal in der Mitte. Gleich bei der Marktstraße war eine kleine Konditorei, sie hieß Konditorei Schnell, aus der Tür roch es nach Himbeeren. Ich kannte den Geruch. Damals hatten meine Eltern nur eine Pension in Lech, und Vanilleeis mit heißen Himbeeren war Mode als Nachtisch.

Das Internat der Schulbrüder lag am anderen Ende von Feldkirch, Richtung Liechtenstein. Ich hatte nur einen Rucksack bei mir. Und einen Apfel. Und ein leeres Schulheft.

So lebte ich mich in den ersten paar Monaten ein. Es ging alles in allem recht gut. Ich hatte Heimweh. Aber was richtiges Heimweh bedeutet, das erfuhr ich erst, als in Feldkirch der erste Schnee fiel. Ich weiß bis heute nicht, warum ich vorher nicht so viel Heimweh hatte. Als der erste Schnee fiel, wurde ich krank. Ich konnte kein Wort sprechen. Es schüttelte mich so, dass mich die Patres anschreien mussten. Mir zog es immer wieder den Kopf nach oben, ich konnte nichts dagegen tun, ich musste ins Freie hinaus, und dann zog es mir den Kopf nach oben. Die Schneeflocken fielen auf mein Gesicht nieder, schmolzen zu kleinen Wasserpunkten, ich schaute in den Himmel, der unendlich ins Grauweiße ragte. Ich dachte, der Schnee kommt direkt aus Lech.

Aus Lech.

Und dann passierte mir etwas. Ich weiß nicht, wie ich das erzählen soll, ohne dass es ordinär klingt. Ich bekam Durchfall. Und ich machte die Hose voll. Das passierte mir in der Nacht. Ich wachte auf und merkte das Warme. Ich wusste nicht, was ich tun sollte. Ich ging zuerst aufs Klo und putzte mich ab. Aber die Hose bekam ich nicht trocken. Es gab nur kaltes Wasser auf dem Klo. Und das Wasser machte einen Lärm. In der Nacht war der Lärm noch viel schlimmer. Der ganze Schlafsaal wird aufwachen, dachte ich. Und der Pater Präfekt, der über den Schlafsaal wachte in seiner kleinen Kammer gleich daneben, der wird auch aufwachen. Und dann wird er mich vorführen. Der aus Lech. Der Trottel aus den Bergen.

Und noch etwas: Der Brunnen war im Vorraum zum Klo. Der Vorraum ließ sich nicht absperren. Wie sollte ich die Hose richtig waschen, wenn ich sie nicht auszog? Aber ich traute mich nicht, die Hose auszuziehen. Wenn einer hereingekommen wäre, dann wäre ich halbnackt vor ihm gestanden. Das wäre eine unvorstellbare Sünde gewesen.

Ich wusch die Schlafanzughose in der Kloschüssel. Und mich selber wusch ich auch in der Kloschüssel. Es ging irgendwie. Dann zog ich die nasse Schlafanzughose an. Ich besaß nur eine Schlafanzughose.

Und nur zwei Unterhosen.

Über eine Stunde habe ich mich abgemüht. Immer deutlicher

wurde mir: Es war vergebens. Alles hier war vergeben. Man würde mich hier ausstoßen, und man würde mich zu Hause nicht wiederaufnehmen. Und ich hatte keine Chance.

Es muss knapp vor Weihnachten gewesen sein. Ich ging in den Keller von dem Internat hinunter, wo die Heizungsrohre waren. Ich knüpfte von einem der Schlitten, die dort unten verwahrt wurden nebst den Skiern, das Seil ab, mit dem man den Schlitten zieht. Ich wollte mich an einem der Heizungsrohre aufhängen. Da erschien mir im Heizungsraum ein Schutzengel. Er erschien mir nicht direkt, ich konnte ihn nur hören. Ich konnte ihn hören, wie er klopfte. Es klopfte nämlich in einem der Heizungsrohre. Und das Klopfen, wenn man genau hinhörte, klang wie eine Stimme. Man musste aber schon genau hinhören. Ich tat das.

Ich hörte lange und genau hin. Der Schutzengel sagte: Tu's nicht. Später habe ich nicht mehr geglaubt, dass es der Schutzengel war. Heute glaube ich es wieder.

Deshalb bin ich zurück in den Schlafsaal gegangen und habe dort meinen Freund geweckt, der wie ich aus Lech kam. Der war einer, der sich gut eingefunden hatte. Schon nach wenigen Wochen im Internat hatte er mit mir nichts mehr zu tun haben wollen

Und dann begannen in wenigen Tagen die Weihnachtsferien. Wir beiden Lecher durften früher nach Hause fahren. Weil Gefahr bestand, dass der Flexenpass gesperrt wird. Wir fuhren also mit dem Zug bis nach Langen. In Langen hieß es, es fährt kein Bus mehr nach Lech, der Pass ist gesperrt. Alle, die nach Lech wollen, müssen entweder mit dem nächsten Zug wieder zurück, oder sie müssen irgendwo in Langen oder in Stuben übernachten.

Es schneite heftig, und es war zu befürchten, dass der Pass über Weihnachten nicht mehr geöffnet wird.

Ich sagte zu meinem Freund: Was sollen wir tun?

Er sagte: Was man uns sagt.

Ich sagte: Ich halte es nicht aus. Ich will heim.

Wie denn, fragte mein Freund.

Zu Fuß, wenn es sein muss, sagte ich. Und mit Berechnung fügte ich hinzu: Wenn du zu feig bist, geh ich allein.

Da haben mein Freund und ich uns versteckt, und zwar in dem Streuschuppen, den damals die ÖBB besaß. Wir haben draußen gehört, wie man uns gesucht hat. Und wir haben den Schein der Taschenlampen gesehen. Aber wir wollten unter gar keinen Umständen zurück nach Feldkirch und dort vielleicht über Weihnachten im Internat bleiben. Dann hätte ich mich auf alle Fälle umgebracht, und da hätte der Schutzengel sagen können, was er wollte.

Wir warteten in dem Schuppen, bis wir draußen nichts mehr gehört haben. Dann sind wir heraus. Es muss schon fast Mitternacht gewesen sein. Es schneite immer noch heftig. Wir machten uns wacker auf den Weg. Immer der Straße entlang sind wir gegangen. Das war ganz schön und auch nicht besonders schwierig. Wir erzählten uns Witze, damit die Zeit vergeht. Und stellten uns Rätselfragen. Oben bei den Galerien haben wir ziemlich Angst gehabt, das mussten wir zugeben. Da war es stockdunkel. Zwar war kein Schnee in den Galerien, und wir kamen schnell vorwärts. Aber wir sahen überhaupt nichts. Und es kam uns vor, als gingen wir mitten in den Schlund der Hölle hinein. Wir haben laut geredet. Dann trauten wir uns nicht mehr.

Ich glaubte, wir schaffen es.

Mein Freund glaubte das nicht. Wir sterben, sagte er. Aber warum denn, sagte ich, hier fehlt uns doch nichts außer Licht. Aber gewundert hat es mich schon, dass er so einfach sagte, er stirbt, und gar keine Angst davor hatte.

Hast du denn keine Angst vor dem Sterben, fragte ich ihn. Denn es interessierte mich. Ich hatte nämlich, als ich mich im Heizungskeller aufhängen wollte, auch keine Angst vor dem Sterben gehabt.

Hier sieht man nichts, sagte er, und wenn wir still sind, hört man nichts. Dann kann man sich doch leicht denken, man ist gar nicht.

Da kamen wir aber aus der Galerie heraus, und alles war besser.

Um es kurz zu machen: Wir kamen früh um vier oder fünf Uhr in Lech an. Wir waren unterkühlt, aber glücklich. Unsere Eltern jauchzten und schimpften uns gleichzeitig. Denn sie waren schon telefonisch benachrichtigt worden, dass wir abgängig seien. Man stelle sich ihre Sorge vor! Umso größer war die Sorge, als bekanntgeworden war, dass zwischen Zürs und dem Pass eine Lawine herunter ist. Wir haben nichts gemerkt. Sie muss herunter sein, als wir die Stelle schon passiert hatten.

Für mich ist das ein Beweis für die höhere Macht, die uns Menschen leitet. Mir tun alle Menschen leid, die nie erfahren haben, dass sie im Schoße einer sorgenden Macht aufgehoben sind. Nun war ja alles gut, und wir feierten im Kreise der gesamten Familie Weihnachten.

Sicher gäbe es auch noch andere Geschichten. Aber diese kommt mir wichtig vor. Sicher liegt der Grund, warum ich nie irgendwo anders leben möchte als in Lech, darin, weil ich weiß, dass ich vor Heimweh überall sterben würde. Heimweh allein wäre ja auszuhalten. Aber dann dürfte nichts sonst passieren. Und man kann vom Leben nicht verlangen, dass gar nichts passiert.

Der Sieger

Wenn ein Mensch bereit ist zu kämpfen, dann kämpft er aber auch. Den Erfolg kriegt man zuerst gar nicht richtig mit, weil man sich so sehr auf ihn konzentriert. So war es einmal bei einem Rennen. Da war der Edi Bruggmann. Ich meine, wer war der! Der war niemand. Der hat die Startnummer 38 oder 40 gehabt. Und er fährt herunter. Da ist bei den hinteren Startnummern die Piste immer schneller geworden, es hat eine leichte Wanne gegeben, und da fährt der Bestzeit. Da war ich schon beim Essen. Kommt der Trainer herein und sagt: Du, jetzt ist einer schneller gefahren als du, das war der Edi Bruggmann. Und ich frage: Wer ist der Edi Bruggmann? Von wo ist denn der eigentlich? Habe ich noch nie gehört. Sagt er: Ein Schweizer. Das war hart. Aber es war gerecht. Er hat einen guten Kampf geliefert. Wenn einer besser fährt, dann muss man das anerkennen. Es ist bitter. Aber man spürt etwas Großes in sich wachsen, wenn man zu einem hingeht und sagt: Gratuliere, du warst heute besser als ich. Schlimm ist es nur, wenn man verliert, nicht, weil man schlechter gefahren ist als ein anderer, sondern wegen einem Zufall. Ich habe oft darüber nachgedacht, ob man da nicht eine Sonderregelung treffen sollte. Ich weiß nicht, was für eine Sonderregelung, irgendetwas eben. Man muss grundsätzliche Überlegungen anstellen. Es handelt sich doch um Wettbewerbe. Die Frage lautet doch: Wer ist der Beste? Und nicht: Wer hat am meisten Glück? Sicher ist immer etwas Glück dabei, wenn man gewinnt. Das Glück macht mir auch nicht so große Sorgen. Glück soll man haben! Ich wünsche jedem Glück. Aber Pech – wie steht es mit dem Pech? Wie definiert sich Pech eigentlich? Diese Frage stellt sich ja niemand. Aber man sollte sich diese Frage stellen. Diese Frage betrifft ja nicht nur den Sport. Wenn einer bei einem Rennen Pech hat, und er ist eigentlich der Beste, der wird doch niemals gewinnen können. Und das verzerrt einen Wettbewerb. Da war der Riesenslalom. Ich wusste, ich war der Beste. Ich hatte schon die Medaille in der Abfahrt. Ich war stark und zuversichtlich. Heute würde man sagen, ich war mental gut drauf. Alles hat gestimmt. Ich war der Beste. Das haben auch alle anderen gewusst. Ich war der Favorit. Ich war besser auf den Riesenslalom trainiert als auf die Abfahrt. Mein schlimmster Feind hätte sagen müssen: Diesmal ja, diesmal bist du der Beste. Und ich hatte Pech. Pech. Eingefädelt. Pech. Nun könnte man sagen: Eingefädelt, das ist nicht Pech, das ist mangelndes Können. Ganz meine Meinung. Bin ich hundertprozentig damit einverstanden. Aber man muss, das gilt für den Skisport genauso wie für alle anderen Bereiche des Lebens, man muss sich jeden Fall genau anschauen, jeden Fall muss man genau untersuchen. Was heißt eingefädelt? Das heißt jedes Mal etwas anderes. Seit dreißig Jahren denke ich immer wieder darüber nach. Ich sehe die Situation noch immer glasklar vor mir. Ich treffe mit der Spitze des rechten Skis genau auf die Torstange. Ich treffe haargenau auf die Mitte. Ich zeichne Ihnen das auf. Sehen Sie: Das ist die Skispitze, und hier ist die Torstange. Ich führte die beiden zusammen. Was geschieht? Die Skispitze wird nach einer Seite ausweichen. Sie kann gar nicht anders. Entweder wird sie nach rechts oder nach links ausweichen. Weicht sie nach links aus, ist alles in Ordnung. Die Torstange fällt um, oder sie fällt sogar nicht einmal um. Wahrscheinlich bewegt sie sich nicht einmal, so knapp wird sie nur berührt. Jeder Zuschauer wird hinterher sagen: Nein, ich habe nichts gesehen, vielleicht hat er die Stange berührt, aber ich habe nichts gesehen. Weicht die Skispitze allerdings nach rechts aus, ist alles verloren. Aus der Traum. Eingefädelt. Disqualifiziert. Wovon hängt das ab? Wer kann das sagen. Vor zehn Jahren noch hat man die Schulter gezuckt und gesagt, das wird man nie herausfinden, und es ist doch eigentlich auch egal, warum so eine dumme Skispitze nach links oder nach rechts ausweicht. Oder man hat mich ausgelacht, wenn ich das Thema darauf gebracht habe. Heute ist das anders. Ich habe irgendwann einmal diese Geschichte erzählt, es war in so einer Runde, lauter Kapazitäten, Universitätsprofessoren waren dabei, einer jedenfalls, sehr kluge

Leute, wir sind zusammengesessen noch spät in der Nacht, gute Gäste, die jedes Jahr hier sind, sehr hohes Niveau, sehr liebe Gäste, die sich bei mir heimisch fühlen, Freunde eigentlich, seit Jahren feiern wir Weihnachten zusammen, und da kommen wir halt irgendwie darauf zu sprechen, und ich erzähle die Geschichte mit der Skispitze und der Torstange. Und da sagt eben der Universitätsprofessor: Nein, nein, das ist höchst interessant, das ist absolut kein Blödsinn, im Gegenteil, mit solchen Fragen beschäftigt sich die neueste der neuen Wissenschaften. Ich habe natürlich keine Ahnung, bis heute noch nicht viel. Aber ich habe mich erkundigt. Ich habe auch einiges gelesen. Das eine oder andere. Chaostheorie heißt die Wissenschaft, die sich genau mit solchen Fragen beschäftigt. Und jetzt ohne Witz: Da kann herauskommen, wissenschaftlich berechnet, dass der Grund, warum damals meine Skispitze nach rechts und nicht nach links ausgewichen ist, darin liegt, dass sich in China genau in diesem Augenblick ein Schmetterling von einer Blume erhoben hat, oder dass im Mittelalter irgendwo in Florenz ein Besen hinter einer Tür umgefallen ist, oder dass an genau dieser Stelle der Piste eine Schneeflocke mehr oder weniger gelegen hat. Vor wenigen Jahren noch hätte jeder über solche Gedanken gelacht. Jetzt lachen nur noch die Dummen darüber – sagt eben dieser Universitätsprofessor. Ich hätte damals den Riesenslalom gewinnen können. Das wusste ich, und das weiß ich immer noch. Ich will jetzt nicht sagen, man soll heute meinen Fall wieder aufrollen und die Forschungsergebnisse der Chaostheorie anwenden, um wenigstens zu sagen, mein Nicht-Sieg damals wird aufgehoben, also, das Rennen wird rückwirkend annulliert – nein, so weit möchte ich gar nicht gehen. Ich möchte aber anregen, sich zu überlegen, ob man in Zukunft, eben auf der Basis der Forschungsergebnisse der Chaostheorie, zu »Sieg« und »Niederlage« noch ein Drittes, nämlich so etwas wie »Unentschieden« oder »Chaotisch« oder »Schicksal« oder wie das Wort auch immer heißen mag, hinzufügen soll. Denn nur die wenigsten Menschen sind Sieger, und nur die wenigstens sind Verlierer. Die meisten haben einfach nur Pech.

Die Starke und ihr Bruder

Sie: Ich bin einundachtzig, glaube ich. Sicher wissen tu ich es nicht. Ich weiß, an welchem Tag ich Geburtstag habe, ich weiß sogar die Stunde meiner Geburt, es war um sechs Uhr am Morgen, am 29. Oktober, und ich weiß, dass ich ein sehr hübsches Mädchen war, aber das Jahr meiner Geburt ist nicht gewiss. Ich glaube, das liegt daran, dass meine Mutter, die schon weit in den Jahren war, als sie mich zur Welt brachte, nicht lesen und schreiben konnte, oder ... Sag, hat die Mama lesen und schreiben können?

Er: Lesen und schreiben schon, aber die Zahlen hat sie nicht verstanden. Und unser Däta hat sowieso alles durcheinandergebracht.

Sie: Der war jähzornig.

Er: Und wie! Und wie!

Sie: Der hat, wenn er seinen Anfall gekriegt hat, nicht gewusst, ob er ein Männlein oder ein Weiblein ist. Und er hätte die Welt angezündet für ein Stecknadelchen Wahrheit, das man ihm nicht zugestanden hätte.

Er: Genau. Ich war zwar kein hübscher Bub bei meiner Geburt, aber dafür weiß ich, wann ich geboren wurde. Sie war die Jüngste, ich der Zweitjüngste. Aber sie war die Stärkste. Mit vierzehn war sie bereits stärker als unser Ältester. Und da war der schon am Ende von seinen Zwanzig.

Sie: Wir waren zu zwölft. Also, zwölf Kinder. Als die Mama gestorben ist, war ich ein Jahr alt.

Er: Oder zwei.

Sie: Da hat er recht, ja. Ein oder zwei Jahre war ich alt. Unser Ältester war vierzehn. Zwölf Kinder ohne Mama und ein jähzorniger Vater. Und immer arbeiten. Mit drei Jahren, da war ich immer noch ein schönes Mädchen, hat der Vater gesagt: Komm, wir gehen heuen! Trag du drei Hunzen! Wenn du nicht drei tragen kannst, dann trag zwei! Wenn du zwei nicht tragen kannst, trag einen! Und wenn du auch einen nicht tragen kannst, dann geh einfach mit! Aber fürs Nichtstun bist du zu alt!

Er: Da war sie drei Jahre!

Sie: Darum bin ich so stark geworden. Bei den anderen Kindern war noch die Mama da, die gesagt hat: Lass sie, sie sind noch zu klein. Bei mir war die Mama nicht mehr da. Und der Däta hat sogar das Jahr vergessen, in dem ich auf die Welt gekommen bin. Und die anderen, die Brüder und die Schwestern, haben sich nicht getraut zu sagen, sie ist dann und dann geboren, weil sonst der Vater einen Anfall bekommen hätte. Und so ist mein Geburtsjahr in der Familie eben verlorengegangen. Aber das hat mir eigentlich immer gefallen. Wenn ich älter sein wollte, habe ich mich ein Jahr älter gemacht, wenn ich jünger sein wollte, ein Jahr jünger. Hat immer gegolten. Aber Sie haben uns etwas gefragt, das habe ich jetzt vergessen vor lauter reden …

Er: Ob wir auch gespielt haben als Kinder, will er wissen.

Sie: Freilich gespielt. Alle Kinder spielen.

Er: Was wir gespielt haben, will er wissen.

Sie: Was wir gespielt haben? Was haben wir denn gespielt? Weißt du, was wir gespielt haben?

Er: Was wir gespielt haben? Alles Mögliche haben wir gespielt. Kinder, mein Gott! Was brauchen Kinder schon, um zu spielen. Die spielen einfach. Was haben wir denn Spezielles gespielt?

Sie: Eben. Das will er ja gerade wissen.

Er: Echo haben wir gespielt. Das weißt du doch noch, oder?

Sie: Ah, das. Das ist doch nicht spielen. Da sind wir halt einfach nur hinter das Haus gegangen und haben zum Omeshorn hinaufgerufen. Das ist doch nicht spielen. Das meint er nicht. Das meinen Sie nicht, oder?

Er: Sonst haben wir aber nichts gespielt. Sonst weiß ich nichts. Wer der Stärkste ist, haben wir gespielt. Das vielleicht.

Sie: Das haben wir aber erst später gespielt, nicht, als wir klein waren.

Er: Aber das haben wir dann nicht mehr gespielt, weil nämlich immer sie gewonnen hat.
Sie: Wir haben einfach die Tiere nachgemacht. Das ist doch auch gespielt. Wir haben die Kühe nachgemacht und das Ross und die Murmeltiere und so. Einmal hat es in Lech eine Kuh gegeben, die hat die Wäsche von den Wäscheleinen heruntergefressen. Das war eine Gaudi! Und niemand hat gewusst, was für eine Kuh das war. Es hat ja eigentlich keine Zäune gegeben. Die Kühe sind einfach so durchs Dorf gegangen. Und eine von denen hat in der Nacht gern an den Wäschestücken herumgebissen. Kannst du dich schon noch erinnern, oder?
Er: Freilich. Und nur von den Weiberkleidern hat sie abgebissen.
Sie: Das weiß ich nicht.
Er: Aber ich weiß es. Hat man doch schon geglaubt, dass das ein Stier ist und keine Kuh.
Sie: Ah du! So ein alter Bock! Immer noch bloß Blödsinn im Kopf!
Er: War der Kleinste in der Familie und der Schwächste, aber die Frauenzimmer haben immer ein Auge auf mich gehabt.
Sie: Du auf sie jedenfalls. Also, es war eine Kuh. Das will ich erzählen. Eine Kuh hat die Wäsche gefressen. Und da haben wir Kinder das eben nachgespielt. Meine Schwester war die Kuh, die die Wäsche gefressen hat, und ich war die Bäuerin, die sie dabei erwischt hat. Ich habe eine kleine Wäscheleine gespannt in einem Winkel in der Scheune, das weiß ich noch. Und ich weiß noch, dass es draußen geregnet hat.
Er: Sie hat nämlich ein unheimlich gutes Gedächtnis. Die weiß noch, wer der Bundespräsident war, da können Sie jedes Jahr fragen, das Sie wollen. Wer war 1940 Bundespräsident.
Sie: Blödsinn, da hat es doch gar keinen gegeben! Da war doch der Hitler.
Er: Sehen Sie, alles weiß sie. Bloß nicht das Jahr, wo sie geboren ist.
Sie: Jetzt lass mich doch weitererzählen! Also, es hat draußen ge-

regnet, und es ist schon spät im Sommer gewesen oder so. Und ich habe meine kleine Wäscheleine in der Scheune gespannt und habe alte Fetzen aufgehängt. Und unserer Schwester, die zweitjüngste Schwester, die hat die Kuh gespielt, die die Wäsche gefressen hat, und ich habe die Bäuerin gespielt, die sie dabei erwischt hat.

Er: Ich war der Stier.

Sie: Ja, ja. So ein Blödsinn, wir haben nie einen Stier gehabt.

Er: Doch, mich.

Sie: Jetzt schauen Sie sich diesen Kindskopf an! Dreiundachtzig und so ein Kindskopf!

Er: Zweiundachtzig, wollte sie sagen.

Sie: Ach, du bringst alles durcheinander! Genau wie der Däta. Und genauso jähzornig war er. Hat er sich einmal einen riesengroßen Schoch Heu gebaut und wollte ihn auflupfen und hat ihn nicht vom Boden weggekriegt, und anstatt dass er mich drangelassen hätte, hat er sich hingesetzt und hat den Schochen mit dem Benzinfeuerzeug angezündet und dabei geheult, dass das Echo vom Omeshorn heruntergefallen ist. Sei jetzt still! Ich will von der Kuh weitererzählen. Ich war die Bäuerin, und die Schwester war die Kuh. Und die Schwester beißt sich in einem von meinen Fetzen fest, und ich erwische sie dabei und sage: Blöde Kuh, friss nicht meine Windeln! Und reiße an den Fetzen, und die Schwester lässt mit den Zähnen nicht los. Und ich stemme mich am Boden fest und reiße, und da hat es ihr die vorderen Zähne nach vorne gedreht, und bis zu ihrem sechzigsten Lebensjahr, in dem sie gestorben ist, hat sie die Zähne nach vorne heraus gehabt. Das war ich.

Er: So stark war sie. Alle Burschen hat sie in die Knie gebracht.

Sie: Jetzt sei einmal still! Wissen Sie, was das Schönste war? Jetzt weiß ich es! Die Blasmusik. Als er die Blasmusik gegründet hat. Das war die beste Tat in deinem Leben, du alter Lappi.

Er: Dafür komme ich in die Hölle.

Sie: Was denken jetzt Sie über so einen Leichtfuß! Was soll denn der Herr denken!

Er: Ich habe ja nur einen Spaß gemacht. Ich habe die Basstuba gespielt. Das Mundstück habe ich heute noch. Liegt im Wäschekasten.

Sie: Der Kleinste und Schwächste spielt das größte und schwerste Instrument. Er hätte ja auch die Klarinette spielen können.

Er: Man hat mich kaum hinter dem Bass gesehen.

Sie: Alle haben sie Instrumente gehabt, die nicht bezahlt waren. Waren alles verschuldete Instrumente. Nachdem der Däta tot war, ist die Blasmusik gegründet worden. Sei still, das erzähle ich, du bringst nur alles durcheinander! Und dann haben sie einmal in der Woche am Abend geprobt, und dann nach der Probe sind die Burschen alle nach Hause, der eine hat dort oben gewohnt, wo es zum Kriegerhorn geht, der andere in Richtung Oberlech, der Dritte mitten im Dorf, der Vierte, wo es zum Rüfikopf geht, und alle haben zu Hause ihre Lektion geübt, und wir Mädchen, das heißt wir jungen Frauen, wir sind draußen vor den Türen gestanden und haben zugehört, wie die Musik aus allen Richtungen gekommen ist und sich mitten über Lech oben im Himmel, aber nicht weit oben, so knapp über den Dächern, getroffen hat, und das war das Schönste, was ich im Leben je erlebt habe.

Rumpelstilzchen

Mensch, mir tut alles weh, vom Genick abwärts. Wenn dich einer fragt, dann, bitte versprich mir das, bitte, dann sag, er, sie, es gibt es nicht. Mich gibt es nicht. Und sag nicht, es ist ein Weibchen, oder es ist ein Männchen, und sag nicht, er, sie, es ist so alt, oder er, sie, es ist so alt. Ich bin weder Weibchen noch Männchen noch jung oder alt, ich bin Rumpelstilzchen, und niemand weiß, wer das ist. Aber sonst sage ich alles, was du wissen willst, und ich sage Dinge, die sich hier in Lech, und ich bitte dich, mir das zu glauben, niemand sagen traut. Hast du ein Aspirin für mich? Nein? Oder eine Zigarette? Warum lädst du mich nicht zum Essen ein! Krieg ich ein Geld dafür, dass ich dir Sachen erzähle? Ah, bitte, gib mir halt ein Geld dafür, ja. Es ist sonst so blöd, solche Sachen zu sagen, wenn man nicht einmal ein Geld dafür kriegt. Man ist zwar ein Judas, wenn man Geld nimmt, aber wenn man kein Geld nimmt und trotzdem einen solchen Scheiß erzählt, dann ist man blöd. Bin ich widerlich, weil ich lieber ein Judas sein will als blöd? Mich finden hier eh alle widerlich. Und ich finde auch fast alle widerlich. Ich bin von Lech, ja, aber ich würde nie, wenn ich draußen bin im Land, nie würde ich sagen, ich bin von Lech. Ich schäme mich doch. Das ist das Letzte, wenn man aus Lech kommt. Nur wenn du mit dem Mercedes kommst, kannst du sagen, ich komme aus Lech. Ein Lecher ohne Mercedes, der ist ein Versager, der muss ein Riesenarschloch sein. Und ein Lecher mit Mercedes ist ein typischer Lecher, eben ein Angeber. Ein Lecher ohne Mercedes ist weich. Die Lecher sind das Letzte. Sie sind hart, und sie haben kein Herz. Schau dir zum Beispiel den von dem Hotel dort drüben an, den Junior, der redet so, wie wenn er nicht mehr Dialekt reden könnte, und jetzt kann er gar nichts mehr. Der kann nicht Deutsch, der kann nicht Englisch, grad »you're welcome«, Französisch sowieso nicht und Dialekt auch nicht mehr. Sein Vater war Bauer, und er fürchtet sich vor Kühen.

Du musst mit ihm reden, der weiß rassige Geschichten. Da brauchst du nur dein Tonbandgerät hinhalten. Bitte, hör ihn dir an! Er schaut auf alle herunter. Und seine Frau! Warum muss die so braun sein im Gesicht? Ein Gesicht wie geschminkte Scheiße. Wetten, das traust du dich nicht zu schreiben! Dass du dich das traust, kann ich mir vorstellen, aber sie wollen es nicht in dem Buch haben. Weil sie dich zahlen. Der Lecher legt Geld hin, und er nimmt Geld auf. Wirf es ihm auf den Boden, und er klaubt es auf und tut, als ob das ein Gesellschaftsspiel wäre. Ich schau dann in das Buch hinein, und wehe, wenn das nicht drin ist, was ich gesagt habe. Dann weiß ich, da ist ein Feigling, der mit den Lechern ein Gesellschaftsspiel spielt, und das erzähle ich überall herum. Aber mir glaubt eh niemand. Eine Geschichte weiß ich dir keine, und ich würde dir auch keine erzählen, außer du gibst mir Geld dafür. Du kassierst ja auch für das Buch, oder? Ich gebe dir eine Geschichte, und du kassierst. Tanzt du mit mir? Einen schönen Ohrring hast du. Wo hast du den her? Wer hat den zweiten? Deine Frau? Ich kann dir nur erzählen, dass ich die Lecher alle hasse. Alle. Ich hasse sogar den, mit dem ich gehe. Alle tun so, als ob sie jemand anderer wären. Aber sie wissen das schon gar nicht mehr. Sie wissen nicht, was sie tun. Skiliftbügelhalter sind alle in ihrem Herzen. Germanensklaven sind sie in ihrer Seele. Und jeder unten im Land weiß das. Darum schauen alle im Land auf uns Lecher herunter. Und die Lecher meinen, sie schauen auf die im Land herunter. Ich weine viel. Weil ich auch nicht besonders schön bin. Und immer tut mir alles weh. Entweder habe ich Kopfweh oder Halsweh oder so. Gib mir wenigstens eine Zigarette. Mein Gott, warum rauchst du denn nicht mehr! Mir ist doch dein Cholesterin wurscht! Geh und sag, du hast jemanden gefunden, der ist weder er noch sie noch es, er ist weder so alt noch so alt, der Jemand heißt Rumpelstilzchen, und er hasst Lech. Weil die Frauen Gesichter haben wie geschminkte Scheiße und weil Männer in all ihren Löchern zusammengerollte Geldscheine haben oder haben wollen. Und niemand weint, nur ich. Und ich weine, weil mir immer irgendetwas wehtut.

Der Aufsteiger

Der Besitzer jenes Restaurants in Lausanne war ein Wiener Jude. Hat fantastisch Deutsch gesprochen. Sagt gleich in der ersten Minute: Nein, nein, Anfänger, Lehrbuben brauchen wir nicht, machen nur Schwierigkeiten, entweder Spitzenkellner oder nichts. Sage ich: Will ich ja einer werden. Hört er, dass ich eine österreichische Färbung habe, fragt er: Woher? Sage ich: Lech. Möchte auf die Hotelfachschule, sage ich weiter, bin noch nicht genommen worden, will bis nächstes Jahr etwas lernen, will später den Betrieb meiner Eltern übernehmen. Fragt er: Wann wollen Sie anfangen? Sage ich: Morgen. Sagt er: Gut, kommen Sie morgen, die Kollegen werden Sie einweisen. Bin ich also am nächsten Tag dagestanden. Die Kollegen: zwölf Italiener. Ich habe nicht Italienisch gekonnt, nur ein bisschen Englisch und gut Französisch und Deutsch. Ich soll, sagt der eine, die Kupferuntersetzer putzen, und zwar auf Hochglanz. Gut, mach ich. Kein Problem. Zwölf Untersetzer, Putzmittel war da, Fetzen auch. Gut, fang ich an. Die Kollegen schauen zu. Warum schauen die zu, denke ich, aber nichts weiter und putze. So, und als der letzte Untersetzer fertig war, schau ich den ersteren an, und der ist schon wieder trüb angelaufen. Also, wieder von vorne. Und dann beim letzten wieder dasselbe. Und die Kollegen lachen sich schief. Und ich, wie ein Blöder putze ich noch einmal. Und wieder dasselbe. Was mache ich falsch, frage ich. Keine Antwort. Waren mit anderem beschäftigt, die Kollegen. Zum Beispiel damit, die übrig gebliebenen Fleischbrocken von den Tellern der Gäste zu stehlen und sich in die Socken zu schieben. Die haben sie dann auf dem Klo gefressen, ich muss es so hart sagen, auf dem verschissenen Personalklo. Geh ich zum Oberkellner, frage: Was mache ich falsch? Ja, ganz einfach eben, musst nach Putzen schnell kalt Wasser drüberfließen lassen, sagt er, dann gut. Hätten mich die Kollegen auflaufen lassen. Bagage! Ich bin zu spät fertig geworden mit dem

Putzen der Untersetzer, und das hat geheißen: ein Strafpunkt. Fängt gut an, denke ich. Fängt gut an, sagt der Oberkellner. Was heißt Strafpunkt? Strafpunkt heißt, dem Chef, also dem Wiener Juden einen Kaffee zu bringen. Der ist jeden Morgen so um halb zehn gekommen und hat gefragt: Wer ist heute dran? Und da hat es eben geheißen: Der aus Lech. Aha. Gut, der aus Lech. Und, frage ich den Oberkellner, was muss ich tun? Sagt er: Alles ist da, Maschine, muss Kaffee hinein und so weiter, selber denken, Mensch aus den Bergen! Keiner hat mir geholfen. Und dann kommt einer und sagt: Du musst auch noch in diese Bäckerei und so ein Kipferl holen und dann noch in die andere Bäckerei und ein anderes Kipferl dazu, einmal Blätterteig aus der Bäckerei und einmal Hefe aus der anderen Bäckerei. Und wo sind diese Bäckereien? Ja, dort und dort und dort. Ganz ungenau, einfach nur mit der Hand in die Himmelsrichtung gefuchtelt. Und wer gibt mir das Geld, frage ich. Das musst du aus dem eigenen Sack zahlen, heißt es. Prima! Und wieso ich? Ja, heißt es, das ist eben so. Diese beiden Kipferln jeden Tag müssen die Kellner berappen. Das ist in diesem Staat so Brauch. Bin ich halt hinübergesaust, hab die Kipferln gekauft, bin zuerst noch herumgerannt in der halben Stadt, bis ich die richtigen Bäckereien gefunden habe. Ja und dann: Servieren beim Chef. Da hat es früher, heute gibt es das kaum mehr, so eine kleine Apparatur gegeben, die man dem Gast auf den Tisch gestellt hat, ein kleiner Filter mit Kaffeepulver drin und eine kleine Kanne heißes Wasser, dass sich der Gast den Kaffee selber anmachen kann. Und genau so eine Maschine hat der Chef gehabt, und genau so wollte er seinen Kaffee. Der Chef hat sein Büro neben dem Restaurant, und dazwischen ist ein Gang, ein kurzer, und da führt eine Stiege hinauf in den ersten Stock, dort oben ist nämlich ein Fotostudio. So. Und ich will natürlich alles richtig machen, Kaffee und Kipferln auf Silbertablett, Haare in scharfem Scheitel, mach die Tür vom Restaurant auf, trete in den Gang, klopfe beim Büro an, will gerade eintreten, da schießt einer aus dem Restaurant, der will wahrscheinlich hinauf in das Fotostudio, schlägt hinter sich die Tür zu, rammt mich, ich verliere das Gleichgewicht, es haut mich vor, Tür zum Büro ist offen, leider, ich kann mich nirgends halten und lande mitten auf dem Teppich, von dem der Quadratzentimeter mindestens so viel kostet, wie ich im Monat verdient habe. Ich also am Boden. Und vor mir sehe ich Frauenbeine in Seidenstrümpfen. Ist es die Madame. Daneben sehe ich Herrenbeine in grauen Hosen. Ist es der Chef. Und ich an meinem ersten Tag, ich, der Trottel aus Lech, liege auf dem Teppich, mit einer Faust drücke ich das Hefekipferl zusammen und sehe, dass der Teppich eigentlich überall dunkel ist, nur an einer einzigen Stelle nicht, und dass genau an dieser Stelle das Kaffeepulver sich mit dem Wasser mischt. Eine Katastrophe eigentlich. Der Chef erzählt mir auf Deutsch alle Schimpfwörter, die er kennt. Die Madame will dauernd, dass er ins Französische übersetzt. Er sagt: Der Depp kann auch Französisch, soll er übersetzten. Und so schimpft er und nennt mich mit allen Namen, und ich übersetze, bis ich nicht mehr übersetze und mir denke, so, jetzt kann er mir von mir aus den Kopf abschlagen. Und das merkt er, dass da bei mir die alpine Sturheit durchbricht, und er hört auf mit dem Schimpfen. Und in dieser Situation, ich schwöre, es ist wahr, habe ich mir gedacht, mein Ziel ist es, dass ich in kürzester Zeit hier nicht der Letzte, sondern der Zweitletzte und dann der Drittletzte, der Viertletzte, der Fünftletzte und irgendwann der Erste sein werde. Und da sagt der Chef: So, als Strafe bleibst du heute den ganzen Nachmittag da und tust alle Teller, die wir haben, mit Essigwasser putzen. Das gibt einen Glanz und nimmt den Geruch. Gut. Kein Problem. Bringt mich nicht um. Und ich sage auch: Jawohl, das mach ich, das bringt mich nicht um. Auf Deutsch sage ich das. Und die Madame fragt: Was hat die Kreatur gesagt? Und noch bevor er übersetzt, übersetze ich selber: Ich habe gesagt, das bringt mich nicht um, sage ich. Gut, sagt sie, dann soll er auch noch Telefondienst machen, vielleicht bringt ihn das um. Was ist Telefondienst? Telefondienst ist: das Telefon abnehmen, wenn es klingelt, und die Bestellung aufschreiben. Da haben halt Leute angerufen und einen Tisch für den Abend reservieren lassen. Das war ja ein superfeines

Lokal. Bis auf die Personaltoiletten. Gut, ich putze also mit Essigwasser die Teller, bin froh, dass ich alleine bin, da scheppert das Telefon, ich nehme ab, melde mich französisch, ein Mann spricht, der sagt: Hier spricht Charlie Chaplin. Wer, frage ich. Charlie Chaplin, ich möchte einen Tisch für acht Personen reservieren lassen, zwanzig Uhr. Aha, die Kollegen, denke ich mir. Charlie Chaplin! Die denken, ich sei der Latschenpepi vom Arlberg. Charlie Chaplin! Können einen anderen hoppnehmen! Andererseits habe ich gedacht, alles blitzschnell: Vielleicht, vielleicht, vielleicht. Und frag noch einmal nach: Für wen, bitte, darf ich den Tisch reservieren? Für Charlie Chaplin. Und aufgelegt. Schlecht gelaunt. Eh klar. Was tu ich? Ich habe dann in das Reservierungsbuch den Tisch für acht Personen eingetragen, habe mich aber nicht getraut hinzuschreiben, Charlie Chaplin, sondern habe die Rubrik einfach frei gelassen. Gut, das war das. Ich geh also wieder in die Küche zu meinen Tellern. Das war immer noch alles am ersten Tag. Ich denke mir, gut, die haben einen Spaß mit mir gemacht, ich bin nicht hineingefallen, und die Teller habe ich auch schön poliert, es geht aufwärts mit mir. Ich nehme also einen Stapel Teller, so dreißig oder vierzig Stück sind das, und will sie ins Restaurant tragen. Ich fasse den untersten Teller mit beiden Händen ganz außen am Rand, weil ich nicht will, dass meine Fingerabdrücke draufkommen. Heute weiß ich, dass das verboten ist, strengstens verboten, damals wusste ich das nicht. Ich stoße mit dem Bein die Tür zum Restaurant auf, komme gerade noch bis in die Mitte, da bricht der unterste Teller, und der ganze Stapel fällt auf den Boden, und nicht ein einziger Teller ist heil. Und wer steht mitten im Restaurant? Der Chef. Sauber. Lange Pause. Sehr lange Pause. Dann sagt er: Wegen Ihnen hole ich mir keinen Herzinfarkt. Die Teller muss ich zahlen, ich soll die Sauerei aufräumen und mich hinterher im Spiegel anschauen und mir überlegen, wie es der Natur möglich ist, so ein Exemplar wie mich hervorzubringen. Sollte mir eine Antwort einfallen, soll ich sie ihm unverzüglich mitteilen, sonst könne er heute Nacht nicht einschlafen. Gut. Ich denke: Schwein gehabt. Und denke:

Apropos Natur, in der Natur gibt es zwar Zufälle, aber nicht so unheimlich viele auf einmal, das kann es nicht geben, deshalb ist meine Pechsträhne jetzt vorbei für den Tag, weil das gibt es ja nicht, dass das so weitergeht. Und habe darüber hinaus total den Charlie Chaplin vergessen. Und dann am Abend: Aufregung überall: Charlie Chaplin ist da! Charlie Chaplin ist da! Und der Oberkellner fragt mich noch, ob er denn nicht angerufen hat und einen Tisch vorbestellt hat, er kommt mit sieben Personen. Und ist total aus dem Häuschen, der Oberkellner, und macht einen Filmtrottel aus sich. Ich sage, es hat schon einer angerufen, aber ich habe den Namen nicht verstanden. Charlie Chaplin! Charlie Chaplin! Der war Stammkunde in dem Restaurant. Und der hat immer denselben Auftritt gehabt. Er hat sich hingestellt, hat einen Hundertfrankenschein zusammengerollt in der ausgestreckten Hand gehalten, und der Oberkellner musste vorbeirennen und ihm das Geld aus der Hand nehmen wie ein Staffelläufer. Zum Glück war ein Tisch frei, zum Glück genau der, den Chaplin reserviert haben wollte. Also, alles bestens. Und da kriegen seine zwei Töchter Lust auf Champagner. Gut, soll ich Gläser auftragen. Wo sind die Gläser? Hier im Kasten, gleich hinter den Herrschaften, in dem vornehmen Kasten, der für Spezielle reserviert ist. Gut. Ich, aufgeregt, wegen Charlie Chaplin, will nicht hinschauen zu ihm und will doch hinschauen, schau nicht hin und schau doch hin, schau leider genau hin, als ich die Tür zum Kasten aufmache, und schon kommen mir die ersten Gläser entgegen. Aber sie fallen nicht auf den Boden, ich kann sie mit der Brust aufhalten. Es war eindeutig nicht meine Schuld. Das ganze Regalbrett ist heruntergekommen und unten das zweite dann auch noch. Mit den Händen habe ich das untere festgehalten und mit der Brust das obere. Und hinter mir Charlie Chaplin mit seinen Töchtern und sonst noch irgendwelchen Größen. Und mir bleiben nur zwei Möglichkeiten: Entweder ich stehe hier bis zum Jüngsten Gericht, oder ich lasse alles fallen, ein ganzer Kasten voll mit geschliffenen Kristallgläsern. Lieber, denke ich, bleibe ich stehen bis zum Jüngsten Gericht und empfange so mein letztes Urteil. Da kommt schließlich der Chef an den Tisch des Filmstars und fragt, ob alles in Ordnung sei. Und Mister Charlie Chaplin sagt: Alles ist in feinster Ordnung, nur der Champagner kommt nicht. Und der Chef dreht sich um und sieht mich. Was gibt es, fragt er mit ganz matter Stimme. Aber er sieht schon, was ist. Und Charlie Chaplin dreht sich nun auch um, und auch er sieht, was ist. Und sie kommen beide her und helfen mir. Und Charlie Chaplin lacht. Und da lacht der Chef auch. Und ich denke mir, aus so einem Tag wie diesem hätte der Meister früher einen Film gemacht. Und dem Chef muss das imponiert haben, dass der größte Komiker des Jahrhunderts über mich, den kleinen Mann vom Arlberg, lacht, und es hat keine Strafen mehr gegeben.

Das war mein Tag. Mein erster Tag in dem Restaurant in Lausanne. Das Beste, was ich über unseren Beruf weiß, habe ich dort gelernt. Und es hat nicht lange gedauert, da war ich nicht mehr der Letzte und auch nicht mehr der Zweitletzte und auch nicht der Drittletzte. Aber bevor ich der Erste geworden bin, bin ich nach Lech zurück und habe den Betrieb meiner Eltern übernommen. Hier bin ich heute der Erste.

Die Seherin

Der Bäcker war ein Engel. Ich habe hinter seine Schürze, durch seine Haut, durch sein Fleisch hindurch, durch die Rippen aus Knochen habe ich in seine Seele schauen können. Ein guter Mensch, der die Augenbrauen hochzog bis ins Haar und sorgenvoll in seinem Laden herumblickte, wenn er dich gefragt hat, wie es dir geht. Ich hatte immer den Eindruck, er wird mit etwas nicht fertig, er rennt hinter etwas her. Er hat mir einen Wecken Brot geschenkt. Geh in den Wald hinauf, hat er gesagt, und iss ihn ganz auf, ganz allein, du brauchst mit keinem zu teilen, und du brauchst auch kein schlechtes Gewissen zu haben, sag einfach danke zu mir, das genügt. Ich weiß den Platz heute noch, an dem ich das Brot gegessen habe. Das war in dem Wäldchen auf dem Weg, wo es nach Stubenbach geht, ein Stück den Bach entlang abwärts. Beim Kauen ist die Stimme aus mir herausgebrochen, es war ein Jubilieren, das ich nicht zurückhalten konnte. Ich hatte Angst, mein Singen könne mich verraten und jemanden anlocken, der mir dann das Brot wegnimmt. Aber ich konnte nicht aufhören zu singen. So ein großer Wecken Brot war das, und nach drei Bissen war immer noch viel übrig, dass eine ganze Familie genug gehabt hätte. Es war wie das Paradies, und ich dachte, vielleicht bin ich schon gestorben. Aber das schreckte mich nicht im Geringsten. Wer tot ist, kann ausschlafen. Da war ich neun. Dafür ist der Bäcker in den Himmel gekommen. Wohin soll er sonst gekommen sein!

Ich habe Dinge gesehen, die andere nicht gesehen haben. Das wurde mir gesagt. Oft, wenn etwas geschehen ist, wenn einem etwas abgebrannt ist oder einer etwas gewonnen hat, dann ist derjenige hinterher gekommen und hat gesagt: Du hast es gewusst, du hast mir davon geredet. Und ich fragte: Wann habe ich dir davon geredet? Und er sagte: Weißt du denn nicht mehr? Was für Sachen sehe ich denn, fragte ich mich selber. Ich sehe in die Herzen der Leute. Das ist nicht immer appetitlich. Ich habe dann so kalte Augen, sagen die Leute, und ich mache einen Mund, der völlig gleichgültig wirkt. Ich schaue wie ein Marsianer, der uns Menschen beobachtet, sagen sie. Ich kenne keine Marsianer. Aber ich kann den Menschen manchmal ins Herz schauen. Ich konnte es wohl von Anfang an und habe nur nicht gewusst, dass es etwas Besonderes ist. Es zog mir das ganze Leben lang Sticheleien zu. Und den Hass. Und wenn mir einer einen Antrag machte, dann wusste ich, ob es nur langweilige, herzlose Schöntuerei war oder Liebe.

Der Pfarrer hat mich gehasst. Ich war starr vor ihm. Der Ton und Hauch seiner Predigten war sauer und neidisch auf alles Frohe. Wer lacht, hat gesündigt. Ich kann mich nicht mehr erinnern, dass ich irgendetwas in seinem Herzen gesehen hätte. Ich glaube, er hatte gar kein Herz. Er war wie ein schwarzer Stein. Aber er meinte wohl, ich sähe in ihn hinein. Und weil er böse war wie der Teufel selber und das auch wusste, und weil er eben glaubte, ich allein, ich armes, kleines Mädchen von vierzehn Jahren, ich durchschaue ihn, darum hat er mich gehasst und wollte mich kaputtmachen. Es ist nichts anderes als wahr.

Und mit dem Doktor war es genauso. Auch der Doktor war böse wie der Teufel, und auch er glaubte, ich durchschaue ihn. Und auch er hasste mich. Ich sah sie manchmal, Doktor und Pfarrer, oben auf dem Hügel vor der Kirche stehen, beide schwarz und fast aneinandergewachsen, so eng standen sie beisammen, und sie schauten zu mir herunter, und ihre weißen Finger zuckten schon, und ich wusste, sie hatten über mich geredet. Aus dem ganzen Dorf hatten sie ausgerechnet mich herausgepickt.

Warum mich?

Ich wollte nicht so sein, wie ich war. Ich wollte nicht solche Eltern haben, wie ich sie hatte. Ich wollte nicht so ein Gesicht haben, wie ich eines hatte. Und ich wollte nicht solche Augen haben, wie die Leute sagten, und ich wollte auch keinen so kalten Mund haben. Ich hätte mir gewünscht, dass meine Eltern Nazis wären. Dass sie braun wären. Aber sie waren schwarz wie die Neumondnacht im Fichtenwald. Meine Freundin hatte es gut. Sie hatte Augen wie alle und einen Mund wie alle. Und ihre Eltern waren Nazis. Sie hatte es gut, weil es ihnen besser ging als uns, weil bei ihnen im Haus deutsche Gäste waren, Parteimitglieder aus dem Altreich, schöne Männer, die ihre schönen, biegsamen Frauen durchs Dorf führten. Ihr Bruder verdiente sich ein Taschengeld, indem er die Koffer der Deutschen von Langen heraufschleppte. Zweitens hatte es meine Freundin gut, weil sie nicht in die Kirche gehen musste, weder an den Wochentagen noch an den Sonntagen. Ich musste jeden Tag in die Messe gehen. Und am Sonntag in der Christenlehre hat mich der Pfarrer gequält nach Strich und Faden. Er hat mich vor den vollen Bänken gefragt: Sag mir das neue Bußgebet auf! Er wusste, dass ich keine Zeit gehabt hatte, es zu lernen, weil ich in der Wirtschaft gearbeitet habe den ganzen Tag bis zum Umfallen, an einem Tag mehr als er in einem Monat. Und dann sagte er von der Kanzel herab, zeigte dabei mit dem weißen, weichen Zeigefinger auf meine arme Mutter: Da sieht man, dass die Eltern die Kinder verschludern lassen. Und meine Mutter hat sich bis ins Blut hinein geschämt. Ich habe in sie hineingesehen und habe gehört, was ihr Herz gefragt hat, nämlich: Warum lebst du denn noch!

Der Pfarrer war im Pakt mit dem Doktor. Und der Doktor war noch katholischer als der Pfarrer. Er hatte einen kleinen Sohn, und einmal hörte ich, wie er betete: Mach, Herrgott, mach, dass mein Sohn Bischof wird. Ich habe es gehört, obwohl der Doktor kein Wort gesagt hat, seine Lippen geschlossen waren, er kniete nur in der Bank, die Arme vor sich wie schwarze Prügel. Aber ich habe es gehört, so laut war es für mich, als wär es von der Kanzel heruntergekommen.

Der Pfarrer und der Doktor waren das Bollwerk gegen den Nationalsozialismus bei uns in Lech. Der Doktor war nur zweimal in der Woche heroben im Dorf, sonst wohnte und praktizierte er unten in Dalaas, aber wenn er kam, dann führte er sich auf wie der liebe Gott und sein Statthalter zusammen. Wenn sich ein Kind den Finger eingeklemmt hatte und weinte, dann sagte er: Sei still, sonst säge ich dir den Arm ab. Und wenn Frauen zu ihm kamen, dann fragte er sie als Erstes, ob sie beim Verkehr verbotene Lust hätten, und als Zweites, ob ihre Männer Nazis seien, und dann erst fragte er sie, was ihnen fehlte.

Meine Eltern waren keine Nazis. Sie hielten es mit dem Pfarrer und dem Doktor. Ich war vierzehn und dachte, wie kann ich die Eltern nur von den beiden wegbringen. Der Nationalsozialismus erschein mir wie die Erlösung vom Teufel. Die Welt war ein dunkles, heißes Quälloch, ein dunkles, dumpfes Tal. Ohne Freude. Ohne Glück. Die Welt sah aus wie Lech. Aber am Horizont in Richtung Warth, also in Richtung Deutschland, da war ein heller Streifen, von dorther wehte kühle, frische Luft – das war der Nationalsozialismus.

Einer im Dorf sagte, er werde sein Ränzchen packen, ehe das Verhängnis hereinbräche, und wenn sie ihn erwischen, bläst er sich den Hobel aus. Aber er sagte es zu jedem, und sein Ränzchen packte er nicht. Stattdessen holten sie ihn, und er musste einrücken. Den Hobel blies ihm ein anderer aus. Als er fiel, ich weiß nicht, wo, ich bin schlecht in Erdkunde, da merkte ich es zu Hause im Bett. Ich sagte nichts. Es waren nur Frauen noch im Dorf. Außer einem Mann mit Krampfadern wie Schlangennester.

Ich bin bald siebzig Jahre alt. Ich besitze zweiundzwanzig Paar Schuhe. Das will ich. Ich will für jeden Gang ein anderes Paar Schuhe haben. Ich will, wenn ich auf den Berg gehe, andere Schuhe an den Füßen haben, als wenn ich ins Tal gehe, obwohl es, wenn ich ins Tal gehe, beim Rückweg genauso ist, wie wenn ich auf den Berg gehe, und wenn ich auf den Berg gehe, beim Rückweg nicht anders ist, als wenn ich ins Tal absteige. Ich spiele manchmal Tennis und besitze zwei Paar Tennisschuhe. Mein Lieblingspaar sind herrliche Wildlederstiefel aus Mailand. Ich habe Abendschuhe, die ich vielleicht einmal im Jahr brauche, wenn wir zu Ehren von irgendjemandem ins Hotel Post eingeladen werden oder nach Zürs ins Hotel Edelweiß. Ich finde es reizend, wenn für verschiedene Getränke verschiedene Gläser auf den Tisch kommen. Rotweingläser sehen wie Apfelbäume aus, Sektgläser wie Pappeln. Ich besitze zweiundzwanzig Paar Schuhe. Auch ein Paar viel zu jugendliche sind darunter. Ich habe einmal als Kind in meine Zukunft gesehen. Da sah ich mich umgeben von vielen Schuhen. Und da wusste ich, mit mir wird zum Schluss doch alles gut. Und so ist es geworden. Ich habe einen Mann, der noch arbeiten kann. Ich selbst helfe im Hotelbetrieb bei meiner Tochter mit. Dort gibt es eine Sauna mit Whirlpool und eine Tiefgarage. Wenn jemand im Dorf einen wirklich guten Kuchen essen will, dann kommt er zu mir. Die Gewitter ziehen vom Madloch herunter und ziehen in Richtung Warth ab. Der Pfarrer ist tot. Der Bäcker ist leider auch schon tot. Deutschland ist heute genau gleich wie wir. Und wir sind reich. Wir sind sogar reicher als die Deutschen.

Die Mama im Winter '63

Hildegard, das war die Dritte. Mit ihr haben wir ein Mordszeug gehabt, wie die auf die Welt gekommen ist. Das muss ich Ihnen grad erzählen. Und zwar war das vor Weihnachten, und es hat wahnsinnig viel geschneit. Geschneit, geschneit, geschneit. Ich war hochschwanger, und das war so grad um die Weihnachtszeit herum, die Zeit, wo es hätte sollen kommen. Und die Schwester von meinem Mann in Lech draußen, die Schwägerin, sagt sie: Willst du nicht herauskommen von Zug und bei uns wohnen? Sagt sie: Wenn das auf einmal losgeht, du kannst ja nirgends weg, wenn ihr eingeschneit seid. Sag ich: Jetzt vor der Weihnachtszeit, wo alles in Vorbereitung ist, wer will da weg, auf jeden Fall ich nicht. Auch der Mann wollte nicht hinaus. Und dann war so ein Gespräch in der Waschküche unten, und da sagt er: Aber hör einmal, was dann, wenn es wirklich losgeht mit dir, und der Schnee wird mehr? Sag ich: Dann musst du mich mit der Kraxen … Wissen Sie schon, was eine Kraxen ist? Nein? Ein Gestell, mit dem man das Heu auf dem Rücken trägt. Sag ich, dann musst mich halt mit der Kraxen hinaustragen nach Lech. Und wir lachen noch. Hab ich so spaßhalber gesagt, das mit der Kraxen. Und ich sage Ihnen: Kurz darauf sind die ersten Wehen gekommen. Und wir schauen blöd. So, was machen wir? Und es war so viel Schnee. So viel Schnee. Also, man macht sich keine Vorstellung. Das war im Dreiundsechzigerjahr, da war das noch nicht so, dass gefräst worden ist. Damals war das noch nicht so. Was machen wir? Ruft er den Doktor an und sagt: Meine Frau kriegt ganz plötzlich ein Kind! Ja, eben, ja, sagt der Doktor, er kann nicht hereinkommen. Wie auch. Wir sollen hinaus. Und der Mann legt auf. Wir sollen hinaus, aber er kann nicht herein? Wie das, frage ich. Keine Ahnung. So, ja, haben wir eben eingespannt. Ein Pferd, ja. Da waren die niederen Schlitten da. Hineingesessen und losgefahren. Und geschneit. Immer geschneit. Nicht aufgehört. Das

Pferd hat kaum noch waten können in dem Schnee. Geschwommen ist es. Ja, mir ist vorgekommen, das Pferd schwimmt. Und ich hinten drauf. Und der Mann, der dicke, meiner ist ja ein ordentlich dicker, damals war er das schon, der auch halb hinten drauf und halb selber im Schnee in der Spur hinterher. Damals ist die alte Straße anders verlaufen, müssen Sie wissen. Wenn Sie sich das vorstellen – wo jetzt die Tennisplätze sind und das Schwimmbad, unten, wo der schöne Spazierweg ist, dort war die alte Straße von Zug nach Lech. Hinunter, dann ein bisschen flach und dann wieder den Wald hinauf. Na, da sind wir eben hinunter, das ging ja noch. Abwärts geht's immer, aufwärts ist's schlimmer. Wie das Sprichwort sagt. Wissen Sie, wie das ist, wenn Pferde Angst haben? Dann reißen sie die Augen so weit auf, man könnte davonrennen. Und das war so. Ich sitze auf dem Schlitten, eingepackt bis unter die Ohren, und schon wieder eine Wehe. Mann, Mann, ruf ich, schon wieder eine, fang an zu zählen! Weil ich wissen wollte, wie die Abstände sind von einer Wehe zur nächsten. Und der Mann zählt, brüllt die Zahlen heraus, weil er zum Kämpfen gehabt hat mit dem Schnee und mit seinem dicken Bauch auch. Und er brüllt die Zahlen – siebzehn, achtzehn, neunzehn, zwanzig –, und auf einmal dreht sich das Pferd um, als ob es Zwanzig heißen würde, und schaut mich an. Mein Gott, Jessas, Maria und Josef, da war schon die nächste Wehe da. Weil ich so erschrocken bin. Weil das Pferd so entsetzlich geschaut hat. Hat mich angeschaut, als ob ich der Gottseibeiuns persönlich wäre. Die brauchst du nicht mitzählen, ruf ich nach hinten, diese Wehe gilt nicht. Und hör nichts mehr von hinten. Denke halt, gut, er zählt nicht mehr weiter, der Mann. Kann ich verstehen, dass er nicht mehr weiterzählt, wenn er nicht muss. Und das Pferd hat auch auf einmal eine Kraft gekriegt, die ganz erstaunlich war, und ist losgezogen mit mir hinten drauf auf dem Schlitten. Und bevor es dann den Wald hinaufgegangen ist … So: Da war eine Lawine schon herunten. Nichts geht weiter. Ich will das Pferd anhalten, aber weil das so einen Schreck gehabt hat, ist es zuerst einfach weiter und hat sich selber vor lauter Dummheit eingegraben bis zum Hals. Also, ich kann Ihnen sagen, es war ganz furchtbar und unheimlich gefährlich, lebensgefährlich, und ich habe das auch überrissen, das kann ich Ihnen sagen, ich habe schon gewusst, dass es jetzt aus sein kann für mich und den Mann und das Kleine im Bauch und das Pferd. Aber wie ich das Pferd gesehen habe, wie es ganz im Schnee gesteckt hat, nur noch der Hals hat herausgeschaut und die Augen so weit offen und zwischen den Ohren eine Schneekappe, da habe ich loslachen müssen. Ganz kurz nur. Weil es halt so saukomisch war, wie der Gaul geschaut hat. Und ich sage nach hinten: Mann, schau dir das Ross an! Und der Schlitten sinkt jetzt ein, das heißt, er rutscht zurück und dabei gräbt er sich in den Schnee ein. Und der Schlitten ist auch nicht mehr da. Nicht mehr zu sehen. Ich steh auf. Bis zur Hüfte bin ich im Schnee. Und steh wie im Himmel oder wo auch immer. Alles weiß um mich herum. Ich bin ja alles andere als eine Romantikerin und auch überhaupt kein religiöser Mensch. War ich schon von Kindheit an nicht. Hab immer gefragt, wo kommt das her, wie funktioniert das. Ein praktischer Mensch halt. Vielmehr ein Mannsbild diesbezüglich als ein Frauenzimmer. Aber in so einer Lage, bitteschön, da wird einem dann schon anders, wo ja auch gleichzeitig, wollen wir das nicht vergessen, das neue Leben in mir drinnen an die Welt klopft. So also. Um mich herum schneit es und schneit es. Man macht sich keinen Begriff. Nur weiß. Nur weiß. Alles nur weiß. Wo ist mein Mann? Wo ist mein Ross? Da hör ich ihn von hinten anschnaufen. Ist er doch glatt vom Schlitten gefallen und ein Stück den Abhang hinuntergerollt, war nicht mehr zu sehen, und hat selber nichts gesehen als Weiß und dann sogar Schwarz für einen Augenblick, hat er behauptet, weil er sich den Kürbis angeschlagen hat irgendwo. Ja, was treibst denn du, ruf ich ihn an. Und er macht nur: Pst! Pst! Und ich will jetzt wissen, warum mitten in so einer Schneenatur plötzlich eine Geheimnistuerei ausgebrochen sein will, und frag das, als er endlich bei mir ist. Da gibt er mir zur Antwort, das heißt, er kommt nicht dazu, weil jetzt das Ross mit Trara auftaucht. Eine Angst im Gesicht.

Von oben bis unten voll Schnee, weiß wie ein Geist und gefährlich narrisch. Also, was tun? Was sollen wir tun, flüstert der Mann. Warum um Himmelschristiwillen flüsterst du denn, schrei ich ihn an. Zeigt er nur mit dem Fingerchen, dem dicken, dem gemästeten, hinauf zum Berg. Da hängt etwas, sagt er. Was hängt denn da, frage ich. Lawine, sagt er. Jessas, da hängt was. Direkt über uns. Aber ich seh nichts. Siehst du das, frage ich. Er schüttelt den Kopf. Aber ich spür's, sagt er. Da wollte ich nicht diskutieren, schon gar nicht, weil mich grad wieder eine Wehe zusammengezogen hat. Der Mann, der liebe, ich muss das direkt so sagen, hat sich die paar Meter zu mir durchgekämpft, ist geschwommen, hat mit seinem Kugelbauch eine Hohlbahn gedrückt bis zu mir her und hat mir die Hand gehalten. Stell dir vor, was wir diesem neuen Mensch da ein ganzes Leben zu erzählen haben, sagt er. Das hat mir gutgetan. Also sag ich, weil die Wehe schon vorbei ist: Los, ausspannen. Haben wir das Pferd ausgespannt. Der Mann hat es am Zügel gehalten, und es hat sich jetzt doch schon wieder einigermaßen beruhigt. Die einzige Chance, sag ich, ist, wenn wir bis zum Wald hinüberkommen. Der Mann macht wieder: Pst! Nicht so laut, sagt er. Ach, du mit deiner Lawine, sag ich. Zieh du das Pferd vor mir her, dann schaff ich es. Und so haben wir es gemacht. Fragen Sie mich nicht, wie wir den Wald erreicht haben. Bis zur Brust im Schnee, manchmal bis über den Kopf. Aber dann waren wir beim Wald vorne. So, habe ich gesagt, Mann, sei mir nicht böse, du bist hier im Wald relativ gut aufgehoben, mach halt keinen Blödsinn und warte, bis Hilfe kommt. Ich setz mich aufs Pferd und lass mich nach Lech tragen, so weit es geht halt unter den Bäumen, und wenn ich dort bin, schicke ich dir einen, der dich holt. Weil das wusste ich schon, dass er mit seinem dicken Leib das noch weniger schafft als ich mit meinem dicken Leib. Und zwei so Dicke hätte das Ross garantiert nicht tragen können. Ich bin hinausgeritten bis zur Platten, dort, wo der Plattenhof jetzt ist. Und dort ist mir der Schwager schon entgegengekommen. Den hat der Arzt informiert. Und der hat sich gesorgt, weil er nichts gehört hat von uns. Der Schwager hat einen Schlitten dabeigehabt, auf den habe ich mich gesetzt. Geh du deinen Bruder holen, habe ich gesagt, ich fahr zum Doktor. Und habe ihm genau beschrieben, wo mein Mann war. So, und jetzt kommt das Beste. Kaum sitze ich beim Doktor in der warmen Stube – nichts mehr. Keine Wehen mehr. Hab ich Angst, ob dem Kind etwas passiert ist. Nein, sagt er, alles in Ordnung, nur zu früh. Da kommt auch schon mein Mann zur Tür herein, sieht aus wie ein Schneemensch, fragt gleich: Was ist es denn, ein Bub oder ein Mädel? Nichts ist, sage ich. Zu früh. Da haben wir gelacht. Mein Gott, haben wir da gelacht. Und dann habe ich ein Machtwort gesprochen. Ich habe gesagt: Soll jetzt kommen, was will, morgen ist Weihnachten, und eines ist sicher, Weihnachten bin ich zu Hause, da soll das Kleine im Bauch gefälligst warten. Hast du gehört, habe ich zu meinem Bauch gesagt, schließlich bist du nicht der Jesus, du brauchst nicht Weihnachten auf die Welt kommen. Und hab gelacht. Und mir ist es saugut gegangen. Haben beim Schwager übernachtet. Nächster Tag: Wunderbares Wetter, schönster Sonnenschein. Traumtag. Ein Heiligabend wie im Bilderbuch. Sind wir mit Pferd und Schlitten zurück. Und da schau an: Hat der Mann eben doch ein richtiges Gespür gehabt – alle Lawinen, die irgendwie nur herunterkönnen, waren herunten. Bravo, Mann, habe ich gesagt, bist ein lieber und guter Mann und weißt, wo die Lawinen kommen, und gefällst mir auch noch, wenn dein Bauch doppelt so dick ist. Ja, das war ein schönes Weihnachten. Das Mädchen ist dann zwei Tage nach den Feiertagen auf die Welt gekommen. Alles in Ordnung. Kerngesund. Und heute – heute ist der Mann wirklich fast doppelt so dick wie damals. Als ob ich's ihm angeflucht hätte. Da kommt er ja. Komm, setz dich zu uns. Ich hab grad erzählt. Weißt eh, was für eine Geschichte. Kannst es dir denken, oder?

Der Fremde

Übertreiben soll man es nicht. Ich bin erstens konservativ und zweitens katholisch. Ich beichte regelmäßig meinen Beruf. Natürlich nicht hier in Lech. Ich würde den Geistlichen belasten, und das will ich nicht. Er ist nicht von hier und darum womöglich noch mehr Lokalpatriot als die Lecher selbst. Wenn ich auf Urlaub bin, bei meiner Schwester in Bochum oder in Berlin bei einem Freund oder in München, dann beichte ich, dann packt mich regelmäßig ganz spontan der Entschluss, meinen Beruf zu beichten. Also, damit es heraus ist: Ich bin Taschendieb. Was natürlich heißt, dass ich nicht auch sonst nehme, was ich kriege. Ich meine, ich greife nicht nur in Taschen. Überhaupt, Taschendieb ist ein romantischer Begriff. Der stammt aus einer Zeit, als es noch Menschen gab, die all das Ihre bei sich trugen. Ich verbringe die Wintermonate in verschiedenen Urlaubsorten in den Alpen – so kann man es ausdrücken. War aber auch schon in Andorra und in Mallorca. Seit gut achtzehn Jahren bin ich als Taschendieb tätig. In Lech arbeite ich seit fünfzehn Jahren. Bis auf die Winter '86 und '87 war ich jedes Jahr hier. Eben '86 war ich in Andorra und '87 in Mallorca. Jedes Mal bin ich so ungefähr drei bis vier Wochen hier. Meistens wohne ich nacheinander bei drei oder gar vier Adressen. Immer im Mittelfeinen. Pension. Dreistern genügt mir völlig. Hier gibt es drei Fünfsternehotels. Will ich gar nicht. Was soll dort anders sein? Ich besuche die Fünfsternehotels. Das schon. Rein beruflich. Da kommt man nicht daran vorbei. Ich trinke dort meinen Tee, mache meinen Zug und gehe wieder. Um in solchen Häusern voll tätig zu sein, müsste man ein größeres Kaliber sein, als ich eines bin. Man müsste es übertreiben. Und mein Wahlspruch ist eben: Übertreiben soll man nicht.

Nein, dass Sie mich beobachtet haben, gibt mir nicht zu denken. Mit solchen Zufällen muss ich rechnen. Überlegen Sie doch: Ganz ehrlich, Sie haben doch nach so etwas gesucht. Ein Reporter sucht immer das Ausgefallene. Und zweitens war es ein Zufall, dass Sie mich beobachtet haben. Und wenn mich sonst jemand beobachtet – mein Gott, was soll's! Ich als gebürtiger Rheinländer nehme alles etwas leichter. Folgende Rechnung: Die meisten Leute sind fremd hier. Wenn man irgendwo fremd ist, mischt man sich nicht gern ein. Das heißt, auch wenn mich jemand bei der Arbeit beobachtet, wird er sich mit größter Wahrscheinlichkeit nicht darum scheren. Und ein Einheimischer schon gar nicht. Man will doch hier keinen Aufruhr. Außerdem würde mich niemand je wiedererkennen. Auch Sie nicht. Wenn ich mit Ihnen jetzt zwei Stunden rede, und Sie mich die ganze Zeit anschauen, morgen werden Sie trotzdem vergessen haben, wie ich aussehe. Das hat der liebe Gott so eingerichtet mit meinem Gesicht. Das ist sein Geschenk. Und er will nur eines als Gegenleistung: nämlich, dass ich es nicht übertreibe. Das heißt, ich soll keinem so sehr schaden, dass damit seine Existenz ruiniert wird.

Ich wohne immer in den gleichen drei, vier Pensionen. Jedes Mal begrüßt man mich als neuen Gast. Niemand hat sich je an mich erinnert. Ich logiere natürlich immer unter anderen Namen. Und ich kenne sie alle. Das ist eine merkwürdige Sicht, das kann ich Ihnen sagen. Morgen treffe ich Sie auf der Straße und frage Sie nach der Uhrzeit. Und Sie blicken mich an, und ich blicke Sie an. Und Sie kennen mich nicht, aber ich kenne Sie. Viele Lecher kenne ich. Waren Sie schon dort hinten bei der Frau, die die New-York-Reise gewonnen hat? Ich habe Mitleid mit ihr. Sie hat Heimweh, glaube ich. Stammt aus Deutschland, schafft im Sommer wie ein Tier auf einer Hütte, hat ein Kind, das sie nervt, das nur fernsehen will den ganzen Tag. Und im Winter schafft sie erst recht wie ein Tier. Das sagt man hier. Man sagt: Ich schaffe wie ein Tier. So eine unmögliche Ausdrucksweise! Alles Mögliche tun Tiere, aber sicher nicht schaffen. Oder diese andere Frau, die ein Zimmermädchen war und dann ein Verhältnis angefangen hat mit dem Wirt, ihrem Chef. Ich habe die Geschichte über die Jahre ja mitbekommen. Wie das Dienstmädchen gelitten hat! Und dann starb die Frau von dem Wirt und hinterließ fünf kleine Kinder. Und da dauerte das Verhältnis mit dem Dienstmädchen schon drei Jahre. Und nach dem Tod der Wirtin zog sie die Kinder groß? Ja, das fragt man sich manchmal. Die Gäste vielleicht. Und jede Nacht lag sie beim Wirt im Bett, und immer bat sie ihn, er solle sie doch heiraten, jeder im Dorf wisse, dass sie ein Verhältnis hätten, und niemand habe etwas dagegen. Aber der Wirt wollte nicht. Ich weiß ihren Namen. Ihren Familiennamen, meine ich. Ich habe ihn von ihr selbst erfahren. Sie hat mir einmal ihr Herz ausgeschüttet. Ich sehe aus wie der Fremde schlechthin. Wer mich anschaut, denkt sich, den werde ich nie wiedersehen. Und das weckt seltsamerweise das Vertrauen. Sie hat mir die ganze Geschichte erzählt, und ich habe geweint. Wir saßen im Büro. Sie erledigt ja auch die Buchhaltung. Die Gäste, die bereits am Morgen ihr Zimmer geräumt haben, weil sie am Nachmittag abfahren, die stellen ihre Sachen am Tag über im Büro ab. Und während mir die Frau erzählt hat, musste sie immer wieder hinaus und sich um irgendetwas kümmern. Da habe ich mich dann bedienen können. Jedenfalls hat sie mir ihren Namen gesagt. Ihren vollen Namen. Der Wirt spricht sie nur mit dem Vornamen an. Und auch die Kinder sprechen sie nur mit dem Vornamen an. Und ich dachte schon, ich sei der Einzige, dem sie ihren Familiennamen gesagt hat. Dann kam ich später einmal ins Haus und fragte den Wirt, wo denn Frau Sowieso sei, und er wusste nicht, wen ich meinte, und sagte, nein, hier wohnt keine Frau Sowieso. Er hat ihren Namen vergessen! Und das soll nicht schlimmer sein als Taschendiebstahl? Ich habe ihre Gäste bestohlen, das gebe ich zu. Ich weiß auch, dass ich mir ein paar Jahrhunderte Fegefeuer dafür einhandle. Aber er, der Wirt, der hat ihr, seiner Geliebten, den Namen gestohlen. Und er fürchtet nicht die Rache des Herrn – geschwollen ausgedrückt.

Dass bei all diesen Bergen so wenig Religion übrig geblieben ist, das wundert mich. Kirchgang hier ist wie Edelweißsammeln. In Frankfurt oder in Berlin oder in Bochum, wo meine Schwester wohnt, ja, da ist das verständlich, dass keiner mehr an den lieben Gott glaubt.

Da drehst du dich im Kreis, und alles, was du siehst, hat sich der Mensch selber gemacht, und wenn es anfängt zu regnen, schauen die Leute zum Himmel hinauf und denken, wo ist denn da die Besprenkelungsanlage. Aber hier mitten in den gottgewollten Bergen! Keine Religion! Oder kaum ... Da muss ein Sünder wie ich kommen und gegen die Sünde predigen.

Mitten auf der Straße

Alabama

Ich war damit beschäftigt, an meinen Vater zu denken. Entlang der Gehsteigkanten kam Wasser gelaufen. Der Regen war einen halben Kilometer westlich niedergegangen. Wieder schlugen Blitze aus der schwarzen Wolkenwand, und gleichzeitig krachte der Donner wie ein zerberstender himmelhoher Baumstamm. Ein Mann trat aus dem Friseurladen am Beginn der Samford Avenue. Es wäre unhöflich von mir gewesen weiterzugehen. Er presste seine Hände gegen seine Nieren, stellte sich auf die Zehenspitzen, schob den Bauch heraus und schaute, wohin ich schaute, und sagte, er sehe mir an, dass ich nicht von hier sei – obwohl er mich gar nicht angesehen hatte. Ich nickte. Er hatte dünnes schweißverklebtes orangefarbenes Haar und trug eine Brille mit Linsen, stark wie die Gläser auf alten Taschenlampen. Ein wenig wandte er mir nun doch den Kopf zu, beobachtete mich aus den Augenwinkeln, an den dicken Gläsern vorbei, ein Gespenst war ich für ihn. Ob ich wissen wolle, woran er erkenne, dass ich nicht aus Auburn sei. Nämlich daran, wie ich gehe. Ich lachte ein bisschen. Die Leute in Auburn gehen langsamer, sagte er. Ich lachte ein bisschen weiter. Ob ich wissen wolle, warum die Leute in Auburn langsamer gehen. Jetzt drehte er sich ganz weg von mir, wandte mir den Rücken zu, als wäre nicht mehr ich sein Adressat, sondern ein imaginäres Publikum. Ich müsse jemanden anderen fragen, platzte er heraus, er wisse es nämlich auch nicht, und lachte so laut, wie ein Mann gegen ein Gewitter anlachen kann, wischte sich mit dem Ärmel seines Hemdes über die Stirn und konnte sich nicht beruhigen. Ein zweiter Mann trat aus dem Laden, klein, unrasiert, mit einem Gebiss hinter den Lippen, das viel zu groß war, wie ein Musterstück, auf das er aufmerksam machen wollte. Er trug ein T-Shirt mit einem Revolver, dessen Mündung gerade auf mich gerichtet war. Ob ich aus Montgomery sei, fragte er. Ich schüttelte den Kopf. Aus Mobile? Aus Europa, sagte ich. Vom Friseurladen her wehten Kaffeeduft und der Geruch von frischen süßen Doughnuts herüber. Die beiden Männer nahmen mich in die Mitte, fixierten mich, als suchten sie etwas, streckten mir schließlich die Hand entgegen. Ich schlug ein; dem einen gab ich die Linke, dem anderen die Rechte. Sie meinten vielleicht, es gehöre sich so bei uns in Europa. Sie schüttelten meine Hände, wollten sie nicht loslassen, am Ende war es eine Drohung.

Der Regen war entlang der Eisenbahnlinie in einem schmalen Streifen über die Straße gefegt. Bei uns dreien, einen halben Kilometer östlich, war kein Tropfen gefallen. Aber das Wasser rann über die Straße herunter und brachte Staub und Blätter mit. Die Blätter waren von den Pappeln gerissen worden, die vor der Bahnschranke standen, aufgereiht zu einer kurzen Allee.

Mein Vater habe, hatte der Arzt meiner Schwester und mir mitgeteilt, laut gebetet, als er in die Intensivstation gefahren wurde, laut lateinisch gebetet. Das war mir eingefallen, als ich im Hotel aufgewacht war. Seine Stimme war mir im Ohr gewesen, sehr vertraut. Ich hatte den Nachmittag verschlafen, war geweckt worden von einem Donnerschlag. Ich hatte mein Notizbuch eingesteckt und war hinaus auf die Straße gelaufen, wollte mich in den Coffeeshop in der Samford Avenue setzen und meine letzte Erinnerung an ihn aufschreiben, während draußen das Gewitter niederging. An diesen amerikanischen Augenblick würde ich mich mein Leben lang erinnern, dachte ich und war neugierig, ob mir gelänge, was mir bis dahin nicht gelungen war, nämlich, über ihn als den zu schreiben, der er war.

Es war schwül im Coffeeshop, und ich hatte keine Lust, mich auf eine der Kunstlederbänke zu setzen. Ich nahm einen Pappbecher mit schwarzem Kaffee und einen Doughnut mit rosarotem Zuckerguss und spazierte weiter in meinem schnellen Schritt, weiter die Straße hinauf zum Bahndamm. Die Wolken waren nach Süden abgezogen, ein Überstrudeln von schwarzem Qualm mit schaumweißen Rändern, über denen sich das Sonnenlicht in Strahlen teilte. Die Sonne stand blank vor mir in der Verlängerung der Straße, rot und gestaucht; sie war schon recht nahe beim Horizont, an dem entlang ich Kräne vermutete – oder waren es abgestorbene Bäume? Ich hielt mir die Hand über die Augen.

Gerade als ich die Allee erreichte, schlug die Sirene bei den Schranken an. Ich hätte es noch leicht geschafft, über die Schienen zu gelangen. Aber ich wollte hier warten und mir die Union Pacific ansehen. Ich war bereits am Vormittag hier gewesen; der Verkäufer in dem Gitarrengeschäft gleich neben der Schranke hatte mir gesagt, die Züge, meist Lastzüge, kommen von St. Louis oder Chicago oder Kansas City und fahren weiter zum Mississippi nach Baton Rouge und hinunter nach New Orleans, und er hatte mich darauf aufmerksam gemacht, dass gegen Abend der 8376er durch Auburn fahre, der sei einer der längsten.

Ich hörte sie schon eine ganze Weile, bevor ich sie sah. Der Wind trug sie vor sich her. Als die Lokomotive die ersten Häuser von Auburn passierte, schrie sie auf, ein langer aggressiv fröhlicher Jubel, der in einem engen Rhythmus um einen halben Ton absackte und sich wieder emporhob und wieder absackte und sich emporhob und dadurch einen Drive vorlegte wie die Country-Rock-Band, die ich drei Tage zuvor an einem Sonntagabend am Rand von Montgomery in einem riesigen Zelt gesehen hatte. Auf der anderen Seite des Schienenstrangs stand eine schwarze Frau. Um den Hals trug sie ein gelbes Tuch. Sie hielt ein Fahrrad. Auf dem Gepäckträger türmten sich Gemüsekisten. Ich winkte ihr zu. Sie blickte in meine Richtung, als wäre da niemand. Die Gleise waren noch nass vom Regen, sie glitzerten und schimmerten. Es roch nach nassem Staub und imprägniertem Holz.

Als mein Sohn sieben, acht Jahre alt gewesen war, waren wir beide manchmal nach Bregenz gefahren und hatten uns in dem Spielzeuggeschäft im GWL die große Dampflokomotive der Union Pacific Railroad angesehen. Baujahr 1940, einundzwanzig Achsen hatte sie (inklusive Kohlenwagen)! Ein Ding, das im Märklin-Format an die dreißig Zentimeter lang war – glaubte ich mich zu erinnern. Nun schob sie sich zwischen den Bäumen hindurch auf den Bahnübergang zu. Tatsächlich hatte ich den Eindruck, als sträube sie sich, als wären die Schreie, die sie soeben noch ausgestoßen hatte, nicht Freudenrufe, sondern Hilferufe gewesen. Sie fuhr nicht schnell, ein kräftiger Radfahrer hätte gleichauf neben ihr herfahren können. Es war nicht die Maschine, die mein Sohn und ich im verkleinerten Maßstab so oft in den Händen gehalten hatten, natürlich nicht; mit Dampf wurde schon lange nicht mehr gefahren. Es war eine doppelte Diesellok, hoch wie ein Bungalow, Kastenform, sibirisch abweisend, gelb mit grauem Dach. Vorne unter den Fenstern prangten blaue Flügel, golden eingefasst. Die Fenster sahen auf mich nieder wie strenge melancholische Augen. Eine Ehrfurcht erfasste mich, Respekt vor der Tragik dieses Dings, als wäre es ein mythisches Wesen, das gezwungen war, ein Kunststück vorzuführen, immer wieder, nämlich Eisenerz oder Vieh oder Holz oder Getreide in Hunderten Waggons hinter sich her über einen halben Kontinent zu ziehen. King Kongs stählerner Affe.

Der Zug verdeckte die Sonne. Zwischen den Waggons blitzte sie mir in die Augen, und ich sah kurz die Silhouette der Frau auf der anderen Seite. Ich zählte die Wagen. Die meisten waren Paletten auf Rädern, über die je zwei stählerne Container gestapelt waren. Bei fünfzig hörte ich auf. Ich lief neben den Gleisen her und sprang auf einen offenen Güterwagen. Hobos saßen oder lagen auf den Holzdielen, manche hatten sich eingerollt und schliefen, andere lehnten mit dem Rücken an der Waggonwand. Woody Guthrie sang *Pretty Boy Floyd*, Jack London machte sich Notizen zu *The Road*, Tom Joad hatte eine Schildkröte in seine Jacke gewickelt. Als die letzten Wagen an mir vorüberfuhren, war die Sonne untergegangen. Keine Dämmerung. Nacht. Ich hörte die Frau ihr Fahrrad über die Gleise schieben, erwischte einen Schimmer ihres gelben Halstuchs. Hinter mir hörte ich Männerstimmen. Es waren die beiden vom Friseurladen und noch zwei oder drei oder vier andere. Ob ich einen gefunden hätte, der mir habe verraten können, warum die Leute in Auburn so langsam gehen. Nein, rief ich in die Dunkelheit hinein und lachte männlich.

Ich ging die Straße zurück, die ich gekommen war, setzte mich in den Coffeeshop, bestellte eine große Tasse Kaffee und schrieb die ersten zwei Sätze in mein Notizbuch: »Nach dem Tod meines Vaters haben sich einige Buchstaben meiner Handschrift verändert, das große W und das große A, das kleine f und das kleine z. Erst viel später, als ich einen Brief an seine Geliebte in die Hände bekam, fiel mir auf, dass sich meine Hand der seinen angeglichen hatte.«

An diesem Abend war ich damit beschäftigt, an meinen Vater zu denken.

Der Silberlöffel

Am Abend hatte ein Treffen stattgefunden. Im Gasthaus Schiffle an der Ortsausfahrt in Richtung Dornbirn war das Extrazimmer reserviert worden. Es war, soweit ich mich erinnere, das erste öffentliche Zusammentreffen von Hohenemser Bürgern und Interessierten aus dem ganzen Land mit dem Zweck, einen Verein zu gründen, der die Etablierung eines jüdischen Museums vorantreiben sollte. Nachdem die Versammlung aufgelöst worden war und ich mein Bier und das kleine Gulasch bezahlt hatte, legte ein Mann seine Hand auf meine Schulter und fragte, ob er mich ein Stück auf dem Weg nach Hause begleiten dürfe. Ich kannte ihn aus der Volksschulzeit; er war damals zwei Klassen über mir gewesen und von allen bewundert worden, weil er so geschickt mit dem Wurfmesser umgehen konnte. Er war mein Freund, und ich war stolz gewesen, dass es so war. Er lebte inzwischen in der Schweiz, hatte geschäftlich in den Ländern des Ostblocks zu tun und – wie er sich ausdrückte – »seit einiger Zeit das Heimweh nach Hohenems in sich entdeckt«.

Wir spazierten die Hauptstraße hinauf, an der zerfallenden Villa Rosenthal vorbei und durch die Harrachgasse zur Schweizerstraße hinüber, vorbei an dem zerfallenden Elkan-Haus und hinunter zur Bahnlinie. Er sprach sehr laut – zu laut, und wie mir schien, absichtlich zu laut. Es war bald Mitternacht. Er erzählte, dass er sich seit etlichen Jahren – als eine Art Hobby – mit der Geschichte der Juden im Allgemeinen und der Geschichte der Hohenemser Juden im Speziellen beschäftige; dass er mehrmals in Jerusalem gewesen sei; dass er – sehr vorsichtig allerdings – in Litauen der jüdischen Geschichte nachgeforscht habe; dass er eine stattliche Judaika-Bibliothek besitze, darunter eine signierte Erstausgabe von *Die jüdische Mystik* von Gershom Scholem.

Schließlich – da waren wir auf der Höhe der Sattlerei Mathis – rief er aus: »Ich bin mir heute Abend vorgekommen wie auf einer Versammlung von Antisemiten!«

Ich erschrak. Ich bat ihn, doch bitte nicht so laut zu sein. Fragte, was er damit meine. Sagte, ich hätte nicht eine einzige Äußerung gehört, die in dieser Richtung ausgelegt werden könnte.

Er erklärte es mir. Ob ich nicht bemerkt hätte, wie alle Anwesenden – alle! – zur Seite oder zur Decke oder auf den Boden gestarrt und die Luft aus den Backen geblasen hätten, als er den Vorschlag gemacht habe, man solle über das Gemeindeblatt verlautbaren, dass Gegenstände, die aus jüdischem Besitz stammten, von nun an anonym an das Rathaus geschickt werden könnten.

»Ich habe wahrscheinlich auch zur Seite geschaut oder auf die Decke oder auf den Boden«, sagte ich.

»Und warum hast du das?«, fragte er.

Ich sagte, *er* solle diese Frage für mich beantworten.

»Das werde ich gern tun«, sagte er, er müsse nur erst die richtigen Worte zusammensuchen.

Wir gingen schweigend weiter. Es gab keinen Grund für mich, beleidigt zu sein; aber ich verhielt mich so, als wäre ich es.

Eine Bekannte, die selbst nicht aus Hohenems stammte, sich aber für die Geschichte der Hohenemser Juden interessierte, hatte mich gebeten, sie zu der Versammlung zu begleiten. Ich, von mir aus, wäre nicht hingegangen. Sie fühle sich als »Fremde« nicht wohl, hatte sie gesagt, sicher würden die Hohenemser denken, sie wolle sich in ihre inneren Angelegenheiten einmischen. Dass die Juden doch nicht den Hohenemsern gehören, hatte ich ihr geantwortet, aber an mir selbst festgestellt, dass dieser Gedanke gar nicht so absurd war, wie ich ihn nun vor ihr darzustellen versuchte. »Außerdem«, sagte sie, »halte ich das Hinterzimmer eines Gasthauses nicht für den richtigen Ort, um einen jüdischen Museumsverein zu gründen, oder was auch immer eines Tages daraus wird.« Auch mir wäre ein anderer Ort als das Gasthaus Schiffle lieber gewesen. Das sagte ich ihr aber nicht. Ich erzählte ihr auch nicht, warum. Sie hätte die *story* als stellvertretend für die *history* gedeutet und in einen Zusammenhang gestellt, der sie zu einem Anklagepunkt hätte werden lassen. Sie wäre begeistert gewesen von der Geschichte, darum erzählte ich sie ihr nicht. – Als ich sechzehn Jahre alt war, hatte mich eines Nachts der Wirt vom Gasthaus Schiffle ohne jeden Grund an die verputzte Wand neben dem Eingang gedrückt, hatte mir den Kragen abgerissen und mir lachend und fluchend ein Dutzend Mal die Faust ins Gesicht geschlagen. Meine Augen waren hinterher so geschwollen, dass ich nichts sehen konnte, meine Lippe war aufgerissen, über mein Hemd zog sich eine Blutspur wie eine breite Krawatte. Als meine Freunde und ich zur Polizei gingen, um Anzeige zu erstatten, wurden wir von den Beamten beschimpft und bedroht. – »Du bist keine Jüdin, ich bin kein Jude«, sagte ich zu meiner Bekannten, »und wir sind beide nach dem Krieg geboren.« Und wollte noch hinzufügen, es wäre besser für uns und unsere Helden und unsere Märtyrer, wenn sie ihre Karrieren erst ab dem Jahr 1945 starten. Stattdessen drückte ich ihre Hand und ließ sie nicht los, und wie Hänsel und Gretel hatten wir das Extrazimmer betreten. Niemand hatte Notiz von uns genommen. Aber dann, als einer aus dem Proponentenkomitee mit seinem Siegelring gegen das Weinglas klopfte, damit Ruhe eintrete, stand sie auf und ging ohne Gruß an mich aus dem Saal, gestikulierte dabei in die Allgemeinheit hinein, andeutend, sie müsse nur schnell noch zur Toilette. Sie war nicht mehr zurückgekommen. So hatte sie auch nicht den Vorschlag meines Freundes gehört, man solle in einer diskreten Sammelaktion gestohlenes jüdisches Eigentum für ein eventuell einzurichtendes Museum zurückholen.

Bei der Bäckerei Mathis blieb mein Freund stehen und hielt seinen Arm wie eine Schranke vor mich hin. »Was gibt es zum Beispiel bei euch zu Hause, das aus jüdischem Besitz stammt?«, fragte er.

»Einen Silberlöffel«, antwortete ich prompt.

»Machst du einen Witz?«

»Er liegt in der Waschküche. Meine Mutter hat ihn verwendet, um Waschpulver in die Maschine zu schaufeln.«

»Und woher weißt du, dass er aus jüdischem Besitz stammt?«
»In den Griff sind Initialen graviert.«
»Aber das beweist doch nichts.«
»Ich habe irgendwann meinen Vater und meine Mutter gefragt, woher der Löffel stammt.«
»Und?«
»Sie haben zur Seite und auf die Decke und auf den Boden geschaut und die Luft aus den Backen geblasen.«

Er trat einen Schritt zurück, so dass der Lichtschein von der Laterne auf mein Gesicht fiel. »Ich kenn dich«, sagte er, »ich kenn dich ziemlich gut. Immer noch. Ist diese Geschichte wahr?«

»Nein«, sagte ich unverstellt in seine Augen hinein. »Es gibt keinen Silberlöffel in unserer Familie.«

»Du bist ein eigenartiger Mensch«, sagte er langsam, »vielleicht sogar ein mieser Hund, weißt du das? Ich habe mir das früher schon manchmal gedacht. Warum erfindest du so eine Geschichte?«

Ich sagte wieder, *er* solle diese Frage für mich beantworten.

»Du willst dich an ein Schicksal anhängen«, sagte er. »So lautet meine Meinung zu dir.«

Er ließ mich stehen und ging davon.

Zu Hause suchte ich den Silberlöffel. Ich erinnerte mich nicht an die Buchstaben, die in den Griff geritzt waren. Ich bildete mir ein, den Löffel am Nachmittag noch gesehen zu haben – oder am vorangegangenen Tag – oder in der vorangegangenen Woche … Er war nicht mehr da. Am nächsten Tag fragte ich meine Frau, ob sie sich an einen Silberlöffel mit Gravur erinnere; er sei immer in der Waschküche herumgelegen. Sie erinnerte sich nicht. Ob sie denn nie das Waschpulver mit einem Silberlöffel in die Maschine geschaufelt habe. Nein, habe sie nicht.

Mitten auf der Straße

Ich hatte Pia aus den Augen verloren. Ich habe auch nie mehr an sie gedacht. Als ihr großer Streit mit ihren Eltern war, lebte ich nicht hier. Die Nachbarn haben mir später davon erzählt. Da habe ich sie verteidigt. Meine Güte, das war ein Reflex. Wenn alle über die schöne Pia herfallen, muss es jemanden geben, der sagt: Ich kann sie verstehen, ich mag sie, immer noch, und werde sie immer mögen, ihr wollt sie nur hässlich machen, wie ihr selber hässlich seid. Das hatte uns Ärger eingebracht. Meine Frau sagte, ich hätte ihr vorher ein wenig von unseren Nachbarn erzählen sollen, dann wäre sie wahrscheinlich nicht hierher gezogen. Ich hatte keinen Job gehabt, nur einen Beruf, aber der war auch nur eine Berufung. Das Haus befand sich in einem mittelmäßig schlechten Zustand, war billig, und der Besitzer ließ sich von meiner Berufung blenden. Er könne sich, sagte er, einen Schriftsteller in einer Neubauwohnung, blitzblank und hundertprozentig funktionstüchtig, nicht vorstellen. Ich konnte, meine Frau auch. Er ging mit der Miete tatsächlich noch ein Stück herunter, was dann fast geschenkt war. Er sagte, das tue er nicht nur, weil ich Schriftsteller sei, sondern vor allem, weil ich als Kind in derselben Straße gewohnt hätte, und weil meine Eltern so feine Leute gewesen seien und er es so sehr bedauert habe, dass wir weggezogen seien, was er aber auch irgendwie verstanden habe – und so weiter. Keine Wahl hatten wir gehabt, keine.

In den ersten Tagen also, wir hatten noch nicht einmal begonnen, die Kartons auszupacken (aber unsere Katze war bereits davongelaufen), kamen die Nachbarn mit einem Kuchen und einer Flasche Wein (wie bei Rotkäppchen), und noch keiner hatte einen Schwips, da erzählten sie auch schon, wie das gewesen war mit Pia. Das sei der große Schock in der Straße gewesen, im Grunde ein größerer Schock als damals die plötzliche Abreise meiner Eltern, und sogar ein noch größerer Schock als der Selbstmord des Südtirolers, der sich hier eingeheiratet und dann einer anderen, keine drei Kilometer entfernt, die Hochzeit versprochen hatte, wenn sie mit ihm ins Bett gehe, ob ich mich daran noch erinnere, nein, wahrscheinlich nicht. Nein, natürlich nicht. Aber an die Pia erinnere ich mich doch? Ja, natürlich, um Himmelswillen! Sie rechneten nach und rechneten mir vor, die Pia müsse, als meine Eltern bei Nacht und Nebel weggezogen seien, müsse die Pia, ja, erst zehn Jahre alt gewesen sein oder elf oder zwölf. Zwölf, sagte ich. Und fragte: Was heißt bei Nacht und Nebel? Man habe meine Eltern gut verstehen können, sagte die Frau Nachbarin (jetzt war sie sechzig, und ich fand, sie sah jünger aus als vor dreißig Jahren, *als ich mit meinen Eltern von hier weggezogen war*).

Ich bin auf den Tag gleich alt wie Pia. Seit unserem Eintritt in die Schule waren wir ein Paar. Ich habe mich ihr versprochen. Sie hatte geantwortet: Ich gehöre immer dir. Wir haben heimlich geheiratet. Das war nach der Hochzeit meines Onkels gewesen. (Gerhard hieß er, war Autoelektriker und starb vor einem Jahr an einem verschwiegenen Krebs.) Ich erzählte Pia von dem Prozedere des Heiratens, und wir stellten eine komplette Feier nach, spielten alle notwendigen Personen, Braut und Bräutigam, Zeugen, Pfarrer, Blumenmädchen, und tauschten Ringe. Und dann: Scheidung mit zwölf. Beidseitig unfreiwillig. Ein Brief von ihr. Ein Brief von mir. Dann haben wir einander vergessen.

Dem großen Streit mit ihren Eltern gingen – so wird erzählt (Sagenschatz unserer Straße) – Frisuren, Kleider, Tätowierungen, Typen mit schlechten Zähnen und eine kleine Marihuanaplantage im Gewächshaus hinten im Garten voraus. Pias Vater war der Sanfte, ihre Mutter die Brecheiserne. Der Sanfte mit ständigem Liebesblick auf seine einzige Tochter. Die Brecheiserne, die alles richtig machte (wirklich richtig machte, nicht nur meinte, sie mache alles richtig) und nie lachte. Der unvorstellbare Höhepunkt: Mutter und Tochter, ineinander verkrallt, liegend, mitten auf der Straße. Der Vater weint und ruft nach Hilfe, weil er sich nicht traut, seine Lieben anzufassen, Angst vor Schlägen, als wären die beiden voll Strom, tausend Volt zwischen Hornhaut und Haar. Am Ende war sein Gesicht verkratzt. Von den eigenen Nägeln.

»Warum mitten auf der Straße?«, fragte ich.

Meine Frau tippte heimlich mit ihrem Zeigefinger gegen meinen Handrücken. Sie wollte es nicht so genau wissen. Nämlich, weil auch sie Sympathie für Pia gewonnen hatte, und das allein aus der Erzählung unserer Nachbarin. *Wie sollte eine junge Frau hier anders leben können, als sich an Frisuren, Kleidern, Tätowierungen, Typen mit schlechten Zähnen und ausgiebig Kiffen aufrecht zu halten?* Den Kuchen legte sie zurück, und den Wein rührte sie nicht mehr an.

Die Nachbarin beantwortete meine Frage, indem sie einen Mundwinkel zu einer schäbigen Fratze verzog. Sollte heißen: Schäbig sind die. Einfach schäbig. Deshalb mitten auf der Straße. So etwas tun nur Schäbige. Und schäbig wird man irgendwie. Aber nicht alle sind schäbig von Geburt. So weit habe Pia ihre Mutter getrieben, sagte sie.

»Und weiter?«

Dann zog Pia aus. Niemand hat jemals mehr etwas von ihr gehört.

»Wir müssen ja nicht ewig hierbleiben«, sagte meine Frau, als die Nachbarin gegangen war. In ihren Augen stand: Keine zwei Tage möchte ich hierbleiben. Nicht gemalt möchte ich hier hängen. Lieber tot als hier. Und fegte den Rest des Kuchens ins Klo.

Als wir dann bereits fünfzehn Jahre hier lebten, starb Pias Vater. Am Tag davor fiel er vom Fahrrad. Mitten auf der Straße. Die Nachbarn hatten ihn aufgehoben und ins Haus gebracht. Es sei ihm nur schwindlig, hatte er gesagt. Er starb in der Nacht. Wollte auf die Toilette und fiel hin. Wir sind hinübergegangen, haben geklingelt und der brecheisernen Frau unser Beileid gesagt. Sie führte uns ins Haus, bot uns Kekse und Likör an. Wir saßen im Wohnzimmer, die Tür zum Schlafzimmer stand offen. Ob wir ihn noch einmal sehen wollten, fragte sie. Er liege im Bett. Er sehe aus, als schlafe er. So sah er nicht aus. Das Gesicht war grau wie Zement, an den Seiten blau, zum Hals hinunter schwarz.

Am Abend war ich in der Küche und schnitt Paprika für ein Letscho. Da klopfte es ans Fenster. Pia stand draußen, ich sah ihr schönes Gesicht durch die Scheibe, sie lachte. Und warf mir Handküsse zu.

Dann saßen meine Frau, Pia und ich zusammen und aßen. Die beiden konnten sich gut leiden.

Meine Frau sagte: »Du kannst gern heute Nacht bei uns schlafen.«

Pia sagte zu mir: »Ich habe mir immer gewünscht, dass du eine gute Frau bekommst, eine gute wirkliche Frau, ich war ja auch deine Frau, aber nicht deine wirkliche.«

Meine Frau und ich sollten noch einmal hinüber, sollten die Brecheiserne fragen, ob sie etwas brauche, sollten sie an der Tür in ein Gespräch verwickeln, Geschichten erzählen, irgendetwas, ich solle mir etwas ausdenken, das sei ja schließlich mein Beruf. Währenddessen werde Pia hinten durchs Fenster ins Schlafzimmer einsteigen. Sie wolle ihn sehen, noch einmal, und seine Narben im Gesicht.

Die Brecheiserne hörte schlecht. Ob wir denn nicht noch einen Likör wollten? Ob wir nicht hereinkommen wollten? Nein, nein, nein. Oder ein Glas Wein, sie habe aber nur noch einen weißen, der stehe schon seit fast einem halben Jahr im Kühlschrank. Nein, nein, nein. Wir unterhielten uns unter der Laterne in der offenen Haustür. Und dann sah ich hinter der Brecheisernen, oben auf der Treppe, Pia. Sie zeigte den aufgestellten Daumen. Das hieß, wir konnten mit unserer Konversation aufhören. Einen Augenblick glaubte ich, den Heiligen spielen zu müssen, der Segen auf die Erde bringt, der das Zerbrochene kittet, der die Wunden schließt und die Versöhnung organisiert. Und ich sah meiner Frau an, dass sie einen ähnlichen Augenblick durchmachte.

Bis spät in die Nacht hinein saß ich mit meinen beiden Frauen in der Küche, wir tranken Rotwein, ich Kakao, Pia Red Bull mit Rotwein und Kakao. Ob wir wirklich hier in der Straße wohnen bleiben wollten, fragte Pia.

»Inzwischen schon.«

Unter Dieben

1

Ich hatte dem Mann schon eine Weile zugesehen, ehe ich begriff, was er trieb. Ich saß meinem Vater und meiner Mutter gegenüber und hatte freie Sicht auf die Garderobe. Wenn sich meine Eltern unterhielten, schwamm ich aus der Wirklichkeit hinaus; ich konnte nicht nur ihren Gesprächen nicht folgen, ich nahm auch alles andere um mich herum nur verzögert und gedämpft wahr. Ich habe später oft darüber nachgedacht, was der Grund für diesen hypnotischen Zustand sein könnte, in den ich durch ihre Anwesenheit versetzt wurde. Ich bin zur Auffassung gelangt, es war die Lüge. In keinem ihrer Worte war eine Wahrheit zu finden. Heute denke ich, sie hatten sich ein Konstrukt geschaffen – wie Religion, wenn sie trösten soll. Dass die beiden es auch in der wenigen Zeit, die sie miteinander verbrachten, nur aushielten, indem sie sich selbst, ihrem Sohn und allen anderen, die an ihrem Leben anstreiften, etwas vorspielten, und dass sie diese elende Mühe auf sich nahmen, um wenigstens den Schein von Glück zu erzeugen, rührt mich, wenn ich heute daran denke. Als Kind löschte dieser Schein die Zeit für mich aus, und wenn ich mich am Abend im Bett an das Mittagessen im Hotel *Zur Tenne* erinnerte, sagte mir mein Verstand zwar, es könne nicht länger als zwei Stunden gedauert haben, mein Gefühl aber suggerierte eine unübersehbare Strecke auf dem Weg hin zum Tod, dem ich mich – ich war zehn Jahre alt! – in unserem letzten gemeinsamen Urlaub im Winter 1986 in Kitzbühel sehr nahe fühlte.

In dem Augenblick, als ich realisierte, dass der Mann in der Garderobe die Mäntel und Anoraks einen nach dem anderen durchsuchte, dass er also ein Dieb war, wurde ich zurück in die Wirklichkeit katapultiert, und es war ein unerwartet süßes, ein lebenswertes Leben, in dem ich landete. Ich zwang mich dazu, weiter auf meinem Sessel zu fläzen, die Lider über die Hälfte der Augen hängen zu lassen und in dem Vanilleeis mit Himbeeren zu stochern, während meine Eltern versuchten, mich zu überreden, doch mit ihnen auf die Piste zu gehen. Sie machten sich Sorgen wegen meiner Lethargie; mein Vater hielt sie für das Symptom einer Krankheit, meine Mutter für bloße Bockigkeit. Den beiden etwas vorzumachen, war leicht: Sie kannten mich nicht – wie auch, sie sahen mich ja höchstens viermal im Jahr, die übrige Zeit war ich bei einer Frau, die ich »Tante« nannte, oder bei meinen Großeltern. Sie hatten sich ein Bild von mir zurechtgelegt, das gar nichts mit der Wirklichkeit zu tun hatte, aber ihr schlechtes Gewissen beruhigte. Dieses Bild zeigte einen verträumten, etwas verstockten Buben, dem es nur guttat, dass er den größten Teil des Jahres dem Zugriff seiner Eltern entzogen war, weil diese ihn in ihrer Affenliebe ja doch nur verwöhnen würden.

Dem Dieb konnte ich nichts vormachen. Er wusste, dass ich ihn beobachtete, schon bevor ich mir selbst darüber im Klaren war. Wenn er sich davongeschlichen hätte, wäre ich vielleicht auf die Idee gekommen, Alarm zu schlagen; das heißt, ich hätte mich zwischen Detektiv und Dieb vielleicht für das Abenteuer des Detektivs entschieden. Indem er unbeirrt fortfuhr, in den Taschen zu wühlen, ja, seelenruhig vor meinen Augen eine Brieftasche öffnete, Geldscheine herausnahm und sie einsteckte, zwang er mich auf seine Seite. Dann stand er eine Weile da und starrte mich an. Ich schätzte ihn etwas älter als meinen Vater, das war aber auch alles, was ich an ihm registrierte; weder Aussehen noch Kleidung prägten sich mir ein. Ein Lächeln flitzte über seine Lippen. Er griff in seine Tasche und holte einen Gegenstand heraus, lang und breit wie eine Zigarre. Es war ein Springmesser. Er ließ die Klinge herausfahren und mit der gleichen Bewegung seines Daumens wieder verschwinden. Das machte er dreimal hintereinander.

Mein Herz schlug bis in den Adamsapfel hinauf, das tat weh. Es war der aufregendste Moment in meinem Leben, das wusste ich; so aufregend, dass mir ein Anschließen an meine bisherigen Tage nicht mehr möglich erschien. Dass dieses neue Leben mit der Drohung begann, es zu vernichten – wie war das Messerspiel des Diebes anders zu verstehen? –, machte es nur umso attraktiver, denn es stellte sich als eine Kostbarkeit dar, auf die man achtgeben sollte.

Ich ging nicht mit meinen Eltern auf die Piste. Ich schlenderte stattdessen durch den Ort. Ich zeigte mich. Ich wollte gefunden werden. Und er fand mich.

»Wie heißt du?«, fragte er.

»Theo«, antwortete ich.

Wieder blickte er mir gerade in die Augen. »Bist du sicher?«

»Ja«, sagte ich. Ich war sehr stolz, dass er es für möglich hielt, ich könnte ihn belügen.

»Also nennen wir dich Theo«, fasste er die Verhandlung zusammen. Als eine Verhandlung sah ich unser Gespräch. Er hatte einen ähnlichen Dialekteinschlag wie ein Geschäftsfreund meines Vaters, der, soviel ich wusste, aus Berlin stammte. »Mich wollen wir Herr Albert nennen«, sagte er. Er zog das Springmesser aus seiner Tasche. »Es ist für dich.«

»Wofür?«, fragte ich.

»Finde es heraus!«

2

Ich sah Herrn Albert durchs Autofenster. Er stand auf dem Gehsteig und blickte mich durch die Scheibe hindurch an. Ich hatte keinen Zweifel, dass er mich erkannte. Mein Vater wartete, bis die Kolonne der Skifahrer die Straße überquert hatte. Als er den Gang einlegte, zog Herr Albert eine Hand aus seiner Manteltasche und grüßte mich, indem er den Zeigefinger auf mich richtete.

Ich war mit meiner Mutter nach Kitzbühel gekommen, mein Vater war aus der Schweiz angereist, jedenfalls sagte er das. Er hatte sich einen neuen Land Rover gekauft. Von allem das Beste. Er behauptete, er habe sich meinetwegen für diesen Wagen entschieden. »Er interessiert sich für nichts«, sagte meine Mutter, holte tief Luft, »auch für Autos nicht.« »Ich kenne keinen Buben, der nicht verrückt nach einem Geländewagen ist«, konterte mein Vater. Da hatte ich beschlossen, mich aus allem herauszuhalten.

Die beiden lebten seit einem Jahr getrennt. Mich sahen sie nur, wenn Ferien waren. Alles an ihnen war mir peinlich. Es war mir peinlich, wenn sie sich beim Spazieren einhakten, es war mir peinlich, wenn sie mich in die Mitte nahmen; und wenn wir am Abend unten in der Bar saßen und sie ihre Rotweingläser hoben und sich dabei auf eine Art in die Augen blickten, die deutlicher als jedes Plakat verkündete, dass hier zwei Menschen saßen, die sich nicht trotz, sondern wegen ihrer Trennung sehr, sehr nahe waren, dann spürte ich, wie sich unter dem Skipullover die Härchen an meinen Armen aufstellten.

Ich wollte mich in diesem Urlaub ganz meiner Feuerzeugsammlung widmen. Nach den Mahlzeiten ging ich von Tisch zu Tisch in der Hoffnung, jemand habe sein Feuerzeug liegenlassen. Mich interessierten nur die billigen Stücke mit den Werbeaufdrucken. Ich sah einem Mann zu, der sich mit einem Feuerzeug von der *Neuen Zürcher Zeitung* eine Zigarre anzündete; ich fragte ihn, ob er gegen *ADEG* tausche. Ich machte der Frau bei der Rezeption schöne Augen; am nächsten Tag überreichte sie mir in einer Plastiktüte fünfzehn Stück, darunter einige sehr seltene Exemplare wie *Kaisers Kaffee Geschäft Coburg* oder ein tomatenfarbenes aus einer Mailänder Pizzeria. Wenn meine Eltern auf der Piste waren, breitete ich meine Sammlung über das Bett meiner Mutter. Ein Sinn ergab sich daraus nicht, aber eine kleine ruhige Freude.

Nie in meinem Leben hatte ich etwas gestohlen, nie war mir etwas gestohlen worden. Herr Albert war der erste Dieb, den ich kennenlernte. Obwohl es ja nur ein Zufall sein konnte, dass er auf dem Gehsteig stand, als wir in Vaters Land Rover vorbeifuhren, bildete ich mir doch ein, er habe hier auf mich gewartet. Ich hatte mich an diesem Tag von meinen Eltern überreden lassen, mir den Kinderlift wenigstens einmal anzusehen.

Als mein Vater einen Parkplatz suchte, sagte ich, ich würde gern herausfinden, wie schnell der Lift fährt und wie lang ein Skifahrer braucht, bis er die Kinderstrecke zurückgelegt habe. Es war der längste Satz, den ich seit Beginn unseres Urlaubs zu meinen Eltern gesprochen hatte. Mein Vater war begeistert. Meine Mutter weniger; sie hatte bereits resigniert und sich endlich eingestanden, dass ihr einziger Sohn ein begeisterungsunfähiges, fantasieloses, zum Wahnsinnigwerden langsames, langweiliges und immer miesgelauntes Kind war.

»Ich brauche eine Uhr«, sagte ich.

Mein Vater hatte seine im Hotelsafe eingeschlossen. Meine Mutter wollte mir ihre goldene Rolex nicht borgen. Unter gar keinen Umständen. Mein Vater schlug sich an den Kopf: Dass sie sich mit diesem Schmuckstück, das er ihr zur Scheidung geschenkt hatte, überhaupt auf die Piste wage. Ich sagte, dann würde ich eben zurück ins Hotel gehen.

Sie gab mir die Uhr. Als wir ausstiegen, legte ich sie heimlich auf den Vordersitz.

Am Nachmittag im Hotel sagte ich, ich hätte die Uhr verloren. Wir durchwühlten den Land Rover. Meine Mutter heulte. Mein Vater war einfach nur blass. Ich sagte, ich wolle beim Kinderlift suchen, bevor es dunkel wird.

Am Bach unten wartete Herr Albert. Er lehnte am Geländer und hatte eine Zigarette zwischen den Lippen. Wieder richtete er seinen Zeigefinger auf mich. Er gab mir die Uhr zurück.

»Wie haben Sie das gemacht?«, fragte ich. »Land Rover sind die sichersten Autos, sagt mein Vater.«

»Hast du sie für mich hingelegt?«, fragte er.

»Ja«, sagte ich. »War es schwer, das Auto aufzumachen?«

»Nein.«

»Kann ich das auch lernen?«

Wir gingen bis zur *Tenne* und dann zur Kirche hinauf. Ich sagte, ich wolle auch ein Dieb werden, einer wie er. Ich redete ununterbrochen, weil ich fürchtete, er würde mich wegschicken, wenn ich ihn zu Wort kommen ließe. Ob ich ihm vielleicht bei seiner Arbeit behilflich sein dürfe, fragte ich. Dann fiel mir nichts mehr ein.

Eine Weile schwieg er. Schließlich sagte er: »Ich werde es mir überlegen.«

»Und wie sagen Sie mir Bescheid, Herr Albert?«, fragte ich.

»Ich werde morgen in eurem Hotel frühstücken. Wenn ich eine Orange esse, heißt das nein. Wenn ich einen Apfel esse, heißt es ja.«

3

Herr Albert aß einen Apfel.

Von nun an trafen wir uns täglich, und zwar am späten Nachmittag, wenn die Sonne neben dem Schattberg unterging. In der Kirche trafen wir uns. Eigentlich hatten meine Eltern beabsichtigt, nur zwei Wochen in Kitzbühel zu bleiben. Mir war das als eine quälend unüberblickbare Zeit erschienen. Nun, da für meine Ausbildung gerade noch neun Tage übrig waren, stürzten mir die Stunden übereinander. Eines Morgens nach dem Frühstück fassten mich meine Eltern an den Händen und fixierten mich mit ihren Blicken, wie sie es getan hatten, als sie mir mitteilten, dass sie sich trennen würden, und meine Mutter säuselte, mein Vater habe mir etwas zu sagen, und ich solle mich um Himmelswillen nicht aufführen. Mein Vater räusperte sich. Überernst. Es habe zwischen ihm und meiner Mutter wieder gefunkt, sagte er und zwinkerte mir zu. Deshalb bestimme er hiermit, dass der Urlaub auf drei Wochen ausgedehnt werde. Er hatte sich noch nicht zwischen Ironie und Tyrannei entschieden, sondern wollte erst meine Reaktion abwarten.

»Wir sind eingeladen, den Geburtstag des Prinzen mitzufeiern«, sagte meine Mutter, ein Feuerwerk sei versprochen.

»Was für ein Prinz denn?«, fragte ich.
»Ein Hohenzoller«, sagte mein Vater, »oder ein Wittelsbacher oder ein Welfe oder ein Habsburger, keine Ahnung.«
Wir lachten. Gemeinsam. Das war erst einmal geschehen bisher.

Tatsächlich kann ich mich nicht erinnern, wie Herr Albert aussah. Das gehöre zu seinem Beruf, erklärte er mir. »Du wirst dich an mich nicht erinnern können. Nach wenigen Tagen wirst du vergessen haben, wie meine Stimme klingt, wie meine Augen aussehen, ob ich groß oder mittelgroß bin.«
Kurs Nummer eins: Auskundschaften. Ich sollte die Leute in unserem Hotel beobachten, vor allem die Männer; sollte abschätzen, ob sie zu den Bargeld-Typen oder zu den Kreditkarten-Typen gehörten. Kurs Nummer zwei: Aufpassen. Herr Albert hasste den Begriff »Schmiere stehen«. Kein wirklicher Dieb verwende so ein schmutziges Wort. Wenn er in den Garderoben arbeitete, beobachtete ich den Gastraum und die Tür zur Straße. Wobei er mich wirklich brauchen konnte, waren die Autoeinbrüche. Mit seinem Werkzeug – zwei elastische Stahlstreifen, an deren Spitzen hakenähnliche Einschnitte waren – dauerte es keine zwanzig Sekunden, bis er eine Autotür geöffnet hatte. Jede Autotür! Dann aber begann der riskante Teil. Er schlüpfte ins Innere des Wagens, schloß die Tür hinter sich und duckte sich auf den Boden. Man konnte ihn von draußen nicht sehen; und er konnte nicht sehen, was draußen vor sich ging. Wenn ich jemanden auf den Parkplatz zugehen sah, schlug ich mit der flachen Hand auf die Karosserie.

Die meiste Zeit aber verbrachten wir in der Kirche, wo er mir hinten bei den Beichtstühlen zeigte, wie man Brieftaschen aus Mänteln und Handtaschen zieht. Ich stelle mich sehr geschickt an, sagte er. Mein Wunsch, ein Dieb zu werden, sei mir ganz offensichtlich von meinem Talent diktiert worden.

Wenige Tage vor dem Geburtstagsfest des Prinzen – der übrigens bei dem Prominentenskirennen den vierten Platz belegte – sagte Herr

Albert zu mir: »So. Dein Gesellenstück ist fällig.« Damit meinte er, ich solle meinen ersten eigenen Diebstahl begehen. Wie ich es anstelle, liege allein in meiner Verantwortung. Er gab mir vierundzwanzig Stunden Zeit.

Ich traute mich nicht. – Am Abend des folgenden Tages, kurz vor Ablauf meiner Frist, gesellte sich zu Wunsch und Talent das Glück. Ich beobachtete, wie eine Frau in einem Fellmantel aus einem Mercedes steigen wollte. Ihr Mann hatte den Wagen zu nahe an einen Schneehaufen geparkt. Sie schlug mit der Autotür dagegen und fluchte. Dabei fiel ihre Handtasche heraus, ein zweifaustgroßes Ding. Der Schnee, den sie in ihrer Wut losgeschlagen hatte, rieselte darüber. Schließlich stieg sie auf der Fahrerseite aus. Die beiden bekeiften sich, an die Tasche dachten sie nicht.

Ich überreichte Herrn Albert die Beute.

Er sagte: »Ich bin enttäuscht von dir. Was interessieren uns Schminkzeug und Fotos von Kindern!«

»Es sind ja auch fünftausend Schilling dabei!«, verteidigte ich mich.

»Du tust der Frau weh, wenn du ihr die Fotos ihrer Kinder wegnimmst.«

»Sie liebt ihre Kinder nicht«, sagte ich.

Er steckte das Geld ein und befahl mir, nach dem Unterricht die Handtasche zurück auf den Parkplatz zu legen.

Vorne neben dem Altar stand der Schrein mit der Monstranz. Sie wurde vom ewigen Licht beleuchtet. Zum ersten Mal sprach Herr Albert von sich. Dass er wisse, dass er seinen Beruf nicht mehr lange ausüben könne; dass ihm die Kreditkarten das Leben schwermachten; dass er wahrscheinlich seinem Grundsatz, nur kleine Dinge zu stehlen, solche dafür oft, untreu werden müsse. »Eine wirklich große Sache, dann ist Schluss!«

Ich fragte, was er davon halte, wenn wir die Monstranz klauen; sie sei angeblich aus purem Gold. Er schäme sich für mich, sagte er, ich hätte wohl nie eine ordentliche Erziehung genossen. Es sei bedauerlich, dass er keinen weiteren Einfluss auf mich ausüben könne. Ich sagte, ich würde gern mit ihm gehen.

4

Ich habe viel gelernt in diesem Urlaub. Zum Beispiel, dass man »das Misstrauen im Herzen eines Menschen wegschmelzen kann, wenn man ihm gerade in die Augen sieht«. Herr Albert hat sich so ausgedrückt. Er hatte eine Art zu sprechen, wie ich sie nicht kannte. Manches klang, als sage er ein Gedicht auf.

Ich schlief im Zimmer meiner Mutter in einem eigenen Bett. Nachdem meine Eltern beschlossen hatten, den Urlaub zu verlängern, schlich sich mein Vater in der Nacht zu ihr. Sie meinten, ich schlafe. Ich war empört. Sie hatten sich entschieden, allein zu sein, und nun legten sie sich wieder zueinander wie vor einem Jahr. Aber sie waren ihrer Einsamkeit ja gar nicht untreu. Es hatte ja gar nicht zwischen ihnen gefunkt, wie mein Vater behauptet hatte. Sie redeten nur, und sie redeten nur über Geld. Über sehr viel Geld. Es sollte meinem Vater in den nächsten Tagen übergeben werden – deswegen die Verlängerung unseres Urlaubs. Ich weiß nicht, ob das Geld für ihn bestimmt war, oder ob er lediglich als Zwischenträger fungierte, und welche Rolle meine Mutter dabei spielte. Ich behielt ihn im Auge, und ich war Zeuge, als er die Aktentasche in den Safe schob.

Ich erzählte die Geschichte Herrn Albert. Er fragte, was der Grund sei, warum ich sie ihm erzähle.

»Sie könnten sich das Geld holen«, sagte ich. »Vielleicht ist es so viel, wie Sie brauchen.«

»Du willst, dass ich deinen Vater bestehle?«

Ich antwortete nicht.

»Ich glaube, das ist eine schwere Sünde«, sagte er.

»Stehlen ist sowieso eine Sünde«, sagte ich.

»Wahrscheinlich glaubst du nicht an Gott, habe ich recht?«

Weil wir in der Kirche saßen, traute ich mich nicht, eine klare Antwort zu geben. Bis auf das ewige Licht war es dunkel, und allein wegen des Wortes »Gott« war mir ein wenig unheimlich. »Ich weiß nicht so genau«, sagte ich. »Wenn ich erwachsen bin, glaube ich wahrscheinlich an ihn.«

Wenn er sich zu Ja entschließe, sagte Herr Albert, werde er morgen beim Frühstück eine Orange essen; wenn für Nein, einen Apfel.

Er aß eine Orange.

Er werde, sagte er, die Geburtstagsfeier des Prinzen nützen. Mir trug er auf, ich solle herausfinden, was die Kombination für den Safe sei. Auf gar keinen Fall aber dürfe ich meinen Vater oder meine Mutter danach fragen. Er vertraue meiner Beobachtungsgabe.

Ich fürchtete zu versagen, und ich versagte. Ich hielt mich die meiste Zeit im Zimmer auf, aber weder mein Vater noch meine Mutter machten sich am Safe zu schaffen. Herr Albert beruhigte mich. Ich solle ihm mein Geburtsdatum nennen, sagte er. Es komme oft vor, dass Eltern mit schlechtem Gewissen mit den Geburtsdaten ihrer Kinder Lotto spielen. Nachdem ich zusammen mit meinen Eltern in den Speisesaal gegangen sei, solle ich unter dem Vorwand, zur Toilette zu müssen, verschwinden und ihn ins Zimmer lassen.

Die Frau bei der Rezeption fragte mich, ob ich immer noch Feuerzeuge sammle. Sie habe wieder eine Ladung für mich. Sie überreichte mir eine zusammengeknotete Serviette. »Fünfundzwanzig Stück«, sagte sie stolz, als wäre sie meine Komplizin, »manche doppelt, aber die kannst du ja tauschen.« Kindisch kam mir das vor.

Kindisch kam mir auch das sogenannte Geburtstagsfest des Prinzen vor. Er feierte nämlich gar nicht mit uns. Er feierte oben in seiner Suite, während ihn die Gäste des Hotels im Speisesaal hochleben ließen, ohne dass er sich auch nur einmal zeigte. Nicht einmal das Feuerwerk habe er spendiert, erzählte ein Gast.

»Wer bezahlt denn den ganzen Zauber?«, fragte meine Mutter.

»Die Gemeinde.«

Darüber ärgerte sie sich so sehr, dass sie nach dem Essen in ihr Zimmer gehen und erst wieder herunterkommen wollte, wenn der ganze Beschiss vorbei sei.

Da geriet ich in Panik, denn es hätte ja sein können, dass Herr Albert noch in unserem Zimmer war. Ich dachte daran, was Herr Albert gesagt hatte, nämlich, dass in der Angst viel Kraft und Fantasie liegen, und dass ich immer meinem Talent vertrauen soll.

Ich sagte: »Ich muss schon wieder aufs Klo!«

Der Rauchersalon war leer. Im Kamin brannten die Scheite. Ich warf den Beutel mit den Feuerzeugen ins Feuer und lief zu den Toiletten. Ich schloss mich ein. Rührte mich nicht, als es knallte und die Leute schrien und nach den Feuerlöschern riefen. Ich stellte mir die Szene vor, sah meinen Freund vor mir, wie er, eine schwarze Aktentasche unter dem Arm, über die Treppe herunterkam, jeden grüßte, jedem ins Gesicht blickte, wissend, bereits nach einer halben Stunde würde ihn niemand erkennen, und wie er das Hotel verließ.

Mein Vater wurde am Tag nach dem Prinzengeburtstag verhaftet. Unsere Zimmer wurden versiegelt, der Land Rover und der BMW meiner Mutter beschlagnahmt. Auch mich hat man verhört. Aber mein Vater wurde bald wieder freigelassen. Man hatte nicht gefunden, was man suchte. Es war nichts da. Die Safes in unseren Zimmern waren leer. Man entschuldigte sich sogar bei ihm. Er sei das Opfer einer üblen Verleumdung, wurde gesagt.

Ich sah meinen Vater erst wieder, da war ich sechsundzwanzig und hatte mein Studium gerade beendet. Er sprach mit mir, als wäre keine Zeit vergangen; er erzählte mir irgendetwas, aber ich bin zu müde, es zu wiederholen.

Von einem bemerkenswerten Gespräch zwischen Henry A. Kissinger und Tschou En-lai

Von einem bemerkenswerten Gespräch zwischen Henry A. Kissinger und Tschou En-lai erfahren wir von einem Dolmetscher, der Zeuge war und es im Wortlaut, so ihm dieser in Erinnerung blieb, im Anschluss daran niederschrieb.

Henry Kissinger, damals Sonderberater für Fragen der Nationalen Sicherheit in der Regierung der USA, und Tschou En-lai, Ministerpräsident der Volksrepublik China, trafen einander im Sommer 1971, um den Besuch von Präsident Nixon bei Mao Tse-tung vorzubereiten. Die beiden verhandelten bis zu zehn Stunden täglich, aßen gemeinsam und unternahmen neben den offiziellen Treffen ausgedehnte Spaziergänge durch den Park im Westteil von Peking, in dem früher die kaiserlichen Fischteiche gewesen waren und nun die Gästehäuser der chinesischen Regierung standen. Tschou En-lai sprach ausgezeichnet Englisch, er hatte in Frankreich und Deutschland studiert, er kannte die europäische Geschichte, ebenso gut die amerikanische, und er wusste bis in Details hinein über das Leben seines Gegenübers Bescheid – was Kissinger einerseits unheimlich war, andererseits aber auch schmeichelte. In seinen Memoiren zeigt er sich beeindruckt von der »sachlichen Zuverlässigkeit und der subtilen Intelligenz« seines chinesischen Gastgebers. Tschou En-lai, so schreibt er, habe in ihm und den anderen Mitgliedern der amerikanischen Delegation zu Anfang wohl einen Haufen Barbaren gesehen, die sich, »was ihren kulturellen Rang betraf, weit unter dem Niveau der chinesischen Elite bewegten«, und es allein der militärischen und wirtschaftlichen Macht ihres Landes verdankten, dass sie als Gesprächspartner überhaupt akzeptiert wurden. Bald aber habe der Ministerpräsident seine Vorurteile revidiert, und es habe sich ein Vertrauen zwischen ihnen beiden entwickelt, das weit über das Maß hinausging, das für diese Mission erforderlich war.

Obwohl Tschou En-lai die englische Sprache beherrschte, fanden die offiziellen Gespräche im Beisein zweier Dolmetscher statt. In Begleitung von Henry Kissinger war der Übersetzer Tschi Tsch'ao-tschu nach Peking mitgekommen. Er hatte in Harvard Chemie studiert und einige Jahre zuvor Edgar Snow zu der Truppenparade in Peking begleitet, bei der es zu jener legendären Begegnung des amerikanischen Schriftstellers mit Mao Tse-tung gekommen war. Dem chinesischen Ministerpräsidenten stand eine junge Frau mit Namen T'ang Wen-sheng zur Seite; auch sie war, wie ihr Kollege, in Amerika geboren, nämlich im New Yorker Stadtteil Brooklyn, war aber bereits als Kind mit ihren Eltern in die Volksrepublik China zurückgekehrt. T'ang Wen-sheng habe sich, so Kissinger, als steinharte Kommunistin präsentiert, die mehr als einmal Tschou En-lai korrigierte, wenn er ihrer Meinung nach von der Parteilinie abwich. Kissinger vermutete, die Frau, die in seiner Delegation die »gefürchtete Nancy T'ang« genannt wurde, sei dem Ministerpräsidenten in erster Absicht nicht als Dolmetscherin, sondern um ihn zu kontrollieren, beigestellt worden.

Am Ende der Mission verabredeten sich Kissinger und Tschou En-lai zu einem letzten Abendspaziergang, bei dem sie sich über Literatur, Kunst, Musik und über ihr gemeinsames Lieblingsgebiet, die Geschichte, unterhalten wollten. Als sie dann unter dem sternklaren Nachthimmel auf den Resten einer Mauer des alten Fischteichs saßen, wurde Kissinger jedoch klar, dass auch dieses letzte Gespräch ein politisches sein würde; Tschou En-lai stellte nämlich eine Frage, die an Gewicht alle Fragen übertraf, die während der vorausgegangenen Tage erörtert worden waren: »Halten sich die Vereinigten Staaten von Amerika die Option offen, über dem Gebiet der Volksrepublik Vietnam die Atombombe abzuwerfen?«

Henry Kissinger wusste, dass er auf diese Frage nicht antworten konnte, auch nicht antworten durfte; dass er aber antworten musste, weil keine Antwort auf diese Frage auch eine Antwort wäre, ja, dass die Verweigerung einer Antwort vielleicht sogar als ein deutlicheres Statement ausgelegt werden könnte als jede Antwort – wenn nicht von Tschou En-lai, dann ganz gewiss von seiner Dolmetscherin.

Er überlegte lange, sehr lange; dann sagte er: »Wenn ich mit Ja antworte, ist es eine Drohung, wenn ich mit Nein antworte, ist es ein Versprechen. Auf jeden Fall ist es eine Preisgabe. Sich selbst preiszugeben aber, ist etwas Gefährliches. Es könnte einem dabei so ergehen wie dem Kamel in der Geschichte vom Kamel und dem Löwen.«

Die Anlage der alten Fischteiche war spärlich von Laternen beleuchtet. Kein Zug von Erstaunen war im Gesicht Tschou En-lais auszumachen.

»Was ist das für eine Geschichte?«, fragte er.

»Eine wahrhaft komplizierte Geschichte.«

»Wir beide«, sagte Tschou En-lai und sprach dabei so leise, dass T'ang Wen-sheng ihr ernstes Gesicht zu ihm hin neigte, »wir beide sind nicht hier, um uns einfache Geschichten zu erzählen.«

Tatsächlich soll in diesem Augenblick der Mond hinter den Wolken verschwunden sein (versichert jedenfalls Tschi Tsch'ao-tschu, Henry Kissingers Dolmetscher, dem wir verdanken, dass dieses bemerkenswerte Gespräch überliefert ist).

»Es war einmal ein Löwe«, begann der Amerikaner, »der hatte sich auf der Jagd verirrt und war über einen Felsen in die Tiefe gestürzt. Dabei hatte er sich ein Hinterbein und ein Vorderbein gebrochen und konnte nicht mehr gehen. Er lag im Schatten des Felsen, der ihm zum Verhängnis geworden war, und wartete. Da kam ein Kamel daher. Als es den Löwen sah, wollte es umdrehen und davonlaufen. Ich tu dir nichts, rief der Löwe. Ich kann dir gar nichts tun. Ich muss dich bitten, *mir* nichts zu tun. Ich bin verwundet und auf deine Hilfe angewiesen. Das glaub ich dir nicht, sagte das Kamel. Dann schau mich an, sagte der Löwe und zeigte dem Kamel seine gebrochenen Glieder. Das geht mich nichts an, sagte das Kamel. Was haben Löwen und Kamele gemeinsam? Nichts. Die einen sind Fleischfresser, die anderen ernähren sich von Pflanzen. Ich bin König eines riesigen Reiches, antwortete der Löwe. Ich muss für meine Untertanen sorgen. Wenn ich nicht nach Hause komme, werden sie sterben. Lass mich auf deinen Rücken sitzen, und dann trag mich nach Hause! Ich werde es dir dafür gutgehen lassen.«

»Die Sache steht nicht so schlecht für das Kamel«, sagte Tschou En-lai. »Löwen haben den Ruf, aufrichtig zu sein.«

»Das ist richtig«, antwortete Kissinger. »Aufrichtigkeit, solange sie zwischen zweien herrscht, kann etwas Wunderbares sein, obwohl sie in solchen Fällen doch recht einfach zu bewerkstelligen ist. Auf die Probe gestellt wird sie erst, wenn ein Dritter ins Spiel kommt. Hören Sie weiter: Ach, Löwe, sagte das Kamel, hätte ich dich gestern in dieser Lage getroffen, dann würde ich deinen Versprechungen geglaubt und dir gewiss geholfen haben. Aber gestern besuchte mich ein Verwandter aus Mali, und der hat mir eine Geschichte erzählt, und diese Geschichte ist mir eine Warnung, und deshalb will ich dir heute nicht helfen.

Was ist das für eine Geschichte, fragte der Löwe.

Das Kamel ließ sich auf seine Knie nieder und begann: Es war einmal ein Jäger, der jagte auf einer Hochebene nach wilden Hühnern. Da traf er eines Tages ein Krokodil. Das kann doch nicht sein, sagte er sich, ein Krokodil auf einer Hochebene, wo weit und breit kein Wasser ist. Das Krokodil sprach den Jäger an und sagte unter Tränen: Ich weiß, du fürchtest mich, und du hast ja auch allen Grund dazu, wenn ich bedenke, was für einen Ruf ich habe. Aber sieh mich an! Ich habe mich verlaufen. Wenn ich auch nur eine Stunde noch hier liege, bin ich tot. Ich bitte dich, trag mich zurück zum Wasser. Ich will dir dafür danken, so gut ich kann. Da ließ sich der Jäger erweichen und baute aus Ästen eine Trage und schleppte das Krokodil zum Fluss zurück.

Als das Krokodil sich im Wasser gewälzt und getrunken hatte, sagte es: Komm näher zu mir, damit ich dir danke, so gut ich kann.

Der Jäger, der meinte, im Wasser habe das Krokodil einen Schatz versteckt, watete in den Fluss hinein, bis ihm das Wasser bis zum Gürtel reichte. Da tauchte das Krokodil unter und packte ihn bei den Beinen. Jetzt fress' ich dich, sagte es. Töte mich nicht, schrie der Jäger, das ist nicht gerecht! In meiner Welt ist es gerecht, sagte das Krokodil, in meiner Welt bin ich der Jäger, und du bist die Beute.

Diese Geschichte, sagte das Kamel zum Löwen, hat mir der Verwandte aus Mali erzählt, und ich verstehe sie als eine Warnung, und deshalb will ich dir nicht helfen.

Ach, Kamel, sagte der Löwe, ich kenne diese Geschichte. Dein Freund aus Mali hat sie aber nicht zu Ende erzählt. Das Kamel sagte: Löwe, dann erzähl sie mir ans Ende, und der Löwe tat das.

Es kommt nämlich ein Hase daher, sagte er, und der Jäger bittet den Hasen, er soll Richter in dem Konflikt sein. Darf mich das Kamel fressen, oder darf es mich nicht fressen. Der Hase sagt: Um ein gerechtes Urteil zu sprechen, müsste ich mir den Platz ansehen, an dem der Jäger das Krokodil gefunden hat. Also machen sich die drei auf den Weg hinauf zur Hochebene. Für den Hasen ist es leicht, für den Jäger ist es leicht, für das Krokodil aber bedeutet der steinige Weg eine große Mühe, und so bittet es den Jäger, wieder eine Trage zu bauen und es zu ziehen. Und der Jäger tut das. Irgendwann flüstert der Hase dem Jäger zu: Hast du Hunger? Ja, sagt der Jäger, großen Hunger. Hast du schon einmal Krokodilfleisch gegessen, fragt der Hase. Ja. Und dein Vater? Genauso. Und deine Mutter? Auch. Und deine Frau und deine Kinder? Alle. He, sagt der Hase, du hast doch Krokodilfleisch auf deiner Trage. Worauf wartest du noch? Da tötet der Jäger das Krokodil.

So kommt die Geschichte an ihr Ende, sagte der Löwe.

Ja, ja, sagte das Kamel zum Löwen, was du da erzählst, hat mir mein Verwandter aus Mali auch erzählt. Aber in Wahrheit ist die Geschichte hier immer noch nicht an ihr Ende gekommen. Als nämlich der Jäger das Krokodil aufgegessen hat, sagt er zum Hasen: Komm mit zu mir nach Hause, ich will dir danken, so gut ich kann. Und der

Hase folgt dem Jäger. Als sie das Haus des Jägers unten im Tal sehen, sagt der Jäger: Versteck dich hier! Meine Leute wissen nicht, was geschehen ist, ich muss es ihnen erst erzählen. Nicht, dass sie dich erschießen, wenn du frei über den Hof läufst. Ich komme gleich zurück und bring dir deinen Lohn. Der Jäger geht in sein Haus, ruft seinen Hund zu sich: Dort lauf hin, sagt er. Dort findest du einen Hasen. Der ist für dich. Und der Hund tötet den Hasen und frisst ihn auf. So endet die Geschichte, sagte das Kamel zum Löwen, so und nicht anders.

Das ist eine gute Geschichte, sagte der Löwe. Aber die Frage ist: Wer ist wer in dieser Geschichte? Bin ich der Jäger, und du bist das Krokodil? Oder bist du das Krokodil, und ich bin der Jäger? Und wer ist der Hase? Und wer der Hund?

Darauf wusste das Kamel keine Antwort.«

»Es würde wohl eine höchst komplizierte Analyse benötigen, alle Konstellationen transparent zu machen«, sagte Tschou En-lai.

»Und dann wäre immer noch die Frage, ob sich alle Beteiligten in der Praxis an die Empfehlungen, die aus der Analyse folgen, halten«, gab Kissinger zu bedenken.

»Und wie deutete der Löwe die Geschichte?«, fragte Tschou En-lai.

»Was denken Sie?«, fragte Kissinger dagegen.

»Ich an seiner Stelle würde daraus die Lehre ziehen: Nehmt euch kein Beispiel, weder am Jäger noch am Krokodil! Wie geht die Geschichte weiter?«

»Der Löwe«, fuhr Kissinger in der Erzählung fort, »hob seine gesunde Tatze. Ich schwöre, dass ich immer meine Hand über dich halten werde, sagte er zum Kamel. Dass ich nie etwas gegen deinen Willen tun werde. Und nun trag mich nach Hause! Und das tat das Kamel, und der Löwe hielt sein Wort, er machte das Kamel sogar zum Minister.

Aber«, ließ sich Kissinger nicht von Tschou En-lais Dolmetscherin unterbrechen, »hier ist die Geschichte noch nicht zu Ende. Hier beginnt sie erst. Im Reich des Löwen gab es bereits drei Minister – den Schakal, den Wolf und den Raben. Und die sagten: Unsere Aufgabe ist es, Minister zu sein, unsere Aufgabe ist es nicht, für Nahrung zu sorgen. Das ist allein die Aufgabe des Königs. Wenn wir uns von nun an selbst Nahrung besorgen müssen, dann hat die Herrschaft des Löwen keinen Sinn mehr.

Was schlagt ihr also vor, fragte der Löwe. Fressen wir das Kamel, sagte der Wolf. Es hat mit uns nichts zu tun. Wir sind Fleischfresser, das Kamel aber ernährt sich von Pflanzen. Das geht nicht, sagte der Löwe. Ich habe dem Kamel versprochen, dass ich nichts gegen seinen Willen tun werde. Da zogen sich der Wolf, der Schakal und der Rabe zur Beratung zurück. Schließlich sagte der Rabe: Ich habe eine Idee.«

Tschou En-lai hatte ruhig zugehört. Nun sagte er, und er sprach dabei chinesisch, T'ang Wen-sheng übersetzte es: »Das Kamel wird sterben, habe ich recht, Mister Kissinger?«

»Natürlich haben Sie recht«, sagte Henry Kissinger. »Aber das Ende einer Sache ist immer am wenigsten interessant. Sie lieben die Geschichtswissenschaft wie ich. Wie eine Sache ausging, liegt im Nachhinein immer als Tatsache vor. Den Historiker kann doch nur interessieren, wie es dazu kam, dass sie so und nicht anders ausging. Habe ich recht?«

»Natürlich haben Sie recht«, sagte Tschou En-lai.

»Gleichnisse sind etwas sehr Schönes«, mischte sich T'ang Wen-sheng endlich doch in das Gespräch ein, »aber die Geschichte wird von Menschen gemacht, nicht von Tieren.«

»Sie haben natürlich ebenfalls recht«, sagte Kissinger. »Und deshalb griff der Rabe zu einem Gleichnis aus der Welt der Menschen: Wir müssen, sagt er, wir müssen uns die List von Gil Clancy zum Vorbild nehmen, und dann genau das Umgekehrte von dem machen, was der gemacht hat.«

»Wer ist Gil Clancy?«, fragte T'ang Wen-sheng.

»Der Trainer von Emile Griffith.«

»Und wer ist Emile Griffith?«
»Dreifacher Weltmeister im Weltergewicht und zweifacher Weltmeister im Mittelgewicht.«
»Was ist das für eine Geschichte?«, fragte Tschou En-lai.
»Sehen Sie«, sagte Henry Kissinger, »die gleiche Frage stellten der Schakal und der Wolf dem Raben, und der Rabe antwortete: Es war einmal ein Boxer, der hieß Emile Griffith. Sein großes Vorbild war der kubanische Weltmeister Benny Paret, genannt ›The Kid‹. Griffith forderte Paret heraus und holte sich den Weltmeistertitel durch einen K.o.-Sieg in der dreizehnten Runde. Ein halbes Jahr später eroberte Paret den Titel wieder zurück. Der Kampf ging über fünfzehn Runden und wurde nach Punkten entschieden. Von nun an waren Paret und Griffith das Traumpaar des Boxrings. In den Pressekonferenzen sprachen sie nur mit Worten der Hochachtung voneinander. Beide sagten, welche Ehre es sei, gegen den anderen zu boxen. Sie waren die Guten. Sie wurden gemeinsam zu den Dinnerpartys der Intellektuellen eingeladen, traten gemeinsam in Radiosendungen und im Fernsehen auf, ermahnten die Jugend zu friedlicher Konfliktlösung. Und dann kam der 24. März 1962, Madison Square Garden, New York City. Zum dritten Mal kämpften Emile Griffith und Benny ›The Kid‹ Paret gegen einander. Paret ging früh zu Boden, musste angezählt werden, erholte sich aber rasch und dominierte den Kampf bis in die elfte Runde. Dann schien sich seine Kraft erschöpft zu haben. Griffith übernahm die Führung, trieb Paret durch den Ring, nagelte ihn mit einer Salve schneller Kopfschläge in eine Ecke. Der Ringrichter Ruby Goldstein schätzte die Situation nicht richtig ein, er brach den Kampf zu spät ab. Paret erwachte nicht mehr aus seiner Ohnmacht, er starb wenige Tage später. Griffith stürzte in eine Depression. In den ersten Wochen sprach er mit niemandem. Auch mit seinem Trainer Gil Clancy nicht. Dann kam er eines Tages in das Gym, bat Gil mit wackeliger Stimme, er möge ihm Kämpfe verschaffen, gegen wen auch immer. Er verlange danach, der Welt zu zeigen, dass er ein Sportler sei, ein normaler Boxer, dass er tatsächlich ein guter Mensch sei. Jeder wollte gegen den

Weltmeister kämpfen, die Schläger zuvorderst, die waren verrückt danach, dem Totschläger in die Augen zu schauen. Natürlich war Clancy dagegen. Ein Boxer in einer solchen Krise ruiniert seine Karriere, er kann nicht gewinnen, weil er nicht gewinnen will. Aber der Boxverband drängte ebenfalls. Durch Parets Tod war der Boxsport in Verruf geraten. Die Funktionäre wollten der Welt versichern, dass Boxen ein Sport, die Boxer normale Menschen, eigentlich gute Menschen seien. Wenigstens ein Jahr wollte Clancy seinen Schützling aus dem Ring haben. Wenn er bis dahin seine Krise nicht überwunden hätte, würde er ohnehin weg sein. Aber wie konnte er ihm die Funktionäre der WBA und die Herrausforderer vom Leib halten? Er hatte eine Idee. Anstatt, wie es alle taten, nämlich Parets Tod als einen Unfall darzustellen, verkündete er auf einer Pressekonferenz, Griffith sei ein mordlüsternes Monster, er könne es gar nicht erwarten, den nächsten Boxer im Ring hinzuschlachten, sein Lebensmotto laute: Ich will töten! Ich will töten! Ich will töten! Aber Clancy hatte sich verrechnet. Was er als Abschreckung inszeniert haben wollte, stellte sich als Reklame heraus. Jeder kleine Ganove verlangte, gegen den Killer antreten zu dürfen. Alle wollten getötet werden, getötet werden, getötet werden.

Diese Geschichte«, schloss Henry Kissinger, »erzählte der Rabe dem Schakal und dem Wolf.«

»Und welche Schlussfolgerung zog der Rabe daraus?«, fragte Tschou En-lai.

Kissinger breitete die Arme aus. »Hochverehrter Meister!«, rief er. »Welch wunderbares Beispiel für Dialektik! Der Rabe sagte zum Wolf und zum Schakal: Genau so machen wir es – genau so wie Gil Clancy, nur umgekehrt!

Sie gingen zum Kamel und sagten: Komm mit zum König, wir haben eine Lösung für das Problem der Nahrungsbeschaffung gefunden. Sie stellten sich vor dem Löwen auf, der im Schatten lag und seine Wunden leckte – der Rabe, der Wolf, der Schakal und das Kamel. Du hast so lange und so gut für uns gesorgt, fing der Wolf an. Nun, Löwe, wollen wir für dich sorgen. Du hast Hunger, fuhr der Schakal fort, und dein Hunger kann nur mit Fleisch gestillt werden. Aber Fleisch ist weit und breit keines zu sehen. Außer unser Fleisch, kam der Rabe zum Schluss. Deshalb: Töte mich, Löwe, töte mich, töte mich! Der Wolf protestierte: Mit einem Raben soll der König genug haben? Dein Fleisch mag vielleicht schmackhaft sein, aber es ist zu wenig. Ich habe genug Fleisch. Töte mich, Löwe, töte mich, töte mich! Nein, nein, widersprach der Schakal. Dein Fleisch ist viel zu zäh! Den ganzen Tag rennst du herum, keine Minute kannst du ruhig sein. So eine Speise wird dem Löwen nicht schmecken. Töte mich, Löwe, töte mich, töte mich! Pfui Teufel, riefen der Rabe und der Wolf, dein Fleisch ist ekelerregend, du ernährst dich doch nur von Aas! Und weil das Kamel meinte, das Ganze sei ein Spiel, in dem man dem Löwen die Loyalität beweisen wolle – ich kenne ja die Gepflogenheiten der Fleischfresser nicht, dachte es –, trat es nun ebenfalls vor und sagte: Ich habe erstens viel Fleisch, zweitens ist es nicht zäh, drittens ist es sauber und schmackhaft, denn ich ernähre mich nur von Pflanzen. Töte mich, Löwe, töte mich, töte mich! Daraufhin trat es in die Reihe zurück und wartete, dass der Rabe, der Schakal und der Wolf dem vermeintlichen Brauch gemäß widersprachen. Aber die widersprachen nicht. Stattdessen sagten sie zum Löwen: Du hast es selber gehört. Es ist nicht gegen den Willen des Kamels, wenn du es tötest. Da hob der Löwe seine gesunde Pranke und drückte das Genick des Kamels nieder. Das ist wahr, sagte er. Zu spät merkte das Kamel, dass es sich zu voreilig preisgegeben hatte.

Und diesen Fehler, sehr verehrter Herr Ministerpräsident«, sagte Henry Kissinger, »möchte ich unter gar keinen Umständen begehen.«

»Aber man kann doch verhandeln«, sagte Tschou En-lai.

»Wie soll das Kamel verhandeln mit der Pranke des Löwen auf seinem Hals«, sagte T'ang Wen-sheng, und es klang, als rede sie mit sich selbst.

»Ich sehe es genauso«, gab ihr Kissinger recht.

»Aber die Geschichte ist ja noch gar nicht zu Ende«, sagte Tschou En-lai. »Wissen Sie nicht, wie die Geschichte weitergeht?«

»Wie denn?«

»Sehen Sie«, sagte Tschou En-lai zu dem feinen Spiel eines Lächelns um seinen Mund, das Kissinger in seinen Memoiren als so typisch für diesen Mann bezeichnete, »sehen Sie, Mister Kissinger, das Kamel in Ihrer Geschichte war ein sehr gebildetes Tier, es kannte sich wie wir beide sehr gut in der Literatur Ihres Geburtslandes Deutschland aus, und in der höchsten Not fiel ihm eine Anekdote ein, die Johann Peter Hebel niedergeschrieben hatte.«

»Welche Anekdote meinen Sie?«, fragte Henry Kissinger.

»Was soll das für eine Geschichte sein?«, fragte auch T'ang Wen-sheng.

»Das Kamel«, wandte sich Tschou En-lai an seine Dolmetscherin, sprach dabei aber englisch, »das Kamel sagte zum Wolf, zum Schakal und zum Raben: Helft mir! Ich habe euch das Leben gerettet, indem ich euch euren Ernährer und König zurückgebracht habe. Nun helft mir, damit es euch geht wie dem Matrosen in der Geschichte von Johann Peter Hebel. Und genau wie Sie, Genossin T'ang Wen-sheng, fragten die drei: Was soll das für eine Geschichte sein?

Das Kamel erzählte – so gut es konnte, denn immer noch lag, wie wir wissen, die Pranke des Löwen auf seinem Hals: In der Seeschlacht von Trafalgar flogen die Kugeln und splitterte das Holz. Da biss ein Floh einem Matrosen in den Kopf, und der Matrose kratzte sich, und der Floh fiel zu Boden. Aber weil der Biss so sehr schmerzte, wollte der Matrose den Floh töten. Er bückte sich nieder, um ihn auf der Schiffsplanke zu zerquetschen. In diesem Augenblick sauste eine Kugel über ihn hinweg, die ihn sicher getroffen hätte, wäre er stehen geblieben. Oh, sagte er zu dem Floh, du hast mir das Leben gerettet, deshalb will ich deines verschonen. Und er setzte den Floh wieder auf seinen Kopf zurück.

Das nennt man Dankbarkeit, kommentierte das Kamel die Geschichte vor dem Schakal, dem Wolf und dem Raben und zog auch gleich die Parallele zu dem anstehenden Fall: Ich bin in dieser Geschichte der Floh, ihr seid der Matrose. Ich rette euer Leben. Wäret ihr dankbar wie der Matrose, würdet ihr euch nun für mein Leben einsetzen. Und es heißt«, kam nun Tschou En-lai zum Ende, »der Wolf, der Schakal und der Rabe seien in sich gegangen und hätten die Lehre dieser Geschichte bedacht.«

»Mein lieber Freund«, sagte Henry Kissinger, ein empörtes Stirnrunzeln von T'ang Wen-sheng in Kauf nehmend, »Ihre kleine Geschichte hat allerdings eine Fortsetzung, die Johann Peter Hebel nicht kannte und die für das Kamel nicht so günstig ist. Der Floh nämlich, als ihn der Matrose zu Boden geworfen hatte, war genau in einer Blutlache gelandet. Es war das frische Blut eines jungen Offiziers, der, bevor er zur Marine kam, in Indien seinen Dienst für die englische Majestät abgeleistet hatte, und dieser Offizier hatte aus Indien eine Krankheit mitgebracht, die unweigerlich zum Tode führte. Eine spanische Kugel war dem Ausbrechen der Krankheit zuvorgekommen. Jedenfalls nahm der Floh, weil es eben so seine Art ist, einen kräftigen Schluck von dem Blut, bevor ihn der Matrose zurück auf seinen Kopf setzte. Das aber bewirkte, dass sich der Matrose mit dieser tödlichen Krankheit ansteckte.

Ich nehme an, der Wolf oder vielleicht der Schakal, sicher aber der Rabe kannte diesen Teil der Geschichte und nahm damit dem Kamel die letzten Argumente.«

»Sie meinen«, entgegnete Tschou En-lai, »es gibt keinen Verhandlungsspielraum für das Kamel?«

»Ich fürchte, so ist es.«

»Dann bleibt dem Kamel nichts anderes übrig, als an die Vernunft des Löwen zu appellieren«, entschied Tschou En-lai. »Wir beide sitzen in einem Boot, wie man in Deutschland sagt. Du bist verwundet und hast vier Minister. Drei von ihnen sind Verräter. Mit wem willst du dich verbünden?

Löwen sind vernünftige Wesen. Die Chancen für das Kamel stehen nicht so schlecht, wie Sie uns weismachen wollen, Mister Kissinger.«

»Die Vernunft allein ist gar nichts«, konterte der Sicherheitsberater der Vereinigten Staaten von Amerika, »sie braucht den Instinkt, um sich zu entfalten. Sonst ergeht es ihr wie dem Frosch in der Geschichte, die Orson Welles in dem Film *Confidential Report* erzählt.«

»Ich bewundere die Filme von Orson Welles«, sagte Tschou En-lai. »Diesen Film kenne ich allerdings nicht.«

»Ein Skorpion«, begann Henry Kissinger, »wollte einen Fluss überqueren und sagte zu einem Frosch: Lass mich auf deinen Rücken steigen und schwimm mit mir zum anderen Ufer! Was, lachte der, ein Skorpion will sich auf den Rücken eines Frosches setzen? Für wie verrückt hält er den Frosch? Aber warum denn, fragte der Skorpion, denkst du etwa, ich werde dich stechen? Ja, das denke ich, sagte der Frosch. Sei doch vernünftig, antwortete der Skorpion, wenn du schwimmst, und ich steche dich, dann gehst du unter, und wenn du untergehst, dann gehe ich auch unter, denn ich kann nicht schwimmen. Das erschien dem Frosch tatsächlich vernünftig, und er ließ den Skorpion auf seinen Rücken steigen und schwamm mit ihm in den Fluss hinein. Und je weiter er schwamm, desto sicherer, mutiger, ja übermütiger wurde der Frosch, bis er vor Freude laut zu quaken begann. Wie ich höre, hast du keine Angst mehr vor mir, sagte der Skorpion auf seinem Rücken. Gar keine mehr, sagte der Frosch. Es ist wie mit dem Eisen und dem Wasser. Das Eisen ist hart, das Wasser ist weich. Das Eisen schlägt das Wasser. Aber wenn das Eisen schwimmen will, muss es eine Form annehmen, die es dem Wasser untertan macht. Nur so kommt es, dass ein Schiff schwimmen kann. Das Leichte hat Macht über das Schwere.«

Da unterbrach T'ang Wen-sheng, die Dolmetscherin von Tschou En-lai, die Erzählung. »Mister Kissinger«, sagte sie, »auch ich kenne den Film von Orson Welles nicht. Ich weiß also nicht, wie die Geschichte ausgeht. Nehmen wir an, ich könnte den Fortgang Ihrer Geschichte beeinflussen, dann möchte ich den Frosch an dieser Stelle vor seinem Übermut warnen und ihm sagen: Wer aus der wirklichen Welt ein Symbol seiner Macht beziehen will, muss sich die Dinge der wirklichen Welt vorher genau ansehen, sonst kann es ihm wie Lew Trotzki im Herbst 1923 bei der Sitzung des Plenums des Zentralkomitees der Kommunistischen Partei der Sowjetunion ergehen.«

Eine Weile war es still, dann fragten Kissinger und Tschou En-lai zugleich: »Wie war das im Herbst 1923?«

»Trotzki«, berichtete T'ang Wen-sheng (und ihr Kollege, dem wir verdanken, dass dieses bemerkenswerte Gespräch überliefert ist, fügt hinzu: mit einer »inneren Begeisterung, die sie nicht mehr zu unterdrücken vermochte«), »Trotzki beherrschte zu dieser Zeit den Revolutionskriegsrat, aber die wirkliche Macht lag in den Händen von Stalin, Kamenew und Sinoview. Die hatten beschlossen, einige Mitglieder des Zentralkomitees in den Revolutionsrat zu entsenden, darunter selbstverständlich Stalin, um Trotzki zu unterstützen, wie sie argumentierten, in Wahrheit aber ...«

»Kommen Sie zum Punkt«, unterbrach sie Tschou En-Lai.

»Komme ich, warten Sie es ab!« Von nun an sprach T'ang Wen-sheng nur noch zu Henry Kissinger. »Sie müssen wissen«, sagte sie, und Kissinger glaubte, den fernen Klang eines Brooklyn-Slangs zu hören, »Trotzki fürchtete nämlich eine Einschränkung seiner Kompetenzen. Dann befreien Sie mich doch ganz von meinem Amt, rief er aus. Lassen Sie mich nach Deutschland gehen als ein gemeiner Soldat der Revolution! Die Genossen waren verwirrt. Trotzki war immer ein Vorbild gewesen, er hatte es immer verstanden, die Genossen mitzureißen. Sinoview erhob sich und rief: Lasst auch mich nach Deutschland gehen! Seine weiche dünne Stimme ließ Trotzkis Pathos lächerlich erscheinen, und das war ja vielleicht die Absicht Sinoviews gewesen. Das machte allerdings die Verwirrung komplett, niemand wusste mehr, was als Wahrheit gemeint war und was als Ironie, um die Unwahrheit zu enttarnen. Da hob Stalin die Hand, und alle schwiegen. Wie kann das Zentralkomitee das Leben dieser zwei wertvollen Genossen aufs Spiel setzen, sagte er, wegen so einer Bagatelle! Dass Stalin die Führung des Revolutionskriegsrats als Bagatelle abtat, war für Trotzki zu viel. Wütend sprang er auf. Man solle ihn, schrie er, aus diesem Spiel streichen, er trete zurück. Und außer sich stürzte er zur Tür. Das sollte die Genossen daran erinnern, wie er bei den Friedensverhandlungen 1919 der kapitalistischen Welt zugerufen hatte: Wir gehen! Aber wir werden die Tür auf eine Weise zuschlagen, dass die Welt erschüttert wird! Trotzki ergriff die Türschnalle, er wollte die Drohung von 1919 wenigstens in kleinem Maßstab verwirklichen. Das Zentralkomitee tagte im Thronsaal des Kremls, einem Symbol der Dynastie der Romanoffs. Trotzki zerrte an der massiven Eichentür, aber die Tür bewegte sich nicht. Die Genossen sahen diesen kleinen Mann, hager, zappelig, wie er sich abmühte, diese unerbittliche Tür zu öffnen. Da brachen sie in Gelächter aus, und Trotzki hatte verloren.

Wie gesagt, man sollte sich die Dinge in der Realität erst genau ansehen, ehe man sie zu Symbolen der Macht umdeutet. Und nun, Mister Kissinger, bringen Sie die Geschichte vom Skorpion und dem Frosch an ihr Ende!«

»Das ist rasch geschehen«, sagte Kissinger. »Als die beiden mitten im Fluss waren, stach der Skorpion dem Frosch in den Rücken.«

»Und der Frosch? Sagte er noch etwas?«

»Warum tust du das? Jetzt werden wir beide untergehen.«

»Und was antwortete der Skorpion?«

»So bin ich eben.«

»Dann ist noch der Ausgang der Geschichte vom Löwen und dem Kamel offen«, sagte Tschou En-lai. Nur mit Mühe verbarg er seinen Ärger. Henry Kissinger konnte nicht entscheiden, welchem Umstand dieser Ärger galt – weil sich die Dolmetscherin in ihr Gespräch eingemischt hatte, oder weil dem Ministerpräsidenten die Tendenz der Erzählungen nicht gefiel.

»Nun«, sagte Kissinger, »wie Sie richtig vermutet haben: Das Kamel überlebt die Sache nicht. Der Löwe streckt es nieder.«

»Kann das Kamel noch etwas sagen?«

»Ja. Warum tust du das?«
»Und der Löwe antwortet, so bin ich eben?«
»Ja, der Löwe antwortet: So bin ich eben.«

Tschi Tsch'ao-tschu, der Dolmetscher von Henry Kissinger, der den ganzen Abend über nicht ein Wort gesprochen, auch keines übersetzt hatte, schrieb die Geschichte noch in derselben Nacht nieder. Im Wortlaut. So gut er sich daran erinnerte.

Der Skorpion

Hyrieus war Witwer und kinderlos, und er wünschte sich einen Sohn und bat Zeus, ihm einen Sohn zu schenken. Der Wunsch war so schlicht vorgetragen, dass ihn Zeus erfüllen wollte. Zusammen mit seinem Bruder Poseidon und seinem Sohn Hermes besuchte er Hyrieus.

»Schlachte eine Kuh, zieh ihr das Fell ab und breite es vor uns aus!«, sagte Zeus.

Hyrieus tat, wie ihm befohlen; da drehten ihm die drei Götter den Rücken zu und schlugen ihr Wasser auf die Haut der Kuh ab.

Poseidon, der für alle Wasser die Verantwortung trägt, sagte: »Bring das Fell unter den Boden und warte!«

Nach neun Monaten brach ein Mann aus der Erde. Erst durchstießen sein Kopf und seine Schultern die Kruste, wie ein Krokus im Frühling, dann waren Rücken, Arme und Brust zu sehen, und schließlich zog der Mann auch die Füße aus der Erde. Und er wuchs weiter und wuchs und wuchs. Am Abend war er größer als das Haus, und in der Nacht wuchs er über die Wipfel der Bäume.

Vom Olymp herab blickten Zeus, Hermes und Poseidon, und Zeus sagte: »Wir müssen ihn aufhalten, sonst wächst er über uns hinaus.«

Sie schlugen abermals ihr Wasser ab, und als der Götterurin die Haut dieses Wesens traf, da hörte es auf zu wachsen. Und Hyrieus, der nun sah, dass sein Sohn aus dem Urin der Götter geworden war, nannte ihn Orion.

Orion wurde ein berühmter Jäger, und er war sehr schön. Er war so schön, dass sich Artemis in ihn verliebte. Artemis liebt alle Tiere und sorgt mit ihren Pfeilen dafür, dass sie sich nicht zu sehr vermehren. Artemis verliebte sich in Orion, und das war ein Problem für sie, denn sie hatte sich Jungfräulichkeit geschworen, und deshalb liebte sie den Orion nicht nur, sondern hasste ihn auch, denn sein Anblick führte sie in Versuchung.

Eines Tages kam Orion nach Chios an den Hof des Königs Oinopion. Oinopion hatte eine Tochter, die wollte Orion haben.

Oinopion sagte: »Wenn es dir gelingt, an einem Tag alle Tiere der Insel zu töten, dann gehört sie dir.«

Orion schulterte den Bogen und marschierte bei Morgengrauen los, und am Abend gab es auf Chios keine Tiere mehr.

Aber Oinopion stellte sich vor die Kammer seiner Tochter. »Schau dich doch an«, sagte er zu Orion. »Soll ich das Haus für dich aufstocken lassen? Du bist zu groß! Niemals gebe ich dir meine Tochter!«

Orion schlug die Tür ein und vergewaltigte die Prinzessin.

Daraufhin spielte Oinopion den Einverstandenen. »Lass uns auf deine Siege trinken«, sagte er, und er machte Orion betrunken, und Orion fiel quer über die Wiese, und Oinopion stach ihm die Augen aus.

Artemis nahm sich des Geblendeten an. »Ich verabscheue dich«, sagte sie.

»Warum sprichst du dann mit mir?«, fragte Orion.

»Weil du mir leid tust.«

»Warum tu ich dir leid, wenn du mich verabscheust?«

Da schwieg die Göttin, und Orion lächelte.

»Warum lächelst du?«, fragte sie.

»Weil du mich liebst.«

»Aber mehr Abscheu als Liebe ist in mir.«

»Mehr Liebe als Abscheu«, sagte Orion.

»Aber nur ein wenig mehr«, sagte Artemis.

»Doppelt so viel.«

»Aber kein Gran mehr.«

»Zehnmal so viel Liebe.«

»Aber mehr auf gar keinen Fall.«

Jedenfalls war genug Liebe in ihr, dass sie ihm half, das Augenlicht wiederzuerlangen. »Aber du musst mir versprechen, dass du nie wieder ein Tier tötest.« Und das versprach Orion.

Die Göttin brachte ihn zur Werkstatt des Hephaistos, dort war ein Lehrbub beschäftigt, der sollte sich auf die Schulter des Riesen setzen und ihm den Weg zum Sonnenaufgang weisen. Helios, der Sonnengott, gab Orion das Augenlicht zurück.

Und was tat Orion? Er feilte seine Pfeile und schoss auf alle Tiere, und er dachte nicht mehr an sein Versprechen. Und nun hasste ihn Artemis zehnmal mehr, als sie ihn liebte. Sie wandte sich an Hera, die Göttermutter: »Mach ihn tot!«

Hera gab den Auftrag, ein neues Tier zu bauen. Wem gab sie den Auftrag? Das ist nicht bekannt. Ein seltsames Tier war es auf jeden Fall, klein und merkwürdig zerfranst. Hera setzte es auf die Erde, und dort traf das Tier den Orion.

»Dich kenne ich nicht«, sagte er. »Wie heißt du?«

»Skorpion.«

»Ich verstehe dich nicht. Du musst lauter sprechen.«

»Ich kann nicht lauter sprechen.«

Da kniete sich Orion nieder. »Und was machst du?«

»Ich bin da, um dich zu töten«, sagte der Skorpion.

Orion lachte so laut, dass der Skorpion hinter einen Stein floh. »Du willst mich töten? Kannst ja nicht einmal richtig gehen. Jedes Tier geht geradeaus, du gehst seitlich. Und hast Beinchen wie Ästchen und ein Köpfchen wie ein Blättchen und eine Stimme wie ein Bienchen.«

»Und trotzdem werde ich dich töten«, sagte der Skorpion sehr leise.

»Ich habe dich nicht verstanden.« Orion beugte sich zur Erde nieder, so dass er den Skorpion beinahe berührte. Da ließ der Skorpion seinen Schwanz hochschnellen und stach dem Orion ins Ohr.

Der Schmerz war entsetzlich. Orion stürzte ins Meer, weil er glaubte, das kühle Wasser werde Linderung bringen.

Es gab einen, der hatte Mitleid mit Orion. Es war Chiron. Chiron war ein Kentaur, das heißt, er bestand zur Hälfte aus einem Pferdekörper, zur anderen Hälfte war er ein Mann. Chiron hatte einen sanften Charakter, er war der Lehrer von vielen Helden, Achill, Telamon, Jason, und er war ein Freund des Herakles. Chiron war ein ausgezeichneter Schütze, er verehrte Artemis, nie tötete er ein Tier ohne ihre Erlaubnis. Eines Tages verletzte sich Chiron an einem vergifteten Pfeil des Herakles und litt Qualen. Er wusste also, was für Schmerzen ein Gift verursachen kann, und darum hatte er Mitleid mit Orion.

Als er den jammernden Riesen im Meer schwimmen sah, wartete Chiron, bis der Kopf des Orion winzig klein und nahe am Horizont war, dann rief er nach Artemis. »Siehst du diesen Punkt dort draußen auf dem Meer?«, fragte er. »Wollen wir auf ihn schießen?«

Artemis lächelte mitleidig. Chiron mochte ein guter Schütze sein, aber er war kein Gott, und ein Gott ist immer besser. Sie spannte ihren Bogen, zielte und schoss. Und erschoss Orion. Erlöste ihn von seinen Schmerzen.

Aber weil Artemis den Orion in Wahrheit eben doch zehnmal mehr geliebt als verabscheut hatte, bat sie ihren Vater Zeus, er möge ihn zu den Sternen heben. Und Hera bestand darauf, auch dem Skorpion einen Platz unter den Sternen zu geben. Damit Orion nicht in alle Ewigkeit und unter der Zeugenschaft der ganzen Welt gedemütigt werde, setzte Zeus die beiden, Jäger und Skorpion, an entgegengesetzte Teile des Himmels: Wenn der eine aufgeht, geht der andere unter.

Inhalt

Bevor Max kam

Rita im bleichschwarzen Pullover	9
Caligula, der voll Tränen ist	13
Amsel Müller Heidelberg	16
Medi Winter	20
Das Öl des Südens	24
Die traurigste Geschichte	28
Die allertraurigste Geschichte	31
Muchti, der Retter	35
Muchti, der Atheist	39
Das Haus am Fluss	43
Jetti Lenobels Oma	47
A. P. aus Polen	51
Herr Alfred, leicht betrunken	54
Wolken bis auf Schulterhöhe	58
Am Abend eines heißen Tages	62
Die entfernte Verwandten des Terroristen	66
Arme Charlotte	70
Der Mai war mir gewogen	73
Wernhofers Traum	77
Ostern '63	81
Jacobs letztes Wort	85
Muchti und die Geister	89
Drehbuch vom ewigen Leben	93
Birgittas Geburtstag	97
Der letzte Tag im August	101
Die Libelle	105
Caligulas Blitzableiter	109

Harte Schalen	113
Muchtis Bekehrung	117
Ein freier Nachmittag	121
Liebe, die erste	124
Trost von Beckett	128
Die Beichte	132
Die Augen und die Sonne	135
Ich, ein Detektiv	138
Chemische Träume	142
Muchti, der Zeuge	145
Fast eine Millionärin	149
Letzte Fragen	153
Die Geschichte einer Eisenstange	157
Grüne Nacht	160
Wenig Schlaf	163
Auf Bücher schießen und andere Kleinigkeiten	167
Caligula kehrt zurück	171
Herrn Alfreds Ziehsohn	175
Das gute und das böse Haus	179
Mut am Nachmittag	182
Muchti und der Birnenstiel	185
Ade, Wernhofer!	188
Das Bett	192
Der Wegbereiter	196
Der Termin	200
Der Joghurtdrink	204
Ruhe	208
Der nackte Mann	212

Der traurige Blick in die Weite

Unterhaltungen in der Küche: Über das Singen
und das Messen 217
Sochiti Loch und Kogolkin Pach 225
Der Mund 230
Daidalos 235
Rotz-Risto 247
Der Dieb 251
Rosenkranz und Radio 255
Königsschach 262
Auf nach Jerusalem! 267
May You Never Be Alone Like Me 271
Schuhe aus Brandenburg,
Litauen und noch weiter her 274
Der Mond 279
Messer im Kopf 287
Der Mantel 291
Der Song 298
Kafkas *Prozeß*, das Manuskript 301
Old Nick 305
Der traurige Blick in die Weite 309
Unterhaltungen in der Küche:
Über fränkischen Sauerbraten 320

Roman von Montag bis Freitag

An der Kasse 333
Angriff am Nachmittag 336
Der Eisenmann 338
Pit Clausen 341
Die Kriegsbraut 344

Der verlorene Sohn	347
Die geeignete Würde	350
Der Ungar	352
Die Fenkarts	355
Walkner	357
Vom elektrischen Strom	360
Es ist alles still	363
Michael	366
Die Bichslers	368
Der Bundespräsident	370
Von alten Fotografien	372
Das Feuerwerk	374
Pia	377
Liebesgeschichte aus einem Mund	379
Menschenskind	381
Der Ameisenesser	383
Der Talisman	385
Reinhold Jack Juen	387
Tante Dodo	390
Und was heißt das jetzt?	392
Der Jäger und die Frau im Paradies	394
Nacht im Hotel	396
Von Kindern, Baggern und Schmerzen	398
Die Katze	400
Maro und Chucky	403
Über Verträge	405
Zwei Fremde im Zug	407
Heimkehr	409
Zoogeschichten	412
Herr Gabriel	414
Alles wird gut	417
Da kannst du gar nichts machen	420
Mein Leben in der Zeit ohne Plattenspieler	423

Nachts um eins am Telefon

Der Gedanke, dass du es nicht merkst	431
Wo soll ich morgen mein Brot kaufen?	434
Würden Sie bitte auf mich aufpassen!	437
Die Republik der Schlaflosen	440
Die Hälfte der Gedanken	443
Die schöne Jetti	447
Der Mann, der ich mit dreizehn war	450
Sprich ruhig weiter!	453
Unsere Hymne	457
Hundert	460
Ich habe heute einen guten Tag gehabt	463
Das Unvorhergesehene	466
Unter dem Waggon	469
Der Abend verlief ruhig und gesprächig	472
Die Existenzialisten	475
Wir müssen es anders angehen	478
Als der Daumen meines Vaters abbrach	481
Liste eins: Sieben Freunde	486
Der Garten Eden	490
Auch Richards Schwester hat ein Pferd	493
Theorie des Randschattens	498
Liste zwei: In einer Illustrierten sah ich ein Bild	504
Jetti hat einen Mann	506

Vom Mann, der Heimweh hatte

Die Schweinehirtin	513
Der Schutzpatron	518
Vom Mann, der Heimweh hatte	523
Der Sieger	530

Die Starke und ihr Bruder	533
Rumpelstilzchen	538
Der Aufsteiger	540
Die Seherin	546
Die Mama im Winter '63	551
Der Fremde	556

Mitten auf der Straße

Alabama	563
Der Silberlöffel	568
Mitten auf der Straße	572
Unter Dieben	577
Von einem bemerkenswerten Gespräch zwischen Henry A. Kissinger und Tschou En-lai	588
Der Skorpion	604